Knaur

Über die Autorinnen:

Hinter dem Pseudonym Malachy Hyde verbirgt sich das deutsche Autorinnenduo Karola Hagemann (geboren 1961, lebt in Hannover) und Ilka Stitz (geboren 1960, lebt in Köln). Die Autorinnen kennen sich bereits seit der Schule, haben später zusammen die antiken Stätten in Kleinasien bereist und beschlossen vor einigen Jahren, ihre Vorliebe für spannende Unterhaltung selbst schriftstellerisch umzusetzen.

Malachy Hyde

Eines jeden Kreuz

Roman

Knaur

Besuchen Sie uns im Internet:
www.droemer-knaur.de

Vollständige Taschenbuchausgabe 2004

Ein Unternehmen der Droemerschen Verlagsanstalt
Th. Knaur Nachf. GmbH & Co. KG, München
Der Roman erschien 2002 als gebundene Ausgabe
im Weitbrecht Verlag.

Umschlaggestaltung: ZERO Werbeagentur, München
Umschlagabbildung: Fine Pic
Satz: DTP im Verlag
Druck und Bindung: Nørhaven Paperback A/S
Printed in Denmark
ISBN 3-426-61897-4

2 4 5 3 1

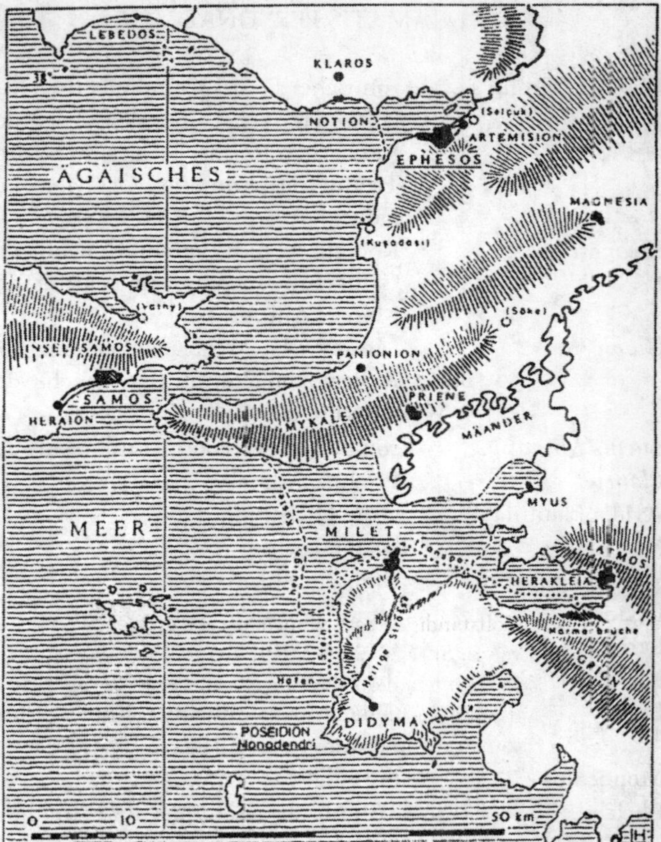

Didyma-Wegweiser Nr. 1,
Ausgrabungen des Deutschen Archäologischen Instituts, Berlin

DRAMATIS PERSONAE

Marcus Antonius	römischer Politiker und Oberbefehlshaber, Herrscher über den Osten des Römischen Reichs, Triumvir (zweites Triumvirat: Antonius, Octavian, Lepidus)
Kleopatra	Königin von Ägypten, Geliebte des Gaius Julius Caesar und später des Marcus Antonius
Glaphyra	Mutter des Archelaos Sisinnes von Karpadokien, kurzzeitige Geliebte des Marcus Antonius
Lucius Munatius Plancus	römischer Politiker, Prokonsul der Provinz Asia
Avidia Plautilla	seine Ehefrau
Natilla	beider Tochter
Silvanus Rhodius	römischer Ermittler
Lucida	seine Ehefrau
Larix	ihre Sklavin
Nasutus	ihr Sklave
Laelia	Geliebte des Silvanus Rhodius und Freundin von Illicia
Monoculos	ihr Sklave
Illicia	Tochter des Tollimos und Freundin von Laelia
Flusia	nubische Sklavin Illicias
Tollimos	Vater der Illicia, ehemaliger Priester des Apollon
Arkadia	Illicias Tante, Besitzerin der Taberna Tilia
Orvietus	Illicias Onkel
Gallia	beider Sklavin

Scopus	beider Sklave
Rutilius Rufus	Leiter der Akademie in Ephesos
Ulpia	seine Ehefrau
Sabina	ihre Sklavin
Gabyonos	ihr Sklave
Gnaeus Lutatius Artocreatus	Rhetoriklehrer an der Akademie in Ephesos
Pykideme	seine Ehefrau
Hani Rami	ägyptischer Arzt
Spuntius Fellator	Inhaber des Bordells in der »Insula VII«
Arphocas	Würfelfreund des Silvanus
Facilis	Besitzer einer Taverne
Sylvester, Lingus, Perstylos, Karsas, Himanes, Caldis	Studenten
Mithriventes	Mitglied der parthischen Delegation, Sohn der Großnichte des parthischen Königs Orodes
Pakoros	Sohn des parthischen Königs Orodes, potenzieller Thronfolger
Quintus Dellius	Feldherr und Geschichtsschreiber des Marcus Antonius
Arsinoe	Schwester der Kleopatra, Asylantin im Artemision in Ephesos
Kasophas	Oberpriester des Artemisions
Decimus Fronto	Zenturio
Sophronios	Ratsältester der Stadt Ephesos
Peloros	Quacksalber
Kyon	älterer Herr, Experte in Sachen Wagenrennen

Octavian	römischer Politiker, Oberbefehlshaber im Westen des Römischen Reiches, Mitglied des zweiten Triumvirats, der spätere Augustus
Gaius Julius Caesar	Mitglied des ersten Triumvirats (Caesar, Pompeius, Crassus), römischer Feldherr, Politiker und Diktator, ist schon tot
Brutus und Cassius	Mörder Caesars, sind auch schon tot
Fulvia	dritte Ehefrau des Marcus Antonius
Orodes	parthischer König
Marcus Tullius Cicero	römischer Politiker, Philosoph, Redner und Anwalt
Gnaeus Pompeius	römischer Politiker und Feldherr

sowie zahlreiche Legionäre, Händler, Bürger, Arbeiter, Sklaven

Die *kursiv* gedruckten Personen haben real existiert.

Irgendetwas war an der Tür. Sie stand auf, lauschte. Ihr Herz schlug bis zum Hals. Da war es wieder, jemand machte sich am Riegel zu schaffen. Unwillkürlich nahm sie das Messer vom Tisch, ihre Hand zitterte. Was, im Namen aller Götter, sollte sie tun?

Kapitel 1

Eine kühle Brise wehte vom Hafen durch die Straßen von Ephesos. Langsam erwachte die Stadt, und die Händler nahmen ihre Geschäfte auf. Viele Fremde mischten sich unter die Passanten, aber das war in dieser Stadt, einer Metropole der östlichen Welt, nichts Besonderes. Angelockt von den Sehenswürdigkeiten, darunter das berühmte Heiligtum der Artemis, eines der Weltwunder, kamen zahlreiche Reisende hierher. Eine leichte Beute für gerissene Halsabschneider, die die Besucher herumführten, sie mit unzähligen Anekdoten – wahren und erfundenen – unterhielten und sich damit ein gutes Auskommen sicherten. Einige hielt nach einem ausgefüllten Vormittag nicht einmal die unbarmherzigste Hitze davon ab, ihre Schäfchen durch die finstersten Gassen zu schleusen. Müde, staubig und verschwitzt trotteten diese hinter ihrem Führer her, der die dankbaren Opfer schließlich zu einer Taverne lotste, mit derem Besitzer ihn meist ein einträgliches Geschäft verband. Die zusätzlichen Einnahmen durch hoffnungslos überzogene Preise wurden redlich untereinander aufgeteilt. Nahmen die hungrigen Fremden dann ihre Mahlzeit ein, waren sie fliegenden Händlern ausgeliefert, die ihnen für teures Geld Andenken feilboten: kleine Modelle des Tempels, Nachbildungen der dazugehörigen berühmten Artemisstatue, von genau der richtigen Größe, um sie zu Hause in einer Nische im Atrium aufzustellen und den Daheimgebliebenen von den Erlebnissen in der Fremde vorzuschwärmen. Einige Schlitzohren verstanden es, den Ahnungslosen kostbare Altertümer – Dolche, Fibeln oder Münzen – zu horrenden Preisen aufzuschwatzen, nur um ihre Bestände bei Schmieden in dunklen Hinterhöfen unauffällig wieder aufzufüllen. Das Fälscherhandwerk war eine der lukrativsten Einnahmequellen der Stadt, auf die der Magistrat zu seinem Bedauern aber keinen Zugriff hatte. In dieser Hinsicht hielten die Bürger zusammen und alle Bemühungen, gegen die Neppereien einzuschreiten, waren bisher fruchtlos geblieben. Dennoch hatte die Obrigkeit keinen Grund zu klagen. Die legalen Geschäfte florierten, die Tavernen und Gasthäuser waren gut besucht, und auch den Bürgern der Stadt saß das Geld locker.

Schon lange gehörte Ephesos, die Hauptstadt der Provinz Asia, zum Römischen Reich – das war in der Stadt nicht zu übersehen. Rege Bautätigkeit herrschte noch immer, und zahlreiche von römischen Magistraten errichtete öffentliche Bauwerke führten den Einwohnern täglich vor Augen, wer hier das Sagen hatte. Auch ein neues Amtsgebäude war geplant, so dass der römische Statthalter bald in einem prächtigen Neubau residieren würde. Bis dahin aber musste man sich mit dem bestehenden Gebäude begnügen, dessen zwar altmodische, doch eindrucksvolle Fassade die Staatsagora beherrschte.

An die unübersehbare Präsenz der Römer hatten sich die Einwohner allmählich gewöhnt, trotz aller Vorbehalte gegen die fremde Macht. Denn eigentlich war sie der Bevölkerung ein Dorn im Auge. Die Älteren erinnerten sich noch an die Zeit, als auf Befehl des pontischen Herrschers Mithridates 80 000 römische Bürger in der gesamten Provinz niedergemetzelt wurden – auch hier auf den Straßen von Ephesos, wo jetzt das rege Treiben der Händler und Käufer eine geschäftige Stimmung verbreitete.

Silvanus Rhodius lag auf seiner Arbeitskline und langweilte sich. Vor ihm auf dem Tisch häuften sich Stapel mit Schriftrollen und Schreibtäfelchen, dazwischen standen eine Karaffe mit Wein und ein Schälchen mit Nüssen. Abwesend hielt er seinen Becher in der Hand und blickte aus dem Fenster, hinaus auf die Staatsagora, wo sich die Kunden vor den Auslagen der Geschäfte drängten. Nun war er schon seit gut einem halben Jahr hier in Ephesos dem kommissarischen Statthalter Lucius Munatius Plancus zur Seite gestellt. Was sich anfangs vielversprechend angehört hatte, erwies sich zunehmend als lästige Pflicht. Die Zeit schleppte sich mit niederen und langweiligen Aufgaben dahin. Dabei hatte er hier Karriere machen wollen, unterstützt von dem Triumvirn Marcus Antonius. Nach der siegreichen Schlacht bei Philippi gegen die Mörder Caesars zum bedeutendsten Mann des Imperiums aufgestiegen, war Antonius jetzt Herrscher über den römischen Osten. In seinem Gefolge, so hieß es damals in Rom, konnte jeder etwas werden, auch ohne aristokratische Vorfahren, darauf legte Antonius nicht viel Wert. So hatte Silvanus Rom verlassen, um sich in Kleinasien einen Namen zu machen, vielleicht sogar einmal Senator zu werden. Und im vergangenen Frühjahr, als er zu Antonius stieß, schien es ihm tatsächlich zu gelingen, denn er, der kleine Beamte aus dem Stand der Equites, hatte die Gunst und Freundschaft des großen Imperators erlangt. Was aber war aus seinen Plänen geworden?

Silvanus seufzte, warf sich die restlichen Nüsse in den Mund und trank einen Schluck Wein. Munatius Plancus, sein Vorgesetzter, schien ihm nicht sehr gewogen, und so musste er sich mit Banalitäten herumschlagen, haufenweise öder Schriftverkehr. Verwaltungsprobleme zum Beispiel und die Überwachung der Steuereintreiber, eine denkbar undankbare Aufgabe. Der einzige Lichtblick war die Aufsicht über die Bordelle – aus steuerlichen Gründen. Vielleicht sollte er sich ebendies für den Nachmittag vornehmen und ein oder zwei der Freudenhäuser überprüfen. Das war wenigstens etwas fürs

Auge, meistens sprang auch ein gutes Essen dabei heraus, erstklassiger Wein natürlich, und an eindeutigen Angeboten fehlte es auch nicht. Speisen und Wein nahm er gern, die sonstigen Annehmlichkeiten schlug er hingegen immer aus, niemand sollte ihm nachsagen, er sei käuflich. Mit Frauen war er zudem bestens versorgt.

Ein Lächeln huschte über sein Gesicht, und er griff nach einer Schriftrolle. Das Übliche. Ein reicher Händler klagte über die hohe Steuerlast, beteuerte wortreich seine Unfähigkeit, die ihm auferlegten Abgaben leisten zu können. Er sei überfallen und beraubt worden. Wie erwartet, bat er um Herabsetzung des Satzes.

Silvanus rief nach seinem Sklaven, ein Mann aus Bithynien mit unaussprechlichem Namen und daher Bithynicus genannt, der ihm hier für die Arbeit zugeteilt worden war. Stets missmutig, doch intelligent, zuverlässig und sehr dienstbeflissen, widerlegte dieser auf das Eindrucksvollste die Vorurteile der einheimischen Bevölkerung, alle Menschen vom Schwarzen Meer seien dumm, nichtsnutzig, träge und ausnahmslos Betrüger.

»Bithynicus, prüfe doch einmal nach, ob der Mann die Wahrheit sagt und die Überfälle den örtlichen Behörden gemeldet hat!« Silvanus reichte dem herbeieilenden Sklaven die Schriftrolle. »Und bringe mir noch ein paar Nüsse!«

Der hagere Mann mit dem schütteren, farblosen Haarkranz nickte verdrossen und nahm die Rolle. »Natürlich, Herr. Sofort. Ach übrigens, gerade ist dieser Einäugige hier eingetroffen, du weißt schon, der Sklave Monoculos. Er wollte dich sofort sprechen, es sei wichtig. Ich sagte ihm, du arbeitest, und er solle warten.« Bithynicus seinerseits hatte nicht geringe Vorurteile gegenüber körperlich Behinderten und Menschen aus dem Norden.

Silvanus horchte auf. Monoculos, der Sklave seiner Freundin Laelia, kam nicht ohne Grund hierher; und hatte ihn Laelia geschickt, musste in der Tat etwas Außergewöhnliches geschehen sein, aus nichtigen Anlässen benachrichtigte sie ihn nicht. Schärfer als beabsichtigt fuhr er Bithynicus an: »Lass ihn sofort vor, jetzt und wann immer er mit einer solchen Botschaft kommt. Hast du verstanden, Sklave?«

Bithynicus' schmale Lippen zuckten süffisant. »Natürlich, Herr. Der persönliche Sklave der Dame Laelia wird immer vorgelassen werden, ganz wie du anordnest, Herr.« Hocherhobenen Hauptes ging er zur Tür und rief Monoculos herein.

Ein junger Mann betrat vorsichtig den Raum. Monoculos war fast blind. Durch eine schwere Augenkrankheit in seiner Jugend hatte er die Sehkraft eingebüßt, ein Auge musste damals sogar gänzlich entfernt werden. Doch der Sklave hatte die ihm verbliebenen Sinne außergewöhnlich geschärft und kam sehr gut zurecht.

»Herr«, stieß Monoculos nun aufgeregt hervor, »du musst sofort kommen! Illicia ist überfallen worden, in der Taverne, man hat sie zusammengeschlagen! Alles ist verwüstet! Die Herrin Laelia macht sich große Sorgen.«

»Bei Jupiter, Monoculos, ist das wahr?« Silvanus war aufgesprungen. »Ist sie schwer verletzt? Lass uns sofort gehen!«

»Sie war bewusstlos, aber als ich sie verließ, wachte sie gerade wieder auf.« Monoculos hatte sich bereits zur Tür gewandt, Silvanus folgte ihm. Vor dem Amtszimmer kam ihnen Bithynicus mit den Nüssen entgegen. Silvanus ignorierte ihn, eilte durch die endlosen Gänge des Gebäudes, vorbei an Büsten und Statuen römischer Würdenträger. Bithynicus schüttelte den Kopf.

Mit wehender Toga lief Silvanus über den Vorplatz des Amtsgebäudes. Die Menschen, die im Schatten der Säulenhallen lustwandelten, blickten ihm erstaunt nach. Ein römischer

Magistrat in solcher Eile, das Haar schon ein wenig licht über der Stirn und einen stattlichen Bauch vor sich hertragend, mit einem blinden, einäugigen Sklaven im Gefolge, das war kein alltäglicher Anblick!

Es war nicht allzu weit bis zur Taberna Tilia, deren Name an die stattliche Linde erinnern sollte, die einst hier gestanden, aber der Zivilisation hatte weichen müssen. In Ephesos war dieses Haus eine der wenigen rühmlichen Ausnahmen unter den Schänken, allesamt üble Kaschemmen und finstere Spelunken. Die Taberna Tilia dagegen war bekannt für hervorragendes Essen, gemütliche Atmosphäre und gutes Publikum. Illicia und Laelia bewohnten in dem Haus die erste Etage und halfen den Besitzern, Illicias Onkel Orvietus und Tante Arkadia, ab und an bei der Arbeit.

Die Taverne lief gut. Silvanus hoffte inständig, dass dies der alleinige Grund für den Überfall war. Bei Jupiter, hoffentlich war Illicia wohlauf. Die Freundin Laelias war ihm ans Herz gewachsen, und er machte sich Sorgen. Natürlich war der Bevölkerung von Ephesos nicht verborgen geblieben, dass Laelia und Illicia, genau wie er selbst, von Marcus Antonius protegiert wurden. Und natürlich wusste man – so etwas sprach sich immer schnell herum –, dass gerade Illicia die besondere Sympathie des Herrschers über die östlichen Provinzen besaß. Es gab bestimmt Neider und zudem solche, die noch immer die römische Herrschaft ablehnten …

Silvanus traf weit vor Monoculos bei der Taverne ein. Sofort bemerkte er die beschädigte Tür. Vorsichtig – er würde sie später genauer untersuchen – drückte er sie auf und trat ein. Der Schankraum bot ein schreckliches Bild: Tische, Bänke und Stühle waren umgeworfen, Becher und Geschirr lagen auf dem Boden herum, dazwischen die Scherben zertrümmerter Weinamphoren. Überall Lachen ausgelaufenen Weines, die bei dem herrschenden Dämmerlicht – die Fensterläden waren noch geschlossen – fast wie Blut aussahen.

Langsam durchquerte Silvanus den Raum. »Geh durch den Hintereingang«, rief er dem nahenden Monoculos zu. »Wo ist Illicia?«

»Oben, in ihrem Schlafgemach, wir haben sie dorthin gebracht, die Herrin Laelia und ich. Ich hoffe, der Arzt ist schon da, ich habe ihn benachrichtigt, bevor ich zu dir kam.«

Die Augen auf den Boden geheftet, ging Silvanus auf Zehenspitzen weiter. Es wimmelte geradezu von Fußabdrücken, großen, wohl auch von dem Arzt und Monoculos, und kleineren, wahrscheinlich von Laelia. Die der Täter dabei herauszufinden, dürfte erhebliche Schwierigkeiten machen, überlegte er. Doch auch danach würde er später suchen, zunächst musste er nach den Mädchen sehen.

Sein Herz zog sich angstvoll zusammen, als er neben dem Tresen Blut entdeckte, viel Blut, teilweise schon getrocknet. Besorgt stürmte er die Treppe empor, die zu den Wohngemächern führte, und fühlte eine unendliche Erleichterung, als er aus einem Zimmer Illicias Stimme hörte. Zuversichtlicher trat er ein.

Illicia, in ihrem Bett liegend, Laelia auf einem Stuhl daneben, und ein ihm unbekannter Mann, wahrscheinlich der Arzt, sahen ihm entgegen.

»Bei Apollon, gut, dass du so schnell gekommen bist, Silvanus.« Erleichtert sprang Laelia auf, um ihn zu begrüßen.

»Ich wünschte, es wäre aus angenehmeren Gründen.« Silvanus drückte ihr einen Kuss auf die Wange und widmete dann seine Aufmerksamkeit Illicia. Mit Entsetzen stellte er fest, dass die junge Frau übel zugerichtet war. Ihr Chiton war blutbefleckt, das lange, braungelockte Haar verklebt, ein Auge geschwollen. »Wie fühlst du dich?«, fragte er mitfühlend.

»Nun, es geht.« Illicia versuchte ein Lächeln.

»Ist sie schwer verletzt?«, wandte sich Silvanus an den Arzt. Dieser hatte bereits begonnen, seine Utensilien in ein Tuch einzuschlagen. »Nein, sie hat Glück gehabt, es ist nur eine Platzwunde. Dennoch musste ich mein ganzes Können aufwenden, um die Blutung zu stillen und die Wunde zu nähen, aber in ein paar Tagen wird die Dame wieder vollkommen gesund sein.« Zufrieden wischte er sich die Hände an seinem Chiton ab. »Du bist Silvanus Rhodius, nehme ich an. Man hat mir dein Kommen angekündigt. Mein Name ist Peloros, Arzt und stets zu Diensten, wenn ich gebraucht werde. Ich wohne gleich in der Parallelstraße, in der ersten Insula links, du brauchst nur einen Sklaven zu schicken, wenn du einmal der Hilfe bedarfst oder einen Menschen triffst, der die Kunst des Asklepios benötigt. Ich war in Pergamon und habe dort viel gelernt.«

»Tatsächlich?« Silvanus fiel es nicht leicht, seine Abneigung gegen diesen Mann zu verbergen. Allein sein mit Flecken übersäter Chiton, seine ungepflegten Hände mit schwarzen Rändern unter den Fingernägeln, die halblangen grauen, fettigen Haare vermittelten nicht den Eindruck eines kundigen Heilers. Und der wollte in Pergamon gelernt haben? Eher schien er einer der vielen Quacksalber in diesem Gewerbe zu sein, die, ohne umfassende Ausbildung und immer auf der Suche nach Kunden, ihren Patienten eher schadeten, als sie zu heilen. So warf Silvanus zunächst voller Sorge einen Blick auf die Wunde an Illicias Kopf. Der Arzt hatte die Haare ringsherum abgeschnitten, blutige Haarbüschel lagen überall auf dem Boden verstreut. Die Verletzung war leidlich gereinigt und mit groben Stichen genäht. ›Bei Apollon‹, dachte Silvanus, ›hoffentlich geht das gut!‹ Bei dem Gedanken an die Nadel, bestimmt in keinem besseren Zustand als ihr Besitzer, lief ihm ein Schauer über den Rücken. Als er jetzt sah, wie der so genannte Arzt schmutzigweiße Leinentücher hervorholte, um sie Illicia um den Kopf zu wickeln, musste er einschreiten. »Wir danken dir sehr für deine Hilfe, Peloros, aber ich glaube, den Verband werden wir selbst anlegen können. Auch will ich mir die Wunde noch einmal ansehen.« Höflich, aber bestimmt, trat er zwischen den Arzt und Illicia, entnahm seinem Beutel einige Münzen, drückte sie dem Mann in die Hand und führte ihn zur Tür. Peloros, den Blick auf das Geld geheftet, schien sein Glück kaum fassen zu können. »Wie überaus freundlich von dir. Du wirst mich doch weiterempfehlen an deine Freunde? Ist deine Familie gesund? Ich heile alle Krankheiten!« Unter vielen Verbeugungen und noch mehr Worten ging er rückwärts aus der Tür. Sie hörten ihn noch die Treppe hinunterlaufen, dann war es still.

Silvanus und Laelia sahen sich an. Beide wussten, was der andere dachte, wagten es aber Illicias wegen nicht auszusprechen. Doch diese seufzte erleichtert: »Gut, dass du ihn weggeschickt hast, Silvanus, ich weiß nicht, was schlimmer war, dieser Mensch oder der Überfall. Die Schmerzen sind schon übel genug, aber sein Geruch!« Angewidert rümpfte sie die Nase.

Silvanus beugte sich über die Wunde und sah sie sich aus der Nähe an. »Du scheinst wirklich Glück gehabt zu haben, Illicia, das hat er richtig erkannt. Dennoch werde ich nach Hani Ramm schicken, es erscheint mir sicherer.«

Der ägyptischer Arzt Hani Rami, der sich in Didyma, dem Heimatort der beiden Mädchen, niedergelassen hatte, war ein guter Freund von ihnen. Seine medizinischen Fähigkeiten waren hervorragend, Silvanus hatte sie vor einem halben Jahr kennen und schätzen gelernt. Ihn holen zu lassen erschien ihm das Mindeste, was er tun konnte.

»Meinst du, das ist nötig?« Illicia zweifelte. »Hani wegen so einer Kleinigkeit zu rufen, finde ich etwas übertrieben.«

»Nun, eine solche Kleinigkeit ist es auch wieder nicht,

außerdem wäre er wahrscheinlich ungehalten, wenn wir es nicht täten.«

Monoculos kam mit sauberen Tüchern und Wein.

»Gute Idee«, sagte Silvanus und reichte Illicia zuerst einen Becher. »Nimm einen kräftigen Schluck, Mädchen, du kannst es gebrauchen. Willst du dich erst ein wenig ausruhen oder kannst du mir gleich erzählen, was passiert ist?« Vorsichtig begann Silvanus, ihren Kopf zu verbinden.

»Es wird schon gehen.« Dankbar nahm Illicia einen Schluck Wein. »Vielleicht lenkt es mich von den Schmerzen ab.« Stockend berichtete sie nun, dass vier Männer in die Taverne eingedrungen waren. Wegen der Geräusche war sie in den Schankraum gegangen, um nach dem Rechten zu sehen. Doch dort war alles ruhig gewesen, nur die Tür hatte einen Spalt offen gestanden. Gerade hatte sie draußen nachsehen wollen, als die Männer auf sie zustürzten. Einer war mit einem Knüppel auf sie losgegangen. Sie hatte noch versucht, sich mit einem Küchenmesser zu wehren und, wenn sie sich richtig erinnerte, ihn sogar verletzt. Dann hatte sie nur noch einen furchtbaren Schlag auf den Kopf gespürt. Aufgewacht war sie erst wieder, als Laelia sich über sie beugte. Einzelheiten hatte sie nicht erkennen können, die Läden der Taverne waren ja geschlossen gewesen, und die Männer hatten Kapuzenmäntel getragen. Nur, dass der, der sie angegriffen hatte, um einiges größer war als sie und dunkle Augen hatte. Nein, wo sie den Angreifer mit dem Messer getroffen hatte, vermochte sie nicht zu sagen, sie hatte einfach nur blind zugestochen.

»Sagten sie etwas?« Silvanus verknotete vorsichtig den Stoffstreifen.

»Nein.« Illicia drückte das feuchte Tuch, das Laelia ihr gereicht hatte, auf ihr geschwollenes Auge. »Kein Wort.«

»Fehlt etwas?«

»Laelia sagt, die Einnahmen von gestern seien weg, ich

hatte sie unten gelassen. Tante Arkadia wird mit Recht außer sich sein, wenn sie davon erfährt, aber zum Glück sind sie und Onkel Orvietus noch bei meinem Vater in Didyma. Hier oben fehlt anscheinend nichts, vielleicht sind die Männer gestört worden.«

Silvanus legte nachdenklich die Stirn in Falten. Viel war das nicht, was er da über die Täter erfahren hatte. »Wann ist das Ganze genau geschehen?«

»Kurz nach Sonnenaufgang.«

Silvanus wandte sich an Laelia. Auch sie sah blass und mitgenommen aus. »Wo warst du, als es passierte? Hast du nichts gehört? Oder die Sklaven?«

»Nein, ich war nicht hier.« Laelia fuhr sich mit der Hand über die Stirn. »Ausgerechnet heute morgen musste ich wegen einer Übersetzung zu einem Buchhändler. Einmal gehe ich früh aus dem Haus, und dann passiert so etwas. Monoculos hat mich begleitet. Dann, als ich wiederkam, lag Illicia auf dem Boden des Schankraumes …« Sie stockte. »Wo die nichtsnutzige Flusia war, weiß ich nicht, sie ist nicht aufzufinden, wer weiß, wohin sie sich verkrochen hat. Du kennst sie ja, sie hat sich wahrscheinlich wieder bei dem ersten Geräusch versteckt. Aber ich werde sie fragen, wenn sie auftaucht. Und die beiden anderen Sklaven sind mit nach Didyma gereist.«

Silvanus trank einen Schluck. Hatten die Schläger gewartet, bis alle aus dem Haus waren? Handelte es sich um einen geplanten Akt, gezielt, nach langer Beobachtung? Aber woher hätten sie wissen sollen, dass Laelia gerade an diesem Morgen eine Verabredung hatte? Auf jeden Fall war der Moment gut gewählt, denn um diese Zeit, wenn die Karren noch auf den Straßen ratterten, um Geschäfte und Tavernen zu beliefern, waren laute Geräusche nichts Besonderes.

Besorgt blickte er auf Illicia. Sie sah schlecht aus, er sollte sie jetzt besser in Ruhe lassen. »Hast du Kopfschmerzen?«

»Ja, ziemlich.«

»Dann solltest du dich ein wenig ausruhen. Laelia, hast du nicht etwas, damit sie schlafen kann?«

Laelia nickte. »Natürlich. Ich weiß von Hani Rami das Rezept für einen Trank, der die Kopfschmerzen lindern und dich einschlafen lassen wird.« Sie drückte ihrer Freundin ein neues feuchtes Tuch an den Kopf.

»Aber lange schlafen kann ich jetzt auf keinen Fall«, protestierte Illicia schwach, »alles muss noch aufgeräumt und vorbereitet werden. Ich habe doch Tante Arkadia versprochen, sie zu vertreten.«

»Nichts wirst du aufräumen!« Silvanus legte Autorität in seine Stimme. »Ich muss mich hier nach Spuren umsehen, danach können die Sklaven Ordnung schaffen. Mach dir keine Sorgen, Laelia wird mit Monoculos später den Schankbetrieb übernehmen und ich werde sehen, ob ich ein paar Sklaven zur Verstärkung schicken kann.«

Illicia, zu mitgenommen, um sich weiter zu wehren, konnte dem nichts entgegenhalten. So gab sie nach, als Laelia ihr versicherte, sie bekäme das schon hin, nicht umsonst sei sie in einer Taverne aufgewachsen, deren Führung ihr doch ihr Vater oft genug anvertraut habe.

Silvanus machte sich derweil auf, den Schankraum genauer zu untersuchen, öffnete die Fensterläden und schaute sich um. Im hellen Tageslicht konnte er das ganze Ausmaß der Verwüstung erkennen. Was musste Laelia wohl empfunden haben, als sie, nichtsahnend zurückkommend, die Taverne in Trümmern und ihre Freundin in ihrem Blut vorfand?

Er konzentrierte sich auf den Tatort. Dort, wo die Blutlache im Sonnenlicht schimmerte, war Illicia vermutlich niedergeschlagen worden. Er würde sie danach fragen müssen. Handelte es sich hier nur um Illicias Blut oder auch um das eines der

Schläger? Wie schwer hatte sie ihn wohl verletzt? Und das Messer, mit dem sie sich gewehrt hatte? Akribisch suchte er den ganzen Boden ab. Nichts. Das Messer fand er nicht, und auch nicht den Knüppel, von dem Illicia erzählt hatte – nichts außer einer Blutspur, die zur Tür führte und dort endete. Der Verletzte hatte sich wohl etwas um die Wunde gebunden. Da Illicia nicht bis dorthin gegangen sein konnte, musste es von einem der Täter stammen. Er suchte also nach einem großen Mann mit dunklen Augen, der eine Verletzung hatte, vermutlich an Brust, Bauch oder an einem Arm – und das in einer Stadt wie Ephesos, die fast 300 000 Einwohner hatte, dazu wer weiß wie viele Besucher und Tagelöhner, von den Sklaven ganz zu schweigen.

Silvanus seufzte und unterzog die Tür einer näheren Untersuchung. Sie war brutal aufgebrochen worden, Schloss und Riegel hingen zertrümmert herunter. Außer den Spuren eines Werkzeuges, mit dem die Täter wohl zunächst vergeblich versucht hatten, den innenliegenden Riegel zu heben – ein scharfer, flacher Gegenstand, ein Schwert vielleicht – war hier nichts zu entdecken, was ihm weiterhelfen konnte. Frustriert ging er wieder hinein. Auch die verschiedenen Fußabdrücke, die er jetzt einer näheren Untersuchung unterzog, halfen nicht weiter, es waren einfach zu viele und obendrein ohne erkennbare Unterschiede, außer in der Größe.

Laelia war heruntergekommen und stand bleich an der Theke. »Sieh mal, Silvanus«, sagte sie leise, »hier steht etwas.« Sie zeigte auf den Tresen. Dort war ein Wort mit Blut auf den weißen Marmor geschrieben: »Rediemus«.*

* Wir werden wiederkommen

Laelia hatte mit Monoculos und Flusia – Illicias scheue schwarze Sklavin war wieder aufgetaucht – die Taverne so gut es ging aufgeräumt. Auf Silvanus' vorsichtige Fragen hatte Flusia verstört angegeben, sie wäre, als sie den Lärm an der Tür gehört hätte, voller Angst in den Lagerraum zwischen die Weinamphoren geflüchtet und hätte nichts gesehen und gehört, nur etwas später die entsetzlichen Geräusche zerbrechender Amphoren und umfallender Möbel. Da hätte sie sich die Ohren zugehalten.

Silvanus hatte sich höflich bei dem schönen, aber sehr verängstigten Wesen bedankt, ihr gut zugeredet und innerlich die Möglichkeit verworfen, hier etwas über die Täter zu erfahren. Flusia hatte ihn mit einem zwischen Skepsis und Vertrauen schwankenden Ausdruck in den dunklen Augen angesehen, ihre langen tiefschwarzen Haare zurückgebunden und sich an die Arbeit gemacht.

Sodann hatte Silvanus die Nachbarn befragt, ob sie etwas bemerkt hätten. Wie befürchtet, war niemandem etwas Ungewöhnliches aufgefallen, schließlich war Lärm um diese Uhrzeit in Ephesos normal. So war Silvanus voller Unbehagen zurück in sein Amtszimmer gegangen und hatte einen Sklaven losgeschickt, die Verwandtschaft in Didyma und Hani Rami zu benachrichtigen. Einem zweiten trug er auf, einen neuen starken Riegel mitsamt Schloss an der Tür der Taberna Tilia anzubringen und dort bei der Arbeit zu helfen. Danach musste er seinen Vorgesetzten, Munatius Plancus, über den Vorfall in Kenntnis setzen.

Die Arbeitsräume des Statthalters lagen im gegenüberliegenden Flügel des Gebäudes. Silvanus durchquerte die Eingangshalle, wo reger Betrieb herrschte. Je näher er dem Wirkungsbereich des höchsten Amtsträgers der Provinz – nach Marcus Antonius natürlich – kam, desto prächtiger wurden die Wandgemälde, desto zahlreicher die Statuen. Im Vorzimmer des hohen Herrn hieß ihn ein Schreiber warten, meldete ihn an und öffnete dann die Tür zu Plancus' Zimmer.

Der hochgewachsene Mann gab wie immer das Bild eines vielbeschäftigten Würdenträgers ab, wie er da in seiner blütenweißen, purpurgesäumten Senatorentoga auf dem Sofa lag, vor ihm, ordentlich aufgereiht, die Korrespondenz, die er gerade gewissenhaft geprüft hatte. Er war ein gut aussehender Mann in den besten Jahren, das musste Silvanus zugeben, mit vollem dunklen Haar und einer sehr römischen Nase, der Körper gepflegt und muskulös. Plancus war Feldherr und hielt viel auf körperliche Leistungsfähigkeit, was Silvanus immer wieder bewundernd feststellte, wenn er ihn in den Thermen oder in den Sportanlagen traf.

Wie jedes Mal, wenn er hierher kam, fühlte Silvanus wieder diese leichte Unsicherheit, die ihn beschlich, wenn er mit hochgeborenen Patriziern, Senatoren und ihresgleichen zu tun hatte. Ihm, dem Spross aus der eher unbedeutenden Nobilität Roms, jetzt ein Mitarbeiter dieser Männer, die zu nichts anderem erzogen worden waren, als Politik zu machen, ihm war das noch nicht zur Gewohnheit geworden. Verstärkt wurde dieses Gefühl durch die Pracht des Raumes, eingerichtet mit den wertvollsten Möbeln, bemalt mit den kunstvollsten Malereien, bestückt mit Bildnissen, die fast lebensecht wirkten. Die Büste des Marcus Antonius war von dieser Art. Ein Stück von so exquisiter Qualität, dass Silvanus immer das Gefühl hatte, das Zimmer wäre von seiner Gegenwart erfüllt, ein Effekt, der natürlich gewollt war. Doch Silvanus schöpfte aus der – wenn auch nur materiellen – Anwesenheit des Antonius Mut, er war hervorragend mit ihm ausgekommen. Munatius Plancus dagegen ließ ihn den Rangunterschied jedes Mal spüren.

So auch diesmal. Nachdem Silvanus dem Statthalter die Vorkommnisse geschildert hatte, lehnte sich dieser auf seiner Arbeitskline zurück und musterte seinen Mitarbeiter herablassend. »Das fällt nicht in unseren Verantwortungsbereich, Silvanus. Ich sehe in keiner Weise, dass es sich um eine Angelegenheit handelt, die uns etwas angeht. Du wirst einen Bericht darüber schreiben und ihn an die zuständigen örtlichen Behörden weiterleiten. Sollen die sich darum kümmern.« Missbilligend runzelte der Statthalter die Stirn. »Falls du ein persönliches Interesse an der Sache hast, so tut es mir Leid, aber du hast Wichtigeres zu tun, nehme ich an.«

»Munatius Plancus«, Silvanus unternahm noch einen letzten, zögerlichen Versuch, »es geht nicht um meine persönlichen Interessen, sondern das Opfer, Illicia, steht in enger Verbindung zu Marcus Antonius. Meinst du nicht, dieser …« Er brachte den Satz nicht zu Ende. Ein Blick auf Plancus' hochgezogene Augenbrauen bestätigte ihm, dass dieser nicht von seiner Meinung abweichen würde, auch die entstandene senkrechte Falte auf dessen Stirn versprach nichts Gutes. »Silvanus Rhodius. Ich denke, ich brauche nicht zu betonen, dass auch ein Triumvir den Gesetzen unterliegt. Wegen einer jungen Frau, die wahrscheinlich nicht nur die Gunst des Antonius errungen hat, werden wir uns nicht in die Kompetenzen der örtlichen Behörden einmischen. Höchstwahrscheinlich ist das Ganze ein Eifersuchtsakt, nichts, womit ich oder du kostbare Zeit verschwenden müssten! Schreibe jetzt deinen Bericht und gib ihn mir zur Kenntnis, bevor du ihn absendest. Vale, Silvanus.«

Bedrückt begab sich Silvanus zurück in sein Zimmer. Er hätte es wissen müssen, ja, eigentlich hatte er es gewusst. Dennoch musste er etwas unternehmen, um die Mädchen zu schützen, um sie zu beruhigen. Sollte er außer dem Bericht an die örtlichen Magistraten noch einen an Marcus Antonius schreiben, hinter dem Rücken seines Vorgesetzten? Nun, er würde darüber nachdenken. Zunächst allerdings rief er missgelaunt nach Bithynicus und diktierte seine Schilderung der Vorfälle.

Als Silvanus später am Abend zurück in die Taverne kam, hatten Laelia und Monoculos mit dem von ihm geschickten Sklaven ihr Bestes gegeben, die Gäste zu versorgen. Doch nun waren sie am Ende ihrer Kräfte, und so ergriff Silvanus die Initiative. Mit dröhnender Stimme verkündete er, dass aufgrund eines personellen Engpasses jetzt nichts mehr ausgeschenkt werden könne und es Zeit zum Aufbruch sei. Unwillig und murrend wurden seine Anweisungen befolgt.

Mit einem Seufzer der Erleichterung schloss Monoculos die Tür hinter den letzten Gästen und brachte seiner Herrin und Silvanus einen Krug Wein.

Dankbar nahm Laelia den Becher entgegen. »Nimm dir auch einen Schluck, Monoculos, du hast ihn wahrlich verdient. Und dann kannst du schlafen gehen, das Aufräumen soll Flusia morgen besorgen, es ist schon traurig genug, dass sie bei solchen Notlagen nicht hilft.«

»Ach, sie kann doch nichts dafür, Herrin!« Monoculos schätzte die Sklavin sehr, was zu seinem Leidwesen auf keine große Gegenliebe stieß.

»Du hast ja Recht«, murmelte Laelia und musste unwillkürlich daran denken, dass das Mädchen in seinem Leben schon viel erlitten hatte. Als Kind in Nubien geraubt, als Sklavin verkauft, wegen ihrer Schönheit missbraucht, war sie gegenüber Fremden äußerst misstrauisch. So konnte man sie zu aller Bedauern nur für einige Hausarbeiten einsetzen – sicherlich wäre die schöne junge Nubierin mit der schwarzglänzenden Haut, dem atemberaubenden Körper und den langen, ebenholzfarbenen Haaren eine zusätzliche Attraktion für die Taverne gewesen. Aber daran war nicht zu denken.

Silvanus nahm einen tiefen Schluck Wein, legte liebevoll einen Arm um Laelia und sagte anerkennend: »Bei Jupiter, was für ein Tag! Ich bin stolz auf dich, meine Laelia, du hast das alles wahrhaft meisterlich bewältigt. Wie geht es Illicia?«

Laelia lehnte sich an ihn. »Sie schläft. Hast du etwas erreicht?«

»Wenig.« Er erzählte ihr von seinen Befragungen und dem Gespräch mit Munatius Plancus.

»Du sollst nicht weiterermitteln?« Laelia war fassungslos. »Da wird eine gute Freundin von Marcus Antonius brutal niedergeschlagen und die örtlichen Behörden sollen das bearbeiten? Wo doch jeder weiß, wie wenig Interesse die an solchen Vorkommnissen haben? Und du, der du über so reiche Erfahrungen verfügst, sollst nur einen Bericht schreiben? Das darf doch nicht wahr sein! Was willst du tun?«

Silvanus zuckte die Schultern. »Ich weiß es noch nicht. Immerhin ist Munatius Plancus mein Vorgesetzter, ich muss tun, was er sagt. Und rechtlich gesehen stimmt es, das Verbrechen betrifft keine Staatsangelegenheit, und dass Antonius private Interessen an Illicia hat, ändert die Gesetze nicht. – Aber ich werde mir etwas überlegen. Mache dir keine Gedanken, ich werde dafür sorgen, dass so etwas nicht noch einmal vorkommt!« Er strahlte eine Zuversicht aus, die er nicht verspürte, und beeilte sich das Thema zu wechseln. »Du zitterst ja, Carissima*, komm, trink noch einen Schluck.« Fürsorglich reichte er ihr den Becher.

Laelia nahm einen tiefen Zug und spürte, wie der starke Wein ihre Kehle hinabrann. Sie schluckte. »Weißt du, Silvanus, ich habe immer noch vor Augen, wie ich hier hereinkam und Illicia fand. Bei Apollon, ich dachte, sie sei tot, als ich sie dort liegen sah. Und alles war voller Blut.« Sie schauderte. »Warum, meinst du, haben sie das gemacht?«

Silvanus zog sie fürsorglich an sich. »Vielleicht waren es

* Liebste

einfach nur betrunkene Randalierer. Vielleicht suchten sie nach Geld und wurden von Illicia gestört. Vielleicht wollen sie Schutzgeld erpressen und schicken in den nächsten Tagen eine Botschaft. Ach, ich weiß es auch nicht, aber ich werde es herausfinden.«

»Rediemus!«, murmelte Laelia. »Silvanus, ich habe Angst. Wenn sie nun wirklich wiederkommen? Außer Monoculos, Illicia und Flusia ist niemand im Haus, ein Blinder, eine Kranke und eine wunderliche Sklavin. Sag, kannst du nicht heute Nacht hier bleiben?«

Silvanus atmete tief durch. Das hatte er befürchtet. Laelia, sonst so eigenständig, unabhängig, brauchte ihn heute Nacht. Er überlegte kurz. »Nein, Laelia, und das weißt du. Es geht nicht. Was soll ich Lucida sagen? Dass ich meine Geliebte beschützen muss? Es wird schon schwer genug sein, ihr zu erklären, wo ich bis jetzt war. Ich habe nur einen Sklaven nach Hause geschickt mit der Nachricht, ich würde mich verspäten. Aber wenn ich ihr erzähle, dass ein Überfall in einer Taverne stattgefunden hat und ich mich darum kümmern muss, wird sie genau wie Munatius Plancus sagen, das sei doch gar nicht meine Aufgabe. Nein, Laelia, es geht wirklich nicht. Es tut mir Leid, es tut mir wirklich sehr Leid, aber es ist nun einmal so.«

Laelia machte sich von ihm los. Ja, sie hatte es gewusst. Seit Lucida, seine Frau, ihm aus Rom nachgereist war, hatte sich einiges verändert. Am Anfang, als sie nach Ephesos gekommen waren, hatten Silvanus und sie eine herrliche Zeit verlebt. In der kleinen Wohnung, die sie hier in Arkadias Haus bewohnte, hatten sie tun und lassen können, was sie wollten. Das Leben war wunderbar – ausgestattet mit einem beruhigenden finanziellen Polster, das Marcus Antonius ihr und Illicia für ihre Hilfe in Didyma hatte zukommen lassen, an der Seite eines Mannes, der nicht müde wurde, ihr zu beteuern, wie sehr er sie liebte. Dann erschien Lucida, und alles wurde anders.

Oh, nicht dass er sie vernachlässigte, im Gegenteil, Silvanus war sogar noch liebevoller als zuvor, sein schlechtes Gewissen plagte ihn. Aber sie trafen sich nicht mehr so häufig: Nur noch zwei Abende in der Woche, an denen er zuvor mit Freunden Sport getrieben oder gewürfelt hatte, verbrachten sie miteinander. Die anderen Tage gehörten Lucida und dem Leben mit ihr.

›Ich hätte ihn gleich, als sie ankam, verlassen sollen. Niemals hätte ich auf seine Versprechungen hören dürfen, dass er sich scheiden lassen wird. Warum hänge ich nur so an diesem Mann?‹ Laut sagte sie: »Irgendwann wird sie es sowieso erfahren.«

»Ja, irgendwann. Aber es muss nicht heute sein. Lass Monoculos hier im Schankraum schlafen, er ist der beste Wächter, den du dir wünschen kannst. Und der neue Riegel an der Tür wird jedem Angriff standhalten. Außerdem werde ich zwei Legionäre beauftragen, die Taverne zu beobachten. Es wird dir nichts passieren, dafür verbürge ich mich!« Er stand auf, umarmte sie noch einmal und flüsterte schuldbewusst in ihr Ohr: »Ich liebe dich, meine Laelia, vergiss das nicht.«

Laelia sagte nichts.

Kapitel 2

Tante Arkadia saß mit ihrem Bruder im Garten seines Hauses in Didyma und beklagte die mangelnde Disziplin der Dienstboten. »Sieh doch, Tollimos, der Teich ist voller Laub! Du musst dringend veranlassen, dass er gereinigt wird!«

Tollimos nickte duldsam und nahm einen tiefen Zug aus seinem Becher. Anklagend hob Arkadia die Augenbrauen und schüttelte leidend den Kopf. »Tollimos, Tollimos, du trinkst zu viel! Wie oft habe ich dir schon gesagt, du sollst das lassen! Du machst dich zum Gespött der Leute. Du – ein Priester! Das geziemt sich nicht!«

Gehorsam stellte Tollimos seinen Becher ab. Seine Schwester daran zu erinnern, dass er schon lange kein Priester mehr war, wäre sinnlos gewesen. Sie pflegte diese Tatsache hartnäckig zu ignorieren. Ihre Anklagen würden jetzt eine Weile so weitergehen, jede Erwiderung war vergebene Mühe. Dabei mochte er seine Schwester. Seit Illicia nach Ephesos gegangen war und die Sklavin Flusia mitgenommen hatte, war er froh, dass jemand in seinem Hause ab und zu nach dem Rechten sah. Das konnte Arkadia. Sie hatte in der kurzen Zeit, die sie hier war, Ordnung in Haus und Garten gebracht, zwar zu Lasten ihrer Sklaven, ihres Mannes Orvietus und natürlich seiner selbst, doch sehr effektiv. Und seit sie zufällig von Tollimos' Geldschwierigkeiten erfahren hatte, griff sie sogar oft in den Geldbeutel, allerdings nicht ohne ihre Freigebigkeit wortreich zu betonen und die Undankbarkeit ihres Bruders zu beklagen.

Ihr Mann Orvietus, ein recht geschickter Handwerker, hatte sich in den hinteren Teil des Gartens zurückgezogen, wo er mit dem Sklaven Scopus den Zaun reparierte. Auf Arkadias

Anordnung natürlich, die ihm aber sehr gelegen kam. Auch Orvietus hatte unter Arkadia zu leiden, wusste sich aber immer aus ihrem direkten Eingriffsbereich zu entfernen.

An dieses Talent seines Schwagers dachte Tollimos gerade voller Neid, als ein offiziell aussehender Sklave nahte und Arkadias Wortschwall rüde unterbrach. Erleichtert blickte Tollimos ihm entgegen.

»Salve! Ich habe eine Nachricht für die Herren Tollimos und Orvietus und für die Dame Arkadia!«, rief der Abgesandte außer Atem.

»Was ist denn das für eine Begrüßung?« Erbittert musterte Arkadia den Boten.

»Du bist Arkadia?«, vergewisserte dieser sich, unbeeindruckt von dem Vorwurf.

Ja. Wer schickt dich überhaupt? Es muss schon etwas Wichtiges sein, wenn man mich hier belästigt.« Sie richtete sich gerade in ihrem Sessel auf, bemüht, ihrem fülligen Körper imposante Größe zu verleihen. Auffordernd heftete sie ihre stechenden, hellbraunen Augen auf den Boten.

»Silvanus Rhodius schickt mich.«

Unwillig zog Arkadia bei diesem Namen die Brauen über der schmalen Nase zusammen. Als der Bote aber von dem Vorfall in Ephesos berichtete, war sogar sie von den Nachrichten erschüttert.

Tollimos war blass geworden. »Wie geht es Illicia? Ich fahre sofort los!« Er wartete kaum die Antwort ab und sprang auf.

»Soweit ich weiß, geht es ihr gut. Näheres ist mir nicht bekannt. Ich soll euch alle bitten, so schnell wie möglich nach Ephesos zurückzukommen. Alles Nähere werdet ihr dort erfahren. – Ich begleite euch, wenn ihr es wünscht!«, rief der Sklave, doch Tollimos war schon im Haus verschwunden.

Arkadia saß wie gelähmt in ihrem Sessel. Krampfhaft umklammerte sie die Armlehnen, so dass ihre Knöchel weiß hervortraten. Fassungslos starrte sie vor sich hin. »Das mir!«, dachte sie. Nie hatte sie geglaubt, dass ihr so etwas passieren würde. Sicher, sie hatte davon gehört, dass einigen Tavernenbesitzern in Ephesos schon Gleiches widerfahren war. Aber doch nicht ihr! Es musste etwas mit Illicia zu tun haben! Und diese Bekanntschaft mit dem Römer. Was Illicias Freundin Laelia mit ihm zu schaffen hatte, darüber wollte sie nicht nachdenken.

Schwerfällig richtete sie sich auf. Sie hieß den Boten warten und folgte ihrem Bruder ins Haus, um die Sklaven anzuweisen, das Gepäck zu holen.

Es konnte ihnen nicht schnell genug gehen. Auf dem kurzen Weg zum Hafen Panormos, wo sie ein Schiff nach Ephesos besteigen würden, trieb Tollimos den Fahrer zur Eile an. Auch auf dem Boot kam er nicht zur Ruhe. Unablässig knetete er den Saum seines Mantels, den er nachlässig zum Schutz gegen die Kühle der Nacht um die Schultern geworfen hatte. Er bewegte lautlos die Lippen, als schicke er stumme Gebete an die Götter.

Ununterbrochen redete seine Schwester auf ihn ein. »Es ist deine Schuld, Tollimos. Wie konntest du deiner Tochter erlauben, nach Ephesos zu gehen? Ganz allein. Du weißt doch, wie gefährlich diese Stadt ist. Schließlich ist es eine Hafenstadt und da treibt sich viel Gesindel herum. Ein Mädchen aus Didyma ist so einen Umgang nicht gewohnt. Wie konntest du das zulassen? Dann diese Laelia, ihre Freundin. Musste ausgerechnet sie Illicia nach Ephesos begleiten? Sie hat doch diesen Römer angeschleppt! Ist es nicht so? Wir wissen doch alle, wie die Römer sind! Außerdem sind sie hier nicht gut gelitten! Kein Wunder! Es ist doch klar, dass es etwas mit diesem Römer zu tun hat! Das musst selbst du erkennen, Tollimos. Wie konntest du zulassen, dass es so weit kommt. Es liegt doch auf der Hand, wer dahinter steckt!«

Erst jetzt erwachte Tollimos aus seiner Versunkenheit. »Was willst du damit sagen?«

Beruhigend legte Orvietus seine Hand auf die Schulter seines Schwagers. »Tollimos, höre nicht auf das, was sie sagt. Du kennst sie besser als ich. Du weißt, es hat nichts zu bedeuten.«

Arkadia ließ sich nicht beirren. »Aber es ist doch so. Ihr wisst genauso gut wie ich, dass es Menschen gibt, die nicht erfreut darüber sind, dass wir die Römer hier haben! Kein Wunder, dass sich der Ärger über das Mädchen ergießt, wo es bekanntermaßen auf so gutem Fuße mit ihnen steht. Kommen nicht neuerdings immer mehr Römer in meine Taverne, angelockt von diesem Silvanus? Ist es da ein Wunder?«

»Jetzt schweige still, Weib!«, brach es aus dem sonst so ruhigen Orvietus heraus. »Musst du Tollimos mit deinen unsinnigen Verdächtigungen belästigen? Du siehst doch, wie er leidet.«

Verblüfft über den Zorn ihres Mannes schwieg Arkadia. Doch nicht lange, da hatte sie sich wieder gefasst und wandte sich nun ihrem Gatten zu. »Du wagst es? Du? Das bisschen Arbeit in der Taverne war dir doch schon zu viel! Wenn ich nicht wäre, mich um alles gekümmert hätte, wären wir doch arm wie die Mäuse im Marstempel.«

Orvietus hatte sein Mut verlassen. Den Kopf eingezogen, wickelte er sich fester in seinen Umhang und ließ die weiteren Anschuldigungen seiner Frau daran abprallen.

Endlich erreichten sie Ephesos. Den Weg vom Hafen zur Taverne gingen sie zu Fuß, dem Boten folgend, der eine Fackel entzündet hatte und ihnen zügig voranschritt. Die Sklaven Gallia und Scopus kamen langsam nach, schwer beladen mit dem Gepäck. Je näher sie der Insula kamen, von der die Taverne einen guten Teil einnahm, desto langsamer, zögernder wurden ihre Schritte. Vor allem Tollimos drückte die Sorge um seine Tochter nieder. Wie es ihr wohl ging? Der Bote hatte zwar gesagt, es sei ihr nichts Ernstes geschehen, aber was wusste der schon. Vielleicht wollte er sie nur beruhigen, vielleicht war Illicia schon tot?

Allein Arkadia eilte voran und blickte sich ungeduldig nach ihnen um. An der Tür hielt sie überrascht inne. Ein neues Schloss war eingebaut worden, das sah sie auf den ersten Blick, und natürlich passte auch ihr Schlüssel nicht mehr. Wütend rüttelte Arkadia an der Tür. »Wir können nicht einmal mehr in unser eigenes Haus, siehst du das, Orvietus«, bellte sie ihren herankommenden Mann an, der verstohlen dem Boten einige Münzen in die Hand gedrückt hatte und nun die Fackel trug. »Und die Taverne ist zu dieser Stunde schon geschlossen? Das ist doch eine Schande! Wovon sollen wir denn leben, wenn das Mädchen wegen einer solchen Sache die Taverne schließt? Wo sind jetzt ihre so genannten Freunde? Die hätten dem armen Ding doch auch einmal helfen können, all die Römer!«

»Arkadia, beruhige dich«, sagte Tollimos warnend, denn zwei Legionäre waren aus der Dunkelheit hervorgetreten und kamen mit gezückten Schwertern auf die Gruppe zu. »Wer seid ihr, was wollt ihr hier?«, herrschte einer der beiden Tollimos an. Der andere hatte sein Schwert auf Orvietus gerichtet.

»Das ist meine Taverne«, keifte Arkadia, »und es ist sicherlich eher angebracht, zu fragen, was ihr hier macht.«

Unsicher geworden blickten die Legionäre sich an. »Kannst du das beweisen?«

»Natürlich kann ich das beweisen, ich besitze den Schlüssel zum Hintereingang – wenn dort nicht auch das Schloss ausgewechselt worden ist. Und ich möchte darum bitten, dass ihr gütigst die Schwerter herunternehmt, was sollen denn die Leute denken.«

In der Tat hatten sich schon ein paar Schaulustige versammelt, die auf dem Weg nach Hause gewesen waren.

»Geht zum Hintereingang«, befahl einer der Legionäre. Als Arkadias Schlüssel dort tatsächlich passte und sie ihnen eine genaue Beschreibung ihrer Nichte Illicia sowie des Gastraumes geben konnte, entschuldigten sich die beiden Männer, steckten ihre Schwerter ein und begaben sich wieder auf ihren Posten.

Arkadia, Orvietus und Tollimos eilten in den Schankraum, der bis auf eine kleine Öllampe auf einem der hinteren Tische vollkommen im Dunkeln lag. Alle überlief ein leises Frösteln, denn normalerweise war die Taverne um diese Zeit bestens gefüllt und der Platz reichte kaum für alle. Auch die Würdenträger der Stadt, einheimische wie römische, pflegten auf einen Becher Wein hier einzukehren. Arkadia sah sie zwar nicht gern, die römischen Beamten, würdigte jedoch, dass sie stets ihre Rechnung ohne zu feilschen beglichen und nicht selten auch ein reichliches Trinkgeld zurückließen.

Arkadia sah sich um und erfasste mit einem entsetzten Blick, was man aus ihrer Taverne gemacht hatte. Die wenigen Tische, Stühle und Bänke, die der Verwüstung entkommen waren, zeigten deutliche Spuren von Gewalt. Dass jemand sie notdürftig repariert und im Raum verteilt hatte, um die entstandenen Lücken im Mobiliar so gut es ging zu schließen, kümmerte sie nicht. Dann gewahrte sie eine Gestalt, zitternd ein Stuhlbein umklammernd, hinter der Theke. Als der Schatten nun zögernd näher kam, erkannte sie das bleiche Gesicht von Monoculos, dessen eines trübes Auge voller Erleichterung in ihre Richtung blickte. »Teutates sei Dank, dass ihr gekommen seid!«, seufzte er.

»Was machst du da?«, fuhr Arkadia ihn an.

»Ich halte Wache, um meine Herrin und ihre Freundin zu beschützen.«

»Wache halten nennst du das?« Kopfschüttelnd eilte Arkadia in die Küche, um dort den Schaden zu begutachten.

Tollimos wandte sich an den blinden Sklaven. »Wo ist Illicia? Wie geht es ihr?«

»Deiner Tochter geht es gut, Herr. Sie ist oben und schläft. Meine Herrin hat ihr einen Schlaftrunk gegeben. Dann haben wir den Schankraum aufgeräumt und hatten sogar geöffnet, wirklich!«, fügte er in Arkadias Richtung hinzu.

Illicia hörte die Stimmen im Schankraum und erschrak. Noch immer schmerzte ihr Kopf von dem Schlag. Waren sie wiedergekommen? Ängstlich lauschend blieb sie an ihrer Zimmertür stehen. Dann erkannte sie die Laute, die schrill heraufdrangen. Noch nie hatte Illicia die Stimme ihrer Tante mit so großer Erleichterung gehört. Eilig hastete sie die Treppe hinunter und blickte suchend durch die dunkle Schankstube. Zuerst erkannte sie ihren Vater. Voller Freude lief sie auf ihn zu und fiel ihm um den Hals. Tollimos, überglücklich, seine Tochter wohlbehalten wieder zu sehen, drückte sie an seine Brust.

Auch Arkadia kam wieder in den Schankraum. »Illicia, Illicia! Was machst du nur für Sachen?« Kühl drückte Arkadia ihre Nichte an sich und hauchte ihr Küsse auf die Wangen. Dann schob sie sie ein Stück zurück und begutachtete ihr Gesicht. Vorsichtig strich sie mit den Fingerspitzen über Illicias geschwollenes, inzwischen blau verfärbtes Auge und sagte mitfühlend: »Armes Kind, tut es sehr weh? Gallia«, rief sie ihrer vom Gepäcktragen noch immer schnaufenden Sklavin zu, »hole sofort etwas zum Kühlen! Sieh in der Küche nach!«

Erstaunt ob ihrer Besorgnis und Anteilnahme sahen Orvietus und Tollimos den Bemühungen Arkadias wortlos zu. Dann trat Tollimos zu seiner Tochter, legte ihr einen Arm um die Schulter, drückte sie noch einmal sanft an sich und ließ sich endlich erzählen, was geschehen war.

Kapitel 3

Es war ein schöner Herbsttag. Ein paar Wolken zogen über den Himmel, und der frische Wind kühlte angenehm die Stirn. Silvanus saß vor einer Garküche an der Hafenagora im Schatten. Hunger, Durst und das schöne Wetter hatten ihn hinausgetrieben, außerdem wollte er dem Amtsgebäude für ein paar Stunden entkommen. Gedankenverloren löffelte er eine Suppe und ließ seine Blicke über den Platz schweifen. Die Agora war sehr belebt, vornehme Damen ließen sich in Sänften zu den Geschäften tragen, Priester gingen in gelehrte Gespräche vertieft an ihm vorüber, Studenten hasteten mit Schriftrollen unter dem Arm vorbei. Eigentlich, so dachte er, war Ephesos ja doch eine schöne Stadt. Nicht so viel los wie in Rom, na ja, das konnte man auch nicht erwarten, aber es gab alles, was ein kultivierter Mensch zum Leben brauchte: Spiele, Bildung, gesellschaftliche Zusammenkünfte, ein buntes Straßenbild.

Silvanus hatte seine Schüssel geleert, mit Brot ausgewischt und nahm zufrieden einen Schluck verdünnten Wein. Sein Blick fiel auf das nahe gelegene Theater, das in den Hügel hineingebaut war und die Stadt beherrschte. Ein schönes Theater, wenn auch die Stadtmagistraten sich beklagten, es sei zu klein für die ständig wachsende Bevölkerung, und Brief um Brief an Marcus Antonius sandten, es doch vergrößern zu lassen.

›Vielleicht sollte ich drei Eintrittsmarken besorgen und Laelia und Illicia ins Theater einladen, das wird ihnen gefallen‹, dachte er, verwarf diesen Gedanken aber gleich wieder. Er selbst war kein großer Theaterfreund, und zudem fiel sein

Blick auf eine in großen Lettern an eine Mauer geschriebene Ankündigung.

20 Gladiatorenpaare aus der Schule des Capinus werden an den Iden des Oktober in Ephesos kämpfen. Außerdem wird es Wagenrennen geben, und Sonnensegel werden aufgebaut werden. Lucius Munatius Plancus ließ dies im Auftrag von Marcus Antonius schreiben.

Das war doch etwas. Die Wagenrennen waren zwar nur Ausscheidungsrennen für das große jährliche Hauptrennen, das wenige Wochen später stattfinden würde, doch liebte er diesen Sport sehr, und er wusste, dass auch die beiden jungen Frauen sich dafür begeistern konnten. Er sollte gleich einen Sklaven losschicken und Marken holen lassen, das würde Laelia wieder mit ihm versöhnen. Sie war doch sehr gekränkt gewesen, dass er sie nach dem Überfall allein gelassen hatte. Und es passte so gut: Genau für diesen Termin hatte Lucida eine Reise nach Priene angekündigt, um dort an einer speziellen Zeremonie für die Göttin Isis teilzunehmen. Hervorragend, das gab ihm mindestens zwei Tage mit Laelia.

Er bestellte sich noch einen Becher Wein. Seltsam, obwohl er sich Sorgen machte wegen des Überfalls gestern, fühlte er sich voller Energie, tatkräftig wie schon lange nicht mehr. Vielleicht, so überlegte er, weil sich endlich einmal eine richtige Aufgabe abzeichnete. Wenn er auch nicht offiziell ermitteln durfte, so bedeutete es für ihn auf jeden Fall eine Herausforderung. Heute Morgen erst hatte er – ohne Wissen von Plancus – einige Sklaven geschickt, um Erkundigungen einzuholen, und auf dem Weg hierher vermochte er mit einem Griff in seinen Beutel diverse Geschäftsleute und Kneipenwirte zu überreden, sich für ihn umzuhören. Er war recht zuversichtlich, dass er, wenn er diesen Fall schon nicht selbst lösen durfte, wenigstens den örtlichen Behörden bald einige wichtige Hinweise würde geben können. Das war doch etwas anderes als die ewige Schreibarbeit und Verwaltung. Immerhin hatte er als Ermittler in Rom und auch in Didyma gute Erfolge gehabt, und wenn auch gewisse Bereiche dieser Arbeit ihm zuwider gewesen waren – es grauste ihm vor Leichen – so war doch die Jagd nach dem Täter immer befriedigend und meistens erfolgreich gewesen.

Seine größte Sorge war, dass Illicia weitere Gefahr drohte, aber darauf gab es bis jetzt keinen Hinweis. Er hatte ein wenig in den Meldungen der letzten Wochen geforscht und festgestellt, dass dies nicht der erste Überfall auf eine Gaststube war. Schon drei waren verwüstet worden. Wo Geld leicht zu finden war, hatte man es mitgenommen, die Täter jedoch waren nie zurückgekehrt. Das Ausmaß der Zerstörung schien zuzunehmen, nur war bisher noch kein Mensch zu Schaden gekommen. Doch diesmal war Illicia niedergeschlagen worden. Was immer dahinter stecken mochte, im Lichte der vorhergehenden Taten schien es kein gezielter Angriff auf Illicia gewesen zu sein, eher ein unglücklicher Zufall, dass das Mädchen gerade anwesend war.

Nur, was war das Motiv? Aus welchem Grund wurden die Tavernen überfallen? Wenn ein paar Taugenichtse Geld für Wein brauchten, warum dann diese Brutalität gegenüber Illicia? Wenn es Schutzgelderpressung war, müssten Forderungen gestellt werden, aber davon stand nichts in den Unterlagen. Allerdings, meistens wurde das auch nicht angezeigt. Vielleicht aber, so überlegte er, standen die Überfälle in gar keinem Zusammenhang, vielleicht hatte Arkadia, Illicias unzugängliche Tante, persönliche Feinde, das konnte er sich gut vorstellen. Sie selbst war nicht zugegen, so schlug man ihre Nichte nieder, um sie zu treffen, man verwüstete ihre Taverne, um sie zu schädigen. Einfache Rache? Oder ging es gegen

Marcus Antonius? Hatte man bewusst eine Freundin des Imperators ausgesucht, um diesen zu treffen? Dann war die Sache ernster, als sie jetzt erschien, ernster, als Munatius Plancus sie nahm. Auch wenn dies zugegebenermaßen nicht sehr wahrscheinlich war, ausschließen durfte man die Möglichkeit nicht. Er konnte sich eines unguten Gefühles nicht erwehren. Von neuem überlegte er, Antonius in einem informellen Brief von den Geschehnissen in Kenntnis zu setzen.

Sein Blick glitt über die Säulenhallen, unter denen sich die Menschen drängten. Dahinter lagen die großzügig angelegten Hafenanlagen, auf denen der Wohlstand der Stadt beruhte, direkt daneben die Thermen mit dem Gymnasion, deren Dächer die Arkaden überragten, so dass er die Wasserspeier an den Dachtraufen im Dunst der feuchten Luft erahnen konnte. Einen Besuch in den Thermen wollte er machen, nahm Silvanus sich vor, nachdem er noch einmal kurz im Amtsgebäude vorbeigeschaut haben würde. Er trank seinen Becher aus, suchte in seinem Beutel nach ein paar Münzen, stand auf und strich seine Tunika glatt. Ja, erst ins Gymnasion, ein wenig Sport treiben, und dann in die Bäder, das täte ihm gut. Voller Vorfreude reckte er seinen massigen Körper.

Sein Lächeln erstarb, als er Arphocas, einen seiner Würfelfreunde, mit versteinertem Gesicht auf sich zukommen sah. Silvanus hatte ihn gleich zu Anfang seiner Dienstzeit in Ephesos kennen gelernt und zuweilen mit ihm und seinen Freunden gewürfelt – viel Spaß hatte er dabei gehabt. Einmal in der Woche, wie er Lucida vorschwindelte, traf er sie jedoch nicht, sondern verbrachte diese Abende stattdessen mit Laelia.

Arphocas hatte sich inzwischen auf die Bank vor der Garküche gesetzt und einen Krug Wein bestellt. Also setzte sich auch Silvanus wieder. »Salve, Arphocas, was ist los? Hat dich deine Frau mal wieder verlassen?«, scherzte er und bereitete sich innerlich auf einen Schwall von Selbstmitleid, die üblichen Anschuldigungen gegen die ungetreue Gattin, welche in regelmäßigen Abständen dem Eheleben zu entfliehen suchte, und Frauen im Allgemeinen vor. Doch Arphocas sagte nur: »Nein, du musst etwas unternehmen, Silvanus.« Dann trank er in einem Zug seinen Becher leer.

Silvanus schenkte nach. »Was denn? Ist sie wirklich verschwunden? Soll ich nach ihr suchen lassen? Offiziell wird das nicht gehen.«

Arphocas schüttelte ungeduldig den Kopf. »Nein, nein. Es ist etwas ganz anderes. Facilis ist tot. Erschlagen! Ich habe es eben erfahren.«

»Was?«

Facilis war der Wirt der Taverne, in der sie würfelten, ein dicker, gemütlicher Mann, mit dem man manch deftigen Witz reißen konnte.

»Oh«, murmelte Silvanus betroffen. »Was ist passiert?«

Arphocas erzählte. Facilis sei in seiner Gaststube erschlagen, der Raum verwüstet worden. Geschehen sei das Ganze heute Vormittag, als außer dem Wirt keiner in der Taverne war. Arphocas hatte eben einen von Facilis' Sklaven getroffen und von ihm die traurige Nachricht erhalten. »Du wirst doch etwas unternehmen, nicht wahr, Silvanus? Das war Mord, kaltblütiger Mord. Der arme Facilis! Die Schweine, die das getan haben, gehören an das Kreuz, besser heute als morgen! Und die Griechen, die diese Dinge bearbeiten, sind absolut unfähig und phlegmatisch. Da sind die Römer doch von einem ganz anderen Schlag.« Obwohl selbst Epheser, war Arphocas von der römischen Wesensart sehr angetan.

Silvanus schwieg erschüttert. Bei Jupiter, nun nahm die Sache bedrohliche Ausmaße an. Illicias Bild trat ihm wieder vor Augen, wie sie in ihrem Bett lag, die Locken von Blut verklebt, das Gesicht geschwollen. Er musste unbedingt Munatius Plancus dazu bringen, ihn ermitteln zu lassen. Seine Sorge um die Sicherheit der Mädchen steigerte sich zu einem dumpfen Angstgefühl. Wenn diese Schläger nun doch zurückkehrten? Er wandte sich an Arphocas. »Ich werde sehen, was ich machen kann, mein Freund. Als Erstes werde ich mir den Tatort anschauen. Geh du erst einmal nach Hause und ruhe dich aus.«

In der Tat sah Arphocas gar nicht gut aus. Die langen, schon grau werdenden Haare hingen wirr um seinen Kopf, das sonst rosig glänzende Gesicht war von einer erschreckenden Blässe und die grauen Augen blickten trübe. »Du hast Recht, Silvanus, ich werde nach Hause gehen. Ich vertraue darauf, dass du unseren alten Facilis rächen wirst. Salve, mein Freund!« Damit stand er auf und ging schwankend von dannen. Silvanus sah ihm nach. Aus unerfindlichen Gründen mochte er diesen etwas verschrobenen Mann und er wusste, dass ihm der Tod des Wirtes wirklich nahe ging. Trotzdem verspürte er einen leichten Anflug von Ärger, als er jetzt aufstand und der Besitzer der Garküche ihn erwartungsvoll ansah – Arphocas hatte ihm die Rechnung überlassen. Nun, sei's drum, Silvanus zahlte und machte sich auf den Weg in die Taverne, in der sie zu würfeln pflegten.

Niedergeschlagen betrat Silvanus einige Stunden später das Amtsgebäude. »Bithynicus«, wies er den Sklaven an, als er sein Zimmer erreicht hatte, »hilf mir beim Anlegen der Toga und frage dann bei Munatius Plancus nach, ob er für mich zu sprechen ist. Es ist wichtig.«

Mürrisch holte der Sklave die Toga aus der Truhe, tat wie geheißen und verschwand. Silvanus sah ohne großes Interesse die Eingänge auf seinem Schreibtisch durch. Nichts Besonderes, das konnte alles bis morgen warten. Nachdenklich schritt er im Zimmer auf und ab. Sein ungutes Gefühl bei dieser Reihe von Tavernenanschlägen wuchs, und auch wenn er nicht persönlich davon betroffen gewesen wäre, hätte er darauf gedrungen, dass dieser Fall von den römischen Behörden übernommen werden sollte. Dahinter steckte mehr als bei gewöhnlichen Überfällen, nur was, das vermochte er nicht zu sagen. Noch nicht.

Zum ersten Mal in seinem Leben zweifelte er an der Richtigkeit der römischen Politik in den Provinzen. Diese behielten ihre Autonomie in Sachen Religion und Rechtsprechung bei, was in der Bevölkerung dafür sorgte, dass sie die römische Herrschaft kaum als solche wahrnahm. Nur bei Delikten, die den römischen Staat und seine Bürger betrafen, griffen dessen Magistrate ein, ansonsten beschränkten sie sich darauf, Steuern zu erheben und die Verwaltung zu überwachen. Steuern musste die Provinzbevölkerung so oder so zahlen, auch an eigene Herrscher, und die Römer sorgten darüber hinaus dafür, dass Straßen und öffentliche Gebäude, Aquädukte und Tempel gebaut oder restauriert wurden. Meist ging es den Menschen in den Provinzen unter dem Dach Roms besser als zuvor.

»Nun«, sagte sich Silvanus, »Einzelfallentscheidungen gibt es immer, vielleicht kann ich Plancus ja davon überzeugen, dass wir eingreifen müssen. Und wenn nicht …«

Bithynicus hatte den Raum betreten und meldete, dass Munatius Plancus ihn in Kürze erwarte. Silvanus fuhr sich mit den Fingern durch das kurze, lichte Haar, richtete noch einmal den Sitz seiner Toga – der Statthalter legte großen Wert auf ein ansprechendes Äußeres seiner Leute – und machte sich auf den Weg.

Im Vorzimmer bat ihn der Schreiber, sich einen Moment zu gedulden, und widmete sich wieder seinen Unterlagen. Ungeduldig trommelte Silvanus mit den Fingern auf die Lehne seines Stuhles, verärgert über die Zeitverschwendung, als sich die Tür öffnete und drei ältere Herren heraustraten, die ihn freundlich, aber distanziert grüßten. Silvanus erkannte den Oberpriester des Artemisions, auch die anderen beiden hatte er schon gesehen, war ihnen jedoch nie vorgestellt worden. Er überlegte, ob die Höflichkeit es gebiete, sich kurz mit ihnen zu unterhalten, aber die Männer nahmen ihr unterbrochenes Gespräch wieder auf, und von drinnen hörte er den Statthalter nach ihm rufen. So eilte er hinein.

Plancus sah ihm mit unbewegter Miene entgegen. »Nun, Silvanus Rhodius, was ist es denn so Wichtiges, das du mir unverzüglich mitzuteilen hast? Aber nimm doch Platz. Wein?«

»Ja, gern.« Silvanus ließ sich mit einem unguten Gefühl auf der Besucherkline nieder, es würde nicht leicht werden, sein Anliegen durchzubringen. Er räusperte sich, hob an zu sprechen, doch Plancus kam ihm zuvor. »Ich kann mir schon denken, was dich herführt. Es ist dir am Gesicht abzulesen. Du kommst doch wieder wegen dieses Überfalles, nicht wahr? Vergiss es, Silvanus, das ist nicht unser Aufgabenbereich, daran hat sich seit unserem letzten Gespräch nichts geändert. Auch ist mir zu Ohren gekommen, dass du hinter meinem Rücken Erkundigungen einziehst. Ich warne dich, Silvanus, lass das sein! Dass Marcus Antonius dich an meine Seite gesetzt hat, bedeutet nicht, dass du tun und lassen kannst, was du willst. Ich bin dein Vorgesetzter, und meine Anweisungen hast du zu befolgen!« Scharf blickte Plancus ihn von seiner Kline aus an.

Unbehaglich streckte Silvanus seine Beine aus. »Äh, Munatius Plancus, lass mich bitte berichten. Ich denke, wir dürfen die Sache nicht unterschätzen.«

»So, denkst du das! Du meinst also, du könntest besser beurteilen als ich, was wichtig ist für das Römische Reich?«

»Nein, natürlich nicht«, wagte Silvanus zu erwidern, »aber es gab einen weiteren Überfall. Heute früh. Der Besitzer einer Taverne wurde erschlagen!«

»Na und? Streitigkeiten unter den Einheimischen. Man kennt doch diese Griechen. Falsch, hochmütig und streitsüchtig! Damit haben wir nichts zu tun. Oder war der Wirt römischer Bürger?« Plancus wurde ungeduldig, sein Tonfall verhieß nichts Gutes.

Silvanus wusste, wie es weitergehen würde, wenn er jetzt nicht die richtigen Worte fand. Plancus würde ihn ungehalten anblicken, verkünden: »Du hast meine Anweisungen gehört, halte dich daran!«, und ihn ungnädig entlassen. Aber hier ging es um mehr als um einen Steuernachlass. So beugte er sich vor und legte höchste Dringlichkeit in seine Stimme. »Munatius Plancus, es scheint sich bei den Überfällen um eine Serie zu handeln. Schon fünf Tavernen sind verwüstet worden. Soeben komme ich vom letzten Tatort. Das Bild dort ist das gleiche wie bei den Überfällen zuvor: Überall ist die Einrichtung zertrümmert worden. Jetzt nimmt aber die Gewalttätigkeit zu. Erst wurde das Mädchen verletzt, nun sogar ein Mensch getötet. Und was mich bedenklich stimmt: Es scheint nicht primär um Geld zu gehen. Zwar wurden manchmal die Tageseinnahmen mitgenommen, in keinem Fall aber die Wohnungen durchsucht oder Wertsachen gestohlen. Es sind immer nur die Schankräume und deren unmittelbare Umgebung betroffen. So weit bekannt, wurden auch keine Forderungen gestellt. Das alles ist absolut untypisch!«

Plancus wurde nachdenklich. »Weiter!«

»Ich habe die Leiche des Wirtes gesehen. Er wurde von hinten erschlagen, mit einem stumpfen Gegenstand. Man scheint ihn festgehalten zu haben, er hat Griffspuren an einem Handgelenk. Ich vermute, einer der Täter hat ihm den Arm auf den Rücken gedreht und ein anderer zugeschlagen.« Silvanus schluckte. Er berichtete nicht, welch große Überwindung es ihn gekostet hatte, den toten Wirt zu untersuchen. Allein bei dem Gedanken stieg die Übelkeit wieder in ihm hoch. Er nahm einen Schluck Wein. »Die Witwe des Wirtes erzählte mir, vor zwei Wochen seien sie schon einmal überfallen worden, da hätte man aber nur ein paar Tische umgeworfen und die Amphoren zertrümmert. Gesehen hätten sie die Übeltäter nicht, denn als sie in den Schankraum kamen, um nachzusehen, waren die Täter schon fort. Sie hätten es nicht so ernst genommen und nicht einmal angezeigt. Eine Botschaft, wie in der Taberna Tilia, habe ich dort nicht gefunden. Den örtlichen Behörden ist bei den ersten Fällen nichts dergleichen aufgefallen, wie sie sagten, auch die Witwe hat nichts gesehen, aber das muss nichts heißen. Vielleicht hat man es übersehen und beim Saubermachen dann einfach weggewischt.«

Plancus' Blick war ernst, aber ohne Vorwurf. »Was folgerst du daraus, Silvanus? Ich gebe dir Recht, es klingt nicht nach normalen Überfällen, aber trotzdem sehe ich zunächst nicht die Notwendigkeit, einzugreifen.«

Das war der Punkt, den Silvanus gefürchtet hatte. »Noch weiß ich nicht, worum es geht. Aber mir scheint die Absicht dahinter zu stecken, Angst zu verbreiten, die Menschen einzuschüchtern. Lass mich weiter ermitteln, Plancus, und ich werde es herausfinden!«

Der Statthalter dachte nach. Nach einer Weile sagte er, erstaunlich freundlich, aber entschieden: »Nein, Silvanus, es geht nicht. Noch ist nicht zu erkennen, dass der römische Staat betroffen ist. Wenn wir die Sache übernähmen, würde man sofort einen Beschwerdebrief an Marcus Antonius oder an den Senat oder an beide schreiben und wir könnten die Maßnahmen nicht rechtfertigen. Aber ich sehe genau wie du, dass wir die Aufgabe haben, die Bevölkerung dieser Provinz zu schützen. Also erlaube ich dir, inoffiziell natürlich, dich umzuhören. Aber offiziell weiß ich davon nichts, dass das klar ist. Wenn Beschwerden kommen, werde ich dich maßregeln müssen. Also gehe vorsichtig vor! Und jetzt begib dich wieder an deine Arbeit. Salve, Silvanus Rhodius!«

Silvanus begab sich an die Arbeit, allerdings anders, als Plancus es sich vorgestellt hatte. Er besuchte die Thermen am Hafen und versuchte, die allgemeine Stimmung aufzunehmen. Hier, wo man sich traf und Neuigkeiten und Klatsch austauschte, bot sich der ideale Ort. Und in der Tat, die Stimmung war schlecht. Auf dem Innenhof des zu den Badeanlagen gehörenden Gymnasions, wo man sich an gymnastischen Übungen und spielerischen Ringkämpfen erfreute, erntete Silvanus argwöhnische Blicke und musste seine Körperertüchtigungen allein vornehmen. Das war nicht immer so gewesen.

Er ging in die Thermen. Wie er vermutet hatte, sprach jedermann von den Überfällen – und dem brutalen Mord, der gerade erst geschehen war. Im Laconicum saß er schwitzend neben einem der Kureten, den Priestern, die das heilige Feuer der Hestia hüteten. Von bösen Vorzeichen wusste dieser zu berichten, von missgestalteten Tieren, die vermehrt geboren wurden, bis hin zu Krähen, die über einer Statue des Marcus Antonius gesehen worden waren, sich gar auf dieser niedergelassen und sie mit ihren Exkrementen beschmutzt hatten. »Wahrlich, eine böse Zeit steht uns bevor!« Er rang nach Luft, ob vor Hitze oder Erschütterung, konnte Silvanus nicht entscheiden.

Im angrenzenden Massageraum, auf einer kühlen Marmorbank liegend, belauschte Silvanus zwei Geschäftsleute, die sich betroffen über die Lage unterhielten. Der eine, ein Tuchhändler, sorgte sich um seine Lieferungen und überlegte, sich eine persönliche Gladiatorentruppe zu ihrem Schutz zuzulegen. Der andere, ein Goldschmied, jammerte unter den Händen des

Masseurs zwischen vielen Ohs und Ahs und einigen »Nicht so stark, du bärtiger Barbar!« über die Unsicherheit in der Stadt im Allgemeinen und für sein Geschäft im Besonderen. »Meine Frau und mein Sohn sind dort! Wie soll ich sie schützen? Wenn ihnen etwas passiert und mein Laden verwüstet wird, was soll ich dann machen? Und was tun die Römer für unsere Sicherheit? Immerhin zahle ich Steuern, hohe Steuern!«

Der Tuchhändler riet ihm, Frau, Sohn und Sklaven angemessen zu bewaffnen und sich nicht auf die Römer zu verlassen. In diesem Tenor ging es immer weiter.

Silvanus ging. Er hatte genug gehört. In der einbrechenden Dämmerung machte er sich auf den Weg nach Hause, schlenderte gedankenverloren die Hafenstraße hinauf auf das Theater zu, bahnte sich einen Weg durch die Menschen, darunter viele Reisende, die wegen des für den folgenden Tag anberaumten großen Festes, dem Stiftungstag des Hestia-Tempels, gekommen waren. Die Straßen wurden erst leerer, als er von der Hauptstraße abbog und den schmalen, steilen Weg zu seinem Heim hinaufschritt.

Sein Haus, eines der letzten und neuesten am Hang, ganz oben gelegen mit einem wunderschönen Blick auf die lieblichen Hügel um Ephesos und das Meer, war zwar nicht sehr groß, aber mit allem Komfort ausgestattet. Jedes Mal, wenn er eintrat, musste er wieder an ihre kleine Wohnung in Rom denken, wo Lucida und er ihre ersten Jahre miteinander verbracht hatten. Glückliche Jahre, trotz der widrigen Umstände. Sie hatten wenig Geld gehabt, denn seine Familie war seit vielen Jahren verarmt, und auch von Lucidas Seite war keine finanzielle Unterstützung zu erwarten. So musste er sich mit der Aufklärung von Verbrechen einiges hinzuverdienen. Wie oft hatte er damals von einem solchen Haus geträumt. Er betrat das Atrium und bewunderte wie immer die prächtigen Mosaiken auf dem Fußboden, an denen er sich nicht satt sehen konnte. »Lucida?«, rief er. »Lucida, bist du zu Hause?«

Nasutus, sein Haussklave, erschien und berichtete, Lucida sei mit einer Freundin zum Artemision gegangen.

»Wird sie zum Mahl zurück sein?«

»Sie sagte, sie wisse es noch nicht, Herr, und du solltest nicht auf sie warten.«

»Gut, sage in der Küche Bescheid.«

Silvanus setzte sich auf einen Stuhl neben dem Impluvium, betrachtete versonnen den Wasserspiegel in dem kleinen Becken in der Mitte des Atriums und nippte an dem Wein, den Nasutus fürsorglich mitgebracht hatte.

Dieses Haus verdankte er Marcus Antonius und – natürlich – Laelia. Hätten sie und ihre Freundin Illicia ihm nicht im letzten Frühjahr bei der Aufklärung eines Mordfalles in Didyma geholfen, wäre er jetzt wahrscheinlich irgendwo in Judäa oder im tiefsten Gallien oder sonst wo. Zu jener Zeit war er mit dem Imperator zu der jährlichen Prozession nach Didyma gekommen und hatte diesem durch Entlarvung des Mörders einen großen Gefallen erwiesen. Aber, war er jetzt glücklicher als in den ersten Jahren in der kleinen Wohnung in Rom? Sicher, er hatte alles, was für einen Römer zum guten Leben gehörte, einen hohen Posten in der Verwaltung einer Provinz, ein schönes Haus, Ansehen, eine Frau und eine Geliebte – aber auch genug Schwierigkeiten. Munatius Plancus schien ihm nicht sehr wohl gesonnen, und auch die Sache mit Lucida und Laelia war schwierig genug.

Er schob diese Gedanken von sich. Lieber wollte er sich auf die Überfälle konzentrieren. Sofort ging es ihm besser, das war eine Aufgabe, die ihn forderte. Hinter dieser Serie steckte mehr, als man auf den ersten Blick sah, dessen war er sich sicher. An Ideen, wie er die Sache angehen konnte, fehlte es ihm nicht, und sollte er sie erfolgreich beenden, würde auch

Plancus von seinem Können überzeugt sein. Und dieser würde Antonius darüber berichten. Und dann … Vielleicht würde er doch noch in den Senat aufgenommen werden, als Erster seiner Familie.

Larix, die Haussklavin, meldete, das Essen sei bereit. Silvanus schritt in das Triklinium und legte sich auf seine Liege. Die Sklaven trugen auf. Obwohl das Mahl ausgezeichnet war – Larix konnte hervorragend kochen – war Silvanus nicht so recht bei der Sache. Lustlos kaute er an seiner Hühnerkeule, tunkte sein Brot in die Soße und dachte trübe: ›Da hat man schon zwei Frauen und muss sein Mahl doch allein einnehmen. Ich hätte mit Laelia speisen sollen.‹ Aber er hatte Hunger gehabt und zu seinem Würfelspiel begab er sich nie vor acht. Wäre das heute anders gewesen, hätte Lucida bestimmt davon erfahren.

Er sah auf die Wasseruhr, die in einer kleinen Nische des Trikliniums stand. Nun, langsam wurde es Zeit, zu gehen. Er sprang von der Kline, lief in sein Zimmer, suchte die neue rote Tunika aus seiner Truhe und eilte aus dem Haus.

Laelia hatte schon gewartet. Zusammen mit Illicia saß sie an einem Tisch in der ungewöhnlich leeren Taberna Tilia und sah Silvanus entgegen. Obwohl sie ihm eigentlich noch grollte wegen gestern Nacht, konnte sie doch nicht verhindern, dass sich Freude auf ihrem Gesicht zeigte. »Salve, mein Silvanus, ich hatte gar nicht mit dir gerechnet, wo doch Facilis, dein Würfelwirt, ums Leben gekommen ist«, sagte sie spitz, aber mit einem leisen Lächeln, als er zu ihnen trat.

Silvanus war froh, nicht mit mehr Kälte empfangen zu werden. »Komm, Laelia, du weißt, dass ich so oft wie möglich bei dir bin. Und gerade weil Facilis tot ist, musste ich hierher kommen, kann ich mir doch denken, dass euch das beunruhigt. Salve, Illicia, wie geht es dir?«

Illicia war bleich, nur ihr Auge schillerte blau, obwohl sie an Schminke nicht gespart hatte. »Es geht. Wir haben uns wirklich Sorgen gemacht. Bei Apollon, genauso gut hätte es mich treffen können.«

Silvanus setzte sich neben Laelia, gab ihr einen Kuss auf die Wange und drückte ihre Hand, wandte sich dann aber wieder Illicia zu. »Nein, das glaube ich nicht. Sie wollten dich nur erschrecken, du brauchst dir keine Gedanken zu machen«, beruhigte er sie ungeachtet seiner eigenen Besorgnis.

Zweifelnd sah Illicia ihn an.

»Für alle Fälle habe ich die Legionäre verstärkt, die aufpassen sollen«, fügte Silvanus hinzu und wies auf ein paar unauffällige Gestalten, die in Zivilkleidung an einem der Tische saßen und würfelten.

Die Mädchen schienen ein wenig beruhigter. Monoculos brachte Wein, und Silvanus berichtete, was er bisher in Erfahrung gebracht hatte.

»Was, meinst du, steckt dahinter?«, fragte Laelia. »Wer überfällt Tavernen, bringt einen Wirt um und verbreitet Angst und Schrecken? Du siehst, hier ist es nicht halb so voll wie sonst. Wer macht so etwas?«

»Eben das werde ich herausfinden.« Silvanus erzählte von Plancus' inoffiziellem Auftrag. »Und ich wollte euch bitten, mir zu helfen.«

Die Mienen der Mädchen hellten sich auf. »Was sollen wir tun?«, fragte Laelia.

»Da ich ja keine offiziellen Ermittlungen führen darf, dachte ich mir, dass ihr vielleicht eure Sklaven dazu anhalten könntet, die Ohren offen zu halten. Als Betroffene erfahren sie sicher mehr als ich. Ihr wisst ja, wie das ist. Vor allem Monoculos mit seinem scharfen Gehör bekommt bestimmt so einiges mit.«

Die Mädchen nickten freudig. Sofort dämpfte Silvanus ihren Eifer. »Ich weiß, wie gern ihr euch mit solchen Dingen beschäftigt. Aber ihr habt ja nun am eigenen Leib erfahren, du zumindest, Illicia, dass diese Männer gefährlich sind. Also haltet euch zurück!« Eindringlich sah er ihnen in die Augen. »Ich möchte nur, dass ihr darauf achtet, was so geredet wird, ob es Mutmaßungen über die Täter gibt, ob sie jemand kennt oder über ihre Motive Bescheid weiß. Und wenn euch selbst irgendetwas auffällt, hier in der Taverne oder sonst wo, gebt mir bitte sofort Bescheid. Werdet ihr euch darauf beschränken?«

Wieder nickten beide. »Natürlich, Silvanus, es ist ja auch in unserem Interesse«, beruhigte ihn Illicia. »Wir haben auch schon überlegt, was man mit diesen Überfällen bezwecken will. Vielleicht will jemand die Tavernen billig übernehmen. Ich habe Tante Arkadia gefragt, ob sie Angebote hatte, und sie sagte: Ja, zwei- oder dreimal wären Geschäftsleute da gewesen und hätten nach dem Preis gefragt. Sie erinnert sich allerdings nicht mehr an die Namen, die Interessenten waren nicht von hier. Sie hat ihnen eindeutig erklärt, so sagte sie, dass sie nicht verkaufen will. Ich kann mir gut vorstellen, dass es von denen keiner wieder versucht hat, wahrscheinlich hat sie sie mit einem solchen Wortschwall überschüttet, dass sie sofort das Weite suchten.« Sie lächelte.

Silvanus griff nach dem Wein. »Ja, diese Möglichkeit ist mir auch schon in den Sinn gekommen. Passt also auf, ob irgendwelche Gäste sich auffällig verhalten, sich alles genau ansehen oder seltsame Fragen stellen.«

»Genau das haben wir natürlich schon den ganzen Abend getan«, erwiderte Laelia schnippisch, »aber außer deinen Legionären, die sich übrigens recht ungebührlich benehmen und so viel trinken, dass ich nicht weiß, ob sie im Ernstfall eine große Hilfe wären …«

Silvanus unterbrach sie lachend: »Das gehört zu ihrer Aufgabe, sie müssen ganz unauffällig sein. Dennoch sind sie wachsam, sei also beruhigt.«

»Nun, wenn du es sagst ...« Laelia war nicht überzeugt. »Aber ich meinte sie auch gar nicht, sondern die da hinten.« Sie nickte zu einem Tisch im hinteren Teil der Taverne. »Diese drei Männer sitzen da schon den ganzen Abend und sehen zu uns herüber. Besonders der eine starrt immer Illicia an.«

In der Tat blickten die drei jungen Männer jetzt, da Silvanus sie ins Auge fasste, verlegen in ihre Becher. Ordentlich gekleidet, mit langen, dicht gelockten Haaren und wohlgestalteten Körpern boten sie einen durchaus ansprechenden Anblick. »Hm, sie sehen nicht aus wie brutale Verbrecher«, murmelte Silvanus, »eher wie überhebliche Touristen aus dem Osten. Was fällt denen ein, euch zu belästigen? Soll ich sie zur Rede stellen?« Schon hatte sich Silvanus zu seiner ganzen imposanten Größe aufgerichtet und Haltung und Gesichtsausdruck des römischen Magistraten angenommen.

Illicia hielt ihn zurück. »Lass gut sein, Silvanus. Ich glaube nicht, dass die drei eine Gefahr darstellen. Und wenn sie Kontakte knüpfen wollen, so werden wir schon damit fertig. Der eine sieht auch gar nicht schlecht aus, nicht wahr, Laelia?« Illicia warf ein strahlendes Lächeln in Richtung der jungen Männer.

»Nun, das stimmt«, bestätigte Laelia zögernd. »Aber müssen denn Verbrecher immer bedrohlich aussehen? Ich wäre eher vorsichtig an deiner Stelle, Illicia!«

Silvanus, der sich wieder gesetzt hatte, brummte nur: »Die haben ganz etwas anderes im Sinn!«, und legte besitzergreifend den Arm um seine Freundin. »Ach übrigens, Dulcissima*, würde es dir gefallen, mit mir zu den Spielen zu gehen? Es wird

---

* Süßeste

Gladiatorenkämpfe und Wagenrennen geben. Hast du Lust? Und was ist mit dir, Illicia? Darf ich auch dich einladen?«

Laelia überlegte kurz. Das war ein Friedensangebot, ein Zeichen seines schlechten Gewissens, aber auch nur möglich, wenn Lucida schon beschäftigt war. ›Ach, egal‹, dachte sie, ›es wird ein schöner Tag werden, ich sollte es genießen.‹ Also sah sie ihn an und nickte. »Mit Vergnügen.«

Silvanus drückte ihr einen Kuss auf die Wange. »Schön, ich freue mich darauf.«

Illicia erhob sich lächelnd. »Oh ja, die Spiele, ich würde gern mitgehen. Das heißt, wenn ich Arkadia nicht wieder vertreten muss, vielleicht fährt sie mit meinem Vater zurück nach Didyma. Jetzt werde ich mich zurückziehen, ihr kommt wohl auch ohne mich aus. Valete!«

Silvanus wandte sich wieder Laelia zu. »Wollen wir nicht auch ein wenig nach oben gehen?«

Statt einer Antwort drückte ihm Laelia einen Kuss auf die Lippen, griff nach seiner Hand und zog ihn die Treppe hinauf. Kaum war die Tür hinter Silvanus zugefallen, schloss er Laelia in die Arme und zog sie sanft zur Liege. Er bettete sie zärtlich auf die Kissen, schob ihre Tunika hoch und bedeckte ihren Körper mit Küssen, sich langsam von oben nach unten arbeitend. Laelia erschauerte, als seine kurzen Bartstoppeln über ihre Haut kratzten. Ihre Hände gruben sich in sein Haar und suchten sich dann einen Weg unter sein Gewand, kamen aber durch den Halsausschnitt nicht recht weiter, so dass sie versuchte, ihm die Tunika über den Kopf zu ziehen. Dabei löste sich seine Gewandnadel und stach ihn schmerzhaft in die Schulter. »Aua!«, rief er, tauchte unter ihrer Tunika auf und sah sie vorwurfsvoll an. Lachend befreite Laelia ihn von dem lästigen Kleidungsstück. Es versprach noch eine anregende Nacht zu werden.

Kapitel 4

Es war ein schönes Fest dieses Jahr, dachte Ulpia. Der Stiftungstag des Hestia-Tempels war schon lange nicht mehr so feierlich begangen worden, denn die Priester, die das Fest ausrichteten, versahen ihren Posten noch nicht lange und hatten den diesjährigen Feierlichkeiten neuen Glanz verliehen.

»Spät ist es geworden, lass uns gehen«, wandte sich Ulpia an ihren Sklaven. Gähnend blieb sie noch einen Moment stehen, um einen letzten Blick auf den Tempel zu werfen, der festlich beleuchtet gewesen war. Soeben hatte man damit begonnen, die Fackeln zu löschen, aber noch zeichneten sich die Umrisse des Heiligtums deutlich vom nachtschwarzen Himmel ab.

Sie gähnte noch einmal, zog ihren Mantel enger um die Schultern und machte sich auf den Weg nach Hause. Es war nicht weit bis zur Akademie. Seit ihrem Mann Rutilius Rufus die Leitung übertragen worden war, bewohnten sie ein großzügig angelegtes Haus innerhalb des Akademiegeländes. Für Rutilius war dies sehr vorteilhaft, trennten ihn doch nur ein paar Schritte von seiner Wirkungsstätte. Ulpia allerdings bedauerte diese Nähe, denn Rufus war für seine Schüler stets ansprechbar und arbeitete zu Hause fast täglich bis tief in die Nacht. Auch heute hatte ihn dies davon abgehalten, zusammen mit seiner Frau zu dem Fest zu gehen. Wie so oft war sie in Begleitung ihres Sklaven Gabyonos vorausgegangen, in der Hoffnung, wenigstens an diesem Tage würde Rufus rechtzeitig fertig, um an ihrer Seite den Feierlichkeiten beizuwohnen. Und wie so oft war auch heute ihre Hoffnung enttäuscht worden. »Was hat ihn wohl diesmal zurückgehalten?« Der angesprochene Gabyonos zuckte nur die Achseln.

Rufus hatte ihr versprochen, bald nachzukommen, aber in ihrer zwanzigjährigen Ehe hatte sie gelernt, dass dies nichts zu bedeuten hatte. Nachdenklich blickte sie auf die breiten Schultern ihres Sklaven, der mit der Fackel voranschritt. Rufus nahm seinen Beruf in der Akademie eben sehr ernst, und darauf hatte sie Rücksicht zu nehmen.

Hinter der nächsten Biegung lag der Eingang zur Akademie. Sie durchschritten den Torbogen und betraten die Säulenhalle, die den inneren Hof umgab. Auf dessen anderer Seite, ein gutes Stück entfernt, befand sich ihr Haus. Zwar wäre der Weg quer über den Platz kürzer gewesen, doch zog sie die Steinplatten in der Säulenhalle vor, es war dort in der Dunkelheit angenehmer zu gehen, denn die Fackel des voranschreitenden Sklaven verbreitete nur wenig Licht.

Sobald sie das Akademiegelände betreten hatten, umgab sie Ruhe. Nur gedämpft war das Lärmen der nächtlichen Heimkehrer zu hören, das ihren Weg begleitet hatte. Hier waren sie von dem städtischen Treiben abgeschirmt, und kaum ein Geräusch drang herein. Tagsüber war das sehr angenehm, doch in der Nacht empfand Ulpia es als unheimlich. Jeder Schritt hallte in dem Säulengang unnatürlich nach und die flackernde Fackel warf zuckende Schatten an Wände und Säulen.

Ihr Schritt wurde schneller. Der Sklave sah sich nach ihr um, er verstand ihre Angst und lächelte ihr aufmunternd zu, schritt aber ebenfalls schneller aus. Plötzlich hielt er inne. Im Dunkel unter den Säulen lag etwas am Boden.

Als Silvanus am Morgen eilig das Amtsgebäude betrat, war der Tod des Akademieleiters Rutilius Rufus schon in aller Munde – Mord, so munkelte man, kein natürlicher Tod jedenfalls.

Als Erstes, so hatte Silvanus sich überlegt, musste er zu Munatius Plancus, um Näheres zu erfahren, und machte sich sofort auf den Weg. Vielleicht wurde seine Hilfe gebraucht, aber wurde sie auch gewünscht? Vor der Statue eines römischen Würdenträgers hielt er inne; gedankenverloren starrte er sie an. Sollte er wirklich zu Plancus gehen? Und wenn der sich bei dieser Sache gleichermaßen ablehnend verhalten würde wie bei den Tavernenüberfällen? Wie sah die Gesetzeslage aus? Soweit er wusste, war Rufus römischer Bürger gewesen, Grund genug für die römische Magistratur, sich für den Fall zu interessieren. Und als Leiter der Akademie hatte der Tote zu den bedeutenden Bürgern von Ephesos gehört. In einer solchen Angelegenheit sollte man einen erfahrenen Mann hinzuziehen, also ihn. Er durfte keine Zeit verlieren. Wer wohl schon alles am Tatort herumgelaufen war und wertvolle Spuren vernichtet hatte?

Silvanus löste seinen Blick von der Statue und setzte seinen Weg zu Plancus' Amtsräumen fort. Mit geraffter Toga durchquerte er eilig die Halle und ließ sich beim Statthalter anmelden. Es sei dringend, mahnte er den Schreibsklaven, der beflissen mit dem Kopf nickte. Ungeduldig schritt Silvanus im Vorzimmer auf und ab. Endlich öffnete sich die Tür, und der Sklave bat ihn mit einer einladenden Geste in den Raum.

Von den Anstrengungen des Festes am vorigen Tag war bei dem Statthalter nichts zu spüren. Frisch wie immer und tadellos gekleidet lag Plancus auf seiner Arbeitskline, in eine Schriftrolle vertieft. Jetzt blickte er auf, winkte Silvanus zu sich heran und hieß ihn, Platz zu nehmen. »Nun, Silvanus, was führt dich diesmal zu mir?«

Der überlegte, wie er sein Ansinnen am besten zum Erfolg führen könnte. Diplomatie war noch nie seine Stärke gewesen, und so beschloss er, direkt auf sein Ziel loszugehen. »Du weißt doch sicher schon vom Tod des Rutilius Rufus?« Als Plancus nickte, fuhr er ermutigt fort: »Ich habe gehört, er sei ermordet worden, erschlagen.«

Unwillig hob Plancus seine rechte Braue und warf einen bohrenden Blick auf seinen Untergebenen. »So, so, das hast du gehört? Und?«

Silvanus kämpfte einen Anflug von Ärger nieder. »Was ist denn in dieser Sache unternommen worden?«

»Nun, ich habe in Absprache mit den örtlichen Magistraten einige Legionäre dorthin geschickt, um Präsenz zu zeigen und Unruhen zu verhindern.«

»Legionäre?«, rief Silvanus entsetzt. »Aber, Plancus, du musst doch wissen, dass Legionäre ...«

»Mäßige dich, Silvanus! Willst du mir unterstellen, ich wüsste nicht, was in einer solchen Angelegenheit zu tun ist?«

»Nein, nein«, entgegnete Silvanus zögernd. ›Jetzt nur nichts verderben‹, maßregelte er sich, riss sich zusammen und verdrängte die Vorstellung von schweren Soldatenstiefeln, die auf unscheinbaren Spuren herumtrampelten. »Nein«, wiederholte er energischer, »ich bin sicher, Plancus, dass du alles Nötige veranlasst hast. Aber vielleicht besteht ein Zusammenhang mit den Tavernenüberfällen, und ich könnte ...«

Munatius Plancus nickte mit dem Kopf, allerdings nicht zustimmend, wie Silvanus es gern gesehen hätte. »Ja, ja, ich habe mir gedacht, dass dieser Fall dein Interesse erregt. Silvanus, wie oft soll ich dir noch erklären, was deine Pflichten sind! Aber da du mir wahrscheinlich keine Ruhe lassen wirst und du ja sozusagen inoffiziell in dieser Tavernengeschichte ermittelst«, hier senkte Plancus vertraulich die Stimme und neigte sich zu Silvanus hinüber, »will ich dir etwas sagen. Es ist anzunehmen, dass es sich bei dem oder den Tätern in der Tat um eben die handelt, die auch die Tavernen heimsuchen. Darum, Silvanus, werde ich es billigen, wenn du dich jetzt nicht deiner eigentlichen Arbeit widmest, deren Wichtigkeit, so glaube ich, du unterschätzt, sondern dich auf den Weg in die Akademie machst. Inoffiziell – einstweilen jedenfalls, bis ich entschieden habe, ob der Fall die römische Hoheit betrifft – das möchte ich nochmals in aller Deutlichkeit betonen! Ich werde in Kürze ein Gespräch mit den Würdenträgern der Stadt führen, die den Fall gern selbst bearbeiten würden – immerhin war Rufus Leiter der Akademie, und der Zusammenhang mit den Tavernenüberfällen scheint auf der Hand zu liegen. Die Entscheidung werde ich dir dann zur Kenntnis geben.« Gelassen griff Plancus nach dem Becher, der vor ihm auf einem Tisch stand, und hob ihn an die Lippen. Silvanus wartete nicht, bis er getrunken hatte, sondern war bereits aufgesprungen, murmelte einen Abschiedsgruß und hastete zur Tür hinaus, bevor der Statthalter es sich anders überlegen konnte.

Eilig näherte er sich dem Tor zur Akademie. Schon von weitem sah er mehrere Legionäre mit drohenden Gebärden zahlreiche Schaulustige zurückdrängen. Er beschleunigte seinen Schritt.

»Halt!«, herrschte ihn einer der Legionäre an, als Silvanus an ihm vorbeiwollte. »Du kannst hier nicht durch, das siehst du doch!« Drohend ergriff der Soldat den Knauf seines Schwertes.

»Du wirst mich durchlassen!«, entgegnete Silvanus barsch.

»So, werde ich das?« Der Legionär fasste sein Schwert fester und maß sein Gegenüber mit überheblichem Blick.

»Du weißt wohl nicht, wen du vor dir hast!«

Der Soldat zuckte nicht mit der Wimper. »Nein! Ist mir auch egal. Ich habe den Befehl, niemanden hier hineinzulassen, und diesen Befehl werde ich befolgen!«

»So, dann werde ich dir sagen, wer ich bin. Mein Name ist Silvanus Rhodius. Du wirst doch zumindest von mir gehört haben, schließlich gehöre ich zum römischen Magistrat der

Stadt Ephesos und bin enger Mitarbeiter von Munatius Plancus. Ich werde mir den Ort des Geschehens ansehen, und du wirst mich nicht daran hindern, sonst wirst du eine Menge Probleme bekommen, fürchte ich.«

Unsicher geworden blickte der Legionär zuerst auf Silvanus, dann hilfesuchend zu seinen Kollegen, die noch immer mit den Schaulustigen beschäftigt waren. Keiner hatte den Wortwechsel der beiden zur Kenntnis genommen. »Zenturio?« Fragend schaute er zu einem großen Mann, der gerade mit grimmigem Gesicht einen Jüngling zurechtwies. Mit einem letzten harschen Wort ließ der den jungen Mann stehen und kam langsam zu den beiden herüber. »Was gibt es, Quintus?«

Zackig richtete der Legionär das Wort an ihn. »Dieser Mann hier behauptet – äh – Silanus Ropius zu sein und in den Diensten Munatius Plancus' zu stehen. Er will sich hier umsehen.«

Silvanus schob den unfähigen Legionär beiseite und wandte sich direkt an den Zenturio. »Silvanus Rhodius ist mein Name«, missbilligend drehte er sich zu dem jungen Mann um, der sich schulterzuckend abwandte.

»Natürlich kenne ich dich«, bestätigte der Befehlshaber. »Sollst du hier ermitteln? Ist das denn dein Aufgabenbereich?« Argwöhnisch musterte er Silvanus, der sein arrogantestes Gesicht aufgesetzt hatte und den Blicken des Befehlshabers mühelos standhielt.

»Wenn du mir nicht glaubst, so schicke doch jemanden zum Statthalter, um dich zu vergewissern. Allerdings«, er blickte ihm scharf in die Augen, »glaube ich nicht, dass Munatius Plancus erfreut darüber sein wird, mit einer derartigen Lappalie behelligt zu werden. Aber du scheust sicher keine Zurechtweisung … Wie war doch dein Name?«

»Hm«, räusperte sich der Zenturio und sah ihn mit zusammengekniffenen Augen nachdenklich an. »Decimus Fronto heiße ich. Nun, du wirst schon Recht haben.« Etwas umgänglicher begann er für Silvanus' Auftrag ein gewisses Interesse zu zeigen. »Also, wenn du meine Meinung hören willst – schätze, es war Mord!«

»So?«, fragte Silvanus gedehnt. »Woraus schließt du das?«

»Nun ja, so wie er dalag, den Kopf ganz blutig, da hat ihm wohl jemand den Schädel eingeschlagen, dem armen Schwein.« Der Zenturio reckte sein eckiges Kinn vor und gab seinem Gesicht einen wissenden Ausdruck.

»Ich sehe, du warst also bei denen, die zuerst hier waren. Dann kannst du mir sicher schildern, wo und wie ihr ihn gefunden habt.«

»Ja, klar kann ich das. Dort hat er gelegen, direkt neben der Säule da drüben.« Der Zenturio wies auf eine Stelle unter den Säulen, wo noch eine Blutlache von seinem Fund zeugte.

»Zeige mir, wie er lag, das kann von großer Wichtigkeit sein.« Bereitwillig folgte der Zenturio Silvanus und blieb vor dem Blutfleck stehen. Kopfschüttelnd starrte er ihn an. »Es war schon ein scheußlicher Anblick, das kannst du mir glauben, bei Mars. Eine Schweinerei ist das, diesen ehrenwerten, edlen Mann einfach so umzubringen!«

Silvanus horchte auf. »Mir scheint, du kanntest diesen Rutilius Rufus näher?«

»In der Tat. Er hat meine kleine Tochter unterrichtet, meinen Augenstern, mein Ein und Alles.« Dem Zenturio strahlte die Liebe zu seiner Tochter aus den Augen, seine Mundwinkel umspielte ein beglücktes Lächeln.

»Deine Tochter? Sie hatte Privatunterricht beim Akademieleiter?«

»Natürlich war sie zuerst mit anderen Kindern bei einem normalen Lehrer, aber als das Geld für die weitere Ausbildung nicht reichte, wurde sie von Rutilius Rufus unterrichtet. Er wollte fast nichts dafür haben und meinte, bei ihrer Intelligenz wäre es eine Schande, wenn sie nicht weiter gefördert würde. Darum hat er sich ihrer angenommen.«

»Woher wusste er denn, dass sie so begabt ist?«

»Eine Freundin von Drusilla – so heißt meine Tochter – besuchte ebenfalls seinen Unterricht. Drusilla hat sie einmal zu ihm begleitet. Danach ist Rufus zu mir gekommen und hat angeboten, auch sie zu unterrichten. Ich war natürlich sehr geschmeichelt, dass meine Tochter seine Wertschätzung fand. Das ist schließlich nicht alltäglich. Ich schulde Rufus großen Dank! Wenn du den Mörder fasst, werde ich der Erste sein, der den Nagel für ihn ins Kreuz schlägt, bei Mars, das schwöre ich.«

»Das ist sehr ehrenwert von dir.« Silvanus nickte verständnisvoll. »Aber nun erzähle mir, was du weißt, Fronto.«

Der Zenturio schilderte umständlich, wann und wie sie Rutilius Rufus vorgefunden hatten: gegen Mitternacht, auf dem Rücken liegend, die Augen weit aufgerissen, das Gesicht blutüberströmt, am Hinterkopf eine große Wunde.

»Wer hat ihn gefunden?«, hakte Silvanus nach.

»Seine Frau Ulpia und ihr Sklave.«

»Habt ihr schon mit ihr gesprochen?«

»Nur kurz, gleich als wir kamen. Es war aber nicht viel aus ihr herauszubekommen. Ich glaube, sie hat einen ziemlichen Schock.«

»Wohin habt ihr die Leiche gebracht?«, fragte Silvanus, während er sich zu dem Blutfleck hinunterbeugte. Es war viel Blut, und ein leichtes Schwindelgefühl ergriff ihn. Mit Unbehagen dachte er daran, dass ihm die Untersuchung der Leiche noch bevorstand. Dieser Übelkeit, die ihn beim Anblick von Leichen überfiel, würde er wohl niemals Herr werden.

Rings um die eingetrocknete Blutlache waren verschmierte Fußspuren. Soldatenstiefel, wie er sofort mit geübtem Blick feststellte. Das hatte er befürchtet: Sollten hier noch andere

Fußabdrücke gewesen sein, so waren sie jetzt für immer verloren. Innerlich seufzte er.

»Wir haben ihn in sein Haus gebracht, in sein Arbeitszimmer«, hörte er Fronto sagen. »Du wirst ihn dir sicher ansehen wollen.« Silvanus nickte abwesend. »Dann wende dich an Sabina, die Sklavin von Ulpia, sie hat uns hineingelassen.«

»Wie lange hat er wohl hier gelegen?«, fragte Silvanus mehr sich selbst als den Zenturio, an den er seine nächste Frage richtete: »Ließ er sich bewegen, oder hatte die Totenstarre schon eingesetzt?«

»Als wir ihn hochhoben, habe ich nichts dergleichen gemerkt.«

»Hm.« Silvanus überlegte, was das bedeutete. Es war eine recht kühle Nacht gewesen, also dauerte es länger, bis die Muskulatur erstarrte. »Auch nicht an Kiefer, Wangen oder Hals?« Hier nahm die Leichenstarre immer ihren Anfang, wusste er aus langjähriger Erfahrung, bei einer solchen Temperatur wie gestern vielleicht nach zwei bis drei Stunden.

Fronto zuckte mit den Schultern. »Kann schon sein, aber ich habe nicht darauf geachtet. Warum auch?«

»Hast du Totenflecke bemerkt?«

»Also hör mal, Silvanus, ich bin Zenturio und kein Arzt. Außerdem war es dunkel, im flackernden Licht der Fackel konnten wir nicht allzu viel erkennen, nur das viele Blut.« Beinahe entrüstet blickte Fronto ihn an.

»Schon gut, schon gut«, brummte Silvanus und versuchte, sich die Fundsituation der Leiche vor Augen zu führen. Nach der Beschreibung des Zenturios hatte Rufus in unmittelbarer Nähe einer Säule gelegen. Vielleicht war er gar nicht ermordet worden, sondern gestolpert, gegen die Säule geprallt und an der Verletzung gestorben? Ein Unglücksfall? Doch weder an der Säule noch an ihrer Basis konnte er etwas entdecken, das darauf hinwies – keine Haare, keine Hautfetzen, kein Blut.

Nur auf dem Boden fand er zahlreiche Blutstropfen, die wie eine Spur zu Rufus' Haus führten. Fast erleichtert verwarf er die Theorie. Wenn es ein Unfall gewesen war, so war er auf jeden Fall nicht hier passiert.

Fronto, mit Blick auf seine Soldaten, die noch immer die Fragen zahlreicher Studenten und Neugieriger abwehren mussten, wurde ungeduldig. »Brauchst du mich noch, oder kann ich wieder an meine Arbeit?«

Silvanus dachte kurz nach. »Habt ihr irgendetwas gefunden, was uns einen Hinweis geben könnte?«

Schon im Gehen schüttelte Fronto den Kopf. »Nein.«

»Nichts, was die Tatwaffe sein könnte?«

»Ich sagte doch, wir haben nichts gefunden.« Er blieb stehen und wandte sich zu Silvanus um. »Leider, aber wenn ich dir irgendwie helfen kann, dann brauchst du es nur zu sagen, ich bin zur Stelle!«

Silvanus dankte für das Angebot und ließ ihn an seine Arbeit zurückkehren. Er selbst wollte die nähere Umgebung inspizieren, vielleicht hatten die Legionäre ja doch etwas übersehen. Tief gebeugt suchte er den Boden ab, schritt langsam den Säulengang entlang – nichts! So kehrte er an den Fundort zurück und betrachtete nachdenklich die Blutspur, die zu Rufus' Haus führte. Sollten der oder die Täter dort über ihn hergefallen sein? Und dann den Körper hinausgetragen und unter der Säule abgelegt haben? Aber warum? Oder hatte Rufus noch gelebt, war selbst hinausgegangen, blutend, um dann unter der Säule zusammenzubrechen? War er zu Hause gestürzt? Noch einmal betrachtete Silvanus eingehend den Ort des Geschehens und prägte sich jede Einzelheit genau ein – diese Fähigkeit, sich alles genau wieder vor Augen zu rufen, war schon oft hilfreich gewesen. Damals in Rom. Aber jetzt war nicht der rechte Augenblick, in alten Erinnerungen zu schwelgen.

Es war an der Zeit, sich die Leiche anzusehen. Tief Luft holend schritt er auf das Haus des Lehrers zu, der Blutspur folgend, die zum Eingang führte, und klopfte energisch an die schwere Holztür. Während er wartete, untersuchte er sorgfältig Tür und Rahmen auf Beschädigungen, aber nichts dergleichen war zu sehen. Endlich öffnete sich die Tür einen Spalt und der dunkle Kopf einer ältlichen Sklavin lugte heraus. Freundlich erklärte Silvanus, was ihn hierher führte. Die Sklavin musterte ihn mit rot geäderten, verweinten Augen, hieß ihn eintreten und führte ihn bis vor das Arbeitszimmer, in dem der Leichnam von Rutilius Rufus aufgebahrt war.

»Ist schon jemand in diesem Zimmer gewesen?«

»Nur die Legionäre, sie haben den Herrn gebracht«, flüsterte die Sklavin, die sich als Sabina vorgestellt hatte, und öffnete ihm die Tür. In der Mitte des Raumes gewahrte er die Bahre, auf der Rutilius Rufus ruhte. Sonst war dieses Zimmer groß, kahl und schmucklos. Einige Nischen mit Bücherrollen, eine Truhe an der Wand, ein Tisch nahe beim Fenster, bedeckt mit zahllosen Schriftrollen. Einige waren heruntergefallen und lagen zusammengerollt auf dem Boden, zwischen den Beinen von zwei schlichten Stühlen. Sonst schien alles an seinem Platz, nichts deutete auf einen Kampf. Ganz deutlich aber war auch hier eine Blutspur zu erkennen, die zur Tür führte.

Silvanus sah sich in dem Zimmer aufmerksam um, während Sabina ihn traurig informierte: »Legionäre haben ihn gebracht. Wir haben ihn erst einmal hierher gelegt, bis der Bestattungsunternehmer kommt und ihn herrichtet, dann bringen wir ihn ins Atrium, wie es sich gebührt, damit Verwandte und Freunde ihm Ehre erweisen können.«

»Die Legionäre«, durchfuhr es Silvanus. Während er langsam der Blutspur folgte, fragte er Sabina: »Haben sie hier im Zimmer etwas verändert oder mitgenommen? Oder einer von euch? Habt ihr aufgeräumt?«

»Nein, Herr, sie kamen ja mitten in der Nacht. Noch nicht einmal sauber gemacht habe ich, so erschrocken war ich. Nur im Haus habe ich bis jetzt das Blut weggewischt, ich wollte gerade …«

Noch während sie sprach, sah er den großen rötlich braunen Fleck auf dem Boden, zwischen Tisch und Fenster, dem Anschein nach getrocknetes Blut. Tatsächlich, erkannte er bei näherem Hinsehen, es war Blut, daran gab es gar keinen Zweifel. Deutete etwas auf einen Unfall? Aufmerksam sah er sich um, aber nichts wies darauf hin. Der Akademieleiter musste hier niedergeschlagen worden sein, wie er bereits vermutet hatte.

Er wandte sich wieder an Sabina. »Warte noch mit dem Saubermachen, vorher müssen einige Dinge geklärt werden. Zunächst sage mir, wann du deinen Herrn zuletzt gesehen hast.«

»Ach, gestern Nachmittag, als ich ihm Wein brachte für seine Besucher. Dann habe ich meine Hausarbeit verrichtet. Oh, der arme Herr.« Die Sklavin begann zu schluchzen. »Und als die Herrin ging, sagte sie mir, ich würde nicht mehr gebraucht, und so habe ich mich hingelegt. Das war so gegen Sonnenuntergang. Der Herr war noch mit dem Herrn Artocreatus in seinem Arbeitszimmer.«

Silvanus horchte auf. »Wer ist Artocreatus?«

»Gnaeus Lutatius Artocreatus ist der zweite Rhetoriklehrer hier an der Akademie, Herr. Kennst du ihn denn nicht?« Skeptisch sah die Sklavin ihn an.

»Nein, sonst hätte ich ja nicht gefragt.« Silvanus ärgerte sich, zweifelte denn jeder hier an seiner Kompetenz? Und ausgerechnet Sklaven und Soldaten! In scharfem Tonfall fragte er weiter: »Hast du irgendetwas gehört? Worüber sie geredet haben, wann Artocreatus ging? Kam danach noch jemand?«

Sabina wischte sich eingeschüchtert die Nase. »Nein, Herr,

ich habe nichts gehört, meine Kammer liegt doch ganz am anderen Ende des Hauses.« Sie sah ihn nicht an.

Silvanus beobachtete sie aufmerksam, verbarg sie etwas? Seine unwirsche Reaktion von eben bedauernd beschloss er, sie zunächst nicht darauf anzusprechen, jetzt würde sie sowieso nichts sagen. Noch einmal blickte er sich im Arbeitszimmer um. »Fehlt hier etwas«, erkundigte er sich freundlicher, »oder sonst wo im Haus? War etwas durchwühlt?«

Sabina ließ verstohlen ihren Blick schweifen, schüttelte dann aber den Kopf. »Das Haus war so wie immer und die Wertsachen sind noch alle da, die Herrin Ulpia hat mich gleich beauftragt, nachzusehen. Und ob hier etwas fehlt, weiß ich nicht genau. Aber ich glaube nicht. Hier war doch nichts, nur diese Schriftrollen. Ob die alle da sind, kann ich dir wirklich nicht sagen. Da musst du Gabyonos fragen, der wird das wissen.«

»Gabyonos?«

Sabina blickte gequält auf. »Er ist der Sklave der Herrschaft. Ihn musst du fragen, er ging hier ein und aus. Ich darf schon lange nicht mehr hinein, nicht einmal zum Saubermachen. Der Herr sagte, ich würde ihm seine Unterlagen durcheinander bringen. Gabyonos hat ihn auch gefunden, unseren Herrn.«

Silvanus nickte, selbstverständlich würde er mit Gabyonos sprechen. »Ist er da?«, fragte er Sabina.

»Er ist in der Bibliothek. Hinten in der Akademie.« Sabina deutete vage in die Ferne.

»In der Bibliothek? Was tut er dort?«

»Er ist der persönliche Sklave des Herrn – gewesen – und ging ihm in der Akademie zur Hand. Gabyonos ist sehr gebildet, darauf hat unser Herr viel Wert gelegt.«

»Hm.« Also Gabyonos befragen, die Witwe Ulpia – auch keine angenehme Aufgabe – und diesen Gnaeus Lutatius Artocreatus. Der schien einer der Letzten gewesen zu sein, die Rufus lebend gesehen hatten, hier, in diesem Arbeitszimmer. Eigentlich müsste er den ganzen Raum absperren lassen und untersuchen, die Papiere durchlesen, nach Hinweisen in den Unterlagen forschen. Aber er durfte ja – noch – keine offiziellen Schritte einleiten. Auch konnte er nicht die Hinterbliebenen und Freunde von der Leiche fern halten, das hätte er nicht einmal in Rom wagen dürfen. Und hier in der Provinz, bei solch angespannter Stimmung, schon gar nicht. Vielleicht könnte er die Unterlagen holen lassen oder einen Legionär zur Bewachung des Raums abstellen, wenn Plancus entschieden hatte. Nun, man würde sehen.

Jetzt begann der Teil seiner Aufgabe, der ihm am wenigsten Freude bereitete. Er wappnete sich gegen den Anblick des Verstorbenen. Flüchtig dachte er daran, dass er nach Kleinasien gegangen war, um gerade dem zu entkommen – er hatte keine Lust mehr auf Tote und Trauernde gehabt, die Ursache für seine Magenprobleme. Nun wartete hier wieder ein Toter auf ihn, und Hani Rami, der Arzt, der ihm diese unangenehme Aufgabe schon einmal – im Frühjahr in Didyma – abgenommen hatte, war zu seinem großen Bedauern noch nicht eingetroffen. Immerhin hatte er eine Nachricht geschickt, dass er noch in Didyma gebraucht werde, sich aber so bald wie möglich auf den Weg machen wolle.

Es blieb Silvanus keine andere Wahl, er musste die erste Untersuchung selbst vornehmen. Zögernd trat er einige Schritte an die Bahre heran. Was für ein Narr er doch war, sich um diese Arbeit zu reißen! Gestern Facilis, heute Rutilius Rufus – wie würde es weitergehen?

Sabina, die noch immer in der Tür stand und sich mit einem Zipfel ihrer Tunika die Tränen aus dem Gesicht wischte, schickte er hinaus, bevor er schwer schluckend zu dem Leichnam trat. ›Es wird so furchtbar nicht sein!‹, ermunterte er sich.

›Du hast schon Schlimmeres gesehen.‹ Ein Würgen verschloss seine Kehle, er konnte kaum atmen. Doch riss er sich zusammen und warf einen ersten, zögernden Blick auf die Leiche.

Rutilius Rufus – er schien so um die fünfzig zu sein – sah genauso aus, wie man sich einen Akademieleiter vorstellte: dichte graue Haare über einer hohen Stirn, buschige Augenbrauen, etwas schmal in den Schultern. Insgesamt wirkte er hager, fast asketisch. Er war mit einer Tunika bekleidet, Blut war an ihrer Vorderseite nur wenig zu sehen, und auch zerrissen oder beschmutzt war sie nicht.

Mühsam und flach atmend drehte Silvanus den steifen Körper auf den Bauch, die Totenstarre hatte mittlerweile gänzlich eingesetzt. Am oberen Hinterkopf entdeckte er eine erhebliche Wunde, die offensichtlich stark geblutet hatte. Aha, einen Unglücksfall konnte er tatsächlich ausschließen, denn dann müsste die Verletzung weiter unten am Kopf zu finden sein. Also doch ein Tötungsdelikt! Ein großer Fleck auf der Tunika zeigte, dass Rufus in seinem Blut gelegen hatte, allerdings war es auch in mehreren Bahnen heruntergeronnen. Mit einem Blick auf den Blutfleck am Boden vergewisserte sich Silvanus, dass dies nicht aus der Höhe herabgetropft sein konnte. Das auf der Tunika nach unten geflossene Blut bedeutete aber, dass Rufus nach dem Schlag noch einmal gestanden haben musste. Folglich war Rufus hier niedergeschlagen worden, auf dem Boden zusammengebrochen, daher die Blutlache, und war dann erst hinausgeschleift oder -getragen worden, oder – er war selbst hinausgegangen. Den Gedanken, dass der Körper geschleift worden war, verwarf Silvanus sofort wieder, dann wären Schleifspuren mit Blut zu finden, und die gab es nicht, und, hätte man sie weggewischt, warum dann nicht auch die anderen Blutspuren? Wäre er von mehreren getragen worden, gäbe es nicht die nach unten laufenden Streifen auf der Tunika. Silvanus richtete sich nachdenklich auf und schüttelte unmerklich den Kopf. Nein, es schien immer wahrscheinlicher, dass Rufus die Kopfverletzung überlebt hatte, wenigstens lange genug, um den Innenhof der Akademie zu erreichen.

Nun musste er noch den Körper untersuchen. Als er dem Toten die Tunika hochschob, um nach weiteren Verletzungen zu suchen – die es nicht gab – wurde ihm übel. Er hielt einen Augenblick inne und wischte sich den Schweiß von der Stirn. Schwer schluckend prüfte er dann die Leichenflecke, noch konnte er sie wegdrücken, allerdings nur mit einiger Kraft. Der Tod musste vor mindestens zwölf Stunden eingetreten sein, in der frühen Nacht, also lange bevor die Leiche aufgefunden worden war. Zu einem Zeitpunkt vermutlich, als sich ganz Ephesos auf dem Fest befunden hatte …

Schwitzend drehte er den toten Rufus noch einmal auf den Rücken, wischte sich wieder mit der Hand über die Stirn und untersuchte den Körper von unten nach oben. Er fand keine Hinweise auf eine andere Todesursache – doch, da war etwas. Am Hals des Opfers sah er Würgemale, ganz deutlich. Aufgeregt, seine Übelkeit fast vergessend, prüfte Silvanus die Augenlider nach punktförmigen Blutaustritten, ja, auch die waren vorhanden, wie auch im Bindegewebe der Augen. Tief atmend richtete er sich auf, Rufus war gewürgt worden, wenn nicht sogar erwürgt. Doch Abwehrspuren ließen sich nicht erkennen, jedenfalls nicht an den Armen. Das deutete darauf hin, dass er erst niedergeschlagen und dann erwürgt worden war. Eigentlich müsste er jetzt die Hände des Leichnams einer näheren Untersuchung unterziehen, doch angesichts der steifen, zusammengekrallten Finger nahm er davon Abstand – mit Schaudern dachte er an das Geräusch von gewaltsam auseinander gebogenen Gliedmaßen, das er in Rom oft genug hatte hören müssen. Das könnte er jetzt wirklich nicht mehr ertragen. Also setzte er sich aufatmend auf einen der Stühle und bedachte das Ergebnis seiner Untersuchung: eindeutig ein unnatürlicher Tod, höchstwahrscheinlich durch Erwürgen, nachdem das Opfer den Schlag auf den Kopf überlebt hatte. Silvanus war sich ziemlich sicher, dass seine Vermutung stimmte. Letzte Gewissheit würde ihm Hani Rami geben können – hoffentlich kam er rechtzeitig, bevor der Leichnam in Verwesung überging, denn tagsüber wurde es auch zu dieser Jahreszeit noch sehr warm. Lange konnte Silvanus die Bestattung nicht hinauszögern, und solange er keine offiziellen Kompetenzen besaß, war er auch nicht in der Lage, eine kühle Lagerung des Toten anzuordnen.

Erleichtert und in dem Gefühl, seine Pflicht hier getan zu haben, verließ er das Arbeitszimmer und machte sich auf die Suche nach Sabina, um sich bei ihrer Herrin anmelden zu lassen. Er fand sie im Atrium. »Meinst du, Ulpia ist in der Lage, mir einige Fragen zu beantworten?«

Sabina zuckte skeptisch die Achseln und entfernte sich, um nachzufragen. Während er wartete, sah sich Silvanus im Atrium um. Es war hell, aber schlicht, die Wände geweißt. Ohne die sonst üblichen Malereien wirkte der Innenhof fast unbewohnt und karg, die wenigen Möbelstücke trugen nicht dazu bei, eine anheimelnde Atmosphäre zu verbreiten.

Irgendwo im Hause hörte er leise Stimmen. Dann kehrte Sabina zurück. Ulpia werde ihn empfangen, teilte sie ihm mit, und Silvanus folgte ihr den engen Aufgang hinauf in die obere Etage. Vor einer der Kammern blieb Sabina stehen. »Hier ist es«, flüsterte sie, öffnete die Tür und ließ Silvanus eintreten. Es dauerte einen Moment, bis er sich an die Dunkelheit gewöhnt hatte, denn die Fensterläden waren geschlossen. Dann sah er den Umriss einer Gestalt auf dem Bett liegen. Vage grüßte er in Richtung des Schattens: »Ave, Ulpia.« Er hörte das Rascheln schwerer Stoffe, als sie sich aufsetzte.

»Ave, Silvanus Rhodius, tritt näher und setze dich«, antwortete ihm eine leise Stimme.

»Entschuldige, dass ich dich störe, aber ich muss dir dringend einige Fragen stellen. Wenn dies nicht der rechte Zeitpunkt ist, werde ich später wiederkommen. Allerdings wäre es sehr hilfreich, könnte ich gleich jetzt mit dir sprechen.« Seine Augen hatten sich an das Zwielicht gewöhnt, und so sah er sie müde nicken, wenn er auch ihr Gesicht kaum erkennen konnte. Zudem hielt sie den Blick starr auf die Decke gerichtet, die ihren Körper verhüllte. Doch schien sie ruhig und gefasst, nur ihre Hände, krampfhaft um den Stoffzipfel geschlossen, verrieten ihre innere Anspannung. »Frag nur, was du wissen musst.«

Er zog einen Stuhl neben ihr Bett. »Du warst gestern auf dem Fest, hat man mir berichtet. Wann hast du das Haus verlassen?« Sie schluckte, bevor sie antwortete. »Es war«, ihre Stimme war schwach und heiser, sie musste sich räuspern, um fortfahren zu können, »es war gegen Abend, kurz vor Sonnenuntergang, als ich ging. Ich wartete nicht auf Rutilius, er hatte zwar versprochen, mich zu begleiten, aber …«

»Aber er ist nicht mitgekommen«, half Silvanus, und Ulpia bestätigte es mit einer kaum wahrnehmbaren Bewegung des Kopfes.

»Warum nicht?«

»Aus dem gleichen Grund, den er stets vorgab.«

Silvanus wartete auf eine weitere Erklärung, doch sie schwieg. »Hatte er noch zu arbeiten?«, fragte er vorsichtig nach.

»Ja.« Sie klang resigniert.

»Und das duldete keinen Aufschub?«

»Augenscheinlich nicht.« Mit einem Seufzer fuhr sie fort. »Gnaeus Lutatius Artocreatus, sein Kollege, kam, kurz bevor wir gehen wollten. Wir legten gerade unsere Gewänder an. Er tat sehr wichtig und ließ sich von Sabina nicht abweisen. Sie kam ratlos zu uns und sagte, Gnaeus hätte ein wichtiges

Anliegen. Ich habe Rutilius gebeten, später mit Gnaeus zu sprechen, und er stimmte auch zu, wollte es ihm aber selbst sagen.«

»Und? Hat er es ihm gesagt?«, fragte Silvanus in die eingetretene Stille.

»Er ist jedenfalls zu ihm hinuntergegangen.«

»Ist er zurückgekommen?«

»Ja, natürlich.« Wieder schwang Resignation in ihrer Stimme. »Es dauerte gar nicht lange, da klopfte er an die Tür. Er entschuldigte sich und sagte, er könne sein Versprechen nicht einhalten, es sei wirklich wichtig, was Gnaeus mit ihm zu besprechen hätte. Ich sollte doch schon vorgehen, er käme sicher bald nach, beim Tempel würde er mich dann schon finden. Da ich diese Situation zur Genüge kannte, ging ich ohne ihn. Gabyonos hat mich begleitet.«

»Dann war Artocreatus der Letzte, der Rufus gesprochen hat?«

»Der Letzte, von dem ich weiß. Die anderen waren schon fort, die Studenten, die hier waren, um ihre Aufgaben mit ihm zu besprechen. Darum hatte ich ja auch die Hoffnung, Rutilius würde diesmal wirklich mitkommen. Doch dann kam Gnaeus.«

Silvanus schwieg nachdenklich. Dieser Gnaeus schien ein vielversprechender Zeuge zu sein, ihn würde er aufsuchen müssen, am besten gleich. So beschloss er, Ulpia nicht länger zu quälen, und stand auf. Eines jedoch musste er noch klären. »Erlaube mir, Ulpia, eine Bitte an dich zu richten. Ich würde gern die Unterlagen deines Mannes durchsehen, vielleicht findet sich dort ein Hinweis auf den Täter. Macht es dir etwas aus, wenn ich sie durch einen Legionär abholen ließe?«

Er hatte nicht mit der freudigen Zustimmung der Witwe gerechnet, doch eine so heftige Reaktion, wie sie jetzt folgte, kam unerwartet für ihn, hatte Ulpia doch einen relativ ruhigen, gefassten Eindruck gemacht.

»Du willst in seinen Sachen herumschnüffeln? In seinen privaten Aufzeichnungen?« Fast überschlug sich ihre Stimme. »Das kommt überhaupt nicht in Frage! Lasst doch meinen Mann in Ruhe, lasst mich in Ruhe!« Ulpia warf sich in ihrem Bett zu der anderen Seite und drehte ihm den Rücken zu. Sie schluchzte laut. Betroffen murmelte Silvanus eine Entschuldigung und verließ den Raum.

Auf dem Weg nach draußen begegnete ihm noch einmal Sabina, die ihn vorwurfsvoll anblickte. Peinlich berührt lenkte er ihre Aufmerksamkeit zurück auf den Fall. »Hatte Rufus in letzter Zeit Kontakt mit Personen, die dir fremd waren? Oder hast du in der Nähe welche gesehen?«

Sie schüttelte den Kopf.

»Ist dir hier etwas aufgefallen? War die Haustür beschädigt?«, fragte er weiter.

»Nein, Herr, sie war so wie immer.«

Also schienen der oder die Täter nicht gewaltsam in das Haus eingedrungen zu sein. Interessant. Es sprach dafür, dass Rufus seinen Mörder gekannt hatte. Und es sprach gegen eine Beteiligung der Tavernenschläger. Allerdings, man sollte sich immer alle Möglichkeiten offen lassen, nie nur auf das Offensichtliche achten, das hatte Silvanus bei seiner Arbeit in Rom gelernt. Vielleicht waren die Schläger noch nach Gnaeus hier gewesen, hatten an die Tür geklopft und waren von Rufus eingelassen worden, hatten ihn niedergeschlagen, nach Beute gesucht und dann bemerkt, dass ihr Opfer sich davongemacht hatte. Waren sie ihm gefolgt und hatten ihm dann den Garaus gemacht, weil er sie hätte identifizieren können? Silvanus bezweifelte das; irgendwie schien das alles nicht so recht zu den vorangegangenen Taten zu passen, auch die Kopfwunde von Rufus sah anders aus, sie rührte nicht von einem Knüppel her. Doch keine voreiligen Schlüsse ziehen, mahnte sich Silvanus und wandte seine Aufmerksamkeit wieder der rundlichen

Sklavin zu. Die Dienerschaft war immer eine wichtige Quelle, und er war sich ganz sicher, dass Sabina ihm noch die eine oder andere Information vorenthielt. Hatte sie wirklich nichts gehört? Er versuchte es auf einem Umweg. »Ich bin auf deine Hilfe angewiesen, Sabina, wenn ich den Tod deines Herrn aufklären soll. Dazu müsstest du mir das Haus zeigen.«

»Das ganze Haus? Aber warum?« Die Sklavin sah ihn misstrauisch an.

»Ich möchte mir nur einen Überblick verschaffen. Sei so gut!« Sein freundlicher Tonfall zeitigte Erfolg. Sabina setzte sich in Bewegung, führte ihn durch das Haus und erklärte ihm die Bestimmung der Zimmer. Ihr eigenes, neben dem des Gabyonos gelegen, war wirklich so weit vom Arbeitszimmer entfernt, dass man nichts von dem hören konnte, was dort vor sich ging. Hatte sie doch die Wahrheit gesagt? Nun, er würde später mit ihr und Ulpia noch einmal reden. Vielleicht war mit etwas Abstand von dem tragischen Ereignis mehr aus den beiden herauszuholen.

Vordringlich war jetzt das Gespräch mit Artocreatus, ihn musste er finden. Vielleicht konnte Sabina ihm auch hierbei helfen. In der Tat. Die Sklavin schilderte ihm umständlich, wo Artocreatus wohnte und wie er zu dessen Haus gelangen könne.

Die Tür der Taverne schloss sich geräuschvoll hinter Tante Arkadia. Zielstrebig und sichtlich in Sorge eilte sie auf die Mädchen zu, die mit ihren Freunden, Studenten der Akademie, am Tisch saßen und über den Mord sprachen. Schwerfällig ließ sie sich neben ihrer Nichte auf die Bank sinken.

Illicia musterte erstaunt ihre Tante, selten nur hatte sie sich zu ihnen gesetzt, zudem ohne ihre Freunde mit einem missbilligenden Wort oder tadelnden Blick zu bedenken. Sogar der unerschrockene Sylvester, einer von Rufus' Schülern, war überrascht und hielt mitten im Satz inne, er hatte gerade von der letzten Begegnung mit seinem Lehrer erzählt.

»Ave, Tante«, begrüßte sie Illicia, taktvoll ihre Erregung ignorierend, »wo bist du gewesen?«

»Auf der Agora. Die ganze Stadt spricht von nichts anderem als dem Tod des Rufus. Die arme Ulpia, ich werde gleich zu ihr gehen, vielleicht kann ich ihr in dieser schweren Stunde beistehen. Dann reisen wir ab, packt eure Sachen, die Taverne wird geschlossen. Nach diesem Mord befürchte ich das Schlimmste. Du bist bereits überfallen worden, Illicia, jetzt kann ich die Verantwortung für dich nicht länger übernehmen! Wir fahren zu Tollimos nach Didyma!« Dieser Ton war allen wohlvertraut, und das Aufschimmern einer gefühlvollen Ader, über das am Tisch allgemeine Verwunderung herrschte, nur von kurzer Dauer gewesen. Arkadia war wieder sie selbst.

»Aber, Tante«, wagte Illicia zaghaft zu widersprechen, »wir können doch nicht so einfach abreisen!«

»Oh doch!« Arkadias Ton duldete keinen Widerspruch. Ungeduldig trommelten ihre Finger auf die Tischplatte. »Sei nicht so unvernünftig, Kind«, fuhr sie ihre Nichte an.

Doch Illicia schüttelte den Kopf. »Nein, ich möchte bleiben. Ich kann jetzt nicht einfach davonlaufen. Mir wird schon nichts passieren.«

Arkadia versuchte es bei Laelia, die bisher schweigend dagesessen hatte. »Laelia, vielleicht bist du einsichtig und kannst meine Nichte davon überzeugen, dass es für alle das Beste ist.«

Unentschlossen überlegte Laelia. Auf der einen Seite sah sie durchaus, dass Arkadias Vorschlag vernünftig war – mit Schaudern dachte sie an das Wort »Rediemus«, von dem sie Illicia nichts erzählt hatte – auf der anderen Seite kannte sie ihre Freundin gut genug, um zu wissen, dass nicht einmal sie

sie dazu bringen würde, nach Didyma zurückzukehren. Und sei es auch nur für ein paar Wochen. Viel zu sehr hatten sie sich an das großstädtische Treiben gewöhnt, viel zu sehr genossen sie die Unabhängigkeit von den Vätern, die Möglichkeit, die Tage nach eigenem Gutdünken einzuteilen. Und man brauchte ihre Hilfe bei der Aufklärung der Verbrechen! Das führte ihre Gedanken zu Silvanus: Gingen sie nach Didyma, würde sie ihn lange nicht sehen können. Dennoch, gefährlich war es hier. Laelia blickte ihre Freundin nachdenklich an. »Vielleicht …«, hob sie an.

Doch Illicia hatte sich bereits entschieden. »Ich bleibe hier«, sagte sie mit fester Stimme.

Ärgerlich erhob sich Arkadia. »Nun, ich merke, du siehst die Notwendigkeit nicht ein. Tu, was du willst. Leider bin ich nicht deine Mutter, ich hätte dir schon ein wenig Erziehung mitgegeben, aber dein Vater wollte davon ja nichts wissen. Es sah ihm ähnlich, gleich wieder abzureisen und Orvietus mitzunehmen, als könnten die paar Reparaturarbeiten am Haus nicht noch warten«, sie schnaubte verächtlich, »und mich hier schutzlos zurückzulassen, allein mit der Verantwortung! Du bist genau wie er, du hörst ja nicht, keiner hat dir Respekt beigebracht! Aber wenn du nicht erkennen willst, dass ich nur zu deinem Besten so entschieden habe, so bleib, ich fahre auf jeden Fall nach Didyma. Hier ist man ja seines Lebens nicht mehr sicher, keinen Tag länger werde ich bleiben. Und schon gar nicht dabei zusehen, wie meine einzige Nichte das Opfer von diesen Übeltätern wird. Jetzt, wo sogar unbescholtene Bürger auf offener Straße überfallen, ausgeraubt und ermordet werden.« Arkadias fülliger Körper bebte vor Ärger, entschlossen steckte sie eine Haarnadel zurück in ihr ergrauendes Haar und wandte sich zum Gehen. »Wenn ihr es euch überlegen wollt, so beeilt euch, ich werde aufbrechen, sobald ich von Ulpia zurück bin.« Damit beendete sie die Diskussion.

Betroffen sahen die Mädchen ihr nach.

»Deine Tante hat Recht, Illicia«, meldete sich Lingus, ein weiterer Student, zu Wort. Er hatte die ganze Zeit nichts gesagt, und alle waren jetzt überrascht, dass er Arkadia so bereitwillig zustimmte. Sylvester zuckte die Achseln, enthielt sich aber einer Bemerkung. Illicia hingegen schüttelte den Kopf. »Unsinn! Oder willst du etwa zurück nach Didyma?«, wandte sie sich an Laelia. Ein Lächeln glitt über deren Gesicht. »Nein.«

Kapitel 5

Sabinas umständliche Beschreibung wäre nicht nötig gewesen. Artocreatus' Haus war nicht zu verfehlen, es lag hinter den Thermen, ganz in der Nähe der Akademie. Auf Silvanus' Klopfen öffnete ihm ein unscheinbares junges Mädchen, das ihn in ein lichtes Atrium führte. Das flache Impluvium in der Mitte war von zierlichen Säulen umgeben, die sich im Wasser spiegelten, auf den Wänden des Innenhofes schwebten graziöse Götterfigürchen, Girlanden in den Händen haltend, zwischen gemalten Kandelabern. Durch die Malereien wirkte der Hof größer, als er eigentlich war. Silvanus fühlte sich in dieser Umgebung sofort wohl und nahm das Angebot, sich zu setzen, gern an.

»Du bist Silvanus Rhodius?«, fragte die Sklavin ehrfürchtig noch einmal nach.

»Ja, wieso?«

»Dann bist du sicher wegen Rufus hier? Ist es nicht schrecklich, was geschehen ist?«

Silvanus nickte. Es wunderte ihn nicht, dass der Tod des Lehrers schon bekannt war, sprach man doch seit dem frühen Morgen von nichts anderem.

Leutselig fuhr die Sklavin fort: »Ich war heute früh auf dem Markt, da habe ich es gehört. Ich habe es auch sofort dem Herrn erzählt, als ich nach Hause kam. Ist der Täter schon gefasst?«

Silvanus überging die Frage. »Ist Gnaeus Lutatius Artocreatus anwesend?«

Bedauernd schüttelte das Mädchen den Kopf. »Es tut mir Leid, der Herr ist soeben gegangen. Bist du ihm nicht begegnet?«

Silvanus erinnerte sich an einen mittelgroßen Mann, der ihm kurz vor dem Haus entgegengekommen war, sichtlich in Eile. Das mochte Artocreatus gewesen sein.

»Aber die Herrin ist hier. Wenn du willst, sage ich ihr Bescheid, dass du sie zu sprechen wünscht«, unterbrach die Sklavin seine Gedanken.

»Wer ist denn da gekommen, Merida?«, schallte eine energische Stimme von oben herunter. Silvanus schaute hoch und sah, wie sich eine junge Frau über das Geländer beugte, offensichtlich um den unangemeldeten Gast in Augenschein zu nehmen. In dem Gegenlicht, das durch die Dachöffnung über dem Atrium hereinfiel, konnte er die Gestalt nur schemenhaft erkennen, einzig ihr Haar – es strahlte wie rotes Gold.

Kurz darauf stand sie vor ihm. Sie war ungefähr im gleichen Alter wie Laelia und Illicia, Anfang zwanzig, allerdings ein wenig zierlicher. Das Auffallendste an ihr war ihr kupferrotes Haar, das in großen Locken herabfiel. »Ave, Silvanus!«, grüßte sie ihn.

Silvanus wollte sich höflich erheben, um ihren Gruß zu erwidern, doch mit einer kurzen Handbewegung bedeutete sie ihm, sitzen zu bleiben, nahm ebenfalls Platz und betrachtete ihn mit unverhohlener Neugier. »Du bist also Silvanus! Ich habe schon von dir gehört!« Vielsagend lächelte sie ihn an.

Silvanus war diese Musterung sichtlich unangenehm. Woher kannte ihn diese Frau? War er doch schon so bekannt hier in Ephesos? Angestrengt versuchte er sie nicht ebenso anzustarren, während er fieberhaft überlegte. Allein ihr Haar machte ihm dies unmöglich, immer wieder zog es seine Blicke auf sich. »Du kennst mich?«, fragte er schließlich, nur um etwas zu sagen.

»Ja, natürlich!«

Silvanus wurde unbehaglich zumute. Er war sich sicher, diese Frau noch nie zuvor gesehen zu haben. »Ich kann mich nicht erinnern, dir jemals vorgestellt worden zu sein!«, sagte er ratlos.

»Nein, natürlich nicht!« Sie lächelte schelmisch. Dann endlich entschloss sie sich, ihn nicht länger auf die Folter zu spannen. »Ich bin mit Illicia, natürlich auch mit Laelia gut bekannt.«

»Aha!« Silvanus errötete bis unter die Haarwurzeln. Bei Jupiter, was wusste sie alles von ihm? Fraglos musste er auf jedes Wort achten, was er hier sagte. Vor allem durfte er sie nicht mehr so anstarren, wer wusste, was sie Laelia erzählen würde. Am besten war es, einfach zur Sache zu kommen. »Wie ist denn dein Name?«

»Pykideme, ich bin dir doch sicher nicht unbekannt?«

Allerdings war sie das nicht. Illicia und Laelia hatten ihm von dieser Frau erzählt, sie war eine recht gute Freundin von beiden geworden, seit sie einmal bei einer Literaturlesung ins Gespräch gekommen waren. Aber auch Lucida, seine Gemahlin, kannte sie. Diese war ihr einmal bei einer öffentlichen Zeremonie begegnet und hatte sofort eine tiefe Abneigung gegen sie gefasst, weil Pykideme Lucidas Neigung für alles Religiöse nicht so ernsthaft aufgenommen hatte, wie Lucida es allgemein erwartete – die einzige Voraussetzung, um ihr Wohlwollen oder ihre Freundschaft zu erwerben. Nun, Pykideme hatte sich diese Chance wohl gründlich verscherzt, denn Lucida hatte sie danach nie wieder erwähnt. Ein Aspekt, der ihm diese Frau ganz sympathisch werden ließ.

Niemand hatte allerdings gesagt, dass Pykideme mit einem Lehrer der Akademie verheiratet war. Doch vielleicht hatte er auch nicht richtig zugehört oder es einfach vergessen.

»Du bist also die Frau von Gnaeus Artocreatus?«

»Ja, in der Tat.« Noch immer lächelte sie süffisant.

Langsam wurde Silvanus ärgerlich. »Du kanntest Rutilius Rufus, nehme ich an?«

»Oh ja, natürlich! Er war der Kollege meines Mannes. Wie

ich hörte, ist er ist zu Tode gekommen. Nun ja, solch ein Todesfall ist immer tragisch, doch der Täter wird schon seinen Grund gehabt haben.«

Silvanus hob überrascht die Augenbrauen, nicht nur über das, was sie sagte, sondern auch darüber, wie überzeugt sie es vorbrachte. »Rutilius Rufus hatte also Feinde?«

»Oh ja, ich denke schon …«

»Wenn du so freundlich wärest, mir Genaueres zu sagen!«

Sie war erstaunt. »Ja, haben dir Illicia und Laelia nichts erzählt? Sie kennen ihn doch!«

»Oh.« Erneut überrascht versuchte Silvanus, sich nichts anmerken zu lassen. »Ich möchte es gern aus deiner Sicht hören«, lenkte er ab.

»Na ja, was soll ich sagen … So gut habe ich ihn auch wieder nicht gekannt. Sicher haben wir ihn gelegentlich bei Feierlichkeiten oder anderen offiziellen Anlässen gesehen. Er war ein unangenehmer Mensch, um ganz offen zu sein.« Sie rümpfte angewidert die Nase und schwieg.

»Kannst du mir den Grund nennen, warum er dir so unangenehm war?« Silvanus versuchte, ihre Rede wieder in Fluss zu bringen.

»Das ist es ja! Ich kann es wirklich nicht in Worte fassen. Eigentlich sah er gut aus, hatte eine gewisse Ausstrahlung, war immer korrekt gekleidet. Er hat sich in der Öffentlichkeit tadellos benommen, sehr zuvorkommend, sehr höflich. Zu mir jedenfalls.«

»Was heißt das? Zu anderen nicht?«

»Nun, das wollte ich damit nicht sagen. Ich meine, ich kann nur beurteilen, wie er sich mir gegenüber benahm.«

»Es klingt aber so, als wüsstest du, dass er sich anderen gegenüber nicht so korrekt verhalten hat.«

Pykideme lächelte verschmitzt. »Ach, Silvanus, ehrlich! Ich weiß es nicht!« Das Lächeln wurde breiter, und er konnte nicht umhin, die vielen Sommersprossen auf ihrer Nase zu bewundern, die hervorragend mit dem Haar harmonierten. Seltsame Frauen, diese Rothaarigen, mit ihrem ungewöhnlichen Äußeren paarte sich anscheinend häufig ein ungewöhnlicher Geist. Auch Antonius' Frau Fulvia, so erinnerte er sich, war rothaarig. Feuerwanze nannte man sie und sie galt als sehr energisch. Sie hatten etwas, diese Frauen, und auch Silvanus konnte sich dem Charme Pykidemes nicht gänzlich entziehen. Aber es war zum Verzweifeln. Auch sie machte Andeutungen, auch sie verschwieg ihm etwas. Was war es? Wusste sie etwas über den Mord, über ein mögliches Motiv, einen möglichen Täter, oder waren es rein persönliche Dinge? Fast jeder hatte etwas zu verbergen, genau das war es ja, was seine Arbeit so erschwerte. Keiner wollte, dass seine kleine Missetat herauskam, und wenn dabei sogar ein Mörder gedeckt werden musste, so war dies den meisten auch recht. Hauptsache, man selbst blieb ungeschoren. Dabei war es Silvanus völlig egal, meistens jedenfalls, was für Hinterlistigkeiten jemand begangen hatte, wenn sie nichts mit seinem Fall zu tun hatten. Er konnte ein Auge zudrücken, falls die Angelegenheit nicht zu schlimm war. Meistens war es ohnehin nur ein Ehemann, der seiner Ehefrau eine Mätresse verheimlichte, und für diese Verfehlung hatte Silvanus viel Verständnis …

Pykideme setzte das Gespräch unterdessen fort. Wenn er mehr über Rutilius Rufus erfahren wolle, so müsse er schon mit ihrem Mann sprechen. Der habe schließlich unter ihm gearbeitet und könne ihm sicher helfen.

»Du hast vorhin Feinde erwähnt? Wer könnte Rufus übel gewollt haben?«, versuchte Silvanus es erneut.

Wieder lächelte Pykideme ihr seltsames Lächeln. »Es ist nur so ein Gefühl, Silvanus. Ich mag, oh, mochte ihn nicht und ich kann mir vorstellen, dass es vielen anderen genauso erging. Aber Namen kann ich dir nicht nennen, auch

Gnaeus hat nie welche erwähnt. Aber frage ihn lieber selbst danach.«

»Wo ist Artocreatus denn hingegangen?«

»Als Merida von Rutilius' Tod erzählte, ist er natürlich sofort losgeeilt, um Ulpia aufzusuchen und ihr unseren Beistand anzubieten.« Sie schaute ihn mit ihren bernsteinfarbenen Augen offen an.

»Kennst du Ulpia gut?«

»Gut ist übertrieben. Aber doch ein wenig besser als Rutilius. Sie ist eine nette Frau, aber keine, mit der man Geheimnisse austauscht.« Verschmitzt blinzelte sie ihm zu, und Silvanus überlief eine Gänsehaut, wenn er daran dachte, was sie alles über ihn wissen mochte.

Sie rettete ihn. »Entschuldige meine Nachlässigkeit, Silvanus. Ich habe dir noch gar keine Gastfreundschaft erwiesen. Möchtest du etwas Wein? Eine Kleinigkeit zu essen? Merida hat gerade ganz vorzügliches Gebäck bereitet. Außerdem wird es sicher nicht lange dauern, bis Gnaeus zurückkehrt, er wird nur kurz bei Ulpia verweilen, und Unterricht wird er heute keinen geben.«

Einem Becher Wein war Silvanus selten abgeneigt. Pykideme klatschte in die Hände, sofort erschien die Sklavin mit einem gefüllten Tablett, als hätte sie nur auf dieses Zeichen gewartet. Der Wein war ausgezeichnet. Stolz füllte Pykideme Silvanus' Becher erneut. »Wir haben diese Sorte bei einer unserer letzten Reisen kennen und schätzen gelernt. Wir sind jede freie Minute auf der Spur von alten Traditionen und Kulturen hier im Osten. Dabei finden wir so manche Kostbarkeit. Nicht nur Wein!« Sie prostete ihm zu. »Leider sind unsere Einkünfte nicht sehr hoch, aber gelegentlich entdecken wir ein schönes Stück, und dann können wir nicht anders, als es zu erwerben. Siehst du diese kleine Statuette dort auf dem Tischchen?«

Schon beim Eintreten war sie Silvanus aufgefallen. Eine

ganz hervorragende Arbeit, eine üppige, weibliche Figur, die er keiner der ihm bekannten Göttinnen zuordnen konnte.

»Niemand weiß mehr, wen sie darstellt«, erklärte ihm Pykideme. »Wir fanden sie in der Nähe von Tigranokerta in Armenien.«

»Ihr seid in Armenien gewesen?«, fragte Silvanus interessiert.

»Ja«, lächelte sie. »Und nicht nur dort. Bevor Gnaeus Lehrer an der Akademie wurde, sind wir viel gereist. Glücklicherweise teilt Gnaeus meine Leidenschaft für fremde Länder und ungewöhnliche Kunstwerke.« Sie deutete wieder auf die kleine Statue, sichtlich erfreute sie sich daran.

Merida näherte sich mit einem Tablett, voll beladen mit noch mehr Gebäck und Obst. Die Zeit verging wie im Fluge, während Pykideme ausführlich über ihre Reisen berichtete. Silvanus hörte nur mit halbem Ohre zu, nickte gelegentlich bestätigend und dachte über diese Frau nach. Sie erschien vollkommen unbeschwert, obwohl sie ihm Dinge gesagt hatte, die sie selbst belasteten. Fühlte sie sich so sicher, dass es ihr nicht auffiel, glaubte sie sich durch ihre Freundschaft mit Illicia und Laelia geschützt, oder spielte sie ihm ein gekonntes Theaterstück vor? Auch schien sie nicht im Geringsten besorgt um ihren Mann, der doch zu den Hauptverdächtigen zählte, zählen musste, allein durch seine Stellung. Ganz abgesehen von der ihr bestimmt nicht unbekannten Tatsache, dass er gestern als einer der Letzten – wenn nicht gar als Letzter – bei Rutilius Rufus war. Aber Pykideme schien all dem keine Bedeutung beizumessen, denn sie plauderte munter weiter, so als sei sein Besuch eine rein gesellschaftliche Angelegenheit. Er konnte nicht umhin, sie auf den Anlass seines Besuches zurückzuführen. »Du verzeihst den Themenwechsel, Pykideme, aber ich muss dich fragen, wo ihr, du und Artocreatus, am gestrigen Abend wart.«

Sie hielt überrascht in ihrem Bericht inne. Dann umspielte wieder dieses seltsame Lächeln ihre Lippen. »Oh natürlich, Silvanus. Nun, wir waren bei den Festlichkeiten, wie wahrscheinlich die meisten Menschen in Ephesos. Das heißt, ich war zuerst allein da, Gnaeus kam nach, nachdem er, wie du vermutlich weißt, noch bei Rufus vorbeigeschaut hatte. Wir trafen uns am verabredeten Ort, tranken noch einen Becher Wein und dann ging ich in die Taberna Tilia, wo ich Illicia und Laelia fand. Reicht dir das?«

Silvanus schüttelte den Kopf. »Nein, nicht ganz. Wann hast du dich mit deinem Mann getroffen?«

»Oh, das kann ich dir nicht genau sagen.« Sie drehte versonnen eine ihrer roten Locken. »Es war schon dunkel, daran erinnere ich mich. Und die Priester brachten gerade ein Opfer, aber ich hörte ihnen nicht zu, es ist ja immer dasselbe. Als Gnaeus endlich kam, bin ich nicht mehr lange geblieben, ich hatte keine Lust mehr. Er sprach mit einigen örtlichen Würdenträgern, als ich ihn verließ.«

Merida brachte gerade einen neuen Krug Wein, diesmal aus Pontus, an der Quelle des Halys gewachsen, wie Pykideme betonte, als Artocreatus hereinkam. »Verzeih«, richtete er das Wort an Silvanus, »ich kann mich nicht an dich erinnern. Du bist kein Schüler der Akademie, nicht wahr?« Fragend heftete er seine Augen, leicht zusammengekniffen, auf ihn. Silvanus stellte sich in aller Kürze vor und nannte den Grund seines Besuches.

»Ich habe von dir gehört. Selbstverständlich!« Zwanglos schob sich Artocreatus einen Sessel heran, ohne die Sklavin zu bemühen, bat sie aber, ihm einem Becher zu bringen. »Ah, du hast den Guten aus Pontus aus dem Keller holen lassen, Pykideme! Sehr schön!« Er prostete Silvanus leutselig zu. »Natürlich ist auch uns daran gelegen, dieses Unglück so schnell wie möglich aufzuklären. Ich komme gerade von Ulpia. Die arme

Frau, es geht ihr überhaupt nicht gut. Aber entschuldige, wenn ich das – nur der Ordnung halber natürlich – anspreche, ist es nicht so, dass die örtlichen Behörden sich um diesen Fall kümmern müssen? Ich verstehe daher nicht, warum du uns in dieser Angelegenheit aufsuchst. Oder hat sich der römische Magistrat nun doch dazu entschlossen, die Vorfälle der letzten Zeit ernst zu nehmen, jetzt, wo der Leiter der Akademie zu Tode gekommen ist? Man vermutet einen Zusammenhang mit den Banden, die die Stadt unsicher machen. Ist dem so?« Erwartungsvoll fasste er Silvanus ins Auge, während er Pykideme den Becher hinhielt, damit sie ihn wieder füllte.

»Nun, dazu kann ich noch nichts sagen.«

»Ich verstehe! Aber worin liegt denn in diesem Fall deine Aufgabe – als Römer?«

Diese Frage war heikel, und Silvanus hatte gehofft, Artocreatus würde nicht darauf zu sprechen kommen. Er versuchte, sich herauszuwinden. »Nun, erstmals ist ein römischer Bürger betroffen, daher müssen wir die Sache näher untersuchen. Wir haben bereits Marcus Antonius von den Vorfällen berichtet – dies ist ja nicht der einzige Todesfall in letzter Zeit – und erwarten jeden Augenblick Befehle von ihm.« Das stimmte zwar nicht, noch nicht, aber just in diesem Moment hatte Silvanus den endgültigen Entschluss gefasst, ein Schreiben an Antonius zu schicken, informell natürlich.

»Wenn ich recht verstehe, hast du also zum jetzigen Zeitpunkt keinerlei weitere Befugnis?«, fragte Artocreatus freundlich nach. Silvanus überlegte. Es hatte keinen Zweck, sich mit einem Rhetoriklehrer auf eine Diskussion über Befugnisse – die er eigentlich nicht hatte – einzulassen. Also wechselte er die Taktik. »Nun, wir holen, sozusagen unterstützend und im Vorgriff auf den offiziellen Befehl, lediglich Informationen ein. Das ist durchaus legitim. Natürlich kann ich dich nicht zwingen, mir zu antworten, aber es wäre für dich allemal von

Vorteil, wenn du es tätest. Sonst könnte ich glauben, du hättest etwas zu verbergen.«

Artocreatus lehnte sich zurück und warf einen Seitenblick auf seine Frau, die sich gerade genüsslich ein weiteres Stück Gebäck in den Mund schob. Nach einem Moment des Schweigens nickte er Silvanus auffordernd zu. »So frage!«

Silvanus begann unverfänglich: »Ich möchte nur etwas über den Werdegang von Rutilius Rufus wissen. Und wer ist besser geeignet als du, mir hierüber Auskunft zu geben? Ich hörte, er war ein Freigelassener? Das hat mich gewundert, ist doch ein so steiler Aufstieg vom ehemaligen Sklaven zum Leiter einer angesehenen Akademie nicht unbedingt alltäglich.«

Artocreatus ließ sich Zeit mit seiner Antwort. Geruhsam nahm er einen Schluck Wein, bevor er sprach. »Es ist richtig, dass Rufus Freigelassener war. Er kam in jungen Jahren mit seinem damaligen Herrn nach Kleinasien. Ursprünglich war er Grieche, woher genau, weiß ich nicht. Viel kann ich dir ohnehin nicht sagen, Rufus war in dieser Hinsicht nicht sehr mitteilsam. Manches erzählt man sich einfach an der Akademie, du musst schon nachprüfen, ob alles auf Tatsachen beruht.«

Silvanus nickte, er hatte das ohnehin vor. »Und weiter?«

»Rufus war sehr gebildet und verwaltete die Bibliothek seines Herrn – nach seiner Freilassung nahm er natürlich auch dessen Namen an. Wie ich gehört habe, schlug er sich anfangs als Hauslehrer durch. Offenkundig hatte er viel Erfolg, lernte die richtigen Menschen zur richtigen Zeit kennen und nahm sie für sich ein. Es dauerte wohl einige Jahre, nehme ich an, aber er hat es geschafft, an die Akademie hier in Ephesos berufen zu werden. Dann ging es sehr schnell. Innerhalb kurzer Zeit wurde er der Leiter und war es jetzt seit zehn Jahren. Zu Recht, möchte ich betonen.«

»Zu Recht Leiter der Akademie, sagst du? Also war er gut in seinem Fach? Rhetorik hat er unterrichtet, nicht wahr?«

»Ja, richtig. Er war gut in seinem Fach und gut für die Akademie. Sie ist zwar nur klein, aber es ist ihm gelungen, in den zehn Jahren einen sehr guten Ruf aufzubauen. Die Studenten stammen teilweise sogar aus anderen Ländern, wir können gar nicht alle aufnehmen, die bei uns ihre Bildung vervollkommnen möchten. Rufus hat auch erreicht, dass berühmte Lehrer als Gäste zu uns kamen und hier für einige Zeit lehrten. Das trägt natürlich dazu bei, unseren Ruhm zu mehren. Wir sind sehr stolz darauf, hier an der Akademie zu sein.«

»Hast du selbst auch hier studiert?«

»Nein, ich bin aus Ostia – ein echter Römer also, wie du!« Stolz blinzelte er zu Silvanus herüber. »Studiert habe ich an der berühmten Akademie in Delphi, da, wo der alte Bias lehrte, einstmals. Du kennst sicher Bias.«

»Natürlich.« Silvanus erinnerte sich dunkel.

Zufrieden lehnte sich Artocreatus in seinem Sessel zurück, klatschte in die Hände und orderte weiteren Wein. ›Wenn das so weitergeht, muss ich mir eine Sänfte bestellen und mich nach Hause bringen lassen‹, dachte Silvanus. Langsam fiel es ihm schwer, sich zu konzentrieren. Artocreatus schien nichts zu spüren. »Wo waren wir stehen geblieben?«

Silvanus überbrückte die Antwort mit einem kleinen Schluck von dem Wein, den Merida gerade hereingebracht hatte. Auch dieser war ein sehr guter Tropfen, und Artocreatus sparte nicht mit Erläuterungen, wo sie ihn ausfindig gemacht hatten. Silvanus beeilte sich, ihn zu unterbrechen: »Zurück zu Rufus. War er beliebt bei den Studenten?«

»Er war hoch angesehen. Sicher gab es manchmal Differenzen, wie überall, aber insgesamt achteten die Studenten ihn sehr. Allerdings wirst du mehr erfahren, wenn du sie selbst befragst.«

»Da hast du wohl Recht. Ist es wahr, dass außer euch keine weiteren Lehrer an der Akademie beschäftigt sind?«

»Zurzeit stimmt das. Im letzten Jahr hatten wir einen Lehrer für Astrologie, einen sehr berühmten Mann, aus Smyrna. Bevor die Studien begannen, hatte Rufus zudem einen Schriftwechsel mit einem bedeutenden Philosophen aus Alexandria. Gestern kam die Nachricht, dass er schwer erkrankt sei und in diesem Jahr nicht zu uns kommen kann, er hat aber für das kommende Jahr fest zugesagt. So kurzfristig Ersatz zu beschaffen ist nahezu unmöglich. Das bedeutet viel Arbeit, vor allem für mich. Und jetzt das.« Besorgt sah er in seinen Becher. »Ich muss mich so bald wie möglich mit den ersten Bürgern von Ephesos beraten, wie es weitergehen soll. Wir müssen jemanden für die Leitung der Akademie gewinnen.«

Silvanus hatte eigentlich gedacht, dass dies kein Problem sei und Artocreatus dieses Amt übernehmen würde.

»Aber nein, Silvanus. Man würde mich gar nicht lassen, ich bin viel zu jung und unerfahren für solch eine verantwortungsvolle Aufgabe. Ich bin erst seit gut einem Jahr hier und habe gerade damit begonnen, mir einen Namen zu machen. Und eigentlich wollte ich in Ephesos auch nicht alt werden. So hervorragend der Ruf dieser Akademie ist, so bedeutet meine Tätigkeit hier nur den Anfang. Jetzt habe ich sicherlich genug Gelegenheit, mein Können zu beweisen, da ich auch Rufus' Studenten werde unterrichten müssen. Als Erstes muss ich jedenfalls die Stundenverteilung ändern.« Er schien es damit nicht eilig zu haben, denn er nahm wieder einen langen Schluck aus seinem Becher.

»Bist du gut mit ihm ausgekommen?«

»Was heißt gut? Bei Fragen stand er mir jederzeit zur Verfügung.«

Das war das Stichwort, auf das Silvanus gewartet hatte. Hier hatte er die Gelegenheit nachzuhaken, auch ohne Befugnisse. »So auch gestern Abend?«

Artocreatus schaute erstaunt auf. »Du weißt schon, dass ich

gestern Abend bei ihm war? Respekt!« Anerkennend hob er seinen Becher in Silvanus' Richtung.

»Es war wohl sehr wichtig, denn Rufus wollte doch seine Frau zu den Festlichkeiten begleiten?«

»Das wusste ich nicht, er hat nichts davon gesagt. Ich musste ihn über den Ausfall des Philosophen informieren und mit ihm über den Stundenplan reden. Da der Unterricht am nächsten Tag – also heute – beginnen sollte, war es wichtig, dies zu klären.«

»Ist dir etwas an ihm aufgefallen? War er aufgeregt, machte er den Eindruck, als bedrückte ihn etwas?«

»Nein, während ich dort war, ungefähr eine Stunde, war er wie immer. Und, Silvanus, ich versichere dir, er war bei bester Gesundheit, als ich ging!«

»Wann war das?«

»Kurz nach Sonnenuntergang.« Der Rest seiner Schilderung deckte sich mit dem, was Silvanus schon von Pykideme gehört hatte. Artocreatus hatte sie getroffen, sich dann mit einigen Würdenträgern unterhalten, einige Becher Wein getrunken und war irgendwann spätnachts nach Hause gegangen, nicht allein, der städtische Schatzmeister Kritias war fast bis vor die Haustür mitgekommen.

»Artocreatus, du bist anscheinend der Letzte, der Rufus lebend gesehen hat, du bist unser wichtigster Zeuge.« Silvanus beugte sich vor und sah ihn eindringlich an. »Hast du irgendjemanden bemerkt, als du von Rufus aufbrachst?«

Gnaeus stutzte. »Jetzt, wo du so fragst ... Ich bin mir nicht sicher, aber mir war, als stünde jemand zwischen den Säulen auf der anderen Seite des Hofes. Ich kann dir nicht sagen, wer das gewesen sein könnte, es war ja schon ziemlich dunkel. Außerdem ist es nicht ungewöhnlich, dass sich jemand im Hof aufhält. An diesem Abend vermutete ich jedoch alle beim Fest, daher ist es mir überhaupt aufgefallen.«

Das war doch einmal eine interessante Neuigkeit. Wenn Artocreatus die Wahrheit sagte, könnte Rufus also einen weiteren Besucher gehabt haben. Wenn er die Wahrheit sagte. Schließlich nutzte dieser späte Gast ihm selbst am meisten. Und die Auskunft war mehr als vage. »Konntest du erkennen, ob es sich um einen Sklaven oder einen Freien handelte, um einen Mann oder eine Frau, vielleicht gar um mehrere Personen?«

»Nun, lass mich überlegen.« Angestrengt blickte Artocreatus an die Decke, als wolle er sich die Szene wieder vor Augen führen. »Nein«, antwortete er gedehnt, »das kann ich dir nicht beantworten. Wie gesagt, es war schon sehr dämmerig. Allerdings muss die Person, und ich kann mich nur an eine erinnern, in dunkle Kleidung gehüllt gewesen sein, helle wäre mir aufgefallen.«

»Ich danke dir. Wenn dir noch etwas einfällt, lass es mich bitte wissen.« Silvanus erhob sich, hier würde er vorerst nichts mehr erfahren, das wusste er. Höflich wandte er sich an Pykideme, die sich die ganze Zeit in Schweigen gehüllt hatte, dem Gespräch aber aufmerksam gefolgt war. Silvanus hatte sie aus den Augenwinkeln beobachtet, aber kein Zeichen von Nervosität an ihr bemerkt. »Sei bedankt für deine Gastfreundschaft.«

»Es hat mich sehr gefreut, dich persönlich kennen zu lernen.« Pykideme lächelte ihr undeutsames Lächeln.

›Ein seltsames Paar!‹, dachte Silvanus, als die beiden ihn zur Tür geleiteten. Er würde sie im Auge behalten müssen.

Pykideme war guter Laune, als sie die Taberna Tilia betrat. Ihre Hoffnung hatte sie nicht getrogen, Illicia und Laelia saßen an einem der Tische, etwas bedrückt und wieder einmal mit der Abrechnung beschäftigt, die sie in Arkadias Abwesenheit übernehmen mussten.

»Silvanus ist heute bei uns gewesen.« Herausfordernd lächelte Pykideme Laelia an, die überrascht den Kopf hob. »Tatsächlich? Was wollte er denn?«

»Ach, tu doch nicht so ahnungslos! Ein stattlicher Kerl, dein Römer! Und Frauen gegenüber ganz aufgeschlossen, schien mir!«

»So?«, brummte Laelia und beugte sich wieder über die Zahlenreihen auf dem Wachstäfelchen.

»Ja! Wir haben uns prächtig unterhalten!«, fuhr Pykideme unbeirrt fort, nahm einen Becher und schenkte sich aus dem bereitstehenden Krug ein.

»Pykideme, sag nicht, dass du Silvanus …«

»Nun reg dich doch nicht gleich so auf, nur weil ich ein wenig mit deinem Liebsten geplaudert habe!« Belustigt schaute Pykideme Laelia an, deren grüne Augen gefährlich blitzten. »Es war doch nur Spaß! Ich bin glücklich verheiratet. Außerdem hat mein Mann einen ebensolchen Bauch wie deiner! Was soll ich wohl mit noch so einem? Einer wie Illicias' Marcus Antonius, das wäre etwas anderes! Was für ein Mann!« Schwärmerisch hob Pykideme ihren Becher, um einen tiefen Schluck daraus zu trinken. Sofort verzog sie angewidert das Gesicht. »Sag mal Illicia, wo kommt dieser grauenhafte Wein her?«

Lachend klärte Illicia sie auf. »Das ist Wein von hier, aus Ephesos, es wundert mich, dass du ihn nicht kennst. Er wird mit Meerwasser versetzt. Zugegeben, er ist von keiner besonderen Qualität, wird aber von einigen Einheimischen gern getrunken.«

Pykideme zog ein säuerliches Gesicht, schob den Becher weit von sich und kam wieder auf ihr Thema zu sprechen. »Silvanus schien gar nicht zu wissen, dass ihr Rutilius kanntet, habt ihr ihm denn nichts erzählt?«

Angestrengt starrten die beiden auf die Abrechnung und schwiegen.

Pykideme fuhr unerbittlich fort: »Stimmt es, dass Silvanus keine Befugnis hat, sich um die Aufklärung des Mordes zu kümmern?«

Erstaunt hob Laelia den Kopf. »Wieso? Hat er das gesagt?«

»Na, er war doch bei uns, um einige Fragen über Rufus zu stellen. Gnaeus fragte ihn nach seiner Zuständigkeit, und er geriet darüber in einige Verlegenheit!«

»Nun«, antwortete Laelia langsam, »ich habe ihn zwar seit dem Tod von Rufus noch nicht gesehen, aber es ist ja einiges passiert hier, in den letzten Wochen. Ist doch ganz klar, dass sich der römische Magistrat darum kümmert. Die Überfälle auf die Tavernen, der Tod dieses einen Wirtes und jetzt der Akademieleiter. Das ist Grund genug, ein paar Fragen zu stellen.« Sie gab vor, sich wieder den Zahlenkolonnen auf dem Wachstäfelchen zu widmen. Illicia schob es ihr hinüber, ging in die Küche und brachte etwas getrocknetes Obst und anderen Wein.

Pykideme sah ihr erstaunt zu. »Wieso schickst du nicht einen deiner Sklaven, um Wein zu holen?«

»Sie sind unterwegs. Außerdem macht es mir nichts aus, man muss das Herrschaftliche auch nicht übertreiben. Es ist schon schlimm genug, dass ich nicht kochen darf, Tante Arkadia achtet sehr auf den guten Ton! Dabei hat es mir immer so viel Freude bereitet.« Seufzend goss Illicia den Wein ein. »Aber jetzt erzähle doch mal, habt ihr Silvanus weiterhelfen können?«

Pykideme berichtete. »Ich habe ihm gesagt, dass Rufus nicht sehr beliebt war.« Vielsagend schwieg sie und schaute abwechselnd von einer zur anderen. »Er sollte einmal mit Ulpia sprechen! Die kann ihm sicher mehr erzählen, die Arme.« Sie lächelte und nippte wieder an ihrem Becher. »Ich kann mir vorstellen, dass sie gar nicht so unglücklich ist über seinen Tod.«

»Meinst du, sie wäre fähig, ihren Mann umzubringen?«, fragte Illicia mit gepresster Stimme. »Wir haben natürlich auch schon darüber nachgedacht, wer es getan haben könnte, und allgemein scheint man in der Stadt den Schlägern die Schuld zu geben«, sie tastete ängstlich nach ihrem noch immer geschwollenen Auge, »aber irgendwie haben wir das Gefühl, dass sie es nicht waren. Ich habe es ja erlebt, es war … anders. Ulpia …« Illicias Stimme verlor sich, ihr Gesicht war bleich.

»Natürlich ist es Ulpia zuzutrauen!«, erwiderte Pykideme mit unerschütterlichem Selbstbewusstsein. »Sie sei mit ihrem Sklaven Gabyonos auf dem Fest gewesen, sagt man. Aber war Rufus wirklich schon tot, als sie zurückkehrten? Ihr wisst doch auch, was man sich erzählt! Ulpia soll Gabyonos gegenüber nicht die gebührende Zurückhaltung an den Tag gelegt haben. Ehrlich gesagt wundert es mich auch nicht, er ist ein ansehnlicher Sklave«, stellte sie fest. »Nun, ich könnte Ulpia verstehen, wenn sie es getan hätte, Rufus hatte sowieso nie Zeit für sie. Abgesehen davon, mir würde so etwas nicht passieren! Ich hätte den alten Knaben schon längst sitzen gelassen!«

Das glaubten ihr die beiden sofort.

Abrupt wechselte Pykideme das Thema. »Übrigens, Laelia, habe ich dir eigentlich schon das Neueste von Silvanus' Frau erzählt? Eine Freundin traf sie neulich bei einem Gastmahl. Hast du sie eigentlich inzwischen kennen gelernt?«

Laelia schüttelte stumm den Kopf, Illicia blickte interessiert auf. Sie hatte schon immer mehr über diese Lucida erfahren wollen, aber auch Laelia wusste nur das, was Silvanus verlauten ließ, und das war nicht viel. Jetzt bot sich die Gelegenheit, aus Pykidemes nie versiegendem Quell an Informationen zu schöpfen, denn sie kannte fast alle Leute in Ephesos mehr oder weniger und wusste vor allem das, was man sich unter der Hand zuflüsterte.

Laelias Gesicht allerdings verschloss sich zusehends. »Ich

glaube nicht, dass du davon erzählt hast, und ich weiß nicht, ob ich es hören möchte!«

»Aber Laelia! Es ist immer gut zu wissen, mit wem man es zu tun hat«, warf Illicia ein, froh, nicht mehr über Morde und Überfälle sprechen zu müssen. »Kenne deinen Gegner, und du wirst ihm gewachsen sein! Hat das nicht ein berühmter Feldherr gesagt? Egal! Los, Pykideme, erzähle schon.«

Laelia schob entschlossen die Wachstafel von sich und wollte gerade aufstehen, als die Tür aufflog und Merida, Pykidemes Sklavin, hereinkam. Atemlos blieb sie vor ihrer Herrin stehen. »Du sollst nach Hause kommen, sagt der Herr Artocreatus. Er habe etwas Wichtiges mit dir zu besprechen.«

Gemächlich erhob sich Pykideme. »Nun denn, wenn der Gatte ruft. Schade, ich hätte gern noch ein wenig mit euch geplaudert. Na ja, das nächste Mal. Und vergesst nicht, mir zu erzählen, wenn Silvanus eine Spur hat. Ich wette tausend Sesterzen darauf, dass es Ulpia war. Salve, ihr beiden.«

Laelia und Illicia sahen sich schweigend an.

Kapitel 6

Kappadokien

Man hatte beim Festmahl zu Ehren des Gastes keine Kosten und Mühen gescheut. So lagen die Anwesenden beim üppigen Mahle, Tänzerinnen wiegten sich zum Klang fremdartiger Weisen, von dunkelhäutigen Musikern seltsamen Instrumenten entlockt. Den ganzen Thronsaal hatte man auf das Aufwendigste geschmückt, überall leuchteten Blumen, die Lager waren mit schweren samtigen Stoffen belegt, die Tische mit golddurchwirkten Decken geziert. Alles war von dem Duft wohlriechender Spezereien erfüllt, die in Kohlenbecken verbrannt wurden, um ihr Aroma in aufsteigenden Rauchfahnen zu entfalten.

Marcus Antonius räkelte sich genüsslich und warf einen zufriedenen Blick auf Archelaos Sisinnes, dem er den Thron Kappadokiens zugedacht hatte. ›Eine gute Wahl‹, dachte er zufrieden, ›Sisinnes ist klug, durchsetzungsfähig und mir treu ergeben. Er wird ein guter Klientelfürst sein und sich an die Verträge halten.‹

Sisinnes hatte seinen Blick aufgefangen, gebot den Musikern zu schweigen und hob seinen Becher. »Lasst uns trinken auf Marcus Antonius, den Herrscher Kleinasiens, den römischen Imperator, der an Aussehen, Klugheit und Macht dem Gotte Dionysos gleicht!« Alle Anwesenden hoben ihre Trinkgefäße und stimmten lautstark in den Spruch mit ein: »Vivat Marcus Antonius!«

Antonius nahm die Huldigung majestätisch lächelnd entgegen, grüßte mit der freien Hand – der andere Arm stützte seinen athletischen Körper – und erwiderte den Trinkspruch: »Auf Archelaos Sisinnes, der das Wohlwollen Roms genießt – und auf seine bezaubernde Mutter, Glaphyra!«

»Auf Sisinnes, auf Glaphyra!«, hallte es freudig aus allen Kehlen.

Glaphyra, die neben ihm lag, legte leicht ihre Hand auf seinen Oberschenkel. »Ich danke dir, Marcus Antonius.«

Antonius betrachtete sie wohlgefällig: eine Frau in den besten Jahren, züchtig bedeckt von einem kostbaren Gewand aus reiner Seide, das dennoch ihren wohlgeformten Körper erahnen ließ. Den langen, schlanken Hals schmückte ein Band aus breitem Gold, die dunklen, hochgesteckten Haare ein Diadem mit Saphiren.

Sie war sich ihrer Reize wohl bewusst. Ihre großen dunklen Augen tief in seine senkend, flüsterte sie: »Ich habe schon immer gewusst, dass Ariarathes, dieser Verräter an unserem Volk, auf die falsche Seite gesetzt hat. Wie konnte er auch Pompeius unterstützen, wenn man von Julius Caesar und Marcus Antonius wusste, dass sie die Zukunft Roms und der ganzen Welt bedeuteten. Ich habe viel von dir gehört, Marcus, doch wurden all meine Erwartungen übertroffen. Welcher Wuchs, welche Kraft! Wohl der Welt, die einen solchen Herrscher hat, wohl dem Volk, das solche Männer hervorbringt.« Sie ließ ihre schmalen Finger unter seinen Festchiton gleiten, während sie ihm zuprostete.

Das Fest hatte mittlerweile seinen Höhepunkt erreicht, der Wein floss in Strömen. Sisinnes, schon trunken, befahl eine der Tänzerinnen zu sich, die Würdenträger Kappadokiens taten es ihm nach. Unter dem aufpeitschenden Rhythmus der Musik legten sie jegliche Zurückhaltung ab, und bald wanden sich ihre zuckenden Leiber auf den Lagern.

Glaphyra rückte dicht an Antonius heran. »Komm, großer Imperator, lass uns in mein Gemach gehen, damit du

Kappadokien nochmals einnehmen kannst«, flüsterte sie ihm zu.

Antonius lächelte erfreut, trug einem Sklaven auf, weiteren Wein zu bringen, und zog Glaphyra von dem Lager. »So sei es denn, schöne Domina, ich will die Hügel, Berge und Höhlen Kappadokiens von neuem erobern und zu den meinen machen.«

Erst klopfte es zögernd an die Tür, dann lauter und fordernder. Antonius räkelte sich, stöhnte einmal kurz und drehte sich um. Glaphyra war sofort hellwach. Mit schriller Stimme rief sie: »Wer wagt es, die Mutter des Königs am frühen Morgen zu stören? Ich werde dich auspeitschen lassen!«

Antonius zuckte zusammen, brummte: »Musst du so schreien?«, und drehte ihr den Rücken zu.

Es klopfte noch einmal. »Eine dringende Botschaft für den Imperator!«, klang es gedämpft durch die Tür.

Als Antonius aus dem Bett stieg und sich streckte, hatte Glaphyra ihre Stimme wieder unter Kontrolle. »Lass doch die Botschaft«, gurrte sie, »komm wieder her und mache mich glücklich, mein schöner Dionysos.« Verführerisch streckte sie sich auf den Laken aus.

Antonius griff nach seinem Chiton. »Bedecke dich, Glaphyra!« Während er zur Tür schritt, sagte er noch einmal: »Bedecke dich, Glaphyra, ich bitte dich!«

Vor der Tür stand ein Legionär. »Verzeih die Störung, Imperator, aber dieser Brief ist soeben aus Ephesos eingetroffen. Er sei dringend, sagte man. Ich kann das nicht beurteilen, also dachte ich, es sei besser, wenn …« Erst jetzt hatte er Glaphyra gesehen, die noch immer nackt auf dem Bett lag, und seine Stimme wurde heiser. »Ich wusste ja nicht, dass …«

Antonius lachte. »Es ist gut, Dipilus. Ich danke dir. Geh und lass dir 100 Sesterzen auszahlen, es gehört einiges dazu, den Imperator aus dem Bett einer schönen Frau zu holen.« Er nahm die Schriftrolle und schloss die Tür. Als er sich neben Glaphyra niederließ, begann sie seinen Rücken zu streicheln. »Du bist großzügig, Marcus. Darum also lieben dich deine Legionäre so. Ich hätte ihn auspeitschen lassen, wäre es einer meiner Leute gewesen. Das, finde ich, ist herrschaftliches Benehmen. Man kann sich nicht zum Sklaven seiner Untergebenen machen und springen, wenn sie rufen, besonders zu solch unpassenden Zeiten.«

Antonius ignorierte sie. Er hatte sich aus dem bereitstehenden Krug einen Becher Wasser eingegossen und entrollte den Brief.

Silvanus Rhodius in Ephesos an Marcus Antonius, wo immer du dich gerade aufhältst.

Ave, mein Imperator,
selbst auf die Gefahr hin, dass du schon informiert bist oder gerade mit wichtigen Angelegenheiten des Reiches befasst (Antonius lächelte, während er einen Blick auf Glaphyra warf), *treibt es mich doch, dir von besorgniserregenden Vorkommnissen in Ephesos zu berichten.*
Innerhalb kurzer Zeit wurden zwei Morde begangen, einer an Rutilius Rufus, dem Leiter der hiesigen Akademie, Freigelassener mit römischem Bürgerrecht, der andere an einem Tavernenwirt. Vorangegangen sind Überfälle auf diverse Tavernen, unter anderem auf die Taberna Tilia, wobei Illicia niedergeschlagen und verletzt wurde. Es geht ihr wieder gut, habe keine Sorge. Mich allerdings beunruhigt, dass

diese Serie der Gewalt anscheinend eskaliert. Ich kann für die Sicherheit gerade Illicias nicht garantieren, da ich auf Plancus' Geheiß nur inoffiziell ermittle.
Noch ist vollkommen unklar, aus welchem Motiv die Überfälle und Morde begangen wurden, aber die Stimmung in der Stadt ist schlecht und das Ansehen der Römer im Schwinden begriffen. Ich bitte dich um die Ermächtigung, dieser drohenden Gefahr für die Bürger von Ephesos begegnen zu dürfen.
Meine besten Wünsche für das erfolgreiche Fortführen deiner Reise.

Es grüßt dich Silvanus Rhodius

Antonius war erstarrt. Unwirsch wehrte er Glaphyras Hand ab. Antirömische Stimmung! Das Letzte, was er jetzt gebrauchen konnte, war ein Aufstand, jetzt, da er gerade dabei war, sein Herrschaftsgebiet zu ordnen. Bei Jupiter, er konnte doch nicht überall gleichzeitig sein. Was machte denn Munatius Plancus, wozu hatte er ihm diesen wichtigen Posten gegeben, ein wenig Flexibilität, ein bisschen Feingefühl für die Stimmung war doch nicht zu viel verlangt. Plancus hatte noch keinen Bericht geschickt, vergnügte der sich nur bei Trinkgelagen?

Und Illicia war verletzt worden! Seine Illicia! Vor Antonius' inneres Auge trat wieder das Bild dieses außergewöhnlichen Mädchens, das ihn in Didyma sofort bezaubert hatte, mit ihrer Liebe zur Literatur und zum Theater, mit ihrer Begeisterungsfähigkeit. Das Mädchen, bei dessen Erinnerung jetzt Glaphyra verblasste, wie vormals Fulvia, seine Ehefrau, verblasst war. Bei allen Göttern, warum hatte sich Silvanus nur so vage ausgedrückt, was geschah dort in Ephesos?

»Was ist los, mein großer Herrscher? Bist du am Morgen doch nicht mehr so groß?« Glaphyra ließ nicht von ihm ab.

Wütend drehte sich Antonius zu ihr um. »Glaphyra, ich bitte dich, überspanne nicht den Bogen! Erinnere dich daran, wer deinen Sohn zum König machen wird. Ich muss sofort aufbrechen! Es war nett mit dir, aber jetzt ruft die Pflicht. Lebe wohl!« Er hörte Glaphyra nach Luft schnappen, während er sich erhob.

»Nett? Nett war es?«, keifte sie. »Mehr hast du mir nicht zu sagen? Mir, Glaphyra? Das hat noch keiner gewagt! Das wirst du bereuen!«

»Willst du mir drohen?« Antonius sah mitleidig auf sie nieder, drehte sich um und schritt zur Tür.

Glaphyra änderte ihre Taktik. »Marcus, gehe noch nicht! Bleib, so wichtig können die Staatsgeschäfte nicht sein! Du hast doch deine Leute. Ruhe dich noch ein wenig aus von den anstrengenden Aufgaben!«

Doch Antonius war bereits verschwunden.

Kapitel 7

Gerade wollte Silvanus sich ein Stück Brot in den Mund schieben, als seine Sklavin Larix zu ihm trat und die Ankunft Hani Ramis meldete. »Bitte ihn herein«, forderte er sie auf, legte das Brot wieder in den Korb zurück und erhob sich, um seinem ägyptischen Gast entgegenzugehen. Er freute sich, den guten Freund aus Didyma wiederzusehen, nicht nur, weil er seiner Hilfe bedurfte.

Der Arzt hatte sich in den paar Monaten kaum verändert, nur sein gepflegtes silbergraues Haar schien ein wenig lichter geworden zu sein. Die großen schwarzen Augen leuchteten in seinem dunklen Gesicht, als er Silvanus erblickte. Wie immer trug er ein eng anliegendes Gewand nach alter ägyptischer Mode, so dass er sich nur umständlich auf dem Sessel niederlassen konnte, den Silvanus ihm anbot. »Silvanus, mein Freund. Wie schön, dich wieder einmal zu treffen, auch wenn es erneut unangenehme Gründe sind, die uns zusammenführen.«

Silvanus nickte bedauernd und fragte ihn, ob er ihm beim Frühstück Gesellschaft leisten wolle. Hani hob ablehnend die Hand. »Ich war bereits bei Illicia, um mir ihre Verletzungen anzusehen. Dort habe ich reichlich zu essen bekommen, wie du dir sicher denken kannst. Als deine Nachricht eintraf, war ich voller Sorge um das Mädchen, doch leider wurde ich wegen eines Unglücksfalles am Tempel in Didyma gebraucht.«

»Was ist geschehen?«, fragte Silvanus besorgt.

»Ein Gerüst ist eingestürzt, dabei wurden viele Bauleute schwer verletzt. Den Göttern sei Dank, dass niemand zu Tode gekommen ist. Dennoch, erst gestern war der letzte Arbeiter außer Lebensgefahr, so dass ich die weitere Behandlung dem Arzt überlassen konnte, den der Magistrat aus Milet zu Hilfe gerufen hat.«

Erleichtert atmete Silvanus auf, er hatte befürchtet, dass in dem kleinen Ort erneut ein Verbrechen geschehen war. »Du hast dir Illicia also schon angesehen? Und, wie ist dein Eindruck?«, kehrte er zum Thema zurück.

»Es ist halb so schlimm. Die Wunde hat sich zwar etwas entzündet, aber ich habe sie gereinigt und ein heilendes Öl aufgetragen. Ich werde eine Weile hier bleiben und sie im Auge behalten. Bei dieser Gelegenheit werde ich einen Freund besuchen, den ich schon lange nicht mehr gesehen habe.«

»Das ist gut«, freute sich Silvanus und rief nach Larix, damit sie den Tisch abräumte. »Es ist mir unangenehm, Hani, aber ich wollte dich noch um etwas bitten.«

Freundlich sah ihn der Alte an. »Ja? Du weißt, ich stehe dir jederzeit zur Verfügung. So erzähle mir, was ich für dich tun kann.«

Ausführlich berichtete Silvanus von den Morden an Rutilius Rufus und dem Wirt Facilis und den Einzelheiten, die er darüber bisher in Erfahrung gebracht hatte. Hani Rami lauschte aufmerksam seinen Ausführungen. »Und nun willst du, dass ich mir die Toten einmal ansehe?«

»Ja, darum wollte ich dich bitten, allerdings nur die des Akademieleiters. Facilis' sterbliche Überreste sind leider schon bestattet worden. Aber wenn du dir Rufus ansehen würdest, wäre das sehr hilfreich. Sicher fällt dir noch etwas Wichtiges auf, was sich meinen Augen nicht erschließt.«

»Nun, dann wollen wir keine Zeit verlieren.« Hani erhob sich steif aus seinem Sessel und winkte Silvanus, ihm den Weg zu zeigen.

Der Unterricht hatte zu dieser frühen Stunde noch nicht begonnen, so war der Hof der Akademie nur von ein paar Studenten bevölkert, die wartend auf den Stufen saßen oder mit Schriftrollen beladen der Bibliothek zustrebten. Neugierige Blicke folgten Silvanus und Hani Rami, als die beiden sich dem Haus des Verstorbenen näherten.

Mit ein paar Sesterzen war es Silvanus ein Leichtes, die Sklavin Sabina von der Notwendigkeit einer erneuten Untersuchung des Leichnams zu überzeugen. Ulpia, die trauernde Witwe, war nicht anwesend, eine Fügung, die Silvanus in diesem Moment sehr recht war. So geleitete er Hani Rami bis vor das Arbeitszimmer des Akademieleiters, er selbst wollte sich dem Anblick des Toten nicht noch einmal aussetzen. Es dauerte lange, bis der Arzt mit der Untersuchung fertig war. Silvanus, der im Atrium wartend mit Sabina plauderte, wurde langsam ungeduldig, denn weder wusste die Sklavin Neues zu berichten, noch war Gabyonos anwesend, der Sklave, der den Toten gefunden und mit dem er noch immer nicht gesprochen hatte. Gleich nachher wollte er in der Bibliothek vorbeischauen – gestern war er nicht mehr dazu gekommen – um zu sehen, ob er den Sklaven dort antreffen würde. Auch das Personal wollte er befragen. So ließ er denn Sabinas Geplapper über sich ergehen, während er wiederholt zu der Tür schaute, hinter der Hani verschwunden war. Endlich erschien der Arzt, nachdenklich und verschlossen.

Sofort machten sie sich auf den Weg zum Magistratsgebäude, wo Silvanus die Ergebnisse von Hani Ramis Untersuchung schriftlich festhalten lassen wollte. Den ganzen Weg dorthin war der Ägypter in seine Gedanken vertieft, und Silvanus wagte nicht ihn anzusprechen, obwohl er auf den Bericht des Arztes sehr gespannt war. Doch der schwieg.

Erst als sie in Silvanus' Amtszimmer angekommen waren, breitete Hani seine Erkenntnisse aus. »Aufgrund der anhaltenden Leichenstarre, des Zustands der Leichenflecken und anderer Dinge, mit denen ich dich nicht belasten möchte, kann ich mit einiger Gewissheit sagen, dass er mindestens seit sechsunddreißig Stunden tot ist. Das hieße also, der Mord ist deutlich vor Mitternacht geschehen, wahrscheinlich in den späten Abendstunden.«

Das deckte sich mit Silvanus' Vermutung. »Und, Hani, was kannst du über den Tathergang sagen? Wie hat es sich deiner Meinung nach abgespielt?«

Hani Rami nickte gedankenvoll. »Der Lehrer war in seinem Arbeitszimmer und stand in der Nähe des Tisches. Von hinten näherte sich ihm der Täter, schlug ihn mit einem schweren Gegenstand seitlich auf den Kopf. Dies könnte zu der Vermutung führen, dass der Täter kleiner war als sein Opfer. Die Kopfverletzung befindet sich auf der rechten Seite, das heißt, der Täter hat mit der rechten Hand zugeschlagen. Rufus – so hieß er doch?«

Silvanus nickte.

»Rufus also stürzte nach dem Schlag zu Boden, vielleicht war er kurze Zeit bewusstlos, das würde mich nicht wundern, aber wer weiß?« Hani Rami hob fragend die Hände, ließ sie wieder sinken und nahm dankend einen der Becher entgegen, die Bithynicus, den Ägypter misstrauisch betrachtend, hereingebracht hatte.

»Auf jeden Fall, bewusstlos oder nicht, hat er den Schlag überlebt, das konnte ich zweifelsfrei erkennen.«

Gleiches hatte Silvanus vermutet, es jedoch nicht mit der Sicherheit des Arztes zu sagen vermocht. »Woraus schließt du das?«, fragte er nach.

»Zum einen aus dem Verlauf der Blutspur, von der du mir berichtet hast. Auch habe ich mir seine Hände angesehen. Sie waren voller Blut. Es könnte sein, dass er nach der Wunde tastete, aber auch andere Erklärungen sind möglich. Dies ist also kein eindeutiger Hinweis. Zweifelsfrei ist es an der Verletzung selbst zu erkennen, sie war nicht lebensbedrohlich. Wie ging es also weiter, nachdem Rufus sich aufgerafft hatte? Er ging hinaus – du erwähntest die Blutspur, die bis in den Säulengang führte. Dort nun wurde er erwürgt. Wahrscheinlich war er so geschwächt, dass es ein Leichtes war, er wird sich nicht einmal sehr gewehrt haben. – Etwas anderes jedoch ist mir aufgefallen, das von Bedeutung sein könnte. Es wundert mich nicht, dass du es übersehen hast, Silvanus, denn ich habe bemerkt, du hast gewisse Körperteile bewusst mir überlassen, damit ich …« Hanis Mundwinkel zuckten, während Silvanus verlegen seine Akten sortierte. »Nein, ja, weißt du, ich hatte nicht die Zeit …«

»Ja, das war es wohl.« Hanis Mine wurde wieder ernst. »Nachdem ich seine Hände auseinander gebogen und von dem Blut gereinigt hatte, fand ich in seiner Linken einen sonderbaren Abdruck.«

»Einen Abdruck? Wovon?« Sofort erfasste Silvanus das schlechte Gewissen, dass er vor dieser Untersuchung zurückgeschreckt war.

»Einen durchbrochenen Kreis, gebildet von mehreren kleinen Eindrücken, rund und ebenmäßig. Ich habe dergleichen nie zuvor gesehen, und ich muss zugeben, dass ich mir keinen rechten Reim darauf machen kann. Vielleicht der Abdruck eines Schmuckstückes, vielleicht das Zeichen eines Geheimbundes, vielleicht etwas völlig anderes.« Er hob hilflos die Hände. »Es tut mir Leid. Aber ich denke, es könnte wichtig sein, und so habe ich eine Zeichnung davon angefertigt.« Er überreichte Silvanus ein kleines Stück Papyrus.

Silvanus betrachtete die Zeichnung eingehend, versuchte sich vorzustellen, was ein derartiges Muster verursacht haben könnte, musste dann aber zugeben, dass er genauso wenig wie der Arzt damit anfangen konnte. Er zuckte die Schultern.

»Mehr kann ich dir unter diesen Umständen leider nicht sagen. Ich werde jetzt meinen Freund aufsuchen.« Hani stützte sich mit beiden Händen auf die Lehnen und drückte sich hoch. »Oje, Silvanus, ich fürchte, ich werde alt. Die frühere Beweglichkeit ist dahin.«

Silvanus sprang auf, um ihm behilflich zu sein. »Ja, Hani Rami, wir werden alle nicht jünger, auch mich plagt in letzter Zeit so ein Reißen in der Schulter.«

»Ach Silvanus, du bist doch noch jung, aber dein Beruf hält dich wohl meistens auf deiner Kline. Ich kann dir nur empfehlen, nimm dir die Zeit, ein wenig Sport zu treiben. Wie sagt ihr Römer doch immer: mens sana in corpore sano*. Ach ja, was ich dich noch fragen wollte, es ließe sich natürlich noch mehr herausfinden, wenn ich die Leiche aufschneiden könnte, meinst du, das ließe sich einrichten?«

Silvanus wiegte nachdenklich den Kopf. »Das, fürchte ich, wird schwierig, da wir dazu die Erlaubnis der Angehörigen brauchen. Und Ulpia – die Witwe – macht nicht den Eindruck, als würde sie es zulassen. Dennoch werde ich sie fragen. Sollte sie sich wider Erwarten damit einverstanden erklären, werde ich dich sofort benachrichtigen.«

»Nun denn.« Resigniert zuckte der Ägypter die Schultern und wandte sich zum Gehen, drehte sich aber noch einmal um. »Ach, bevor ich es vergesse: Falls du mich brauchst oder doch noch die Leiche des Lehrers für mich bekommen kannst«, er lächelte, »ich wohne bei Kufi in der Nähe der Staatsagora. Frage die Mädchen danach, sie wissen, wo das ist.«

---

* In einem gesunden Körper wohnt ein gesunder Geist

Als Silvanus, zum zweiten Mal an diesem Tag, das Tor zur Akademie durchschritt, hörte er Gnaeus Lutatius Artocreatus' weit tragende Stimme durch die Säulenhallen schallen. Eigentlich hatte Silvanus sich mit den Studenten und Mitarbeitern ein wenig unterhalten wollen, doch musste er jetzt wohl warten, bis Artocreatus seinen Vortrag beendet hatte. Nun denn, es konnte nicht schaden, sich ein genaueres Bild von ihm zu machen. So trat er näher.

»Wann wurde nun zum ersten Mal eine griechische Komödie in lateinischer Überarbeitung aufgeführt?« Dozierend schritt der Lehrer auf der obersten Stufe des Hauptgebäudes auf und ab, ihm zu Füßen eine übersichtliche Schar Studenten. Vor Sylvester, den Silvanus als Freund Laelias und Illicias aus der Taverne kannte, blieb Artocreatus stehen, um lächelnd auf ihn hinabzublicken.

»Nun, Sylvester, ich denke, du wirst uns gern erzählen, bei welchem Anlass dies gewesen ist?«

Sylvester, im Kreise seiner Freunde auf der untersten Stufe sitzend, nestelte nervös an seinem Schuh. »Hm, so direkt eigentlich ...«

»Aber wessen Werk es war, wirst du uns doch anvertrauen, hoffe ich?«

Sylvester dachte angestrengt nach.

»War es nicht ebender, der einst im Auftrag des römischen Staates ein Prozessionslied für einen Jungfrauenchor dichtete?«, half Artocreatus ein wenig nach. »Sollte dies nicht die Gefahren vom Staat abwenden, welche bedrohliche Vorzeichen angekündigt hatten? Wie war noch sein Name?«

»Immer diese römische Literatur«, murmelte Sylvester empört.

»So, so. Römische Literatur scheint dir also nicht zu liegen, dabei dachte ich, bei Jungfrauen kennst du dich aus!«

Heiteres Gelächter kam auf, und Sylvester schaute verärgert in die Runde. Artocreatus begrüßte unterdessen Silvanus. »Ave, Silvanus. Wenn es dich interessiert, kannst du unserer Lektion gern beiwohnen.« Unbeirrt nahm Artocreatus seine Wanderung vor den Säulen wieder auf, während sich Silvanus einen Platz inmitten der Studenten suchte, die bereitwillig zusammenrückten. »Wie lange wird es noch dauern?«, fragte er leise einen schmächtigen jungen Mann, der sich eifrig auf einer Wachstafel Notizen machte. »So lange, bis es auch der Letzte begriffen hat«, antwortete der mit einem bösen Blick auf Sylvester.

Silvanus fasste sich also in Geduld und beschloss die Gelegenheit zu nutzen, sich in Literatur zu bilden. Vielleicht konnte er mit seinen neu erworbenen Kenntnissen bei Laelia einen guten Eindruck machen. Artocreatus hatte derweil seinen Standort gewechselt und sich ein neues Opfer ausgewählt. Erwartungsvoll sah er auf einen rundlichen jungen Mann hinunter. Dieser räusperte sich, um zu antworten. »Livius Andronicus war es, der anlässlich der Festspiele vor 200 Jahren für die ludi romani eine griechische Tragödie und eine Komödie in lateinischer Überarbeitung aufführen sollte. Damit begann die Geschichte der römischen Literatur.«

»Streber!«, raunte Sylvester seinem Nachbarn zu, dennoch konnte es Silvanus deutlich hören, sicher nicht nur er.

»Sehr gut, Himanes, damit hast du den ersten Teil meiner Frage ausführlich beantwortet. Wollen wir sehen, wer uns erzählen kann, was es mit dem Jungfrauenchor auf sich hat.« Unter dem Feixen der Studenten wandte er sich an einen unscheinbaren Jüngling, der in einen grauen Chiton gekleidet unbeweglich neben Himanes saß. Der Angesprochene sah auf und begann mit unbewegtem Gesicht sein Wissen herunterzuleiern: »Während des zweiten Krieges gegen den furchtbaren Hannibal, genau 33 Jahre später als die Sache mit den ludi romani, bekam ebendieser Livius Andronicus vom römischen Staat den Auftrag, ein Prozessionslied für einen Jungfrauenchor zu dichten, um das verkündete Unheil vom Staate abzuwenden.«

»Sehr schön, Karsas, und wenn du jetzt noch ergänzt, was die Folge dieses Auftrages war?«

»Ja. Zum Dank, dass die Gefahr gebannt war, erhielten die scribae et histriones* die Anerkennung als Gilde und die Erlaubnis, fortan im Tempel der Minerva zu tagen.«

»Ganz recht.« Zufrieden marschierte Gnaeus wieder auf und ab. »Was können wir daraus ersehen, meine lieben Freunde? Wir sehen daraus, dass die Literatur früher eng an politische Ereignisse geknüpft war. Ja, wir können sogar so weit gehen, zu sagen, dass das Wirken von Künstlern, in der Regel Freigelassenen, die politischen und gesellschaftlichen Chancen ihrer ehemaligen Herren ganz erheblich beeinflussen konnte. Denn auf der einen Seite wurden sie von ihren ehemaligen Herren gefördert, während die Künstler im Gegenzug für die politische und gesellschaftliche Anerkennung ihrer Patrone sorgten. Dies ist bis heute so geblieben: Dichter loben im Epos, in einer Tragödie oder in Tempelinschriften die Vorfahren ihrer Patrone, um damit deren Nachkommen eine möglichst große Popularität zu verschaffen. Und Popularität, das wisst ihr alle, ist die Grundvoraussetzung, will man in ein politisches Amt gewählt werden.«

Silvanus war diese Möglichkeit, zu Ruhm und Ansehen zu gelangen, noch nie in den Sinn gekommen. Ob Nasutus, sein Haussklave, wohl dichterisches Talent besaß? Bemerkt hatte er dergleichen noch nie. Er hörte Sylvester erleichtert aufatmen, als Artocreatus die Schriftrolle, die er die ganze Zeit in

---

* Dichter und Schauspieler

der Hand gehalten hatte, in seiner Tunika verstaute. Der Unterricht schien zu Ende.

Bevor die Studenten jedoch aufstehen konnten, bat Artocreatus noch einmal um Ruhe. »In der nächsten Stunde werden wir uns mit der Bedeutung der Rede befassen. Ihr werdet überrascht sein, in welch engem Zusammenhang diese mit unserem Thema steht. Und damit wie Scipio Aemilianus, der große Feldherr und Staatsmann, den Publius Sulpicius Galus attackierte: ›Denn wer Tag für Tag sich salbt und vor dem Spiegel putzt, seine Augenbrauen ausrasiert, wer sich den Bart stets epiliert und mit splitternackt gezupften Frauen herumspaziert, wer bei den Gelagen als junges Bürschchen mit seinem Liebhaber in überweiter Tunika am unteren Ende der Couch sich räkelt, wer nicht nur scharf auf Wein, sondern auch auf Männer ist – kann da noch einer Zweifel hegen, dass solch Subjekt dasselbe macht, was sonst nur Päderasten tun?‹«

Diesmal trafen Karsas heitere Blicke seiner Kommilitonen, der seinerseits keine Miene verzog und unbeteiligt tat. Bevor die Studenten aufbrachen, sprang Silvanus auf und bat sie, noch ein wenig zu bleiben, er wolle ihnen ein paar Fragen zu Rutilius Rufus stellen. Bereitwillig nickend setzten sie sich wieder auf die Stufen. »Wärst du so freundlich, mir alle Beschäftigten der Akademie zu schicken?«, wandte er sich an Artocreatus, hoffte er doch, dass die Studenten ohne die Anwesenheit ihres Lehrers freier sprechen würden. Artocreatus nickte missmutig und entfernte sich.

»Wer von euch hatte bei Rufus Unterricht?«, fragte Silvanus in die Runde.

Ein dunkelhaariger Lockenkopf übernahm es zu antworten. »Ich selbst hatte keinen Unterricht bei ihm, aber selbstverständlich habe ich ihn trotzdem gekannt. Ein guter Mann. Schließlich hatte er hier die Leitung inne. Sylvester und Lingus«, er legte dem Letztgenannten liebevoll eine Hand auf die Schulter, »waren bei ihm.«

Beide kannte Silvanus aus der Taverne. »Wann habt ihr Rufus zuletzt gesehen?«

Einen Moment herrschte Schweigen, dann antwortete Sylvester: »Am Nachmittag des Tages, an dem er tot aufgefunden wurde. Ich war bei ihm, um die Rhetorikaufgabe mit ihm zu besprechen. Ich sollte einen Vortrag halten und hatte noch eine Frage zur Vorgehensweise.«

»Ist dir irgendetwas an ihm aufgefallen? War er anders als sonst, aufgeregt oder besorgt?«

Unter den wachsamen Augen des Römers sah der junge Mann nachdenklich zu Boden. Dann jedoch schüttelte er den Kopf. »Nein, er war nicht anders als sonst, vielleicht etwas in Eile. Er sagte, er wolle mit seiner Frau zu dem Fest gehen, hätte aber noch viel zu tun. Das kam mir ganz recht, ich finde es schrecklich, wenn ich eine simple Frage stelle und mir dann eine ganze Lektion anhören muss. Rufus neigte zum Dozieren. An jenem Nachmittag aber fasste er sich angenehm kurz, so dass ich noch genügend Zeit hatte, nach Hause zu gehen und mich in Ruhe für das Fest umzuziehen. Die anderen mussten sich mehr beeilen.«

»Die anderen?«

»Natürlich, vor seinem Haus warteten noch mehrere Leute. Zwei oder drei von uns, ich weiß es nicht mehr genau, warte, ich glaube, es waren Lingus, Himanes und ...«, er ließ seine Augen suchend über die kleine Gruppe schweifen und wies mit dem Kinn dann auf einen jungen Mann, »ach ja, und Calchis. Der kam gerade, als ich hineinging. Ich dachte noch, der wird sich aber sputen müssen, um nicht zu spät am verabredeten Treffpunkt zu sein, aber er war pünktlich.« Sylvester bemerkte Silvanus' fragend hochgezogene Augenbrauen und fuhr fort: »Du musst wissen, wir waren alle gemeinsam auf dem Fest.

Wir sind angehalten, bei solchen Feierlichkeiten geschlossen aufzutreten, was wir auch tun. Wir trafen uns am Tempel der Hestia, kurz bevor der Oberpriester seine Rede begann.«

»Alle Studenten?« Silvanus schaute streng in die Runde.

»Ja, alle.«

»Und dann?«

Sylvester zögerte kurz. »Nun, bis zum Ende der Zeremonien blieben wir dort. Dann – na ja, du warst ja auch mal jung – gingen wir in die Taverne ›Zum springenden Satyr‹, vielleicht kennst du sie. Es war schon hell, als sie uns rauswarfen. Weißt du, das ist so etwas wie eine Tradition bei dieser Feier und alle machen mit.«

Seinen Unmut verbergend nickte Silvanus. Was meinte dieser Bursche mit »Du warst ja auch mal jung«? Er war gerade dreiunddreißig! Wirkte er schon so alt? Und natürlich war ihm der »Springende Satyr« ein Begriff, eine üble Spelunke mit schlechtem Wein und billigen Mädchen, aber für eine Horde betrunkener Studenten wohl genau das Richtige. Einmal war auch er dort gewesen, mit Arphocas, und sie waren ziemlich versackt. Zwei Tage lang hatte sein Kopf gebrummt.

Lingus, der ungeduldig aufgestanden war und ruhelos von einem Bein auf das andere trat, riss ihn aus seinen Gedanken. »Entschuldige, aber kann ich jetzt gehen? Ich habe eine Verabredung.« Nervös wedelte er mit den Händen.

»Nein, noch nicht. Was ist mit dir? Du hast also auch vor seinem Haus gestanden?«

Lingus nickte bestätigend. Er habe mit Rufus wegen eines Wechsels zu einer anderen Akademie gesprochen. Er habe eine Empfehlung von ihm gewollt, und die habe er auch bekommen.

»So?«, fragte Silvanus, noch immer verstimmt. »Was hat er dir denn gesagt?«

Er habe ihm die Akademie in Pergamon empfohlen, da es

ihn stärker zur Medizin als zu rhetorischen Problemen zöge. In Pergamon gäbe es das berühmte Aesculap-Heiligtum, das eine ausgezeichnete Ausbildung ermögliche.

»Ist dir etwas aufgefallen?«

»Nein, nichts. Kann ich jetzt gehen, Silvanus? Falls mir noch etwas einfällt, werde ich es dich wissen lassen.«

Silvanus nickte und wandte sich an Himanes und Calchis. Doch auch die konnten ihm nicht weiterhelfen. So fragte er frustriert die noch verbliebenen Studenten: »Ist irgendeinem von euch etwas aufgefallen, hat jemand etwas Ungewöhnliches bemerkt, an jenem Tage oder zuvor, waren vielleicht Unbekannte hier auf dem Gelände?«

Allgemeines Gemurmel war die Antwort. Silvanus sah allenthalben ratlose Gesichter, Kopfschütteln und Schulterzucken. Dann ergriff einer der Jünglinge das Wort. »Ich habe Gnaeus Lutatius Artocreatus, meinen Lehrer, gesehen, wie er an jenem Abend in Rufus' Haus ging!«

Nun, das war Silvanus ja bereits bekannt. Er sah sich den jungen Mann genauer an, irgendwie kam er ihm bekannt vor. Er war hochgewachsen und hatte ein fein geschnittenes Gesicht. Dunkle Locken rieselten seinen Nacken herab. Sein Gesicht war von vornehmer Blässe, aber durchaus gesunder Erscheinung, allerdings lag in seinem Blick eine unverkennbare Überheblichkeit. Seine breiten Schultern zeugten von regelmäßigen Besuchen des Gymnasions. »Wie ist dein Name?«, fragte Silvanus.

»Perstylos.«

So arrogant, wie der junge Mann ihn jetzt musterte, sah er nicht danach aus, als hätte er sich bei der Wahl seines Lehrers mit der zweiten Garnitur begnügt. »Warum warst du nicht bei Rufus? Gibt es dafür einen besonderen Grund?«

Perstylos nickte leicht. »Ja«, klagte er, »ich habe erst in diesem Jahr mit meinen Studien begonnen. Und als ich hierher kam, hatte der Unterricht bereits begonnen. Die Lektionen von Rufus waren bereits so gut besucht, dass ich mit denen des Artocreatus vorlieb nehmen musste. Du hast ja gehört, wie das ist, römische Literatur, als hätten wir Griechen nicht den Grundstein für alles gelegt. Allerdings hat mein Vater dafür gesorgt, dass ich im nächsten Jahr von Rufus aufgenommen werde«, er hielt inne und korrigierte sich, »aufgenommen worden wäre!« Vorwurfsvoll blickte er in Richtung des Innenhofes.

»Also war Rufus ein guter Lehrer.«

»Natürlich! Er genoss weit und breit den besten Ruf, war er doch griechischer Abstammung! Die Studenten kommen aus der ganzen Welt hierher, obwohl die Akademie nur klein ist.«

Silvanus ärgerte sich. Was bildete sich dieser junge Mann ein, nur weil er Grieche war? Als ob die Römer nichts von Literatur verstünden! Unwirsch entließ er die Anwesenden und betrat das Gebäude, wo die Sklaven bereits auf ihn warteten. Auch hier ging die Befragung schleppend voran. Wie er befürchtet hatte, beschränkten sich die Informationen auf das, was er ohnehin schon wusste. Keiner von ihnen war am fraglichen Abend in der Nähe des Tatortes gewesen, alle hatten sie das Fest besucht und konnten sich dies gegenseitig bestätigen. Jeder war voll des Lobes über den Verstorbenen. Doch Gabyonos, Rufus' Sklave, den er noch immer nicht befragt hatte, war weder unter ihnen noch zu Hause.

Enttäuscht machte sich Silvanus auf den Rückweg in das Amt. Trotz aller Anstrengungen war er keinen Schritt weiter gekommen. Dennoch, ein wenig Abwechslung hatte er verdient, da kamen die Spiele morgen gerade recht.

Kapitel 8

Von allen Seiten strömten die Menschen zum Stadion von Ephesos. Silvanus, Laelia zu seiner Rechten und Illicia zu seiner Linken, schritt am Theater vorbei auf das gewaltige Bauwerk zu. Es war ein schöner Tag, der Himmel blau, die Luft mild und seine Frau noch in Priene. Silvanus hatte blendende Laune. Die schneeweiße Toga unterstrich seine würdevolle Haltung und mit Stolz bemerkte er die anerkennenden Blicke, die die Leute seinen Begleiterinnen zuwarfen. Zu Recht, denn Laelia und Illicia in ihren farbenprächtigen langen Gewändern, die Haare kunstvoll aufgesteckt, boten wahrlich einen bezaubernden Anblick.

An einem Stand am Straßenrand hob Silvanus die Hand und hieß sie warten. »Lasst uns eine Erfrischung einnehmen, unsere Plätze sind reserviert, wir haben also noch genug Zeit. Ihr werdet natürlich auf den Ehrenplätzen sitzen und nicht bei dem einfachen Volk. Monoculos«, befahl er Laelias Sklaven, »hole drei Becher Wein. Ich werde ein paar Nüsse besorgen.«

»Manchmal verstehe ich ihn nicht«, flüsterte Laelia Illicia zu, »da tut er alles, damit seine Frau keinen Verdacht schöpft, geht aber mit uns in aller Öffentlichkeit zu den Spielen und setzt uns auch noch auf die Ehrenplätze. Aber großartig sieht er aus, nicht wahr?«

Illicia nickte bestätigend. »Ja, die Toga steht ihm. Verstehe einer die Männer, versuche es am besten erst gar nicht. Aber, ehrlich gesagt, würde ich lieber unter dem Volk sitzen, gehöre ich doch zu diesen Menschen, und du bist hier geboren, wenngleich dein Vater Römer ist.«

»Du bist zwar Kleinasiatin, liebste Illicia, aber du hattest den

Herrscher dieser Provinz in deinem Bett, und die Menschen wissen das«, lachte Laelia. »Wenn dir da nicht ein Ehrenplatz gebührt! Vielleicht will Silvanus aber auch nur zeigen, dass du unter seinem Schutz stehst, dass Rom etwas tut gegen diese Übergriffe, die die Stadt beunruhigen.«

Illicia strich sich versonnen über die Wange. »Das bedeutet, dass er uns – oder besser mich – als politisches Mittel gebraucht. Das gefällt mir nicht!«

»Ach, sei doch nicht so! Immerhin beschert es uns einen wunderbaren Platz bei den Spielen, überlege doch mal, wir werden uns die Gladiatoren und die Wagenrennen aus nächster Nähe ansehen können!«

Silvanus kam zurück, auch Monoculos mit dem Wein, starker, gut gewürzter Falerner. »Na, meine Schönen«, sagte Silvanus gut gelaunt, während er ihnen ein paar Nüsse reichte, »ich habe übrigens eine Überraschung für euch!«

»Oh, was denn?« Laelia lächelte verschmitzt. »Römische Spezialitäten? Fein gesalzene Lerchenzungen?«

»Nein, nein, so viel Geld bekomme ich denn doch nicht. Ihr werdet schon sehen, später, im Stadion.« Silvanus prostete ihnen zu.

Der Strom der Menschen, die zu den Eingängen strebten, hatte abgenommen. Die meisten sicherten sich frühzeitig einen guten Platz, und nur wer das Privileg besaß, reservierte Plätze zu belegen, konnte sich Zeit lassen. Silvanus ließ sich viel Zeit. Er nippte an seinem Wein, erzählte von den neuesten Modellen der ägyptischen Wagen, die er während des Trainings gesehen hatte, und dass sogar ein parthisches Gespann teilnehmen wollte. Seine Begleiterinnen wurden langsam nervös. »Silvanus, lass uns gehen, es fängt gleich an.« Illicia sah sehnsüchtig zum Stadion hinüber, das, wie das Theater, in den Hang des Berges hineingebaut worden war. Groß und imposant ragte die mächtige Fassade in den Himmel, geschmückt mit bunten Fahnen und überdacht mit vielen weißen Stoffstreifen, die fröhlich in der leichten Brise flatterten – zum Schutz der Zuschauer gegen die Sonne. Die letzten Menschen, die an ihnen vorbeihasteten, begannen trotz der festtäglichen Kleidung zu laufen, als die Fanfare ertönte, die die Zuschauer letztmalig aufrief, ihre Plätze einzunehmen.

Endlich setzte sich auch Silvanus in Bewegung. Sie waren unter den Letzten, die ihre tönernen Eintrittsmarken abgaben, und als sie sich zu ihren Plätzen begaben, sahen sie, dass das Stadion bis auf die letzte Reihe ausverkauft war.

Kaum hatten sie es sich auf den Sitzkissen bequem gemacht, als das Stimmengewirr im Theater erstarb und eine erneute Fanfare den Beginn der Spiele ankündigte. Das jedenfalls dachten die Anwesenden – doch nicht die Gladiatoren traten in das Oval, sondern ein eindrucksvoll aussehender Mann in römischer Prunkuniform mit einem purpurnen Mantel erschien in der Ehrenloge und grüßte in die Menge. Ohrenbetäubende Begeisterungsstürme antworteten ihm.

»Bei Apollon, das ist Marcus Antonius!«, entfuhr es Illicia.

»Nun«, meinte Silvanus, »ist das nicht eine gelungene Überraschung? Er kam gestern Nacht und bat mich, euch nichts zu sagen.«

Antonius hatte eine Hand erhoben und die Menge zum Schweigen gebracht. In perfektem Griechisch begann er zu reden: »Ich, Marcus Antonius, grüße die Bürger von Ephesos, die Besucher aus allen Teilen der Welt und meine römischen Freunde.« Seine Stimme wurde dank der hervorragenden Akustik des Stadions bis in die obersten Ränge getragen. »Ich bin erfreut, wieder in der Hauptstadt der Provinz Asia zu sein, der größten und schönsten Stadt des römischen Ostens. Es drängte mich, die Spiele, die ich ausrichte, selbst zu eröffnen und gemeinsam mit euch diesen Tag zu genießen. Jedem Zuschauer ist es erlaubt, an den Ständen vor dem Stadion so viel zu essen und zu trinken, wie ihm beliebt, auf meine Kosten natürlich. Doch genug der Worte: Ich erkläre die Spiele für eröffnet!« Unter tosendem Beifall und Hochrufen setzte er sich neben Munatius Plancus und gab den Trompetern ein Zeichen, worauf diese den Einzug der Gladiatoren ankündigten.

Illicia saß wie benommen auf ihrem Kissen, Laelia hatte sich, nachdem sie beruhigend die Hand auf die Schulter ihrer Freundin gelegt hatte, an Silvanus gewandt. »Warum ist er hier? Ist das Zufall oder hat es etwas mit den Verbrechen zu tun?«

Noch immer stolz auf seine gelungene Überraschung strahlte Silvanus die beiden Mädchen an. »Ich habe ihm geschrieben. Eigentlich bat ich ihn nur, mir offiziell die Ermittlungen zu übertragen – Munatius Plancus zögerte ja – habe aber die Stimmung in der Stadt erwähnt und natürlich auch den Überfall auf Illicia. Er war in Kappadokien. Sofort nachdem er meinen Brief erhielt, ist er aufgebrochen.« Silvanus schien noch um einige Zentimeter zu wachsen. »Wir hatten gestern Abend ein langes Gespräch. Es tat gut, mal wieder mit jemandem zu reden, der meine Fähigkeiten zu schätzen weiß. Antonius meinte, er würde eher meiner Auffassung zuneigen als der von Plancus, der noch immer nicht glaubt, dass die ganze Angelegenheit gefährlich werden kann. Und, Laelia, er hat mich offiziell beauftragt, die Sache aufzuklären, hat mir sämtliche Unterstützung zugesagt, mir Legionäre zugeteilt und das Ganze schriftlich festgehalten. Du kannst dir nicht vorstellen, wie froh ich bin, endlich wieder etwas Richtiges tun zu können, nicht immer nur Schriftverkehr zu erledigen, Beschwerden nachzugehen, Steuereintreiber zu überwachen ... Ach, ist es nicht ein wunderschöner Tag heute?« Vor aller Augen drückte er Laelia einen Kuss auf die Wange.

Die warf einen besorgten Blick auf ihre Freundin. Natürlich schwirrte Ephesos von Gerüchten, die von der attraktiven Mutter des Thronanwärters von Kappadokien zu berichten wussten, und dass diese Marcus Antonius mit ihrer Gunst beschenkt hatte.

Illicia jedoch tat unbeteiligt. »Wie wunderbar für dich, Silvanus, in der Tat.« Nur eine heftige Armbewegung, bei der das Tuch, das Schultern und Rücken bedeckte, herabglitt, verriet ihre innere Erregung.

Schweigend verfolgten sie, wie sich die Gladiatoren unter dem Gebrüll der Menge um die Hälfte dezimierten, langsam ging es auf das blutige Finale zu. Silvanus verglich im Stillen seinen Körperbau und seine Muskeln mit denen der kämpfenden Männer unten im Oval, mit dem befriedigenden Ergebnis, dass er es mit einigen durchaus würde aufnehmen können. Immerhin war er gut gebaut, hatte einen starken, festen Körper und breite Schultern. Nur an seinem Bauch würde er arbeiten müssen, aber jetzt, da er wieder eine Aufgabe hatte, die ihn forderte, würde er auch das in Angriff nehmen. Er hatte sich hängen lassen in der letzten Zeit, stellte er fest und nahm sich vor, wieder öfter das Gymnasion zu besuchen.

Illicia saß noch immer starr auf ihrem Platz, das Gesicht unbeweglich. Als sich jetzt aber ein Mann aus der Reihe hinter ihnen vorbeugte und sie höflich fragte, ob er den Staub von ihrem Schleier, der leider fast am Boden gelegen hätte, schütteln dürfe, und das auch gleich tat, ohne die Antwort abzuwarten, drehte sie sich abrupt um und zischte ihn an: »Was fällt dir ein, du unverschämter Flegel. Fass mich nicht an! Du …« Dann erkannte sie ihn. Es war der gut aussehende Fremde, der neulich mit seinen beiden Begleitern in der Taverne gewesen war und sie schon dort mit seinen Blicken verfolgt hatte. Ungeachtet ihrer Worte entfernte er sorgfältig den Staub von ihrem

Schleier und legte ihn dann sanft wieder um ihre Schultern. »Sage mir deinen Namen, schönes Mädchen, und wo ich dich finden kann«, flüsterte er ihr zu.

Illicia drehte sich um, musterte ihn und gab ihm zögernd die gewünschten Informationen. »Wer aber bist du?«

»Man nennt mich Mazdates, ich bin Wagenlenker aus Ktesiphon in Parthien. Ich muss leider jetzt gehen, da ich mein Gespann bewegen muss, du weißt, bald beginnen die Wagenrennen, und die Pferde müssen sich warmlaufen. Ich werde dich später in der Taverne suchen.« Er strich noch einmal mit seinen Fingerspitzen über ihren Schleier, dann erhob er sich und ging.

Silvanus, der die Szene aus den Augenwinkeln beobachtet hatte, beugte sich zu Illicia. »War das nicht einer der Männer, die dich neulich in der Taverne so angestarrt haben? Hat er dich belästigt? Wollte er die Taverne kaufen? Soll ich ihn verhaften lassen?«

Illicia schüttelte den Kopf. »Nein, nein, er ist Wagenlenker und fragte nur nach meinem Namen. Aber Silvanus, sagtest du nicht, wir säßen hier auf den Ehrenplätzen? Das war ein Parther!«

»Nun«, meinte Silvanus peinlich berührt, »nur die ersten beiden Reihen sind reserviert. Hinter uns scheinen die Sportler zu sitzen.«

Die Gladiatorenkämpfe waren vorbei. Die Sieger drehten eine Ehrenrunde und ließen sich vom Publikum gebührend feiern, bevor sie in den Gewölben verschwanden. Inzwischen war es Mittag geworden, und das Publikum verspürte Hunger und Durst. Während die Arena gesäubert und für die Wagenrennen vorbereitet wurde, hatten die Zuschauer Zeit, das großzügige Angebot des Antonius zu nutzen und sich zu stärken. Auch Silvanus, Laelia und Illicia mischten sich unter das Volk, schickten einen Sklaven nach ein paar Erfrischungen und gingen im Schatten der Säulenhallen vor dem Stadion ein wenig spazieren.

»Wann werden wir Antonius treffen?«, erkundigte sich Laelia. »Hat er etwas gesagt?«

»Nun, weißt du, also, eigentlich nicht. Aber er wird sicherlich später in der Taberna Tilia vorbeischauen.« Silvanus war ihre Frage sichtlich unangenehm.

»Was ist los, Silvanus?«, fragte Illicia unwillig. »Will er uns nicht sehen? Hat Glaphyra so einen bleibenden Eindruck bei ihm hinterlassen? Dann sage es bitte gleich.«

»Nein, das ist es nicht, ganz im Gegenteil. Wir werden nach den Spielen noch eine Sitzung haben, um über die Verwaltung der Provinz zu beraten, und anschließend hat Antonius zu einem Gastmahl in kleinem Kreise geladen, nur Munatius Plancus und seine Frau, und mich ...«

»Ach so, und Geliebte sind in solch erhabenem Kreise unerwünscht, ich verstehe.« Laelias Augen blitzten gefährlich.

»Na ja, ganz so ist es nicht ...« Silvanus seufzte gequält. Heiß rann der Schweiß seinen Körper hinab. Insgeheim hatte er gehofft, Antonius hätte Illicia schon eine Botschaft geschickt, ihr angekündigt, er käme heute Nacht zu ihr oder dergleichen. Antonius jedoch hatte ihm diesen Gefallen anscheinend nicht erwiesen. Nun denn, so musste er es den Mädchen gestehen. »Gut, wenn ihr es unbedingt wissen wollt. Natürlich wollte er euch einladen. Ihr kennt doch Antonius, er gibt nicht viel auf offizielle Verbindungen, er wollte also dich, Illicia, Laelia, mich und Plancus mit Begleitung als Gäste begrüßen. Die Sache ist nur, dass Lucida schon heute Abend wieder da sein wird, und ich werde mit ihr hingehen müssen. Antonius wusste gar nicht, dass sie überhaupt in Ephesos ist ...«

»Oh.« Laelia hatte sich abgewandt. »Dann wünsche ich euch viel Vergnügen.«

Die Pause war vorbei, die Fanfaren riefen die Zuschauer

wieder zu ihren Plätzen. »Kommt, Mädchen, lasst uns hineingehen.« Silvanus, sichtlich geknickt, hoffte, die Rennen würden sie auf andere Gedanken bringen.

»Ich gehe nach Hause«, sagte Laelia schroff, »vielen Dank, Silvanus, die Überraschung ist dir wahrlich gelungen. Vale!«

Illicia sah betrübt von einem zum anderem. Sie hatte sich auf die Wagenrennen gefreut, nach dieser Eröffnung aber verspürte auch sie keine Lust mehr darauf. So gesellte sie sich an Laelias Seite. Diese jedoch wies sie ab. »Nein, bleib ruhig noch, Illicia. Monoculos wird mich begleiten. Salve.« Damit drehte sie sich um und ließ die beiden stehen.

Als Illicia nach Hause kam, sah sie zunächst nach, ob die Sklaven bei der Vorbereitung der Speisen für den Abend auch gewissenhaft arbeiteten. Die Taverne wurde an diesem Tag wegen der Spiele erst später geöffnet, daher war der Schankraum noch dunkel und leer. In der Küche stand alles zum Besten, Flusia putzte Gemüse und lachte fröhlich auf, als Monoculos von seinen vormittäglichen Erlebnissen berichtete. ›Sieh an‹, dachte Illicia, ›sie kann sogar lachen, der Umzug von Didyma nach Ephesos scheint ihr wirklich gut getan zu haben.‹ »Passt auf, dass keine Haare in das Essen fallen«, rief sie ihnen zu. »Und Monoculos, bereite den Schankraum vor, stelle die Amphoren mit Wein bereit. Wir erwarten viel Kundschaft heute Abend.«

Sie fand Laelia in ihrer kleinen Wohnung, in einem Sessel sitzend, eine Buchrolle in den Händen. »Was liest du da?«

Laelia sah ihre Freundin ruhig an. »Du bist schon zurück? Hast du dir die Wagenrennen doch nicht mehr angesehen?«

»Nein, wie sollte ich da mit Silvanus sitzen und den Spielen zusehen, wenn er dich so behandelt. Was liest du?«

»Ein parthisches Epos, eine Liebesgeschichte. Interessant zu sehen, dass die persönlichen Probleme bei allen Völkern gleich sind. Und es ist ganz wunderbar geschrieben, ich mag die blumige Ausdrucksweise der Parther.«

Illicia zog sich einen Sessel heran. »Vielleicht solltest du es übersetzen, obwohl ich nicht glaube, dass man hier oder in Rom großes Interesse an parthischer Literatur hat, bei den Spannungen, die zwischen Römern und Parthern herrschen. Ach, übrigens Römer, das war ja wahrlich wieder ein Glanzstück unseres Silvanus. Vielleicht solltest du dich doch nach einem anderen Mann umsehen.«

Laelia legte die Buchrolle beiseite. »Ja, Illicia, manchmal denke ich das auch. Es ist nicht immer leicht, an zweiter Stelle zu stehen. Aber du weißt ja, wie ich bin, ich könnte es nicht ertragen, wenn immer ein Mann um mich wäre, mir vorschreiben wollte, wie ich zu leben, was ich zu tun habe, wo ich hingehen soll und wo nicht. Du bist doch auch nicht anders. Ich muss für mich selbst entscheiden können, und das akzeptieren die Römer eher als unsere Leute hier. Silvanus würde es tun …«

Nachdenklich spielte Illicia mit ihrem Schleier. »Silvanus würde es tun, vermutlich. Aber selbst wenn er wollte, er kann es nicht, denn er ist verheiratet, und es sieht nicht so aus, als wolle er daran etwas ändern. Für ihn ist es ja auch sehr praktisch. Eine Frau zum Leben und Repräsentieren und eine für die körperlichen Gelüste und für das Selbstbewusstsein. Aber da das in Rom fast normal ist, kann man ihm vermutlich nicht einmal einen Vorwurf machen. Die Frage ist nur, wie lange du das noch aushalten wirst.«

»Nicht mehr lange wahrscheinlich, wenn das so weitergeht und Lucida immer im Vordergrund steht. Dabei frage ich mich, ob sie wirklich nichts weiß, wie er behauptet. Sie sei so beschäftigt mit ihren ganzen Kulten, dass ihr nichts auffalle.

Bei Apollon, fast die ganze Stadt weiß es, und seine eigene Frau soll so ahnungslos sein? Ich glaube eher, sie will nichts merken. Vielleicht sollte es ihr jemand sagen, es wäre interessant zu sehen, was dann passiert.«

Illicia lachte leise. »Wahrscheinlich traut sich keiner. Und vielleicht sind römische Frauen so. Wie man hört, soll ja Fulvia, die liebende Ehegattin von Antonius, auch über seinen Lebenswandel Bescheid wissen. – Aber Laelia, wenn es schon ein Römer sein muss, es gibt noch mehr davon.«

Nun schmunzelte auch Laelia. »Ja, ich sollte mich umsehen. Allerdings, liebste Illicia, so ganz spurlos ist das Auftauchen von Antonius auch an dir nicht vorbeigegangen, nicht wahr? Ich könnte mir vorstellen, dass er, nachdem er Silvanus' Brief erhalten hat, eher deinetwegen als wegen der Verbrechen so schnell gekommen ist.«

»Unsinn!«, brummte Illicia. »Er hat Sorge, dass es zu Unruhen kommt. Immerhin war Rutilius Rufus ein angesehener Bürger. Der Leiter der Akademie! Hast du Silvanus eigentlich erzählt, dass wir ihn kannten?«

»Nein, du?«

»Nein! Wenn, dann solltest du es ihm sagen, immerhin stehst du ihm näher als ich. Ist er denn mit den Ermittlungen schon weitergekommen?«

»Er hält sich ein wenig bedeckt, aber er scheint nicht vollständig überzeugt, dass die Tavernenschläger auch Rufus umgebracht haben. Er meint, es passe nicht zu den vorherigen Taten.« Laelia zog unwillkürlich ihre Tunika enger um sich, denn bei diesem Thema bekam sie eine Gänsehaut. »Auch bedrückt ihn, dass seine Erkundigungen in der Bevölkerung noch nichts erbracht haben. Das sei seltsam, meinte er, Sklaven oder Geschäftsleute wüssten immer etwas zu berichten, besonders wenn man mit ein bisschen Geld nachhilft. Aber vielleicht haben sie von anderer Seite mehr bekommen. Was Silvanus allerdings große Sorgen macht, so erzählte er mir, ist, dass er in zwei unterschiedlichen Fällen gleichzeitig ermitteln müsste, wenn die Taten nicht miteinander in Zusammenhang stehen. An den Tavernengeschichten hat er großes persönliches Interesse, natürlich deinetwegen, und kannte er doch Facilis, den toten Wirt. Wenn er sich aber auf den Mord an Rutilius Rufus konzentriert und diesen aufklärt, kann er sich einmal mehr profilieren, du weißt doch, wie ehrgeizig er ist. Und jetzt hat ihm Antonius die offizielle Befugnis erteilt …«

»Hm.« Illicia blickte gedankenverloren aus dem Fenster. Unvermittelt wechselte sie dann das Thema. »Kommst du mit hinunter, Laelia? Das Essen wird fertig sein und wir sollten uns etwas sichern, solange der große Ansturm noch nicht begonnen hat.«

Laelia nickte und stand auf. Gemeinsam gingen sie die Stufen hinab, jede in ihre Gedanken vertieft.

Der Abend war fortgeschritten. Laelia und Illicia saßen mit ihren Freunden um einen Tisch, tranken verdünnten Caecuber – neben dem Falerner der beste Wein der Lokalität – und unterhielten sich. Man sprach – natürlich – wieder über den Mord an Rutilius Rufus. Sylvester, einer seiner Studenten, bemerkte: »Man will ja so etwas keinem Menschen wünschen, aber sehr bedauern kann ich ihn nicht. Immerhin hat er mir das Leben ziemlich schwer gemacht mit seinen elitären Ansprüchen, nur weil ich nicht aus so guter Familie stamme und auch noch andere Interessen habe, wie Wagenrennen. Habt ihr die Rennen gesehen?« Als die anderen verneinten, wandte er sich wieder dem ursprünglichem Thema zu. »Ja, Rufus war schon ein eingebildeter Widerling.«

Laelia nickte zustimmend. »Dabei war er selbst nur Freigelassener. Allerdings sind das manchmal die Schlimmsten, vor allem, wenn sie ihr früheres Sklavendasein mit Nobilitätsallüren überdecken wollen.«

»Ja, ja, das stimmt.« Lingus, elegant von einem dunkelblauen Chiton umhüllt, nahm einen Schluck Wein. »Wer es wohl getan hat?«, sinnierte er. »Beliebt war er ja nicht. Sage, Laelia, hat dein Römer schon eine Spur?«

Das Thema war Laelia an diesem Abend nicht ganz lieb. »Vielleicht. Aber selbst wenn er es mir gesagt hätte, dürfte ich es euch nicht erzählen. Also fragt nicht weiter.«

Lingus hob seinen Weinbecher. »Ein Hoch auf die Römer, die uns vor allem Übel beschützen!«

»Bitte, Lingus, zügle deine Zunge. Silvanus ist durchaus ein fähiger Mann.« Laelia sah den jungen Studenten ärgerlich an.

Der hob einlenkend die Hände und lachte gutmütig. »Schon gut, Laelia. Und dass er gewisse Fähigkeiten hat, will ich gern glauben, sonst würdest du ihn wohl kaum so oft empfangen.« Fröhliches Gelächter antwortete ihm.

Unbemerkt hatte ein junger Mann die Taverne betreten, sich suchend umgesehen und an einem freien Tisch Platz genommen. Seine Augen blieben an Illicia hängen; als hätte sie seinen Blick bemerkt, sah sie auf. Leicht stieß sie Laelia an. »Sieh mal, mein parthischer Wagenlenker ist hier. Was mache ich jetzt?«

Laelia hob erstaunt die Brauen. »Der von heute Morgen? Nun, wenn er schon einmal hier ist, solltest du ihn fragen, ob er sich zu uns setzten möchte. Oder willst du allein mit ihm reden?«

Illicia verneinte verlegen, das sei doch zu viel des Guten, sie kenne ihn ja gar nicht, trat aber auf ihn zu und lud ihn ein, an ihrem Tisch Platz zu nehmen. Mazdates kam gern, wurde herzlich aufgenommen und musste vom Rennen erzählen. Seine Pferde seien die besten gewesen, auch als Lenker könne ihm keiner das Wasser reichen, so berichtete er voller Stolz, nur sein Wagen rolle nicht so leicht wie andere, daher sei er nur als Zweiter durchs Ziel gegangen. Der Grieche, der gewonnen habe, besitze einen ganz besonderen Wagen neuester Bauart, leicht und doch stabil.

Sylvester war in seinem Element. Begeistert pflichtete er Mazdates bei, dass er ein hervorragender Lenker sei, er führe zwar waghalsig, habe aber sein Gespann immer unter Kontrolle. Wenn er wolle, würde er sich gern einmal seinen Wagen ansehen, immerhin verstehe er einiges davon. Mazdates nahm das Angebot hocherfreut an und bestellte einen großen Kelch Caecuber, der alsbald die Runde machte. Er zwinkerte Illicia zu. »Du warst nicht mehr dabei, als die Rennen begannen. Vielleicht hätte ich gewonnen, wenn du noch da gewesen wärest. Dein Zuruf hätte mich angespornt!« Seine dunklen Augen glühten, während er seinen Mund auf die Stelle des Bechers drückte, die Illicias Lippen gerade berührt hatten.

Diese errötete und senkte den Blick. »Nun, wichtige Angelegenheiten riefen mich zurück. Schade, ich hätte gern gesehen, wie du gefahren bist. Wie lange wirst du hier in Ephesos bleiben?«

»Bis zu den großen Wagenrennen gewiss. Bis dahin werde ich mir die Stadt und ihre Umgebung ansehen. Auch zum berühmten Orakel in Didyma wollte ich. Kennst du es?«

»Ob ich es kenne?« Illicia lachte. »Laelia und ich stammen aus Didyma. Mein Vater war Priester im Apollontempel, und Laelias Familie hat eine Taverne im Ort. Du wirst gut daran tun, dir das Orakelheiligtum anzusehen, der Tempel ist der größte und schönste in Kleinasien, wenn auch noch unvollendet, aber wenn er einmal fertig ist, wird er sogar das Artemision in den Schatten stellen. Und das Orakel ist unfehlbar, na ja, fast.«

Mazdates hörte höflich zu, stellte ein paar Fragen und erzählte dann schwärmerisch von Ktesiphon, der schönen Hauptstadt Parthiens, und dem Leben dort.

So ging der Abend vergnüglich dahin, bis sich allmählich Müdigkeit einstellte. Sylvester und Lingus begannen zu gähnen, alsbald verabschiedeten sie sich. Nur Mazdates machte keinerlei Anstalten zu gehen, er saß munter trinkend auf seiner Bank. Auch Laelia wollte sich gerade zurückziehen, als sie sah, wie Mazdates Illicia tief in die Augen blickte, verstohlen seinen Finger in den Wein tunkte und ihrer beider Anfangsbuchstaben auf den Tisch zeichnete. Laelia erstarrte. I + M. Mit rotem Wein geschrieben! Sie hatte Illicia nichts von dem Wort »Rediemus« erzählt; und diese erfreute sich jetzt unschuldig an der kleinen Geste des Parthers. Bei allen Göttern, Laelia konnte die Freundin jetzt nicht mit diesem Menschen allein lassen. Hektisch sah sie sich um. Die Taverne war trotz der fortgeschrittenen Stunde noch gut gefüllt, an den Tischen saßen fröhliche Trinker, die nicht so aussahen, als wollten sie schon gehen. Auch die von Silvanus geschickten Legionäre, in Alltagskleidung natürlich, würfelten noch. Laelia erhob sich. »Entschuldigt mich einen Augenblick.«

Illicia sah sie dankbar an. »Willst du schon gehen, Laelia? Dann gute Nacht!«

Laelia klopfte das Herz bis zum Hals. »Ach, eigentlich nicht. Ich wollte nur kurz auf die Latrine.« Mit gesenktem Blick verließ sie den Schankraum. Erstaunt sah Illicia ihr nach, verstanden sie sich doch normalerweise ohne Worte.

Mazdates dagegen sandte ihr einen bösen Blick nach. »Ist deine Freundin immer so aufdringlich? Sie müsste doch merken, dass sie jetzt überflüssig ist.« Er versuchte, die Hand der Angebeteten zu greifen. Doch Illicia entzog sich seiner Annäherung. »Laelia ist nie überflüssig«, wies sie ihn zurecht. »Und wenn sie bleiben will, dann ist das ihr gutes Recht.« Sie ärgerte sich. Was bildete sich dieser Mann ein, glaubte er gar, schon ein Anrecht auf sie zu haben?

Laelia indes hatte in aller Eile Monoculos, der hinter dem Tresen arbeitete, zugeflüstert, er solle kurz mit hinauskommen. Draußen erzählte sie ihm aufgeregt von Mazdates' mit Wein geschriebener Botschaft. »Du musst es den Legionären sagen, aber unauffällig, Monoculos. Sie sollen diesen Parther im Auge behalten und es so bald wie möglich Silvanus berichten. Illicia darf auf keinen Fall allein mit ihm sein. Und uns bringst du noch einen Krug Wein, halte dich ein wenig am Tisch auf, und versuche dir ein Bild von ihm zu machen. Du hast doch ein gutes Gespür für Menschen.«

Monoculos nickte. »Natürlich, Herrin. Du kannst dich auf mich verlassen.« Ruhig betrat er die Schankstube, nestelte ein wenig an seiner Tunika, als käme er von der Latrine, und begab sich an seinen Platz hinter dem Tresen. Laelia wartete noch einen Moment, überlegte kurz, dass sie Illicia nun vielleicht doch von dem Wort »Rediemus« erzählen sollte, dann ging sie ebenfalls zurück. Hatten die Schläger ihre Taktik geändert? Wollten sie sich jetzt erst das Vertrauen ihrer Opfer erschleichen, bevor sie zuschlugen? War es bei Rufus auch so gewesen? Sie fröstelte. Aufgewühlt setzte sie sich wieder zu den beiden an den Tisch, ermahnte sich, den Wagenlenker nur nicht merken zu lassen, was in ihr vorging, und versuchte krampfhaft, mit belangloser Konversation die peinliche Situation zu überspielen. Mazdates antwortete einsilbig auf ihre Fragen, eine tiefe senkrechte Falte hatte sich in seine Stirn gegraben, die ihm etwas Unheimliches verlieh. Auch Illicia, verwirrt von einem zum anderen blickend, war die Stimmung verdorben. Was war nur mit Laelia los? Gerade wollte sie den Abend beenden, als die Tür aufflog und zwei Männer, festlich gekleidet, die Taverne betraten. Aller Augen richteten sich auf die Neuankömmlinge. Einer der beiden hatte einen purpurnen Mantel umgeworfen, den er jetzt lässig einem Sklaven zuwarf. Die Legionäre machten Anstalten aufzuspringen, erinnerten sich aber im letzten Augenblick an ihre Aufgabe, um keinen Preis Aufmerksamkeit zu erregen, und widmeten sich wieder ihren Würfeln. Illicia erstarrte, Laelia holte überrascht Luft und dachte erleichtert, dass die beiden im richtigen Augenblick gekommen waren.

Marcus Antonius hatte trotz des Dunstes der Öllampen sofort den Tisch ausgemacht, an dem die beiden Freundinnen saßen. Silvanus hinter sich, eilte er mit großen Schritten auf sie zu, zog Illicia von ihrem Stuhl, drückte sie an sich und küsste sie. Dann hielt er sie eine Armeslänge von sich. »Meine Illicia, mein Augenstern, du bist noch genauso schön, wie ich dich in meinen Träumen gesehen habe. Sofort, als ich hörte, was dir widerfahren ist, bin ich aufgebrochen, um zu dir zu eilen. Wer das getan hat, ist des Todes gewiss! Male eveniat*! Oh, Illicia, geht es dir gut?« Ohne eine Antwort abzuwarten, zog er sie erneut in seine Arme.

Illicia schob ihn von sich. »Marcus Antonius, schön, dich nach all der Zeit wieder zu sehen. Ja, es geht mir gut.« Sie versuchte, ihrer Stimme einen kühlen Ton zu geben, doch ganz gelang es ihr nicht.

Unbeeindruckt zog Antonius einen Stuhl heran und ergriff ihre Hand. »Monoculos«, rief er durch den Raum, »blinder Freund, bringe uns den besten Wein, den ihr habt.« Dann wandte er sich an Laelia. »Verzeih, schöne Laelia, dass ich dich jetzt erst begrüße, aber du wirst verstehen, dass mich die Freude, Illicia wiederzusehen«, er drückte ihre Hand, »meine guten Manieren vergessen ließ. Du bist schön wie eh und je, und ich kann unseren Freund Silvanus nur zu seiner Wahl beglückwünschen.«

---

* Schlecht soll es ihm ergehen

Silvanus hatte neben Laelia Platz genommen und mit einem Blick in ihr Gesicht zu ergründen versucht, ob sie ihm noch zürnte. Sie tat es nicht, wie er erleichtert feststellte.

Mazdates war der Szene mit Erstaunen gefolgt. »Marcus Antonius?«, fragte er jetzt Laelia leise. »Ist das wirklich Marcus Antonius?«

Laelia lächelte zufrieden. »Ja, das ist Marcus Antonius«, gab sie ebenso leise zurück, »der Herrscher über den römischen Osten, der mächtigste Mann des Reiches. Und ein guter Freund Illicias.«

»Das merke ich.« Mazdates erhob sich. »Ich muss gehen, ich wünsche allen eine gute Nacht.«

Antonius, bestens gelaunt und nicht mehr ganz nüchtern, richtete das Wort an ihn. »Nicht doch, junger Mann. Du bist Ausländer, nicht wahr? Wie ist dein Name, und woher kommst du?«

»Mazdates aus Ktesiphon, Imperator.«

»Ah, Ktesiphon. Eine schöne Stadt, habe ich gehört. Setz dich wieder und trinke noch einen Schluck mit uns. Das Wiedersehen mit dieser Rose muss gefeiert werden. Und ihre Freunde sind auch meine Freunde!« Wieder drückte er Illicias Hand.

Mazdates schüttelte den Kopf. »Danke nein, Imperator. Ich habe genug getrunken. Auch will ich euer Wiedersehen nicht stören.« Verletzt sah er Illicia an. Dann wandte er sich ab.

»Nun, ich werde keinen aufhalten, der noch andere Dinge zu tun hat«, dröhnte Antonius lachend, legte seinen Arm um Illicia und prostete ihr zu. »Auf meine liebliche Freundin und die Dinge, die wir noch zu tun haben.« Er drückte ihr einen langen Kuss auf die Lippen.

Derweil konnte Laelia, obwohl sie darauf brannte, Silvanus von der mit Wein geschriebenen Botschaft zu berichten, doch eine Frage nicht unterdrücken: »Wo ist denn Lucida? Hast du sie ins Bett geschickt?«

Silvanus lächelte ein wenig schuldbewusst. »Nein, sie ist noch auf dem Fest. Aber ich kann mich einem Befehl meines Imperators nicht widersetzen, also musste ich mit Antonius gehen. Das hat sie eingesehen.« Mit einem Blick auf das andere Paar sagte er leise: »Ich hatte solche Sehnsucht nach dir. Wollen wir nicht nach oben gehen?« Zärtlich küsste er ihren Halsansatz.

»Ach, hat das Fest dich angeregt?« Laelia lachte lautlos. »Du redest schon wie Antonius. Gab es nubische Tänzerinnen oder ägyptische? Zweifellos waren sie leicht bekleidet.«

Silvanus hatte ihre Hand ergriffen und ließ seine Lippen ihren Arm hinaufwandern. »Ägyptische, und sie waren sehr leicht bekleidet. Aber keine konnte mit dir konkurrieren. Lass uns gehen!«

Sie entschuldigten sich bei Marcus Antonius und Illicia, die nicht unglücklich schienen, allein gelassen zu werden.

Antonius schenkte Wein nach und sah Illicia ernst in die Augen. »Du erscheinst mir nicht übermäßig erfreut, mich zu sehen, meine Illicia. War der junge Parther dein Freund?«

»Nein.«

»Aber er wäre es gern, man sieht es. Sei unbesorgt, er wird wiederkommen. Er wird nur umso heftiger um dich werben. Bei Dionysos, wie schön du bist. Glaube es mir, meine Sonne, ich habe oft an dich gedacht und noch öfter die Aufgaben verflucht, die mich davon abhalten, das zu tun, was ich gern tun würde.« Wieder zog er sie an sich.

Illicia entwand sich ihm. »Marcus, seit einem halben Jahr habe ich nichts von dir gehört. Das heißt, gehört schon, es war ja in aller Munde, auf welche Art und Weise du dir die Fürsten für deine Provinzen aussuchst. Man denke nur an Sisinnes und seine Mutter Glaphyra! Und dann stürmst du hier herein und erwartest, dass ich dir um den Hals falle? Oh nein, Marcus Antonius.«

Er sah sie erstaunt an. »Was hast du? Glaphyra ist attraktiv, aber sie besitzt nicht mein Herz, das ist ein großer Unterschied. Mein Herz, Illicia, gehört dir, das weißt du, aber du weißt auch, dass ich als Politiker meine Aufgaben zu erfüllen habe, auch wenn ich manchmal wünschte, es wäre anders. Und von diesen Aufgaben muss man sich eben ab und zu entspannen. Auch ist es nützlich, jemanden an sich zu binden, so wie Glaphyra und ihren Sohn. Es dient dem politischen Ziel. Aber es hat nichts zu bedeuten. Sisinnes bekäme meine Unterstützung auch so, er ist einfach der bessere Mann für den Posten.« Seine Finger schlossen sich um ihre. »Ich bitte dich, glaube mir, Illicia, du bedeutest mir viel, sehr viel!«

Illicia entzog ihm ihre Hand nicht. Widerstreitende Gefühle lähmten sie. Er hatte Recht, für Männer seines Ranges war es normal, was er tat. Und sie glaubte ihm, dass er viel für sie empfand, sonst wäre er nicht gekommen. Aber er wusste nicht, was er bei ihr anrührte. Sie hatte versucht, die kurze Affäre zu vergessen, diese Affäre, die ihr Leben verändert hatte, wie aber sollte man Marcus Antonius vergessen, dessen Name jeden Tag in aller Munde war? Es war ihr dennoch fast gelungen, sie hatte sich frei genug gefühlt, sich umzusehen, nach jenem Wagenlenker beispielsweise, bis Antonius wieder vor ihr stand. Dieser Mann, der nicht umsonst als der attraktivste des römischen Imperiums gerühmt wurde, mit vollem dunklem Haar, intelligenten grauen Augen und dem unwiderstehlichsten Lächeln, das sie je gesehen hatte. Als er jetzt mit seiner vom Schwertgriff schwieligen Hand ihren Nacken streichelte, fühlte sie wieder seine Anziehungskraft, spürte die Gänsehaut auf ihrem Rücken und merkte, dass sie schwach werden würde. Noch aber sträubte sie sich.

»Sagst du das jeder Frau, Antonius, zu der du zurückkehrst? Wirst du das Glaphyra sagen, wenn du dort wieder einmal in politischer Mission vorbeikommst? Wenn du Hilfstruppen brauchst?«

Antonius stöhnte leise und griff zu seinem Becher. »Nein, Illicia, das tue ich nicht.« Ein leichtes Schleppen war in seiner Stimme. »Weißt du, das ist der Fluch des Ruhmes. Man wird begehrt, man wird umschwärmt, und es ist so leicht, dem Verlangen des Körpers zu gehorchen. In Rom hatte ich den Ruf, verheiratete Frauen zu verführen, Cicero, das Lästermaul, verbreitete solche Dinge über mich und noch schlimmere. Aber so war es nicht. Vielmehr boten sie sich an, verführten mich. Sie zogen mich quasi auf ihre Liegen. Ich gebe zu, ich habe mich nicht sehr gewehrt, ja, es schmeichelte mir, begehrt zu werden. Hinterher allerdings kamen die Zweifel: Wollten sie sich nur damit schmücken, mich besessen zu haben, oder versprachen sie sich Vorteile? Wer liebte mich wirklich? Mich, Marcus Antonius, als Mensch, nicht als Politiker.« Antonius blickte in die Ferne, der Wein machte ihn melancholisch. »Ich hatte es nicht leicht als Kind, musst du wissen. Zwar stamme ich aus einer alteingesessenen Familie, aber mein Vater starb früh und mein Stiefvater wurde zu Unrecht und ohne Prozess zum Tode verurteilt, von Cicero, diesem spitzzüngigen Intriganten!« Er ballte seine Hand zur Faust. »Nun, ihn hat seine Strafe ereilt. Meine Mutter aber musste sich damals durchkämpfen mit drei Söhnen, von denen ich der älteste war, und ich lernte, dass man nur Anerkennung und Liebe erhält, wenn man etwas leistet. Um meiner selbst willen geliebt zu werden, das habe ich viel zu selten erlebt – nur Curio damals, mein Jugendfreund, der, glaube ich, tat es.« Er hielt inne, um Wein nachzuschenken.

Inzwischen war es Illicia, die seine Hand hielt und mit den Fingerspitzen leicht über die Schwielen fuhr. Instinktiv wusste sie, dass er ihr Dinge erzählte, die wohl nur wenige Menschen je von ihm gehört hatten oder hören würden. Mit einem Seitenblick sah sie, dass die Taverne leer war, alle, auch die Legionäre, waren längst gegangen, und die Sklaven kämpften mit dem Schlaf. »Lass uns oben weiterreden«, schlug sie vor. Er nickte. Monoculos anweisend, ihnen einen Krug frischen Wein zu bringen, ging sie Antonius voran in ihre kleine Wohnung. Im Empfangszimmer machten sie es sich bequem. »Was ist mit Fulvia, deiner Frau?«

Antonius sah ihr mit verschwommenem Blick in die Augen. »Ja, Fulvia, ich weiß nicht. Ich war vernarrt in sie. Ich lernte sie kennen, als sie noch mit Clodius verheiratet war. Sie faszinierte mich sofort, eine starke Frau, die wusste, was sie wollte, und es auch bekam. Auch mich. Ich war so verrückt nach ihr, dass ich Clodius einmal fast umbrachte, weil er sie schlecht behandelt hatte.« Er lachte ohne Freude. »Später dann haben wir geheiratet, aber ich wusste nie, ob sie mich wollte oder die Macht, die sie durch mich bekam. Ich weiß es bis heute nicht. Macht – auch Octavian ist so …«

Illicia durchflutete eine Welle der Zuneigung, als Antonius sie wie eine Feder aufhob und in ihr Schlafgemach trug, wo er achtlos seine Toga auf den Boden gleiten ließ und sie zärtlich ihres Chitons entledigte. Einen Augenblick noch zögerte er, blickte sie nur an, versuchte in ihren Augen zu lesen. Doch Illicia zog ihn zu sich herunter auf ihr Bett. »Meine Illicia«, murmelte Antonius, sie mit Küssen bedeckend, »du weißt gar nicht, wie sehr ich dich liebe.«

Als Silvanus Laelia verließ, nahte schon der Morgen. Unordentlich hing die Toga um seinen Leib, hatte er doch weder die Lust verspürt noch die Notwendigkeit gesehen, das Kleidungsstück in die vorgeschriebenen Falten zu legen. Müde und ausgepumpt schritt er durch die dunklen, menschenleeren Gassen von Ephesos. Er hätte einen Sklaven nach einer Sänfte schicken können, doch wollte er die Nachtluft genießen und sich ein wenig fangen. Wann immer er von Laelia nach Hause zurückkehrte, war er innerlich aufgewühlt und körperlich erschöpft. Seltsam eigentlich, sinnierte er, dass, seit er mit Laelia zusammen war, seine Ehe mit Lucida tatsächlich besser geworden war. Sicher, diese hatte nicht mehr Interesse an körperlichem Beisammensein als zuvor, dennoch war sie eine gute Ehefrau. Sie war eben eine Römerin, die wusste, wie ein Römer seinen Alltag liebte. Und da er mit Laelia die anderen Dinge des Lebens, die körperlichen eben – seines Erachtens genauso wichtig – genießen konnte, hatte er alles, was ein Mann brauchte. Wenn die Frauen nur auch so denken würden. Laelia platzte vor Eifersucht, und Lucida würde ihm das Leben zum Hades machen, wenn sie erführe, dass er eine Geliebte hatte. Er seufzte. Nun, das absolute Glück gab es eben nicht über längere Zeit. Aus Sicht der Frauen war er gewiss ein Mistkerl. Unwillkürlich musste er lächeln. Wenn er sich an die vergangene Nacht erinnerte, war es ganz angenehm, ein Mistkerl zu sein.

Wie es Antonius wohl ergangen war, fragte er sich. Der war es gewohnt, so viele Frauen zu haben, wie er wollte – auch das einer der Vorteile der politischen Laufbahn, die Silvanus anstrebte. Und genauso wie Antonius sich ehedem Julius Caesar angeschlossen hatte und von ihm protegiert worden war, so bemühte sich jetzt Silvanus um die Gunst von Marcus Antonius. Ah, diese roten Streifen auf den Tuniken der Senatoren, sie würden auch ihm gut stehen.

Im Osten zeigten sich die ersten Zeichen der Morgenröte über dem Meer. Gedankenverloren hielt Silvanus inne und genoss den Anblick, ein leichtes Lächeln auf den Lippen. Das Gegröle von schlüpfrigen Liedern, das herüberschallte und nun näher kam, beachtete er nicht. Erst als die trunkenen Stimmen verstummten und stattdessen heiseres Geflüster an seine Ohren traf, merkte er auf. Zu spät. Aus einer Seitengasse stürzten vier mit Kapuzenmänteln verhüllte Gestalten auf ihn zu, die Arme mit Knüppeln zum Schlag erhoben. »Cacator romanus, i domum!*«, brüllten sie ihm entgegen. Instinktiv warf sich Silvanus zur Seite, spürte aber doch einen Schlag in seinem Kreuz. Er ging zu Boden. Sein Hirn arbeitete schnell, wenn auch die Gedanken eigenartig waren, wie er erstaunt feststellte. ›Ich hätte doch eine Sänfte nehmen sollen‹, war der erste Gedanke. Und der zweite: ›Die sprechen ja Lateinisch, als könnte ich kein Griechisch.‹ Seine Reaktion indes war gänzlich instinktiv. Trotz des Schmerzes rollte er sich zur Seite, wich so dem nächsten Schlag aus und zog im Aufspringen sein Messer. Sich unter einem heranschwingenden Knüppel wegduckend, stach er einem der Angreifer in den Bauch. Der gab ein quiekendes Geräusch von sich und sackte zusammen. Die anderen erstarrten. »Stamychos«, rief einer, sank neben der zusammengekrümmt auf dem Boden liegenden Gestalt auf die Knie und zog ihm die Kapuze aus dem Gesicht. Silvanus erhaschte einen Blick auf das Antlitz, es war jung, sehr jung und auch die Stimme des anderen klang jetzt wie die eines Jünglings. »Stamychos, mein Bruder, bitte, stirb nicht!« Die anderen beiden hatten sich von dem Schreck erholt. Wie wilde Tiere brüllend schwangen sie erneut ihre Knüppel. Silvanus hörte noch einen Mann aus einem Fenster über ihnen schreien: »Ruhe da draußen!«, sah aus den Augenwinkeln etwas Flüssiges von oben herunterrauschen, ehe er sich umdrehte und so schnell er konnte die Gasse hinauflief. Erst am Ende sah er sich um, sie folgten ihm nicht. Völ-

* Römischer Scheißkerl, geh nach Hause

lig außer Atem verlangsamte er seine Schritte und bemerkte erst jetzt wieder den Schmerz im Rücken. Bei jedem Schritt durchfuhr es ihn stechend, als würden alle vier ihre Messer in ihn hineinstoßen. Er stöhnte, schleppte sich die letzten Meter bis zu seinem Haus, sah sich noch einmal um und zog sich mit letzter Kraft hinein.

Kapitel 9

Zwei lange Wochen gingen dahin, bevor Silvanus wieder einigermaßen genesen war. Der Schlag hätte ihm fast die Wirbelsäule zertrümmert, sagte Hani Rami, während er den lädierten Rücken mit einer schmerzstillenden Salbe einrieb, Silvanus könne von großem Glück sagen, dass sein Unterkörper nicht gelähmt sei. Das tröstete Silvanus allerdings nur wenig, wenn er auf seinem Bett lag und vorsichtig die Zehen bewegte, denn alles andere bereitete ihm derartige Qualen, dass ihm schwarz vor Augen wurde. So verfluchte er jeden Tag, den er untätig im Bett liegen musste, unfähig, auch nur das kleinste Geschäft eigenständig zu erledigen, vollkommen auf seine Frau und die Sklaven angewiesen. Anfangs hatte Hani Rami ihm noch betäubende Drogen gegen die Schmerzen verabreicht, doch reduzierte er sie allmählich und hielt ihn dazu an, Übungen zu machen. Mit zusammengebissenen Zähnen befolgte Silvanus seinen Rat.

Marcus Antonius war am Tag nach dem Überfall abgereist, nicht ohne noch einen Sklaven mit Besserungswünschen geschickt zu haben. Auch Munatius Plancus sandte einen Boten und ließ Silvanus huldvoll ausrichten, dass er bis zu seiner vollständigen Genesung selbstverständlich von allen Aufgaben freigestellt sei, was sich zu seinem Ärger auch auf die Versorgung mit Informationen erstreckte – man sagte ihm nichts über die aktuelle Lage. Man wolle ihn nicht unnötig belasten, erklärte Lucida streng, während sie die Laken glatt zog, er solle sich jetzt nur auf seinen Körper konzentrieren. Dabei verbrannte sie Räucherwerk für die Göttin Isis und murmelte unentwegt einen merkwürdigen Singsang vor sich hin. Silvanus hätte sie am liebsten samt dem stinkendem Rauch hinausgeworfen. Doch alles Schimpfen fruchtete nichts.

Langsam ging es ihm besser. »Siehst du«, sagte Lucida, »Isis lässt niemanden im Stich. Auch du solltest dich in ihre Mysterien einweihen lassen, dann könnten wir ihr gemeinsam huldigen.« Silvanus, noch etwas schwach auf den Beinen, hätte lieber dem Gott Priapos gehuldigt, doch Lucida verbrachte gerade die von Isis vorgeschriebenen Tage der Enthaltsamkeit und so musste er sich bezähmen.

Endlich fühlte sich Silvanus stark genug, das Haus zu verlassen, und machte sich sofort auf den Weg zum Amtsgebäude. Er musste sich unbedingt von Plancus auf den neuesten Stand der Dinge bringen lassen, wenngleich er dem Treffen mit ihm nicht gerade mit Freude entgegensah. Das letzte Mal, als er ihn gesprochen hatte, war Plancus sichtlich kühl gewesen, es hatte ihm gar nicht gefallen, dass Antonius seiner Entscheidung über die Ermittlungen vorgegriffen hatte, und das hatte er Silvanus deutlich spüren lassen.

Nun denn, es musste sein, sagte sich Silvanus, als er die Eingangshalle betrat. Dennoch begab er sich zuerst in sein eigenes Arbeitszimmer und sah die Korrespondenz durch – Beschwerdeschreiben, Ersuchen um Steuervergünstigungen, Anfragen zur Schlichtung von Streitereien und Ähnliches. Alles unwichtig, fand Silvanus und beauftragte Bithynicus, um eine Audienz bei Plancus zu ersuchen. Nervös im Zimmer auf und ab schreitend, erwartete er die Aufforderung seines Vorgesetzten, bei ihm zu erscheinen. Bithynicus kam mit der Nachricht zurück, Plancus sei im Moment dienstlich unterwegs, hätte aber seinem Sekretär die Anweisung gegeben, Silvanus zu ihm zu schicken, er wolle ihn unbedingt sprechen. Er befinde sich in der Insula VII, bei Spuntius Fellator, er wisse ja, wo das sei. Silvanus wusste es in der Tat, war doch das Haus in ganz Ephesos als das beste Bordell der Stadt bekannt, und

Silvanus hatte schon des Öfteren mit Fellator über seine Steuerzahlungen verhandelt.

Also machte sich Silvanus auf den Weg dorthin. Hani Rami hatte ihm geraten, trotz der Schmerzen im Rücken seine Wege zu Fuß zurückzulegen, das sei eine gute Übung und würde die Muskeln stärken. Sehnsüchtig blickte Silvanus zu den Sänften hinüber, die vor dem Gebäude für die Bediensteten bereitstanden, schritt aber tapfer daran vorbei. Der Tag war heiß, daher hielt sich Silvanus vornehmlich im Schatten der Säulengänge, betrachtete hier und da die Auslagen der Geschäfte und blieb vor einem Stand stehen, der hübsche bunte Schirme zum Schutz gegen die Sonne anbot. Das wäre doch etwas für Laelia. Voller Sehnsucht dachte er an sie – immerhin hatte er sie seit nunmehr zwei Wochen nicht gesehen und ihr nur eine kurze Botschaft über sein Missgeschick per Sklaven senden können. So kaufte er einen der Schirme – viel zu teuer, wie er fand, doch war ihm nicht nach Handeln zumute – schrieb schnell einen Liebesgruß auf ein Wachstäfelchen, drückte dem Händler einen Denar in die Hand und beauftragte ihn, beides Laelia überbringen zu lassen. Zufrieden schritt er weiter; das würde sie erfreuen!

Alsbald gelangte er zur Insula VII und sah schon von weitem das Steinrelief, das den Besucher unzweideutig auf das Gewerbe des Spuntius Fellator hinwies. Über einen steil nach oben gerichteten Phallus stand in großen Lettern: Hic habitat felicitas*!

Wie immer, wenn er hierher kam – jedes Mal dienstlich natürlich – musste er über diese Ankündigung schmunzeln, das Glück kostete hier gutes Geld, und nur wenige konnten es sich leisten. Entsprechend hoch waren die Steuern, wegen

* Hier wohnt das Glück

welcher er wieder und wieder mit Spuntius verhandeln musste. Er betätigte den Türklopfer. Augenblicklich erschien ein freundliches Gesicht an der sich öffnenden Klappe. »Ah, Silvanus Rhodius! Schön, dich wieder einmal hier zu sehen. Nur herein, nur herein.« Die Tür wurde geöffnet und Silvanus trat in den Empfangsraum. Großzügig angelegt und elegant eingerichtet, mit farbenfrohen Wandmalereien geschmückt, konnten sich die Gäste in bequemen Sesseln sitzend über die Dienste informieren lassen, die hier angeboten wurden. Dem Wartenden wurde mit Gebäck und Wein die Zeit verkürzt, und an die Wand geschriebene Hinweise gaben eine erste Entscheidungshilfe: *Matrena, mit gutem Hintern, 2 Denare; Menander, von nettem Wesen, 3 Denare; Nymphe, gute Bläserin, 1 Denar* und so weiter. Mit einem Blick erfasste Silvanus, dass es keine Neuankündigungen gab.

Der Türsklave, der sich höflich nach seinem Befinden erkundigt hatte, bedeutete ihm, sich zu setzen, er werde Spuntius Fellator sofort Bescheid geben. Nein, nein, widersprach Silvanus, nicht Fellator wünsche er zu sehen, sondern er habe gehört, Munatius Plancus sei hier, und den wolle er sprechen. Sein Blick war indes von einer kleinen Kritzelei gefangen genommen, die unter einem der Werbesprüche stand: *Sollte hier jemand sitzen, so lese er dies zunächst: Wenn einer bumsen will, verlange er nach der Attica. Sie macht's für 16 Sesterzen**. ›Aha‹, dachte Silvanus, ›Attica steht nicht in den Büchern, das ist interessant.‹

Der Sklave hatte auf seine Auskunft hin in die Hände geklatscht und einem Jungen den Auftrag gegeben, bei Plancus nachzufragen, ob dieser zu sprechen sei. Während Silvanus die Wände nach weiteren Botschaften absuchte, kam der Junge

* Bordellgraffiti in Pompeji

auch schon zurück und bat ihn, ihm zu folgen. Man schritt durch mehrere Räume, bis sie zu einem kleinen, geschmackvoll angelegten Innenhof kamen, wo Munatius Plancus mit einem jungen Mädchen spielte.

»Ave«, rief Silvanus ihm schon von weitem entgegen, »ich hoffe, ich störe dich nicht allzu sehr.«

»Oh nein, mein Silvanus«, erwiderte Plancus, ohne sich umzudrehen, »du bist also wieder gesund, wie schön. Komm nur her und spiele mit.«

Silvanus wunderte sich. »*Mein* Silvanus«, das sagte sein Vorgesetzter äußerst selten zu ihm. Hatte Marcus Antonius etwas damit zu tun oder war er einfach nur gut aufgelegt?

Langsam trat er näher. Jetzt erkannte er auch, was das für ein Spiel war, das die beiden dort miteinander trieben. Munatius Plancus rollte Silberdenare auf das Mädchen zu, das, nur mit einem durchsichtigen Schleier um die Schultern, mit weit gespreizten Beinen auf dem Boden saß. Sie versuchte, die Münzen mit ihren glattgeschorenen Genitalien zu fangen, und wenn es ihr gelang, spornte Plancus sie lachend zu weiteren Höchstleistungen an. Silvanus konnte nicht verhindern, dass der Anblick ihn erregte.

Plancus lachte. »Na komm schon, mein Freund, lass uns sehen, wer besser zielen kann. Oder hast du deinen Geldbeutel nicht dabei?«

»Doch, doch.« Silvanus nestelte an dem Gürtel seiner Tunika. ›Man kann es ja mal versuchen‹, dachte er und entnahm seinem Beutel einige Sesterzen. Silberdenare erschienen ihm doch zu viel des Guten.

Plancus tätigte einen Wurf, erntete ein fröhliches Lachen des Mädchens und wandte sich seinem Untergebenen zu. »Jetzt du. Jeder hat drei Würfe. Wer gewinnt, darf die Kleine für sich haben. Los, mach schon, du fängst an.«

Silvanus warf die Münze mit vor Aufregung zitternder

Hand. Daneben! Plancus zielte für seinen nächsten Wurf, der Denar rollte über den Boden – auch daneben. Silvanus begann zu schwitzen, sein Rücken schmerzte. Sein nächster Versuch schlug völlig fehl, Plancus dagegen traf. Noch konnte Silvanus gleichziehen. Tief Luft holend und voll konzentriert rollte er seine Sesterze. Mit Leichtigkeit fing das Mädchen die Münze und zwinkerte ihm keck zu. Silvanus stand der Schweiß auf der Stirn. Aber auch Plancus, sichtlich geübt in diesem Spiel, rollte seinen Silberdenar an die richtige Stelle. Damit hatte Silvanus verloren. Da er nicht recht wusste, ob er erleichtert oder enttäuscht sein sollte, wandte er sich lieber geschäftlichen Dingen zu. »Du wolltest mich sprechen, Munatius Plancus?«

»Ja.« Plancus schickte das Mädchen mit einer Kopfbewegung weg, nicht ohne ihr eine Hand auf das Hinterteil zu legen, als sie an ihm vorbeischritt, und ihr einige Worte ins Ohr zu flüstern. Dann waren die beiden Männer allein.

»Nun, Silvanus, du hast also dein Ziel erreicht, in diesen Fällen offiziell zu ermitteln. Es wäre nicht nötig gewesen, an Antonius zu schreiben, auch ich hätte dich beauftragt. Am Tag nach deinem bedauerlichen Unfall baten mich die Obersten der Stadt, die Untersuchung zu führen. Dies vorweg.« Der Prokonsul sah seinem Gegenüber ernst in die Augen. »Da du so freundlich warst, mich von deiner Genesung zu benachrichtigen, dachte ich mir, dass du sicher über die neuesten Entwicklungen in Kenntnis gesetzt werden möchtest. Der Überfall auf dich ist so gut wie aufgeklärt. Meine Leute haben zwei der Halunken geschnappt, den, dem du das Messer in den Bauch gerammt hast, und seinen Bruder, die beiden anderen kriegen wir auch noch. Es ist nur eine Frage der Zeit, bis sie Namen ausspucken, zur Not unter der Folter. Auf jeden Fall sieht es so aus, als wären sie nur irregeleitete Jugendliche, die etwas gegen unsere Herrschaft haben. Das Ganze scheint nicht mit den anderen Fällen in Zusammenhang zu stehen, wie ich zunächst dachte. Sie sind sehr jung, was sie natürlich nicht vor einer gerechten Strafe bewahren wird. Was sie erzählten, ist allerdings interessant, sie sagten, alle – ich wiederhole: Alle sind im Moment gegen uns Römer. Es heißt, wir könnten keine Sicherheit mehr gewährleisten, ihre Schankwirte würden ermordet und die Lehrer ihrer Akademie.« Plancus machte eine effektvolle Pause. »Also wollten sie einem Römer zeigen, wie das sei, sich nicht mehr sicher zu fühlen, und du in deiner Toga botest dich geradezu an, so sagten sie. Es sind junge Dummköpfe, die das getan haben, und ich überlege noch, ob wir sie kreuzigen lassen sollen, um ein Exempel zu statuieren, oder ob wir Milde walten lassen und sie nur verbannen, um zu beweisen, wie gnädig und menschlich unsere Herrschaft doch ist. Was meinst du?«

Silvanus überlegte. Er dachte zurück an jenen Morgen, an seine Angst, seine Schmerzen. An das Gefühl, das Messer in einen Menschen zu stoßen, und seine Verwunderung, wie leicht es in den Körper hineinglitt, an das quiekende Geräusch, das der Junge von sich gegeben hatte. Er schluckte. Plancus reichte ihm einen Becher Wein, dankbar nahm Silvanus ihn und nahm einen tiefen Schluck. Ah, das tat gut. Aber der Junge lebte, sonst hätte er ja keine Aussagen machen können. Den Göttern sei Dank, dass er, Silvanus Rhodius, nie eine Aufgabe bei den Legionen hatte übernehmen müssen. Oder konnte man sich daran gewöhnen, das Schwert in Menschen zu versenken, blutende, stöhnende Gegner sterben zu sehen? Wie dem auch sei, rief er sich zur Ordnung und nahm abermals einen kräftigen Schluck Wein, Plancus erwartete eine Antwort. Allein für die Angst und den Schrecken hätten die Kerle den Tod verdient, auch zweifelte er keine Sekunde daran, dass die vier ihn totgeschlagen hätten, wäre es ihnen gelungen. Aber sie waren jung, sie hatten viel getrunken, und wahrscheinlich hatte man sie aufgewiegelt. Überdies würde ihr Tod genau das hervorrufen, was man verhindern wollte: dass der Unmut gegen die Römer noch weiter anwuchs. »Ich würde sie auf die Insel Kos schicken, als Gehilfen der Äskulap-Priester, vielleicht lernen sie dort, bei dem Gott der Heilkunst, ein wenig Menschenfreundlichkeit.«

Plancus sah ihn erstaunt an. »Ich hatte anderes erwartet. Aber – eine gute Idee. Ich werde darüber nachdenken. So, wenn du dich jetzt noch ein wenig vergnügen möchtest …«

»Nein, warte, Plancus.« Silvanus hatte sein eigenes Anliegen nicht vergessen. »Gibt es sonst neue Erkenntnisse über Rutilius Rufus und die Tavernenschläger, wenn denn diese Jugendlichen nichts damit zu tun haben? Ich hatte ja viel Zeit zum Nachdenken. Ich meine, und mit mir der Arzt, der sich die Leiche von Rufus angesehen und seine Verletzungen mit denen Illicias und des Wirtes Facilis verglichen hat, dass …«

»Schweig!«, unterbrach ihn Plancus leise zischend. »Weißt du denn nicht, dass die Wände Ohren haben? Hier etwas zu besprechen, was ruhig weitergetragen werden kann, ist etwas anderes als das, was du mir sagen willst. Komm heute Abend mit deiner Gattin zu mir. Ihr seid zum Mahl eingeladen. Da können wir reden.« Ohne Silvanus' Antwort abzuwarten, klatschte er dreimal, und das junge Mädchen, jetzt mit einem durchsichtigen Gewand bekleidet, betrat erneut den Innenhof. Plancus zog sie auf seinen Schoß, kniff sie spielerisch in die Schenkel und schob seine Hände unter ihr Gewand. Sie kicherte leise.

Silvanus ging, nicht ohne sich zu fragen, ob das Mädchen wohl Attica war, die nicht in den Büchern stand. Er hatte die Kleine hier noch nie gesehen.

Obwohl Lucida nur ungern ausging, war sie über Plancus' Einladung erfreut gewesen. Daran zeige sich, meinte sie zu Silvanus, dass sie zu den angesehensten Bürgern von Ephesos gehörten. Silvanus sah dies zwar etwas anders, vermied es jedoch tunlichst, seine Frau eines Besseren zu belehren. Für ihn war dieses kleine Gastmahl nichts anderes als ein Arbeitsessen in gesellschaftlichem Rahmen, zudem eines, wo er nicht zu viel trinken, auf seine Worte und vor allem auf den Sitz seiner Toga achten musste. Lange hatte die Sklavin gebraucht, sie ihm anzulegen.

Lucida hatte dem festlichen Anlass entsprechend ein Gewand im neuesten Schnitt gewählt. Es kleidete sie sehr vorteilhaft, fand Silvanus. Das zarte Rot gab ihrem sonst eher blassen Teint ein blühendes Aussehen, die reichen Falten umspielten ihren Körper und verbargen ihre hagere Gestalt – die vielen Riten, oft mit langen Fastenzeiten verbunden, hatten ihren Tribut gefordert. Lucidas lange, blonde Haare hatte ihre Sklavin kunstvoll aufgesteckt. Sogar geschminkt hatte sie sich, stellte Silvanus fest, das tat sie ihm zuliebe nie.

Zur verabredeten Zeit hielt die Sänfte vor dem Privathaus des Statthalters, unmittelbar neben dem Magistratsgebäude. Plancus' Janitor öffnete ihnen die Tür und führte sie in das hell erleuchtete Peristyl, wo eine dienstbare Sklavin herbeieilte, um ihnen die Schuhe auszuziehen und die Sandalen für das Gastmahl anzulegen. Prachtvolle Wanddekorationen, die den Gästen des Statthalters bereits in der Eingangshalle seinen Einfluss und seine gesellschaftliche Stellung vor Augen führten, zogen Lucidas Aufmerksamkeit auf sich. Leise flüsterte sie Silvanus ins Ohr, dass so etwas doch auch für ihr Haus eine Bereicherung wäre. Bevor Silvanus antworten konnte, führte ein Sklave das Paar in das Triklinium, wo Munatius Plancus, seine Frau Avidia Plautilla und ihre Tochter Natilla sie erwarteten. Plancus winkte sie unter höflichen Worten näher und deutete auf die Kline zu seiner Rechten, auf der Silvanus und Lucida es sich bequem machten. Betont fröhlich und ungezwungen wurden sie von Avidia Plautilla begrüßt, die, zwar schön wie immer, trotz aller Schminke aber ein wenig blass und niedergeschlagen aussah.

Ihre Tochter Natilla, zur Linken der Eltern, kannte Silvanus von früheren Privataudienzen beim Statthalter. Heute war sie nicht das lebendige zwölfjährige Mädchen, das ihm vor kurzem noch mit ununterbrochenem Geplapper auf die Nerven gegangen war. Stumm und bleich, den Blick gesenkt, lag sie teilnahmslos auf ihrer Kline.

Welch eine eigenartige Stimmung, dachte Silvanus und sah besorgt auf seine Gastgeber. Hatten sie Streit gehabt? Lucida dagegen schien nichts zu bemerken, sondern bewunderte als Erstes ausgiebig Plautillas aufwendige Garderobe.

Munatius Plancus klatschte in die Hände, und das Essen wurde aufgetragen. Bei gebackenem Schafskäse und in Honig glasierten Pilzen schleppte sich die Unterhaltung nur zäh dahin. Silvanus bemühte sich nach Kräften, seine ein wenig verblassten Rhetorikkenntnisse hervorzuholen, um den Schein einer höflichen Konversation zu wahren, und so stellte er fest, dass die bösartige Hitze des Sommers endlich einem angenehmen Herbst gewichen war. Zumindest Avidia Plautilla ließ sich gern auf dieses Thema ein. Eine Weile bestritten sie allein das Gespräch, während Lucida, die wieder eine ihrer seltsamen Diäten einhielt, sorgsam prüfend jeden Bissen zum Munde führte. Silvanus versuchte nicht mehr zu verstehen, nach welchen Kriterien sie das, was sie aß, auswählte. Es änderte sich zu oft. Er staunte nur darüber, wie sie von Tag zu Tag dünner zu werden schien. Vielleicht würde sich das Problem, das er mit seinen beiden Frauen hatte, auf diese Weise eines Tages von selbst lösen: Indem Lucida sich in eine spirituelle Wolke auflöste und in den Äther davonsegelte. Nun, so weit war es noch nicht, denn er spürte ihre Gegenwart allzu deutlich, da sich einer ihrer spitzen Ellenbogen schmerzhaft in seinen noch sehr empfindlichen Rücken bohrte. Er legte sich bequemer, bemühte sich, so gut es ging, um ein wenig Abstand und griff nach dem silbernen Becher, den ein Sklave ihm reichte.

Nachdem das Hauptgericht aufgetragen war und sie eine Weile schweigend gespeist hatten, räusperte sich Plancus, um, so vermutete Silvanus, nun endlich auf den Grund dieser Einladung zu sprechen zu kommen. »Du hast dich ja von dem Angriff gut erholt, wie ich mich bereits heute Vormittag überzeugen konnte!«, stellte Plancus stattdessen mit einem leichten Lächeln fest.

Silvanus nickte. »Es geht schon wieder. Ich habe eine hervorragende Salbe, darum kann ich mich einigermaßen gut bewegen.«

»Ich hörte, du hast extra einen Arzt aus Didyma gerufen?«

Silvanus klärte ihn darüber auf, aus welchem Grund er Hani Rami hatte kommen lassen. Dass der Ägypter dann auch seine Verletzung behandelte, habe sich so nebenbei ergeben.

Lucida mischte sich in das Gespräch. »Avidia Plautilla, erlaube mir die Bemerkung, dass du ein wenig leidend aussiehst. Geht es dir nicht gut? Und Natilla, sie ist so schweigsam, das ist doch sonst nicht ihre Art!« Fragend sah sie von einer zur anderen.

Natilla – sie hatte die Speisen auf ihrem Teller kaum angerührt – fuhr fort, teilnahmslos vor sich hin zu starren. Avidia Plautilla war die Bemerkung sichtlich unangenehm.

Lucida, von dem betretenen Schweigen ungerührt, fuhr fort. »Du brauchst Erholung! Ich weiß genau das Richtige für dich. Ich wollte nächste Woche nach Pergamon reisen, zu dem dortigen Demeter-Heiligtum. Die Riten an jenem Ort seien ganz wunderbar, habe ich gehört. Du solltest etwas zu deiner geistigen Erbauung tun, das würde dich stärken! Außerdem haben sie in Pergamon großartige Kuranlagen. Willst du mich nicht begleiten? Für Natilla wäre das sicher auch sehr erholsam.« Sie sah das Kind mit ihren blassblauen Augen ernst an. »Diese Stadt ist ungesund! Ich bitte euch dringend, mit mir nach Pergamon zu kommen.«

Silvanus war dieses Vorhaben seiner Frau ganz neu. Mit erhobenen Brauen sah er sie erstaunt an. »Aber meine liebe Lucida, davon hast du mir ja gar nichts erzählt!«

»Ja, entschuldige, Silvanus. Aber ich habe den Entschluss erst heute gefasst. Eine Freundin ist gerade voll des Lobes aus Pergamon zurückgekehrt und hat mir geraten, unverzüglich dorthin aufzubrechen, da gerade eine berühmte Demeter-Priesterin aus dem Osten dort weilt. Die Zeremonien sollen sehr erhellend sein!«

Munatius Plancus wandte sich zu Silvanus' Überraschung an seine Frau. »Vielleicht hat Lucida Recht, Carissima. Ein wenig Luftveränderung wäre tatsächlich angebracht.« Durchdringend sah er sie an. »Vielleicht möchtet ihr ein wenig im Garten spazieren, dann kann Lucida dir mehr berichten. Silvanus und ich haben noch einige wichtige Dinge zu bereden, die euch sicher langweilen würden.«

Avidia Plautilla nickte ergeben. Sie erhob sich, fasste Natilla bei der Hand und zog die Widerstrebende von der Kline. Lucida raffte ihr Gewand und folgte Plautilla und Natilla hinaus.

»Ich werde die Sklaven anweisen, euch Wein und Obst zu bringen«, rief Munatius ihnen nach. Dann seufzte er, griff seinen Becher und nahm einen tiefen Schluck. »Ich mache mir Sorgen um die beiden. Vielleicht ist Lucidas Vorschlag wirklich nicht verkehrt. Ich werde mit Avidia ernsthaft darüber sprechen.« Nach einer kurzen Pause wechselte er das Thema. »Also Silvanus, ich hatte vor Antonius' Abreise noch eine längere Unterredung mit ihm. Es wird dich sicher interessieren, worüber wir gesprochen haben.«

Silvanus, erstaunt darüber, dass Munatius Plancus ihn dieser Information für würdig befand, hob interessiert die Brauen.

»Du hast bestimmt davon gehört, dass Antonius seine Legionen zusammenzieht?«

Natürlich war dies Silvanus längst zu Ohren gekommen. Es war also so weit, Marcus Antonius rüstete für den Krieg gegen Parthien, bereits im Frühjahr hatte er davon gesprochen.

»Er will den lang gehegten Plan verwirklichen und, sobald er hier im Osten alles geregelt hat, gegen die Parther ziehen«, bestätigte Plancus Silvanus' Vermutung. »Du kennst ja die Sachlage im Allgemeinen. Die Parther sind ein hartnäckiger Feind Roms und widersetzen sich seit langem jedem Angebot zur Übereinkunft. Noch immer haben sie die Feldzeichen von Crassus' Legionen und verspotten damit das Ansehen aller Römer. Und nicht nur, dass sie mit ihren Reitern Brutus und Cassius im Kampf gegen die Triumvirn unterstützten und auf dem Rückzug die Provinz Syrien plünderten, dass sie, wie du ja weißt, einen erneuten Einfall in unsere Gebiete planen, nein, es gibt noch ein anderes, weitaus dringenderes Problem.«

Silvanus überlegte. Was konnte das sein? Die Parther hatten in der Vergangenheit genug Probleme bereitet, darum war seit Jahren ein Feldzug gegen sie einer der vordringlichsten Posten auf der Wunschliste des Senats. Schon Caesar hatte dafür von langer Hand Vorbereitungen getroffen, aber das Attentat, bei dem er sein Leben lassen musste, vereitelte den unmittelbar bevorstehenden Aufbruch. So wurde der Plan damals erst einmal aufgeschoben und seitdem hatten die politischen Wirren die Wiederaufnahme des Unternehmens nicht erlaubt. Antonius also wollte bald losschlagen! Ja, ihm traute er zu, die Parther zu besiegen, wenn jemand das militärische

Geschick dazu hatte, dann er. Aber von weiteren Problemen wusste Silvanus nichts.

Plancus fuhr fort: »Ich sehe, du hast noch nichts von den Vorfällen im Osten gehört! Nun, die Parther hatten das zweifelhafte Glück eines römischen Überläufers. Du kennst ihn sicher, es ist Quintus Labienus, sein Vater war ein bedeutender Feldherr unter Caesar. Er kämpfte mit ihm in Gallien, bevor er sich gegen ihn wandte. Seinen Sohn Quintus hatte Cassius, der schändliche Mörder des göttlichen Julius Caesar, als Unterhändler an den parthischen Hof geschickt, wo dieser Verräter dann blieb. Er bedeutet eine große Gefahr für Rom, wie du dir sicher denken kannst, ist er doch mit unserer Kriegskunst und Technik bestens vertraut. Dass die Parther ausgerechnet ihn als ihren Verbündeten gewinnen konnten, verschafft ihnen einen großen Vorteil. Antonius versucht nun, dieser Entwicklung durch rasches Handeln die Spitze zu nehmen. Alles hängt davon ab, dass wir innerhalb kürzester Zeit genug Soldaten zusammenziehen und Versorgung und Nachschub organisieren können.« Er trank einen Schluck. »Genau dies könnte problematisch werden. Folgendes: Marcus Antonius plant Verhandlungen mit der ägyptischen Königin Kleopatra aufzunehmen. Sie soll die römischen Truppen logistisch unterstützen. Diese Verhandlungen könnten erschwert, wenn nicht sogar zum Scheitern verurteilt sein, bevor sie noch begonnen haben. Der Grund dafür ist Kleopatras Schwester Arsinoe, die hier im Artemis-Tempel Asyl gesucht hat. In den Augen Kleopatras ist sie ein Staatsfeind. Wir müssen jetzt versuchen, für dieses Problem eine Lösung zu finden.« Er atmete schwer. »Das wird nicht ganz leicht werden. Ich werde dabei auf deine Hilfe angewiesen sein, Silvanus. Darum habe ich dich, auf Anregung von Marcus Antonius übrigens, in diese Staatsgeheimnisse eingeweiht. – Ich nehme an, du weißt, was das bedeutet? – Du wirst mit niemanden darüber sprechen!

Weder mit deiner Frau«, er schwieg bedeutsam, »noch mit deiner Freundin!«

Silvanus sah ihn verblüfft an. Wie könnte er bei dieser Sache von Nutzen sein, fragte er sich. Zudem zeigte sich Munatius Plancus über sein Privatleben gut informiert! Das hätte er nicht gedacht. Sicher machte er in letzter Zeit kein großes Geheimnis aus seiner Beziehung zu Laelia, aber dennoch, dass Plancus sich dafür interessieren würde, dieser Gedanke war ihm nie gekommen. So befleißigte er sich eines eifrigen Nickens. »Selbstverständlich, Plancus. Von mir erfährt niemand etwas!«

Der Statthalter aber war noch nicht am Ende. Er räusperte sich, trank und nahm sich ein paar Nüsse aus einem Schälchen, das ein Diener soeben hereinbrachte. »Noch etwas, Silvanus, wollte ich dir zur Kenntnis bringen. Diese Überfälle, die sich in den letzten Wochen hier bei uns in Ephesos häufen, nun, sie wurden auch anderswo beobachtet. Um genau zu sein, in nahezu allen Städten der Westküste, aber auch in vielen bedeutenden Provinzstädten, bis nach Syrien. Marcus Antonius hat Berichte über vergleichbare Gewalttaten aus diesen Gebieten mitgebracht. Silvanus, du hattest Recht, die antirömische Stimmung nimmt bedenkliche Ausmaße an. Wir müssen hart dagegen vorgehen. Ich vertraue auf dich und deine Fähigkeiten, die du ja schon oft unter Beweis gestellt hast. Da Antonius dich nun mit allen Vollmachten versehen hat, sehe auch ich mich veranlasst, dir jegliche Unterstützung zuteil werden zu lassen.« Dieses Zugeständnis fiel Munatius Plancus sichtlich schwer, denn er suchte sich umständlich eine besonders feine karamelisierte Weintraube aus einem der silbernen Schälchen, um Silvanus' Blick auszuweichen, während er fortfuhr: »Also widme dich mit ganzer Kraft der Aufklärung dieser Schlägergeschichte. Immerhin ist ja auch ein römischer Bürger, der Leiter der Akademie, zum Opfer geworden, und es ist wahrlich genug Zeit vergangen seit den Verbrechen. Seitdem ist es allerdings erstaunlich still, vielleicht haben die Schläger Angst vor verstärkten Sicherheitsmaßnahmen.«

Silvanus stutzte. »Ja, ist denn nichts unternommen worden? Hat keiner die Sache weiterverfolgt?«

Ein fast maliziöses Lächeln erschien auf Plancus' Gesicht. »Meinst du denn, ich widersetze mich dem Befehl unseres Imperators? Antonius hat doch ausdrücklich dich mit der Aufklärung beauftragt, auf deine eigene Initiative hin, wenn ich dich daran erinnern darf. Oh nein, Silvanus, dies ist jetzt dein Fall und sowohl Antonius als auch ich erwarten alsbald Ergebnisse. Wie ist nun der Stand der Ermittlungen, das heißt, bevor du so rüde bei der Arbeit unterbrochen wurdest? Du sagtest, du hättest dir Gedanken gemacht?«

Silvanus' Hände, die den Weinbecher umklammert hielten, wurden feucht, sein Herz schlug schnell. Das hatte er nun davon, jetzt setzte man ihn unter Erfolgsdruck, und das, nachdem zwei Wochen vergangen waren, zwei immens wichtige Wochen, in denen er so manche Spur hätte verfolgen können, die nun höchstwahrscheinlich schon längst im Staube verweht war. Aber Plancus hatte ja Recht, er selbst hatte es so gewollt. Er holte tief Luft. »Nun, der Arzt fand einige wichtige Dinge heraus, als er sich den Leichnam von Rutilius Rufus ansah.« Knapp berichtete er von der Kopfverletzung, den Würgemalen und Hani Ramis Schlussfolgerungen. »Die Verletzungen unterscheiden sich erheblich von denen des Facilis – dieses Wirtes, der erschlagen wurde«, fuhr Silvanus fort. »Einiges deutet darauf hin, dass die Morde nicht von demselben Täter begangen worden sind. Zum Beispiel wurde Rutilius Rufus – anders als Facilis und auch Illicia – mit einem kantigen Gegenstand und ohne große Kraft niedergeschlagen, denn er überlebte diesen Angriff. Er konnte das Haus noch verlassen und wurde dann erwürgt – warum? Die Täter hätten nur noch einmal zuzuschlagen brauchen. Man darf also nicht außer Betracht lassen, dass Rufus nicht den Schlägern zum Opfer gefallen war, sondern aus ganz anderen Motiven ermordet worden sein könnte. Könnte«, beeilte sich Silvanus zu betonen, als er den skeptischen Blick seines Vorgesetzten bemerkte, »es muss nicht so sein, denn auch Illicia hat den Angriff glücklicherweise überlebt und eine Bande besteht ja bekanntlich aus mehreren Mitgliedern, die vielleicht unterschiedlich vorgehen. Aber die Erfahrung in Mordfällen lehrt, dass man sich nie auf eine Spur versteifen darf, man muss immer auch andere Möglichkeiten im Auge behalten. Das sollten wir auf jeden Fall beachten. Und, Munatius Plancus, ich wäre dir dankbar, wenn du mir einige Männer zur Verfügung stellen könntest, die mich bei meiner Suche unterstützen.«

Plancus sann eine Weile über das Gehörte nach und nickte dann. »Ich werde morgen alles Nötige veranlassen. Hast du sonst etwas herausgefunden, vor deinem Unfall? Gibt es Zeugen?«

Silvanus zögerte, hatten seine Nachforschungen doch nichts Konkretes ergeben. »Nun, nur Illicia hat die Schläger kurz gesehen, für das Verbrechen an Rufus gibt es leider keine direkten Zeugen. Aber einige Hinweise. Wenn man davon ausgeht, dass bei den Überfällen und dem Mord an dem Akademieleiter verschiedene Täter am Werk waren, so erscheint zum Beispiel Gnaeus Lutatius Artocreatus verdächtig. Es sieht so aus, als wäre er als Letzter bei ihm gewesen. Allerdings gibt er an, eine Gestalt auf dem Akademiegelände gesehen zu haben, als er ging, kann aber nichts Näheres über die Person sagen. In meinen Augen macht ihn diese Aussage eher noch verdächtiger.«

Plancus nickte zufrieden. »Sehr schön. Warum lässt du ihn nicht verhaften? Dann wäre etwas mehr Ruhe in der Stadt. Vielleicht steckt er auch mit den Schlägern unter einer Decke.«

»Ich möchte noch ein wenig damit warten, um ganz sicher

sein zu können.« Sorgfältig wog Silvanus seine Worte ab, durfte er sich jetzt doch keinen Fehler erlauben. »Ich werde ihn mit deiner Erlaubnis überwachen lassen, über jeden seiner Schritte will ich Bescheid wissen, um bei einer Anklage sichere Beweise in der Hand zu haben. Würde ich ihn jetzt verhaften, und es stellt sich heraus, dass er nicht der Mörder war, würde die öffentliche Stimmung noch schlechter werden – erst wird der angesehene Leiter der Akademie umgebracht und dann der zweite Mann dieser Institution unrechtmäßig eines Verbrechens angeklagt. Die Epheser müssten doch denken, dass wir ihrer Akademie bewusst schaden wollen.«

»Nun, da magst du Recht haben«, gab Plancus widerwillig zu, »aber lass dir nicht zu lange Zeit, das ist der öffentlichen Meinung auch nicht zuträglich. Ich denke immer noch, dass die Tavernenüberfälle mit der Sache zu tun haben, ich bin länger im politischen Geschäft als du, Silvanus, und ich habe ein Gefühl für so etwas entwickelt. Da will jemand unsere Herrschaft hier hintertreiben. Wir können keine Unruhe in dieser Provinz gebrauchen, wenn Antonius gegen die Parther zieht. Der Rücken muss immer frei sein, wie du wissen solltest, aber du hast ja nie bei den Legionen gedient. Lass dir also nicht zu viel Zeit. Und jetzt sollten wir hinausgehen, um unseren Gattinnen Gesellschaft zu leisten.«

Silvanus nickte und folgte ihm nachdenklich in den Garten. Sie fanden ihre Frauen auf einer Bank sitzend, vor ihnen, auf einem kleinen Tisch, standen Becher und ein silberner Weinkrug. Auch eine Schale mit kandierten Früchten und Obst fehlte nicht. Zu ihrer Linken neigte sich eine Ceres-Figur zu den Sitzenden nieder, mit einem von Obst und Blumen überquellenden Füllhorn.

»Hast du Lucida unseren Garten schon gezeigt, cara mia?«, fragte Plancus seine Frau. Zu Silvanus gewandt, fügte er hinzu: »Dieser Garten ist auf Wunsch meiner Frau so angelegt worden. Sie hat ein ausgeprägtes Gefühl für Schönheit, nicht wahr?«

Beifällig nickend sah sich Silvanus um. Der Garten, umgeben von einer hohen Mauer, die das Anwesen vor den Blicken Neugieriger schützte, war nicht besonders groß, aber ein geschickter Gartenarchitekt hatte es verstanden, durch die Anlage der Beete und Wege die Illusion von Weitläufigkeit zu erzielen. Lucida verlieh ihrer Begeisterung wortreich Ausdruck. »Wahrlich, Plancus, ich habe schon zu Avidia Plautilla Gleiches gesagt, ein entzückendes Plätzchen, nicht wahr, meine teure Freundin?« Ihre blassen Augen hafteten auf der schmalen Frau, die, so weit möglich, noch leidender aussah als zu Beginn des Mahles.

»Wo ist Natilla?«, fragte Silvanus.

»Sie hat sich zurückgezogen. Sie fühlte sich nicht wohl, wie leider auch ich.« Avidia Plautilla strich sich mit dem Handrücken über die Stirn.

Silvanus begriff dies als Zeichen, den Abend zu beenden, und leitete das Abschiedszeremoniell ein. Lucida sah ihn enttäuscht an, fügte sich aber.

Avidia Plautilla war sichtlich erleichtert, als das Paar ging.

Kapitel 10

Am nächsten Morgen eilte Silvanus sehr früh zum Amtsgebäude. Bedingt durch seine Verletzung war viel zu viel Zeit vergangen, er musste dringend wieder Anschluss an die Ermittlungen finden. Es gab viel zu tun.

Er fühlte sich gut, sein Rücken schmerzte nicht mehr in dem Maße wie zuvor, wenn auch Hani Rami gesagt hatte, dass er noch einige Zeit vorsichtig sein sollte. Ein guter Mann, dieser Ägypter, dachte Silvanus, denn trotz der Schwere seiner Verletzung war er ziemlich schnell wieder auf die Beine gekommen.

Vielleicht sollte er später noch in die Thermen gehen. Das wäre dem Heilungsprozess sehr förderlich, hatte Hani Rami gesagt, allerdings warnend hinzugefügt, er solle großes Gedränge meiden. Ach, Silvanus sehnte sich danach, Körper und Seele zu entspannen, außerdem kamen ihm im warmen Wasser des Tepidariums immer die besten Gedanken. Eine gute Idee: Wenn er Zeit hatte, würde er später die Thermen aufsuchen, nahm er sich vor, als er den langen Gang zu seinem Arbeitszimmer entlangschritt. Vorher jedoch wollte er zu Laelia, er musste ihr und Illicia noch ein paar Fragen stellen, und vielleicht würde sie für ihn ja auch noch etwas anderes tun … Seine Stimmung hob sich. Zuvor allerdings musste er hier noch etwas erledigen.

Er betrat sein Zimmer, legte sich auf seine Arbeitskline, sah die Eingänge durch und rief laut nach Bithynicus. Wo war er nur? »Bithynicus!«, hallte Silvanus' sonore Stimme durch die Gänge. Endlich kam der Amtssklave.

»Wo hast du gesteckt?«, fuhr Silvanus ihn an. »Du weißt

doch, dass dein Platz hier ist. Wenn nun eilige Besucher nach mir gesucht hätten?«

Trotzig sah Bithynicus ihn an. »Verzeih, Herr, aber ich spürte ein dringendes Bedürfnis und musste die Latrinen aufsuchen – auch Sklaven verfügen über eine Verdauung.«

»Nun gut.« Dagegen konnte Silvanus nichts einwenden. »Bithynicus, ich brauche die Unterlagen über alle Gewaltverbrechen der letzten Jahre, auch und besonders die, die nicht in unsere Zuständigkeit fielen. Raub, Mord, Überfälle, ungeklärte Todesfälle und so weiter. Besorge sie mir also von den zuständigen Behörden. Morgen will ich sie auf meinem Tisch haben, sortiert nach Art der Vergehen.«

Bithynicus hob abwehrend die Hände. »Aber, Herr, das ist vollkommen unmöglich. Wie soll ich einen solchen Berg von Unterlagen bearbeiten? Das dauert mindestens eine Woche.«

»Bei Jupiter, Sklave, sei doch kein solcher Pedant! Suche dir ein paar Gehilfen, weise sie an, es gibt doch beileibe genug Personal hier. Morgen also!« Silvanus hatte keine Lust zu diskutieren, er wollte zu Laelia. Also warf er sich seinen leichten Mantel über – der Morgen war frisch – und schritt erhobenen Hauptes aus dem Raum. Zurück blieb ein missgestimmter Bithynicus, der vor sich hin grummelte: »Morgen also. Wenn der Herr es so wünscht, also morgen. Da faulenzen sie wochenlang, diese Herren, und dann so etwas. Warum nicht gleich gestern?« Dann rief er einen Botensklaven herbei und gab ihm ruppig den Auftrag, bis Mittag sämtliche gewünschten Unterlagen zu beschaffen.

An der Taberna Tilia angekommen, klopfte Silvanus laut an die verschlossene Tür des Hintereinganges. Nach einiger Zeit ertönte von innen ein misstrauisches: »Wer ist da?«

»Ich bin es, Silvanus Rhodius.«

Sofort öffnete Monoculos. »Ach Herr, du bist es. So früh? Die Herrin Laelia schläft noch.«

»Das macht nichts, dann wecke ich sie eben. Bereite du doch bitte ein ordentliches Frühstück, Monoculos. Ich gehe schon nach oben.« Silvanus war schon halb die Treppe hinauf. »Und wenn du Illicia siehst, richte ihr bitte aus, dass ich sie ebenfalls zu sprechen wünsche.«

Ohne auf seinen Rücken zu achten, sprang er die letzten Stufen hinauf. Vor Laelias Tür hielt er kurz inne, beruhigte seinen Atem und öffnete leise die Tür.

Von seiner Freundin, die auf ihrem hohen Lectus lag, waren nur die dunklen Locken zu sehen. Liebevoll schaute Silvanus hinüber und schlich auf Zehenspitzen zum Bett. Laelia erwachte erst, als Silvanus sich über sie beugte und ihr einen Kuss gab. »Oh, Silvanus«, murmelte sie schlaftrunken. »Welch schöne Art, geweckt zu werden.« Freudig zog sie ihn an sich. »Übrigens, ich danke dir für den Schirm, er ist ganz entzückend. Und wie geht es dir? Anscheinend so schlecht nicht, sonst wärest du wohl nicht hier«, beantwortete sie lachend selbst ihre Frage, denn Silvanus wärmte sich bereits seine noch kalten Hände an den wärmsten Stellen ihres Körpers.

Er entledigte sich mit einiger Mühe seiner Tunika und warf sie in hohem Bogen hinter sich. »Ach, es geht mir schlecht, ganz schlecht, meine Laelia, nur du kannst mir helfen«, murmelte Silvanus, während er sie mit Küssen bedeckte. »Hier fühle, gewisse Teile meines Leibes bedürfen dringend einer Behandlung.«

Laelia hatte es durchaus schon bemerkt. »Ich weiß nicht, ob solche Behandlungen bei deiner schweren Verletzung das Richtige sind«, flüsterte sie in sein Ohr, um ihn zu ärgern, aber ihre Hand hatte schon mit der Kur begonnen. Silvanus, auf den rechten Arm gestützt, stöhnte zufrieden: »Oh, gewisse

Arten schon. Tauche ein wenig tiefer, carissima mea, und du wirst sehen, wie erholsam es für mich ist.« Langsam verschwand Laelia unter den Decken, während Silvanus sich genüsslich auf den Rücken rollte.

Danach erzählte er ihr von dem Überfall auf ihn und den Einzelheiten, die Munatius Plancus darüber zusammengetragen hatte. »Bei Apollon, wie schrecklich! Du hättest tot sein können! Wir wussten nichts Genaues; hättest du nicht einen Sklaven geschickt, ich wäre gestorben vor Sorge. Oh, mein armer Silvanus, und das auch noch, als du von mir kamst. Uns gibst du Legionäre zur Bewachung, und du selbst …« Voll des schlechten Gewissens strich Laelia über seinen Rücken.

»Ach, Blödsinn! Es hätte auch auf dem Weg von Plancus' Haus passieren können. Und ich war selbst schuld, warum habe ich keine Sänfte genommen? Nur gut, dass Hani Rami kam, sonst würde ich wahrscheinlich noch immer im Bett liegen und durch geheiligte Dämpfe in der Welt der Psyche schweben. Käme ich dann endlich zu Bewusstsein, trieben mich liturgische Gesänge wieder dorthin zurück – Lucida hat sich wirklich viel Mühe gegeben. Ach, übrigens will sie demnächst für einige Tage nach Pergamon fahren, was sagst du dazu?«

»Wie schön!«, freute sich Laelia. »Soll ich deine Pflege übernehmen und gewisse Körperteile einer speziellen Behandlung unterziehen? Ich meine natürlich, deinen Rücken mit Hanis Salbe einzureiben.«

Silvanus lachte. »Nur zu gern. Vielleicht könntest du auch nach dem Frühstück die Kur von eben noch einmal wiederholen. Jetzt allerdings habe ich erst einmal Hunger.«

Als die beiden nach unten kamen, war der Tisch bereits gedeckt. Ein üppiges Frühstück erwartete sie, die Sklaven hatten sich Mühe gegeben und nur das Beste aufgetragen. Außer Brot und Käse gab es heute auch eingelegtes Gemüse, Oliven, Eier, Datteln, Honig, Fisch, Fleisch, dazu mehrere Schälchen mit unterschiedlichen Soßen. Neben dem Wasserkrug stand zur Feier des Tages eine Karaffe mit Wein und anstatt der üblichen schlichten Tonschüsseln hatte man Tante Arkadias gutes Geschirr aufgedeckt. Laelia, die dem Frühstück keinen so großen Stellenwert beimaß, staunte. »Ist heute ein besonderer Tag?«, fragte sie die Sklavin Gallia, die zufrieden an ihren blonden Zöpfen drehte.

»Nein, nein«, antwortete diese, »wir dachten nur, der Herr ist ja nicht jeden Morgen hier, so dass wir ihm heute einmal zeigen können, dass nicht nur bei den feinen römischen Herrschaften Wert auf Qualität gelegt wird.«

Silvanus sah sich nach Illicia um. Wo blieb sie nur? Hungrig blickte er auf die Leckereien und überlegte, ob es zu unhöflich wäre, sich eines der Eier zu nehmen. Laelia fragte gerade Monoculos nach Illicias Verbleib, war also abgelenkt, so griff Silvanus zu. Illicia sei noch oben, hörte er Monoculos berichten, doch während er genüsslich kaute, trat sie auch schon an den Tisch. »Ave, Silvanus, ich sehe, du hast dich bereits bedient. Das ist gut, fühle dich wie zu Hause.« Amüsiert sah sie den großen Mann erröten.

»Sind Arkadia und Orvietus eigentlich noch in Didyma?«, lenkte Silvanus ab.

»Oh nein, schon seit einigen Tagen sind sie wieder hier. Heute Morgen jedoch wollten sie auf den Markt, wir haben also vollkommen unsere Ruhe.«

Entspannt plaudernd nahmen sie das Frühstück ein. Dann spülte Silvanus den letzten Bissen Käse mit einem Schluck Wein hinunter und kam auf das Thema zu sprechen, das ihn – unter anderem – hierher geführt hatte. »Ich habe dem Gespräch mit Pykideme entnommen, dass ihr Rutilius Rufus gekannt habt. Warum habt ihr mir das nicht gesagt? Ihr wisst doch, dass ich jeden Hinweis, auch den kleinsten, brauche, wenn ich diesen Fall aufklären will.« Vorwurfsvoll sah er erst Laelia, dann Illicia an.

»Ach, carus Silvanus«, Laelia spielte mit einer Olive auf ihrem Teller, »es ist so lange her, dass wir dem gar keine Bedeutung beimaßen. Er war unser Hauslehrer, vor ungefähr zehn Jahren. Als er aus Didyma wegging, dachten wir, wir sähen ihn nie wieder.«

»Nun, das kann aber dennoch interessant sein. Ihr wisst doch, je mehr man über das Leben einer Person weiß, deso einfacher ist es, Verbindungen herzustellen. Wie war er so?«

»Ach«, Laelia sah ihm in die Augen, »er war ein guter Lehrer, eine Koryphäe in Literatur, Philosophie und dergleichen. Unsere gesamte Bildung haben wir von ihm. Er erzählte, er sei in Magnesia als Sohn eines Sklaven aufgewachsen, der dort einem einflussreichen Römer als Lehrer diente. Von seinem Vater habe er auch die Grundlagen seines Berufes erworben und diese in der Bibliothek seines damaligen Herrn, für die er später zuständig war, beständig erweitert. Dort habe er alles gelesen, was ihm unter die Augen kam. Nach seiner Freilassung sei er nach Ägypten gegangen, habe in Alexandria den großen Rhetorikern gelauscht und sich danach hier niedergelassen. Als er uns unterrichtete, stand er noch am Beginn seiner Laufbahn und war nicht teuer, sonst hätte mein Vater ihn sich gar nicht leisten können. Schon damals saß er immer über seinen Büchern, um sein Wissen zu erweitern.«

»Aha«, sagte Silvanus. »Über seine fachliche Kompetenz habe ich jetzt von vielen Seiten gehört, aber wie war er als Mensch?« Die Frauen zögerten. »Nun«, begann Laelia, »er war streng. Wir mussten ihm gehorchen, sonst schlug er uns auch schon einmal. Und du weißt ja, wie junge Mädchen sind, sie hören nicht zu und machen Unsinn. Das konnte er nicht haben, ich glaube, er dachte immer, wir würden über ihn lachen.«

»Also mochtet ihr ihn nicht besonders?« Silvanus sah jetzt Illicia an.

»Nein!«, stieß Illicia heftig aus. »Ich zumindest konnte ihn nicht ausstehen. Er war arrogant und eingebildet. Er hat uns viel beigebracht, zugegeben, und ich konnte nichts gegen ihn sagen, da mein Vater nichts bezahlte und ich nur als Laelias Freundin am Unterricht teilnahm. Wie hätte ich mich da beklagen können? Manchmal bestellte er mich auch außerhalb der Stunden noch zum Unterricht, weil ich während der Lektionen angeblich unaufmerksam gewesen sei. Ich bedauere nicht im Geringsten, was ihm passiert ist, und nicht einmal Ulpia tut mir Leid. Wenn er sich nicht sehr geändert hatte, kann sie froh sein, dass sie ihn los ist!«

Silvanus hob erstaunt die Augenbrauen. Eine solche Abneigung hatte er nicht erwartet. Was war dieser Rutilius Rufus für ein Mensch gewesen? In der Öffentlichkeit durchaus geschätzt, sah das bei Illicia und Pykideme doch ganz anders aus. Gerade Pykidemes Äußerungen hatten ihm zu denken gegeben. Allerdings, Frauen waren ja dafür bekannt, dass sie untereinander viel redeten, vielleicht hatten sie sich gegenseitig beeinflusst. Wenn ein Mann es sich einmal mit einer Frau verdorben hatte, die einen großen Freundeskreis besaß, waren seine Aussichten schlecht. Vielleicht ließ sich Rufus' Arbeitswut sogar damit erklären. Der arme Mann! Da hatte er einmal einem Kind einen Klaps versetzt, wahrscheinlich sogar zu Recht, und musste sein Leben lang dafür zahlen. Vielleicht sogar mit seinem Leben! Silvanus rief sich die Kopfverletzung wieder ins Gedächtnis. Die Wunde könnte durchaus von einer Frau verursacht worden sein. Aber erwürgt? Das war eher untypisch für eine Frau. Er nahm einen Schluck Wein. »Und du, Laelia, teilst du dieses Urteil?«

Laelia stützte nachdenklich das Kinn in die Hand. »Nun, nicht ganz. Ich habe auch nicht in dem Maße unter ihm gelitten wie Illicia, wahrscheinlich weil mein Vater ihn bezahlte. Und ich bemerkte damals nicht, dass er Illicia mehr, hm, zusetzte, als mir – ich weiß nicht, es ist so lange her – aber dass er eingebildet war, konnte man nicht übersehen. Er hatte einen guten Ruf und ich war sehr stolz, dass wir als einzige Mädchen in Didyma einen solchen Erzieher hatten.«

»Standet ihr hier in Ephesos mit ihm in Verbindung?«

»Nein«, antwortete Laelia und strich sich eine Haarsträhne aus dem Gesicht. »Lingus und Sylvester erwähnten ihn ab und zu, aber wir hatten keinerlei Kontakt zu ihm.«

»Kennt ihr Ulpia persönlich?«

»Nein, von ihr haben wir nur über Pykideme gehört. Die wusste auch, dass die beiden wohl Schwierigkeiten in ihrer Ehe gehabt hatten, aber es gibt ja genug Leute, denen es so geht.« Laelia sah Silvanus herausfordernd an.

»Ja, ja, schon gut«, brummte der. Ein kurzes Schweigen folgte, in dem alle ihren Gedanken nachhingen. Unvermittelt sagte Illicia: »Falls du wissen willst, wo wir an dem Abend waren, Silvanus, will ich es dir gern sagen: Wir gingen erst auf das Fest, wie fast jeder hier in Ephesos, und danach zurück in die Taverne, das Gedränge war uns zu groß. Pykideme kam auch noch, ein wenig später. Frage Monoculos, der kann das bestätigen. Deine Legionäre allerdings trafen erst ziemlich spät in der Nacht hier ein, sie schienen sich auf dem Fest gut amüsiert zu haben.«

»Danke«, murmelte Silvanus und nahm noch einen Schluck Wein.

Nachdenklich schritt er unter den Arkaden entlang zu den Hafenthermen. Schon seltsam, dass die Mädchen ihm nichts von Rutilius Rufus erzählt hatten, waren sie doch anscheinend recht gut mit ihm bekannt gewesen. Und er dachte immer, dass Laelia ihm alles erzählte … Wer wusste, was sie ihm sonst noch vorenthielt. In solch einem Lokal konnte jede Menge passieren, Menschen gingen ein und aus … Er nahm sich vor, die Legionäre, die noch immer jede Nacht dort saßen und würfelten, anzuweisen, auch ein Auge auf die Mädchen zu haben, zu beobachten, mit wem sie Umgang hatten, wann sie sich zurückzogen und so fort. Allerdings, so fragte er sich, was würde er tun, wenn dabei wirklich etwas herauskäme? Ihm war, als griffe eine kalte Hand nach seinem Herzen.

Um auf andere Gedanken zu kommen, überlegte er, ob er den Besuch in den Thermen nicht verschieben und sofort den Sklaven von Rufus befragen solle, wie hieß er noch? Ach ja, Gabyonos. Er war es gewesen, der den Toten gefunden hatte, zusammen mit Ulpia, und ihn hatte er schon von Anfang an befragen wollen. Nur hatte er ihn nie angetroffen, und dann war der Überfall dazwischengekommen. Genau, er würde es jetzt nachholen und wenn dieser Sklave wieder nicht zu sprechen war, würde er ihn offiziell in das Magistratsgebäude zitieren. Auch konnte es nicht schaden, noch einmal mit Sabina zu sprechen, vielleicht war ihr ja inzwischen etwas eingefallen. Entschlossen kehrte er um und machte sich auf den Weg zur Akademie.

Dort angekommen fand er den Hof des Geländes leer und verlassen. Eigenartig, wunderte sich Silvanus, hat nicht einmal jemand in der Bibliothek zu tun?

Auf sein Klopfen öffnete ihm Sabina. »Oh, Silvanus Rhodius, leider ist die Herrin Ulpia nicht im Hause. Soll ich ihr etwas ausrichten?«

Charmant lächelte Silvanus sie an. »Nein, vielen Dank, schöne Sabina. Ich wollte auch gar nicht Ulpia sprechen, sondern Gabyonos. Und dich!« Er zwinkerte ihr zu. Sabina neigte verlegen den Kopf zur Seite, ihre roten Wangen wurden noch eine Nuance röter. »Ach so, Herr, natürlich. Gabyonos ist im Atrium und säubert das Impluvium. Ich werde dich dorthin geleiten und dir einen Becher Wein bringen.«

Zufrieden lächelnd folgte Silvanus ihren schwingenden Hüften. Mit ein wenig Freundlichkeit kam man doch schnell zum Ziel. Im Atrium trafen sie auf Gabyonos, der, nur mit einem Lendenschurz bekleidet, Blätter aus dem kleinen Wasserbecken holte. »Salve, Gabyonos«, rief Silvanus ihm zu, »ich möchte dir ein paar Fragen stellen.«

Gabyonos drehte sich überrascht um und wischte sich die Hände an den muskulösen Oberschenkeln ab. »Wenn es sein muss. Nimm Platz. Du bist der Römer, der den Tod meines ehemaligen Herrn untersucht, nehme ich an.« Er wies auf einen der Sessel, die um einen kleinen runden Tisch standen.

»Genau! Silvanus Rhodius mein Name. Ich bin ...«

»Schon gut, ich weiß, wer du bist«, winkte Gabyonos ab und setzte sich Silvanus gegenüber. »Sabina, bringe mir meine Tunika! Und Wein!« Er stützte seine Arme auf den Tisch. »Damit du es gleich weißt, Rhodius, ich bin kein Sklave mehr. Rufus hat mich in seinem Testament freigelassen. Ulpia bat mich, im Hause zu bleiben, damit ein Mann anwesend ist, und in den nächsten Tagen werde ich auf den Markt gehen und einen Sklaven kaufen, der hier die Drecksarbeit machen kann.« Selbstgefällig lehnte er sich in seinem Sessel zurück.

»Oh, gratuliere, das freut mich für dich, Gabyonos.« Silvanus war die Freundlichkeit in Person. »Hast du dir die Urkunde schon vom Magistrat beglaubigen lassen? Auch sehe ich die Freigelassenenkappe nicht auf deinem Kopf, oder ist sie dir ins Wasser gefallen?« Er hasste das Gebaren, das viele Freigelassene an den Tag legten. Oft wurden sie überheblich und versuchten das Leben ihrer ehemaligen Herren zu leben, ja sogar mehr darzustellen, als ihre Herren je gewesen waren. Jeder Freigeborene konnte das bestätigen.

Gabyonos wurde unsicher. »Äh, nein, aber das werde ich morgen erledigen, auf dem Weg zum Markt.«

»Oh, das trifft sich gut. Morgen werde ich einen großen Teil des Tages in meinem Amtszimmer zubringen, da kannst du dich direkt an mich wenden, und ich werde dein Gesuch unverzüglich an die zuständigen Behörden in Rom weiterleiten, mit der Bitte um sofortige Bearbeitung. Dann wird es ganz schnell gehen, ein halbes Jahr vielleicht, und du hast die nötigen Unterlagen. Ja, Gabyonos, es ist immer gut, Verbindungen zu haben, nicht wahr.«

Gabyonos war blass geworden. »Nach Rom? Ein halbes Jahr? Aber, ich dachte ...« Er warf sich die Tunika über den Kopf, die Sabina gerade brachte, und nahm sich von dem Wein. Sabina schenkte Silvanus einen Becher ein und verdrehte die Augen. Dann zog sie sich zurück.

»Nun gut, was willst du wissen?«

Silvanus musterte ihn kalt. »Berichte mir, wie ihr Rufus gefunden habt.«

Gabyonos' Bericht, mürrisch, aber detailliert vorgetragen, deckte sich mit dem, was Ulpia erzählt hatte. Auch die Fundsituation der Leiche stimmte mit der Beschreibung der Legionäre überein. Er habe nicht gewagt, den Leichnam zu berühren, erklärte Gabyonos, es sei eindeutig gewesen, dass Rufus tot war. So habe er Ulpia ins Haus gebracht und dann Hilfe geholt.

»Und was hast du vorher gemacht? Warst du die ganze Zeit mit deiner Herrin, oh, ehemaligen Herrin auf dem Fest?«

»Nein. Wir gingen zwar gemeinsam dorthin, aber in der Menschenmenge auf der Staatsagora haben wir uns aus den Augen verloren. Ich traf sie erst eine gute Stunde später wieder, holte ihr eine Erfrischung und begleitete sie nach Hause. Was dann passierte, weißt du.« Gabyonos' Stimme war gelassen. So schien er denn auch fast auf die folgende Frage gewartet zu haben, die Silvanus, von dieser offenen Erklärung überrascht, stellen musste. »Hat dich jemand während dieser Zeit gesehen?«

Gabyonos lächelte überheblich. »Natürlich. Keine fünf Minuten nachdem ich Ulpia verloren hatte, traf ich ganz zufällig Arkadia, die Besitzerin der Taberna Tilia, die das bestätigen wird, ungern allerdings. Mit ihr verbrachte ich die Zeit, bis ich Ulpia wieder traf.«

Silvanus runzelte erstaunt die Stirn. Was wollte Gabyonos damit andeuten? Welche Art Beziehung konnte zwischen diesen so ungleichen Menschen bestehen? Doch nicht etwa …? Während er zu seinem Weinbecher griff, betrachtete Silvanus den ehemaligen Sklaven genauer. Er sah gut aus, allerdings standen seine Augen unter dem dunklen Haarschopf ein wenig zu weit auseinander und seine Nase war eine Idee zu lang, aber dennoch, er war zweifellos attraktiv. Sicherlich übte er einen gewissen Reiz auf Frauen aus, und für alternde Damen wäre er durchaus eine angenehme Abwechslung. Dass sie sich mit Sklaven einließen, hörte man oft genug. Innerlich schüttelte Silvanus den Kopf, wie konnten sie nur? Für die Sklaven sprang dabei meist ein gutes Zubrot heraus, welches zur Seite gelegt werden konnte für den Fall, dass sie sich einmal freikaufen wollten. Und wenn sie dann frei waren, brüsteten sie sich auch noch mit diesen Beziehungen. Einfach widerwärtig!

Hatte nicht Pykideme eine ebensolche Beziehung zwischen Gabyonos und Ulpia angedeutet? Abwarten, sagte sich Silvanus, er würde das schon noch herausfinden.

»Ich kenne Arkadia, ich werde sie fragen. Sage mir aber, Gabyonos, haben sich dein ehemaliger Herr und seine Gattin gut verstanden?«

Gabyonos' Augen bekamen einen sehr ehrlichen Ausdruck. »Ach, weißt du, Silvanus, sie führten eine gute Ehe. Nun, ab und zu stritten sie, aber das ist ja normal. Nein, insgesamt liebten sie sich sehr. Ulpia ist untröstlich, dass Rutilius tot ist. Sie vermisst ihn sehr, sagte sie mir. Die arme Frau.«

»Aber hatte nicht Rufus recht wenig Zeit für sie?«

»Ja, das stimmt. Aber das ändert doch nichts an ihrer Liebe füreinander.« Gabyonos' braune Augen blickten treuherzig. Silvanus konnte sich vorstellen, wie manche Frau unter diesem Blick dahinschmolz.

»Was war denn dein Aufgabenbereich hier?«

»Ich war Rufus' persönlicher Sklave und für das Haus zuständig, zumeist aber half ich ihm bei seiner Arbeit in der Akademie. Die anderen Sklaven, die ihm zugeteilt waren, leben nicht hier bei uns im Haus. Nur Sabina und ich haben das Privileg, hier zu wohnen. Sabina gehört Ulpia, noch immer. Ich dagegen werde jetzt bezahlt für die Arbeit, die ich früher als Sklave verrichtet habe. Vorübergehend jedenfalls. Was danach wird, muss man sehen. Sabina erledigt die restliche Hausarbeit, kocht und putzt, alles, wofür so eine Sklavin eben da ist. Sie beschwert sich zwar, dass sie jetzt auch meinen Befehlen gehorchen muss, aber sie wird sich daran gewöhnen müssen.«

Silvanus fand, dass Gabyonos ein wenig zu flüssig antwortete, so, als habe er sich alles beizeiten zurechtgelegt. Der Mann war nicht dumm, es musste ihm klar sein, dass er mit zu den Verdächtigen zählte. Er hatte vom Tod seines Herrn profitiert und hoffte vielleicht sogar auf eine Heirat mit seiner ehemaligen Herrin. Silvanus war nicht entgangen, dass der Sklave von ihr als »Ulpia« sprach, ohne das geringste Stocken, das sonst nach jahrelangem Gebrauch des Wortes »Herrin« vorhanden sein müsste. Er hätte also durchaus ein Motiv gehabt, Rufus umzubringen. Wenn Arkadia allerdings bestätigen konnte, die ganze Zeit mit ihm zusammen gewesen zu sein, so musste er als potentieller Täter ausscheiden. Silvanus war gespannt darauf, was Arkadia zu sagen hatte, wie sie reagieren würde, sie, die sonst so sittenstrenge Matrone.

Er beschloss, seine Taktik zu ändern. Gabyonos schien zu den Menschen zu gehören, denen man am leichtesten Informationen entlocken konnte, wenn man ihnen schmeichelte. »Ich sehe, deine Arbeit muss gut gewesen sein, sonst hätte Rufus dich nicht freigelassen, und Ulpia würde nicht so viel daran liegen, dich hier zu halten. Du weißt doch sicher einiges über deinen ehemaligen Herrn. Hatte er Feinde?«

Gabyonos richtete sich stolz in seinem Stuhl auf. »Du hast Recht, ich weiß fast alles über ihn. Ich war seine rechte Hand, habe alles für ihn erledigt, sein Arbeitszimmer in Ordnung gehalten, Sekretariatsaufgaben erfüllt, teilweise sogar die Studenten für ihn empfangen, wenn er Privatunterricht gab. Er war Pythagoräer, wie dir sicherlich bekannt ist, und ich musste Abschriften der Werke des Pythagoras anfertigen. Sehr interessant, diese Lehre, nicht wahr?«

Silvanus nickte beflissen. Er wusste zwar nicht mehr genau, was sie besagte, nur noch, dass Pythagoras aus Samos kam, ein großer Philosoph gewesen war und dass Pythagoräer kein Fleisch essen durften, aber er würde Lucida fragen, vielleicht konnte die sein Wissen auffrischen. Und einem Sklaven durfte er diese Wissenslücke nun wirklich nicht offenbaren.

Gabyonos sprach schon weiter. »Ich war so wertvoll für meinen Herrn, dass er mir den Freikauf versagte, da er auf mich angewiesen sei. Solch einen Sklaven würde er nicht noch einmal finden, das waren seine Worte. Aber er hielt mich an, die Augen aufzuhalten nach einem Jungen, dem ich meine Kenntnisse weitergeben könnte, erst dann würde er der Freilassung zustimmen. Ich habe einen jungen Akademiesklaven ausgewählt, bald wäre er so weit gewesen, meine Nachfolge anzutreten. Ach, Römer, weißt du, das ist das Los eines zu guten, zu gebildeten Sklaven, man ist unersetzlich. Ich versprach dem Herrn, als sein Klient weiter für ihn zu arbeiten, aber das reichte ihm nicht.« Gabyonos seufzte theatralisch.

›Eingebildeter Widerling‹, dachte Silvanus abschätzig, lächelte aber anerkennend. »Das glaube ich dir gern, Gabyonos, und ich kann Rufus verstehen. Es ist nicht leicht, gute Sklaven zu finden. Aber du wirst ja bald selbst die Erfahrung machen. Doch sage mir, weißt du, ob er Feinde hatte, Gegner, Menschen, die ihm Böses wünschten?«

Gabyonos überlegte. »Feinde? Nein, ich glaube nicht. Er war zweifelsohne beliebt, weil er ein hervorragender Lehrer war und der Akademie zu Ruhm verhalf. Auch wurde geschätzt, dass er neben seinen vielfältigen Aufgaben die Zeit fand, Töchter aus vornehmen Familien zu unterrichten, und auch aus nicht so vornehmen, weil er meinte, diese verdienten eine annehmbare Bildung. Der Einzige, mit dem er manchmal Auseinandersetzungen hatte, war Gnaeus Lutatius Artocreatus, der eifersüchtig auf die Stellung und das Ansehen meines Herrn war. Er sah auf ihn als Freigelassenen herab, und solch einen Menschen zum Vorgesetzten zu haben, behagte ihm nicht. Ich mochte Artocreatus nie besonders, er bildet sich etwas auf seine Herkunft ein. Pah, was will das schon heißen!« Gabyonos machte eine wegwerfende Handbewegung.

Silvanus hakte nach. »War Artocreatus nicht an besagtem Tag hier? Weißt du, was er wollte?«

Gabyonos nickte wichtig. »Ja, natürlich, es war nicht zu überhören. Ich wartete hier im Atrium auf Ulpia, und obwohl die Tür des Arbeitszimmers geschlossen war, konnte ich einige Fetzen des Gespräches verstehen.«

›Sicher hast du gelauscht, Sklaven lauschen immer‹, dachte Silvanus, nickte ihm aber aufmunternd zu. »Und?«

»Artocreatus wollte mehr Kompetenzen, mehr Studenten, mehr Geld, wie immer. Er warf Rufus vor, selbst nur die begabtesten und reichsten in seine Lektionen aufzunehmen und ihm die schlechten Schüler zu überlassen. Er ist ein missgünstiger Mensch! Rufus antwortete ihm, wenn es ihm in Ephesos nicht gefiele, könne er ja woanders lehren. Und warum ihm als Stoiker das überhaupt etwas ausmache? Artocreatus wurde wütend und schrie, dass er sich von einem pythagoräischen Zahlenanbeter, der auch noch an so etwas Unerhörtes wie Seelenwanderung glaube, das nicht sagen ließe.« Gabyonos hielt inne.

»Und dann?«, fragte Silvanus gespannt.

»Dann rief mich Ulpia, und wir gingen zu dem Fest.«

›Interessant‹, dachte Silvanus, ›sehr interessant.‹ Da er fürs Erste genug gehört hatte, beendete er die Befragung. »Ich danke dir, Gabyonos, du hast mir sehr geholfen. Komm in den nächsten Tagen ins Magistratsgebäude, ich will sehen, was ich hinsichtlich deiner offiziellen Freilassung tun kann. Und wenn dir noch irgendetwas einfällt, sage es mir bitte, alles könnte wichtig sein.«

Gabyonos strahlte. »Oh ja, natürlich, Silvanus Rhodius. Habe Dank.« Er stand auf. »Ich werde dich zur Tür geleiten.«

›Spielt schon ganz den Hausherrn‹, ärgerte sich Silvanus in Gedanken. ›Freigelassene!‹ Laut sagte er: »Einen Augenblick, ich will mir schnell einige Notizen machen.« Er zog ein Wachstäfelchen hervor und kritzelte ein paar Worte darauf. Wartend stand Gabyonos neben ihm. Silvanus sah auf. »Ach Gabyonos, da mich die Lehre des Pythagoras schon immer sehr interessiert hat, könntest du mir nicht eine deiner Abschriften ausleihen? Gerne würde ich mir die Abende mit geistvoller Literatur verkürzen.«

Gabyonos hob freudig die Augenbrauen. »Aber natürlich, Herr, äh, Silvanus Rhodius. Einen Moment, ich hole sie.« Eilfertig verschwand er zwischen den Säulen.

Silvanus sah sich um. Er hoffte Sabina zu sehen, die tatsächlich, wie er erwartet hatte, sofort kam und begann, den Tisch abzuräumen. ›Wusste ich es doch, Sklaven lauschen immer‹, dachte er und drückte ihr das Täfelchen in die Hand. Sie las es und nickte. Silvanus wartete ungeduldig, bis Gabyonos mit den Schriftrollen zurückkam, verabschiedete sich und ging.

Auf dem Weg in die kleine Taverne, in die er Sabina bestellt hatte, lächelte er zufrieden. Er freute sich auf ein kräftiges Mahl und darüber, dass er diesen lauschenden Freigelassenen überlistet hatte. Bestimmt hätte der, hinter irgendeiner Tür oder Säule versteckt, dem Gespräch mit Sabina zugehört. Ein ekliger Kerl, dieser Gabyonos. Man sollte keine gut aussehenden Sklaven kaufen und ihnen auch nicht zu viel Bildung zukommen lassen. Man sah ja, was daraus wurde. Allerdings, durchfuhr es ihn heiß, sein eigener Sklave, Nasutus, sah auch nicht schlecht aus. Lucida ließ sich ziemlich oft von ihm begleiten … Das Lächeln auf Silvanus Gesicht erstarb. Vielleicht sollte er ein Auge auf Nasutus haben, Lucida wies seine eigenen Annäherungsversuche nach wie vor recht häufig zurück. Waren es am Ende gar nicht die vielen Riten, die sie schwächten?

Schwer ließ er sich auf die Bank in der Taverne fallen, bestellte Wein und Suppe, die Schriftrollen warf er achtlos neben sich. Eine tiefe Falte war auf seiner Stirn eingegraben, als Sabina kam.

Nach einigem Zureden bestätigte die rundliche Sklavin schließlich, was Silvanus bereits über den Besuch von Gnaeus Lutatius Artocreatus wusste. Auch sie hatte den Streit gehört, wenn auch nicht so viel verstanden wie Gabyonos. ›Sind doch alle gleich, diese Sklaven‹, dachte Silvanus, ›nichts bleibt ihnen verborgen. Außer den wirklich wichtigen Dingen, wie zum Beispiel, wer denn nun Rutilius Rufus ermordet hat.‹

»Sonst hast du wirklich nichts gehört oder gesehen?«, hakte er nochmals nach, da Sabina, wie er sich erinnerte, bei seinem ersten Besuch angegeben hatte, gar nichts gehört zu haben.

»Nein Herr, wirklich nicht!« Das kam prompt, ohne Zögern. Kurz überlegte Silvanus, ob er sie fragen sollte, warum sie zuvor gelogen hatte, entschied sich dann aber dagegen und schenkte ihr einen Becher Wein ein. Er wollte das gerade gewonnene Vertrauen nicht gleich wieder zerstören. Lieber stellte er ihr die nächste unverfängliche Frage. »Sage mir, schöne Sabina, wer kam alles ins Haus? Hatte Rufus viele Freunde?«

Sie strahlte ihn an. »Oh ja, Herr, viele Menschen kamen. Vor allem Studenten, mit denen der Herr die Lektionen besprach. Und dann die Mädchen, die er unterrichtete, und manchmal ihre Mütter, um die Fortschritte zu besprechen und das Honorar zu bezahlen. Auch der Herr Artocreatus kam häufiger und andere Philosophen, wenn sie in der Stadt waren, um ihre Gedanken auszutauschen. Überhaupt liebte der Herr es, Gastmähler auszurichten, zu denen er die führenden Leute der Stadt einlud, auch der Herr Munatius Plancus und seine Gattin waren häufiger da.« Sabina seufzte laut. »Ach, das ist jetzt alles vorbei. Die Herrin Ulpia genoss diese Abende sehr, gehörten sie doch zu den wenigen, die ein wenig Abwechslung in ihr Leben brachten. Der Herr ließ sie oft allein, er war ein sehr beschäftigter Mann.«

Silvanus spürte einen leichten Stich im Herzen. Auch er gehörte zur führenden Schicht der Stadt, war aber nie von Rufus zum Gastmahl geladen worden. Vielleicht sollte er seine Bildung doch etwas vervollkommnen. Dass er die römischen und griechischen Dichter gelesen hatte, war lange her, und damals, zu seiner Schulzeit, hatten sie ihn nicht sehr interessiert. An der Körperertüchtigung hatte er mehr Spaß gehabt. Er war nicht einmal mehr in der Lage, den ersten Absatz von Homers Ilias herzusagen, wo doch jeder gebildete Römer fast das ganze Werk auswendig konnte. Nachdenklich warf er einen Blick auf die Schriftrollen, die Gabyonos ihm überlassen hatte. Gleich heute Abend wollte er ein wenig in ihnen lesen.

Er zwang seine Gedanken wieder zu Sabina. »Ja, deine Herrin hat mir erzählt, dass er wenig Zeit für sie hatte. Sie tat mir aufrichtig Leid. Es muss schwer sein für eine Frau, so allein gelassen zu sein, nicht wahr?«

Sabina, bei der sich der ungewohnte Genuss des guten Weines bemerkbar machte, kicherte leise und warf ihm einen kecken Blick zu. »Ach, weißt du, Herr, eine einsame Frau kann sich trösten.«

»Oh, hat sie sich auch dem Studium der Philosophen zugewandt?«

»Aber Herr«, lachte Sabina, »was denkst du? Natürlich nicht! Sie hat sich mit Gabyonos vergnügt. Der hat ihr das gegeben, wofür der Herr Rufus keine Zeit oder Lust mehr hatte. Und ich glaube wirklich, dass sie ihn sehr gern hat, wenn nicht mehr. Ich habe zufällig gehört, wie Gabyonos ihr schmeichelte, ihr sagte, wie schön und begehrenswert sie sei, und welche Schande, hat er gesagt, dass ihr Mann so wenig Interesse an ihr zeigt, was ihm alles entgeht, und wie glücklich er, Gabyonos, doch ist, dass er das alles genießen kann. Eine Frau braucht so etwas und die Herrin Ulpia hat ihm jedes Wort geglaubt. Das habe ich gemerkt.«

»Aha«, sagte Silvanus, »dann liebt Gabyonos sie also?«

»Ach wo, ich glaube, der kann gar nicht lieben. Er ist zu berechnend. Die Herrin hat ihm immer allerlei Geschenke zugesteckt, Geld, Silbergeschirr, Schmuck. Er wollte sich damit freikaufen, und ihr hat er erzählt, wenn er erst frei wäre, würde er selbst eine Schule gründen und viel Geld verdienen und sie heiraten, wenn sie den Herrn verließe. Jetzt, wo Gabyonos frei ist, hofft die Herrin wohl darauf, dass er sein Versprechen einlöst, aber ich weiß nicht, ob er das noch will. Er hat außer seiner Freiheit noch Geld vom Herrn geerbt, und zusammen mit dem, was er schon angespart hat, kann er sich manches leisten.« Sabina, schon beim dritten Becher Wein, hatte sich in eine trunkene Rage geredet und begann, lautstark über Gabyonos zu klagen, der sich jetzt als Hausherr aufführe und sie herumkommandiere, sie, die doch Ulpias Sklavin sei.

Silvanus fragte nach, wie Rufus sie denn behandelt hätte. Sabinas braune, schon etwas rot unterlaufene Augen bekamen einen feuchten Schimmer. »Ach Herr, eigentlich war er ein guter Mann. Nur manchmal hatte ich es nicht leicht mit ihm! Da gab er mir so viele Aufträge auf einmal, dass ich gar nicht wusste, wo ich anfangen sollte. Und wenn ich nicht alles sofort erledigte, wurde er sehr böse.«

»Hat er dich geschlagen?«, fragte Silvanus mitfühlend.

»Ja, manchmal, allerdings nie mit der Peitsche, dafür hat die Herrin gesorgt. Besonders wenn er etwas getrunken hatte, wurde er ungerecht. Dabei habe ich mir die größte Mühe gegeben, ihn zufrieden zu stellen, aber es ging eben nicht immer.« Sabina schluckte.

Silvanus goss noch etwas Wein in ihren Becher. »Hat er auch Ulpia geschlagen?«

»Oh nein. Wenn sie sich auch manchmal gestritten haben, so ist er mit der Herrin doch meistens respektvoll umgegangen. Zu Gabyonos war er freundlicher als zu mir, was ich gar nicht verstehen kann, er ist ein solcher Aufschneider, und der Herr hat anscheinend auch nicht gewusst, was seine Frau da mit dem Sklaven trieb. Manchmal hatte ich sogar das Gefühl, als wäre es ihm egal. Wer kann schon wissen, was in den Männern vorgeht. Gabyonos jedenfalls …« Sabina ließ ihrem aufgestauten Ärger über den ehemaligen Mitsklaven freien Lauf.

Silvanus hörte nur noch mit halbem Ohr zu, nickte ab und zu verständnisvoll und hing seinen Gedanken nach. Die betrunkene Sklavin schien gar nicht zu merken, wie sehr sie ihre Herrin belastete. Hatte Ulpia vorgehabt, sich von Rufus zu trennen, um mit Gabyonos zu leben? Sie hatte ihn auf dem Fest aus den Augen verloren. Demnach könnte sie zurück nach

Hause gegangen sein, Rufus umgebracht haben, weil der Gabyonos nicht freilassen wollte, um dann zu den Feierlichkeiten zurückzueilen. Solche Fälle gab es häufiger, frustrierte Ehefrauen, denen ihre Männer dabei im Weg standen, ein neues Leben zu beginnen, die sich dann nicht anders zu helfen wussten, als ihren Gatten umzubringen. In Rom hatte er das mehr als einmal erlebt. Allein, erwürgt hatte keine dieser Frauen ihren Mann. Auch durfte er Artocreatus nicht vergessen, der ja ebenfalls ein Motiv gehabt und sich des Öfteren mit Rufus angelegt hatte, zuletzt sogar an dessen letztem Abend. Wenn denn die Angaben von Gabyonos stimmten, die er noch überprüfen musste. Auch Sabina hätte Gelegenheit zu dem Mord gehabt, nur hielt er sie nicht für fähig, solch eine Tat zu vollbringen – aber er durfte sie nicht sofort von seiner Liste streichen. Und dann waren da immer noch die Tavernenschläger! Wer konnte es wissen, möglicherweise hatte Rufus ja irgendetwas mit ihnen zu tun gehabt, vielleicht gar – er fragte sich, warum ihm dieser Gedanke nicht früher gekommen war – mit ihnen unter einer Decke gesteckt! Immerhin waren seit seinem Tod keine weiteren Überfälle gemeldet worden. Und war er nicht Grieche gewesen, griechischer Sklave eines Römers? Hatte ihn das – Silvanus musste es zugeben – manchmal ungerechte Gebaren der römischen Besatzer so entrüstet, dass jemand, der etwas dagegen unternahm, seine Unterstützung fand? Vor diesem Hintergrund hätte er durchaus ein Motiv gehabt, die Stimmung gegen die Römer zu schüren, mit den Schlägern zusammenzuarbeiten. Dann war er vielleicht mit ihnen in Streit geraten. Standen diese beiden Fälle in einem Zusammenhang, der sich anders gestaltete als ursprünglich angenommen?

Nun denn, für heute hatte er genug erfahren. Er mühte sich, Sabinas Redefluss zu stoppen, die sich noch immer über Gabyonos erging; als ihm das mit Worten nicht gelang, strich er ihr sacht über den rundlichen Arm, sah ihr in die Augen, bedankte sich herzlich und versprach, sich bald wieder mit ihr zu unterhalten. Dann ging er. Sabina sah ihm mit trunkenen Augen nach.

Hektische Geschäftigkeit herrschte, als Silvanus zu Hause ankam. Sicherheitshalber blieb er am Eingang stehen, denn die hoch bepackte Larix eilte die Treppe herunter und legte ihr Bündel zu den aufgetürmten Gepäckstücken neben der Haustür. Als sie ihn erblickte, sah sie überrascht von dem Stapel auf. »Du bist es, Herr!«, schnaufte sie außer Atem. »Ich habe dich gar nicht kommen hören!«

»Was tust du da? Ist es schon wieder Zeit für den Hausputz?« Ärgerlich überblickte Silvanus den riesigen Berg, der sich neben ihm erhob.

»Nein, Herr! Wir packen nur das Nötigste für die Herrin zusammen. Sie will heute noch nach Pergamon aufbrechen.« Hastig zupfte sie ihre Tunika zurecht, die ein Stück ihres drallen Beines hervorschauen ließ. Lucida hielt viel auf Sitte und Anstand beim Personal und hatte das Tragen von langen Gewändern angeordnet, hauptsächlich, um Nasutus und die zahlreichen Amtssklaven, die ein und aus gingen, vor allem aber wohl, um Silvanus nicht in Versuchung zu führen.

»Lucida will heute schon abreisen?«, fragte Silvanus aufgebracht. Davon wusste er nichts. »Wo ist sie?«

»Oben«, antwortete Larix, unsicher wegen Silvanus' barschem Ton.

Dieser würdigte sie keines weiteren Blickes und stieg die Treppe hinauf. Vor Lucidas Zimmer zögerte er einen Moment, bevor er eintrat. Schweigend blieb er im Türrahmen stehen und wartete darauf, dass seine Frau ihn bemerkte. Nachdenklich betrachtete er ihr spitzes Hinterteil, das sich ihm entgegenreckte, ihr Oberkörper war gänzlich in einer Truhe verschwunden. Er bemerkte, dass ihn keinerlei Verlangen bei diesem Anblick überkam; vor einigen Jahren wäre das noch anders gewesen.

Endlich tauchte sie aus der Truhe auf, das Gesicht rot und verschwitzt. Erstaunt nahm sie ihren Mann zur Kenntnis und wischte sich flüchtig eine dünne Haarsträhne aus der Stirn.

»Ah Silvanus, gut, dass du kommst! Trage dies hinunter, für Larix ist es zu schwer.« Sie trat einen Schritt zurück und wies auffordernd auf eine weitere Truhe, die neben dem Bett stand.

»Gut, dass ich komme ...«, wiederholte Silvanus erregt. »Was ist hier eigentlich los?« Er verschränkte die Arme vor seiner Brust und lehnte sich an den Türpfosten.

Erstaunt sah Lucida auf ihren Mann, solche Ausbrüche kannte sie nicht von ihm. »Aber Silvanus! Du weißt doch, dass ich nach Pergamon reise! Hast du das schon wieder vergessen?« Mit spitzer Stimme fügte sie hinzu: »Es wäre ja nicht das erste Mal!«

»Du wolltest erst nächste Woche aufbrechen!«, beharrte Silvanus.

»Ich habe eine Nachricht erhalten, dass die große Mutter bald wieder in den Osten zurückkehren wird und meine Reise deshalb keinen Aufschub duldet. Das wirst du doch verstehen! Willst du jetzt so gut sein und die Kiste hinunterbringen?« Damit war die Sache für sie erledigt. Mit dem Kopf schon wieder in der Truhe, tönte ihre Stimme dumpf heraus, als sie ihm weitere Anweisungen gab. »Schicke Larix herauf, ich habe ihr noch einiges aufzutragen.« Damit verstummte sie.

Silvanus zuckte verärgert die Achseln. In letzter Zeit war Lucida ihm gegenüber noch verschlossener als sonst. Ahnte sie etwas von seiner Beziehung zu Laelia? Oder sollte vielleicht doch Nasutus dahinterstecken? Unsinn, ermahnte er sich. Allerdings – wo trieb sich dieser Kerl überhaupt herum? »Wo ist Nasutus? Er kann doch die Kiste herunterbringen!«

Wieder hörte er die dumpfe Stimme aus der Truhe: »Ich habe ihn geschickt, einen Wagen zu mieten. Er wird ihn dann beladen, mach dir keine Sorgen. Er wird mich auch sicher nach Pergamon begleiten.«

›Aha‹, dachte Silvanus. Sollte sein Verdacht doch nicht so unbegründet sein? Der Gedanke, der in ihm aufgekeimt war und langsam an Gestalt gewann, beunruhigte ihn. Dennoch stemmte er stöhnend die schwere Kiste auf seine Schulter und schleppte sie nach unten. Sofort bemerkte er wieder die Schmerzen in seinem Rücken, die er den ganzen Tag über fast vergessen hatte.

Nachdem er Larix zu ihrer Herrin geschickt hatte, trieb sich Silvanus eine Weile untätig im Atrium herum, rieb demonstrativ seinen Rücken – Lucida könnte ja herunterkommen – und griff dann eine der Schriftrollen, die ihm Gabyonos gegeben hatte. Doch es fiel ihm schwer, sich darauf zu konzentrieren, so warf er sie achtlos auf den Tisch.

Als es an der Tür klopfte, war im Haus weit und breit niemand zu sehen. Nasutus war noch immer nicht zurück, und Larix fühlte sich ohnehin nie zuständig. Also schlenderte Silvanus zur Tür und sah selbst nach. Draußen stand ein kleines Sklavenmädchen, das Silvanus nie zuvor gesehen hatte. Schüchtern fragte es nach Lucida.

»Sie ist oben! Du kannst ruhig hinaufgehen. Oder soll ich ihr etwas ausrichten?«

»Oh nein, Herr! Das ist nicht nötig! Ich kann es ihr sagen. Aber vielleicht wäre es doch besser, ich meine, könntest du? Ich müsste wirklich ...« Unsicher rang das Mädchen die Hände.

Silvanus kam ihr zu Hilfe. »Du bist also doch in Eile. So sage mir deine Botschaft, ich werde sie Lucida überbringen.«

»Avidia Plautilla schickt mich. Die Herrin Lucida hatte ihr

eine Nachricht geschickt, dass sie heute noch nach Pergamon aufbricht. Und wenn meine Herrin Plautilla mitwollte, so sollte sie gleich packen und Bescheid geben, die Herrin Lucida würde sie dann abholen.« Sie schaute ihn treuherzig an. »Ich soll der Herrin Lucida nun sagen, die Herrin Avidia Plautilla hat es sich überlegt und kommt nicht. Sie dankt für das Angebot, aber der Zeitpunkt ist nicht günstig. Das ist alles!« Sofort machte sie auf dem Absatz kehrt und rannte davon.

Kopfschüttelnd sah ihr Silvanus nach. Er verspürte keinerlei Drang, zu Lucida zu gehen, eher gelüstete es ihn nach einem Becher Wein. Und da seine beiden Sklaven unabkömmlich oder unauffindbar waren, ging er mürrisch selbst in den Keller und maß sich einen Krug von dem guten Landwein aus Lesbos ab.

Im Atrium ließ er sich in einen der Korbsessel sinken, die Larix noch nicht mit Gepäckstücken belegt hatte, füllte seinen Becher und leerte ihn in einem Zug. Wohlig seufzend schenkte er sich nach. Er machte es sich so bequem, wie sein Rücken es zuließ, streckte die Beine aus und stellte den Becher auf seinem Bauch ab. Seine Gedanken kreisten um Rufus, Gabyonos und Ulpia, Lucida, Laelia … Seine Augen fielen zu.

Eine schrille Stimme weckte ihn abrupt aus seinem Halbschlaf. »Silvanus, hier bist du! Ist Nasutus noch nicht zurück? Wenn er kommt, sage ihm bitte, dass er den Wagen beladen soll. Ich habe noch etwas zu erledigen, komme aber sofort zurück.«

Sie war schon aus der Tür, als Silvanus einfiel, was er ihr hatte ausrichten sollen.

Seit geraumer Zeit saß Illicia nun schon am Tisch des parthischen Wagenlenkers. Laelia, scheinbar in eine Schriftrolle vertieft, blickte misstrauisch zu ihnen hinüber – ihrer Freundin war es offensichtlich gelungen, den Besuch von Marcus Antonius hinreichend zu erklären, denn der junge Sportler schenkte ihr, nachdem er einige Zeit beleidigt ihre Nähe gemieden hatte, nun wieder seine ungeteilte Aufmerksamkeit. Beide schienen alles ringsum vergessen zu haben. Laelia hingegen hatte keineswegs vergessen, dass er es gewesen war, der eine Liebesbotschaft mit Wein auf den Tisch geschrieben hatte, geradeso wie das blutige Wort »Rediemus«, das sie an dem Morgen des Überfalls so erschreckt hatte. Es überlief sie kalt. Argwöhnisch beobachtete sie aus den Augenwinkeln, wie der junge Parther vertraulich Illicias Hand ergriff und ihr etwas ins Ohr flüsterte. Bei Apollon, dachte Laelia, wenn ihr Verdacht wirklich berechtigt war, dann verschenkte Illicia ihre Gefühle an genau den, der ihr Böses wollte. Und bei aller Offenheit, konnte man einem Parther überhaupt trauen? Was sollte sie nur tun? Silvanus, dem sie von der weinseligen Liebeserklärung des Wagenlenkers erzählt hatte, wollte sich um die Sache kümmern und sehen, was er über den Fremden in Erfahrung bringen konnte. Bislang allerdings waren seine Nachforschungen wohl ohne Erfolg gewesen, denn noch hatte er nichts berichtet. Nun, so etwas dauerte sicher seine Zeit. ›Hoffentlich kommt er heute Abend‹, wünschte sie innerlich, aber bei Silvanus konnte man dessen nie sicher sein. Laelia warf noch einen scharfen Blick zu ihrer Freundin hinüber und widmete sich wieder ihrer Lektüre.

Sie hatte kaum eine Zeile gelesen, als Sylvester und sein Kommilitone Perstylos hereinkamen und sich zu Laelia gesellten. Scharfsichtig hatte Perstylos Illicia bei dem Wagenlenker gesehen und lächelte spitz. »Unsere Illicia hat einen Verehrer, wie es scheint!«, stellte er fest. »Sie scheint ja recht angetan zu sein. Noch nicht einmal begrüßt hat sie uns, das ist doch sonst nicht ihre Art!«

»Es sieht wirklich so aus, als fände Illicia etwas an diesem Parther!«, grollte Laelia und zog missmutig die Augenbrauen zusammen, als jetzt munteres Lachen herüberschallte und Mazdates eines von Illicias Löckchen zärtlich um seinen Finger wickelte. »Sag mal, Sylvester, hast du dich nicht neulich mit diesem Mazdates unterhalten?«

Sylvester nickte behäbig und nahm erfreut den Wein entgegen, den Monoculos ihm ungefragt reichte.

»Und – was hältst du von ihm?«, bohrte Laelia weiter.

»Du warst doch dabei! Warum fragst du?«, murmelte Sylvester träge und hob seinen Becher an die Lippen. Dann lächelte er nachsichtig. »Ach richtig, du warst wohl zu sehr mit deinem Liebsten beschäftigt, um etwas mitzubekommen.« Er stellte seinen Becher ab und beugte sich zu ihr herüber. »Was ist mit dir, Laelia? Missgönnst du Illicia dieses kleine Abenteuer? Du bist doch sonst nicht so.« Schalkhaft zwinkerte er ihr zu. »Hast du etwa selbst ein Auge auf ihn geworfen? Ist es mit Silvanus vorbei?«

»Natürlich nicht! Was redest du da für einen Unsinn!« Laelia verstand in dieser Hinsicht keinen Spaß.

»Schon gut«, lenkte Sylvester ein, »es gibt nicht viel zu erzählen. Ich bot ihm an, mir einmal seinen Wagen anzusehen, weißt du nicht mehr? Dazu hat sich bis jetzt noch keine Gelegenheit ergeben. Er macht einen sympathischen Eindruck, wenn du mich fragst.«

Plötzlich standen Mazdates und Illicia hinter ihnen. »Salve, ihr beiden, seid ihr schon lange da? Wir haben euch gar nicht kommen sehen!« Illicias Wangen waren gerötet, ihre Augen leuchteten, als sie sich setzten. Mazdates' Augen strahlten nicht minder, kaum konnte er den Blick von seiner Begleiterin abwenden.

»Du hast dich wohl gut amüsiert?«, fragte Laelia ihre Freundin leise.

Überrascht sah Illicia sie an. »Was ist los, Laelia?«

Diese beugte sich zu ihr hinüber und flüsterte ihr zu: »Hast du Marcus Antonius schon vergessen?«

Illicia errötete. »Was soll diese Frage? Du weißt doch genau, was mit Marcus ist! Er ist weg, und wer weiß, ob er noch einmal wiederkommt. Er wollte nach Tarsos, um Gespräche mit Kleopatra zu führen. Gespräche! Hah!«

Laelia bemerkte mitfühlend den bitteren Klang in Illicias Stimme.

»Du kennst doch Marcus!«, fuhr diese fort. »Meinst du, ausgerechnet bei jener Frau würde er Nein sagen? Marcus Antonius? Dass ich nicht lache!«

Mazdates unterbrach das leise geführte Gespräch der beiden Frauen. »Illicia, hast du gehört, Sylvester wird sich morgen meinen Wagen ansehen. Ich hoffe wirklich, er findet Möglichkeiten, ihn zu verbessern. Bald ist doch das große Wagenrennen. Es ist eines der wichtigsten, an dem ich teilnehme, als einziger Parther übrigens.«

Laelia sah gerade Silvanus hereinkommen und stand auf, ihn zu begrüßen. Mazdates fuhr unbeirrt fort: »Sogar ein naher Verwandter unseres Königs hat sein Kommen angesagt, nur um sich das Rennen anzusehen. Wenn ich da gewinnen würde, das wäre großartig! Ich würde sicherlich hoch belohnt.« Er strahlte Illicia an. »Es ist Mithriventes, den wir erwarten. Vielleicht kennst du ihn sogar, er war vor nicht langer Zeit in Didyma, wegen eines Orakels, so erzählte man sich bei uns. Es soll äußerst vielversprechend gewesen sein, aber dann hat man nichts mehr davon gehört. Doch meine holde Illicia, was kümmert mich die Politik, das alles ist ohne Bedeutung, wenn du neben mir sitzt.« Wieder lächelte er sie breit an und zeigte zwei Reihen strahlend weißer, makelloser Zähne.

Illicia sah betroffen zu Laelia hinüber, die sich mit Silvanus an einen anderen Tisch gesetzt hatte. In der Tat war ihr dieser parthische Würdenträger wohl bekannt. Besonders Laelia hatte damals das Gefallen des Mithriventes erregt, der, so stellte Illicia fest, dem Parther, der hier vor ihr saß, nicht im Mindesten ähnelte. Vergeblich versuchte sie durch intensive Blicke Laelias Aufmerksamkeit zu erregen, diese jedoch war ganz in das Gespräch mit Silvanus vertieft.

Der griff gerade nach seinem Becher und sah Laelia verschmitzt an. »Es gibt gute Neuigkeiten, cara mia!«

»Was denn? Hast du die Mörder gefasst? Oder hat deine Frau dich verlassen?«

Silvanus brummte missbilligend und wurde wieder ernst. »Nicht ganz, meine Liebe, nicht ganz! Lucida ist heute nach Pergamon abgereist!«

»Oh«, freute sich Laelia. »Dann kannst du doch heute hier bleiben!« Sie vermutete zwar, dass Silvanus dies nicht möglich war – hatte doch Lucida ein gut funktionierendes Kontrollsystem aufgebaut – ein Versuch konnte jedoch nicht schaden. Silvanus fiel es denn auch nicht leicht, zuzugeben, nicht die ganze Nacht bleiben zu können. »Du weißt doch, dass es nicht geht, egal, ob sie da ist oder nicht!«, gestand er widerwillig. »Sie hat unserer Sklavin eingeschärft, ein Auge auf mich zu haben. Sie sorgt sich in ihrer Abwesenheit nämlich sehr um mich!«

»Ja, ja, in ihrer Abwesenheit, im Übrigen scheint es mit ihrer Sorge aber nicht weit her zu sein!«, murmelte Laelia verärgert.

»Jetzt gräme dich nicht, sondern freue dich, dass ich hier bin!«, unternahm Silvanus einen Vermittlungsversuch.

Laelia ging nicht darauf ein, sondern wechselte das Thema. »Hast du inzwischen etwas über diesen parthischen Wagenlenker herausgefunden? Er macht Illicia schon wieder schöne Augen!« Mit einem Kopfnicken in Richtung ihrer Freunde wies sie Silvanus auf die beiden hin, die ihre innige Unterhaltung wieder aufgenommen hatten.

»Nein, nichts«, antwortete Silvanus kurz angebunden.

»Aber weshalb? Irgendetwas musst du doch erfahren haben?«

»Nein, ich habe nichts gehört, was deinen Verdacht rechtfertigt.«

»Hast du überhaupt Nachforschungen angestellt?«, fragte sie misstrauisch.

Silvanus wurde ärgerlich. »Wenn ich dir sage, ich habe nichts herausgefunden, dann ist das auch so! Außerdem habe ich auch noch anderes zu tun, als deinen Hirngespinsten nachzujagen.«

»Aber Silvanus, was ist mit dir los?« Gekränkt blickte sie ihn an. »Ich hatte dich doch nur gebeten, ein Auge auf diesen Parther zu haben. Du weißt doch, warum ich mir solche Sorgen um Illicia mache!«

Silvanus reagierte unwillig. »Ich habe dir doch schon gesagt, dass mir nichts Verdächtiges zu Ohren gekommen ist. Meine Männer haben sich unauffällig umgehört. Keiner der Athleten wusste etwas Schlechtes über ihn zu sagen. Sie kennen ihn von mehreren Rennen, er sei ein fairer Sportler und überaus begabt. Außer dass ihm eine große Karriere prophezeit wird, habe ich nichts in Erfahrung bringen können. Reicht dir das jetzt? Oder soll ich eine Depesche an den parthischen König schreiben?«

»Silvanus«, Laelia hatte genug, »wenn du Ärger hast, dann sag es mir, aber führe dich nicht so auf!« Ihre Augen blitzten wütend.

In Silvanus begann sich das schlechte Gewissen zu regen. Sie hatte ja Recht. Aber ausgerechnet jetzt, wo Lucida wegfuhr und sie eine schöne Zeit zusammen haben könnten, begann sie herumzunörgeln. Wie Lucida, schoss es ihm durch den Kopf. Aber hatte er sich wirklich mit der nötigen Sorgfalt um die Nachforschungen gekümmert? Er erforschte sein Gewissen und befand, dass Laelia übertrieb. Ganz offensichtlich war dieser Wagenlenker ein liebeskranker Tropf, der sein Herz an Illicia gehängt hatte. »Nur weil du einmal unliebsame Erfahrungen mit Parthern gemacht hast, musst du nicht gleich allen Schlechtes unterstellen!«, versuchte er, ihr vernünftig zuzureden.

Die Entrüstung über diesen ungerechten Vorwurf zeichnete sich deutlich auf Laelias Gesicht ab. »Wie kannst du so etwas behaupten? Du weißt genau, dass ich nichts gegen Parther habe! Es ist ein sehr gebildetes Volk, mit einfühlsamer Literatur und sehr hoher Kultur. Aber die römische Vermessenheit ist natürlich nicht in der Lage, solches zu würdigen!«

»So, wenn du deine Liebe für die Parther entdeckt hast, dann kann ich ja gehen.« Finster schob Silvanus seinen Becher von sich und machte Anstalten aufzustehen. Verstohlen lugte er unter gesenkten Lidern zu Laelia hinüber, ob er nicht ein Zeichen der Versöhnung an ihr wahrnehmen könnte. Aber Laelia fühlte sich verletzt und hatte sich gleichgültig abgewandt. Schweren Herzens erhob sich Silvanus, ging langsam zur Tür, verharrte einen Augenblick und eilte dann zurück zu Laelia. »Lumen meum*, es tut mir Leid!«

Überrascht sah sie zu ihm auf.

»Ja, es tut mir Leid, wenn du den Eindruck hattest, ich hätte deine Sorge wegen des Wagenlenkers nicht ernst genommen! Aber was ich dir erzählt habe, ist die Wahrheit. Dennoch, wenn es dich beruhigt, dann will ich meine Legionäre anweisen, weiter ein wachsames Auge auf ihn zu haben.«

Versöhnter ließ Laelia ihn ein kurzes Lächeln sehen. »Wollen wir uns nicht zu den anderen setzen, dann kannst du dir selbst ein Bild von dem Mann machen!«

---

* Mein Licht, mein Augenstern

»Das können wir gern, aber vorher möchte ich noch mit Illicias Tante sprechen. Weißt du, ob sie hier ist?«

Laelia wurde einer Antwort enthoben, denn just in diesem Moment erschien Arkadia in der Tür zum Schankraum, vergewisserte sich, dass die Sklaven ordentlich arbeiteten, und ließ ihren Blick abschätzend über die Gäste schweifen – bis ihre Augen an Illicia und Mazdates hängen blieben. Eine tiefe senkrechte Falte grub sich in ihre Stirn, als sie sah, wie der Wagenlenker Illicias Hand ergriff und sie an seine Lippen drückte. »Orvietus«, bellte sie, sich umdrehend, »Orvietus, komm herunter, du musst etwas unternehmen!« Von Orvietus allerdings war nichts zu sehen. Noch einmal schaute Arkadia sich um, dann schritt sie drohend auf ihre Nichte zu, doch Silvanus hatte sich erhoben und versperrte ihr den Weg.

»Was soll das, Römer?«, fuhr sie ihn mit mühsam beherrschter Stimme an. Aus ihrem Mund klang das Wort Römer wie eine Beleidigung.

»Arkadia, ich muss dir ein paar Fragen stellen, können wir hinaufgehen? Ich glaube, es ist besser, wenn wir ungestört sind!« Arkadia murmelte ein paar unverständliche Worte, drehte sich um und schritt in den hinteren Raum zur Treppe. Silvanus folgte ihr auf dem Fuß. »Ist dein Mann oben?«, fragte er, bevor sie den obersten Treppenabsatz erreichten.

Arkadia antwortete mit einem verächtlichen Schnauben. »Anscheinend nicht! Dionysos wird wissen, wo der sich herumtreibt.« Schweigend gingen sie die wenigen Schritte bis zu Arkadias Empfangsraum. Kalt war es hier, stellte Silvanus schaudernd fest. Arkadia schien viel Wert auf frische Luft zu legen, denn die Fenster waren weit geöffnet und ließen die kühle, wegen des nahen Hafens auch etwas feuchte Nachtluft herein. Arkadia setzte sich auf einen Korbsessel, dem einzigen Möbelstück neben einem dreibeinigen Tischchen, das dem Raum ein wenig Gemütlichkeit verlieh. In der Ecke stand eine schmale Liege, eine ordentlich gefaltete Decke lag am Fußende. Das ganze Zimmer blitzte vor Sauberkeit, kein unnötiger Gegenstand lag herum. ›Man könnte meinen, es wäre unbewohnt‹, dachte Silvanus und lehnte sich an die Wand neben der Tür.

»Nun rede schon, Römer!«, forderte sie ihn barsch auf. »Was willst du von mir? Verschwende nicht meine Zeit!«

Unbeeindruckt beschränkte sich Silvanus darauf, sie schweigend anzusehen. Meistens verunsicherte diese Taktik die Befragten so, dass sie von allein zu reden begannen, schon um dem Schweigen ein Ende zu machen. Nicht so Arkadia. Mit gerunzelter Stirn starrten ihn ihre hellen Augen an, so dass es Silvanus war, dem langsam unbehaglich zumute wurde. Er war es dann auch, der das Schweigen brach. »Wo warst du in jener Nacht, als Rutilius Rufus zu Tode kam, Arkadia?«

Sie dachte nach und schien dann erst den Sinn seiner Frage zu verstehen. Fast wäre sie entrüstet aufgesprungen, besann sich aber doch eines Besseren. Mit kalter Stimme antwortete sie auf seine Frage. »Ich kann mich nicht erinnern. Wann ist es genau gewesen? Ich war viel unterwegs in den letzten Wochen.« Ihr Blick ruhte eisig auf ihm, Silvanus fröstelte immer mehr.

»Aber du wirst dich sicher daran erinnern, Arkadia. Es war doch der Stiftungstag des Hestia-Tempels.«

»Richtig. Nun, ich war selbstverständlich dort. Es war ein wichtiges Ereignis.«

»Wann genau bist du dorthin gegangen?«

»Was für eine Frage! Pünktlich zu Beginn der Zeremonien war ich vor dem Tempel.« Die kalte Ablehnung in ihren Augen wich allmählich wachsendem Zorn.

»Und wo warst du vorher?«

»Hier natürlich!«

»Natürlich!«, wiederholte Silvanus. Dieses Verhör war

wirklich Schwerstarbeit. Er musste langsam zum Kern der Sache vordringen, sonst säße er morgen noch hier und wäre genauso schlau wie zuvor. »Du warst also zu Beginn der Zeremonien vor dem Tempel. Wie lange warst du dort, wo bist du noch gewesen, wer hat dich gesehen, und wann bist du wieder gegangen?«

»Nun, Silvanus, das ist eine ganze Reihe von Fragen! Ich weiß wirklich nicht, ob ich dir Rechenschaft schuldig bin, wie ich diesen Abend verbracht habe.« Drohend zog Arkadia ihre Augenbrauen über der Nasenwurzel zusammen.

Silvanus ließ sich nicht einschüchtern. »Arkadia, beantworte bitte meine Fragen. Je eher du mein Anliegen erfüllst, desto eher bist du mich wieder los.«

Diesem Argument konnte Arkadia sich augenscheinlich nicht verschließen, denn zu Silvanus' Überraschung gab sie nach. »Nun gut. Was alles willst du wissen? Wie lange ich dort war? Bis zum Ende der Feier, nicht einen Moment länger! Diese vielen Menschen! Es war ein unerhörtes Gedränge auf dem Platz und fast alle waren betrunken! Widerwärtig!«

Silvanus nickte mitfühlend. »Wer hat dich begleitet?«

»Am Anfang war ich mit meinem Gatten, meiner Nichte und ihrer Freundin dort. Sie haben sich aber bald gelangweilt und sind zusammen mit Orvietus in die Taverne zurückgegangen. Übrigens haben wir dich gesehen!«, warf sie scharf ein. »Kurz darauf sind die beiden nach Hause gegangen.« Triumphierend sah sie zu ihm auf.

Silvanus war bei dieser Bemerkung unmerklich zusammengezuckt. Er war mit Lucida auf dem Fest gewesen, hatte die beiden Mädchen jedoch nicht bemerkt. »Wann war das?«, lenkte er ab.

»Sagte ich es nicht? Die Zeremonie hatte kaum begonnen.« Arkadia schwieg und wartete auf Silvanus' nächste Frage.

»Was geschah dann? Hast du jemanden getroffen?«

Sie überlegte einen Augenblick zu lange, fand Silvanus. Dann knurrte sie: »Natürlich habe ich viele Bekannte getroffen, lass mich nachdenken.« Eine Weile starrte Arkadia vor sich hin, ohne einen Laut von sich zu geben. Nur ihre Hände zupften nervös am Saum ihres Gewandes. Silvanus nahm es wohl zur Kenntnis und war gespannt, ob sie von sich aus Gabyonos erwähnen würde.

»Als Laelia und Illicia gerade weg waren, begegnete ich Avidia Plautilla. Sie war sehr in Eile.«

»Weißt du, wo sie hinwollte?«

»Nein, das hat sie mir nicht gesagt.«

»Wo hast du sie getroffen?«

»Na, direkt vor dem Tempel, an der Hauptstraße. Dort, wo die Zeremonien beginnen.«

»Fahre fort, Arkadia, beschreibe mir den weiteren Verlauf des Abends. Lasse nichts aus, alles könnte wichtig sein!«, ermunterte er sie.

Arkadia nickte mürrisch und begann aufzuzählen, wen sie alles getroffen hatte, mit wem sie ein paar Worte gewechselt und mit wem nicht. Die Letzteren waren deutlich in der Überzahl. Gabyonos war bei keiner der Gruppen dabei. Nachdem Silvanus sicher war, dass sie freiwillig nichts mehr erzählen würde, entschloss er sich, sie direkt auf den Sklaven anzusprechen. »Sage Arkadia, hast du nicht jemanden vergessen?«

Verärgert fauchte sie ihn an: »Ich habe dir alles erzählt, was du wissen willst, Römer, so lass mich jetzt in Frieden!«

»Du hast nicht zufällig Gabyonos gesehen?«, fragte Silvanus sie mit aller Freundlichkeit, die er aufbringen konnte.

»Gabyonos?« Arkadia schien verblüfft. »Wie kommst du darauf, dass ich auf einen Sklaven achten würde?«

Sollte Gabyonos gelogen haben? Silvanus glaubte das nicht, immerhin hing sein Alibi daran, und dieser Sklave hätte sich sicher etwas Besseres ausgedacht, als ausgerechnet auf Arkadia zu verfallen. Er blickte ihr streng in die Augen. »Arkadia, es ist besser, wenn du mir alles erzählst! Ich könnte sonst auf den Gedanken kommen, du wolltest etwas vor mir verbergen. Vielleicht weil du aus irgendwelchen Gründen etwas mit dem Mord an Rutilius Rufus zu tun hast? Ist es so? Hast du ihn auf dem Gewissen?«

Arkadia sah ihn entrüstet, jedoch nicht erschrocken an. »Wie kannst du es wagen, mich einer solchen Tat zu bezichtigen! Und wer sagt, dass ich mit diesem, wie hieß er noch, diesem Sklaven geredet haben soll?«

»Niemand hat gesagt, dass du mit Gabyonos – so heißt er, wie du genau weißt – geredet hast. Ich fragte dich lediglich, ob du ihn gesehen hast. Aber wo du es schon ganz richtig erkannt hast, Gabyonos selbst gab an, dich dort getroffen zu haben. Er war überzeugt, dass du dich erinnern würdest!«, erwiderte Silvanus.

Arkadia funkelte ihn zornig an. »Was willst du damit sagen, Silvanus?«

Dieser nahm befriedigt zur Kenntnis, dass ihn Arkadia bei seinem Namen ansprach. »Was sollte ich damit andeuten, Arkadia?«

»Du weißt ganz genau, was ich meine!« Arkadia konnte ihre Wut kaum beherrschen, ihre Stimme klang gepresst.

Silvanus zuckte nur die Schultern und schwieg. Sie maßen sich mit den Augen, und diesmal war es Arkadia, die nachgab. Widerwillig nickte sie. »Ja, ich habe Gabyonos getroffen.«

»Wann genau war das, kannst du dich erinnern?« Silvanus ließ sich seine Befriedigung, Arkadia dieses Eingeständnis entlockt zu haben, nicht anmerken.

»Ach Silvanus, wie soll ich das wissen? Es war irgendwann während der Zeremonien. Ich weiß noch, dass ich mich darüber ärgerte, von ihm angesprochen und in meiner Betrachtung gestört zu werden.« Sie atmete schwer.

»Nun?«, fragte Silvanus. »Und weiter?«

»Was weiter? Nichts natürlich. Ich wollte ihn schnell loswerden.«

»Was wollte Gabyonos von dir?« So leicht gab Silvanus nicht auf, aber auch Arkadia ließ sich offensichtlich nicht so leicht zu näheren Erläuterungen hinreißen. Sie schwieg. Ein zäher Brocken, diese Frau, aber das hatte Silvanus vorher gewusst. »Woher kennst du Gabyonos überhaupt?«, wählte er einen anderen Weg, um ans Ziel zu kommen.

»Gabyonos ist schließlich der Sklave von Ulpia. Diese kenne ich sehr gut.«

»Warst du oft bei Ulpia zu Hause?«

»Nun ja, es ergab sich hin und wieder die Notwendigkeit; meistens allerdings kam sie nachmittags zu mir in die Taverne.« Arkadia war die Wendung, die das Gespräch nun nahm, sichtlich unangenehm. Die Mundwinkel noch tiefer herabgezogen als zuvor, knetete sie unruhig ihre Hände.

›Aha‹, dachte Silvanus, ›da kommen wir der Sache wohl näher.‹

»Was wollte sie denn bei dir?«

Arkadia hüllte sich in Schweigen.

»Du kannst es mir ruhig sagen!«, ermunterte sie Silvanus. »Hat sie sich bei dir über ihren Mann beklagt? Die Ehe scheint ja nicht so glücklich gewesen zu sein.«

Arkadia sah zu ihm auf. »Hat Ulpia dir das gesagt?«

»Nun, ich habe so einiges gehört. Es scheint kein Geheimnis gewesen zu sein.«

»Wenn du es sowieso weißt. Es war so. Ulpia hat mir oft ihr Herz ausgeschüttet.«

Silvanus wunderte sich, dass Ulpia dafür ausgerechnet Arkadia ausgewählt hatte. Er hätte es sich dreimal überlegt, dieser Frau seine Probleme anzuvertrauen. »Wieso ist sie zu dir gekommen? War eure Bekanntschaft so eng?«

»Wir kennen uns eine Ewigkeit.« Streng sah Arkadia ihn an. »Du kannst mir glauben, ich würde nicht für jede Dahergelaufene meine Zeit verschwenden, indem ich mir das Gejammere über eine gescheiterte Ehe anhöre. Aber bei Ulpia ist das etwas anderes. Wir hatten es beide nicht leicht in unserer Jugend, das bindet über die Jahre hinweg. Außerdem war die Ehe mit Rutilius wahrlich eine Katastrophe! Da hatte ich sogar mit Orvietus mehr Glück!« Ihr Gesichtsausdruck wurde verbittert, so als wollte sie andeuten, auch sie habe einiges mitgemacht.

»Eine Katastrophe? Inwiefern?«

»Silvanus, du glaubst doch wohl nicht im Ernst, ich würde dir die intimen Einzelheiten aus dem Leben meiner Freundin erzählen.«

Silvanus sah ein, dass sie dies in der Tat nicht tun würde. »Und wenn Ulpia kam, hat sie Gabyonos mitgebracht?«, lenkte er das Gespräch wieder auf sein ursprüngliches Thema.

»Nein, das hat sie nicht!«, kam es heftig aus Arkadias Munde.

Silvanus wurde ungeduldig. »Arkadia, ich bitte dich! Nach Gabyonos' Aussage scheint ihr euch gut zu kennen!«

»Das will ich auch gar nicht bestreiten!«, fuhr sie ihn an. »Ich sagte nur, er ist nicht mit Ulpia zusammen gekommen.«

»Ach«, endlich begriff Silvanus. »Er war also schon da, oder ist er später nachgekommen?«

»Er kam meistens nach Ulpia.«

»Und dann? Hatten sie hier ein Stelldichein?«

Widerwillig nickte sie. ›Die sittenstrenge Arkadia‹, dachte Silvanus, ›sieh an, sieh an! Verschaffte ihrer Freundin Ulpia eine Gelegenheit zum Ehebruch.‹ Damit gewann sie in seinen Augen gewaltig an Sympathie.

»Damit es ganz klar ist! Ich redete Ulpia immer wieder zu,

damit aufzuhören, und als Illicia und Laelia hier einzogen, habe ich es natürlich sofort unterbunden. Es gefiel mir ganz und gar nicht! So etwas unter meinem Dach. Aber Ulpia hat mich so verzweifelt darum gebeten. Tausendmal versicherte sie mir, wie sehr sie ihn liebte – und er sie. Immer wieder musste ich mir das anhören. Als ob ein Sklave fähig wäre, wahre Gefühle zu haben!« Verächtlich schüttelte sie den Kopf. »Du kennst doch Gabyonos! Sieht der so aus, als würde er Ulpia lieben? Ach was, der ist nur auf ihr Geld aus. Und jetzt hat Rutilius ihn auch noch freigelassen! Bei der nächsten Gelegenheit ist er doch weg. Der wartet doch nur noch darauf, dass er sein Geld ausgezahlt bekommt, sage ich dir, danach ist er verschwunden. Was dann aus Ulpia wird, ist diesem Sklaven ganz egal.« Zornig sah sie Silvanus an.

Dieser erkannte jetzt einige Zusammenhänge etwas klarer, aber warum Gabyonos so eindringlich auf Arkadias eigene Interessen hingewiesen hatte, verstand er noch immer nicht.

»Und worüber habt ihr auf dem Fest geredet?«

»Ich habe dir alles gesagt!«, antwortete sie brüsk.

»Nein, nicht alles, wie mir scheint!«, widersprach Silvanus. »Du hast angefangen, nun ist es sicherlich das Beste, du erzählst mir auch noch den Rest. Irgendwann finde ich es ohnehin heraus, und dann werde ich mich fragen, ob du nicht noch mehr zu verbergen hast.«

Arkadia erbleichte. »Du hast das vorhin doch nicht ernst gemeint? Du verdächtigst mich doch nicht wirklich?«

»Wenn du Gabyonos' Aussage bestätigst, hat nicht nur er damit ein Alibi, sondern auch du selbst. Als Freigelassener hat seine Aussage genug Gewicht.« Abwartend sah er sie an.

Einen Moment lang schwieg Arkadia. Dann schien sie missmutig einzusehen, dass sie besser alles erzählen sollte. »Wie ich sagte, traf ich Gabyonos, kurz nachdem die Zeremonien begonnen hatten. Er sprach mich an. Es ging um eine Weinlieferung.«

Damit hatte Silvanus nicht gerechnet. »Wein?«, fragte er ungläubig.

»Ja. Gabyonos hat gute Beziehungen, Dionysos weiß, wieso. Jedenfalls kann er sehr günstig Wein beschaffen. Er hat es mir einmal angeboten, als Entschädigung für meine Mühe sozusagen. Ich habe eingewilligt. Hätte ich gewusst, woher der Wein kommt, wäre ich nie auf sein Angebot eingegangen. Erst kurz vor Rutilius' Tod habe ich herausgefunden, was er wirklich treibt. Kurz und gut, sein so genannter Weinlieferant entpuppte sich als windiger Fuhrunternehmer. Dessen Kunden sind hauptsächlich Weinimporteure, für die er die Amphoren an der ganzen Westküste transportiert. Er schafft es, regelmäßig einen Teil der Ware unauffällig verschwinden zu lassen, und überlässt es dann Gabyonos, diesen Wein weiterzuverkaufen. Ich denke, beide haben damit ein schönes Stück Geld beiseite geschafft.« Entrüstung spiegelte sich in Arkadias Gesicht. »Als ich es herausbekam, war ich außer mir. Und als ich ihn damit konfrontierte, erdreistete sich dieser Sklave doch, mir zu drohen! Mir!« Ihre Stimme schwoll an. »Wenn ich ihn und seinen Freund verraten würde, wollte er mich bei den Behörden anzeigen! – Wenn du mich jetzt also mitnehmen willst, kann ich dich nicht hindern, deine Pflicht zu erfüllen!« Sie erhob sich.

»Moment, Moment, Arkadia! Ich untersuche einen Mordfall! Diebstahl und Hehlerei fallen nicht in meine Befugnis. Da du mir die Sachlage glaubhaft geschildert hast, werde ich in dieser Hinsicht nichts unternehmen.«

Zweifelnd sah Arkadia ihn an.

»Allerdings, wenn ich das Gehörte wirklich vergessen soll, wäre es sicherlich von Nutzen, würdest du weiterhin Augen und Ohren offen halten. Man kann nie wissen. Vor allem, weil du mit Ulpia befreundet bist. Wenn dir also etwas auffällt oder zu Ohren kommt, was auch nur im Geringsten mit Rufus' Tod zu tun hat, dann möchte ich, dass du es mir sofort berichtest. Das würde meiner Vergesslichkeit unter Umständen förderlich sein.«

Arkadia war nicht erfreut, nickte aber widerstrebend.

»Eine letzte Frage musst du mir noch beantworten.«

»Was denn noch?«, knurrte Arkadia.

»Wie lange hast du an jenem Abend mit Gabyonos gesprochen?«

Arkadia runzelte missmutig die Stirn. »Ich konnte ihn gar nicht loswerden! Er fing wieder mit diesen Weinlieferungen an. Ich hatte ihm gesagt, dass ich davon nichts mehr wissen will, aber er ließ nicht locker. Es hat bestimmt eine Stunde gedauert, denn als er endlich ging, war die Hauptzeremonie schon fast vorbei. Ich habe davon kaum etwas mitbekommen, dabei war ich nur deswegen dort. Ich war sehr ärgerlich und habe Gabyonos gegenüber daraus keinen Hehl gemacht.«

Silvanus konnte sich lebhaft vorstellen, was der Sklave sich alles hatte anhören müssen, fast tat er ihm Leid. Eine Schimpftirade von Arkadia hatte so schnell keiner verdient. Aber er nickte zufrieden. Höflich dankte er ihr und ging hinunter in den Schankraum. Jetzt konnte er einen Schluck vertragen.

Er setzte sich neben Laelia, die mit den anderen am Tisch saß. Eine Hand legte er auf ihr Knie, mit der anderen griff er nach ihrem Becher und trank genüsslich. Laelia sah ihn neugierig an. »Na, was hast du herausgefunden? Hat Arkadia gestanden?«

Silvanus lächelte vielsagend. »Es war sehr aufschlussreich!« Zu ausführlicheren Äußerungen war er nicht zu bewegen.

»Ich kann doch hier nicht vor allen Leuten die Ergebnisse meiner Ermittlungen ausbreiten«, flüsterte er in ihr Ohr, dabei liebevoll an ihrem Ohrläppchen knabbernd.

Laelia, eng an ihn geschmiegt, flüsterte zurück: »Hast du schon gehört, Gnaeus ist nach Smyrna abgereist! Pykideme war eben hier und hat es erzählt.«

»Weiß ich längst, liebste Laelia, habe ich doch einige Legionäre zu seiner Beobachtung abgestellt.« Zärtlich strichen seine Lippen über ihren Nacken. Dass Gnaeus bereits fort war, hatte er zwar nicht gewusst, aber dass er es vorhatte. Und ein wenig Aufschneiden konnte nicht schaden.

Sylvester und Perstylos verabschiedeten sich. Zurück blieb nur Mazdates, dessen Augen sehnsüchtig an Illicia hingen. Diese aber schüttelte leicht den Kopf. So ergriff er bedauernd ihre Hand, führte sie mit einem tiefen Blick in ihre Augen an die Lippen, küsste sie innig und ließ sie nur widerwillig los. »Morgen werde ich wiederkommen, vergiss mich nicht«, flüsterte er ihr zum Abschied zu. Freudig errötend sah sie ihm nach, bevor auch sie sich mit glücklichem Lächeln erhob und Silvanus und Laelia allein ließ.

Als Laelia die Augen aufschlug, drang lautes Geschirrklappern aus der Taverne zu ihrer Kammer herauf. Wohlig reckte sie sich in den warmen Laken und zögerte den Moment hinaus, sich in die Kühle des Morgens zu begeben. Sie dachte an den vergangenen Abend, an die letzte Nacht. Wenn Silvanus ein schlechtes Gewissen hatte, war er ein besonders phantasievoller Liebhaber. Sie lächelte. Auch wenn sie sich sonst manchmal über ihn ärgerte, in dieser Hinsicht hatte sie keinen Grund zu klagen. Im Gegenteil. Sie schlug das Laken zurück und schwang die Beine über die Bettkante. Gedämpft hörte sie Illicia etwas sagen. Illicia! Sie musste unbedingt mit ihr sprechen, sie konnte nicht mit ansehen, wie diese ihr Herz immer mehr an den Wagenlenker verschenkte. Entschlossen stand Laelia auf, ging zum Waschtisch und spritzte sich etwas kaltes Wasser ins Gesicht. Es würde nicht leicht werden. Wie sollte sie ihre Freundin von der Gefährlichkeit der Situation überzeugen, ohne sie zu verletzten oder zu beunruhigen? Dennoch, es musste sein! Klopfenden Herzens streifte sie ihre Tunika über und ging hinunter.

Sie fand Illicia an einem der Tische, mit einem Krug Wasser, in einer Schriftrolle lesend. »Salve, Illicia! Du bist schon auf?« Laelia rutschte neben ihre Freundin auf die Bank. Jetzt erkannte sie, was diese am frühen Morgen las. »Ach, hast du deinen Aristoteles hervorgeholt? Den hast du aber schon lange nicht mehr angesehen!«

»Woher willst du das wissen? Ich lese ihn immer am Morgen, da habe ich die meiste Ruhe.« Vorsichtig legte Illicia die kostbare alte Schriftrolle beiseite und befahl Flusia, die um diese Zeit, da noch keine Gäste da waren, gern in der Küche bei den Vorbereitungen half, das Frühstück aufzutragen.

Laelia betrachtete nachdenklich das wertvolle Dokument. »Denkst du auch noch so oft daran, wie wir sie zum ersten Mal gesehen haben?«

Illicia nickte. »Natürlich, wie könnte ich das jemals vergessen. Hier in Ephesos, im Frühjahr, hat sie uns Euyonimos gezeigt. In einem der schönsten Häuser, die ich jemals gesehen habe. Schade, dass er kurz danach verstorben ist.« Traurig verstaute sie die Rolle in einem kleinen Kasten, der neben ihr auf der Bank stand.

»Letztlich hast du sie Antonius zu verdanken, das weißt du!« Laelia wurde ernst.

»Natürlich weiß ich das, warum betonst du das so? Was fängst du schon wieder mit Marcus Antonius an? Ich möchte darüber nichts mehr hören, Laelia! Er ist jetzt mit Kleopatra in Tarsos. In einer Gesellschaft, in die er gehört!«

»Du weißt genau, dass er dich sehr liebt! Das hat sogar Silvanus gesagt!«

»Aber, Laelia, was redest du wie eine Kupplerin? Natürlich liebt er mich, genau so, wie er jede andere, der er gerade gegenübersteht, auch liebt. Zudem ist Marcus Antonius bereits verheiratet, und meinetwegen lässt er sich gewiss nicht scheiden!«

»Ist es deswegen? Weil Antonius verheiratet ist?« Laelia wusste genau, dass dies nicht der Grund war, und so sah Illicia sie auch völlig verständnislos an. »Es ist früh am Morgen, Laelia, du redest Unsinn! Was soll deswegen sein? Wovon redest du? Ich komme mir vor wie beim Orakel in Didyma, da muss man sich auch selbst zusammenreimen, was gemeint sein könnte.« Sie nahm sich ein Stück von dem frischen Brot, das Flusia vor ihr hingestellt hatte, und tunkte es in ein Schälchen mit gewürztem Olivenöl.

»Ich meine den Parther.«

Illicia ließ ihr Brot sinken. »Mazdates? Was willst du damit sagen?«, fragte sie drohend, legte das Brot beiseite und faltete die Hände vor sich auf dem Tisch. »Nun?«

»Illicia, ich wollte es dir schon lange erzählen ... Damals wollte ich dich nicht damit belasten, aber jetzt musst du es wissen: Als die Taverne verwüstet wurde, fand ich eine Nachricht auf dem Tresen. ›Rediemus‹ stand da. Es war mit Blut geschrieben ...« Gequält sah sie ihre Freundin an.

Ein Schatten von Angst überflog Illicias Gesicht, dann fing sie sich. »Und? Was heißt das? Was hat das mit Mazdates zu tun?«

»Erinnerst du dich nicht? Neulich Abend, nach den Spielen glaube ich war es, da schrieb er dir doch eine Botschaft auf den Tisch. Mit Wein.« Laelia schwieg und ließ das Gesagte wirken.

Illicia wollte nicht glauben, was ihre Freundin da unterstellte. »Das ist doch grotesk! Du meinst allen Ernstes, Mazdates kommt her, verwüstet mit seinen Kumpanen die Taverne, schlägt mich nieder und macht sich dann an mich heran, weil er es auf dem gewaltsamen Wege nicht geschafft hat? Laelia, du hast doch genug Verstand und musst selbst sehen, dass das Unsinn ist. Es ist einfach unmöglich! Mazdates ist reizend! Er ist mir kein einziges Mal zu nahe getreten. Er ist aufmerksam, unterhaltsam und fürsorglich! Ich kann nicht glauben – nein – ich weigere mich zu glauben, dass meine beste Freundin so etwas von einem meiner Freunde denkt. Das hätte ich nicht von dir gedacht.« Illicia kam ein noch schlimmerer Verdacht. »Sag jetzt nicht auch noch, dass du Silvanus auf ihn angesetzt hast? Nein, Laelia, das hast du nicht getan!«

Betreten rollte Laelia eine Aprikose zwischen den Handflächen. Ihr Schweigen sagte Illicia genug. Sie nahm ihre Schriftrolle und entschwand nach oben, in ihre Räume.

»Bei Apollon, warum muss das so schwierig sein«, klagte Laelia. Eine Weile noch blieb sie sitzen und starrte vor sich hin. So konnte sie Illicia nicht gehen lassen. Sie seufzte. Jetzt gleich würde sie zu ihr hinaufgehen, Illicia musste einfach begreifen, dass Vorsicht geboten war. Noch einmal seufzte sie, trank einen Schluck Wasser und wünschte, es wäre Wein, der ihren Mut ein wenig stärken würde. Es sei! Sie erhob sich und erklomm die Treppenstufen, die an diesem Morgen besonders hoch erschienen. Vor Illicias Tür hielt sie inne, dann klopfte sie an. Ein ärgerliches »Ja!« ertönte von drinnen. Vorsichtig öffnete Laelia die Tür. Illicia saß auf ihrem Bett, den Blick starr auf das Fenster gerichtet, und rührte sich auch nicht, als Laelia zu ihr trat und zögernd den Arm um ihre Schulter legte. »Aber, Illicia, ich habe es doch nur gut gemeint! Ich habe mir solche Sorgen gemacht, die ganze Zeit! Ja, sogar Vorwürfe! Ich hätte dir eher von der Botschaft berichten sollen, aber ich wollte dich nicht noch mehr beunruhigen. Es war doch alles auch so schon schlimm genug.« Zerknirscht versuchte sie, einen Blick von Illicia aufzufangen.

Diese runzelte zwar die Stirn, schien aber zuzuhören.

Ermutigt fuhr Laelia fort: »Wenn ich es dir eher gesagt hätte, wäre es gar nicht so weit gekommen. Dann hättest du es vielleicht sogar selbst verdächtig gefunden, dass der Parther den gleichen Weg der Nachrichtenübermittlung gewählt hat wie diese Bestien.«

Illicias Gesicht wurde langsam etwas freundlicher. »Nun gut«, ließ sie sich auf die Argumentation ihrer Freundin ein, »du sagtest doch, es hätte ›Rediemus‹ auf der Theke gestanden, nicht?« Laelia nickte bestätigend.

»Also stand das Wort auf Lateinisch dort, nicht auf Griechisch und nicht auf Parthisch!«

»Ich weiß, worauf du hinauswillst, aber das ist kein Argument. Vielleicht haben sie es auf Latein geschrieben, weil sie vorgaben, Römer zu sein, damit sich der Volkszorn gegen diese richtet. Wenn dann die Parther kommen, stehen sie als die Retter des Volkes da. Die Stimmung hier ist schlecht, immer mehr wenden sich gegen die römische Herrschaft, das weißt du doch auch.«

»Das mag richtig sein, trifft aber nur zu, wenn deine Ausgangsthese, dass sie vorgaben, Römer zu sein, tatsächlich auch so ist. Genauso gut könnten es wirklich Römer sein. Denn ich frage mich, warum richtet sich der Zorn ausgerechnet gegen Tavernen, die fast alle – soweit ich weiß, zumindest – von Griechen geführt wurden? Angenommen, es waren wirklich die Parther. Wäre es für sie nicht sinnvoller, gegen römische Einrichtungen vorzugehen? Dann würden sie doch viel eher die Sympathie der Einwohner auf ihre Seite ziehen. Aber der Terror richtet sich gegen die Einheimischen. Warum, frage ich mich? Irgendwie passt es weder zum einen noch zum anderen.

Vielleicht steckt ja etwas ganz anderes dahinter, wir sehen es nur nicht. Wie dem auch sei, Laelia, eines weiß ich gewiss: Mazdates hat damit nichts zu tun, das ist absolut unmöglich! Und warum sollte er mir eine Liebesbotschaft auf diese Art schreiben, wenn ihm klar wäre, dass ich dabei misstrauisch werden muss?« Voller Überzeugung sah sie Laelia in die Augen. »Aber wenn du schon Silvanus beauftragt hast, Nachforschungen einzuholen – hat er denn etwas erfahren, etwas, was deinen Verdacht erhärtet?« Als Laelia betreten schwieg, lächelte Illicia triumphierend. »Na also! Ich sage es doch! Deine Sorge ist vollkommen unbegründet. Urteile nicht vorschnell über jemanden, den du nicht kennst. Übrigens weißt du noch gar nicht, was ich gestern gehört habe – aber du warst ja auch in das Gespräch mit Silvanus vertieft und anschließend gab es keine Gelegenheit mehr dazu, es dir zu sagen.« So berichtete Illicia, dass Mithriventes, Laelias parthischer Verehrer vom Frühjahr, sein Kommen angekündigt hatte.

»Nein!«, rief Laelia entsetzt aus. »Nicht dieser entsetzliche Intrigant!« Sorgenvoll schaute sie aus dem Fenster. »Du bist sicher, er kommt nach Ephesos?«

Illicia nickte. »Ja, da bin ich sicher! Er will dem Wagenrennen zuschauen, an dem Mazdates teilnimmt. Der hat es mir selbst erzählt.« Im gleichen Moment, als sie dies sagte, wurde ihr klar, dass damit Laelias Verdacht auf eine solidere Basis gestellt wurde, als ihr recht war. Tatsächlich überschattete wieder ein Anflug von Sorge Laelias Gesicht, aber das gefürchtete »Ich habe es ja gesagt« unterblieb. Stattdessen ergriff Laelia ihre Hand und drückte sie. »Ich verstehe dich, Illicia. Ich kann mir gut vorstellen, dass dieser junge Mann dir gefällt. Aber denke an meine Worte und stürze dich nicht leichtsinnig in ein Abenteuer. Ich gönne es dir, vielleicht hast du ja auch Recht, und er hat mit der ganzen Sache nichts zu tun. Ich bitte dich nur, vorsichtig zu sein, und dich nicht zu eng an ihn zu binden, solange die Überfälle und Morde nicht geklärt sind. Willst du mir das versprechen?«

Illicia presste ihre Lippen zusammen, stimmte dann aber zögernd zu. »Gut, aber nur, weil du dir Sorgen machst! Vielleicht auch ein wenig um meinetwegen. Ich gebe zu, es ist schon beunruhigend, was du mir da erzählt hast.«

Kapitel 11

Todmüde hatte sich Silvanus von der Taberna Tilia auf den Weg nach Hause gemacht. Die ersten Sonnenstrahlen erhellten zaghaft die noch menschenleeren Straßen von Ephesos, als er sich in sein Heim stahl, in der Hoffnung, Larix, die Sklavin, würde ihn nicht kommen hören. Tatsächlich hatte er Glück, Larix schlief noch, und so schlich Silvanus nun in sein Schlafgemach, zerwühlte ein wenig das Lager und widmete sich dann der Morgentoilette. Das Haus erschien ihm seltsam still und leer, ohne Lucidas monotone Gesänge an ihre Kultfiguren, ohne das Klappern des Geschirrs, wenn Larix in der Küche das Frühstück bereitete, und ohne Nasutus, der morgens vor sich hin grummelnd das Brot buk. Nasutus, der jetzt mit Lucida in Pergamon war …

Das Frühstück würde er im Amt einnehmen, sagte sich Silvanus, während er den Gürtel seiner Tunika verknotete, im Moment hatte er ohnehin noch keinen Hunger. Gerade schickte er sich an, das Haus zu verlassen, als Larix schlaftrunken aus ihrer Kammer trat. Erschrocken starrte sie ihn an. »Bei Isis, Herr, du bist schon auf? Verzeih mir, ich habe verschlafen! Bitte, Herr, sage es nicht der Herrin, sie hat mir aufgetragen, in ihrer Abwesenheit besonders auf dich Acht zu geben.«

Silvanus, der wusste, dass Lucida den Sklaven nichts durchgehen ließ und sie schon wegen Kleinigkeiten maßregelte, beruhigte die angsterfüllte Iberierin. »Keine Sorge, Larix, ich werde der Herrin nichts verraten. Und bis auf weiteres werde ich im Magistratsgebäude frühstücken, denn allein macht es mir ohnehin keinen Spaß. Also genieße ruhig die Zeit, da die

Herrin nicht hier ist und schlafe, solange du willst. Falls ich dich brauche, werde ich dich rufen.«

Vielfach danksagend entschwand Larix in Richtung Latrine, und Silvanus machte sich auf den Weg zum Amtsgebäude. So, so, hatte Lucida ihr also eingeschärft, auf ihn zu achten. Eigentlich sollte das eine Selbstverständlichkeit sein, die nicht extra betont werden musste. Hatte Lucida Verdacht geschöpft? Für einen Augenblick schnürte sich seine Kehle zusammen. Doch er tat den Gedanken ab, jetzt würde die Sklavin ihrer Herrin nichts mehr berichten, selbst wenn ihr etwas auffiel. Das ließ ihm einigermaßen freie Hand mit Laelia. Zufrieden dachte er an die vergangene Nacht und hätte fast dem Impuls nachgegeben, zurück zu seiner Freundin zu eilen. Aber nein, er war römischer Magistrat und hatte eine Aufgabe zu erfüllen. Laelia konnte ihn heute abend wieder beglücken – und er sie.

Wohlgelaunt schritt er die Hauptstraße hinauf, an der Staatsagora vorbei und betrat das Magistratsgebäude. Trotz der frühen Stunde herrschte hier schon reges Treiben. Sklaven liefen beflissen hin und her, Schriftrollen und Schreibtafeln in den Händen, brachten und holten Post oder trugen Tabletts mit frischem, duftenden Brot und anderen Leckereien für das Frühstück. Silvanus, der sonst später kam, stellte überrascht fest, dass viele Kollegen ihre morgendliche Mahlzeit nicht zu Hause einnahmen, und bemerkte, wie sein Magen zu knurren begann.

In seinem Arbeitszimmer legte er sich auf die Kline und betrachtete missmutig die Schriftrollen, die auf dem Tisch vor ihm lagen. Nun, der Korrespondenz würde er sich später widmen, erst einmal musste an das leibliche Wohl gedacht werden. So rief er nach Bithynicus, trug ihm auf, sich um ein Frühstück zu kümmern, und fragte nach den Auswertungen der in den letzten Jahren begangenen Verbrechen.

Bithynicus sah ihm stolz in die Augen. »Es war nicht leicht,

Herr, so auf die Schnelle. Dennoch haben wir deinen Auftrag erfüllt. Bis spät in die Nacht haben wir daran gearbeitet, als du dich, wie mir scheint, eher Vergnügungen hingegeben hast.« Er ließ seinen Blick tadelnd auf Silvanus' Gesicht ruhen. Der konnte nicht verhindern, dass ihm ob dieses Vorwurfes eine leichte Röte in das Gesicht stieg. Zeichneten sich die Spuren der kurzen Nacht denn so deutlich ab? »Bringe mir das Verlangte!«, zischte er den Sklaven an, der sich mit einer kurzen Verbeugung und einem sarkastischen: »Natürlich, Herr, sofort. Die Auswertung liegt übrigens auf dem Tisch vor dir, jene Schriftrolle ganz links«, abwandte.

›Impertinent, dieser Sklave‹, ärgerte sich Silvanus, ›wäre er nicht so tüchtig, hätte ich schon längst seinen Verkauf veranlasst. Aber seine Arbeit ist Gold wert, und das weiß er.‹ Sowie Bithynicus den Raum verlassen hatte, sprang Silvanus von der Kline und nahm einen Silberspiegel aus der Truhe, in der er die frischen Togen verwahrte. Der Sklave hatte Recht. Unter seinen Augen zeichneten sich Tränensäcke ab und auch der Bart hatte deutlich zu sprießen begonnen. Er hätte Larix noch anweisen sollen, ihn zu rasieren! Also nach dem Frühstück zu einem Barbier, da konnte er sich auch gleich noch die Haare schneiden lassen, wenn er schon einmal da war. Mit der Hand über sein kratziges Kinn streichend legte er sich wieder auf die Kline. Laelia liebte es, wenn er mit den Bartstoppeln über ihren Körper fuhr, ging es ihm durch den Kopf, Lucida hingegen überhaupt nicht. Nur glattrasiert durfte er sich ihr nähern, wenn überhaupt. Und das war – gerade des Abends – zuweilen etwas lästig. Ach, seine beiden Frauen, wie unterschiedlich sie doch waren.

Die Tür öffnete sich, und herein trat ein Nubier mit einem Tablett voller Köstlichkeiten. Hungrig griff Silvanus zu. Dann nahm er das von Bithynicus bezeichnete Dokument zur Hand, entrollte es und begann kauend zu lesen. In der Tat, die

Sklaven hatten gute Arbeit geleistet. Sämtliche gemeldeten Verbrechen waren hier verzeichnet, akribisch aufgeschlüsselt nach ihrer Art, nach geklärten und ungeklärten Fällen, nach Ort, Zeitpunkt, Zeitraum und Modus Operandi; da gab es Informationen über verurteilte Täter, über Tatverdächtige, über Opfer. Anerkennend schnalzte Silvanus mit der Zunge und überlegte, ob er Bithynicus für diese wertvolle Arbeit nicht einen Betrag aus der Staatskasse zukommen lassen sollte, obwohl der ihn vorhin so rüde auf sein Aussehen aufmerksam gemacht hatte. Aber da er später ohnedies mit Plancus reden wollte, müsste er dem Sklaven sogar dankbar sein – in diesem Zustand vor seinem Vorgesetzten zu treten, wäre mehr als unklug gewesen. Nun denn, eine kleine Belohnung erschien angebracht.

Silvanus beschwerte den Anfang der Schriftrolle mit einer Marmorstatuette, um mit der freien Hand nach den Oliven greifen zu können, und vertiefte sich wieder in die Angaben. Diebstähle, natürlich, machten den größten Anteil der Verbrechen aus, wobei einige den Verdacht des Versicherungsbetruges nahe legten. Dann Einbrüche. Hier war interessant, dass in den letzten Monaten die Zahl der Überfälle auf Tavernen mit Sachbeschädigung und Körperverletzung in der ganzen Provinz stark angestiegen war. Die Vorgehensweise war immer gleich: Eindringen in das geschlossene Lokal, Zerstörung des Mobiliars, tätlicher Übergriff auf den Besitzer oder einen Angehörigen, wenn dieser dazukam, teilweise mit Todesfolge. »Dahinter steckt System«, murmelte Silvanus vor sich hin, während er nach einem Stück Birne griff. Waren mehrere Trupps unterwegs? In manchen Fällen hatten die Behörden Verdächtige vernommen, keinem aber konnte etwas nachgewiesen werden.

Weiter in der Liste. Tötungsdelikte. Mit gerunzelter Stirn versuchte Silvanus, Gemeinsamkeiten mit dem Mord an Rutilius Rufus festzustellen, fand aber nur zwei, die seinem Fall entfernt ähnelten. Auch hier waren zuvor Schläger in den Städten unterwegs gewesen. Hatte das etwas zu bedeuten? Er beschloss, Bithynicus damit zu beauftragen, die Unterlagen dieser Fälle genauer zu untersuchen.

Nachdenklich rollte er den Bericht wieder zusammen. Viel hatte ihm das nicht gebracht. So musste er sich also weiterhin auf seine bisherigen Verdächtigen konzentrieren: die Schläger, die wie vom Erdboden verschwunden schienen – die Nachforschungen seiner Männer hatten noch nichts erbracht; der undurchsichtige Artocreatus und dessen seltsame Frau, Pykideme; auch Ulpia, die für die fragliche Zeit kein Alibi hatte; Gabyonos, der allerdings durch Arkadia entlastet wurde. Hatte der gemeinsame Sache mit Arkadia gemacht, deren Abneigung gegen den Ehemann ihrer Freundin allzu deutlich war? Nein, die Frau war grundehrlich, allein wie sie auf seine Fragen nach Gabyonos reagiert hatte. Zudem war die Beihilfe zu einem Seitensprung etwas gänzlich anderes als Beihilfe zu einem Mord. Allerdings, schoss ihm ein neuer Gedanke durch den Kopf, Mazdates, diesen parthischen Wagenlenker, durfte man ebenfalls nicht außer Acht lassen. Wenn auch die Nachforschungen nichts Negatives ergeben hatten, man konnte nie wissen. Vielleicht war Laelias Gefühl ja doch nicht so unberechtigt. Und immerhin hatte Mazdates seine Nachricht mit Wein auf den Tisch geschrieben. Zwar war das eine gängige Methode, Liebesgrüße zu übermitteln, in Rom hatte er es viele Male beobachtet, bei Gastmählern, in Tavernen, vielfach sogar trotz der Anwesenheit ungeliebter Ehegatten. Aber hier, und dann noch von einem Parther? Diesem hintertriebenen Volk war alles zuzutrauen. Hatte man Illicia mit Bedacht niedergeschlagen, sie gar töten wollen, es aber aus irgendeinem Grunde nicht geschafft? Aber warum? Weil man wusste, dass sie mit Marcus Antonius liiert war, und der einen Feldzug gegen Parthien vorbereitete? Hatte man Antonius damit treffen wollen? Und als das Attentat gegen Illicia fehlgeschlagen war, einen schönen jungen Mann auf sie angesetzt? Das hieße, dieser Überfall hätte mit den anderen nichts zu tun, und die Täter hätten sich die angespannte Lage zu Nutze gemacht, um den Verdacht von sich und ihrem Motiv abzulenken. Wäre das möglich? Wenn dem so war, würde das seine Ermittlungen noch erschweren, dachte er sorgenvoll. Und wie passte Rutilius Rufus in dieses Bild? Sollte es sich tatsächlich bestätigen, dass er mit den Schlägern zusammengearbeitet hatte? Illicia kannte er von früher, wie die Mädchen selbst bestätigt hatten, und Illicia mochte ihn nicht. War das die Verbindung? Was war damals vorgefallen? Hatte Rufus die Schläger – Parther oder nicht – auf das Mädchen gehetzt?

Silvanus drehte sich auf den Rücken, verschränkte die Hände hinter dem Kopf und bedachte sein weiteres Vorgehen. Er hatte noch viel zu tun. Zweifel überkamen ihn, ob die Theorie, die Fälle hätten nichts miteinander gemein, richtig war. Vielleicht hatte Munatius Plancus doch Recht gehabt, von Anfang an. Immerhin verfügte dieser Mann über langjährige politische Erfahrung, zählte zu den Ersten des Staates und damit zu den Ersten der Welt. Und er, Silvanus Rhodius, ein kleines Licht unter Jupiters Himmel, der gerade mal einer der Tresviri Capitales gewesen war, ein paar Kriminalfälle aufgeklärt und durch den letzten das Glück gehabt hatte, sich zu den Freunden von Marcus Antonius zählen zu dürfen, ausgerechnet er wollte sich anmaßen, diese Fälle besser beurteilen zu können als sein Vorgesetzter? War es nicht verständlich, wenn sich dieser, Lucius Munatius Plancus, römischer Senator, Feldherr und Prokonsul dieser Provinz, darüber nicht erfreut zeigte, einen solch unerfahrenen und – er musste es zugeben – teilweise sich selbst überschätzenden Mitarbeiter an die Seite zu bekommen, der von der Lenkung einer Provinz nicht das Geringste verstand? Silvanus seufzte innerlich, ja, er hätte von Anfang an die Kompetenz des Munatius Plancus anerkennen müssen. Aber noch war nicht aller Tage Abend, Plancus schien ihm inzwischen besser gewogen, und wenn er, Silvanus Rhodius, diesen Fall tatsächlich löste, würde er bestimmt die Anerkennung seines Vorgesetzten erlangen.

Aber bis es so weit war, lag noch ein weiter Weg vor ihm. Müde schloss er die Augen. Als Erstes musste er Plancus Bericht erstatten, der darauf bestanden hatte, immer informiert zu sein. Vorher allerdings noch der Besuch beim Barbier. Hatten die so früh am Morgen schon auf? Bestimmt nicht. Das hieß, er hätte noch Zeit für ein kleines Nickerchen. Ein halbes Stündchen vielleicht. Ob Laelia wohl noch schlief? Ach, es wäre schön, jetzt neben ihr zu liegen. Mit diesem Gedanken schlief er ein.

Er erwachte, als die Sonne schon hoch am Himmel stand. Beim Orcus, er musste mindestens zwei Stunden geschlafen haben!

Das Frühstückstablett war abgeräumt, die Schriftrolle mit den Aufzeichnungen lag säuberlich aufgerollt auf dem Tisch. Silvanus durchzuckte ein Anflug von schlechtem Gewissen, dann jedoch ärgerte er sich, denn Sklaven gegenüber war dies nun wirklich nicht angebracht. Er brauchte sich doch nicht zu rechtfertigen! Andere Amtsträger kamen teilweise gar nicht zur Arbeit, nicht einmal in Rom, und von den griechischen Behörden hatte man noch Schlimmeres gehört. Doch hatte Bithynicus eine Art an sich, die ein schlechtes Gewissen geradezu provozierte. ›Du solltest dich davon nicht beeinflussen lassen, das ist es ja, was er bewirken will‹, dachte er und rief laut nach dem Mann aus Bithynien. Der Sklave betrat den Raum, einen vorwurfsvollen Ausdruck im Gesicht.

»Bithynicus«, begann Silvanus, »du hast hervorragende Arbeit geleistet, ich danke dir. Lass dir auf diese Anweisung

100 Sesterzen aus der Staatskasse ausbezahlen. Und nimm den Rest des Tages frei, auch du siehst nicht sonderlich frisch aus.« Er nahm ein Schreibtäfelchen vom Tisch, kritzelte ein paar Zeilen darauf und reichte sie dem verdutzten Sklaven. Dieser brachte nur ein gestammeltes »Danke, Herr, aber … die Staatsgeschäfte …, ich kann doch nicht …«, hervor, wurde jedoch von Silvanus unterbrochen. »Die Provinz wird ohne dich bis morgen nicht zusammenbrechen. Gehe also nach Hause. Sage mir jedoch zuvor, ist Plancus in seinen Räumen? Ich muss ihn sprechen.«

»Nein, Herr. Der Prokonsul weilt in den Thermen.« Bithynicus hatte sich gefangen, der alte Unmut lag in seinen Worten. Mit einer knappen Verbeugung ging er.

Silvanus wunderte sich. Was war so verwerflich an einem Gang in die Thermen? Hielten die Menschen aus Bithynien Körperpflege für etwas Schimpfliches? Sei's drum, Plancus war nicht hier. In welchen Thermen mochte er wohl sein, in denen am Hafen oder denen an der Hauptstraße? Allerdings – und jetzt verstand er Bithynicus' Unwillen – die städtischen Thermen öffneten erst am Nachmittag. Nur private empfingen schon am Morgen Besucher, und die hatten in der Tat einen anrüchigen Ruf. Nun wusste er, wo Munatius Plancus zu finden war – in der Insula VII, bei Spuntius Fellator, im besten Lupanar* der Stadt, das natürlich auch über eigene Bäder verfügte.

Silvanus überlegte. In den öffentlichen Thermen traf man immer auch Barbiere an, deren Angebot von Rasur, Haarschnitt bis hin zur Körperenthaarung reichte. Zwar nahm er selbst den letztgenannten Dienst nicht wahr, war er doch stolz auf seine Behaarung, besonders auf der Brust, aber oft genug

* Bordell

musste er Beschwerdebriefe von Anwohnern bearbeiten, die sich wegen der anhaltenden Schmerzensschreie der Kunden belästigt fühlten. Unternehmen konnte man dagegen nichts, der Beruf war erlaubt, wer in der Nähe eines Bades wohnte, hatte eben Pech. Aber wenn in öffentlichen Thermen solche Dienstleistungen geboten wurde, dann natürlich auch in privaten. Und vielleicht gar auf angenehmere Art. Es war einen Versuch wert.

So begab sich Silvanus zur Insula VII, brachte sein Begehr vor und wurde sofort in einen der Rasurräume geführt. Man hieß ihn Platz nehmen und fragte, ob er von einem Mann oder einer Frau rasiert zu werden wünschte. Silvanus entschied sich für eine Sklavin. Ob Munatius Plancus im Hause sei, wollte er wissen. Oh ja, antwortete der Sklave, der sei zwar gerade beschäftigt, man werde ihm aber melden, dass der Herr Silvanus Rhodius da sei und ihn zu sprechen wünsche.

Zufrieden lehnte sich Silvanus zurück. Solch einen Raum vermutete man nicht in einem Lupanar. Keine obszönen Malereien zierten die Wände, sondern herrlich gezeichnete Szenen von badenden Männern und Frauen in lichtdurchfluteter Landschaft.

Zwei Sklavinnen traten jetzt an ihn heran, von vollendeter Gestalt, aber züchtig gekleidet. Die eine brachte Wein und Gebäck, während die andere ihm half, sich der Kleidung zu entledigen. Mit einem angewärmten Handtuch bedeckte sie seine Scham, legte feuchte, wohlriechende Tücher auf sein Gesicht und massierte dann sanft von hinten seinen Nacken und Hals. Silvanus brummte wohlig.

Rasur und Haarschnitt waren eine Wohltat, auch weil Silvanus dabei ab und zu durch die weiten Armausschnitte der Tunika einen Blick auf die herrlich geformten Brüste der Sklavin erhaschen konnte. Jedes Mal, wenn sie dicht an ihn herantrat, streiften sie ihn sacht und wie zufällig; mit wachsendem Vergnügen genoss Silvanus die wohlig weichen Berührungen. Oh ja, Spuntius verstand sein Geschäft, dachte er, als die Sklavin fertig war und sich entfernte: Er fühlte sich frisch, entspannt und zugleich sehr angeregt. So wandte er sich ab, als er seine Tunika anlegte und erneut nach Munatius Plancus fragte.

»Plancus wird nach dir schicken, wenn er so weit ist«, sagte der Sklave, der wieder hereingekommen war. »Aber unser Herr Spuntius Fellator bittet dich zu sich. Er hat dir Wichtiges mitzuteilen.«

Fellator wollte ihn sprechen. Aha. Wollte er ihm endlich seine neue Errungenschaft, diese Attica, die er an den Steuern vorbei hier arbeiten ließ, melden? Silvanus nickte dem Sklaven zu. »Nun denn, bringe mich zu ihm!«

Spuntius Fellator, ein großer, etwas eckig wirkender Mann mit dichtem braunen Haar, war ursprünglich Grieche. Das römische Bürgerrecht hatte er erhalten, da er der römischen Magistratur in Zeiten politischer Wirren gute Dienste geleistet hatte und es auch jetzt noch tat. Er erwartete Silvanus in seinem Arbeitszimmer, das nicht weniger gut eingerichtet war als das von Munatius Plancus. Dieser Bordellbesitzer besaß Stil, Geschmack und Geld – und eine fast unüberschaubare Anzahl von Sklaven, dienstbare Geister, die hinter jeder Säule zu warten schienen, um Herrschaft und Gästen jeden nur erdenklichen Wunsch zu erfüllen.

»Ave, Silvanus Rhodius, willkommen in meinem Haus. War die Behandlung zu deiner Zufriedenheit?« Spuntius wies auf die Kline neben ihm, einer der Sklaven rückte ungefragt die Kissen zurecht und goss Silvanus einen Becher Wein ein.

»Salve, Spuntius Fellator, die Bedienung war ganz vorzüglich. Doch führst du deine Gäste sehr in Versuchung, wenn meine Frau dies wüsste, würde sie kein Wort mehr mit mir reden.«

Spuntius lachte. »Sie wird es nicht erfahren. Außerdem sagte doch selbst der alte Cato, sittenstreng, wie er war, dass ein Besuch im Bordell keinem schade, im Gegenteil, er sei gerade für junge Männer anzuraten.«

»Danke für das Kompliment, Spuntius, wo ich mit meinen dreiunddreißig Jahren indes nicht mehr zu den Jüngsten zähle. Doch sage mir, warum wünschtest du mich zu sprechen? Die Steuer?« Silvanus wollte zur Sache kommen, nicht dass Munatius Plancus das Haus verließ, während er sich hier mit Lappalien herumschlagen musste.

»Nein, nein, Silvanus, die Steuer ist bezahlt. Darum geht es nicht.« Spuntius sah ihn ernst an. »Du weißt, ich schätze die römische Herrschaft. Wir haben immer gut zusammengearbeitet, und nicht zuletzt euretwegen floriert mein Geschäft. Darum will ich dir etwas berichten, was mir sehr befremdlich vorkam: Gestern war ein seltsamer Gast hier, ein Parther.«

»Ein Parther?«

»Ja, ein ziemlich hochrangiger sogar. Mitglied der königlichen Familie, so tönte er. Nun, so, wie er mit Gold behängt war, mag es sogar stimmen. Er nahm alles in Anspruch, was das Haus zu bieten hat, bis in die frühen Morgenstunden, und das obwohl – oder gerade weil – er gerade erst angekommen war, wie er berichtete. Ganz schön leistungsfähig, diese Parther, besonders dieser, nie habe ich einen Griechen oder Römer mit einer solchen Kondition erlebt. Er hat …« Spuntius hatte sich warm geredet, wurde aber von Silvanus mit rauer Stimme unterbrochen. »Weißt du, wie er hieß?«

»Er nannte sich Mithriventes. Ein ziemlich unangenehmer Kerl. Ich sage dir, obwohl er Unmengen Wein in sich hineinschüttete, hatte er fast meine sämtlichen Sklavinnen um sich geschart, die alle Spielarten ihrer Kunst für ihn aufbieten mussten. Einige klagten heute Morgen über wunde Körperteile. Kein Wunder, einen Priapus* hat der, so etwas habe ich noch nie gesehen, und ich habe viele gesehen, Silvanus, das kann ich dir versichern. Auch meine Jungen gefielen ihm. Sie mussten …«

Silvanus hörte nicht mehr zu. Mithriventes, der Parther, war hier. Er hatte ihn im Frühjahr in Didyma getroffen, wo dieser im Auftrag seines Königs das Orakel befragt hatte, und ganz abgesehen von den politischen Verwicklungen damals hatte dieser unangenehme Mensch versucht, mit Laelia anzubändeln. Mit seiner Laelia! Und jetzt war er wieder da, und das Erste, was man von ihm hörte, war ein Sermon über seine sexuelle Leistungsfähigkeit! »Widerliches Gesindel, diese Parther«, murmelte er, »hoffentlich macht Antonius ihnen bald den Garaus.«

Spuntius ließ sich nicht stören. »Obwohl er unausstehlich arrogant war, musste ich ihn beinahe bewundern. Und er hat viel Geld hier gelassen, sehr viel Geld.«

Silvanus hatte wahrlich keine Lust auf weitere Ausführungen. »Was hat er denn nun gesagt?«

»Du bist ungeduldig, Silvanus, ich wollte ja gerade darauf zu sprechen kommen. Der Parther also hatte eine Pause eingelegt, sah den Knaben zu und erzählte mir beim Wein von seiner Heimat. Von vergleichbaren Häusern, die dem meinen zwar an Komfort überlegen seien, nicht aber in der Qualität des Personals.« Stolz lächelte Spuntius Fellator. »Dann legte er einen Beutel mit Goldstücken auf den Tisch, sagte, das sei ein Geschenk, mit welchem ich parthische Polster und Sitzkissen kaufen könne. Gar keine schlechte Idee, erwiderte ich, damit

* männliches Geschlechtsteil, von Priapos, dem Gott der Fruchtbarkeit

könnte ich ein parthisches Gemach einrichten, das wäre eine Attraktion mehr. Mithriventes hatte zu diesem Zeitpunkt mindestens eine Amphore Wein getrunken, wie mir schien, er lachte laut und meinte, nicht ein Zimmer, nein, das ganze Haus solle ich so einrichten, das wäre unerhört klug im Hinblick auf die Zukunft und würde dazu beitragen, mich und meine Gäste nach der parthischen Machtübernahme vor Unbill zu bewahren, besonders da einflussreiche Römer mein Haus frequentierten. Eigentlich würden sie in solchen Fällen mit Römerfreunden kurzen Prozess machen, doch es wäre schade um ein so gut geführtes Geschäft. Ich solle also nicht lange zaudern, nächstes Jahr wäre es bereits zu spät. Da auch ich nicht mehr nüchtern war, habe ich es als Scherz gesehen, doch heute Morgen … Silvanus, ich glaube gar, die Parther planen eine Invasion!«

Silvanus war erregt aufgesprungen. »Das ist in der Tat eine wichtige Neuigkeit. Wir wussten zwar, dass die Parther solches vorhaben, doch dass ihre Pläne bereits so weit fortgeschritten sind, ist neu. Ich muss es sofort Plancus und auch Marcus Antonius melden, und dich, Spuntius Fellator, bitte ich, zu keinem Menschen ein Wort zu sagen, es würde Unruhe in die Bevölkerung bringen, die wir im Moment nicht gebrauchen können.«

Spuntius' Hände kratzten nervös am Kinn. »So ernst nimmst du diese Äußerung? Ich hatte gehofft, dass er nur angeben wollte, betrunken wie er war. Aber sei beruhigt, ich werde nichts verlauten lassen, auch im eigenen Interesse – verängstigte Bürger frönen der Liebeslust lieber zu Hause als in einem Lupanar. Aber den parthischen Raum werde ich einrichten, besser ist besser.« Er lächelte verkrampft.

»Es wäre gewiss eine Attraktion, Spuntius«, sagte Silvanus beruhigend. »Und habe keine Sorge, Antonius wird nicht zulassen, dass diese parthischen Hunde sein Gebiet betreten. Eher schon wird er ihnen zuvorkommen. Wie du weißt, plante schon Caesar einen Feldzug gegen diese Barbaren, und Antonius will und wird ihn durchführen. Dennoch ist deine Information sehr wertvoll für uns, ich danke dir, Spuntius Fellator.« Silvanus hatte es jetzt eilig. »Kannst du einem Sklaven befehlen, mich zu Plancus zu geleiten?«

»Natürlich. Und ich denke, du hast Recht. Ein großartiger Mann, dieser Marcus Antonius. Wenn es einem gelingt, die Parther in die Schranken zu weisen, dann ihm.« Spuntius klatschte kurz in die Hände und erteilte dem sofort erscheinenden Sklaven seine Anweisung. Lässig hob er dann seinen goldenen Becher zum Abschiedsgruß. »Vale, mein Freund, und amüsiere dich ein wenig. Munatius Plancus weilt noch im Bade, geselle dich zu ihm und entspanne dich.«

Schon im Gehen fiel Silvanus noch etwas ein. »Eine letzte Frage noch. War Rutilius Rufus Kunde bei dir?«

Spuntius schüttelte den Kopf. »Nein, seltsamerweise war Rufus nie hier, obwohl man munkelte, dass er mit seiner Frau nicht mehr viel im Sinn hatte. Ich habe ihn kaum gekannt, ihn nur ein- oder zweimal auf Gastmählern oder Festlichkeiten gesehen. Ich hatte den Eindruck, dass er mich mied. Nun, Akademiker fühlen sich manchmal als etwas Besseres.«

In der Tat fand Silvanus den Prokonsul in den großzügig und komfortabel angelegten Privatthermen. Munatius Plancus saß im warmen Wasser des Caldariums, den Rücken am Beckenrand, den Kopf nach hinten gelegt, genussvoll stöhnend. Neben ihm lehnte ein gut aussehender Mann, der eine Sklavin zu sich heranzog, um sie auf seinem Schoß zu platzieren. Silvanus räusperte sich, ein wenig peinlich berührt, und machte sich auf eine Zurechtweisung gefasst.

»Oh, mein Silvanus, da bist du ja. Es ist gut, dass du kommst, ich habe Neuigkeiten für dich und schon nach dir schicken lassen, aber der Sklave sagte, du seiest auf dem Weg zu mir.«

Plancus' Stimme war freundlich, seine Mundwinkel zu einem wohligen Lächeln gehoben.

Die römische Oberschicht pflegt eben doch einen anderen Lebensstil, stellte Silvanus in Gedanken fest, da musste er noch viel lernen. Geschichten über die wilden Feste des Marcus Antonius in Rom fielen ihm ein, nächtelange Trinkgelage und Orgien, an denen auch Plancus teilgenommen haben sollte. Geschichten, die er immer für Übertreibungen von Cicero gehalten und auf die er als pflichtbewusster Römer in der Öffentlichkeit mit einem abwertenden Kopfschütteln reagiert hatte. Im Stillen aber hätte er alles darum gegeben, einmal dabei zu sein. Nun gehörte er zu dieser Schicht, für die solche Spiele alltäglich waren, also musste er sich dementsprechend verhalten. So versuchte er seiner Stimme einen ganz normal geschäftsmäßigen Ton zu geben, als er anhob: »Entschuldige die Störung, Munatius Plancus, aber … oh.« Sein Versuch misslang, als er sah, wie ein braunhäutiger Sklave zwischen den Beinen des Statthalters auftauchte, nach Luft schnappte und auf ein Zeichen flink wie ein Fisch davonschwamm.

Plancus lachte. »Steh nicht so töricht herum, Silvanus, entkleide dich und komm ins Wasser, dann können wir reden. Ich habe keine Lust, die ganze Zeit so zu schreien, dass das ganze Haus mithört.«

Tatsächlich war die Geräuschkulisse beträchtlich. Vier wasserspeiende Delfine an den Seiten des Beckens sorgten dafür, dass stets warmes Wasser hineinfloss, und der kräftige Strahl, der ihren Mäulern entsprang, erfüllte den großen Raum mit einem immerwährenden Plätschern. Zudem entlockten verborgene Musiker ihren Instrumenten sinnliche Melodien, die den Raum einmal lauter, einmal leiser durchfluteten.

›Wahrlich ein guter Ort, um nicht belauscht zu werden‹, dachte Silvanus in dem Bemühen, seiner wachsenden Erregung Herr zu werden. Als ein Sklave ihm aus seinen Gewändern half, war deutlich ersichtlich, dass es ihm nicht gelungen war. Verlegen trat er an den Beckenrand. Da sollte er hinein? Er blickte auf den Mann neben Plancus, der mit einem entrückten Gesicht die auf ihm sitzende Sklavin sacht auf und nieder schaukelte. Wer mochte das wohl sein, er hatte ihn noch nie zuvor gesehen. Langsam stieg Silvanus die Stufen in das Becken hinab.

»Bei Jupiter, du bist prächtig ausgestattet, mein Silvanus«, rief ihm Plancus lachend entgegen. »Deine beiden Frauen können sich wahrlich nicht beschweren! Nun komm schon, nicht so schüchtern, sie beißen nicht – sie knabbern nur ein wenig, und das höchst angenehm!« Er wies auf den Jungen, der eben von ihm weggeschwommen war und jetzt mit drei weiteren am anderen Ende des Beckens saß.

Silvanus errötete zutiefst, was ihn unendlich ärgerte. Musste denn seine Unerfahrenheit in Situationen wie dieser so offen zutage treten? Aber eine solche Bemerkung – noch dazu von seinem Vorgesetzten – war eben doch etwas anderes als zotige Sprüche in Tavernen oder Witze in den öffentlichen Thermen. Dort traf man natürlich ab und zu einen Mann in Erregung an, aber ihm selbst war das eher selten passiert. Und im Gegensatz zu vielen anderen Römern fehlten ihm die Erfahrungen mit Männern oder Knaben, er hatte nie das Bedürfnis danach verspürt.

Schnell ließ er sich jetzt in das angenehm warme Wasser gleiten, hoffend, es würde ihn ein wenig beruhigen. Weit gefehlt, denn als er an die Seite von Plancus watete, musste er an dem Mann mit dem Sklavenmädchen vorbei. Beide stöhnten lustvoll. In immer schneller werdendem Rhythmus hob und senkte sich der Oberkörper des Mädchens im Wasser, was ihre entzückenden Brüste, von funkelnden Wassertropfen benetzt, seinem Blick preisgab. Schelmisch blinzelte sie ihm zu.

Seine Erregung wuchs ins Unerträgliche. Er atmete tief

durch, ließ sich neben Plancus nieder und begann, etwas zusammenhanglos, zu berichten. Von den Befragungen, die er durchgeführt hatte, von den Auswertungen der Akten, von Mithriventes Äußerung. Plancus hörte ihm amüsiert zu. »Sehr schön, sehr schön. Mach weiter so, ich bin zufrieden mit dir. Das mit den Parthern müssen wir natürlich sofort Antonius melden, soweit ich weiß, haben seine Spione noch nichts über konkrete Zeitangaben gehört. Seit der Verräter Labienus bei ihnen ist, ist die Lage ungleich schwieriger geworden. – Aber, Silvanus, warum bist du so angespannt? Die Thermen sind zur Erholung von Körper und Seele gedacht. Ich werde uns ein Schlückchen Wein kommen lassen, das wird dir gut tun.« Auf sein Fingerschnippen trat eine üppige Sklavin mit olivbrauner Haut hinter einer der zierlichen, das Becken umgebenden Säulen hervor und brachte ungefragt das Gewünschte.

Jeder seiner Muskeln war angespannt, seine Hand zitterte, als Silvanus den Becher entgegennahm. Es fiel ihm schwer, den Wein zum Mund zu führen, es war zu schön, zu aufregend, was da mit ihm geschah. Die wohlgestalteten Sklavenjungen, die sich vom Beckenrand gelöst hatten, waren einige Meter vor ihm unter Wasser verschwunden. Das Letzte, was er von ihnen gesehen hatte, waren ihre hübschen runden Hinterteile, als sie untertauchten. Und dann, dann spürte er etwas an seinem Pinsulum, ganz kurz nur, kaum spürbar, aber wieder und wieder. Plancus neben ihm hob den Becher, grinste ihn an und sagte: »Sie sind hervorragend, nicht wahr? Spuntius hat sie wahrlich gut ausgebildet. Quintus Dellius«, er wies mit dem Kopf zu dem jungen Mann, der noch immer mit der Sklavin beschäftigt war, »und ich, wir sind ja schon eine geraume Weile hier, aber du … Möchtest du vielleicht lieber eine Sklavin wie Quintus Dellius, oder bevorzugst du wie ich diese erlesenen Jünglinge? Hmm, und wie lange sie tauchen können.« Er stöhnte, griff mit den Händen unter Wasser und drückte den Jungen, der sich gerade mit ihm beschäftigte, fester an sich.

Silvanus konnte nicht antworten. In immer kürzeren Abständen tauchten die Sklaven jetzt an ihn heran, und immer intensiver wurden die Berührungen. Er gab sich ganz dem Genuss hin, sehnte schon den nächsten Taucher herbei, wenn einer von ihm abließ. Alles erschien ihm seltsam irreal, der schneller werdende Atem seines Vorgesetzten neben ihm, die Sphärenmusik, das laute Platschen und dann …

Mit geschlossenen Augen lehnte er sich erschöpft zurück. Bei Apollon, so etwas hatte er noch nicht erlebt. Kein Wunder, dass Mithriventes sich so für dieses Haus begeistert hatte. Wenn Spuntius Fellator noch mehr dergleichen zu bieten hatte, sollte er vielleicht doch häufiger hierherkommen. In der Tat, es entspannte Körper und Seele. Und hinterher gab es keinerlei Probleme. Nicht wie mit Lucida, die seine Zärtlichkeiten eher teilnahmslos über sich ergehen ließ, und bei der er immer das Gefühl hatte, er müsste sich mehr Mühe geben. Und auch nicht wie mit Laelia, die sehr viel Freude zeigte, ihm sagte, welch großartiger Mann er sei, gegenüber der er aber immer ein schlechtes Gewissen hatte, wenn er sie anschließend allein zurückließ. Nein, das hier war pure Körperlichkeit, keine Gefühle, keine Probleme, reinste Entspannung. Silvanus seufzte zufrieden und wandte sich Munatius Plancus zu.

Er erstarrte. Plancus, blass wie ein frisch gebleichtes Leintuch, starrte auf den makellosen, aber schlaffen Körper eines der Jungen, der gerade mit hängendem Kopf aus dem Becken getragen wurde. »Bei allen Göttern, das wollte ich nicht«, murmelte Plancus betroffen.

Quintus Dellius reichte ihm einen Becher Wein. »Fasse dich, Munatius, es ist ja nur ein Sklave. Du wirst dem Besitzer seinen Preis bezahlen, vielleicht ein wenig mehr, und die Sache ist vergessen. Das passiert schon einmal im Eifer des Gefechtes, damit muss Fellator rechnen, und das wird er wahrscheinlich auch. Wenn er seine Sklaven zu solchen Tätigkeiten ausbildet, dann ist doch klar, dass ab und zu mal einer ertrinkt. Warst du wenigstens fertig?«

»Nein, aber jetzt ist mir auch nicht mehr danach. Doch du hast Recht, Quintus, ich kann es nun nicht mehr ändern.« Er bemerkte Silvanus' Blick. »Habe ich euch eigentlich schon bekannt gemacht? Quintus Dellius, dies ist Silvanus Rhodius, mein Berater und Mitarbeiter, Silvanus, dies ist Quintus Dellius Messala, Freund, Legat und Geschichtsschreiber von Marcus Antonius, der zu uns kam mit neuen Nachrichten. Wichtigen Nachrichten, die ich dir gleich mitteilen werde! Doch lasst uns dazu in einen der Ruheräume gehen, dieses Becken ist mir jetzt verleidet.«

Silvanus hatte einen trockenen Mund. Nie wieder würde er diese Räume betreten! Wenn der Preis für Sinnlichkeit das Leben eines Sklaven war, dann war er ihm zu hoch. Nein, bei solchen Spielereien wollte er nicht mehr mitmachen, auch wenn es bei der Aristokratie zur Normalität gehörte. Er entstammte eben nicht der reichen Nobilität, und seine Mutter hatte ihm andere Werte beigebracht. Dann doch lieber nur Laelia und Lucida, mit allen damit verbundenen Problemen.

Man hatte sich aus dem Wasser begeben. Silvanus konnte trotz aller Kritik nicht umhin, die Körper dieser beiden Männer zu bewundern, muskulös, durchtrainiert, Plancus zwar mit einem kleinen Bauchansatz, Dellius dagegen, wenn auch erheblich kleiner, rank und schlank. Zahllose Narben zeugten von den Kämpfen, die sie zum Wohle des römischen Volkes bestritten hatten, mit Legionen, die Silvanus nur hatte vorbeimarschieren sehen. Er selbst konnte nur eine kleine Narbe vorweisen, und die hatte er sich bei einem Streit in einer römischen Taverne geholt, als er einen Verdächtigen verhaften wollte – ein Messerstich, der nicht allzu tief ging. Dank seiner kräftigen Körperbehaarung jedoch würde das Fehlen dieser Zeichen eines echten römischen Politikers und Feldherrn vielleicht nicht weiter auffallen. Doch unwillkürlich zog er seinen stattlichen Bauch ein, als er bemerkte, dass Quintus Dellius ihn neugierig musterte. Dieser lächelte leicht, löste seinen Blick von Silvanus und verabschiedete sich: »Verehrte Freunde, ich spüre die Strapazen der langen Reise, erlaubt also, wenn ich mich zurückziehe und ein wenig ausruhe. Die Besprechung eurer weiteren Vorgehensweise könnt ihr auch ohne mich vornehmen, die Anweisungen von Antonius sind ja klar genug.« Er ließ sich von einem Sklaven beim Anlegen seines Lendenschurzes helfen.

Munatius Plancus wurde ein Tuch um die Lenden geschlungen. »Natürlich, Quintus. Nimm meine Sänfte – sie wartet vor der Tür – und lass dich in deine Gemächer in meinem Hause bringen. Avidia Plautilla wird dafür sorgen, dass es dir an nichts mangelt. Und«, verschwörerisch zwinkerte er ihm zu, »bediene dich der Sklaven, wie es dir gefällt, nur sei diskret und sage Avidia nichts davon. Sie achtet in letzter Zeit sehr auf die Moral unter der Sklavenschaft, auch wegen Natilla, unserer Tochter, die in einem schwierigen Alter ist. Wenn wir dann später in unsere Landvilla fahren, kannst du natürlich tun und lassen, was du willst. Unser Freund Silvanus wird sich dann um dich kümmern.«

Dellius nickte dankend. »Ich werde mich erst einmal ein wenig hinlegen.« Dann wandte er sich an Silvanus. »Wo kann man hier in Ephesos den Abend angenehm verbringen?«

Silvanus empfahl – natürlich – die Taberna Tilia, schilderte den Ort in leuchtenden Farben, erwähnte, dass auch Marcus Antonius dort schon zu Gast gewesen sei, und so verabredete man sich dort.

Nachdem Dellius gegangen war, begaben sich Munatius Plancus und Silvanus in einen der angrenzenden Ruheräume. Hier warteten bequeme Klinen, mit weichen Kissen gepolstert, Sklaven brachten frischen Wein und duftende Süßspeisen, und auch diesen Raum erfüllten leise Melodien, dargeboten von Musikern, die hinter einem Vorhang verborgen waren. Plancus bedeutete Silvanus, neben ihm auf der Doppelkline Platz zu nehmen, und scheuchte die Sklaven mit einer Handbewegung davon. »Wir wollen jetzt nicht gestört werden, sorgt dafür.« Dann wandte er sich mit gedämpfter Stimme an Silvanus und begann ohne Umschweife: »Ich habe einen Auftrag für dich, und du wirst ihn sofort erledigen, noch heute, vor allem anderen. Es ist wichtiger, als den Mörder dieses Lehrers zu finden oder ein paar Überfälle auf Tavernen aufzuklären. Du wirst zu Arsinoe, der Schwester Kleopatras gehen, die, wie du weißt, im Artemision schon seit geraumer Zeit Asyl genießt. Kleopatra will sie haben. Als Dellius Antonius verließ, steckte dieser noch mitten in den Verhandlungen mit ihr. Es wird darauf hinauslaufen, dass wir Arsinoe entweder ausliefern oder hinrichten müssen, im Gegenzug dafür wird Kleopatra unserem Imperator ihre Hilfe für den Feldzug gegen die Parther zusagen: Geld, Nachschub, Schiffe, Getreide.« Er nahm einen tiefen Schluck Wein.

Silvanus' Herz schlug schneller. Arsinoe, die ägyptische Prinzessin! Wunderschön sollte sie sein, so sagte man, viel lieblicher als Kleopatra, die er in Rom an Caesars Seite gesehen hatte. Arsinoe, wie ihre Schwester eine hochgebildete Frau, war eine Zeit lang selbst Königin von Ägypten gewesen. Als Kleopatra sie vom Thron verdrängt hatte, war sie nach Ephesos geflohen. Im Frühjahr, bei seinem festlichen Einzug in die Stadt, hatte Antonius die Prinzessin aufgesucht. Anscheinend war das Gespräch recht fruchtbar verlaufen, denn Antonius hatte das Asylrecht des Tempels erweitert, was zu heftigen

Spekulationen bei der Bevölkerung führte. Nun jedoch sollte sie ausgeliefert, wenn nicht gar hingerichtet werden. Und er, Silvanus Rhodius, würde zu ihr gehen. »Sprich weiter, Plancus, wie lautet mein genauer Auftrag, soll ich sie im Vorgriff festnehmen?«

Plancus stützte seinen Kopf auf den linken Arm, während er sich genüsslich eine in Honig eingelegte Feige in den Mund schob. »Nein, eben nicht. Dein Auftrag ist ein wenig heikel, ich vertraue dabei ganz auf dein Geschick. Wir planen, Arsinoe die Möglichkeit zur Flucht zu geben, darum zieht Antonius die Verhandlungen mit Kleopatra bewusst in die Länge. Sie soll nach Rom fliehen, und nur nach Rom. Ein geschickter Schachzug, müsste dann doch Octavian die Verantwortung für ihr weiteres Schicksal tragen. Auch er weiß genau, dass dieser Feldzug gegen die Parther notwendig und die Unterstützung der ägyptischen Pharaonin dabei wichtig ist. Die Bevölkerung von Ephesos, die Arsinoe sehr schätzt, würde Octavian die Schuld an ihrem Verhängnis geben, und Antonius stünde mit unbefleckter Toga da. Versuche also, sie davon zu überzeugen, nach Rom zu gehen, aber so, dass es ihr als ihre eigene Entscheidung erscheint – wir wollen ja nicht, dass sie zu Octavian kommt mit der Nachricht, Antonius habe sie aus Ephesos weggeschickt, nicht wahr? Ist sie fort, werden wir melden, sie sei, als sie von Antonius' Treffen mit Kleopatra hörte, voller Angst abgereist. Das Ganze muss schnell gehen, denn schon bald wird der offizielle Befehl, der ihr Schicksal besiegelt, eintreffen. Ich brauche, denke ich, nicht zu betonen, dass diese Sache der strengsten Geheimhaltung unterliegt, nur Dellius, ich und du wissen davon.«

In Silvanus' Hirn rasten die Gedanken. Wie sollte er das angehen? »Muss ich sofort aufbrechen? Ist nicht Zeit bis morgen, so dass ich sorgfältig überlegen kann, wie am besten vorzugehen ist?«

Plancus schüttelte den Kopf. »Nein, sofort! Und sie sollte noch heute Nacht abreisen, sorge dafür, dass einige Männer sie bis nach Rom geleiten. Ich selbst werde mich heute Abend auf mein Landgut begeben, um in den nächsten Tagen dort einige Gesandte verbündeter Königreiche zu empfangen. Es geht um Unterstützung für den Partherfeldzug, und solche Verhandlungen kann man nicht in offizieller Umgebung vornehmen – du weißt ja, der Feind hat seine Augen überall. Und jetzt eile, das heutige Opfer für die Göttin Artemis müsste soeben beendet sein, daran nimmt Arsinoe immer teil. Sie dankt für den Schutz der Erhabenen, du wirst sie deswegen mit Sicherheit im Heiligtum antreffen. Ach übrigens, da ich nicht hier sein werde, obliegt dir morgen die ehrenvolle Aufgabe, die Wagenrennen zu eröffnen. Es tut mir wirklich Leid, nicht dabei sein zu können, du weißt ja, ich liebe die Rennen, aber man muss eben Prioritäten setzten. Nun, du wirst mich würdig vertreten. Vale, Silvanus.«

Aufgeregt machte sich Silvanus auf den Weg. Endlich durfte er teilhaben an öffentlichen und politischen Aufgaben. Die Wagenrennen eröffnen! Er musste Larix unbedingt anweisen, seine beste Toga bereitzulegen. Und heute Abend durfte er nicht zu lange unterwegs sein, denn morgen würde er vor zehntausenden von Menschen erscheinen und reden. Zuerst allerdings musste er sich auf Arsinoe konzentrieren. Nach dem, was er gehört hatte, war sie äußerst attraktiv, aber schwierig. Eine echte Prinzessin eben, verzogen, gewohnt, Befehle zu erteilen und zu herrschen. Dennoch erschien ihm die Aufgabe nicht allzu schwierig. Wenn er seinen Charme spielen ließ, konnte er besonders bei Frauen ganz außergewöhnliche Erfolge erringen. An einer so hoch stehenden Persönlichkeit hatte er sich zwar noch nicht versucht, aber wenn sie so klug war, wie man ihr nachsagte, würde sie natürlich einsehen, dass ihr nichts anderes übrig blieb, als nach Rom zu gehen. Und wenn er es geschickt einfließen ließ, würde sie den Plan bestimmt als ihren eigenen ansehen. Das Einzige, was ihn ein wenig bedrückte, war, eine solch schöne Frau in ihr Verhängnis zu schicken, denn Octavian würde nicht lange zögern, sie hinrichten zu lassen, er war in dieser Beziehung ganz und gar skrupellos. Antonius hingegen gab ihr tatsächlich die Möglichkeit zur Flucht, wenn sie klug genug war, diese zu erkennen – ein Aspekt, den Munatius Plancus anscheinend übersehen hatte, oder der nicht ausgesprochen werden sollte.

Noch immer etwas mitgenommen von den Erlebnissen im Lupanar beschloss er, sich vor seinem Besuch im Artemision ein wenig zu stärken und nachzudenken. So eilig konnte die Sache nun auch wieder nicht sein. Manchmal verstand er Plancus nicht: Erst nahm der sich die Zeit, die Annehmlichkeiten des Bordells voll auszukosten, dann drängte er so zur Eile. Nun, Arsinoe würde bestimmt nicht sofort nach den Gebeten das Artemis-Heiligtum verlassen. Silvanus sah sich nach einem Ausschank um. Es gab viele hier in der Nähe, aber nicht überall konnte man ungestraft den Wein trinken, den sie anboten. Am sichersten war es in der Taberna Tilia, zu der es nicht weit war, diese aber kam nicht in Frage. Dort hätte er nicht die Ruhe, sich auf das bevorstehende Gespräch vorzubereiten. Die Taverne an der Staatsagora kam ihm gerade recht. Er setzte sich auf eine der im Schatten stehenden Bänke und bestellte einen Becher Wein. Auch verspürte er ein leichtes Hungergefühl, die Häppchen bei Fellator hatten seinen Appetit angeregt. Er studierte die Tafel neben der Tür, auf der der Wirt seine Gerichte anpries, und bat die Frau, die den Wein servierte, ihm eine Schüssel Eintopf zu bringen. Abwesend betrachtete er die vielen Menschen, die auf der Agora ihren Geschäften nachgingen. Ganz wohl war ihm nicht dabei, Arsinoe gegenüberzutreten, immerhin war sie einst Pharaonin von Ägypten gewesen. Rechtens oder nicht, das war Silvanus in diesem Moment egal. Man hatte einiges über die Thronstreitigkeiten gehört, in Rom natürlich, wo vor allem Arsinoes Schwester Kleopatra zu Caesars Zeit in aller Munde gewesen war. Hier in Ephesos war Arsinoe selbst ein Thema, über das gern und ausführlich geredet wurde. Haftete dieser Frau doch der gewisse exotische Reiz an, der in allen gesellschaftlichen Kreisen mit Freuden diskutiert wurde. Gesehen hatte er die ägyptische Prinzessin allerdings noch nie. Nun, dies würde sich heute ändern.

Eine Sklavin stellte die Schüssel mit dem Eintopf vor ihm ab, lächelte ihn aufmunternd an, warf keck ihre dunklen Locken zurück und ging mit wiegenden Hüften in die Taverne, versäumte aber nicht, ihm noch einen verheißungsvollen Blick zuzuwerfen, bevor sie in der Tür verschwand.

Silvanus sah ihr nach, schüttelte den Kopf und widmete sich seiner Mahlzeit. ›Wie tritt man wohl einer ehemaligen Pharaonin gegenüber‹, fragte er sich, weiter seinen Gedanken nachgehend. Plancus hätte ihm Genaueres darüber sagen sollen, ärgerlich, wenn die Mission an Formalien scheiterte. Er trank den letzten Schluck Wein, gern wäre er länger im Schatten sitzen geblieben, aber die Sache duldete keinen weiteren Aufschub. Er spürte, dass seine Aufregung wuchs, je länger er das Gespräch hinauszögerte. Es half nichts, er musste es in Angriff nehmen. Umständlich suchte er in seinem Lederbeutel nach einer passenden Münze, rief die Bedienung herbei und schob ihr das Geld zu. Diese zauberte ein verführerisches Lächeln auf ihre Lippen. »Nach Sonnenuntergang habe ich frei«, teilte sie ihm ungefragt mit. Silvanus nickte zerstreut und ließ sie stehen.

Er wählte nicht den kürzesten, aber den bequemsten Weg zum Tempelbezirk. Ausgiebig bewunderte er die Auslagen der Händler, bis er das außerhalb des Stadtbezirks gelegene

Heiligtum vor sich liegen sah. Der Tempelbau ragte in seiner gewaltigen Höhe vor ihm auf, das mächtige, wegen des morastigen Bodens sehr hohe Fundament ließ die Säulen noch höher wirken, als sie ohnehin waren. Neben diesem Bau musste sogar der Apollon-Tempel in Didyma an Schönheit zurückstehen, der ihn im Frühjahr immer wieder aufs Neue beeindruckt hatte, denn das Artemision war in seinen Ausmaßen gewaltiger – ein vollendetes Gesamtkunstwerk. Langsam näherte sich Silvanus dem hufeisenförmigen Altar vor dem Tempel. Wie jedes Mal, wenn er hierher kam, bestaunte er die kunstvollen Statuen, die die Opferstätte schmückten, Amazonen, wie er wusste. Diese sollten bei der Gründung des ersten Artemis-Tempels eine Rolle gespielt haben. Amazonen waren ihm noch nie geheuer gewesen, Frauen, die bereit waren, sich von einer ihrer Brüste zu trennen, nur weil sie beim Bogenschießen hinderlich waren – die Vorstellung fand er sehr bedauerlich.

Vor einer Statue blieb er stehen: Es war eine verwundete Amazone, eine große, starke Frau im kurzen, doppelt gegürteten Chiton, unter der rechten Achsel von einem Pfeil getroffen. Den Arm über den Kopf erhoben, das Gesicht voll stillen Leids, schien sie selbst im Schmerz von majestätischer Ausstrahlung, was Silvanus einen Stich in das Herz gab. Schon immer war dies eine seiner Lieblingsstatuen gewesen, doch dieses Mal gewann sie eine andere Bedeutung: Es war Arsinoe, dem Tode geweiht, das Blut an der Seite herabrinnend, die sich ermattet auf einen Pfeiler stützte. Fast konnte er sie zusammensinken und ihren letzten Atem aushauchen sehen. Er riss seine Augen von der Statue los und wandte sich ab. Alles wollte er tun, um der ägyptischen Prinzessin ein solches Schicksal zu ersparen – versagte er, würde ihn dieses Bild sein Leben lang verfolgen.

Langsam stieg er die Stufen zum Tempel hinauf. Oben erwartete ihn ein dichter Säulenwald, der das Portal zum Tempel in tiefen Schatten hüllte. Zögernd trat er näher, die Heiligkeit dieses Ortes mit jeder Faser seines Körpers spürend. Eigenartig, Götterglaube lag ihm eher fern, das war Sache seiner Frau. Aber schon im Frühjahr, im Apollon-Heiligtum in Didyma, hatte er ähnlich empfunden. Heute jedoch war das Gefühl besonders stark. Es musste mit dem Auftrag zusammenhängen, sinnierte er und ließ den Blick über die Reliefs schweifen, mit denen einige der Säulen geschmückt waren. Unschlüssig blieb er dann vor dem gewaltigen Tor stehen, das ihm, dem römischen Magistratsbeamten, Mitarbeiter des Statthalters, seine eigene Nichtigkeit vor Augen führte. Und hier sollte er das Asylrecht brechen? Ihn schauderte. Außerdem kamen nur ausgewählte Personen in den Tempel hinein. Würde man ihm überhaupt Zutritt gewähren? Mit klopfendem Herzen machte er noch einmal kehrt, schlenderte von einer Säule zur nächsten, die kostbaren Relieffiguren bewundernd. Leuchtend bemalt wirkten sie fast lebendig. Nur hier und da begann die Farbe bereits abzublättern, und der nackte Stein kam darunter zum Vorschein. Doch diese kleinen Mängel unterstrichen nur die große Qualität der Arbeit, die dadurch etwas Morbides bekam und an Ausstrahlungskraft gewann.

Er fühlte sich beobachtet, aber es waren nur die vielen Statuen und Reliefs, deren Augen ihm nachzublicken schienen. Doch dann gewahrte er einen kleinen, dicklichen Priester, der hinter einer Säule hervorkam. »Ave«, grüßte Silvanus überrascht den kahlköpfigen Mann, der in einem blütenweißen langen Chiton schweigend vor ihm stand.

»Ave, Fremder«, antwortete der mit hoher, quäkender Stimme. »Was ist dein Begehr?«

Silvanus wusste sofort, dass er mit einem der Eunuchen sprach, in deren Obhut sich die der Göttin geweihten Jungfrauen befanden. Er fasste sich und erläuterte dem Mann, was ihn zum Tempel führte. Der nickte behäbig. »Ich werde den Oberpriester informieren, folge mir«, und stieg schnaufend die Stufen hinab zu einem lang gestreckten Gebäudekomplex seitlich des Tempels. Vor dem Eingangstor hieß er Silvanus warten. Nervös trat dieser von einem Fuß auf den anderen, bis der Priester zurückkehrte, gefolgt von einem hageren, ebenso blütenweiß gekleideten Mann, eindeutig lydischer Herkunft, der ihn freundlich begrüßte. Silvanus wollte zu einer Erklärung ansetzen, aber der Oberpriester winkte ab. »Ich habe bereits vernommen, weshalb du gekommen bist. Ich werde dich zu Arsinoe geleiten.«

Silvanus trat durch das Tor und gelangte in einen Innenhof, umgeben von einem anmutigen Säulengang. Vor einer Statue am anderen Ende stand eine Gruppe Mädchen, wohl die heiligen Jungfrauen, auch sie in langen weißen Gewändern, mit offen über die Schultern fallenden Haaren. Ob Arsinoe wohl bei ihnen war? Zu gern hätte er diese geweihten Frauen einmal aus der Nähe betrachtet, mit ihnen ein Wort gewechselt. Doch dazu würde es wohl nicht kommen. So folgte er dem Oberpriester durch den Säulengang, an zahlreichen Türen vorbei. Vor einer nun hielt der heilige Mann inne, sah sich nach Silvanus um, öffnete und hieß ihn eintreten. »Ich lasse euch allein, falls du mich suchst, findest du mich im Tempelarchiv.« Er nickte ihm noch einmal zu und ließ Silvanus allein zurück.

Das Erste, was Silvanus wahrnahm, war der intensive Weihrauchduft. Als seine Augen sich an das Dämmerlicht des fensterlosen Raumes gewöhnt hatten, sah er eine schmale Gestalt mit ausgestreckten Händen, und Rauchschwaden, die sich überall aus silbern schimmernden Gefäßen emporwanden. Erst dann gewahrte er die kleine goldschimmernde Isis-Statue mit dem Horusknaben auf dem Schoß, der diese Anbetung galt. Sie stand in einem goldenen Schrein, über und über mit Edelsteinen bedeckt, die matt im Licht der flackernden

Öllämpchen glänzten. Insgesamt nicht höher als eine Elle, konnte das kleine Kunstwerk in dem kostbaren Schrein verstaut und unbeschadet transportiert werden. Silvanus war sicher, dass er hier nur einen unscheinbaren Abglanz der Pracht sah, die die ägyptischen Gottheiten üblicherweise umgaben. Er erinnerte sich, bei Lucida eine ähnliche Figur gesehen zu haben, allerdings nur aus Holz, und natürlich ohne einen solchen Schrein. Doch das war lange her; ob Lucidas Isis-Begeisterung wohl nachgelassen hatte?

Die Gestalt ließ sich durch sein Eintreten in ihrem Gebet nicht stören. Silvanus hörte eine feine Stimme unverständliche Worte murmeln. Natürlich hatte er schon oft mit Ägyptern zu tun gehabt, ihre Sprache war ihm jedoch immer fremd geblieben. Die Stimme verstummte. Die Frau verneigte sich vor der Göttin und drehte sich zu ihm um. »Sei gegrüßt, Römer!«, sprach sie ihn in reinstem Latein an.

Silvanus räusperte sich, erwiderte ihren Gruß und erschrak, als seine Stimme gewaltig in dem kleinen Raum dröhnte. Ärgerlich nahm er ein zartes Lächeln auf Arsinoes vollen, weich geschwungenen Lippen wahr. Sie stand jetzt vor ihm und sah ihn schweigend an. Ihre großen schwarzen Augen funkelten im Schein der Öllampen. Dicke Lidstriche ließen sie noch größer erscheinen, als sie ohnehin waren, und zogen sich in einer dünner werdenden Linie bis zu ihren Schläfen.

»Ich hoffe, es ist hier alles zu deiner Zufriedenheit?«, übte sich Silvanus zunächst in Konversation, um seiner Unsicherheit Herr zu werden. Arsinoe neigte leicht den Kopf.

»Sicherlich ist es nicht leicht für dich, so fern der Heimat in solch vergleichsweise spartanischer Umgebung leben zu müssen!« Etwas sicherer geworden, musterte Silvanus die junge Frau. Mitte zwanzig war sie wohl, ihr Alter war schwer zu schätzen. Die kräftig aufgetragene Schminke, das schummerige Licht mochten ihr aber auch schmeicheln. Sehr klein von

Gestalt, stand Arsinoe jedoch hoch aufgerichtet vor ihm, ein fließendes helles Gewand umschmeichelte ihren schlanken Leib. Das dunkle Haar reichte bis zu den Schultern und war schlicht frisiert. Vielleicht eine Perücke, mutmaßte Silvanus. Seit Kleopatra in Rom eingezogen war, gab es auch dort immer mehr Frauen, die diese ägyptische Sitte originell fanden und pflegten.

Trotz ihrer zierlichen und schlichten Erscheinung strahlte Arsinoe eine unerhörte Macht aus. Ja, Anmut und Macht, das waren die beiden Ausdrücke, die sie am besten beschrieben. Silvanus konnte sich gut vorstellen, dass ein Fingerschnippen dieser Frau so manchen den Kopf gekostet hatte.

»Sind wir hier ungestört?«, fragte er leise und sah sich um. Der Raum war klein und außer dem Schrein mit der Statue und einem Hocker konnte er keine weiteren Möbel entdecken. Sicherlich hatte die Prinzessin noch weitere Räume auf dem Tempelgelände zu ihrer Verfügung.

Arsinoe sah ihn lange an. Silvanus fühlte sich zunehmend unbehaglich unter diesem Blick, sie schien ihn vollkommen zu durchschauen. Endlich erlöste sie ihn. »Natürlich! Doch mangelt es hier an der nötigen Bequemlichkeit. Folge mir nach nebenan. Dort wird es auch einen Schluck Wein für dich geben. Ich nehme an, Kasophas hat für alles Sorge getragen, er ist immer sehr aufmerksam.« Mit einem spöttischen Lächeln auf den Lippen öffnete sie im hinteren Teil des Zimmers eine Tür, die Silvanus in der Dunkelheit nicht gesehen hatte. Sie betraten einen großzügigen, bequem eingerichteten Raum, der sein Licht durch große Fenster unterhalb der Decke erhielt. Zahlreiche Statuen ägyptischer Götter gaben zu erkennen, dass hier eine Ägypterin wohnte.

Arsinoe deutete mit einer Bewegung ihrer feingliedrigen Hand auf eine Kline, während sie selbst sich Silvanus gegenüber aufrecht hinsetzte. Ein Tempelsklave eilte mit Wein und

Süßigkeiten herbei, taktvoll schloss er beim Verlassen des Raumes die Tür hinter sich. Die ganze Zeit herrschte Schweigen. Silvanus, ernsthaft bemüht, die Rolle des erfahrenen römischen Magistraten zu spielen, wurde in der Gesellschaft dieser Frau immer unsicherer.

Arsinoe nippte an ihrem Becher und musterte Silvanus unverhohlen, bevor sie sprach. »Du siehst, mir fehlt es an nichts. Die Priester sind sehr zuvorkommend, besonders Kasophas sorgt für mich wie ein Vater.« Sie schloss die Augen für den Bruchteil einer Sekunde. Dann sah sie ihn wieder offen und bohrend an. »So sage mir, Römer, was dich zu mir führt. Du bist doch sicherlich nicht gekommen, um dich über mein Wohlergehen zu beruhigen. Denn ich weiß wohl um die Sorgen, die euch quälen. Ich lebe hier zwar im Asyl, aber nicht in der Wüste. Die Priester berichten mir alles, was in der Welt passiert, sehr ausführlich. Sie nehmen viel Anteil an meinem Schicksal. Man sagte mir, dein Name ist Silvanus Rhodius?«

Er nickte knapp.

»Ich habe schon von dir gehört!«

Geschmeichelt zuckten Silvanus' Mundwinkel.

»Du bist der Berater von Munatius Plancus, nicht wahr?«

Wieder nickte Silvanus.

»Munatius Plancus! Ich habe ihn einmal kennen gelernt. Ein richtiger Römer, so, wie sie in Ägypten den Kindern beschrieben werden, damit sie sich in Acht nehmen können, wenn sie einen sehen.« Herausfordernd flackerten ihn ihre Kohlenaugen an. »Was willst du von mir? Wollt ihr das Asyl aufheben? Das könnt ihr nicht!« Lauernd ruhte ihr Blick auf ihm.

Silvanus wappnete sich innerlich, irgendwie drohte das Gespräch aus dem Ruder zu laufen. Er hatte es ja geahnt. »Nein, so ist es nicht!«, warf er seine tiefe Stimme in den Raum. Sie klang ruhig, und er fasste Mut, seine Rede fortzusetzen.

»Wenn du so gut informiert bist, dann weißt du bestimmt auch, dass Antonius Kontakt zu Ägypten aufgenommen hat.«

Arsinoe lachte bitter. »Das hast du gut gesagt, Silvanus. Kontakt zu Ägypten! Hah! Kontakt zu Kleopatra, meiner Schwester, nenne sie ruhig beim Namen. Es ist mir nicht neu. Diese Hure kann jeden Mann um den Finger wickeln.« Erregt sprang sie auf und durchmaß mit heftigen Schritten das Zimmer. »Und je mächtiger der Mann, umso fester wickelt sie ihn! Vor allem, wenn er in einer Position ist, die ihren Interessen dienen kann.« Abrupt nahm sie wieder Platz auf ihrer Kline, wo sie sich an die Polster zurücklehnte, ihre Beine – wohlgeformte, elfenbeinfarbene Beine, bemerkte Silvanus – übereinander schlug und die Wange auf ihre Hand stützte.

Er hatte ihr fasziniert zugesehen. Ihr Gewand, anfangs so schlicht scheinend, war von einer unerhörten Raffinesse. In langen feinen Falten fiel es züchtig ihren Körper herab, sofern sie ruhig und aufrecht stand, bei der kleinsten Bewegung jedoch zeigte es atemberaubende Faltenspiele, die ihren verführerischen Körper ahnen ließen. Verzückt sah er sie an. Doch nicht lange, denn Arsinoe, diese Art von Blicken gewöhnt, lächelte ob seiner offenen Bewunderung und der Gedanken, die sich allzu deutlich auf seinem Gesicht abzeichneten. Unsicher geworden bemühte sich Silvanus, auf sein Thema zurückzukommen. »Urteile nicht vorschnell über Antonius, Arsinoe!«

Er bemerkte sofort, dass er einen wunden Punkt getroffen hatte. Sie wurde sehr ernst. »Marcus Antonius.« Ihre Stimme war gefährlich leise. »Mein lieber Silvanus, du weißt so gut wie ich, dass Antonius zugreifen wird, wenn die Königin von Ägypten sich auf dem silbernen Tablett serviert, mit all unserem Geld und Getreide als Beilage für seine Vorhaben. Er wird auch den Preis dafür zahlen.«

Silvanus hob abwehrend die Hände. »Du irrst dich, wenn du glaubst, Rom wolle dich an Kleopatra ausliefern! Allerdings sind die Zeiten riskant, Unruhen verunsichern die Bürger, Gewalttaten herrschen allerorten. Du hast doch davon gehört?« Abwartend schwieg er einen Moment, Arsinoe jedoch erwiderte nichts. Hoffnungsvoll trank er einen Schluck Wein und fuhr fort: »Marcus Antonius selbst hat sich noch in diesem Frühjahr im Namen Roms für deine Sicherheit verbürgt, so ist es doch?« Forschend sah er sie an, Arsinoe aber schwieg und beschränkte sich darauf, ihn mit ihren schwarzen Augen zu versengen. Silvanus wurde warm, er lockerte seine Toga und setzte sich bequemer. Bei allen Göttern, diese Frau machte ihn ganz wirr. »Ähem«, räusperte er sich, »er hat sogar dein Asyl noch ausgeweitet. Und du weißt, dass Antonius – wie auch Rom – sein Wort hält, was immer auch geschehen mag.« Vielsagend nippte Silvanus an seinem Becher, ohne Arsinoe aus den Augen zu lassen, was ihm nicht schwer fiel. »Allerdings«, er hielt inne, um seinen Becher auf dem Tisch neben seiner Kline abzustellen, »allerdings können wir hier für deine Sicherheit nicht länger garantieren. Daher hätte der römische Magistrat durchaus Verständnis dafür, wenn du es vorziehen würdest, dich an einen sichereren Ort zu begeben.«

Arsinoe hatte während Silvanus' Rede ihr linkes Bein langsam nach oben gezogen und dabei das rechte bloßgelegt. Nachdenklich betrachtete sie erst ihre Zehen, dann Silvanus. »Ich hatte also doch Recht! Sage mir nur, mein lieber Silvanus, warum hat man dich geschickt, es mir zu sagen? Hat Munatius Plancus der Mut verlassen? Oder fürchtet er um seinen Posten und Antonius' Wohlwollen, wenn ich seinem ›Wunsch‹ – das ist es doch – nicht folge? Armer Silvanus, da hat man dich in eine heikle Lage gebracht. Denn höre mir gut zu!« Auf ihren Arm gestützt neigte sie sich zu ihm hinüber, so dass sich ihre vollen Brüste, kaum verborgen von dem dünnen Gewand, Silvanus entgegenwölbten. Diesem wurde heiß, ob von ihrem Anblick oder ihrer Rede war ihm nicht ganz klar.

»Ich gedenke nicht, mein Asyl hier aufzugeben, Silvanus, sage das dem Statthalter. Auf keinen Fall werde ich Ephesos verlassen. Wohin sollte ich auch gehen? Oder hast du zufällig auch dafür einen Rat zur Hand?« Abschätzig sah sie zu ihm hinüber. »Vielleicht nach Rom?«

Silvanus tat überrascht. »Rom? Gar keine schlechte Idee! Dort wäre es gefahrlos für dich. Octavian würde dich unter seinen persönlichen Schutz stellen, da bin ich sicher!« Gespannt wartete er auf Arsinoes Reaktion.

Doch diese lachte nur. »Unter den Schutz des Octavian! Entschuldige, Silvanus, aber diese Vorstellung ist einfach absurd! Meinst du, ich weiß nicht, dass Octavian, genau wie Marcus Antonius, an der Unterstützung Ägyptens gelegen ist? Dass sich die beiden nach ihrem Sieg gegen die Mörder Caesars die Aufgaben geteilt haben und Antonius Krieg gegen die Parther führen wird? Nein, sobald ich in Rom wäre, würde Octavian nicht säumen, ein Schiff nach Ägypten auszustatten, natürlich schwer beladen mit kostbaren Geschenken, und zufällig mit dem Kopf der rechtmäßigen Pharaonin an Bord, als Bezahlung für das Korn Ägyptens, die Schiffe Ägyptens, das Gold Ägyptens, das Kleopatra Rom im Krieg gegen die Parther gewährt. Das habt ihr euch fein ausgedacht. Aber so dumm bin ich nicht! Oh nein, Silvanus, ich werde mich nicht aus Ephesos fortbewegen. Wenn mir etwas zustößt, so soll es hier geschehen, vor aller Augen. Alle sollen sehen, wie Marcus Antonius sein Wort hält. Das wäre der angespannten Lage hier in der Provinz Asia bestimmt sehr zuträglich, oder? Was meinst du?« Mit anzüglich hochgezogenen Brauen musterte sie ihr Gegenüber.

Silvanus schwieg. Er hatte es nicht geschickt genug angefangen, Arsinoe hatte ihn durchschaut. Voller Achtung betrachtete er die Ägypterin, die seelenruhig und entspannt auf ihrer Kline lag. Es war nun Zeit zu gehen, er würde nichts mehr ausrichten können, jeder Satz würde alles nur noch schlimmer machen, sie in ihrem Entschluss noch bestärken. So erhob er sich, ein paar Abschiedsworte murmelnd, und schritt zur Tür. Dort drehte er sich noch einmal um. »Du solltest es dir überlegen, Arsinoe. Wir wären untröstlich, sollte dir etwas passieren. Falls du dich doch noch entschließen solltest, Ephesos zu verlassen, so versäume nicht, es uns mitzuteilen. Wir werden für sicheres Geleit sorgen. Überlege gut, ob dies nicht für alle das Beste wäre.«

»Du meinst, ihr wisst nicht, ob ihr Kleopatra noch lange werdet hinhalten können – ihr braucht sie ja! Die Zeit drängt und vielleicht kommen euch die Parther mit einem Angriff zuvor. Man munkelt, einige seien bereits eingetroffen, um die Situation zu erkunden!«

Überrascht trat Silvanus wieder einen Schritt auf sie zu. »Woher weißt du das?«

»Ich habe meine Quellen, zuverlässige Quellen. Und diese flüstern mir so manche Information zu, die auch für euch interessant sein könnte!« Beiläufig griff sie zu einer Frucht und betrachtete sie von allen Seiten. Mit der anderen Hand bedeutete sie ihm huldvoll, zu gehen.

Enttäuscht verließ Silvanus den Tempelbezirk und blickte noch eine Weile gedankenversunken auf das eindrucksvolle Bauwerk, berührt von dessen machtvoller Aura, aber auch von dem Eindruck, den die ägyptische Prinzessin bei ihm hinterlassen hatte. Bei Jupiter, solch eine Frau traf man nicht alle Tage, fast vergaß er darüber, dass seine Mission nicht von Erfolg gekrönt war. Langsam trat er aus dem Schatten der Mauer in den Sonnenschein. Er spürte die Hitze der warmen Steinplatten durch die Sohlen seiner Schuhe, die Strahlen der Sonne auf seinem Haupt. Nervös dachte er daran, dass Munatius Plancus sicher sofort seinen Bericht erwartete, er musste sich also umgehend auf den Weg machen. Aber vielleicht traf er ihn gar nicht mehr an, schließlich wollte er zu seinem Landgut aufbrechen. Mit ein wenig Glück war er schon weg, und Silvanus konnte sich in Ruhe seine Argumente zurechtlegen. So wanderte er statt zur Straße am Tempel vorbei, einen kleinen Pfad entlang, zu den ausgedehnten Ländereien, die zum Bezirk des Heiligtums gehörten. Ruhelos ließ er seinen Blick über die Plantagen streifen. Oliven- und Lorbeerhaine wechselten mit gut bestellten Feldern, auf denen das Getreide prächtig gedieh. In Gedanken versunken wandelte Silvanus ein kleines Stück den Weg hinauf. Hatte er versagt? Hätte er anders vorgehen sollen? Aber wie? Allein, nun war es zu spät, die Chance vertan. Ein wenig schwermütig trennte er sich von der friedvollen Umgebung, um sich endlich zum Amt aufzumachen.

Leere herrschte auf den Korridoren, als Silvanus durch die große, bronzebeschlagene Eingangstür hineinhastete. Eigenartig! Wo mochten nur alle sein? Sonst herrschte um diese Zeit doch immer hektische Betriebsamkeit. Lediglich Bithynicus traf er in seinem Schreibzimmer an, der mit mürrisch zusammengekniffenen Augenbrauen von seiner Arbeit aufblickte. »Salve, Bithynicus! Melde mich bei Munatius Plancus! Sage mir sofort Bescheid, ob der Statthalter mich empfängt, ich werde in meinem Zimmer auf dich warten.«

Seufzend legte Bithynicus den Stylos in sein Kästchen und verschloss es sorgfältig. »Ich werde sehen, ob er überhaupt noch hier ist. Soweit ich weiß, wollte er schon vor geraumer Zeit aufbrechen.«

Unruhig schritt Silvanus vor dem Fenster auf und ab und wartete auf Bithynicus' Rückkehr. Es dauerte nicht lange, bis er eintrat. Munatius Plancus sei in der Tat bereits abgereist, sein Sekretär ließe aber ausrichten, Plancus erwarte, über das Ergebnis des Auftrages in Kenntnis gesetzt zu werden.

Silvanus nickte zerstreut, bemüht, seine Erleichterung über Plancus' Abwesenheit zu verbergen, und widmete sich den Akten, die sich in der Zwischenzeit angesammelt hatten.

Die Taberna Tilia war gut gefüllt. Zahlreiche Öllampen hüllten die trinkenden, essenden und plaudernden Gäste in ein bizarres Licht. Dank der heiteren Mentalität der hiesigen Bevölkerung waren die Überfälle der letzten Wochen fast vergessen – Epheser, Römer, Zugewanderte und Ausländer ließen sich nur ungern ihres geselligen Lebens berauben. Thema des Abends war natürlich das morgige Wagenrennen. Wetten wurden abgeschlossen, Diskussionen geführt, Fachsimpeleien über Pferde, Wagen und Fahrer machten die Runde.

Gallia und Scopus, die Sklaven der Arkadia, hatten alle Hände voll zu tun, auch Monoculos half wie so oft aus und brachte gerade ein üppiges Mahl an den Tisch, an dem sich Illicia und Laelia mit ihren Freunden angeregt unterhielten. Sylvester griff beherzt zu, während er mit Mazdates über Stärken und Schwächen der Gegner spekulierte.

»Man munkelt«, flüsterte Pykideme, »Ulpia wolle Gabyonos, ihren Sklaven, gar heiraten, jetzt, wo ihr Mann tot ist. Bei aller Antipathie gegen Rutilius Rufus, aber könnt ihr euch das vorstellen, einen solchen Angeber wie Gabyonos? Außerdem macht er meiner Sklavin seit geraumer Zeit schöne Augen, wie sie mir heute berichtete! Ist das nicht skandalös? Ich habe ihr sofort untersagt, diesen Menschen auch nur noch eines Blickes zu würdigen. Ich weiß nicht, ob sie mir gehorchen wird. Aber diesen Gabyonos sollte man kreuzigen, schade, dass er jetzt freigelassen und römischer Bürger ist, nun geht das ja nicht mehr!« Empört griff sie nach ihrem Becher mit dem roten Falerner.

»Ja, die arme Ulpia«, warf Illicia ein, immer ein Auge auf Mazdates, der mit weit ausholender Geste Sylvester gerade seine Taktik für das morgige Rennen darlegte, »da ist sie wohl an den Falschen geraten. Nun, wem passiert das nicht einmal. Ob sie Rufus nun umgebracht hat oder nicht, mit Gabyonos wird sie bestimmt nicht glücklich. Der scheint wirklich ein unverbesserlicher Frauenheld zu sein. Sogar meine Flusia, scheu wie sie ist, hat mir schon berichtet, er stelle ihr nach, was sie – und das wunderte mich sehr – gar nicht so lästig fand. Ich hoffe nur, er hat ihr nicht auch schon den Kopf verdreht.«

Pykideme lachte. »Kann man einem Phantom den Kopf verdrehen? Ich habe deine Flusia noch nie gesehen, und auch meine Sklaven kennen sie nur vom Erzählen. Gibt es sie überhaupt? Was macht sie den ganzen Tag?«

Laelia fühlte sich genötigt, die Nubierin, die sie ihrer Freundin vor einiger Zeit geschenkt hatte, zu verteidigen. »Flusia hatte ein hartes Leben. Aber seitdem sie nicht mehr in Didyma ist, hat sie sich prächtig entwickelt, sie ist sogar ein wenig selbstbewusster geworden. Außerdem hält sie die Zimmer in Ordnung, und das macht sie ganz gut, nicht wahr, Illicia?«

Diese pflichtete ihr bei. »Ja, da ist sie wirklich eine unschätzbare Hilfe, sogar Arkadia sagt das. – Oh, du willst schon gehen?« Enttäuschung schwang in ihrer Stimme, als sie sich Mazdates zuwandte, der aufgestanden war. Jetzt ergriff er ihre Hand und legte sie auf sein Herz. »Ja, meine Teure, ich muss morgen ausgeruht sein. Will ich doch das Rennen gewinnen und dir meinen Siegeskranz zu Füßen legen. Gib mir dein Tuch, damit ich es an meiner Brust tragen und für dich siegen kann!«

Laelia verdrehte die Augen. ›Sie sind doch alle gleich, diese Parther‹, dachte sie, während Illicia willig das Tuch, mit dem sie die braunen Locken gebändigt hatte, dem wartenden Mazdates überreichte. Der nahm ihren Kopf in seine Hände und drückte ihr zum Abschied einen Kuss auf die Lippen. »Morgen wirst du in den Armen des Siegers liegen«, flüsterte er ihr zu.

Ärgerlich und verwirrt schob Illicia den jungen Mann von sich. Was bildete er sich ein? Mochte sie ihn auch sehr gern, so bedeutete dies noch lange nicht, dass sie bereit war, sich einen Kuss rauben zu lassen oder sich gar in seine Arme zu werfen, ob er nun Sieger im Wagenrennen war oder nicht. Auch hatten sie Laelias Eröffnungen über die mit Wein geschriebene Nachricht bei dem Anschlag erschreckt, wenn sie auch nicht ernsthaft glaubte, dass Mazdates etwas damit zu tun hatte. Allein, man konnte nie wissen. So verabschiedete sie den parthischen Sportler recht kühl, was ihr einen verständnislosen, gekränkten Blick von ihm eintrug, bevor er sich umwandte und zusammen mit Sylvester auf die Tür zuschritt.

Durch diese trat gerade Silvanus, noch immer in seine makellose Staatstoga gewandet. »Oh, ihr geht schon? Trinkt doch noch einen Becher mit mir, auf meine Kosten.« Gesellig legte er einen Arm um Sylvester, der bedauernd ablehnte mit dem Hinweis, er hätte Mazdates eine letzte Kontrolle seines Wagens versprochen. »Nun denn«, meinte Silvanus, »vielleicht morgen, nach den Rennen. Ich wünsche dir viel Glück, Mazdates.« Dieser gab nur ein abweisendes Knurren von sich und eilte nach draußen. Erstaunt blickte Silvanus ihm nach. »Was hat er denn?«, fragte er Sylvester, der amüsiert lächelnd neben ihm stand. »Oh, ich glaube, nur ein wenig Ärger mit den Frauen, das kennt man ja. Ich komme morgen gern auf dein Angebot zurück, Silvanus, bis dahin, vale!« Nicht ganz so eilig folgte Sylvester dem jungen Wagenlenker.

Hoch aufgerichtet näherte sich Silvanus dem Tisch der drei jungen Frauen. Imposant sah er aus, ganz römischer Magistrat, so dass sich aller Augen auf ihn richteten. Zwar besuchten auch römische Amtsträger häufig die Taverne, doch die offizielle Toga war hier nur selten zu sehen. Silvanus genoss die bewundernden Blicke. Er hatte über sein Gespräch mit Arsinoe nachgedacht und war zu dem Schluss gekommen, dass sie bestimmt ihre Meinung ändern würde. Eine so schöne junge Frau, so klug noch dazu, würde doch nicht offenen Auges in den Tod gehen. Vielleicht hatte sie sich schon während des Gespräches mit ihm entschlossen, Ephesos zu verlassen, es aber mit ihrer Würde nicht vereinbaren können, dies zuzugeben. Und wenn sie blieb, nun, dann hatte sie sich die Folgen selbst zuzuschreiben. Dann hatte er ihre Klugheit überschätzt.

Würdevoll ließ er sich neben Laelia nieder und küsste ihre Wangen. »Carissima mea«, flötete er in aufrichtiger Bewunderung, »hätte ich mich nicht schon vor geraumer Zeit in dich verliebt, so würde ich es heute tun. Hast du dich meinetwegen so schön gemacht? Du stichst ja fast die ägyptische Prinzessin aus, und die ist eine der schönsten Frauen, die ich je gesehen habe.«

»Auch du siehst heute besonders gut aus, mein Silvanus. Die Toga kleidet dich ungemein«, liebevoll zupfte Laelia an dem über der Schulter liegenden Ende seines Gewandes. »Was ist passiert? Hat Marcus Antonius dir eine Depesche geschickt, dass du in den Senatorenstand erhoben wurdest?«

»Nein, das nicht. Aber ich werde morgen die Rennen eröffnen und«, er machte eine effektvolle Pause, »als ich vorhin im Artemis-Heiligtum war, traf ich Arsinoe und habe sogar mit ihr gesprochen. Welch eine Frau! Sie kann ihrer Schwester Kleopatra allemal das Wasser reichen. Diese Beine …« Schelmisch blickte er Laelia an.

Die tat beeindruckt. »Willst du ein zweiter Caesar werden? Nicht ganz so großartig natürlich, schließlich ist es nicht die ägyptische Königin, sondern nur ihre Schwester! Aber erzähle, Silvanus!«

Und Silvanus erzählte. Von dem Gemach, dem außergewöhnlichen Kleid und dem Charme dieser Frau. Seinen konkreten Auftrag verschwieg er, geriet dafür aber umso mehr ins Schwärmen über Anmut und Würde der Ägypterin. Die drei Frauen hingen gebannt an seinen Lippen, jede mit anderen Gefühlen. Laelia wusste nicht recht, ob sie amüsiert oder eifersüchtig sein solle, entschied sich aber für Ersteres; Illicia dachte an Marcus Antonius und sein Treffen mit Arsinoe im Frühjahr, zu ebenjener Zeit, da sie selbst sein Bett geteilt hatte, und Pykideme lauschte aus reiner Neugier. Alle waren so vertieft, dass sie den hinzutretenden Römer erst bemerkten, als er das Wort an sie richtete. »Ave, Silvanus Rhodius, ave, schöne Damen. Ich sehe, unser Freund Silvanus hat für anregende Gesellschaft gesorgt. Darf ich mich zu euch gesellen?«

Silvanus sah überrascht auf. Quintus Dellius hatte er in der Aufregung ganz vergessen. Unbehaglich dachte er an ihre Begegnung im Lupanar, hoffentlich würde Dellius nicht darauf zu sprechen kommen. Etwas verlegen stand er auf und stellte die Anwesenden einander vor. Illicia war sofort interessiert. »Du warst bei Marcus Antonius? Warst du dabei, als er Kleopatra traf?«

Quintus Dellius nickte wichtigtuerisch und griff nach dem Wein, den Monoculos ihm eilfertig brachte. Überrascht musterte er dessen leere Augenhöhle und das verbliebene, trübe linke Auge. »Beschäftigt ihr hier Ausstellungsstücke für den Zirkus? Ich dachte, dies sei eine angesehene Taverne!«

Laelia setzte zur Verteidigung ihres Sklaven an, wurde aber von Silvanus gebremst, der froh war, nicht nach den Umständen seiner Bekanntschaft mit dem Neuankömmling gefragt zu werden. »Der Sklave hat seine Qualitäten, Dellius. Doch erzähle uns von Antonius' Treffen mit Kleopatra, es passt zu unserem Thema.«

Quintus Dellius sonnte sich in der Aufmerksamkeit, die ihm alle schenkten. »Nun, ich habe Antonius auf seiner Reise durch den Osten begleitet. Ich zeichne ja für ihn die Geschehnisse auf, damit die Taten unseres großen Imperators auch der Nachwelt erhalten bleiben. Ach, die Reise war herrlich, überall empfingen ihn die Menschen als Gott Dionysos, und er gab großartige Feste, bei denen sich die Schauspieler, Musiker und Tänzer, die uns begleiteten, selbst übertrafen. Er empfing Rhetoren und Literaten, mit denen wir oft bis tief in die Nacht diskutierten. Für nicht wenige Städte minderte er die Steuern und Abgaben, wenn die Oberen zu ihm kamen und klagten. Seine Fähigkeit, gerecht zu urteilen und – wo angemessen – Milde walten zu lassen, ist bewundernswert. Die Menschen lieben ihn, und so gehorchen sie, umwerben und umschmeicheln ihn. Dann sandte er mich nach Alexandria, um Kleopatra wegen der Verhandlungen nach Tarsos zu bitten.« Dellius hob stolz das Kinn. »Das war ein Erlebnis! Alexandria ist eine faszinierende Stadt und die Königin eine nicht minder faszinierende Frau, die sich allerdings ein wenig zierte, die Einladung anzunehmen. Aber ich konnte sie überzeugen, dass auch sie von den Verhandlungen profitieren würde, und gab ihr noch ein paar Ratschläge, wie Antonius zu beeindrucken ist. So sagte sie zu.« Beifallheischend blickte er in die Runde. »Es war ein unvergessliches Schauspiel, als sie in Tarsos eintraf. Antonius hatte eine Tribüne auf dem Marktplatz errichten lassen, wo er, einem römischen Beamten gemäß, ihre Ankunft erwartete, umgeben vom Volk. Kleopatra kam mit einem prunkvollen Schiff den Fluss heraufgerudert, die purpurnen Segel gehisst, das hoch geschweifte Heck mit Gold beschlagen. Die mit Silber verzierten Ruder schlugen im Takt der Musik von Flöten, Schalmeien und Zithern, Räuchergefäße verbreiteten betörende Wohlgerüche bis zu den Ufern hin. Unter einem goldenen Baldachin auf dem Deck des Schiffes ruhte Kleopatra, gekleidet und geschmückt wie Aphrodite, die wir von Bildern kennen. Zu beiden Seiten ihres Lagers standen Amor gleichende Sklaven, ihr Kühlung zufächelnd, und an den Tauen und Rudern die schönsten ihrer Sklavinnen, die, als Nymphen und Grazien gewandet, das Schiff zu steuern schienen. Das Volk drängte sich an den Ufern des Flusses, und immer wieder hörte man rufen, Aphrodite sei mit ihrem Gefolge eingetroffen, um Dionysos zu besuchen und Frieden und Wohlstand zu bringen. Der Marktplatz, wo der Triumvir auf der Tribüne saß, war fast verlassen, alle Menschen waren zum Hafen hinuntergelaufen, um die Königin zu bejubeln. So ließ Antonius ihr für den Abend eine Einladung zum Essen überbringen, Kleopatra jedoch empfand es als angemessener, wenn er zuerst ihr Gast sei, und Antonius nahm an, um guten Willen und Höflichkeit zu zeigen.«

Silvanus klebte an den Lippen des Quintus Dellius. Vielleicht hätte er im Frühjahr doch mit Antonius weiterreisen sollen, anstatt hier in Ephesos zu bleiben, ein solches Schauspiel wurde ihm wohl nie mehr in seinem Leben geboten werden. Er beneidete diesen Legaten des Antonius um ein solches Erlebnis. Laelia und Illicia hingegen wechselten einen Blick und wussten, dass sie den gleichen Gedanken hatten. Wie redete dieser eitle Mensch? Rezitierte er Teile aus seinen Aufzeichnungen?

Dellius, ganz in seiner Erzählung gefangen, fuhr fort: »So gingen wir zu ihr auf das Schiff, und ich kann euch versichern, Antonius war sehr gespannt auf das, was ihn erwarten mochte. Doch was wir sahen, übertraf alle Vorstellungskraft und lässt sich kaum mit Worten beschreiben. Am eindrucksvollsten war die Vielzahl an Lichtern, unzählbar waren sie vom Dach herabgelassen, hingen von den Seiten herab, dabei zu erlesenen Mustern arrangiert, einige in Quadraten, andere in Kreisen, so dass sie ein Schauspiel boten, wie man es sich prächtiger nicht vorstellen kann.«* Dellius' Blick war in die Ferne gerichtet,

---

* Die ganze Erzählung frei nach Plutarch

seine Augen glänzten, große Gesten unterstrichen seine Rede. »Nachdem wir, fast geblendet, uns an der königlichen Tafel niedergelassen hatten, nahmen wir erst die verschwenderische Pracht und das unerhörte Ausmaß dieses Saales inmitten des Schiffes wahr. Zwölf Tische waren gedeckt für Antonius und die von ihm auserwählten Freunde, unter ihnen ich selbst. Das Tafelgeschirr bestand aus kunstvollen goldenen, mit Juwelen besetzten Gefäßen, sogar die Teppiche an den Wänden waren aus Silber- und Goldfäden gewirkt und von nie gesehener Schönheit. Antonius war von all dem überwältigt und verhehlte seine Bewunderung und sein Erstaunen nicht. Kleopatra aber lächelte nur und sagte, alles, was er sähe, sei ein Geschenk für ihn. An jenem Abend verhandelten sie nicht, sondern plauderten, über Caesar, Rom und Ägypten, über Literatur und Philosophie, tauschten sich aus über die letzten drei Jahre, in denen sie sich nicht gesehen hatten. Als wir gingen, durfte jeder Offizier das kostbare Sofa, auf dem er gelegen hatte, als Gabe behalten. Uns, die Höhergestellten, ließ sie in prächtigen Sänften forttragen und beschenkte uns noch mit herrlichen Pferden, die mit versilbertem Zaumzeug geführt wurden. Jeder wurde von einem fackeltragenden nubischen Sklaven begleitet*. Das alles tat sie, um Antonius zu beeindrucken – ich hatte es ihr ja geraten – doch ein solches Schauspiel hätte ich mir nie träumen lassen. Und es gelang ihr, Antonius war geradezu trunken von dem Abend, von ihrem Charme und natürlich vom Wein, und in guter Stimmung für die Verhandlungen am nächsten Tag. Diese verliefen durchaus zufrieden stellend, so berichtete er mir hinterher. Kleopatra versicherte ihm glaubhaft, dass an den Vorwürfen, sie hätte den Mördern Caesars Beistand geleistet, nichts Wahres sei,

---

* Frei nach Sokrates von Rhodos

zudem ließ sie durchblicken, sie wolle ihn gern unterstützen, doch nur unter gewissen Bedingungen. So war Antonius, als er mich losschickte, in hervorragender Stimmung, obwohl die Verhandlungen noch nicht abgeschlossen waren.«

Schweigen herrschte. Dellius' Beschreibung, obwohl oder gerade weil so theatralisch vorgetragen, hatte die Szene so lebhaft erstehen lassen, dass es schwer war, wieder in die Wirklichkeit, in die nur von rauchenden Öllampen erhellte Taberna Tilia zurückzukehren. Illicia brach mit zitternder Stimme das Schweigen. »Wie ist dein Eindruck von Kleopatra, Quintus Dellius?« Dieser bemerkte nicht den betroffenen Ausdruck ihres Gesichtes, auch nicht den besorgten Blick, den Laelia und Silvanus wechselten. Zu sehr gefangen in seiner eigenen Erzählung, fuhr er fort zu schwärmen. »Oh, sie ist unbeschreiblich. Sie ist nicht wirklich schön, hat aber ungeheures Charisma. Nicht weniger als acht Sprachen beherrscht sie, besitzt eine betörende Stimme und die ausdruckvollsten Augen, die ich je gesehen habe. Ihre Bewegungen sind elegant und werden von ihrer Art, sich zu kleiden, noch unterstrichen. Es wundert nicht, dass man sie in Tarsos als Göttin sah – in Ägypten wird sie als Isis verehrt, und so verhält sie sich. Wahrhaftig eine Göttin! Sie bekommt jeden Mann, wenn sie will, es ist kein Wunder, dass Caesar ihr erlag. Und jetzt will sie Marcus Antonius. Und nicht nur ihn, sie will seine Macht, sie will teilhaben an der römischen Herrschaft, sie will Ägypten wieder zu dem machen, was es einst war – nein – noch größer, noch mächtiger. Das waren ihre Pläne mit Caesar, das sind ihre Pläne mit Antonius. Ihr hättet sie sehen sollen an jenem ersten Abend, wie sie ihn einfing, verführerisch und doch unnahbar, genau die Art, die Antonius fasziniert. Der allerdings kennt ihre Ziele genauso wie ich und hat die seinen keineswegs aus den Augen verloren. Das wiederum reizt Kleopatra. Antonius und die ägyptische Königin spielen ein Spiel miteinander, das beiden ungeheuren Spaß macht, ein hochpolitisches und hocherotisches zugleich.«

Laelia, mit einem Blick auf Illicias umwölktes Gesicht, versuchte das Gespräch in andere Bahnen zu lenken. »Was genau führte dich hierher, Quintus Dellius, wo doch die Verhandlungen noch nicht abgeschlossen waren?«

Dellius zog überrascht die Augenbrauen empor. »Was für eine Frage für eine Frau! Kennst du sie näher, Silvanus? Ich dachte, du hättest sie hier getroffen, um ...«

Silvanus unterbrach ihn, in der Angst, er könnte die Szene von heute Morgen erwähnen. Auch war er ehrlich verärgert, richtete sich hoch auf und erwiderte kalt: »In der Tat kenne ich sie näher, Quintus Dellius. Sie genießt mein vollstes Vertrauen. Und auch Marcus Antonius kennt diese beiden Damen, frage ihn, wenn du zurückkehrst!«

»Nichts für ungut«, lenkte Dellius ein und wandte sich an Laelia. »Verzeih mir, schöne Ionierin, aber es ist selten, dass man in den Provinzen politisch interessierte Damen trifft. Nun, um deine Frage zu beantworten, unser Imperator schickte mich, um Munatius Plancus Anweisungen zu erteilen, die nichts mit dem Treffen mit Kleopatra zu tun haben. Meine Reise stand vorher fest.«

Laelia ärgerte sich. »Auch in den Provinzen gibt es Menschen, die eine gewisse Bildung genossen haben und an politischen Entwicklungen, besonders wenn sie ihr eigenes Land betreffen, durchaus Anteil nehmen. Außerdem bin ich römische Bürgerin, wenn auch meine Mutter aus dieser Provinz stammt, worauf ich stolz bin, denn es hat meinen Horizont erweitert. Was man nicht von allen Menschen sagen kann.«

Einen Augenblick lang maßen sich die beiden mit den Augen, bis Dellius sich umdrehte und lautstark neuen Wein bestellte. Pykideme, die voller Interesse der Schilderung des Dellius gelauscht hatte, mischte sich in das Gespräch. »Du bist

Schriftsteller, Quintus Dellius? Wirst du das, was du erzähltest, auch zu Papyrus bringen? Übrigens ist Illicia, die Antonius gut kennt, selbst auch Dichterin, wenn sie auch keine historischen Aufzeichnungen macht.«

»Oh, wirklich?«, fragte Dellius und blickte Illicia an. »Eine neue Sappho? Ich bemerke, ich bin in illustrer Gesellschaft heute Abend. Wirst du uns eine Kostprobe deiner Werke geben?«

»Nein«, fauchte Illicia.

Dellius besaß ein unerschütterliches Selbstvertrauen. »Schade.« Er lächelte Pykideme süß an. »Ich lerne täglich dazu, auch was die intellektuellen Leistungen von Frauen in den Provinzen betrifft. Nehmt es mir nicht übel, ich bin so erzogen worden. Meine Mutter war eine römische Matrone, die das Haus verwaltete, die Wolle spann und mich immer vor Frauen warnte, die zu selbstständig sind, ja sogar in die Politik eingreifen, das sei nicht gut für einen Mann. Sie wurde nicht müde, die Geisteshaltung der Frauen aus den Provinzen zu loben, die wüssten, wo sie hingehörten und so weiter und so weiter.« Er fuhr sich lachend durch das dichte braune Haar. »Aber ich beginne die Lehren meiner Mutter zu hinterfragen, wenn ich Menschen wie euch treffe. Und als ich in Alexandria war, bei Kleopatra …«

Laelia sah Silvanus an und verdrehte die Augen. Der lächelte, während Dellius sich weiter in Einzelheiten seiner Erlebnisse erging. Illicia saß mit zusammengepressten Lippen da, und nur Pykideme, präzise Zwischenfragen stellend, lauschte den Worten des Dellius, der seinen Blick abwechselnd bewundernd über ihre roten Locken und ihren wohlgeformten Körper gleiten ließ.

Laelia legte tröstend eine Hand auf Illicias Arm. »Nimm es dir nicht zu sehr zu Herzen«, raunte sie der Freundin zu, die abwesend nickte und nach ihrem Wein griff.

Silvanus hatte sich erhoben, bot Dellius an, ihm noch weitere Lokalitäten in Ephesos zu zeigen, und fragte Pykideme, ob sie sie nicht begleiten wolle. Es war ihm nicht entgangen, dass die beiden, Dellius und Pykideme, sich mit wohlgefälligen Blicken maßen, und vielleicht könnte er von ihr noch ein paar Einzelheiten über ihren Mann, Gnaeus Lutatius Artocreatus, erfahren, wenn sie dem Wein weiter so zusprach.

Pykideme nahm den Vorschlag gern an. So verabschiedete man sich, und Silvanus versicherte den Mädchen, er werde ihnen morgen bei den Wagenrennen gute Plätze reservieren lassen. Stolz blickte Laelia auf ihren breitschultrigen Freund, dem sie für den Abschiedskuss züchtig die Wange bot, und flüsterte ihm für seine Eröffnungsrede gute Wünsche ins Ohr. Als die drei die Taverne verlassen hatten, wandte sie sich ihrer Freundin zu. Illicia, Tränen in den Augen, hielt mit beiden Händen ihren Weinbecher umklammert. »Kunstvolle goldene, mit Juwelen besetzte Gefäße«, murmelte sie, »gekleidet als Aphrodite, die zu Dionysos kommt. Von ungeheurem Charisma! Diese ägyptische Schlange! Laelia, wie konnte ich mir jemals einbilden, dass er auch nur ein Fünkchen Interesse an mir hat. Und Mazdates, dieser Parther! Der will auch nur das eine. Oder vielleicht auch nicht, vielleicht hast du ja Recht mit deinen Vermutungen! Ach, immer wieder lasse ich mich von Männern blenden, die nichts als ihre eigenen Interessen im Sinne haben. Ach …!« Traurig nippte sie an ihrem Wein.

Mitfühlend ergriff Laelia ihre Hand. »Ganz so ist es nun doch nicht, Illicia. Immerhin ist Antonius sofort von Kappadokien hierhergeeilt, um dich zu sehen, als er hörte, was passiert ist. Ich glaube schon, dass er die Wahrheit sagt, dass du ganz etwas Besonderes für ihn bist. Aber er ist eben, wie Caesar auch, ein großer Frauenheld. Das mit Kleopatra ist etwas Politisches, er braucht ihre Unterstützung, und wenn überhaupt, dann benutzt er sie, nicht dich! Vergiss nicht, du besitzt das

Herz des größten Mannes des römischen Imperiums, und wer kann das schon von sich behaupten?«

»Viele«, sagte Illicia trocken und musste nun doch lächeln.

Froh, die Freundin ein wenig aus ihrer Traurigkeit gerissen zu haben, wechselte Laelia das Thema. »Was Pykideme wohl an diesem Dellius findet, ich habe selten einen so von sich selbst überzeugten Menschen gesehen. Du kennst sie doch besser als ich, meinst du, sie ist mit Gnaeus glücklich?«

»Ich weiß nicht, sie spricht selten darüber. Besonders jetzt, wo Gnaeus mit dem Mord an Rutilius Rufus in Zusammenhang gebracht wird, erwähnt sie ihn fast gar nicht mehr. Aber wer ist schon richtig glücklich, schau dich doch mal um, kannst du mir eine Ehe oder Freundschaft sagen, die nach einiger Zeit noch funktioniert?«

So saßen die beiden beim Wein und unterhielten sich noch eine Weile. Man kam auf die Literatur zu sprechen, strich heraus, dass es zu allen Zeiten die gleichen Probleme waren, die die Menschen bewegten. Laelia erzählte von dem parthischen Epos, das sie gerade las und das sie zu übersetzen gedacht hatte, da es wunderschön sei, nur, die Zeit dafür sei wohl noch nicht reif. Illicia widersprach, sie würde es lesen, da sie sich für die Lebens- und Wesensart der Parther zu interessieren begänne. Und wenn Antonius den parthischen Feldzug erfolgreich abgeschlossen haben würde, wäre alle Welt begierig darauf zu erfahren, welch kulturell hoch stehenden Gegner man da besiegt hätte. Doch dazu brauchte er Kleopatras Hilfe …

Trotz der frühen Abendstunde begann die Taverne sich zu leeren. Viele Gäste wollten am Morgen zeitig aufstehen, um sich für das Wagenrennen einen guten Platz zu erkämpfen, und so saßen bald nur noch ein paar unentwegte Trinker und Silvanus' Legionäre an einigen der Tische. Illicia ging, um den Sklaven Anweisungen zu erteilen, Laelia schickte Monoculos nach ihrem parthischen Epos. Ganz darin vertieft, die blumige

Sprache und herrlich gestalteten Sätze bewundernd, bemerkte sie nicht, dass ein neuer Gast die Taverne betrat. Erst als eine ihr wohlvertraute Stimme sie aus ihrer Lektüre riss, sah sie auf.

»Meine Augen glauben zu träumen, mein Blut rauscht in den Ohren wie die Wasser des Flusses Euphrat. Sind meine Sinne benebelt vom wohlschmeckenden Wein? Bist du das, liebliche Laelia, leuchtendes Licht in der römischen Finsternis Kleinasiens? Ja, du musst es sein, denn mein Herz schlägt heftig wie nach einem rasenden Ritt über die Höhen der parthischen Berge. Nicht hätte ich gehofft, dich hier zu finden, doch der große Gott Sin, der in dieser Nacht in seiner vollen Schönheit erstrahlt, muss mir wohlgesonnen sein.«

Laelia erschrak. Vor ihr stand der wie immer kostbar und farbenprächtig gewandete Mithriventes, der Parther, für den sie im Frühjahr in Didyma das Orakel übersetzt und der sie von da an mit seiner Zuneigung verfolgt hatte. Mithriventes, den sie glauben gemacht hatte, sie spioniere für ihn, stünde auf Seiten der Parther, gegen die Römer. Zwar hatte sie von seinem Kommen gewusst, doch nicht damit gerechnet, ihm in dieser riesigen Stadt tatsächlich zu begegnen. Sie warf den Legionären einen kurzen Blick zu, die, in der Annahme, die Taverne würde bald geschlossen, ihre Würfel schon einzupacken begonnen hatten, jetzt jedoch noch Wein bestellten. Dem Gebot der Höflichkeit folgend, stand Laelia auf und begrüßte den unerwarteten Gast in perfektem Parthisch. »Willkommen, Mithriventes. Sei versichert, ich bin nicht weniger überrascht, dich zu sehen. Bist du schon lange in Ephesos?«

Mithriventes ergriff ihre Hände und führte sie an seine Lippen. Dann geleitete er sie galant zu ihrem Stuhl zurück, rief laut nach Wein und ließ sich neben ihr nieder, das mit Gold und Silber bestickte knöchellange Gewand raffend, so dass Laelia über den spitzen parthischen Schuhen ein Stück dunkel behaartes Bein sehen konnte, an dem ein dicker goldener Reif prangte. ›Wie ordinär!‹, dachte Laelia, während sie ein Stück von ihm abrückte.

»Noch immer so keusch wie eine junge Nymphe, das gefällt mir«, lachte Mithriventes, »hast du auf mich gewartet? Nun, ich muss gestehen, ich habe mein Versprechen, zu kommen und dich heimzuführen nach Ktesiphon, der Perle Parthiens, bis jetzt nicht einlösen können – jedoch, ich vergaß es nicht. Wie sollte ich auch die betörendste Blume dieses Landes vergessen?« Wieder griff er nach ihrer Hand und hielt sie fest umschlossen, wobei er die Ringe, die jeden seiner Finger schmückten, geschickt im Licht der Lampen glitzern ließ. »Doch nun bin ich hier, noch nicht lange, nein, gekommen erst vor kurzer Zeit, und gleich finde ich dich, die Anmut und Schönheit wie eine Göttin in sich vereint.«

Monoculos kam mit dem Wein. Finster richtete er sein blindes Auge auf den Parther und sagte: »Herrin, du musst morgen früh zu den Rennen aufbrechen. Soll ich dein Lager richten?« Bevor Laelia antworten konnte, scheuchte Mithriventes den Sklaven mit einer Handbewegung weg. Als dieser nicht reagierte, fuhr er ihn an: »Lass uns allein, du einäugiger Esel! Siehst du nicht, dass ich mit deiner Herrin etwas zu bereden habe?« Beleidigt zog sich Monoculos zurück.

Laelia sah den Parther wütend an. »Mithriventes, ich …«

Mithriventes unterbrach sie, indem er seinen schwarz behaarten Zeigefinger sacht auf ihren Mund legte. »Nein, sage nichts, liebliche Laelia, die du zürnend schöner noch bist als zuvor. Das Funkeln deiner saphirgrünen Augen, ah, das findet man nicht in Parthien. Allein, wie mit Sklaven umzugehen ist, scheint dir fremd, doch auch das wirst du lernen, wenn du erst mir gehörst.«

Laelia wusste nicht recht, ob sie über die Dreistigkeit dieses Mannes lachen, ihn einfach sitzen lassen oder auf ihn eingehen sollte. Sie entschied sich für Letzteres. Das gefährliche Spiel lockte sie, wie schon ehedem in Didyma, als er ihr in seiner Trunkenheit und dem festen Glauben, sie sympathisiere mit den Parthern, einiges erzählt hatte, das Marcus Antonius dienlich war. Vielleicht erfuhr sie ja auch diesmal etwas. Zwar hatte Silvanus sie eindringlich vor diesem Mann gewarnt, aber was konnte ihr schon passieren? Da saßen die Legionäre, unauffällig als Bürger gekleidet, an einem Nebentisch und passten auf. So schob sie denn seine Hand weg, sah ihm in die schwarzen Augen und erwiderte hoheitsvoll: »Der Sklave gehört mir, oh Mithriventes, nur ich habe ihm zu befehlen. So wirst du mich nicht erobern.«

Mithriventes hob seinen Weinbecher, leerte ihn in einem Zug, füllte ihn nach und wischte sich mit dem Handrücken über den Mund. Abschätzend und mit gefährlich zusammengezogenen Augenbrauen musterte er Laelia. »Du bist anders als zuvor, hast du dich einem anderen Manne hingegeben? Hast du gar die Sache der Parther verraten und dich den Römern zugewandt?«

Laelia lief ein Schauer über den Rücken. Vielleicht hatte Silvanus mit seiner Warnung wirklich Recht gehabt. Nun jedoch konnte sie nicht mehr zurück. Also blickte sie ihn stolz an, als sie antwortete: »Nein, Mithriventes, ich bin nicht verheiratet. Doch habe ich nicht geglaubt, dich wieder zu sehen, da nichts von dem, was du einst angekündigt hattest, eingetreten ist. Nimmt es dich da wunder, dass ich jetzt Vorsicht walten lasse bei deinen Worten?«

Mithriventes schien noch immer zu überlegen. Er blickte verdrossen vor sich hin, zwirbelte seinen schwarzen Spitzbart, doch dann überzog plötzlich ein strahlendes Lächeln sein Gesicht. Er griff nach der Rolle mit dem parthisches Epos, in dem Laelia gelesen hatte, zog es zu sich heran und entrollte die Schrift. »Habe ich doch richtig gesehen. Der Sermon von der

Seele! Im parthischen Original.« Erneut griff er nach Laelias Händen und übersäte sie mit Küssen. »Musste ich auch einen Augenblick an dir zweifeln, du strahlender Stern am nächtlichen Himmel, so erhebt sich mein Herz jetzt wieder leicht wie ein Vogel in die Lüfte. Nein, wer den Sermon von der Seele liest, kann kein Verräter an der parthischen Sache sein. Komm her, liebliche Laelia, lass dich an meine Brust drücken, lass mich deinen Busen mit Küssen bedecken, so froh bin ich, die Zweifel, die mein Herz zerfraßen, entfliegen zu spüren.« Er zog Laelia zu sich heran, sie jedoch wehrte ihn mit der freien Hand ab. »Nein, Mithriventes, bitte. Du weißt doch …«

Die dunklen Augen und die lange spitze Nase kamen ihr bedrohlich nahe, nach kurzen Zögern aber lehnte sich Mithriventes zurück, goss sich und ihr Wein nach und hob seinen Becher. »Oh meine ewig tugendsame Tyche, ich weiß, ich weiß. Nichts würdest du tun, was die Sitte verletzt, nie würdest du mein Lager teilen, ohne die Zeremonie der Vermählung zelebriert zu haben. Eben deshalb will das Herz mir bersten vor Liebe, allein – nicht nur das Herz will bersten. Entschuldige mich einen Moment, ich muss die Latrinen aufsuchen.« Im Aufstehen näherte er seinen Mund ihrem Ohr, flüsterte ihr ein parthisches Kosewort zu und ließ seinen Blick dabei in die Tiefen ihren Kleides sinken.

Während sich seine Schritte entfernten, überlegte Laelia fieberhaft. Was nur sollte sie tun? Wo war sie da hineingeraten? Ihr war wohl bewusst, dass sie das Spiel übertrieb, sie hätte diesem Parther gleich sagen sollen, ihr Herz sei vergeben, es täte ihr Leid, sie müsse jetzt gehen. Warum auch musste Silvanus verheiratet sein, warum konnte – oder besser wollte – er sich nicht zu ihr bekennen? Das würde alles so viel einfacher machen. Wütend griff sie zu ihrem Becher. Wütend auf Silvanus, aber auch auf sich selbst, konnte sie doch jederzeit die Beziehung beenden, genauso wie sie aufstehen, gehen und

Mithriventes seinem Wein überlassen konnte. Aber sie liebte die Gefahr, gerade die, die mit ihrem Kontakt zu Mithriventes verbunden war. Es war ein prickelndes Gefühl, das sie genoss, eine Herausforderung, und sie wusste, sie würde nicht gehen, sie würde sich weiter mit ihm unterhalten, auch wenn ihr bewusst war, dass er sich bitter rächen könnte, sollte er herausfinden, dass sie keineswegs auf der parthischen Seite stand. Die Macht und die Skrupellosigkeit hatte er gewiss. Doch ein neues Problem kam hinzu: Sie befürchtete, er könnte es ernst meinen. Er wollte sie nicht nur für eine Nacht auf seinem Lager, um seine Lüste zu befriedigen, er wollte mehr. Das machte ihn weniger unsympathisch, es machte ihn menschlicher.

Mithriventes' Gesicht wurde durch ein glückliches Lächeln verschönt, als er sich wieder zu ihr setzte. »Ich hatte schon befürchtet, du seist entschwunden, während ich mich des Weines entledigen musste. Doch bist du noch da, göttliche Geliebte, und ich fragte mich während des Geschäftes, welchem Wunder ich es zu verdanken habe, dich hier zu treffen, wähnte ich dich doch in Didyma.«

»Ich lebe jetzt in Ephesos. Das Haus gehört Illicias Tante und wir wohnen hier. Aber du, Mithriventes, was führt dich hierher? Ist es das Wagenrennen morgen, an dem ein parthischer Fahrer teilnimmt, wie ganz Ephesos weiß?«

Mithriventes strahlte. »Ja, auch das. Aber welch Freude, dass du jetzt hier residierst, du Aphrodite von Asien. Denn ich, Mithriventes, Mitglied der königlichen Familie, Sohn des Oheims unseres Großkönigs Orodes, des Herrlichen, werde einige Zeit in dieser Stadt zubringen, um …«, skeptisch zögerte er, aber ein Blick auf die Rolle mit dem Sermon der Seele ließ seine Augen erneut aufleuchten, »… um die Provinz vorzubereiten für bessere Zeiten, die nicht mehr lange auf sich warten lassen, das kann ich dir versprechen bei dem die Nächte erhellenden Sin. Ja, offiziell bin ich hier, um den morgigen

Wagenrennen beizuwohnen und um erneut das unfehlbare Orakel des Apollon in Didyma zu konsultieren. Aber wenn die Zeit gekommen ist, du Rose unseres riesigen Reiches, werde ich dich zu meiner Gemahlin machen, meiner Hauptgemahlin, und du wirst sehen, was mein parthischer Priapos bewirken kann. Ich werde dich …«

»Das von den besseren Zeiten hast du schon einmal gesagt, großer Mithriventes«, unterbrach ihn Laelia sarkastisch, »und damals glaubte ich dir. Wollt ihr jetzt auf sportlichem Wege den Einfluss der Römer mindern?«

»Oh liebliche Laelia, du unterschätzt uns.« Ein Schatten überzog das Gesicht des Mithriventes, der nach dem Weinkrug griff und feststellte, dass er leer war. »Sklave, neuen Wein!«, rief er zu Monoculos hinüber. Mit versteinertem Gesicht brachte dieser das Verlangte.

Mithriventes nahm einen tiefen Schluck, beugte sich zu Laelia hinüber und sagte so leise, dass sie Mühe hatte, die gutturalen parthischen Laute, zudem von Wein entstellt, zu verstehen: »Unterschätze uns nicht! Was wir tun, ist wohl überlegt, der richtige Zeitpunkt muss abgewartet werden. Ich werde dir, um dich von unserer Macht und unserer Klugheit zu überzeugen, ein Geheimnis anvertrauen, eines, von dem bis jetzt selbst in Parthien nur die Obersten des Reiches wissen, zu denen du dich bald wirst zählen können. Wenn du erst in meinen Armen die höchste Ekstase erlebt haben wirst, wenn du …«

»Ich will es nicht wissen«, unterbrach ihn Laelia; ein seltsames Gefühl der Angst hatte sie beschlichen, er könne ihr zu viel verraten. Plötzlich war ihr klar, dies war der Zeitpunkt, das Spiel abzubrechen, sich einigermaßen elegant zurückzuziehen. »Mithriventes, es tut mir Leid, doch ich glaube, ich bin nicht würdig, die Frau eines Mitgliedes der parthischen Königsfamilie, deine Frau, zu werden, wenn ich auch die Parther und ihre Kunst verehre, ich, eine unbedeutende Kleinasiatin. Ich werde …«

Mithriventes Augen funkelten trunken und zornig. Hart legte er seine Hand auf ihre Schulter und zog sie zu sich heran. »Bezeichne dich nicht als unwürdig, wenn ich, Mithriventes, dich als würdig, als würdiger denn alle anderen befunden habe. Du wirst meine Gemahlin werden und mein Lager teilen. Schweig!«, zischte er sie an, als sie widersprechen wollte. »Noch habe ich nicht geendet. Du wirst anders denken, wenn du vernommen hast, was ich dir sagen will. Zu lange, scheint es, hast du unter römischer Herrschaft gelebt, zu wenig weißt du von parthischer Politik. Nun, es sei dir verziehen, du kannst es nicht wissen, dass wir lange schon unbemerkt die Geschicke des Römischen Reiches lenken. Caesar, dieser Imperator der räudigen römischen Hunde, hatte vor, einen Feldzug gegen uns zu führen, das wirst du wissen! Er wurde drei Tage vor seiner Abreise ermordet, von Mitgliedern des römischen Senates, von Verschwörern, ha! Meinst du, das war Zufall? Meinst du, die Römer hätten sich aus eitlem Idealismus eine mögliche Beute vorenthalten, von der du dir nicht einmal in deinen kühnsten Träumen auch nur einen Bruchteil vorstellen könntest? Caesar wäre mit diesem Feldzug ohnedies aus dem Weg gewesen, welche Gefahr für die Republik hätte er dargestellt, etliche Jahre unterwegs im weiten Parthien? Der Senat hätte genug Zeit gehabt, sich vorzubereiten auf seine Rückkehr, wäre er denn zurückgekehrt. Und selbst dann hätten sie ihn aus Angst vor seiner Allmacht immer noch umbringen können, die Situation wäre nicht anders gewesen als nach seinem gallischem Krieg.« Er ließ Laelias Schulter los und lehnte sich triumphierend zurück. »Wer hat den Römern, Brutus und Cassius, den Häuptern der Verschwörung, eingeflüstert, Caesar gefährde die römische Republik, man müsse ihn beseitigen, bevor er noch mächtiger würde? Wer gab ihnen Geld, um sie zu unterstützen? Wer verbreitete Unruhe unter dem römischen Volk, schürte die Gerüchte, Gaius Julius Caesar wolle sich zum König machen? Sie waren leicht zu überzeugen, die römischen Senatoren. Und so taten sie unsere Arbeit. Caesar musste sterben, bevor er diesen Feldzug antrat, er war gefährlich, er hätte uns ernsthafte Schwierigkeiten bereitet. Was meinst du, warum haben wir Brutus und Cassius, als sie sich hier in Kleinasien festgesetzt hatten und gegen Antonius und Octavian kämpften, mit Reitertruppen unterstützt? Aus schierer Menschenfreundlichkeit? Die Mörder Caesars waren für uns harmlos, sie wären unserer Sache sehr dienlich gewesen, leider aber waren sie auch zu schwach für Marcus Antonius, der sie dann bei Philippi schlug. In ihm ist uns eine große Gefahr erwachsen, mit der wir nicht gerechnet haben. Wir haben ihn unterschätzt, diesen echten Eleven des ›göttlichen Caesar‹, wie ihn die Römer so schön nennen, und in manchen Bereichen ist er ihm sogar überlegen, nur wissen sie das noch nicht, diese weichlichen, römischen Windhunde. In Tarsos verhandelt Antonius im Augenblick mit Kleopatra von Ägypten über Hilfe bei seinem Feldzug gegen uns, aber er wird ihn nicht ausführen können …« Mithriventes griff erneut nach seinem Becher, er hatte Schweißperlen auf der Stirn, die langsam die Schläfen herabliefen und in seinem Bart hängen blieben. Hass und Begeisterung blitzten in seinen Augen.

Laelia versuchte mit aller Kraft, sich zu beherrschen, ihre Fassungslosigkeit zu überwinden, ihre Abscheu nicht zu zeigen. Doch ganz gelang es ihr nicht, wenn auch Mithriventes ihren Gesichtsausdruck anders deutete.

»Ja, da bist du erstaunt, nicht wahr? So groß ist die Macht der Parther, wir sind die eigentlichen Herren der Welt, nicht die Römer! Eigentlich sollten sie es wissen, ich habe nie verstanden, warum Orodes, der Herrliche, dieses Geheimnis so hütet. Wüssten sie es, sie würden erzittern vor uns, die Angst würde die Glieder ihrer viel gelobten Legionäre lähmen, restlos würden wir sie vernichten, besiegen würden wir sie, einfacher noch als einst die Legionen des Crassus. Doch Orodes will warten, will weiter seine Taktiken anwenden und dann erst zuschlagen.«

Leise bebend stellte Laelia die Frage, die sie am meisten bewegte. »Was habt ihr vor? Werdet ihr Marcus Antonius auch ermorden lassen?«

Mithriventes lachte hämisch. »Liebliche Laelia, du hast unsere Wege noch immer nicht verstanden. Nicht wir bringen unsere Feinde um, das wäre äußerst töricht und gefährlich, wir lassen sie von unseren Feinden umbringen. Octavian in Rom ist jung und machthungrig. Das Einzige, was wir veranlassen müssen und werden, ist Zwietracht zu säen zwischen Octavian und Marcus Antonius. Das ist nicht schwierig. Die beiden werden miteinander beschäftigt sein, so dass wir die Möglichkeit haben, Antonius zuvorzukommen. Wir werden in römisches Gebiet einfallen, es ist alles vorbereitet. Wir warten nur noch auf den Auslöser, der Antonius zurück nach Rom rufen wird, der ihn handlungsunfähig machen wird.« Stolz und erwartungsvoll sah er sie an.

Laelia musste etwas sagen, das wusste sie, aber die Gedanken jagten wild durch ihren Kopf. Bei Apollon, sie musste weg von diesem Mann, ihr war übel. Aber sie konnte jetzt nicht einfach gehen, nicht nachdem er ihr seine politischen Geheimnisse anvertraut hatte, er würde sie durchschauen und töten lassen. So murmelte sie: »Ich bin zutiefst beeindruckt!« und flehte innerlich zu Apollon, sie aus diesem bösen Traum erwachen zu lassen, sie zu retten, aus dieser Situation zu befreien. Apollon erhörte sie. Mithriventes hatte den Krug mit Wein geleert, seine Augen begehrlich über ihren Körper gleiten lassen und strich jetzt mit den Fingerspitzen über den Ausschnitt ihrer Tunika. »Ich sehe, mein schimmerndes Juwel, du bist jetzt überzeugt von der Größe und der Macht Parthiens.« Laelia nickte nur, sie war wie gelähmt.

»Ach, wenn ich nur«, fuhr Mithriventes fort, »dich auch überzeugen dürfte von Macht und Größe meines parthischen Gemächtes, doch weiß ich wohl, ich werde warten müssen. Es bekümmert mich, dass ich jetzt gehen muss, denn angeregt durch deinen Liebreiz, gewinnt es noch an Macht und Größe. So werde ich nun anderen Boden damit beackern müssen. Es gibt ein exquisites Haus hier, beinahe besser als in ganz Ktesiphon zu finden, nur pflegen die Römer dort Umgang, der Statthalter und seine Untergebenen, das ist der einzige Nachteil. Nun, lange werden sie ihre Freude dort nicht mehr haben, bald wird kein Römer seinen Samen mehr in Furchen legen, die uns Parthern zustehen. So lebe denn wohl, du Licht meiner Augen.« Er drückte der noch immer erstarrt dasitzenden Laelia einen feuchten Kuss auf die Innenseite ihrer Hand und ging.

Angewidert wischte sie die Hand ab.

Illicia hatte übel gelaunt die Einnahmen des Abends gezählt – ihre Aufgabe bei Abwesenheit ihrer Tante – als Monoculos mit der Nachricht kam, Mithriventes, dieser entsetzliche Parther sei da. Der habe ihn beleidigt und würde die Herrin Laelia belästigen. Ob man nicht den römischen Legionären Bescheid geben könne, diesen elenden Menschen aus der Taverne zu entfernen und ihm für die Zukunft den Zutritt zu untersagen. Illicia versuchte den aufgebrachten jungen Sklaven zu beruhigen, trat aber besorgt an die Tür zum Schankraum und warf einen Blick auf ihre Freundin. Mithriventes und Laelia schienen sich angeregt zu unterhalten, also schickte Illicia Monoculos an den Tresen zurück. Aufgeregt setzte sie sich wieder über die Abrechnung. Vielleicht kannte Mithriventes gar Mazdates, ihren Wagenlenker. Ob Laelia wohl wieder versuchte, dem Parther Geheimnisse zu entlocken? Die Unterhaltung schien kein Ende zu finden. Ab und zu warf Illicia einen Blick aus der Tür, sah aber immer dasselbe Bild, die Rücken der beiden, die sich miteinander unterhielten.

Gerade als sie das Geld wegschloss und überlegte, was sie jetzt machen solle – vielleicht erwartete Laelia ihre Unterstützung –, eilte Monoculos erneut herein. Der Parther sei weg, die Legionäre jetzt auch, aber die Herrin Laelia sitze einfach nur da und sage nichts. Wie betäubt! Er mache sich Sorgen. Erschreckt lief Illicia hinaus und setzte sich zu ihrer Freundin. Tatsächlich schien diese unter Schock zu stehen. »Bei Apollon, Laelia, was ist los? Hat er dich belästigt?«

Laelia schüttelte nur den Kopf.

»Bringe ihr einen Becher Wein, Monoculos!« Besorgt blickte Illicia die Freundin an.

Laelia regte sich. »Nein, keinen Wein mehr, nur Wasser, bitte.« Dann erzählte sie Illicia von den Eröffnungen des Parthers. Als sie geendet hatte, schwiegen beide betroffen.

Illicia fing sich als Erste. »Das kann ich nicht glauben. Das ist doch absurd! Der Mann hat das nur erfunden, um dir zu imponieren, der glaubt doch immer noch, du stündest auf der parthischen Seite. Er denkt, so kriegt er dich in sein Bett. Das ist die einzige Erklärung! Überleg doch mal, allein die Behauptung, Octavian könne Antonius Schwierigkeiten machen, so ein Blödsinn. Es weiß doch jeder, was für ein Schwächling der ist.«

Laelia glaubte ihr nur allzu gern. »Wahrscheinlich hast du Recht, Illicia. Aber im ersten Moment klang es so glaubhaft ... Was machen wir jetzt?«

»Wir schicken eine Botschaft an Silvanus. Je eher er es erfährt, umso besser, wer weiß, wann wir ihn wieder sehen, bei den Verpflichtungen, die er mit dem Wagenrennen hat. Er muss dann einen Eilboten zu Marcus schicken, diese infame Lügengeschichte sollte er erfahren. Vielleicht ist sie Teil eines Planes, die Bevölkerung für die Parther einzunehmen.«

Illicias Pragmatismus wirkte beruhigend auf Laelia. Sie atmete tief durch. »Das wird das Beste sein. Silvanus wird zwar toben, wenn er erfährt, was mir Mithriventes erzählt hat, und dass ich mich überhaupt wieder mit ihm unterhalten habe, aber es muss sein. Allerdings, Illicia, ich habe doch Sorge, dass Mithriventes von meiner Beziehung zu Silvanus erfährt. Es scheint, dieser Parther geht wirklich davon aus, dass er mich heirateten wird, nach ihrer Invasion.«

»Das wird Antonius nicht zulassen! Die Parther werden nie auch nur die Grenze überschreiten. Mach dir keine Sorgen, die Legionäre sind immer um uns herum, keiner kann uns etwas antun, die Parther werden nicht einfallen und Mithriventes wird sich eines Tages um seinen Kopf reden. Was ist das eigentlich für ein König, der einen solchen Schwachkopf auf diplomatische Missionen schickt? Wenn du ihn wieder siehst, musst du vorsichtiger sein. Begegne ihm freundlich, aber ablehnend, dann muss er merken, dass du ihn nicht willst.«

»Das sagst du so!«, brummte Laelia.

So setzten sie also eine Botschaft an Silvanus auf, eine, die nicht zu viel verriet, falls sie in falsche Hände geriet, aber doch die Dringlichkeit einer Unterredung herausstellte. Einigermaßen beruhigt begaben sie sich dann in ihre Gemächer, jede mit ihren Gedanken beschäftigt. Beide schliefen nicht viel in dieser Nacht.

Kapitel 12

Auch Silvanus hatte in der Nacht kaum ein Auge zugemacht und sich schon früh in sein Arbeitszimmer begeben. Immer wieder ging er die Rede durch, die er bald im Oval des Stadions halten würde. Je mehr er an seinen Worten feilte, desto unsicherer wurde er. Zudem sorgte er sich, dass die Übergriffe der letzten Wochen sich auf die Stimmung der Zuschauer niederschlagen könnten. Wie nur konnte er die Bevölkerung beruhigen? Silvanus legte die Wachstafel beiseite und runzelte nachdenklich die Stirn. Die ganze Zeit fragte er sich, was von ihm erwartet wurde, was Munatius Plancus von ihm erwartete. Sollte er auf die Gewalttaten zu sprechen kommen oder lieber darüber hinweggehen? Er erhob sich von seiner Kline und ging zum Fenster, um hinauszusehen. Im zarten Morgenlicht schienen die Hügelketten zum Greifen nah. Unter ihm, auf der Straße, eilten bereits zu dieser frühen Stunde die ersten Zuschauer zum Stadion, um sich die besten Plätze zu sichern. Früher hatte er es auch so gemacht. Wehmütig erinnerte er sich an die Zeit, wo er in Rom kein Rennen verpasst hatte, immer einer der Ersten im Stadion gewesen war. Vielleicht sollte er einige Sesterzen wetten. Dieser parthische Wagenlenker, den Laelia so argwöhnisch beobachtete, machte einen guten Eindruck, und seine Nachforschungen hatten ergeben, dass er als vielversprechender Sportler galt. Damals in Rom hätte er nicht gezögert. Zum Leidwesen von Lucida waren seine Gewinne allerdings meist nur mager ausgefallen, wenn er nicht gar verloren hatte. Ach was, dachte er und entschloss sich, einen ordentlichen Betrag auf Mazdates zu setzen. Eine Weile beobachtete er noch, wie die Menschen in immer größerer Zahl zum Stadion strömten, gut gelaunt und festlich gekleidet. Seine Gedanken schweiften zu Laelia. Weitsichtig hatte er noch einen Sklaven angewiesen, den Mädchen Plätze zu reservieren, das war das Mindeste, was er tun konnte. Er nahm sich vor, den heutigen Abend mit ihr zu verbringen, hoffentlich wollte Dellius nicht wieder mit ihm das Nachtleben von Ephesos erkunden. Nun, er würde einfach Nein sagen, egal, was Dellius denken mochte. Doch genug der Ablenkung, maßregelte er sich, schließlich schrieb sich die Rede nicht von allein. So kehrte er zu seiner Wachstafel zurück, griff zu seinem Stylos und begann noch einmal von vorn.

Hinter den Kulissen des Stadions ging Silvanus noch einmal mit dem Freigelassenen Vidius, der für die Organisation verantwortlich war, das heutige Programm durch. Ursprünglich waren drei Rennen geplant, zwei davon am Vormittag, das letzte – der Höhepunkt des Tages – am Nachmittag.

Doch Vidius, dessen Gesicht von Sonne, Wind und Wetter zerfurcht war, berichtete Silvanus nun stolz, dass es ihm im letzten Moment noch gelungen war, zusätzlich ein Fohlenrennen ins Programm aufzunehmen. Bis zuletzt war es nicht klar gewesen, ob er genügend Pferde für die leichten Wagen zusammenbekäme, damit es ein lohnendes Schauspiel würde. So platzierten sie dieses Rennen auf den frühen Nachmittag, bevor der Tag mit dem großartigen Erlebnis – dem Wettkampf der Quadrigen – ausklingen würde. Vidius freute sich über die lobenden Worte, mit denen Silvanus ihn reichlich bedachte, und hastete davon, um die letzten Vorkehrungen zu treffen, nicht ohne Silvanus noch eindringlich darauf hinzuweisen, das Fohlenrennen in seiner Ansprache zu erwähnen, damit das Publikum rechtzeitig aus der Mittagspause zurückkehre. Silvanus machte sich eine entsprechende Notiz auf seinem Wachstäfelchen, auf dem er die Stichworte für seine Rede notiert hatte. Aufgeregt ging er auf und ab und beobachtete, wie die Fahrer ihre Pferde für das erste Rennen warmlaufen ließen.

Doch bevor noch der erste Wagen in das Stadion fahren würde, musste er – als Vertreter von Munatius Plancus – zu den Zuschauern sprechen. Er warf einen Blick durch die Toröffnung und sah tausende von Menschen dicht gedrängt auf den Plätzen. Ein Teil der Sitzreihen schmiegte sich an den Hang des Berges Pion, die gegenüberliegenden Plätze erhoben sich über einer komplizierten Holzkonstruktion, die seit längerem der Reparatur bedurfte. Silvanus nahm sich vor, mit Plancus darüber zu sprechen. Am besten, es würde ein neues Stadion gebaut, dieses war baufällig und der Einwohnerzahl von Ephesos nicht angemessen. Die letzte Zählung hatte fast 300 000 Menschen ergeben, die vielen Pilger und Besucher gar nicht mitgerechnet. Wahrlich, ein größeres Stadion tat Not, und Silvanus wollte seinen geringen Einfluss dafür geltend machen.

Die Sonne stieg unerbittlich höher, die Zeit für seine Rede nahte. Silvanus kontrollierte noch einmal den Sitz seiner Toga, dann betrat er mit gemessenen Schritten und weichen Knien die Höhle des Löwen.

Ein Sklave aus dem Amt hatte Laelia und Illicia abgeholt, um sie zum Stadion zu geleiten. Silvanus habe ihn geschickt, teilte er ihnen mit, damit sie sicher zu ihren Plätzen gelangten. Angesichts des Gedränges, das auf den Straßen herrschte, waren die beiden sehr froh über ihren Begleiter, der sich mit weit ausholenden Gesten Bahn brach. Im Stadion warteten ihre Sitzplätze auf sie, mit weichen Polstern belegt, von einem weiteren

Sklaven eifersüchtig bewacht. Unbeeindruckt von dem ohrenbetäubenden Lärm nahmen sie Platz. Jeder Besucher schien Verwandte oder Freunde zu sehen, mit denen er über die Sitzreihen hinweg noch eilig wichtige Mitteilungen austauschen musste. Dazwischen drängten sich fliegende Händler mit Körben voller Leckereien, traten hier einem schmerzhaft auf den Fuß, schubsten dort einen anderen beiseite. Laelia kaufte einige Trauben, und Illicia holte einen Krug Wasser hervor, den sie, wie immer bei solchen Anlässen, dabeihatte. Die Nerven der beiden Freundinnen waren zum Zerreißen gespannt. Laelia, weil Silvanus heute zum ersten Mal die Eröffnungsrede halten sollte, Illicia, weil ihr Wagenlenker eines seiner wichtigsten Rennen zu fahren hatte. Plötzlich berührte Illicia ihre Freundin leicht an der Schulter. »Bemerkst du es auch?«, flüsterte sie.

»Was?«, fragte Laelia abwesend.

»Es ist eine eigenartige Stimmung heute, anders als sonst.« Mit allen Sinnen bemühte sich Laelia, die Stimmung des Publikums wahrzunehmen. »Ja, ich glaube, ich weiß, was du meinst. Irgendetwas ist anders, aber ich kann es nicht in Worte fassen.« Besorgt warteten sie auf die Eröffnung. Endlich war es so weit. »Sieh, da kommt Silvanus!« Stolz strahlte Laelia, die Augen fest auf ihn geheftet, als er auf das Podest zuschritt und es sicheren Schrittes erklomm. »Sieh doch, wie ruhig und gelassen er wirkt, wie souverän!« Laelias Hände dagegen zitterten vor Aufregung, als sie nach dem Wasserbecher griff. Illicia, belustigt über die Erregung ihrer Freundin, füllte ihr nach.

Dann begann Silvanus seine Rede: »Bürger von Ephesos! Ich, Silvanus Rhodius, Stellvertreter des Statthalters, begrüße euch im Namen des römischen Magistrates dieser Stadt, der Hauptstadt der Provinz Asia, der Metropole der östlichen Welt. Heute steht ein Ereignis bevor, das nicht alle Tage in Ephesos stattfindet. Es sind keine gewöhnlichen Rennen, die heute geboten werden, diese Wagenrennen sind von außergewöhnlichem Reiz, sie sind etwas Besonderes. Natürlich wundert ihr euch, dass nicht Munatius Plancus selbst zu euch spricht, um den Tag angemessen zu würdigen. Selbstverständlich hatte es der Statthalter als seine Pflicht angesehen, diese Rennen zu eröffnen. Umso mehr bedauert er, nicht anwesend sein zu können. Dringende Staatsgeschäfte erfordern seine volle Aufmerksamkeit. Aus diesem Grund fällt mir die ehrenhafte Aufgabe zu, an seiner statt hier zu stehen.«

Unruhe breitete sich auf den Rängen aus. Silvanus bemerkte beklommen, wie das verhaltene Gemurmel langsam anschwoll. Er sammelte sich, bemüht, sich seine Sorge nicht anmerken zu lassen. »Ihr wisst, dass dieser Tag gekrönt wird von dem berühmten Rennen der Quadrigen! Nicht ohne Stolz möchte ich die furchtlosen Wagenlenker begrüßen, die aus allen Teilen der Welt nach Ephesos gekommen sind, um uns mit ihrem Können zu begeistern.«

Bevor noch die Wagenlenker die Arena betraten, wie es eigentlich vorgesehen war, geschah es. Die ersten Rufe wurden laut. »Aus der ganzen befriedeten Welt, Römer?«, schallte eine hämische Stimme zu ihm herunter. Den Sprecher konnte er nicht erkennen. Aber andere stimmten nun mit ein. »Panem et circenses!* Zu mehr reicht es wohl nicht?«

»Haltet ihr uns für dumm? Nicht mit uns!«

Und aus einer anderen Ecke tönte es: »So nicht, Römer, so nicht!«

Silvanus wurde immer unbehaglicher zumute. Er spähte zu den Legionären hinüber, die an den Seiten des Podiums Aufstellung bezogen hatten und aufmerksam die Zuschauer im Auge behielten.

---

* Brot und Spiele

»Es sind Parther unter den Wagenlenkern, nicht? Habt ihr die schon bezwungen? Oder wollt ihr den Kampf in der Arena ausfechten? Vielleicht kommen die Parther ja auch von allein und werfen sich euch zu Füßen! Hahaha!«

Andere Besucher stimmten in das Gelächter ein, so dass bald das ganze Stadion von bösartigem Lachen erfüllt war. Und es schien kein Ende zu finden, von überall her ertönten die Rufe: »Wollt ihr uns milde stimmen, Römer? Meint ihr, wir würden dann nicht merken, dass ihr versagt habt? Dass ihr nicht in der Lage seid, die öffentliche Ordnung sicherzustellen? Gebt doch zu, dass ihr uns nicht schützen könnt!«

Schlagartig herrschte eisige Stille. Die Zuschauer hielten den Atem an und warteten gespannt, was geschehen würde. Doch nicht lange, denn plötzlich drohte die Stimmung endgültig umzuschlagen, die Menge stand kurz vor einem Tumult.

Silvanus befahl den Legionären mit hochrotem Kopf, die Störenfriede ausfindig zu machen und abzuführen. »Bürger von Ephesos!«, ließ er nun seine Stimme durch das weite Rund der Arena schallen. Der Schweiß stand ihm auf der Stirn, nicht nur wegen der brennenden Sonne, die den kesselartigen Raum allmählich aufheizte. Er spürte ihn zuerst an den Schläfen, dann an Hals und Nacken, wagte jedoch nicht, ihn wegzuwischen. Jedes Zeichen der Schwäche könnte ausgenutzt werden. Noch einmal donnerte seine Stimme über die Sitzreihen, so dass auch die letzten Schwätzer allmählich verstummten. »Bürger von Ephesos! Ihr werft uns Römern vor, wir könnten die öffentliche Ordnung nicht garantieren? Wisst ihr noch, wie es hier zuging, bevor wir, die Römer, kamen? Herrschten nicht Ungerechtigkeit und Willkür aller Orten? – Ja, es stimmt, dass Rutilius Rufus ermordet wurde. Es stimmt, dass Tavernen überfallen wurden, dass sogar deren Wirte zu Tode gekommen sind. All dies ist richtig. Richtig ist aber auch, dass wir alles tun, damit der Tod an Rutilius Rufus aufgeklärt wird, das ist unser vorrangiges Interesse. Dennoch lassen wir auch die Überfälle nicht aus den Augen. Ich selbst bin das Opfer eines solchen Anschlags geworden. Jugendliche, fast Kinder noch, waren es, die solche Schuld auf sich luden. Zwar scheinen sie nicht für die übrigen Fälle verantwortlich, doch sieht es so aus, als stammten diese Täter alle aus demselben Umfeld. Von hier nämlich, aus dieser Stadt. Hier unter euch wohnen, schlafen, arbeiten, leben sie! Hier unter euch! Was müssen das für Menschen sein, die ihren Unmut an wehrlosen, unschuldigen Tavernenbesitzern auslassen?« Silvanus unterbrach sich, als er sah, dass die Legionäre einige Männer aus den Zuschauern herausgegriffen hatten und durch die Seitengänge abführten. Sich heftig wehrend brüllten sie noch vor den Toren ihre Schmähungen heraus. Das Einzige, was Silvanus davon verstand, dröhnte umso heftiger in seinen Ohren: »Du Schwätzer!« Auf den Rängen wurde es erneut unruhig.

Er riss sich zusammen, um fortzufahren. »Solche Subjekte wie diese sind es, die den Frieden der Stadt Ephesos stören. Und wir werden nicht zögern, dagegen einzuschreiten, wo wir nur können. Diese Menschen sind es, die eine Gefahr darstellen. Zunächst sind es nur Zwischenrufe, bald ist es offene Anstiftung zu Gewalttaten. Dann werden harmlose Kinder dazu verführt, anderen nächtens aufzulauern und sie niederzuschlagen. Diese Saat der Gewalt darf nicht aufgehen. Sie darf keine Blüten treiben, und sie wird keine Blüten treiben. Dafür werden wir sorgen.«

Im Stadionrund war wieder halbwegs Ruhe eingekehrt. Wie aber sollte er nun wieder auf den eigentlichen Anlass des Tages zu sprechen kommen, fragte er sich. Ein schneller Blick auf seine Wachstafel brachte ihm die rettende Idee. »Das junge Volk muss beschäftigt werden, es braucht Bewegung, damit es nicht auf dumme Gedanken kommt. Geradeso wie junge Pferde –

Fohlen – das Rennen lieben. Darum möchten wir mit dem heutigen Tage ein Zeichen setzen. In den Programmrollen ist es nicht angekündigt, darum nehmt es als eine Überraschung: Das Vorspiel für das Quadrigenrennen heute Nachmittag wird ein Fohlenrennen sein.« Nicht sehr elegant, aber Vidius wenigstens würde zufrieden sein. Silvanus kündigte mit sparsamen Worten noch die ersten beiden Rennen an und gab dann den Trompetern das verabredete Zeichen, die Fanfare zur Einfahrt zu blasen. Sollten die Wagenlenker wenigstens einen angemessenen Einzug halten, nachdem ihre Begrüßung der allgemeinen Unruhe zum Opfer gefallen war.

Laelia und Illicia hatten den Atem angehalten, als die ersten Zwischenrufe aufkamen. Leichenblass saßen sie auf ihren Plätzen und versuchten, nicht die Aufmerksamkeit der zornigen Menschen auf sich zu lenken. Als endlich Ruhe einkehrte, atmeten sie erleichtert auf. Laelia, sichtlich stolz darauf, wie Silvanus die Situation gemeistert hatte, saß wieder ein wenig aufrechter.

»Das war ja nicht gerade ein rhetorisches Meisterstück, dieser Vergleich mit den Fohlen, aber na ja, wir sind hier im Stadion, nicht bei einem Literatenwettbewerb«, raunte Illicia ihrer Freundin ins Ohr. Ohne jedes Feingefühl fuhr sie fort: »Typisch römisch! Als ob wir wie die Barbaren gelebt hätten, bevor sie kamen, uns Kultur beizubringen! Wo sie das bisschen Lebensart, das sie besitzen, doch von uns Griechen übernommen haben.«

Laelia konnte die abfälligen Bemerkungen ihrer Freundin nicht länger ignorieren. »Du redest schon genau wie diese Unruhestifter hier! Und könnte es sein, dass du vergisst, dass auch ich eine Römerin bin? Außerdem, was ist mit deiner römischen Großmutter?«, fragte sie verärgert. »Willst du etwa uns allen jegliche Kultur absprechen?«

In der Tat hatte Illicia das vergessen. »Ach Laelia, sei doch nicht so empfindlich! Für mich bist du eine Griechin, auch wenn dein Vater Römer ist. Er lebt schon so lange hier – und du sowieso! Außerdem gibt es immer Ausnahmen!«

»So, so, ich bin also eine Ausnahme, na immerhin!« Laelia war keineswegs versöhnt. Beide schwiegen verstimmt und betrachteten die Wagen, die in atemberaubendem Tempo durch das Tor in das Stadion rasten, um dann unmittelbar vor der Startleine die Pferde zu zügeln. In hohen Fontänen spritzte der Sand der Fahrbahn auf, der Staub nahm den Zuschauern in den vorderen Reihen nicht nur die Sicht, sondern auch den Atem.

Illicia unternahm einen zaghaften Versöhnungsversuch. »Silvanus hat die Situation eigentlich gut gemeistert. Es ist nicht auszudenken, was hier hätte geschehen können ... Du kannst wahrhaft stolz auf ihn sein!«

Diese Bemerkung klang zwar ehrlich, dennoch sah Laelia ihre Freundin misstrauisch an. »Ach wirklich? Auf einmal?«

Illicia nickte und versuchte ein Lächeln. »Du kennst mich doch«, entgegnete sie, »ich habe es nicht so gemeint!«

Laelia konnte sich einen kleinen Gegenschlag nicht verkneifen: »Marcus Antonius ist bekanntlich auch ein Römer! Und über mangelnde Lebensart kann man sich bei ihm wahrlich nicht beklagen.« Als es heraus war, tat es ihr schon Leid.

Illicia sah betreten zu Boden.

»Sieh mal, da kommt Silvanus mit der Mappa*. Gleich geht es los«, versuchte Laelia dem Gespräch eine Wendung zu geben. Und es gelang, denn der knisternden Spannung, die jetzt das Stadion erfüllte, konnten sich beide nicht entziehen. Das erste Rennen der Zweispänner würde zwar wenig spektakulär

---

* Tuch – das Startsignal erfolgte durch das Fallenlassen der Mappa

sein, dennoch bot sich den Menschen hier eine Gelegenheit, die aufgestaute Erregung zu entladen. Silvanus nahm seinen Platz als Ausrichter der Spiele ein und hielt die Mappa hoch, so dass sie leicht in der frischen Brise flatterte, die von den Bergen herunter kühl über die Ränge strich. Die Pferde tänzelten nervös vor der Leine und warteten ungeduldig auf das Zeichen zum Start. Das Stadion in Ephesos war zu klein, als dass jeder Wagen aus einer eigenen Box heraus starten konnte, wie es in Rom üblich war. So bevorzugte man hier die griechische Methode, bei der die Fahrzeuge nebeneinander vor einem gespannten Seil Aufstellung nahmen. Endlich standen alle Wagen an ihren Plätzen, die Mappa fiel, die Leine senkte sich. Ungestüm galoppierten die Pferde los, angetrieben von den Fahrern. Schon waren sie vorbei an den Wendemarken, bärtigen Hermen an den Enden der ovalen Laufbahn, die über die ganze Länge des Stadions durch ein Mäuerchen, die Spina, miteinander verbunden waren. Delphine darauf zeigten die Anzahl der gelaufenen Runden an. Als jetzt ein Delphin fiel und das Ende der ersten Runde signalisierte, tobten die Zuschauer schon vor Begeisterung. Nichts wies mehr darauf hin, dass hier beinahe ein Aufstand losgebrochen wäre.

Nach zwei Runden hatte Illicia den Streit vergessen und vom Rennen schon genug. »Es wäre klüger gewesen, erst am Nachmittag zu kommen«, wandte sie sich gelangweilt an ihre Freundin, die gespannt das Rennen verfolgte.

»Was?«, rief Laelia, ohne den Kopf vom Geschehen auf der Bahn abzuwenden.

»Das Wichtigste kommt doch erst am Ende!«, nörgelte Illicia, die sportlichen Leistungen nur bei besonderen Anlässen etwas abgewinnen konnte. Laelia hingegen war hingerissen, die edlen Pferde, die Kunst, mit der sogar diese unbekannten Sportler die Wagen zu dirigieren verstanden, beeindruckten sie nicht wenig. »Du meinst, dein Parther kommt erst am

Ende!«, zog sie Illicia auf und riss sich schweren Herzens von dem Schauspiel los, wohl auch, um ihr schlechtes Gewissen wegen der Bemerkung vorhin zu beruhigen.

»Unsinn!«, log Illicia. »Das Quadrigenrennen ist immer etwas Herausragendes. Es ist doch nur Zufall, dass Mazdates da mitfährt.«

Kurz vor der letzten Runde erwärmte sich auch Illicia wieder für das Rennen. Der anregenden Atmosphäre, den wild schreienden Menschen ringsum konnte sich niemand entziehen. Alle fieberten dem Ausgang des Rennens entgegen, als sich der siebte Delphin neigte, das Signal für die letzte, die entscheidende Runde.

Nach dem letzten Rennen des Vormittages knurrte den beiden Frauen der Magen. Der von Silvanus abgestellte Sklave bot ihnen an, einige Speisen zu holen, aber sie lehnten dankend ab. Lieber wollten sie sich ein wenig die Beine vertreten. So schoben sie sich durch das Gedränge und waren froh, als sie endlich vor dem Stadion standen. Gemächlich schlenderten sie die Straße hinunter, vor einer Garküche fanden sie einen freien Platz. Es dauerte nicht lange, da war auch dieser gastliche Ort überfüllt, und die Menschen drängten sich vor dem Tresen, einige suchten sich ein schattiges Plätzchen unter einem Baum oder setzten sich auf den Boden. Um diese Zeit konnte in der Nähe des Stadions kein Wirt über schlechte Geschäfte klagen. Für die meisten bedeuteten die Sportveranstaltungen ohnehin fast die einzige Einnahmequelle, so schlecht waren Wein und Küche. Aber bei diesen Gelegenheiten hatten die Menschen kaum eine andere Wahl, auch wenn sie es am nächsten Tag bitter bereuen würden, was die meisten nach dem ersten Bissen oder Schluck bereits ahnten.

»Jetzt kommt erst noch dieses Fohlenrennen, das Silvanus anfangs erwähnte.« Illicia tunkte ein Stück Brot in ihre Suppenschüssel. »Wollen wir das nicht auslassen und erst anschließend zurückgehen?« Hoffnungsvoll sah sie zu Laelia hinüber, die entsetzt aufblickte. »Was? Das ist doch mit das Beste! Hast du überhaupt schon einmal ein Fohlenrennen gesehen?«

Illicia schüttelte den Kopf, beschämt von dem Enthusiasmus ihrer Freundin. »Ist ja schon gut, wenn dir so viel daran liegt, gehen wir selbstverständlich hin.« Enttäuscht kratzte sie ihre Schüssel leer und beobachtete begehrlich, wie Laelia mit ihrem Löffel das Gemüse in der Schüssel herumschob.

Laelia bemerkte den hungrigen Blick ihrer Freundin und schob ihr die Schale hinüber. Diese lächelte dankbar. »Die Portionen hier sind wirklich lächerlich.«

Verständnisvoll nickte Laelia und wechselte das Thema. »Weißt du, Illicia, das Gespräch mit Mithriventes gestern geht mir nicht aus dem Kopf. Wenn nun doch etwas Wahres an dem ist, was er sagte? Dieser Tumult eben, vielleicht hatten die Parther auch da ihre Finger im Spiel.«

Illicia legte den Löffel beiseite. »Was redest du denn schon wieder! Wir waren uns doch einig, dass es allerhöchstens Wunschdenken von Mithriventes sein kann, Caesars Ermordung angestiftet zu haben, nein, nein.« Sie schnalzte abfällig mit der Zunge. »Allerdings«, fuhr sie nach kurzem Nachdenken fort, »die Stimmung im Stadion vorhin könnten sie schon geschürt haben. Mithriventes wäre es durchaus zuzutrauen, aber du solltest nicht verallgemeinern.«

Laelia nickte und nahm einen Schluck Wein. Illicia hatte sie nicht enttäuscht, ihr genau das gesagt, was sie hören wollte. So ging sie gern auf die letzte Bemerkung ein. »Ja, ja, ich weiß, Mazdates zum Beispiel. Und ich gebe zu, ich hatte wohl Unrecht mit meinem Verdacht gegen ihn. Sportler haben bekanntermaßen nur ihren Sport im Kopf und mit Politik rein gar nichts im Sinn.«

Lachend machten sie sich wieder auf den Weg in das Stadion, um ihre Plätze einzunehmen.

Das Rennen sollte dann doch spannender und heiterer werden, als Illicia erwartet hatte. Die jungen Pferde waren mit viel Freude, einige auch etwas ängstlich bei der Sache, alles war noch neu und aufregend für sie. Manche rollten mit den Augen, so dass nur noch der weiße Augapfel zu sehen war, andere schlugen heftig aus. Jeweils vier Fohlen waren vor einen der leichten Wagen gespannt. Die Pferde waren so nervös, dass die Wagenlenker Mühe hatten, sie bis zum Startzeichen zu bändigen, damit alle zugleich an der Leine standen. Immer wieder scherte eines der Fahrzeuge aus, und der Rennbeginn verzögerte sich. Als Silvanus endlich die Mappa fallen ließ, stürmten die Fohlen munter davon. Nicht alle erreichten nach drei Runden das Ziel, denn die jungen Tiere waren noch nicht so diszipliniert, dass sie den Lenkern bedingungslos gehorchten. Einige fielen in leichten Trab, andere brachen aus, denen wieder andere folgten. Das Publikum amüsierte sich köstlich. Schallendes Gelächter und nicht ernst gemeinte Anfeuerungsrufe hallten durch das weite Rund. Dieses Überraschungsrennen erstickte auch den letzten Funken von Unmut, das Volk war wieder versöhnt.

Endlich nahte die Zeit für das spektakulärste Wagenrennen, das seit Jahren in Ephesos gefahren worden war. Schnell schritten Sklaven noch einmal die Rennbahn ab, um Löcher im Geläuf zu glätten und Tücher von der Bahn zu sammeln. Freundlich wandte sich nun der ältere Herr an die beiden jungen Frauen neben sich und erzählte, dass alles, was im Rennsport Rang und Namen hatte, heute vertreten war. »Ihr könnt euch vorstellen, was es heißt, wenn sogar der parthische König hier ein Gespann ins Rennen schickt«, betonte er, beugte sich herüber und deutete mit seinem Finger auf die Teilnehmerliste in der Programmrolle.

Schon den ganzen Morgen hatte er sie an seinem unerschöpflichen Wissen über den Rennsport teilhaben lassen. Immerhin waren die Wettgewinne, die er erzielte, beachtlich, so dass Illicia ihn für das letzte Rennen um einen Tipp bat – um ihm eine Freude zu machen, denn natürlich stand ihre Entscheidung schon fest. Lange wog Kyon, wie er sich vorgestellt hatte, die Vor- und Nachteile der einzelnen Gespanne, der Wagen und der Lenker gegeneinander ab. »Leicht ist es nicht! Jeder Wagen ist auf seine Weise hervorragend, die Fahrer, so weit sie bekannt sind, ebenfalls. Diesen Parther kenne ich allerdings nicht, aber was ich gehört habe, klang sehr vielversprechend!«

Illicias Augen leuchteten bei seinen Worten und stolz lächelte sie Laelia zu, die ihr diesen leisen Triumph gönnte. »Dann werde ich wohl auf den Parther setzen!«

Der alte Mann nickte bedächtig. »Ja, das wird nicht verkehrt sein. Allerdings das Geläuf …«

Illicia sah ihn erstaunt an. »Was ist mit dem Geläuf?«

»Es ist sehr hart, das erfordert besonders viel Geschick! Wie ich hörte, hat man in Parthien nur sandige, weiche Rennstrecken, ich weiß nicht, ich weiß nicht … Ich vermute, die Griechen kommen besser damit zurecht und erst recht die Römer. Einige Gespanne sind extra aus Rom hergekommen. Sie sind sehr gut!«

»Ich setze auf den Parther!«, beharrte Illicia.

Kyon wiegte verärgert sein Haupt. »Wenn du es besser weißt, warum fragst du dann? Ich gehe jetzt seit fünfundvierzig Jahren regelmäßig zum Rennen und habe – das kann man sagen – einige Erfahrung. Mädchen, ich sage dir, du hättest besser bei den beiden ersten Rennen wetten sollen. Bei diesem hier ist alles offen, darum werde ich mein Geld sparen. Allerdings, der parthische Wagen läuft ja für das Königshaus. Ein Verwandter des parthischen Königs soll eigens für das Rennen nach Ephesos gekommen sein. Ich glaube, da hinten sitzt er! Da, dieser dunkle Mann mit dem Bart!« Er zeigte schräg gegenüber auf einen der unteren Plätze. In der Tat, dort saß Mithriventes mit einigen anderen Männern auf prächtigen Polstern unter einem kleinen Sonnensegel, das von schwarzen Sklavenjungen gehalten wurde. Zur Rechten und zur Linken hatte er blutjunge, sehr hübsche Mädchen geschart – das war sogar auf diese Entfernung zu erkennen – die ihn mit allerlei Leckereien verwöhnten und stets einen Krug Wein griffbereit hielten. Angewidert runzelte Laelia die Stirn und ließ ein kleines Stöhnen vernehmen.

»Soweit ich weiß«, fuhr Kyon fort, ohne die Unmutsäußerung zu bemerken, »werden in Parthien Verlierer drakonisch bestraft. Ich nehme an, allein das wird den jungen Mann schon zu Höchstleistungen anspornen.«

Illicia erbleichte. »Davon hat Mazdates nichts gesagt«, flüsterte sie Laelia zu.

»Er macht bestimmt nur einen Scherz!«, versuchte diese ihre Freundin zu beruhigen. »Woher will er das wissen?«

Zweifelnd rollte Illicia einen der Denare, die sie hatte setzen wollen, zwischen den Fingern. »Er muss einfach gewinnen, und er wird es auch! Ich werde jedenfalls auf ihn wetten! Wo ist denn dieser Sklave von Silvanus?« Suchend sah sie sich um, doch der Sklave, der nicht bei ihnen sitzen durfte, hatte sich in den obersten Arkaden längst einen Platz unter seinesgleichen gesucht. »Wenn man sie mal braucht«, brummte Illicia missgelaunt, »dann muss ich wohl selbst gehen, soll ich für dich auch etwas setzen?« Laelia schüttelte den Kopf. Achselzuckend drängte sich Illicia durch die Menschenmassen in Richtung des

Ausgangs. Hier waren die Stände zu finden, bei denen noch Wetten abgeschlossen werden konnten. Als sie ihren Favoriten nannte, zog der Mann erstaunt eine Augenbraue in die Höhe – mit seiner scharfen spitzen Nase und den eng beieinander stehenden Augen glich er auf verblüffende Weise einem Geier. »Auf den Parther, so, so …«, murmelte er. »Da steht die Wette eins zu siebenundzwanzig. Hier, deine Marke! Der hat es dir wohl angetan, was?« Er lachte herzlich. »Ist ja auch ein stattlicher Kerl! Aber muss es denn ausgerechnet ein Ausländer sein, und dann noch ein Parther? Ich sage dir, Mädchen, das Gras auf deiner Wiese ist genauso grün wie das deines Nachbarn!«

Mühsam beherrscht steckte Illicia ihre Wettmarke ein und wandte sich ohne ein weiteres Wort zum Gehen. Sofern überhaupt möglich, schien es im Stadion noch voller zu sein als am Morgen. Es waren nicht nur alle Sitzmöglichkeiten belegt, auch auf den Stufen zu den oberen Rängen saßen die Menschen zusammengedrängt wie Fische in der Garum-Tonne. Es war nicht leicht für Illicia, wieder zu ihrem Platz zurückzukehren, zumal die Wagen gerade in die Arena einfuhren und die Zuschauer in ihrer Begeisterung von den Sitzen aufgesprungen waren, um sie jubelnd zu begrüßen. Illicia zögerte einen Augenblick. Da war er. In die leuchtenden Farben des parthischen Königshauses gehüllt stand er wie ein Gott auf dem leichten Wagen, der von vier prächtigen schwarzen Rossen gezogen wurde. Den Pferden sprühte das Temperament aus jeder Haarspitze, dabei bewegten sie sich voller Eleganz, ein Zeichen ihrer edlen Abstammung. Aber auch die anderen Lenker machten eine gute Figur, konnte sie neidlos zugeben. Dennoch, es war kein Vergleich: Mazdates' dunkle Haare wehten im Fahrtwind, mit leicht gespreizten Beinen stand er sicher auf dem schmalen Trittbrett des Wagens, stolz hielt er die bunt gefärbten Zügel in den Händen. Souverän umrundete er zusammen mit den anderen das Stadion und grüßte das Publikum. Als er vor ihr vorbeifuhr, glaubte sie eine Sekunde lang, er hätte sie gesehen, doch dies schien unmöglich. Schnell drängte sie sich durch die wild gestikulierenden Menschen zu ihrem Platz.

Laelia rückte erleichtert beiseite. »Da bist du ja endlich! Ich dachte schon, es wäre dir etwas zugestoßen! Hast du ihn gesehen?«

»Ja«, murmelte Illicia und starrte gebannt hinunter auf die Rennbahn. Dort hatten die fünfzehn Wagen dicht an dicht Aufstellung bezogen. Da so viele Wagen am Rennen teilnahmen, passten sie nicht nebeneinander auf die Startbahn, so dass man auf eine Startleine verzichtet und die Wagen in genau abgemessenen Abständen versetzt aufgestellt hatte. Angesichts der großen Teilnehmerzahl würde es ein äußerst gefährliches Rennen werden. Nicht selten kamen Wagenlenker zu Tode. Kyon, der die beiden jungen Frauen in sein Herz geschlossen hatte, berichtete strahlend von seinem jüngsten Erlebnis in Milet, wo einer der Sportler bei einer Karambolage in hohem Bogen aus dem Wagen geschleudert worden und in die Zuschauer hineingeflogen war. Er hatte diesen Höhenflug überlebt, zwar schwer verletzt, aber immerhin! Nur der Zuschauer war kurz darauf gestorben.

Illicia wurde übel vor Angst. Kaum hatte sie Gefallen an diesem Wagenlenker gefunden, schon sollte es ihn dahinraffen? So ungerecht konnten die Götter nicht sein.

Mazdates nahm als einer der Ersten seinen Platz ein, er würde aus dem Mittelfeld starten. Kaum hatte er die Hengste zum Stehen gebracht, griff er unter sein Lederwams, zog Illicias Tuch hervor, drückte es kurz an seine Lippen und steckte es wieder ein. Illicia beobachtete es voller Rührung.

Silvanus betrat das Podest und hielt die Mappa in die Höhe. Die Sklaven, die die Quadrigen auf ihren Positionen hielten, rannten eilig beiseite. Dann fiel das Tuch und die Pferde schossen los. Mazdates' Gespann kam gut weg, und wie die Wagen vor ihm fuhr er von Anfang an ein halsbrecherisches Tempo.

»Es ist äußerst unklug, zu Beginn dieses langen Rennens schon das Beste aus den Pferden herauszuholen«, teilte Kyon den Mädchen kopfschüttelnd mit. »Da, seht ihr? An der Wende müssen sie das Tempo ohnehin drosseln.«

Mazdates, noch immer im Mittelfeld, nahm die erste Wende ganz eng auf der Innenbahn, ohne sein Gefährt merklich abzubremsen. Wagemutig zog er dann an zwei Wagen vorbei, doch noch immer lagen fünf vor ihm. In den nächsten Runden gelang es ihm nur noch, einen Wagen zu überholen, seine Gegner wussten weitere Manöver geschickt zu unterbinden. Als der Delphin das Ende der vierten Runde anzeigte, unternahm Mazdates einen erneuten Vorstoß. Kühn versuchte er, außen an dem athenischen Wagen vor ihm vorbeizuziehen. Die Räder der beiden Gefährte rollten so nah beieinander, dass kein Blatt Pergament dazwischengepasst hätte. Schreiend hieb Mazdates mit den Zügeln auf seine Hengste ein, die weit ausholten und am Gegner vorbeisprengten. Dessen Pferde waren durch das gewagte Überholmanöver nervös geworden, brachen nach rechts aus, doch hier hatte gerade der Lenker aus Pergamon zum Überholen angesetzt. Dann krachte Holz auf Holz. Die Wagen überschlugen sich, die Männer wurden in hohem Bogen herausgeschleudert und prallten gegen die Spina, wo sie bewegungslos liegen blieben. Acht Pferdeleiber, ineinander verknäult, wanden sich auf dem Boden. All das geschah blitzschnell. Einen Moment lang schien die Zeit stillzustehen, im Stadion herrschte schreckliche Stille. Konnten die nachfolgenden Wagen noch rechtzeitig reagieren und ausweichen? Die meisten versuchten irgendwie an dem Hindernis vorbeizukommen. Doch wegen der schmalen Bahn schrammten die Wagen teils an der Spina, teils an der niedrigen Mauer, der Trennung zur vordersten Sitzreihe, entlang. Einige Wagen gerieten ins Schlingern, Räder barsten, ein weiterer Wagen überschlug sich, Pferde wieherten schrill, doch das Rennen ging weiter.

Ein Raunen durchwogte das Stadion. Die Zuschauer sprangen von ihren Sitzen auf, um nichts von dem Geschehen auf der Rennbahn zu verpassen.

Kyon wandte sich an seine Schützlinge. »Ein waghalsiges Manöver, das der Parther da gefahren ist. Sehr gekonnt. Doch seht, jetzt wird es wieder gefährlich!«

Sklaven waren herbeigesprungen, die hastig die verletzten Männer und die Wrackteile der zerstörten Wagen von der Bahn trugen. Die verletzten Pferde schlugen wild aus und waren nur mit Mühe zu bändigen. Höchste Eile war geboten, denn wie der Wind fegten die übrig gebliebenen Wagen wieder heran. Immer mehr Sklaven eilten herbei und räumten die Rennbahn frei. Im letzten Augenblick schafften sie es, und die Wagen brausten vorüber.

Silvanus, in der vordersten Reihe, war bleich wie ein Leintuch. Er hatte schon viele Unfälle gesehen, doch jedes Mal nahm es ihn wieder mit. Ein Blick auf die Zuschauer zeigte ihm, dass diese das Schauspiel sichtlich genossen. Die erste Aufregung hatte sich gelegt, die Spannung aber hielt die Menschen noch gefangen. Ihm war klar, dass man auch in das Stadion kam, um die Sensationslust zu befriedigen. Aber unter den Unfallopfern waren der Athener und der Mann aus Pergamon, beide sehr beliebt, und ein Parther trug die Schuld an dem Ganzen. Silvanus schwankte, ob er Mazdates verfluchen oder bewundern sollte, sein gewagter Fahrstil imponierte ihm und in Rom hätte er ihm freudig zugejubelt, aber jetzt? Er trug hier die Verantwortung und die Menge war unberechenbar. Nervös fuhr er sich mit der Hand über die Stirn und ließ, um sich abzulenken, seinen Blick suchend über die Sitzreihen streifen, wo er Laelia und Illicia wusste. Doch auf die Entfernung konnte er sie kaum erkennen. Wie Illicia es wohl empfand, dass der Mann, der ihr Herz gewonnen hatte, an dieser Karambolage schuld war? Er wusste, sie verabscheute solch gewalttätige Szenen. Keine leichte Situation für sie, dachte Silvanus, und blickte stirnrunzelnd zu Mithriventes hinüber. Der schien sich prächtig zu amüsieren, wahrscheinlich liefen die Rennen in Parthien immer so ab.

Das Geschrei im Stadion schwoll wieder an. Mit einem Blick auf die Delphine überzeugte er sich, dass die entscheidende letzte Runde angebrochen war. Mazdates führte! Aufregung ergriff Silvanus, denn er hatte einige Denare auf den Parther setzen lassen, und jetzt sah alles danach aus, als würde er siegen. Das verhieß einen satten Gewinn, ging es ihm durch den Kopf, obwohl er sich nicht recht darüber freuen konnte – immerhin hatte es wahrscheinlich mehrere Fahrer das Leben gekostet. Aber so war eben das Renngeschäft.

Die nachfolgenden Wagen lagen zurück, keiner würde den Parther auf der Zielgeraden noch abfangen können. Dennoch versuchten die Fahrer mit verbissenen Gesichtern, noch das Letzte aus den Pferden herauszuholen. Ein römisches Gespann kam tatsächlich bedenklich nahe, doch Mazdates, sich umblickend, feuerte seine Hengste weiter an – und erreichte als Erster das Ziel. Voll Freude riss er die Arme in die Höhe, schüttelte sie gen Himmel, unverständliche Worte brüllend.

Die Zuschauer waren begeistert. Sie jubelten, sie tobten und schrien seinen Namen, schwenkten Tücher und schleuderten ihre Sitzkissen in die Luft. Es hielt sie nicht mehr auf ihren Plätzen, sie strömten nach vorn, um den Sieger aus der Nähe zu sehen. Dass es ein Parther war, der gewonnen hatte, schien ihrem Entzücken über den gelungenen Renntag keinerlei Abbruch zu tun. Silvanus, maßlos erleichtert ob der Reaktion des

Volkes – hätte es doch ebenso gut wieder zu Ausschreitungen kommen können –, schritt feierlich in das Rund, um den Sieger zu ehren. Im Gehen erteilte er den Legionären Anweisungen, die Zuschauer zurückzuhalten, die auf die Bahn zu laufen begannen. Eine schwierige Aufgabe, doch es gelang. Unbehelligt sprang Silvanus auf das eilig herbeigetragene Podest und begann mit erhobenen Händen seine vorbereitete Ansprache auf den Sieger zu halten, versuchte mit kräftiger Stimme den Lärm der Menschen zu übertönen, das Toben aber wollte nicht aufhören. So winkte er denn Mazdates heran, der mit dampfenden Rossen vor ihm hielt, bekränzte ihn und auch die Hengste mit Lorbeer und zog sich zurück, als der Parther unter dem Jubel der Menge seine Ehrenrunde drehte.

Endlich leerte sich das Stadion. Silvanus, mit einem letzten zufriedenen Blick auf die abziehenden Menschen, ging zu dem Raum hinter dem Stadion, in dem die Verletzten versorgt wurden; er musste sich zumindest nach ihrem Befinden erkundigen. Für zwei der Männer schätzte er die Chancen nicht gut ein, sie waren bewusstlos oder schon tot, als man sie hinaustrug, aber er wollte sich vergewissern. Immerhin trug er hier die Verantwortung, Anweisungen mussten gegeben werden, vielleicht sollte er Hani Rami holen lassen. Wenn jemand den Verletzten helfen konnte, dann er. Sogleich schickte er einen Sklaven nach dem ägyptischen Arzt.

Einer der verletzten Männer lag auf einer einfachen Liege. Er war bei Bewusstsein, stellte Silvanus erleichtert fest. Während sich Sklaven um seine Wunden kümmerten, schimpfte er vor sich hin, es ging ihm also ganz gut. Etwas abseits jedoch fand er die beiden zuerst Verunglückten. Mit einem Blick erfasste er, dass hier nichts mehr zu machen war. Seufzend drehte er sich um und begab sich zum Umkleideraum der Wagenlenker, auch dort musste er nach dem Rechten sehen. Nicht selten kam es vor, dass erboste Verlierer den Gewinner bedrängten, weil dieser ihrer Meinung nach die Regeln verletzt hatte. Noch einen Toten oder schwer verletzen Wagenlenker konnte er sich keinesfalls leisten, die Stimmung in der Stadt würde unweigerlich umschlagen.

Als er den marmorgetäfelten Raum betrat, nahm Mazdates gerade die Gratulationen seiner Mitstreiter entgegen. Es herrschte kollegialer Sportsgeist, stellte Silvanus erleichtert fest. »Der Bessere hat gewonnen, gratuliere, Mazdates!« Kräftig klopfte ein klein gewachsener Römer dem Parther auf die Schulter.

Bescheiden winkte dieser ab. »Ich habe viel Glück gehabt!«

»Ganz schön gewagt, dein Überholmanöver, aber du bist großartig gefahren. Vor allem deine Pferde, wie die in der Quadriga zu laufen verstehen, das gibt es so leicht kein zweites Mal.«

Mazdates wurde Silvanus' gewahr, der in der Tür stehen geblieben war und dem Treiben zusah. Auch er ging jetzt zu dem Sieger und klopfte ihm auf den Rücken. »Gratulation! Na, wie fühlst du dich?«

»Natürlich freue ich mich über den Sieg, wenn es mir auch um die beiden Kollegen Leid tut. Ich fürchte, mein Überholmanöver hat ihnen den Tod gebracht.«

»Das stimmt wahrscheinlich, Mazdates. Aber Wagenrennen bergen immer ein großes Risiko. Jeder, der daran teilnimmt, weiß das und lässt sich darauf ein. Letztlich hätte dir das Gleiche passieren können!«

»Dennoch tut es mir Leid, dass meinetwegen zwei gute Männer ums Leben gekommen sind. Ich habe den Unfall verursacht. Vielleicht hätte ich nicht wagen dürfen, zu überholen ... Das Schlimmste ist, ich habe die beiden gekannt, es waren feine Kerle. Ich werde solche Risiken in Zukunft besser bedenken.«

»Das ist sicher nicht verkehrt, aber das Rennen hat dem Publikum gefallen!« Silvanus lächelte ihn aufmunternd an.

Mazdates Miene hellte sich auf. »Ja, man hat mich sehr gefeiert, mich, einen Parther. Mein König wird stolz auf mich sein! Die Regierung meines Landes hat große Erwartungen in mich gesetzt, ich denke, ich habe mich dieser Verantwortung würdig gezeigt.«

Silvanus spitzte die Lippen und zog überrascht die Augenbrauen hoch, das war interessant. »Was hatte dein König denn für Erwartungen?«

»Ich sollte ein Zeichen für die Größe unseres Landes setzen. Ich sollte vorbildlich fahren und selbstverständlich gewinnen. Nun, ich habe gewonnen und die Zuschauer waren begeistert. Das ist alles, was zählt. Ich werde in meiner Heimat große Ehren erhalten, unser Abgesandter Mithriventes hat es mir gestern Abend noch einmal versichert. Noch heute werde ich eine Belohnung von ihm erhalten, und dann habe ich Zeit, mir die Gegend anzusehen, bevor ich in meine Heimat zurückkehre.« Er zog Illicias Tuch hervor und sah es mit leuchtenden Augen an. »Sie hat mir Glück gebracht! Gleich heute Abend werde ich sie in der Taverne aufsuchen, um mich gebührend zu bedanken. Ich werde sie fragen, ob sie mit mir kommt, nach Parthien.«

Zweifelnd sah Silvanus ihn an, während Mazdates das Tuch wieder sorgfältig verstaute. Dann verabschiedete er sich von den Sportlern, die bereits die Weinbecher kreisen ließen. Draußen ebbte der Lärm allmählich ab. Unschlüssig blieb Silvanus vor dem Tor stehen, als er Arkadias Sklaven Scopus auf sich zukommen sah. Dieser drückte ihm eine zusammengeklappte und verschnürte Wachstafel in die Hand. »Von der Herrin Laelia, für dich«, teilte er ihm kurz mit. »Ich soll dir sagen, es sei wichtig. Ich muss wieder zurück! Salve, Silvanus!« Und schon eilte der beflissene Sklave davon.

Silvanus blickte nachdenklich auf die Tafel in seiner Hand. Was mochte das bedeuten? Bestimmt ein Liebesgruß, weil er, wie er sich stolz eingestand, diesen Tag doch recht erfolgreich gemeistert hatte. Wie nett von Laelia! Gerade wollte er die Verschnürung öffnen, als er seinen Namen rufen hörte. Sich umwendend erblickte er eine hagere Gestalt mit vollem weißen Haar – Hani Rami war also sofort herbeigeeilt, bemerkte Silvanus dankbar, verstaute die Tafel in den Falten seiner Toga und eilte freudig zu dem Arzt, um ihn zu begrüßen.

Hani sah ihm ernst entgegen. »Salve, Silvanus! Welch ein schrecklicher Unfall! Aber das habe ich schon oft erlebt, Wagenrennen sind immer eine gefährliche Sache, da darf man sich nichts vormachen. Meiner bescheidenen Meinung nach gehörten sie verboten. Doch das Volk liebt es ja besonders, wenn das Blut reichlich fließt. Nun, ich werde mir die Opfer einmal ansehen.« Er schüttelte traurig den Kopf. »Wie geht es deinem Rücken? Wir haben uns lange nicht gesehen. Wolltest du nicht noch einmal zu mir kommen?«

Sofort spürte Silvanus den Anflug eines schlechten Gewissens. »Ja natürlich, Hani, aber deine Salbe hat sehr gut geholfen. Und, ehrlich gesagt, dachte ich nicht mehr daran, als die Schmerzen nachgelassen hatten.«

»Der Mordfall an Rutilius Rufus, nicht wahr? Gibt es schon Neuigkeiten?«

»Nein, leider noch nicht. Es passiert zurzeit so viel, dass ich gar nicht alles gleichzeitig bewältigen kann. Und jetzt, wo Munatius Plancus abgereist ist, komme ich vor lauter amtlichen Pflichten kaum noch dazu, mich um den Mord zu kümmern.« Bedauernd zuckte Silvanus die Achseln.

Hani Rami nickte verständnisvoll. »Wenn du mich jetzt entschuldigst, Silvanus, werde ich mich um die Verletzten kümmern. Ich hoffe, ich sehe dich noch einmal, denn bald werde ich wieder nach Didyma zurückkehren.«

Silvanus nahm diese Mitteilung bedauernd zur Kenntnis, versprach, den Ägypter vor dessen Abreise noch einmal zu besuchen, und verabschiedete sich.

Auf der Straße standen die Menschen in Gruppen beisammen und plauderten heftig gestikulierend über die Geschehnisse des Renntages. Nachdenklich blieb Silvanus unter einer der Arkaden stehen und blickte geistesabwesend vor sich hin. Hani Ramis Frage hatte ihn daran erinnert, dass es wieder an der Zeit war, sich Gedanken über die Verbrechen zu machen. Er musste sich eingestehen, dass er noch keinen Schritt weitergekommen war, noch nicht einmal den leisesten Hinweis darauf hatte, in welcher Richtung der Mörder des Akademieleiters zu suchen war. Schon seit längerem hatte er ein weiteres Gespräch mit Ulpia führen wollen, die immerhin zum Kreis der Verdächtigen gehörte, genau wie ihr dubioser ehemaliger Sklave, aber bei der Fülle seiner Aufgaben kam er zu nichts. So konnte das nicht weitergehen. Er nahm sich fest vor, bei nächster Gelegenheit Ulpia einen Besuch abzustatten und sie über die Lebensgewohnheiten ihres Gatten zu befragen, vielleicht ergab sich daraus ja eine weitere Spur.

Als Erstes wollte er jedoch zu Laelia. Langsam schritt Silvanus die Straße zur Taberna Tilia entlang. Ein Blick den Hügel hinunter zeigte ihm, dass es auf der Hauptstraße noch immer von Menschen wimmelte, Stimmengewirr, Musik und fröhliches Geschrei drangen zu ihm empor. Erst jetzt merkte er, wie müde er war, die lange Nacht mit Quintus Dellius, die Aufregung vor der Eröffnung der Spiele, die Spiele selbst und die fast in offene Rebellion umschlagende Stimmung forderten ihren Tribut. Trotz allem, stellte er erneut für sich fest, hatte er seine Sache nicht schlecht gemacht – dafür, dass er das erste Mal in solch einer Situation seinen Mann hatte stehen müssen.

Eigentlich sollte er noch im Magistratsgebäude vorbeigehen, immerhin vertrat er Munatius Plancus und hatte die

Pflicht, nachzusehen, ob etwas Wichtiges anstand. Aber wäre seine Anwesenheit erforderlich, würde Bithynicus ihm eine Nachricht zukommen lassen, beruhigte er sich. Es fehlte ihm einfach die Lust, sich nach diesem Tage auch noch mit Verwaltungsgeschäften zu befassen, Bithynicus würde damit schon fertig werden, gemeinsam mit dem Heer von Sklaven und Freigelassenen, die Plancus selbst beschäftigte. Wenn er morgen in aller Frühe hinging, würde das reichen, um seine Unterschrift unter die vorbereiteten Schriftstücke zu setzen. Die wichtigen Entscheidungen blieben ohnehin dem Statthalter vorbehalten. Nein, jetzt lieber zu Laelia, einen Becher Wein trinken, das hatte er sich redlich verdient.

Sein Blick fiel auf die in der Ferne sichtbaren Säulen des Artemisions, herrlich rot gefärbt im Licht der untergehenden Sonne. Arsinoe fiel ihm ein. Was sollte er jetzt in dieser Sache unternehmen, was erwarteten Plancus und Antonius von ihm? Sollte er abwarten, ob die ägyptische Prinzessin ihren Sinn änderte und doch nach Rom abreiste? Oder sollte er sie vielleicht noch einmal aufsuchen, ohne ausdrücklichen Befehl des Munatius Plancus, und sich bemühen, sie von der Notwendigkeit ihrer Abreise zu überzeugen, das Einzige, was sie noch retten könnte? Oder war der angekündigte Bote mit ihrem Todesurteil gar schon eingetroffen? Silvanus seufzte leise. Was konnte er tun? Wenn Arsinoe wirklich bliebe und hingerichtet wurde, dann hätte er sich am Tode dieser so schönen jungen Frau mitschuldig gemacht, ach, bei allen Göttern, hoffentlich käme es nicht dazu.

Nachdenklich wanderte Silvanus' Blick vom Artemision zum Hafen. Die Sonne versank im Meer, ihre letzten Strahlen tauchten Wasser und Himmel in tiefes Purpur. Der Anblick ließ ihn wieder ein wenig Hoffnung fassen, dass diese brisante Angelegenheit doch noch zu aller Zufriedenheit geregelt werden könnte.

Schritte erklangen hinter ihm. Nervös drehte sich Silvanus um, doch es waren nur ein paar Epheser, die nach den Spielen nach Hause gingen. Fröhlich winkten sie, als sie ihn erkannten. »Wunderbare Rennen waren das, Römer, ganz wunderbar! Besonders das letzte, endlich gab es hier mal wieder etwas zu sehen!«

Silvanus nickte ihnen dankend zu. Er sollte sich wirklich langsam einen Sklaven zulegen, der ihn auf seinen Gängen begleitete. Je bekannter er wurde, desto gefährlicher war es, allein durch die Straßen zu schreiten, sinnierte er. Allein – schon der Gedanke an eine Person, die ihn ständig begleitete, keine Minute des ungestörten Flanierens, Bummelns oder Nachdenkens, schreckte ihn. Nun ja, er würde später darüber entscheiden.

Erst in Sichtweite der Taverne fiel ihm das Wachstäfelchen mit der Botschaft von Laelia wieder ein, das ihm Scopus, Arkadias Sklave, vorhin gebracht hatte – er hatte es ganz vergessen. War es wirklich eine Liebesbotschaft, wie er angenommen hatte? Eigentlich sah Laelia so etwas nicht ähnlich. Wahrscheinlich kamen wieder Probleme auf ihn zu. Ach, als hätte er nicht schon genug um die Ohren, die ganze Politik und dieser ungelöste Mordfall, von den Überfällen auf die Tavernen ganz zu schweigen. Gleich morgen musste er sich wieder mit aller Konzentration an diese Aufgaben machen, wollte er nicht als Versager vor aller Augen dastehen. Immerhin hatte er den offiziellen Auftrag von Marcus Antonius. Aber das Täfelchen. Er blieb stehen, riss das Band auf und las. Nach den Rennen solle er doch bitte so schnell wie möglich in die Taverne kommen, stand da, sie hätte ihm etwas mitzuteilen, was von großer Wichtigkeit sei. Es durchfuhr ihn heiß, sein erster Gedanke war, dass sie ihn verlassen wollte. Er hatte sie ja wirklich etwas vernachlässigt in der letzten Zeit, er musste es zugeben, und seit Lucida da war, hatte er sie auch nicht mehr so häufig gesehen wie zuvor. Aber das konnte sie nicht tun, das würde sie nicht tun, dafür liebte sie ihn viel zu sehr, oder? Vielleicht hatte es ja wieder einen Überfall gegeben, aber dann hätte sie ihn gleich benachrichtigt, das konnte es also nicht sein. Was dann? Mit klopfendem Herzen eilte er die letzten Schritte zur Taverne und trat ein.

Lärm schlug ihm entgegen. Als seine Augen sich an das Dämmerlicht gewöhnt hatten, sah er, dass der Raum schon gut gefüllt war, es roch nach Wein und gebratenem Fleisch. Silvanus merkte, dass er hungrig war, hatte er doch den ganzen Tag nichts Richtiges gegessen. Dennoch unterdrückte er dieses Gefühl und versuchte, Laelia in dem Gewühl ausfindig zu machen. Sie war nicht da. So ging er zum Tresen, um einen der Sklaven zu fragen.

Er fand Monoculos, der ihm sagte, die Herrin Laelia sei noch oben in ihren Gemächern. Gerade wollte Silvanus hinaufgehen, als eine Stimme hinter ihm sagte: »Salve, Silvanus Rhodius! Na, ist dein Täubchen nicht hier? Ein hübsches Ding hast du dir da ausgesucht, ist sie gerade besetzt? Lass uns nachher zu Spuntius Fellator gehen, dann kannst du dich dort vergnügen.« Es war Dellius, der mit einem Becher Wein in der Hand jetzt neben ihn trat.

Silvanus sah ihn erbost an. »Quintus Dellius. Wenn du es noch nicht bemerkt haben solltest, muss ich dich darauf aufmerksam machen, dass diese Taverne nicht, wie so viele in Rom, anrüchigen Zwecken dient. Hier trifft sich nicht die Halbwelt, in deren Schatten sich Angehörige des Patriziats unerkannt amüsieren, wie du es vielleicht gewohnt bist. Die Nichte der Besitzerin und ihre Freundin sind über jeden Zweifel erhaben.«

Gutmütig lenkte Dellius ein. »Schon gut, schon gut, Silvanus, ich wollte dich nicht beleidigen und deine Kleine auch nicht. Wirst schon Recht haben, hat mich doch dieses Mädchen,

Pykideme, gestern abblitzen lassen, obwohl sie mir zuvor schöne Augen gemacht hatte. Nun ja, mir stand der Sinn ohnedies mehr nach Knaben, und die Sklaven in Plancus' Haus sind auch nicht schlecht. Aber warum regst du dich so auf, ich wollte dich doch nur ein wenig ärgern. Mir scheint, deine Liebschaft mit diesem Mädchen ist ernster, als gut für dich ist. Das kann Schwierigkeiten geben. Du weißt doch, wie eifersüchtige Frauen sind, und von der deinen hört man, sie sei sehr eigen. Da ist es nicht ratsam, sein Herz an eine Konkubine zu hängen, halte es lieber so wie ich und viele andere. Nimm, was dir über den Weg läuft und gefällt. Carpe diem! * Wer weiß, was morgen ist, vielleicht hat dir dann schon jemand sein Schwert durch den Leib gebohrt.«

Silvanus, der merkte, dass er zu weit gegangen war, und zudem keinerlei Lust verspürte, sein Privatleben mit Dellius zu diskutieren, gab nach. »Entschuldige meine Worte, Quintus Dellius, aber der Tag war anstrengend, ich bin ein wenig gereizt.«

Freundschaftlich schlug ihm Dellius auf die Schulter. »Ja, das glaube ich dir. Dennoch war es eine gute Leistung, die du da vollbracht hast. Und die Wagenrennen, alle Achtung! Grandios, besonders der Abschluss! Schon lange nicht mehr habe ich eine solch schöne Karambolage gesehen!«

Kurze Zeit noch unterhielten sie sich über die Rennen, dann zog es Silvanus zu Laelia. Dellius wünschte ihm viel Spaß und verschwand zwischen den Gästen.

Laelia befestigte ihr lindgrünes Gewand mit einer silbernen Spange über der Schulter, als Silvanus anklopfte und eintrat. »Ach Silvanus, gut, dass du kommst«, begrüßte sie ihn etwas

---

* Genieße den Tag

zurückhaltend, während sie die braunen Haare zurückband. Sie sah ihn nicht an.

»Bei Jupiter«, dachte Silvanus, »es ist doch etwas passiert. Ob sie einen anderen hat? Oh ihr Götter!« Er eilte mit großen Schritten auf sie zu, nahm sie in die Arme und bedeckte ihr Gesicht mit Küssen. »Meine Laelia, carissima mea, wann habe ich dir zuletzt gesagt, wie viel du mir bedeutest?«

Laelia sah ihn erstaunt an. »Nun, das ist schon ein wenig her, dennoch ist es schön, dass du es sagst. Aber, Silvanus, hast du meine Botschaft bekommen? Ich habe dir Wichtiges mitzuteilen. Gestern …«

»Hat das nicht noch ein wenig Zeit, lumen mea? Wenn du seit gestern gewartet hast, es mir mitzuteilen, dann werden die paar Minuten jetzt auch nicht mehr schaden.« Er löste die Schulterspange ihres Gewandes, entledigte sich seiner Tunika, hob Laelia hoch und trug sie zu ihrer Liegestatt. Laelia, nur noch mit ihrem Haarband bekleidet, schmiegte sich an ihn. »Ein paar Minuten?«, lachte sie. »Etwas mehr Zeit solltest du dir schon lassen.« Spielerisch biss sie ihn in den Hals, in die Arme, in die Seite …

So lagen sie alsbald zufrieden nebeneinander, Laelia spielte mit den Haaren auf seiner Brust und murmelte: »Großartig warst du heute bei den Spielen! Wie du diese brisante Situation am Anfang gemeistert hast … Ich war sehr stolz auf dich.«

Silvanus rollte sich auf die Seite. »Nur bei den Spielen? War ich eben nicht auch großartig?«

»Oh, es gibt Gebiete, auf denen du einfach unschlagbar bist!«, entgegnete Laelia lächelnd. »Beim Redenhalten zum Beispiel, oder beim Würfelspiel.«

Silvanus zwickte sie verspielt in die Seite. »Hüte deine Zunge, Weib, oder …«

»Oder was?«

»Oder ich zeige dir erneut, auf welchem Gebiet ich unschlagbar bin.«

»Jetzt gleich?« Laelia lachte. Dann wurde sie ernst. »Silvanus, ich muss dir jetzt unbedingt erzählen, was gestern passiert ist.« Und so berichtete sie, was Mithriventes, der Parther, ihr eröffnet hatte.

Silvanus' zufriedenes Lächeln wich erst einem besorgten, dann einem grimmigen Gesichtsausdruck. »Diese Hunde«, zischte er, »welche Schande für den großen Caesar, welche Schande für Rom. Das darf nie, aber auch niemals an die Öffentlichkeit gelangen. Der göttliche Caesar als Opfer feiger parthischer Intrigen, nein, dann lieber gefallen für die Republik. Oh Jupiter, ich bin kein Freund der Legionen, aber die führen wenigstens einen ehrlichen, offenen Kampf, Mann gegen Mann, das ist ein Krieg, bei dem jeder eine Chance hat, aber so eine hinterhältige, verschlagene Art der Kriegführung, nein. Du hast Recht, wir müssen Marcus Antonius umgehend davon in Kenntnis setzen, gleich morgen werde ich einen Eilboten losschicken.«

»Du glaubst das alles?« Laelia hoffte sehr, er würde es verneinen.

»Es ist diesen hinterhältigen Banditen zuzutrauen. Ja, ich glaube, wir müssen das sehr ernst nehmen. Aber wie konntest du dich nur wieder mit diesem Mann abgeben, Laelia, ich habe dir doch gesagt …« Dann folgten die unvermeidlichen Vorwürfe über ihr gefährliches Vorgehen. Wie sie es nur immer schaffe, solch wichtige Informationen aus Geheimnisträgern herauszuholen, ob ihr nicht bewusst sei, dass sie ihr Leben dadurch aufs Spiel setze?

Doch, verteidigte sich Laelia kleinlaut, das sei ihr wohl bewusst, darum habe sie dem Parther ja auch gesagt, sie wolle nichts hören, sie habe auch keinerlei Lust, ihn wieder zu sehen, sie würde ihm von jetzt an aus dem Wege gehen.

Ha, höhnte Silvanus und nahm sie schützend in die Arme, gerade dass sie es nicht habe erfahren wollen, hätte ihn nur noch mehr gereizt, es zu erzählen. Jetzt müsse sie allerdings gute Miene zum bösen Spiel machen. Keinesfalls dürfe sie ihm aus dem Wege gehen, sondern sollte im Gegenteil besonders freundlich zu ihm sein, damit er keinen Verdacht schöpfe, sonst sei sie ihres Lebens nicht mehr sicher.

Laelia sah ihn mit angsterfüllten Augen an, dann herrschte beklommene Stille.

»Silvanus«, flüsterte sie endlich, »er hat sich in den Kopf gesetzt, mich zu heiraten, wenn die Parther hier eingefallen sind! Ich habe alles versucht, er lässt sich nicht davon abbringen.«

»Wie bitte?« Mit einem Ruck hatte sich Silvanus aufgesetzt. »Oh, jetzt verstehe ich alles. Das wird er mir büßen. Er soll nicht wagen, auch nur einen Finger an dich zu legen. Sämtliche Legionäre werde ich auf ihn hetzten, mein eigenes Schwert, das ich nie benutzt habe, werde ich ihm durch den verruchten Körper bohren!«

»Silvanus«, mahnte Laelia leicht amüsiert, »du kannst einen parthischen Abgesandten nicht einfach umbringen.«

Silvanus gab ihr zähneknirschend Recht. So blieben sie bei ihrem ursprünglichen Plan, obwohl ihr Silvanus darüber hinaus das Versprechen abnahm, sich tunlichst nicht wieder in Staatsgeheimnisse einweihen zu lassen und nicht zu freundlich zu diesem Menschen zu sein. Laelia versprach es.

Nach einer Weile gingen sie hinunter in den Schankraum. Der Lärm dort hatte inzwischen noch beträchtlich zugenommen, die Taverne war bis auf den letzten Platz gefüllt. Gaukler führten zwischen den Tischen ihre Kunststücke vor, in der Hoffnung, ein paar As von den Gästen zu ergattern, ein Dichter stand gestikulierend auf einem Tisch und rezitierte lauthals selbst verfasste Verse, ein paar Musiker, von Arkadia zur Feier des Tages engagiert, hatten sich in einer Ecke versammelt, in dem verzweifelten Versuch, trotz Hitze und Lärm die Instrumente zu stimmen.

Laelia und Silvanus bahnten sich einen Weg zu dem Tisch, an dem inzwischen Illicia stolz neben Mazdates saß, dessen Stirn noch der Siegerkranz des Rennens schmückte. Sylvester, Perstylos, Lingus und auch Dellius hatten sich zu ihnen gesellt. Fröhlich wurden die beiden Neuankömmlinge begrüßt, man rückte auf der Bank zusammen, um Platz für sie zu schaffen. Dellius schenkte beiden Wein ein. Mazdates schilderte gerade die Ehren, die er daheim im Partherreich erfahren würde: Eine öffentliche Lobpreisung durch den König selbst auf dem großen Platz vor dem Palast in Ktesiphon würde ihn erwarten, berichtete er mit strahlenden Augen – das hätte ihm der Abgesandte des parthischen Herrschers bei seiner Gratulation eröffnet. Voller Stolz legte er seinen Arm um Illicia, die sich freudig an ihn schmiegte. »Und dich, Sylvester, könnten wir gut gebrauchen, um die Streitwagen zu modernisieren«, strahlte Mazdates. »Als ich Mithriventes berichtete, dass ich ohne deine Hilfe niemals gewonnen hätte, gab er mir sogleich den Auftrag, dich für diese Aufgabe zu erwärmen, gegen ein großzügiges Entgelt natürlich. Und hier«, er reichte ihm einen kleinen Lederbeutel, »ist dein Anteil an der Siegprämie.«

Laelia und Illicia wechselten einen Blick, Silvanus hob missbilligend die Augenbrauen, doch Mazdates bemerkte all dies nicht. »Du könntest ein Vermögen bei uns verdienen, und wir beide wären bei allen Rennen unschlagbar. Und Illicia«, er drückte sie liebevoll an sich, »muss auch mitkommen, sie ist mein Talisman.«

»Hm«, Illicia rückte unwillig ein wenig von ihm ab, »ich glaube nicht, dass ich im Lande der Parther leben möchte, und du, Sylvester, solltest erst einmal deine Studien beenden.«

Sylvester lächelte verschmitzt. »Gar keine schlechte Idee,

Mazdates. Ich sollte darüber nachdenken. Dies«, er wog den Lederbeutel in seiner Hand, »wird mich vielleicht ein paar Monate über Wasser halten, aber dann? Und gerade jetzt, wo Rutilius Rufus nicht mehr ist und keiner weiß, wie es weitergehen wird an der Akademie, sollte ich mir vielleicht wirklich etwas überlegen. Ein wenig Geld verdienen und später das Studium zu Ende führen, das wäre gar nicht schlecht. Und dann würde ich Leiter der Akademie, hätte viele Sklaven, unterrichtete vielversprechende junge Männer und nebenbei einige hübsche kleine Mädchen, wofür ich noch mehr Geld bekäme.« Bei dem Gedanken lachte er herzhaft.

Perstylos lachte nicht, sondern beugte sich zu Silvanus hinüber und bemerkte spitz: »Schöne Rennen heute, Silvanus, obwohl doch ziemlich blutig. Dabei fällt mir ein, hast du den Mörder von Rutilius Rufus schon gefunden? Du merkst, unsere Studenten hegen Abwanderungsgedanken in fremde Länder, weil die innere Sicherheit nicht mehr gewährleistet ist. Wer weiß, wer als Nächster stirbt? Ich denke, da will uns jemand zeigen, dass ihr Römer euren Aufgaben nicht mehr nachkommen könnt. Und wer kommt dafür in Frage? Natürlich die, die schon lange ein Auge auf unser fruchtbares und reiches Land geworfen haben.« Ein scharfer Blick traf Mazdates.

Alle starrten ihn entsetzt an. Betroffenes Schweigen lag über der eben noch so fröhlichen Runde. Perstylos indes ließ sich nicht beirren. »Sind doch schon wieder zwei Griechen zu Tode gekommen – durch einen Parther, bei einem Wagenrennen, das von den Römern ausgerichtet wurde!« Die blassen Augen boshaft auf Mazdates gerichtet, lehnte er sich zurück.

Die Musiker hatten zu spielen begonnen, in der Taverne herrschte allgemeine Fröhlichkeit, so dass Perstylos' Worte zum Glück von anderen Gästen nicht gehört wurden, genauso wenig wie Illicias verärgerte Entgegnung: »Perstylos, ich muss dich darauf hinweisen, dass Mazdates unser Gast ist. Er ist Sportler und kein Politiker. Deine Bemerkung ist mehr als peinlich.« Zustimmendes Gemurmel ertönte von den anderen. »Mazdates, ich entschuldige mich für die Verletzung unserer Höflichkeitsregeln, das ist normalerweise nicht die Art kleinasiatischer Gastfreundschaft.«

Mazdates hob beschwichtigend die Hand. »Ach, er hat ja Recht. Ich bin schuld am Tode von zwei Menschen. Aber, es war ein Unfall, ich kann nichts dafür, man muss eben waghalsig fahren bei Wagenrennen. Auch mich hätte es treffen können. Unser Lehrer sagte immer: ›Seid der anderen Löwe, sonst seid ihr ihre Gazelle.‹ Er hat uns gelehrt, zu gewinnen, und ich war sein bester Schüler.«

Jetzt sprachen alle durcheinander, jeder redete auf Perstylos oder auf Mazdates ein, bis Perstylos' blasses Gesicht noch bleicher wurde und er eine Entschuldigung murmelte. Endlich übertönte Silvanus' sonore Stimme das Gewirr. »Ich will Perstylos' Frage beantworten: Nein, ich habe den Mörder noch nicht gefunden, aber er wird mir nicht entgehen. Ich hege Verdacht gegen diverse Personen, kann jedoch hier nicht darüber sprechen. Und, das kann ich versichern, Rom wird nicht zulassen, dass einer unserer Bürger ungesühnt getötet wird und dass in einer unserer Provinzen die Menschen nicht mehr sicher leben können.« Er war selbst erstaunt über die Gewissheit, die er in seine Stimme gelegt hatte.

Sylvester versuchte, das Gespräch in dieser einigermaßen unverfänglichen Bahn zu halten. »Ich denke, es war Gnaeus, aber das habe ich dir ja schon gesagt. Er hatte ein Motiv, ist jetzt verschwunden und wird von uns Studenten viel Geld kassieren, damit wir die Studien fortsetzen können – falls er überhaupt zurückkommt. Wer sonst sollte es gewesen sein?«

»Ulpia war es, das ist ganz klar«, mischte sich Lingus jetzt in das Gespräch, den Blick von Dellius' markantem Gesicht losreißend. »Sie musste unter dem Mann am meisten leiden, die arme Frau, und sich in die Arme dieses gut aussehenden Sklaven werfen, der übrigens nicht nur Frauen zugeneigt ist.« Er zog eine Augenbraue in die Höhe und lächelte Dellius bedeutungsvoll zu. »Bestimmt hat Rutilius Rufus von ihrem Verhältnis mit dem Sklaven erfahren, ihr deswegen gedroht, und sie hat ihn dann umgebracht – durchaus verständlich. Totschlag im Affekt, würde ich sagen. Ist es in Rom für Frauen der besseren Gesellschaft nicht verpönt, Umgang mit Sklaven zu haben, Quintus?«

Dellius, dessen Augen an Lingus' drahtigem Körper hingen, bejahte die Frage mit der Bemerkung, das sei eine ganz richtige Regelung. Wo käme man hin, wenn die Frauen sich jedem Sklaven hingeben würden? Was leider nicht hieße, dass es nicht immer häufiger vorkomme.

»Nein, Ulpia war es bestimmt nicht.« Die Hand des doch ein wenig gekränkten Mazdates fest in der ihren, widersprach Illicia leise, doch bestimmt. Laelia bestätigte mit eifrigem Nicken die Meinung ihrer Freundin.

Silvanus wunderte sich. Die beiden, sonst so engagiert, die ihm bei der Aufklärung seines letzten Falles in Didyma so tatkräftig zur Seite gestanden hatten, gaben keine Begründung für ihre Annahme. Überhaupt, wenn er sich recht erinnerte, hatte Laelia vergleichsweise wenig mit ihm über diesen Fall gesprochen, keine eigenen Theorien entwickelt, keine selbständigen Nachforschungen angestellt. Seltsam, dachte er, was war los mit den Mädchen? Waren sie zu sehr mit ihren persönlichen Dingen beschäftigt? Soviel er wusste, waren beide nicht mehr gefordert als zuvor, Laelia machte ihre Übersetzungen, Illicia transkribierte ab und zu Bücher, schrieb vielleicht auch selbst, aber alles mehr der Beschäftigung wegen, finanziell waren sie durch die großzügige Zuwendung des Antonius nach dem Mordfall in Didyma mehr als abgesichert. Was war es dann? Erschrocken stellte er fest, wie wenig er von den beiden Frauen wusste, von ihren alltäglichen Gedanken und Dingen des Lebens. Und gerade Laelia hatte er zu kennen geglaubt. Aber was dachte sie wirklich? Er wusste, sie litt unter der Situation, denn ab und zu stellte sie ihm die Frage, wie er sich den Fortgang ihrer Beziehung vorstellte, was er täte, wenn Lucida davon wüsste, und er hatte immer wahrheitsgemäß geantwortet, er wisse es nicht. Er hatte diese Probleme immer von sich geschoben, wenn sie auftauchten, das allerdings hatte den Effekt, dass er auch Laelia nie fragte, was sie dachte. Immer war er davon ausgegangen, er wüsste es, sie zeige es ihm ja, aber offenbarte und sagte sie ihm wirklich alles?

Er tauchte aus seinen Gedanken auf, als ein einarmiger Gaukler an ihrem Tisch Münzen verschwinden ließ und wieder hervorholte. Die anderen hatten ihm fasziniert zugesehen und klatschen begeistert Beifall, als er seine Vorstellung beendete. Auch Silvanus legte einige Sesterzen in die ausgestreckte Hand und bemerkte, dass Laelia ihn beobachtete. Immer noch nachdenklich legte er seinen Arm um ihre Schulter und fragte sie leise: »Und was denkst du, wer es war, cara mea?*«

»Ich weiß es nicht. Aber Ulpia war es sicher nicht, eine Frau würde niemanden erwürgen. Vielleicht hat das Ganze ja doch mit den Überfällen zu tun, oder es war Zufall, ein Vorübergehender, der ihn berauben wollte …«

»Weißt du etwas, was ich wissen sollte?« Zweifelnd sah ihr Silvanus in die grünen Augen.

»Du kannst dir sicher sein, mein Silvanus, dass ich dir nichts vorenthalten würde, das dir helfen könnte.« Ihrem offenen Blick und den mit fester Stimme gesprochenen Worten musste

---

* Meine Liebe

er glauben. »Entschuldige«, murmelte er und drückte ihr einen Kuss auf die Schulter.

Das Gespräch plätscherte dahin. Mit der Menge des Weines stieg auch die Stimmung, die Differenzen schienen vergessen. Mazdates erzählte stolz von seiner Heimat, von der schönen Hauptstadt Ktesiphon, der Residenz des Königs der Könige, von seinen eigenen Ambitionen, ein reicher und berühmter Wagenlenker zu werden. Das Schöne am Sport sei doch, betonte er, dass über die Grenzen hinweg und trotz aller politischen Streitigkeiten die Menschen freundschaftlich miteinander verkehren könnten. Dabei zupfte er fürsorglich einen Faden von Illicias dunkelrotem Gewand. Dellius, ganz Historiker, fragte, wie das gemeine Volk über die Römer denke. Mazdates berichtete bereitwillig. Nachdem Crassus damals ohne Kriegserklärung, den bestehenden Verträgen zum Trotz, einfach in Parthien einmarschiert wäre, hätten sich Angst und Misstrauen gegenüber Rom breit gemacht, was es vorher nicht gegeben hätte. Als dann Caesar für seinen Feldzug rüstete, wurde aus der Angst Hass, geschürt noch von den Herrschenden. Und jetzt würde gemunkelt, auch Marcus Antonius wolle gegen Parthien ziehen, die jungen Männer zog man schon zu Waffenübungen heran, das fördere auch nicht die Zuneigung. Ihm allerdings seien diese Dinge gleichgültig, er sei Wagenlenker, und nette Menschen treffe man überall, bestimmt auch in Rom. Das sei übrigens sein nächstes Ziel, in Rom zu einem Rennen anzutreten, gegen die ganz Großen dieses Sportes aus den berühmten Rennställen, und sie alle in die Schranken zu weisen.

»Sei vorsichtig mit Rom, Mazdates«, warnte Silvanus, »die Römer sind, was die Rennen betrifft, sehr fanatisch, sie könnten dich in Stücke reißen, solltest du gewinnen. Leider hört das gemeine Volk in Rom auch nur von den schlechten Seiten der

Parther, die guten werden verschwiegen. Fahre deine Rennen lieber in den Provinzen!«

Dellius, inzwischen eine Hand auf Lingus' Oberschenkel, sah sich seines Themas beraubt und unternahm einen neuen Versuch: Wisse man in Parthien denn, dass damals, als Crassus seinen unglückseligen Feldzug unternahm, in Rom großer Protest laut geworden sei, dass Senat und Volk dagegen gesprochen hätten, dass auch die Vorzeichen äußerst ungünstig gewesen seien? Sogar Cicero habe von einem »bellum iniustum«* gesprochen, und keiner sei erstaunt, aber natürlich jeder erschüttert gewesen, als das tragische Ende kam, Crassus' Tod, die Vernichtung seiner Legionen und der Verlust der Feldzeichen. Sei es bekannt, dass Marcus Antonius, um den Konflikt beizulegen, nur die Herausgabe der Feldzeichen und Kriegsgefangenen erbeten hätte, eine Bitte, die der parthische König abgelehnt habe?

Mazdates war erstaunt. Nein, das hätte er, obwohl ihm eine gute Erziehung zuteil geworden war, nicht gewusst. Seine Lehrer, die ihm neben dem Griechischen auch Geschichte und Geometrie beigebracht hatten, wären darauf nicht eingegangen und nach dem, was man jetzt so auf den Straßen hörte, war allein Rom der Aggressor, gegen den man sich zu verteidigen hätte.

Laelia mischte sich ein. »Ist es üblich in Parthien, Griechisch zu lernen?«

»Aber ja«, Mazdates zog erstaunt die Augenbrauen empor, »wusstest du das nicht? Jeder, der etwas auf sich hält, spricht Griechisch.«

Das hatte Laelia in der Tat nicht gewusst. Dann hatte sich Mithriventes, dieser verschlagene Mensch, also die ganze Zeit

---

* Ungerechter Krieg'

verstellt, hatte ihr vorgespielt, des Griechischen nur unvollständig mächtig zu sein, wohl in der Hoffnung, auf diese Weise an mehr Informationen zu gelangen. Nun, nahm sich Laelia vor, die konnte er haben, wenn sich die Gelegenheit böte.

Lingus zog Dellius sanft am Ärmel seiner Tunika zu sich heran und flüsterte ihm etwas ins Ohr. Dellius nickte leicht, warf einige Silberdenare auf den Tisch und verabschiedete sich wortreich. Auch Sylvester und Perstylos wandten sich zum Gehen. Es war spät geworden, die Taverne inzwischen fast leer, auch die Musiker und Gaukler hatten sich längst zurückgezogen. Silvanus beugte sich zu Laelia und fragte leise: »Wirst du sehr böse sein, meine Schöne, wenn ich nach Hause gehe? Ich bin todmüde nach diesem Tage und würde gern die Nacht in meinem eigenen Bett verbringen. Siehst du es mir nach?«

Laelia nickte, es kostete sie noch nicht einmal große Überwindung. Sie wollte nachdenken und die Ereignisse des Tages mit Illicia besprechen, sollte sie dazu Gelegenheit haben. Im Moment allerdings sah es nicht danach aus, denn Mazdates hing trunken an Illicias Schulter, schien ihr Zärtlichkeiten ins Ohr zu flüstern, und beide kicherten leise. Völlig unvoreingenommen gegenüber dem parthischen Sportler war Laelia noch immer nicht. »Nun denn«, dachte sie, »gefährlich ist er so betrunken jedenfalls nicht.« Sie verabschiedete Silvanus, schritt zu den Legionären, die an diesem Tag auch keinen Becher abgelehnt hatten, mehr an ihrem Tisch hingen als saßen, und schickte sie nach Hause. In diesem Zustand waren sie ohnehin kein großer Schutz. Außerdem würde sicher die Ablösung, die draußen vor der Taverne während der verbleibenden Nachtstunden Posten bezog, bald kommen. »Aber, Domina, das ist gegen unseren Befehl, wir sollen hier bleiben, bis die Taverne verriegelt ist«, versuchte einer mit schwerer Zunge zu protestieren, Laelia jedoch beruhigte ihn, sie würde Silvanus nichts sagen. So zogen die Männer ab. Doch kaum hatte sich die Tür hinter ihnen geschlossen, öffnete sie sich erneut, und, Laelia sah es mit Schrecken, Mithriventes trat ein.

Ein breites Lächeln überzog sein Gesicht, und mit wehendem Gewand – heute trug er die eher militärischen Beinkleider darunter – kam er auf sie zu. Die Reifen an den Fußknöcheln, unter der Hose verborgen, klirrten leise bei jedem Schritt, seine großen runden Ohrringe funkelten im trüben Dämmerlicht. Mazdates löste sich sofort von Illicias Schulter, rappelte sich auf und erhob sich schwankend, um vor Mithriventes auf den Boden zu sinken. »Sei gegrüßt, hohes Mitglied der Familie des Königs der Könige«, rief er, während er abwechselnd den rechten und den linken Fuß des Parthers küsste. »Welch große Freude, dich hier zu sehen.«

Illicia sah Laelia fragend an, diese übersetzte leise. Mithriventes unterdes gebot dem knienden Wagenlenker mit gnädiger Geste, sich wieder zu erheben. »Aha, unser glorreicher Sieger, würdiger Vertreter des parthischen Reiches, feiert seinen Erfolg hier – an einem Orte, wo Griechen und Römer verkehren! Hat das eine besondere Bewandtnis?«, fragte er ihn leise mit böse funkelnden Augen.

Mazdates erbleichte. »Nein, großer Herr, äh, ja, das Mädchen hier«, er wies auf Illicia, »hat, nun, sie hat mein Herz gewonnen, und ich wollte mit ihr feiern.« Sichtlich nervös stellte er die beiden Mädchen vor.

»Hat das riesige Partherreich nicht genug liebreizende Mädchen für seine Untertanen?«, zischte Mithriventes. »Müssen sie ihre Herzen an Ausländerinnen hängen? Deinen Samen kannst du ihr schenken, parthisches Blut in dieses Gebiet bringen, aber dein Herz bewahre gefälligst für parthische Jungfrauen auf. Nein, keine Widerrede!«, schnitt er Mazdates' matten Versuch einer Rechtfertigung ab, stieß ihn auf die Bank zurück und bestellte lauthals Wein. Dann erst wandte er sich Laelia zu, die seine Worte, obwohl leise vorgebracht, deutlich vernommen hatte und ihn entsetzt ansah.

»Oh, mein Herz springt wie ein flacher Stein, über den Wasserspiegel des Euphrat geschleudert, wenn ich dein liebliches Antlitz schaue, schöne Laelia, doch wird es schwer wie der Stein, nach den Sprüngen in den Fluten versinkend, sehe ich den Ausdruck in deinen Augen.« Er ergriff ihre Hand und drückte einen feuchten Kuss darauf. »So muss ich dir erklären, wie die Sitten im herrlichen Lande der Parther sind: Nicht gern gesehen ist die Verbindung von gemeinem Volk mit Ausländern, besonders in dieser Zeit, zerfrisst sie doch die Reinheit der Gedanken. Bei Angehörigen des Königshauses natürlich besteht diese Gefahr keineswegs, sind doch politische Hochzeiten ein Mittel zur Verständigung der Völker, und eine ausländische Frau neben vielen anderen gereicht der Herrschaft zum Wohle.« Er hatte neben ihr Platz genommen. Vertraulich rückte er jetzt an sie heran, steckte seine Hakennase in ihr Haar und flüsterte, wobei seine Lippen ganz unverschämt ihre Haut streiften: »Du musst mir verzeihen, mein sanft schimmernder Saphir, wenn ich heute wegen dieses Wagenlenkers meine überschäumenden Gefühle dir gegenüber zurückhalten muss. Wegschicken kann ich ihn nicht, hat er doch für den großen König Orodes das Rennen gewonnen und genießt somit besonderes Ansehen.« Bevor er sich wieder zurücklehnte, zog er noch kurz ihr Ohrläppchen zwischen seine Lippen. Laelia schüttelte sich unwillkürlich. Mithriventes musterte sie misstrauisch mit zusammengezogenen Augenbrauen. »Ist dir meine Nähe nicht genehm, Griechin?«

Das Gespräch mit Silvanus schoss Laelia durch den Kopf. »Sei freundlich zu ihm, sonst bist du deines Lebens nicht mehr sicher«, hatte er gesagt, und er hatte Recht. Warum nur hatte sie die Legionäre so voreilig weggeschickt? Aber er würde nichts wagen, solange Mazdates und Illicia anwesend waren, beruhigte sie sich. Fieberhaft suchte sie nach einer plausiblen Antwort. »Oh nein, Mithriventes«, antwortete sie zuckersüß, ihm treuherzig in die Augen schauend, »es war nur dein Bart, der kitzelte und mich erbeben ließ.«

Mithriventes strich sich lächelnd über seine spitze, schon von silbernen Fäden durchzogene Manneszierde. »Ja, wohl wahr, auch da können uns Römer und Griechen nicht das Wasser reichen, entledigen sich doch die meisten dieses Zeichens der Manneskraft. Ich kann mir nicht vorstellen, wie eine Frau sich für diese nackten Knaben erwärmen kann. Und, mein jungfräuliches Juwel, ich will dir ein Geheimnis verraten, das du in deiner reinen Unschuld nicht wissen kannst.«

›Oh nein, bei Apollon, nicht schon wieder‹, stöhnte Laelia in Gedanken, doch Mithriventes fuhr schon fort, sich wiederum zu ihr herüberbeugend und den Bart an der freien Schulter reibend. »Es gehört zu den Weisheiten unseres Volkes, zu wissen, dass die Größe der Nase und die Stärke des Bartes ein untrügliches Zeichens für Länge und Kraft des männliches Stabes sind.« Er lachte laut schallend, als er bemerkte, wie Laelia errötete. Illicia, die bis dahin versucht hatte, Mazdates zu entlocken, was der königliche Abgesandte zu ihm gesagt hatte, sah den Würdenträger verwundert an. Mithriventes erwiderte ihren Blick ganz unverfroren und ließ überdies seine Augen prüfend über ihren Körper wandern. Dann nickte er zufrieden. Versöhnlicher sagte er zu dem noch immer betroffen dasitzenden Wagenlenker: »Nun, Geschmack besitzt du. Solltest du weiterhin Siege erringen und mit dem edlen königlichen Gespann die parthische Überlegenheit vor aller Welt demonstrieren, werden wir es vielleicht erlauben, nimmst du dieses Mädchen als Nebenfrau. Wir werden sehen. Hält sie auf dem Lager, was ihr Aussehen verspricht?«

Mazdates errötete. »Nun«, stammelte er, »ich weiß es nicht. Ich wollte …, vielleicht …«

»Was? Oh, diese griechischen Schönheiten! Keusch wie verschlossene Muscheln!« Mithriventes legte Laelia eine Hand auf das Knie und drückte sanft zu.

Illicia richtete einen böse funkelnden Blick auf Mithriventes, sie hatte wohl bemerkt, dass über sie gesprochen wurde, aber kein Wort verstanden. »Wenn das die Art der Parther ist, über andere Menschen in einer für diese unverständlichen Sprache zu sprechen, obwohl sie des Griechischen sehr wohl mächtig sind, wie ich annehme, dann sehe ich wenig Möglichkeiten der Völkerverständigung. Bei uns jedenfalls ist solches Verhalten ein Zeichen von grober Unhöflichkeit.«

Mazdates war zusammengezuckt und versuchte Illicia mit verzweifelten Blicken zum Schweigen zu bringen. Mithriventes jedoch lachte lauthals. »Gut gesprochen, Mädchen«, anerkannte er in bestem Griechisch. »Du gefällst mir. Und da ich dir als Freundin meiner lieblichen Laelia traue, will ich euch sagen, was mich dazu bewog, meine Kenntnisse geheim zu halten.« Nachdem er sich umständlich und höflichst bei Laelia für die Täuschung entschuldigt hatte, setzte er ihnen auseinander, dass er die Menschen und ihre Gedanken an den Orten seiner diplomatischen Missionen kennen zu lernen wünschte. Doch bei offiziellen Anlässen, mit Scharen von Menschen in seinem Gefolge, gelänge dies nicht. Nur wenn er sich allein unter das Volk mische und sich des Griechischen unkundig zeige, sprächen die Leute ganz unbefangen. Seinen Begleitern allerdings, von höchster Stelle angewiesen, ihn aus Sicherheitsgründen nicht aus den Augen zu lassen – ein Mann seiner Position war immer gefährdet – konnte er nur des Nachts entweichen, wenn ihre Aufmerksamkeit nachließ. Bei seinen einsamen Streifzügen habe er schon viel Interessantes über die Gedanken und politischen Einstellungen des Volkes erfahren. Laelia aber habe ihn bezaubert mit ihrem ganz wunderbaren, reinen Parthisch. So habe er ihr nicht verraten können, dass er

Griechisch spreche, aus Furcht, sie würde dann nur noch in dieser Sprache mit ihm reden.

Dass er sich immer wieder in solche Gefahr begebe, habe ihm schon manchen Tadel seines hohen Verwandten, des Großkönigs Orodes, eingebracht, doch konnte dieser nichts unternehmen, stand er doch in seiner Schuld. Mithriventes blickte stolz in die Runde bei diesen Worten. Was er für den König getan hatte, wollte er nicht sagen, nur so viel, dass er deswegen großen Einfluss auf ihn besitze und mit jeder Mission beauftragt werde, die er wünsche. Ausschweifend und mit vielen Worten berichtete er, wo er schon überall gewesen, was er schon alles für die Parther erreicht hatte.

Unmäßig sprach er in der Folge dem Wein zu und plauderte immer weiter, die Nacht schritt fort, kein Gast war mehr anwesend, nur Monoculos, der mürrisch für den nötigen Nachschub sorgte. Plötzlich wurde die Tür mit großer Gewalt aufgestoßen. Alle erstarrten, als vier in dunkle Mäntel gehüllte Gestalten, die Köpfe unter Kapuzen verborgen, mit langen Knüppeln bewaffnet hereinstürmten. Illicia stieß einen spitzen Schrei aus und barg ihren Kopf an Mazdates' Schulter. Fast lautlos, mit pantherartigen Bewegungen sprangen die Männer auf sie zu. Mithriventes hatte sich blitzschnell erhoben, mit einem Griff ein sichelförmiges Schwert unter seinem Gewand herausgezogen und stellte sich schützend vor Laelia. Mazdates, durch den Schreck völlig ernüchtert, eilte an seine Seite. Als die Männer herankamen, der erste mit seinem Knüppel zum Schlag ausholend, donnerte ihnen Mithriventes einen Befehl entgegen. Augenblicklich erstarrten die vier Schläger. Bestürzt ließen sie ihre Knüppel sinken, enthüllten ehrerbietig ihre Häupter und fielen vor Mithriventes auf die Knie. Demütig erflehten sie seine Vergebung, sie hätten ihn in dem Dämmerlicht der Taverne nicht erkannt. Mit einer knappen Handbewegung hieß dieser sie aufstehen, steckte sein Schwert zurück unter sein Gewand und wies sie knapp an, diese Taverne in Zukunft zu meiden, die Frauen stünden unter seinem besonderen Schutz. Im Übrigen sollten sie weiter so vorgehen wie befohlen, es gäbe in Ephesos ja noch genug zu tun. Dann zückte er seinen Beutel, drückte jedem eine Münze in die Hand und versicherte ihnen, bis jetzt hätten sie ihre Sache gut gemacht. Damit schickte er sie hinaus.

Laelia, Illicia und Mazdates hatten die Szene mit offenem Mund verfolgt. Illicia zitterte am ganzen Körper. Zwar hatte sie die Worte nicht verstanden, doch das, was sie soeben mit eigenen Augen gesehen hatte, war eindeutig genug. Und als Mazdates ihr tröstend einen Arm um die Schulter legen wollte, schüttelte sie ihn heftig ab. »Ich habe davon nichts gewusst, ich versichere dir, Illicia, ich bin genauso bestürzt wie du«, rechtfertigte sich der Wagenlenker, Illicia jedoch hatte das Gesicht in den Händen verborgen und schüttelte nur fassungslos den Kopf.

Mithriventes hatte sich wieder neben Laelia gesetzt, die ihn nicht minder entsetzt ansah. Lächelnd reichte der Parther ihr einen Becher Wein, den sie mit zitternden Händen nahm.

»Ihr könnt unbesorgt sein«, beruhigte er die Mädchen, »sie werden euch nicht mehr behelligen. Auch wenn ich morgen für einige Tage nach Didyma reisen werde, um das Orakel zu befragen, werden sie meinen Befehlen gehorchen. Doch«, und jetzt wurde seine Stimme autoritär, »ich weise euch mit aller Schärfe darauf hin, dass dieser Vorfall auf keinen Fall weitergetragen werden darf. Von dir, meine liebliche Laelia, weiß ich, dass du die Sache der Parther unterstützt, ich vertraue darauf, dass du schweigen wirst wie ein Fisch in den Teichen des Königs. Hat deine Freundin dieselben Ansichten wie du?« Laelia nickte nur. »Gut«, fuhr Mithriventes fort, »ich glaube dir, scheint sie doch Gefallen an den unbezwingbaren parthischen Männern gefunden zu haben. Du, Mazdates, bist Parther und somit hoffentlich über jeden Zweifel erhaben. Sollte dennoch auch nur der leiseste Ton an die Öffentlichkeit gelangen, werden eure Zungen nie wieder verräterische Worte von sich geben.« Drohend sah er erst Illicia, dann Mazdates an. Beide schüttelten verstört den Kopf.

»Schwört es, dass ihr nie auch nur ein Wort weitergeben werdet über das, was ihr hier gesehen und gehört habt.« Sie schworen. Mithriventes sah Laelia an. »Auch du!« Laelia tat wie geheißen. »Die Strafe der Götter und des parthischen Großkönigs wird über euch kommen, solltet ihr diesen Schwur brechen.« Zufrieden lehnte sich Mithriventes zurück.

Laelia wagte mit unsicherer Stimme eine Frage zu stellen. »Sind diese Männer auch verantwortlich für den Tod von Rutilius Rufus, den Leiter der Akademie?«

»Dafür hatten sie keinen Befehl.« Mithriventes zwirbelte selbstgefällig seinen Bart. »Ihre Anweisungen sind auf Tavernen beschränkt, das trifft den Nerv der Bevölkerung am meisten. Und unser genialer Plan geht auf. Angst und Schrecken verbreiten sich in der Stadt, die Herrschaft der Römer wird immer mehr angezweifelt. Die Stimmung im Stadion heute war mehr als ein Beweis dafür, eine Genugtuung ohnegleichen für mich. Bald werden uns die Bürger Kleinasiens mit offenen Armen als Befreier empfangen. Die Tage der Römer sind gezählt und jeder, der mit ihnen sympathisiert, wird ihr Schicksal teilen. Auf den Straßen von Ephesos werden sich die römischen Leiber türmen, parthische Streitwagen werden über sie hinwegrollen, und der Rauch brennender Scheiterhaufen wird den Himmel verdunkeln. Wer aber für uns gearbeitet hat, wird großzügig belohnt werden.« Plötzlich brach er seine schwärmerische Rede ab. Ein Geräusch hinter dem Schanktresen hatte ihn auf einen Gedanken gebracht; mit zusammengezogenen Augenbrauen sah er Laelia an. »Dein Sklave allerdings wird sterben müssen. Am besten gleich.« Er griff nach seinem Schwert.

Laelia ergriff seinen Arm. Unter Tränen flehte sie: »Nein, Mithriventes, tu das nicht, ich bitte dich! Er ist blind, er hat nichts gesehen, er wird nichts sagen.«

»Er kann hören, und er kann sprechen. Das ist genug. Er wird sterben. Stell dich nicht so an, Frau, er ist nur ein Sklave, blind noch dazu, nutzlos. Ich kaufe dir einen neuen.« Schon hatte er sein Schwert in der Hand. »Bitte«, schluchzte Laelia, »ich verbürge mich für ihn. Wenn ich es ihm befehle, wird er schweigen. Tötest du ihn, werde ich dir das nie verzeihen können.«

Zögernd steckte Mithriventes sein Schwert wieder ein. »Nun gut, wenn dir so viel an ihm liegt. Aber sollte er etwas sagen, werdet ihr alle sterben, also trage Sorge, dass er schweigt.«

Laelias Tränen flossen noch immer reichlich, doch jetzt waren es Tränen der Erleichterung. Sie sah Mithriventes in die Augen und dankte ihm von ganzem Herzen. Illicia murmelte, sie müsse sich jetzt zurückziehen, sie fühle sich schwach. Laelia schloss sich ihr an. Nur ungern verabschiedeten sich die beiden Parther. Mit einer nochmaligen Ermahnung an die Mädchen wandte sich Mithriventes an Mazdates. »Kennst du das Haus des Spuntius Fellator?« Kaum hatte sich die Tür hinter ihnen geschlossen, stürzte Monoculos hinter dem Tresen hervor – kein Wort entrang sich seinem Mund, als er vor Laelia auf die Knie sank und ihre Hände küsste.

Die beiden jungen Frauen tranken einen letzten Becher Wein in Illicias Schlafzimmer. Draußen dämmerte bereits der Morgen, die ersten Strahlen fielen durch die offenen Fenster. Laelia hatte Monoculos eindringlich angewiesen, auf keinen Fall verlauten zu lassen, was geschehen war, und ihn zu Bett geschickt.

Beide starrten betroffen in ihre Becher.

»Wie konnten sie einfach hereinkommen? Wo waren die Legionäre, die draußen Wache halten sollten?«

Illicia zuckte die Schultern. »Vielleicht hat Silvanus sie abgezogen. Es ist ja auch schon lange nichts mehr passiert.«

»Das hätte er uns bestimmt gesagt«, zweifelte Laelia.

»Aber sie waren nicht hier. Was machen wir jetzt?«, fragte Illicia angstvoll.

»Wir müssen es Silvanus mitteilen, das Ganze ist von staatstragender Bedeutung.« Laelia zog die Decke, die sie von Illicia gegen die nächtliche Kühle erhalten hatte, enger um sich.

»Aber«, warf Illicia ein, »wir haben geschworen, und einen Eid können wir nicht brechen.«

»Die Götter werden nicht wollen, dass unser Land von den Parthern überrannt wird, dass Römer getötet und vertrieben werden und wir in die Hände von irgendwelchen parthischen Barbaren fallen.«

Illicia schwenkte nur den Wein in ihrem Becher.

»Entschuldige, deinen Wagenlenker habe ich nicht gemeint. Glaubst du wirklich, er wusste nichts von alledem?«

Illicia schüttelte den Kopf. »Nein, er hat nichts gewusst. Er war genauso bestürzt wie wir. Aber, Laelia, wenn du es Silvanus sagst, muss er irgendetwas tun. Und dann wird Mithriventes wissen, dass wir geredet haben und uns alle umbringen lassen. Oder wir müssten fliehen, und dann würdest du deinen Silvanus so bald nicht wieder sehen.«

»Aber wenn wir nichts sagen«, führte Laelia ihre Überlegungen fort, »werden die Parther weitermachen, unschuldige Menschen werden ums Leben kommen, und sie werden den Boden für ihre Invasion bereiten. Du hast doch gehört, was

Mithriventes gesagt hat: Es gibt noch viel zu tun hier in Ephesos. Silvanus ist ein kluger Mann, er wird wissen, was zu tun ist, ohne dass der Verdacht auf uns fällt. Wir müssen es ihm sagen!«

Beide schwiegen. Nach einer Weile begann Illicia von neuem. »Ich weiß nicht. Silvanus ist noch unerfahren in der Politik, er wird es Munatius Plancus berichten, und ob der Rücksicht auf unsere Sicherheit nehmen wird, wage ich zu bezweifeln. Vielleicht lässt er uns noch außer Landes bringen, nach Rom zum Beispiel. Ach, wäre Marcus Antonius hier, der wüsste, was zu tun ist. Ihm würde ich vertrauen.«

»Er ist aber nicht hier«, sagte Laelia bitter, »und wir müssen selbst sehen, wie wir aus dieser Situation wieder herauskommen. Oh, dieser Parther, ich verfluche den Tag, an dem ich ihm zum ersten Mal begegnete.«

»Er hat uns aber wahrscheinlich das Leben gerettet. Rediemus – wir werden wiederkommen. Sie sind wiedergekommen.« Illicia nahm einen tiefen Schluck Wein, noch immer zitterten ihre Hände.

»Wohl wahr.« Auch Laelia trank, dann unternahm sie einen neuen Versuch. »Was hältst du davon, wenn ich es Silvanus erzähle unter dem Vorbehalt, es nicht Munatius Plancus zu sagen und nichts zu unternehmen, das uns gefährdet? Vielleicht hat er eine gute Idee, wie wir mit der Sache umgehen können.«

Illicia drehte nachdenklich eine ihrer Locken. »Du kannst ihm nicht das Versprechen abnehmen, es Plancus zu verschweigen, das würde ihn in einen großen Konflikt stürzen. Wie soll er auch ohne sein Wissen etwas unternehmen? Er würde sicher davon erfahren. Außerdem, überlege doch einmal, Laelia, wenn wir unser Wissen preisgeben, dann wird der Verdacht gegen Ulpia stärker, sie wird festgenommen und verurteilt werden. Willst du das?«

»Hm«, Laelia war nicht ganz überzeugt. »Mithriventes hat

nur gesagt, dass seine Schläger nicht den Befehl hatten, Rutilius zu töten. Das kann alles und nichts heißen. Ich muss über die ganze Sache nachdenken. Ob wir es Silvanus nun sofort sagen oder etwas später, ist jetzt auch egal. Lass uns morgen weiterreden.«

Kapitel 13

Silvanus hatte verschlafen. Mit einem Ruck setzte er sich auf, als die Sonnenstrahlen durch die geöffneten Fensterläden auf sein Gesicht fielen. Er schlief immer bei offenen Fenstern, er liebte die Geräusche der Nacht und das Licht des frühen Tages. Lucida hatte ihn daran gewöhnt – selbst in Rom, wo die meisten Bewohner wegen des immer währenden Lärmes kein Auge zutun konnten, hatte sie darauf bestanden. Nach anfänglichen Kämpfen war diese Angewohnheit auch ihm in Fleisch und Blut übergegangen. Lucida – was machte sie jetzt wohl? Wann würde sie wiederkommen? Manchmal fehlte sie ihm doch, musste er sich eingestehen, trotz ihrer hohen näselnden Stimme und der spitzen Knochen. Er spürte, wie unter der Decke seine Männlichkeit wuchs. Vielleicht sollte er es so machen wie Dellius, sinnierte er, der in solchen Situationen einfach eine Sklavin rief, jedoch allein die Vorstellung von der scheuen, ältlichen Larix auf seinem Lager ließ seine Erregung in sich zusammenfallen.

Voller Elan warf er das Betttuch von sich. Er fühlte sich gut und ausgeruht, bester Laune ging er in den Baderaum, wo er sich das bereitstehende kalte Wasser über den Körper schüttete. Natürlich hätte ihm Larix welches erwärmt, aber er genoss das angenehme Prickeln auf der Haut, das dem Schock des kalten Nasses folgte.

Erst als er seine Tunika übergeworfen hatte, rief er nach der Sklavin, damit sie ihn rasiere und beim Anlegen der Toga behilflich sei. Zwar versprach der Tag warm zu werden, und er würde schwitzen unter dem unhandlichen Kleidungsstück, aber als Vertreter des Munatius Plancus im Magistratsgebäude war es einfach unerlässlich. Das Frühstück ließ er wieder ausfallen, was ihm einen kummervollen Blick der besorgten Larix einbrachte, doch er hatte es eilig, es war schon spät.

Schnellen Schrittes legte er die Strecke bis zur Staatsagora zurück. Als er am Odeion vorbeikam, fiel ihm ein, dass in zwei Tagen die wöchentliche Sitzung mit den örtlichen Magistraten stattfand, wäre Plancus dann schon wieder zurück? Wenn nicht, müsste er sich auf die Sitzung vorbereiten, was erhebliche Zeit in Anspruch nehmen würde. Das passte ihm gar nicht, hatte er doch gehofft, in den nächsten Tagen verstärkt an seinen Fällen arbeiten zu können, damit er sie so schnell wie möglich zum Abschluss brachte. Je mehr Zeit verstrich, desto schwieriger wurde es, den Mord und die Überfälle aufzuklären, hingen sie nun zusammen oder nicht. Und er hatte dem Volk gestern und zuvor Marcus Antonius die Zusage gegeben, diese Übergriffe aufzuklären. Natürlich musste Munatius Plancus gerade jetzt verreisen, ärgerte sich Silvanus, als er das Magistratsgebäude betrat. Es war ja sehr schmeichelhaft, dass ihm der Statthalter plötzlich so viel Vertrauen schenkte, nachdem er ihn so lange mit unwichtigen Aufgaben betraut hatte, aber ausgerechnet jetzt? Wahrscheinlich hatte sich Antonius für ihn eingesetzt, als er hier war, dachte Silvanus mit halbherziger Dankbarkeit, während er an einer der meisterhaften Bronzebüsten des Imperators vorbeischritt, die würdig auf ihn herabblickte.

Er betrat seinen Arbeitsraum. Wie er befürchtet hatte, war der Tisch übersät mit Stapeln von Schriftstücken, Rollen und Tafeln, Notizen und Anfragen. Bithynicus begrüßte ihn mürrisch, mit dem gewohnten vorwurfsvollen Blick. »Es ist viel angefallen in deiner Abwesenheit, Herr, ich habe die Eingänge nach Prioritäten geordnet. Die zur Unterschrift vorbereiteten Rollen liegen auf dem Stapel zu deiner Linken. Gestern Abend kam eine Botschaft von Munatius Plancus, du solltest sie zuerst lesen.« Er reichte ihm ein versiegeltes Wachstäfelchen, während Silvanus seine Toga raffte und sich mehr oder weniger würdevoll auf der Arbeitskline niederließ.

»Ich wollte sie dir gleich bringen lassen, nachdem ich aber hörte, was bei den Rennen vorgefallen war und wie du mit der Situation fertig wurdest, überlegte ich mir, dass es heute Morgen auch noch reichen würde.« Der Anflug eines Lächelns umspielte die sonst ständig nach unten gezogenen Mundwinkel des Sklaven. »Die Rennen übrigens, so sagte man mir, seien ganz vorzüglich gewesen, ich war fast ein wenig betrübt, dass ich dem Spektakel nicht beiwohnen konnte.«

Erstaunt sah Silvanus von der Wachstafel auf. War das sein alter Bithynicus, der ewig nörgelnde, unbeliebte, aber unentbehrliche Amtssklave? Hatten die Worte des Lobes neulich ihn so verändert? Erfreut schaute er auf die hoch aufgerichtete, dürre Gestalt des Sklaven. »Ich danke dir, Bithynicus. Du leistest wertvolle Arbeit. Wenn du so weitermachst, werde ich mich für deine Freilassung einsetzen, allerdings nur, wenn du uns weiterhin zur Verfügung stehst, gegen angemessene Bezahlung. Wärest du jetzt so freundlich, mir ein leichtes Frühstück zu besorgen?«

Bithynicus strahlte, ein ganz ungewohnter Anblick. »Natürlich, Herr. Ach, da fällt mir ein, ein Sklave namens Gabyonos war hier wegen der Formalien seiner Freilassung. Er sagte, du hättest ihm versprochen, das Verfahren zu beschleunigen. Er hinterlegte eine Nachricht, meinte, sie wäre vielleicht von Interesse für dich, du findest sie auf dem letzten Stapel, wahrscheinlich ist es eine Bittschrift.« Das Strahlen erlosch so schnell, wie es aufgeflammt war. Wieder ganz der pflichtbewusste Amtsdiener, verließ er den Raum.

Silvanus widmete sich dem Schreiben seines Vorgesetzten. Dieses befahl ihm in knappen Worten, sofort zum Landsitz aufzubrechen und Munatius Plancus über das Gespräch mit Arsinoe Rechenschaft abzulegen. Silvanus durchfuhr es heiß. Der Statthalter hatte sicher schon längst seine kurze Mitteilung erhalten, hatte er in seinen Augen versagt? Unmut sprach aus Plancus' Worten, und was Silvanus in der Hand hielt, war ein Befehl, keine Bitte. »Merda*«, murmelte er und legte sich sofort Rechtfertigungen bereit, warum sein Auftrag gescheitert war.

Bithynicus kam mit dem Frühstück. Silvanus winkte ihm abwesend zu, das Tablett abzustellen und beauftragte ihn, für den Nachmittag einen schnellen Reisewagen zu besorgen und nach ein paar Kleidungsstücken für seine Reise schicken zu lassen. Schnell warf er noch einige Zeilen für Laelia auf eine Wachstafel und beauftragte den Sklaven, sie in die Taberna Tilia bringen zu lassen. Der Nachmittag erschien ihm für die Abfahrt früh genug, das ließ ihm Zeit zum Überlegen, und die Berge von Schriftverkehr mussten auch noch abgearbeitet werden.

Lustlos machte er sich daran. Setzte Unterschriften, vergab Aufträge, diktierte Antwortschreiben. Am frühen Nachmittag hatte er endlich die Stapel der wichtigen Schriftstücke erledigt und überflog die von Bithynicus als nicht so dringend abgelegten Schreiben. Zwei davon erregten sein Interesse. Eines war von den Männern, die er auf Gnaeus angesetzt hatte. Sie wussten zu berichten, dass dieser nichts Verdächtiges unternommen habe und in den nächsten Tagen zurückkehren werde. Das sprach nicht für Gnaeus als Täter, der Rhetor schien wirklich nur einen neuen Mitarbeiter für die Akademie gewinnen zu wollen. Die Kreise um Ulpia zogen sich enger. Das zweite Schreiben schien diese Gedanken noch zu bestätigen, es war

* Scheiße, Kot

von Gabyonos, der ihm mitteilte, er habe wichtige Informationen für ihn.

Gedankenverloren rollte Silvanus weitere Schriftstücke auf, die vor ihm auf dem Tisch lagen. Was hatte Gabyonos ihm wohl zu sagen? War es ein Beweis gegen Ulpia, der zur Lösung des Falles führen würde? Das wäre ja ganz wunderbar, dann könnte er Plancus einen großen Erfolg vorweisen – gestern erst dem Volk versprochen, das Verbrechen zu klären, könnte er dieses Versprechen morgen vielleicht schon eingelöst haben. Das würde den peinlichen Misserfolg bei Arsinoe ein wenig mildern. Wenn er noch einmal mit Arsinoe sprechen könnte …

Doch im Moment war das natürlich unmöglich. Stattdessen entschied er kurz entschlossen, Gabyonos aufzusuchen, bevor er sich auf den Weg zu Plancus machte. Für Bithynicus hinterließ er eine kurze Nachricht, wo er zu finden sei, und begab sich eilig zum Haus des Akademieleiters.

Auf sein Klopfen öffnete eine Sklavin, die er noch nicht bei Ulpia gesehen hatte. ›Aha‹, dachte Silvanus, ›das ist wahrscheinlich eine der Neuerwerbungen von Gabyonos! Natürlich eine Sklavin und eine hübsche junge dazu.‹ Auf seine Frage, ob Gabyonos im Hause sei, antwortete sie, er sei gerade ausgegangen, um etwas für die Herrin zu erledigen, ob sie diese holen solle? Nach kurzem Überlegen nickte Silvanus, dann konnte er doch erst morgen mit Gabyonos reden. Schade. Ohnehin hatte er das Gespräch mit Ulpia lange genug aufgeschoben.

Sie sah weit besser aus als bei seinem letzten Besuch: ein wenig blass zwar, aber eine mit Recht als attraktiv zu bezeichnende Frau, hoch gewachsen, mit aufrechtem Gang, ebenmäßigen Gesichtszügen, vollen Lippen und großen braunen Augen. Er konnte verstehen, dass Gabyonos ihr bereitwillig gefällig war, wenn es denn stimmte. Nun, das würde er jetzt herausfinden.

Ulpia bat ihn in das Atrium, hieß ihn, in einem der Sessel Platz zu nehmen, und trug der Sklavin auf, Wein zu bringen. Dann setzte sie sich ihm gegenüber und faltete abwartend die Hände auf dem Schoß. Ihre dunklen Augen blickten jetzt klar und aufmerksam und, wie Silvanus fand, sehr vorsichtig und misstrauisch zu ihm herüber. »Was führt dich zu mir, Silvanus? Gibt es Neuigkeiten? Hast du herausgefunden, wer meinen Mann ermordet hat?«

Silvanus schüttelte den Kopf. »Nein, Ulpia, ich weiß es noch nicht. Allerdings gibt es eine Reihe von Hinweisen, die meinen Verdacht in eine bestimmte Richtung lenken.« Täuschte er sich oder funkelten ihre Augen eine Spur wachsamer als zuvor?

Die Sklavin brachte die Getränke und entfernte sich schweigend.

»Wen verdächtigst du?«, fragte Ulpia eine Spur zu harmlos.

»Es ist noch zu früh, einen konkreten Verdacht auszusprechen. Zuvor brauche ich noch einige Informationen von dir.«

»Ich werde gern deine Fragen beantworten, aber ich fürchte, ich habe dir bereits alles gesagt, was ich weiß. Viel ist es ja nicht!«, fügte sie bedauernd hinzu.

Silvanus spürte deutlich, dass in Ulpia etwas vorging. Nur was, das war die Frage. Hatte sie tatsächlich etwas mit dem Mord zu tun, oder fürchtete sie nur, dass er über ihr Verhältnis Bescheid wusste? Er beschloss, um dieses Thema zunächst einen Bogen zu machen und mit den weniger persönlichen Fragen zu beginnen. »Ich brauche eine Aufstellung aller Personen, zu denen Rufus Kontakt hatte und die ihn besuchten, besonders in der letzten Zeit. Kannst du mir dabei behilflich sein?«

Ulpia legte überlegend ihre Hand an die Wange. »Ich weiß nicht, ob ich sie alle zusammenbekomme. Es waren viele, Silvanus.«

Ihm schien, als wäre sie fast erleichtert.

»Ich werde es versuchen«, fuhr sie fort. »Lass mich einen Moment nachdenken. Nun, da war natürlich Gnaeus, er kam fast täglich zu uns. Dann die Studenten. Ihre Namen weiß ich leider nicht, aber eine vollständige Liste wirst du sicher in den Amtsräumen der Akademie von dem zuständigen Sklaven bekommen.« Sie schwieg einen Augenblick.

»Rufus hat doch meines Wissens auch Privatunterricht gegeben?«

Ulpia nickte beflissen. »Ja, das hat er. Er hat vor allem Mädchen unterrichtet, weil er meinte, diese kämen, was die Bildung betrifft, viel zu kurz.« Sie runzelte missbilligend die Stirn. »Ich habe das zwar nicht verstanden, vor allem, weil die meisten der Mädchen aus gutem Hause stammten und auf ihn sicher nicht angewiesen waren, genauso wenig wie wir auf das Geld. Zuletzt jedoch fand er für diese Nebentätigkeit zu seinem großen Bedauern kaum noch Zeit. Die Akademie forderte ihren Tribut. So kamen nur noch wenige Schülerinnen, drei, um genau zu sein. Drusilla, die Tochter eines Zenturio, ein reizendes Mädchen, ihre Freundin, deren Namen ich vergessen habe, und eine, die du sicher kennst, die Tochter deines Vorgesetzten Munatius Plancus, Natilla. Sie war als Letzte hier, am Tag der Festlichkeiten.«

Silvanus nickte erstaunt. Davon hatte ihm Plancus nichts gesagt. Dabei wäre es doch durchaus von Wichtigkeit gewesen, jetzt, da Rufus tot war. Aber gut, es war schließlich seine Privatangelegenheit und vielleicht hatte Munatius Plancus es auch einfach vergessen. Die Verwaltung einer Provinz erforderte viel Aufmerksamkeit und Zeit, wie Silvanus ja jetzt am eigenen Leib spürte. Unbedingt aber musste er mit den Mädchen sprechen, vielleicht war ihnen etwas aufgefallen, vordringlich mit Natilla, überlegte Silvanus. Allerdings war sie – wie ihr Vater sagte – gesundheitlich nicht ganz auf der

Höhe. Nun, wahrscheinlich der Schock über den Tod ihres Lehrers, immerhin hatte sie ihn anscheinend als eine der Letzten gesehen. Er beschloss, sich das Mädchen einmal vorzunehmen. Vielleicht gab es später bei Plancus eine Gelegenheit.

Ein Blick aus dem Fenster auf die hoch stehende Sonne zeigte ihm, dass er sich beeilen musste. So stellte er ganz unvermittelt seine nächste Frage, in der Hoffnung, Ulpias vorgetäuschte Ruhe zu erschüttern. »Mir ist zu Ohren gekommen, dass du ein ganz besonderes, nun – ein besonders enges Verhältnis zu Gabyonos hast, ist das so?« Es gelang. Schlagartig wich jegliche Farbe aus Ulpias Gesicht. »Ich weiß nicht, wovon du sprichst!«, behauptete sie, um Selbstbeherrschung bemüht.

Silvanus sah sie streng an. »Es gibt keinen Grund, es abzustreiten, Ulpia. Ich weiß es ohnehin schon, und ich scheine nicht der Einzige zu sein.«

Ulpias Gesicht wurde noch blasser. »Ich glaube nicht, dass es dich etwas angeht, Silvanus, welcher Art meine Beziehung zu Gabyonos ist.«

»Ich glaube doch, dass mich das etwas angeht, Ulpia, hängt doch schließlich deine Aussage über den bewussten Abend damit zusammen. Es ist eine Frage der Glaubwürdigkeit.«

»Was willst du damit andeuten? Doch nicht etwa, ich hätte etwas mit Rutilius' Tod zu tun?« Helle Röte stieg ihr ins Gesicht. »Silvanus, ich verwehre mich gegen derartige Beschuldigungen. Es ist ungeheuerlich, was du da andeutest! Ich werde mich bei Munatius Plancus beschweren.« Ihre Stimme war eine Spur zu laut, zu heftig.

Silvanus war das recht, sollte sie doch zu Plancus gehen, er würde sie schon von der Richtigkeit seiner Vorgehensweise überzeugen. »Ulpia, beruhige dich«, sagte er leise, aber bestimmt. »Du musst doch einsehen, dass deine Aussage wichtig für die Ermittlungen ist. Und deine Weigerung, mit mir darüber zu sprechen, wirft kein gutes Licht auf dich. Dies bitte ich dich zu bedenken. Auch kann ich dir versichern, dass ich alles, was du mir sagst, vertraulich behandeln werde.« Er ließ ihr einen Moment Zeit, um nachzudenken. Und wirklich, wenngleich mit mühsam unterdrückter Erregung, begann Ulpia, ihm alles zu erzählen. Tatsächlich verhielt es sich genau so, wie er vermutet hatte. Seit mehreren Jahren hatte sie ein vertrautes Verhältnis zu Gabyonos. Jetzt, wo sie sich entschlossen hatte, darüber zu sprechen, schien es ihr noch nicht einmal mehr peinlich zu sein. Fast trotzig setzte ihn Ulpia in Kenntnis, dass sie und Gabyonos beschlossen hätten, das Eheversprechen abzulegen, sobald ihre gesetzlich vorgeschriebene Witwenzeit verstrichen sei. »Aber was ich dir über die Nacht, in der wir Rufus fanden, erzählt habe, stimmt. Ganz genauso ist es gewesen. Silvanus, glaube mir, ich habe nichts mit seinem Tod zu tun. Gabyonos ebenso wenig. Wir waren doch die ganze Zeit zusammen. Nun gut, fast die ganze Zeit. Aber Gabyonos sagte mir, er hätte Arkadia getroffen, und die würde das auch bestätigen. Gibt es eine bessere Zeugin?« Ein leichtes Lächeln umspielte nun ihre Mundwinkel. »Und was mich betrifft, findet sich bestimmt jemand, der mich gesehen hat.«

»Gut.« Silvanus beließ es dabei. »Aber da ist noch etwas: Am Morgen nach Rufus' Tod kam Artocreatus zu dir. Was hat er von dir gewollt?«

Ulpia nickte nachdenklich. »Ja, stimmt. Gnaeus war hier, um mir seine Anteilnahme auszusprechen. Er bot mir an, bei der Regelung des Nachlasses zu helfen. Ich musste versprechen, ihm Bescheid zu geben, wenn seine Hilfe gebraucht würde.«

»Und, hast du das getan?«

»Nein, es war nicht nötig. Da Rutilius ein sehr ordnungsliebender Mann war, hatten wir keine Schwierigkeiten, alles zu regeln. Gabyonos ist mir dabei eine wertvolle Stütze gewesen. Er ist jetzt freigelassen, lange genug hat er darauf warten müssen. Rutilius hat es in seinem Testament verfügt. Zu seinen Lebzeiten hatte er immer Angst, Gabyonos würde sofort gehen, wenn er ihn freiließe. Er konnte ja nicht ahnen, dass ihn hier etwas hält, etwas anderes als die Akademie. Um sich so etwas vorzustellen, dafür fehlte meinem Rutilius die nötige Phantasie.« Wieder lächelte sie ohne Freude. »Was wirst du jetzt tun, Silvanus?«

»Nun, ich werde weiterermitteln. Du wirst Ephesos vorläufig nicht verlassen, Gabyonos selbstverständlich auch nicht. Sage ihm das, wenn er zurück ist. Wie sehen denn eure weiteren Pläne aus, werdet ihr hier in Ephesos bleiben?«

»Wir haben noch nicht darüber gesprochen, aber für Gabyonos ist es kein Problem, eine Anstellung zu finden. In der Bibliothek gibt es immer viel zu tun, und sein Herz hängt an den Büchern. Ohnehin hat Gnaeus ihn gebeten, ein Auge darauf zu haben, bis er einen Nachfolger für Rutilius gefunden hat. Wenn es so weit ist, werden wir weitersehen.«

»Hat Artocreatus dir gesagt, dass er nach Smyrna reisen wollte?«

»Nein, warum auch. Er ist mir keine Rechenschaft schuldig. Das Einzige, worüber wir noch sprechen müssen, ist dieses Haus hier. Es gehört zur Akademie. Ich, oder besser gesagt, wir, werden nicht länger hier wohnen können, es wird dem neuen Akademieleiter zur Verfügung gestellt. Das ist Bestandteil der Absprachen zwischen dem Magistrat und der Akademie.«

»Solange deine Unschuld nicht bewiesen ist, Ulpia, darfst du die Stadt nicht verlassen, wie gesagt. Zur Sicherheit werde ich ein paar Legionäre damit beauftragen, die Einhaltung meiner Anweisungen zu überwachen.«

Ulpia wollte protestieren, sah aber ein, dass dies zu nichts führen würde. »Wenn du das tun musst, kann ich dich nicht hindern. Aber sei versichert, Silvanus, keiner aus diesem Hause hat mit dem Tod meines Mannes etwas zu tun. Warum hätte ich ihn umbringen sollen? Ich wollte mich ohnehin von ihm scheiden lassen. Rutilius wusste sogar schon davon und war einverstanden. Es wäre nur noch eine Frage der Zeit gewesen.«

»Wirklich, Ulpia?« Silvanus sah ihr ernst in die Augen. »Und wer kann das bezeugen?«

Ulpia öffnete den Mund, um zu antworten, schloss ihn wieder und senkte den Blick.

Angesichts der vorgerückten Stunde verzichtete Silvanus kurz entschlossen auf die Nutzung des Reisewagens und ließ eilig eines der bereitstehenden Pferde satteln. Auf diese Weise konnte er den kürzesten Weg nehmen, musste nicht auf der ausgebauten Straße reisen, was einen erheblichen Umweg erfordern würde. Das ersparte ihm mindestens eine Stunde. Auch wenn er Reiten nicht zu seinen Lieblingsbeschäftigungen zählte, ließ es ihm vielleicht die Möglichkeit, noch am selben Abend wieder zurückzukehren.

So begab er sich zu den Ställen. Im Hof kam ihm bereits ein Sklave entgegen, in einer Hand Silvanus' nicht sehr umfangreiches Gepäck, mit der anderen führte er eine große dunkelbraune Stute. »Es ist das friedlichste Pferd, das wir im Stall haben«, beruhigte er Silvanus, als er dessen besorgten Blick sah. Der betrachtete skeptisch das Tier. In der Tat sah es ganz freundlich aus, doch seit geraumer Zeit hatte er auf keinem Pferderücken mehr gesessen. ›Die zwei Stunden Ritt werde ich schon noch schaffen‹, dachte er und ergriff die Zügel, die der Sklave ihm diensteifrig reichte.

Er war noch nie auf Plancus' Landgut gewesen, doch der Statthalter hatte ihm eine ausführliche Wegbeschreibung zukommen lassen. Wie angegeben ritt er ein kurzes Stück über die gepflasterte Straße, die Ephesos mit den Städten im Osten verband. An der nächsten Wegkreuzung bog er in einen schmalen Weg ein, vorbei an bäuerlichen Ansiedlungen und ausgedehnten Ländereien. Jetzt am Nachmittag war die Hitze erträglich, ein frischer Gegenwind kühlte sein Gesicht. Entgegen seinen Befürchtungen war der Ritt eine angenehme Abwechslung zu den täglichen Amtsgeschäften, stellte er erfreut fest, und die liebliche Landschaft, die ihn umgab, ließ ihn die bevorstehende Begegnung mit Munatius Plancus für eine Weile vergessen. Seit er aufgebrochen war, hatte er an fast nichts anderes denken können und sein Gehirn nach einer Begründung zermartert, warum es ihm nicht gelungen war, Arsinoe zur Abreise zu bewegen. Denn das war des Statthalters vordringlichstes Anliegen, vermutete Silvanus. Hätte er nur die Gelegenheit gehabt, sie noch einmal zu sprechen, sicher wäre es ihm gelungen, sie doch umzustimmen. Aber was für eine Frau, dachte er, sein Versagen entschuldigend. Denn nichts anderes war es ja: Er hatte versagt! Auf keinen Fall aber durfte er das vor Plancus zugeben! Jeder andere wäre an ihr ebenfalls gescheitert, sprach er sich Mut zu. Außerdem musste er unbedingt mit dem Statthalter über die Parther reden, über das, was Laelia von Mithriventes erfahren hatte. Diese Neuigkeiten würden ein wenig von Arsinoe ablenken. Und wie er die Stimmung vor den Rennen gestern gerettet hatte, wollte er ihm berichten, ganz sachlich, ohne sich selbst dabei in den Vordergrund zu stellen. Ob auch dabei die Parther ihre Finger im Spiel gehabt hatten? Dann wanderten seine Gedanken zu Ulpia, zu dem Mord an ihrem Mann. Ein wenig seltsam hatte sie sich schon verhalten. Wieso hatte sie die Beziehung zu dem ehemaligen Sklaven so leidenschaftlich abgestritten, nur um kurz danach zu behaupten, sie hätte sich ohnedies von Rufus trennen wollen? Vor dem Tod ihres Mannes hätte sie einen Grund dafür gehabt, aber jetzt? Sie hatte gesagt, sie wolle Gabyonos heiraten, da bestand doch kein Grund mehr zur Geheimhaltung. Aber konnte eine so zarte Frau einen Mann erwürgen? Ein solcher Fall war ihm in seiner langjährigen Laufbahn noch nie begegnet. Hatte vielleicht Ulpia die Schläger angeheuert, um sich von ihrem ungeliebten Gatten zu befreien? Für Geld gab es fast alles, und an Geld schien es dem Akademieleiter und seiner Frau nicht gemangelt zu haben. Aber dazu hätte sie irgendwie Kontakt zu ihnen aufgenommen haben müssen. Zu vieles lag hier noch im Dunkeln, als dass er Plancus dies als klare Theorie unterbreiten konnte, obwohl dieser selbst noch bei ihrem letzten Gespräch einen Zusammenhang zu den Schlägertruppen hergestellt hatte. Ein neuer Gedanke durchfuhr Silvanus. Handelten die Schläger möglicherweise – nicht nur bei dem Anschlag auf Rufus, sondern bei allen Überfällen – nicht aus eigenem Antrieb, sondern waren sie gedungen – von den Parthern? Zuzutrauen wäre es ihnen. Seine Gedanken schweiften zu Laelia und den Ambitionen, die Mithriventes, der parthische Abgesandte, ihr gegenüber an den Tag legte. Dieser Verbrecher! Je mehr er darüber nachdachte, umso schlechter wurde seine Laune. Zornig spornte er das Pferd zum Galopp an.

Der Weg führte jetzt leicht bergan, der Baumbewuchs wurde spärlicher, der Boden karger, von der Sonne ausgedörrt. Frische Baumstämme lagen am Wegesrand sorgsam aufgestapelt, bereit, abgeholt und in den Thermen verheizt zu werden oder als Baumaterial für Häuser oder Schiffe zu dienen. Der Boden strahlte Hitze ab, und Silvanus trieb sein wieder träge dahinschreitendes Pferd an, um den erfrischenden Luftzug zu genießen. Hinter einem kleinen Steg, unter dem ein Bach plätscherte, fand er die Weggabelung, an der er auf den schmalen Pfad am Wasser abbiegen sollte. Er verlangsamte seinen Ritt, bückte sich unter tief hängenden Ästen hindurch und wehrte ärgerlich lästige Fliegen und Mücken ab. Aber es war nicht mehr weit, hinter den Bäumen sah er bereits die hohe Mauer, die Plancus' Landgut eingrenzte.

Dort angekommen, versperrte ein Tor den weiteren Durchgang. Silvanus zügelte seine Stute und hielt nach einem Sklaven Ausschau, der ihm öffnen würde. Aus einer kleinen Hütte, hinter einem Gebüsch versteckt, trat ein alter Mann auf den Weg, vom hohen Alter tief gebeugt. Mühsam äugte er zu Silvanus hinauf und fragte nach seinem Begehr. Als Silvanus seinen Namen nannte, nickte er eifrig und schlurfte zum Tor, um ihm Einlass zu gewähren. Mit einem versteckten, auf die Blumen am Wegesrand gerichteten Lächeln, das Silvanus nur erahnen konnte, winkte der Sklave ihn hinein. Hinter der Mauer setzte sich der Weg fort, der, so vermutete Silvanus, schließlich zu Plancus' Villa führte. Das Haus selbst war nicht zu sehen, denn zunächst galt es, einen sanft ansteigenden Hügel zu überwinden. Rechts und links begleiteten ihn weite Felder, auf denen unzählige Sklaven ihren Pflichten nachkamen. Neugierig sahen sie von ihrer Arbeit auf und verfolgten ihn mit aufmerksamen Blicken, bis er über die Anhöhe ritt und aus ihrem Blickfeld entschwand. Hinter dem Hügel zeigte sich ein völlig anderes Bild: eine lange, von hohen Pappeln gesäumte Zufahrt, an deren Ende ein imposantes Gebäude den Blick auf sich zog. Das Portal, gestützt von mächtigen Säulen, flankierten zwei Löwen aus polierter Bronze, die mit aufmerksamen Blicken den Eingang zu bewachen schienen. Die mächtigen Seitenflügel der Villa umfassten einen weiten Hof. Verschiedenfarbiges Marmorpflaster bildete dort geometrische Muster, die von sorgfältig gepflegten Beeten voller farblich aufeinander abgestimmter, üppig blühender Blumen eingefasst waren. Langsam ließ Silvanus das Pferd die Zufahrt abschreiten, vorbei an einer Reihe Götterstatuen, die ihn aus gemalten Augen ernst anstarrten. Genau dieses Eindruckes hatte es bedurft, um ihm den letzten Rest seiner Zuversicht zu rauben.

Aus dem linken Seitenflügel kam ein junger Mann herbeigerannt, dem Strohhalme in den verfilzten Haarsträhnen steckten. Strahlend über das ganze, schmutzige Gesicht bot er ihm an, das Pferd zu versorgen. Auf Silvanus machte er einen verwahrlosten Eindruck, widerwillig nur überließ er ihm die freundliche Stute, und besorgt sah er ihm nach, als er mit dem Tier in einem Durchgang verschwand.

Kaum hatte er die Stufen betreten, die zu dem ausladenden Portal führten, da öffnete sich die Tür und ein weiterer Sklave kam ihm entgegen. Im Gegensatz zu dem Jungen machte er einen sehr gepflegten Eindruck. Das ergraute Haar ordentlich gekämmt und in adrette Locken gelegt, eine saubere Tunika straff am wohlbeleibten Körper, fragte er höflich nach Silvanus' Begehr. Auch er nickte wissend, als dieser seinen Namen nannte und nach Plancus fragte. Beflissen führte der Mann ihn durch den engen Windfang in das weitläufige Atrium. Das rote Abendlicht der untergehenden Sonne fiel in schrägen Strahlen durch die Dachöffnung und ließ die luxuriöse Marmorverkleidung von Boden und Wänden in zarten Rosatönen leuchten. Der Sklave bat ihn, einen Augenblick zu warten, und versprach, während er Silvanus einen Sessel heranzog, ihn bei Plancus melden zu lassen. Dann verschwand er wieder in seinem Verschlag im Windfang und Silvanus hörte ihn noch Anweisungen geben: »Melde Silvanus Rhodius bei der Herrschaft, Mitro.« Schritte entfernten sich, dann war alles still. Silvanus saß in seinem Sessel, rieb ab und zu seinen Rücken, der wieder zu schmerzen begonnen hatte. Die Zeit schien sich endlos hinzuziehen, die Dämmerung brach herein. Schon drohte das Atrium in der Dunkelheit zu versinken, als eine Dienerin mit einer Fackel hereinkam, um die Leuchter anzuzünden. Nach und nach erhellten zahlreiche Flammen das Dunkel. Silvanus verfolgte interessiert die Bewegungen der anmutigen jungen Frau. Bevor sie in einem der anliegenden

Räume entschwand, nickte sie ihm schüchtern zu. Er lächelte zurück, wollte sie um einen Becher Wein bitten – der Ritt hatte ihn durstig gemacht – hielt sich aber doch zurück, denn er wollte auf seinen Vorgesetzten keinen schlechten Eindruck machen. Bestimmt kam gleich jemand, um ihm etwas anzubieten. Oder Avidia Plautilla, eigenartig, dass sie noch nicht zu seiner Begrüßung erschienen war. Wo Plancus nur blieb? Bestimmt ließ er ihn absichtlich warten, ärgerte sich Silvanus. Ungeduldig stand er auf und trat an das in der Mitte des Atriums eingelassene Wasserbecken heran. Darin, auf einer kleinen Säule, stand die Figur eines Knaben, in dem Moment erstarrt, als er sich bückte, um Wasser zu schöpfen. Eine äußerst lebensechte Darstellung, die Silvanus' Blick eine geraume Weile zu fesseln vermochte. Dann jedoch ergriff ihn erneut die innere Unruhe und ließ ihn die Säulengänge abschreiten. Zahlreiche schwere Eichentüren gingen von hier ab, alle waren verschlossen. Das eigentlich Sehenswerte befand sich jedoch auf den Wänden zwischen den Türen: In satten Farben entfaltete sich hier die ganze Pracht der olympischen Götter, umgeben von phantastischen Gärten und Palästen. Silvanus war gerade in die Betrachtung eines anmutigen Telephos vertieft, als er die Stimme seines Vorgesetzten hinter sich vernahm. »Ave, Silvanus, mein Freund!«

›Freund?‹, dachte Silvanus verblüfft. Er hatte mit einer harscheren Anrede gerechnet.

»Ich wusste gar nicht, dass du ein solches Interesse an Werken der Kunst hast.« Plancus lächelte ihn spöttisch an. »Entschuldige, dass ich dich warten ließ, aber wir hatten früher mit deinem Kommen gerechnet, und so habe ich mich bis eben anderen Pflichten gewidmet. Aber lassen wir das, Silvanus. Komm, gehen wir in meine Bibliothek, dort können wir uns ungestört unterhalten.« Trotz des leisen Tadels fasste er Silvanus freundschaftlich am Arm und zog ihn mit sich.

»Hat man dir keinen Wein gebracht, kein Obst?«, fragte er beiläufig mit einem Blick auf den einsamen Sessel, der neben dem leeren Tisch im Atrium stand. »Für dieses Versäumnis werde ich Mitro auspeitschen lassen«, murmelte er verdrossen, öffnete eine der Türen, an der sie vorbeikamen, und rief aufgebracht hinein, man möge ihnen Wein und etwas zu essen bringen.

Erst jetzt bemerkte Silvanus, dass sein Magen knurrte, obwohl er wegen des bevorstehenden Gespräches keinen rechten Appetit verspürte. Lustlos eilte er Plancus hinterher, der mit weit ausholenden Schritten vorausgegangen war.

Am Ende des Ganges öffnete der Hausherr schwungvoll eine der schweren Türen und ließ Silvanus eintreten. Die Bibliothek machte ihrem Namen alle Ehre. Hunderte von Schriftrollen lagerten in den Regalen, die die Wände füllten. Fast ebenso viele lagen auf den Tischen, einige davon nur lose zusammengerollt, als hätte man sie soeben aus der Hand gelegt. Mit einer ausholenden Bewegung seiner Hand räumte der Hausherr einen Sessel leer und hieß Silvanus, Platz zu nehmen. Er selbst legte sich auf die Arbeitskline unter dem einzigen Fenster, durch das der Abendhimmel zu sehen war, an dem die ersten Sterne funkelten. Eine eindrucksvolle Kulisse, die Plancus da arrangiert hatte, ging es Silvanus flüchtig durch den Kopf. In diesem Moment betrat die scheue Sklavin, die er schon vorhin im Atrium gesehen hatte, den Raum und brachte Wein, Obst und Nüsse. Suchend blickte sie sich nach einer Möglichkeit um, das Tablett abzustellen. Mit dem Fuß schob Plancus ihr einen Hocker zu, auf dem sie ihre Last absetzte. »Wünscht ihr noch etwas?«, fragte sie leise.

»Wir werden rufen, wenn wir deiner bedürfen!«, antwortete Plancus mit einem lüsternen Lächeln und winkte ihr mit der Hand zu gehen.

Silvanus beobachtete die Szene unangenehm berührt und

dachte an Avidia Plautilla. »Wie geht es deiner Gemahlin, Plancus? Und Natilla? Bekommt ihr das Landleben?«

Mürrisch griff Plancus nach dem Krug und füllte die beiden Becher bis zum Rand mit rotem Wein. Einen davon führte er zum Mund und bedeutete Silvanus mit einer flüchtigen Handbewegung, sich zu bedienen. Dann wurden seine Gesichtszüge entspannter, und er lehnte sich zurück. »Nun ja, wir sind noch nicht lange hier, aber ich denke, der Abstand zur Stadt tut meiner Tochter gut. Natürlich ist Avidia sehr besorgt. Aber du weißt ja, wie Mütter sind. Wenn sie sich nicht um ihre Kinder sorgen könnten, würde ihnen etwas fehlen. Aber nun zu dir, Silvanus. Wie ich hörte, war das Wagenrennen ein großer Erfolg. Gratulation! Ich habe nur Gutes darüber vernommen!«

Silvanus blickte erstaunt auf. Plancus war gut unterrichtet.

»Ich sehe, du bist überrascht! Wundere dich nicht, mein Lieber. Natürlich, ich lebe zwar hier sehr zurückgezogen, habe aber dennoch meine Boten, die mich über die wichtigen Dinge in Ephesos auf dem Laufenden halten. Dazu gehört selbstverständlich, ob du deine erste Bewährungsprobe bestanden hast! Denn das war es natürlich, eine Bewährungsprobe!« Während er einen weiteren Schluck aus seinem Becher nahm, ließ er Silvanus nicht aus den Augen. »Man hat mir berichtet, wie du mit den drohenden Ausschreitungen fertig geworden bist. Respekt, Silvanus, Respekt! Ich selbst hätte es nicht besser machen können. Ja, in der Tat, du verdienst großes Lob! Jedenfalls in dieser Hinsicht!« Er stellte seinen Becher ab und fasste sein Gegenüber wieder fest ins Auge. »In dieser Hinsicht. Nun lass uns über Arsinoe sprechen. Deiner Mitteilung konnte ich entnehmen, dass die Ägypterin nicht gedenkt, nach Rom abzureisen?« Diese Bemerkung war weniger eine Frage als eine Feststellung.

Silvanus nickte und zuckte bedauernd die Achseln. »Ja, leider! Aber vielleicht sollte ich sie noch einmal aufsuchen. Wenn sie meine Argumente bedenkt, könnte sie sich noch anders entscheiden. Ich halte diese Möglichkeit nicht für abwegig.«

Plancus schüttelte energisch den Kopf. »Nein, Silvanus, ein weiteres Gespräch ist unmöglich! Dafür ist es zu spät, die Chance hat sie vertan.« Er schwieg einen Moment, bevor er fortfuhr: »Jetzt kann ich es dir ja sagen: Wir, Marcus Antonius und ich, haben nicht damit gerechnet, dass sie sich auf diesen Vorschlag einlässt. Ich habe es nicht erwähnt, weil ich dein Verhalten nicht beeinflussen wollte.« Wieder blickte er ihn scharf an. »Ich wollte, dass du dein Bestes gibst! Und letztendlich diente dein Auftrag nur dazu, uns zu entlasten. Niemand soll später sagen, wir hätten nicht unser Möglichstes getan, um sie zu retten. Leider ist die Sachlage die, dass Kleopatra sich nicht umstimmen lässt. Sie fordert Arsinoes Tod. Und das so bald wie möglich! Übrigens wird Marcus Antonius in den nächsten Tagen nach Ephesos kommen, um sich persönlich um diese Angelegenheit zu kümmern.«

Silvanus war wie vor den Kopf geschlagen. Man hatte ihm also nicht zugetraut, die Mission erfolgreich zu beenden. Das traf ihn tief. Sie waren von Anfang an überzeugt gewesen, dass er scheitern würde. So viel hielten sie also von ihm. Kaum konnte er sich auf seinen Gesprächspartner konzentrieren. Der schien Silvanus' Erschütterung nicht zu bemerken.

»Im Übrigen war sein Treffen mit Kleopatra von außerordentlichem Erfolg gekrönt.« Plancus lächelte anzüglich. »Ja, da macht unserem Feldherrn so leicht keine etwas vor. Er hat noch jede von seinen Qualitäten überzeugt.«

Silvanus nickte abwesend und versuchte, seiner Enttäuschung Herr zu werden. Mit halben Ohr nahm er wahr, dass Plancus mittlerweile das Thema gewechselt hatte, denn dieser sah ihn erwartungsvoll an. »Nun, mein Silvanus? Ich warte! Es wird doch irgendetwas diesbezüglich geben, das der Erwähnung wert ist?«

Blitzschnell ordnete Silvanus seine Gedanken, es konnte nur der Tod von Rutilius Rufus gemeint sein. »In dem Mordfall habe ich die Kreise enger ziehen können.«

Gespannt neigte Munatius Plancus sich vor. »Ja? Das ist ja erfreulich!«

»Zunächst schien Gnaeus Lutatius Artocreatus einer der Hauptverdächtigen zu sein. Er ist überraschend nach Smyrna gereist, angeblich, um einen neuen Lehrer für die Akademie zu werben. Natürlich habe ich zwei Männer mit seiner Beobachtung beauftragt. Leider hat sich bisher nichts ergeben, das den Verdacht bestätigt. Die Berichte besagen, dass er sich an der dortigen Akademie aufgehalten hat und alles für die Rückreise vorbereitet. Es könnte aber sein, dass Artocreatus gerissener ist, als er scheint, und alles dazu dient, uns von seiner Unschuld zu überzeugen. Sobald er zurück ist, werde ich ihn mir noch einmal vornehmen. Es gibt da ein paar Ungereimtheiten, die ich aus dem Wege räumen möchte, bevor ich ihn als Täter ausschließe. Immerhin hatte er ein Motiv und überdies auch die Gelegenheit, den Mord zu begehen. Dann ist da noch die Ehefrau des Opfers, Ulpia. In letzter Zeit haben sich die Verdachtsmomente gegen sie erhärtet. Ihr gilt momentan meine volle Aufmerksamkeit. Wie sich zeigte, hatte auch sie ein Motiv und konnte bisher noch keinen Zeugen benennen, der ihre Anwesenheit auf dem Fest bestätigt.«

Plancus wechselte seine Lage auf der Kline und hob ungeduldig die Hand. »Aber was ist mit diesen Schlägern? Du scheinst mir nicht genug Augenmerk auf sie zu richten. Immerhin könnte der Mord an unserem Akademieleiter auch damit in Verbindung stehen.«

Silvanus schüttelte unentschlossen den Kopf. »Hier habe ich bis jetzt nichts Entscheidendes herausgefunden. Zurzeit ist es ruhig in Ephesos, was nicht bedeutet, dass sie nicht jederzeit wieder zuschlagen könnten. Ich habe auch diese Möglichkeit erwogen und ziehe sie nach wie vor in Betracht. Leider haben die Zeugen bisher keine brauchbaren Hinweise auf die Täter geben können. Und die Vorgehensweise – ich weiß nicht.«

»Sei's drum, Silvanus, du wirst wissen, was du tust! Marcus Antonius hatte seine Gründe, dich mit der Angelegenheit zu betrauen.« Zweifelnd legte Plancus seine Stirn in Falten. »Auf jeden Fall solltest du etwas unternehmen. Es geht nicht an, dass unbescholtene Bürger um ihr Leben fürchten müssen. Die Tavernenbesitzer sind eine wichtige Einnahmequelle. Wir dürfen es uns mit ihnen und ihren Kunden, dem Volk, nicht verderben. Erst recht nicht, wo fast zeitgleich eine so bedeutende Persönlichkeit wie Rutilius Rufus sein Leben verlor. Ich wünsche, dass dieser Terror so schnell wie möglich ein Ende hat und die Übeltäter bestraft werden. Das ist im Moment das Wichtigste. Es ist mir im Übrigen völlig gleichgültig, ob sie den Mord begangen haben oder nicht. Wir müssen Schuldige vorweisen, so schnell wie möglich! Und das werden wir auch!« Sein Blick wurde stechend. »Ist das klar?«

Silvanus nickte unbehaglich. »Ich werde mich mit dem gebührenden Ernst darum kümmern.«

»Davon gehe ich aus«, sagte Plancus mit harter Stimme. »Aber genug davon.« Er unterstrich das Gesagte mit einer entschiedenen Bewegung seiner Hand und erhob sich von seiner Kline. »Gehen wir jetzt zu Angenehmerem über. Ich habe dein Kommen angekündigt, und Avidia hat Vorbereitungen für ein bescheidenes Mahl getroffen. Es ist Zeit, lass uns in das Triklinium gehen.«

Silvanus, froh darüber, dass das Gespräch beendet war, erhob sich gleichfalls und folgte seinem Gastgeber. Das Speisezimmer lag im hinteren Teil der Villa und öffnete sich mit einer Seite zum Garten, so dass die kühle Abendluft angenehm hereinwehte.

Avidia Plautilla erwartete sie bereits und kam Silvanus entgegen. »Schön, dass du uns hier besuchst, Silvanus! Wie geht es Lucida? Ich hoffe, sie ist wohlauf?«

Silvanus erzählte ihr, dass Lucida noch immer in Pergamon weilte. Dass er seither nichts von ihr gehört hatte, verschwieg er allerdings. Plautilla wies ihm den Platz zu ihrer Linken an und schickte eine der Sklavinnen, um Natilla zu holen.

Während sie auf die Tochter warteten, beugten sich Sklaven über Silvanus' Füße, um seine Schuhe zu lösen, den Staub von den Füßen zu waschen und ihm bequeme Sandalen anzuziehen, andere begannen mit dem Auftragen der Speisen. Avidia Plautilla deutete entschuldigend auf den schon in Kürze reich gedeckten Tisch. »Du musst verzeihen, aber wir sind hier auf dem Lande und daher etwas eingeschränkt. Wir können dir nur das bieten, was unsere Ländereien hergeben.« Den Stolz in ihrer Stimme vermochte sie jedoch nur schlecht zu verhehlen.

Angesichts der Köstlichkeiten lief Silvanus das Wasser im Munde zusammen. Er konnte sich kaum von dem Anblick der verführerischen Speisen losreißen, als Natilla eintrat und ihn höflich, aber ein wenig zurückhaltend, begrüßte. Munatius Plancus, der sich zu seiner Gattin auf die Kline gesellt hatte, wartete, bis Natilla auf das dritte Lager geklettert war. Dann nahm er eine flache Schale, goss etwas Wein hinein und brachte das Trankopfer zu Ehren ihrer Familiengottheiten dar, deren Statuen Silvanus schon in einer der Wandnischen hatte stehen sehen. Nach dieser Förmlichkeit gab der Hausherr den Sklaven ein Zeichen, aufzuwarten.

Während seine Schüssel sich mit den köstlichsten Speisen füllte, betrachtete Silvanus unauffällig die Tochter des Hauses. Das Landleben schien ihr gut zu bekommen, sie sah längst nicht mehr so blass aus wie das letzte Mal, als er sie gesehen hatte. Die Wangen gerötet und mit aufmerksamen Augen verfolgte sie das Gespräch, das sich zwischen ihren Eltern entspann. Plancus lobte die Qualität der schwarzen Oliven, mit denen die Hühner gefüllt waren, ihr kräftiges Aroma gab dem zarten Fleisch eine ganz besondere Note. Auch der Schweineschinken, begleitet von frischen Feigen in delikater Weinsoße, fand seine ungeteilte Zustimmung, und er beglückwünschte Plautilla zum Kauf des neuen Koches, der sein Handwerk so ausgezeichnet verstand.

Ein kulinarisches Meisterwerk folgte dem nächsten, so dass Silvanus Mühe hatte, alles zu kosten. Avidia Plautilla versicherte sich von Zeit zu Zeit, ob es ihrem Gast auch schmeckte, und Silvanus konnte die Speisen nicht genug loben. »Es ist ganz vorzüglich, Plautilla. Eure Güter sind wirklich von den Göttern gesegnet, da sie solche Schätze hervorbringen.«

Erfreut lächelte Avidia Plautilla und ermunterte den Gast, kräftig zuzugreifen.

Silvanus seufzte ergeben und nahm sich noch eines von den Gebäckstücken, die in Honig schwammen. Bemüht, nichts von dem süßen Saft auf seine Tunika tropfen zu lassen, wandte er sich an Natilla, die sich bisher kaum am Gespräch beteiligt hatte. »Gefällt es dir hier auf dem Lande?«

»Nun ja! Es ist ganz nett.« Verschämt senkte sie die Augen.

»Vermisst du Ephesos?«, fragte Silvanus. »Ich hörte, du hattest bei Rutilius Rufus Unterricht. Fehlt dir diese Beschäftigung nicht?«

Schlagartig erbleichte das Mädchen und schüttelte nur den Kopf. Ihre Mutter beeilte sich, das eingetretene Schweigen zu brechen. »Natilla genießt das Landleben sehr. Sie liebt Tiere über alles. Manchmal vergeht der ganze Tag, ohne dass wir sie zu Gesicht bekommen. Dann steht sie in den Ställen den Sklaven im Weg und überredet sie, sie mit auf die Felder zu nehmen. Wie Kinder eben so sind.«

Silvanus, peinlich berührt, welche Wirkung seine Worte auf das Mädchen hatten, spürte deutlich, dass er zu unsensibel vorgegangen war. Bei Jupiter, ein zwölfjähriges Mädchen, dessen Lehrer ermordet wurde, musste ja unter Schock stehen. Aber er hatte eben keine Erfahrung im Umgang mit Kindern, entschuldigte er sich selbst und warf einen kurzen Blick auf Plancus' unwillig verzogenes Gesicht. Wenn Natilla etwas über die Stimmung ihres Lehrers am letztes Tage seines Lebens sagen konnte, so würde er es zu diesem Zeitpunkt jedenfalls nicht mehr erfahren, das war gewiss. Hastig griff er Avidia Plautillas Bemerkung auf und erzählte von seiner Jugend in Rom, wo er in den Mietställen der Nachbarschaft ein ständiger Gast gewesen war und die Besitzer mit seinen Fragen zur Verzweiflung getrieben hatte. Langsam begann sich die Stimmung wieder zu lockern.

Das Gespräch widmete sich von neuem den Vorzügen des Landlebens. Plancus und Plautilla wurden nicht müde zu betonen, welche Lust der Aufenthalt für sie war, Natilla begann unauffällig zu gähnen und verabschiedete sich, um zu Bett zu gehen. Silvanus sah ihr gedankenverloren nach, als sie in Begleitung einer ältlichen Sklavin das Triklinium verließ.

Als das Obst aufgetragen wurde, war die Nacht hereingebrochen und an eine Rückkehr nach Ephesos nicht mehr zu denken. Plancus klatschte in die Hände und beauftragte den herbeieilenden Sklaven damit, für den Gast ein Zimmer herzurichten. Silvanus protestierte der Höflichkeit halber, aber der Statthalter erstickte mit einer einzigen Handbewegung alle Einwände im Keim. »Du kannst unmöglich jetzt noch zurückreiten! Wir haben behagliche Zimmer, dort kannst du dich ausruhen und dann morgen früh aufbrechen. Der Weg ist zwar nicht weit, aber in der Nacht ist er leicht zu verfehlen. Darüber hinaus ist es nicht ungefährlich, des Nachts allein zu reiten, das solltest du wissen!«

Silvanus fügte sich nicht ungern. »Du hast natürlich Recht, Plancus, aber ich wollte deine Gastfreundschaft nicht über Gebühr in Anspruch nehmen. Dein Angebot nehme ich gern an.«

»Dann hast du ja morgen noch Zeit, dir meinen Garten anzusehen!«, freute sich Plautilla.

»Ja, das solltest du unbedingt! Er ist ein wahres Prunkstück. Nicht zu vergleichen mit dem in Ephesos«, fügte Plancus hinzu. »Vor allem morgens ist er sehr schön«, fuhr Plautilla fort. »Lucida wäre sicher begeistert! Schade, dass sie nicht hier ist.«

Silvanus pflichtete ihr bei, der Garten hätte sie sicher interessiert.

»Morgen früh wird ein Sklave dich wecken«, informierte ihn Plancus und gab damit unmissverständlich zu verstehen, dass man sich nun zurückziehen wolle. Silvanus war dies nur recht, behäbig folgte er dem Diener, der ihn in sein Zimmer bringen würde. Dort konnte er sich kaum seines Gewandes entledigen, als er auch schon auf das Bett fiel und in einen tiefen Schlaf versank.

Am nächsten Morgen fühlte er sich frisch und ausgeruht, bis auf einen leichten Schmerz im Rücken. Trotzdem räkelte er sich wohlig in den Laken und drehte sich noch einmal um. Lange allerdings konnte er sich nicht dem angenehmen Halbschlaf hingeben, denn zaghaft klopfte es an der Tür und zu seiner größten Überraschung schlüpfte Natilla herein. Silvanus, der sich in Erwartung einer Sklavin halb aufgerichtet hatte, starrte das Mädchen verblüfft an, zog geistesgegenwärtig die Decke bis unter die Arme und brummte: »Bei allen Göttern, Kind, was willst du hier?«

Wohlwissend, dass sie, die wohlerzogene Patriziertochter, nichts im Zimmer eines Gastes zu suchen hatte, blickte Natilla verlegen zu Boden. »Silvanus …«, flüsterte sie.

»Was ist denn?« Silvanus zog die Decke noch höher, als er verstohlene Blicke auf seinen kräftigen Armen und Schultern spürte.

»Ich muss dringend mit dir sprechen, es ist wichtig! Du

musst wissen …«, ihre helle Kinderstimme klang entschlossen. Doch es klopfte erneut und diesmal trat tatsächlich eine Sklavin mit einer Wasserschüssel und reinen Leintüchern herein. »Junge Herrin! Was machst du hier? Wenn deine Eltern das wüssten …«

Ein verzweifelter Blick traf Silvanus, dann drehte sich das Mädchen um und rannte hinaus. Die Sklavin sah ihr kopfschüttelnd nach, bevor sie sich mit kalter Miene Silvanus zuwandte. »Das Frühstück ist bereit, wenn du fertig bist, komm herunter. Der Herr und die Herrin erwarten dich im Speisezimmer«, informierte sie ihn förmlich und ließ ihn allein.

Aufatmend sank Silvanus zurück auf das Lager, verschränkte die Arme hinter dem Kopf und versuchte, eine plausible Erklärung für die Anwesenheit des Mädchens zu finden. Was nur hatte sie veranlasst, sämtliche Anstandsregeln zu brechen? Die Folgen waren nicht auszudenken, wenn die Sklavin Plancus das erzählte. Er konnte es sich wahrlich nicht leisten, mit der Tochter seines Vorgesetzten im Schlafgemach angetroffen zu werden. Das hatte ihm gerade noch gefehlt. Unbehaglich zog er die Decke enger um sich. Was das Mädchen ihm wohl hatte sagen wollen? Fühlte sie sich im Kummer um ihren Lehrer von den Eltern unverstanden und suchte nur jemanden, um ihr Herz auszuschütten? Aber ausgerechnet ihm? Nun, vielleicht ergab sich ja noch eine Gelegenheit, mit ihr zu reden, jetzt jedenfalls erwarteten ihn Plancus und Plautilla. Hoffentlich waren sie noch nicht über den Vorfall informiert. Mit klopfendem Herzen schwang er die Beine aus dem Bett und begab sich an seine Morgentoilette.

Wie die Sklavin gesagt hatte, fand er Plancus und Plautilla im Triklinium nebeneinander liegend; Natilla fehlte. Das zarte Morgenlicht schimmerte durch die Blätter der Bäume vor dem Fenster und zauberte goldene Schatten auf die bemalten Wände. Das Paar war in ein angeregtes Gespräch vertieft, das sofort erstarb, als sie Silvanus bemerkten. »Guten Morgen, Silvanus, hattest du eine angenehme Nacht?«

Silvanus dankte und legte sich auf die freie Kline. »Genieße ruhig noch die Früchte meiner Felder! In Ephesos wirst du so etwas sicher nicht bekommen!«, empfahl ihm Plancus herzlich und befahl einer bereitstehenden Sklavin, Silvanus einen Teller zu füllen.

Erleichtert, dass seine Gastgeber anscheinend nichts von dem frühen Besuch ihrer Tochter bei ihm wussten, griff Silvanus zu. »Isst Natilla nicht mit uns?«, versuchte er, vorsichtig das Gespräch auf das Mädchen zu bringen.

»Ach, dieses Kind«, seufzte Plautilla. »Sie hat gerade Geminus, unseren Aufseher, beschwatzt, mit ihr auszureiten. Und ihr Vater hat es ihr natürlich erlaubt, er kann ihr nie etwas abschlagen.« Ein vorwurfsvoller Blick traf Plancus, der sich lächelnd seinem Frühstück widmete.

Silvanus dachte nach. Je eher er mit dem Kind sprach, umso besser. Sollte er warten, bis Natilla wiederkehrte? Aber wer wusste, wie lange das dauern würde, und er musste bald aufbrechen. So beschloss er, die Eltern direkt zu fragen. »Wie lange wird Natilla unterwegs sein? Ich würde gern mit ihr über Rutilius Rufus reden, war sie doch am Tag seines Todes bei ihm.«

Plancus' Gesicht verfinsterte sich. »Nein, Silvanus, das kommt gar nicht in Frage. Das Kind ist sehr zartfühlend, sie hat unter dem Tod ihres Lehrers, den sie überaus verehrte, sehr gelitten. Gerade ist sie dabei, die Sache zu verarbeiten, und ich werde nicht zulassen, dass die noch frische Wunde wieder aufgerissen wird. Außerdem kann sie dir nichts von Belang sagen, natürlich habe ich sie schon gefragt, und du kannst gewiss sein, ich hätte dich in Kenntnis gesetzt, wenn sie uns helfen könnte. Was sie jetzt braucht, ist Ruhe, Erholung und ihre Eltern. Bisher hatte ich kaum Zeit, mich um sie zu kümmern. Aber jetzt, wo die Delegation abgereist ist, wird sich das ändern. Du wirst mich also noch eine Weile im Amt vertreten müssen, meine Tochter ist mir wichtiger als die Amtsgeschäfte, die ich bei dir in guten Händen weiß. Nur wenn Marcus Antonius eintrifft, bitte ich dich, mich sofort zu benachrichtigen; dann werde ich selbstverständlich unverzüglich nach Ephesos aufbrechen, um den Imperator zu begrüßen.«

Silvanus nickte, er hatte mit dieser Reaktion gerechnet. Nun ja, er konnte Plancus verstehen, die Sorge um die Tochter quälte ihn, und das Leben hier in dieser Villa war sicherlich angenehmer als in der stickigen Stadt.

Die Sklaven begannen den Tisch abzuräumen, als Avidia Plautilla ihre Hand auf seinen Arm legte. »Silvanus, wollten wir nicht noch einen kleinen Rundgang durch meinen Garten unternehmen? Natürlich nur, wenn du die Zeit dafür erübrigen kannst.« Fragend blickte sie von Silvanus zu ihrem Mann.

Dieser nickte. »Selbstverständlich wird Silvanus sich diese Gelegenheit nicht entgehen lassen. Ihr werdet mich aber entschuldigen müssen, denn ich muss ein dringendes Gespräch mit meinem Verwalter führen.« Zu Silvanus gewandt fügte er hinzu: »Ich habe dir alles gesagt, was du wissen musst. Versäume nicht, mir sofort mitzuteilen, wenn Antonius eintrifft. Boten werden seine Ankunft rechtzeitig ankündigen, so dass du noch genug Zeit hast, mir eine entsprechende Nachricht zu schicken.« Flüchtig nickte er beiden zu und ließ sie allein zurück.

Silvanus lächelte erfreut. Er hatte schon gestern gehofft, dass sich bei dem kleinen Spaziergang eine Gelegenheit bieten würde, allein mit Plautilla zu sprechen, hatte sie doch Rufus und auch Ulpia gekannt. Auch brauchte er noch ihre Bestätigung, dass sie Arkadia bei den Feierlichkeiten getroffen hatte. So stimmte er galant in ihren Vorschlag ein.

Avidia Plautilla raffte ihre lange, smaragdgrüne Tunika,

stand von ihrer Kline auf und winkte Silvanus, ihr zu folgen. Gemächlichen Schrittes gingen sie einträchtig nebeneinander in den Garten hinaus, der sich unmittelbar an das Speisezimmer anschloss. Ein schmaler, mit Kies bestreuter Weg schlängelte sich zwischen blühenden Büschen hindurch, bis sie zu einem kleinen lauschigen Platz kamen. Umstanden von üppig wuchernden Sträuchern war dies ein Ort, an dem zweifellos der Gott Pan die Herrschaft innehatte. Seine Statue erhob sich auf einer niedrigen Säule, sein wilder Bart schien in der morgendlichen Brise zu wehen und die Töne seiner Doppelflöte, die der Wind ihren Rohrpfeifen entlockte, verschmolzen mit dem Gesang der Vögel. Ein paar Schritte auf dem knirschenden Kies um die Statue herum führten sie zu ausgedehnten Beeten, auf denen Blumen wuchsen, derart Silvanus noch nie gesehen hatte. Zielstrebig schritt Avidia Plautilla auf eine Bank zu, die von Hunderten blutroter Rosenblüten eingehüllt war. Als Silvanus näher trat, umwehte ihn ihr süßer, berauschender Duft. Benommen setzte er sich neben sie auf die Bank und genoss einen Augenblick schweigend das Idyll. Dann unterbrach Avidia Plautilla die Stille. »Ich komme immer hierher, wenn ich ein wenig Muße habe. Es gibt keinen schöneren Ort, um Abstand zu den alltäglichen Geschäften zu bekommen.«

»Ja, da hast du dir wirklich ein Reich geschaffen, das der Götter würdig wäre.« Silvanus zögerte, es fiel ihm schwer, die Stimmung durch solch ein unerfreuliches Thema wie den Mord an Rufus zu stören. Dennoch, es half nichts, wer wusste, wann sich wieder eine Gelegenheit böte. »Avidia Plautilla, verzeih mir, wenn ich dich mit einer Frage behelligen muss!«

Plautilla lächelte ihm aufmunternd zu. »So frage nur. Ich bin dir gern behilflich, wenn ich mir auch nicht vorstellen kann, wie mir das möglich sein soll!«

Ermutigt fuhr Silvanus fort: »Es geht um Rutilius Rufus und seine Gattin.«

»Ja?«

»Du kanntest sie doch. Was waren sie für Menschen?«

Avidia Plautilla wandte ihr Gesicht ab, ihre Stimme klang leise, aber hart, als sie antwortete: »Wenn es zu deiner Klarheit beiträgt, werde ich versuchen, deine Frage zu beantworten. Rufus war ein feiner Mann, klug und gebildet, und wir waren sehr froh, dass wir ihn als Lehrer für Natilla gewinnen konnten. Es war ein harter Schlag, nicht nur für das Mädchen, als wir von seinem Tod erfuhren. Ulpia dagegen ... Wenn du mich fragst, sie hatte ihn nicht verdient. Wir waren ab und an zu Gastmählern geladen und die Kälte, mit der diese Frau ihrem Mann begegnete, war entsetzlich. Jeder konnte es spüren. Außerdem hat sie ein Verhältnis mit ihrem Sklaven, weißt du davon?«

Silvanus nickte.

»Nun, das wundert mich nicht, die ganze Stadt weiß es. Ulpia ist lasterhaft und gefühllos. Natilla ...«, sie stockte.

»Was war mit Natilla?«, hakte Silvanus nach.

»Nun, für Natillas Unterricht zahlten wir reichliches Lehrgeld, dennoch begegnete Ulpia ihr nicht eben freundlich.«

»Inwiefern?«

»Ach Silvanus, eben unfreundlich, kalt, wie Natilla erzählte.« Sie schwieg.

Silvanus merkte, dass sie nicht mehr erzählen würde, dass sie meinte, sie hätte schon zu viel gesagt. Wie feinsinnig doch diese aristokratischen Damen waren. Gewiss war Plautilla aufgefallen, dass sie Ulpia soeben des Mordes verdächtigt hatte. Doch immer dringlicher erschien ihm ein Gespräch mit Natilla, irgendwie musste er einen Weg finden. Und es war schon seltsam, welch unterschiedliche Ansichten über Rutilius Rufus, aber auch über seine Frau bestanden. Wenn das stimmte, was Plautilla sagte, und er hatte keinen Grund, daran zu zweifeln, zogen sich die Kreise immer enger um sie. Eine letzte

Frage aber hatte er noch. »Arkadia, die Besitzerin der Taberna Tilia, sagte mir, sie habe dich auf dem Fest an jenem Tag getroffen, stimmt das?«

Avidia Plautilla sah ihn erstaunt an. »Wer?« Dann ging ein Ausdruck des Erkennens über ihr Gesicht. »Ach ja, Arkadia, natürlich, die habe ich getroffen. Was wir allerdings besprochen haben, daran kann ich mich beim besten Willen nicht mehr erinnern. Es war noch vor der großen Abschlussfeier, bei der Munatius seine Rede hielt, wie du ja weißt. Ich war vorausgegangen, weil ich nichts von dem Fest versäumen wollte, und Munatius feilte noch an den letzten Worten.«

»Ulpia hast du nicht zufällig gesehen?«

Kühl überlegend strich sich Plautilla mit der Hand über ihre tadellos sitzende Frisur. »Nein, ganz sicher nicht. – Silvanus, ich hoffe, ich konnte dir helfen, jetzt aber muss ich mich um die Belange des Haushalts kümmern.« Graziös stand sie auf und schritt in Richtung Triklinium. Im Atrium angekommen, klatschte sie in die Hände und befahl der eintretenden Sklavin, Silvanus' Gepäck zu bringen. Dann erst richtete sie wieder das Wort an ihn. »Ich freue mich, dass du die Zeit gefunden hast, uns hier zu besuchen. Wenngleich es auch nur um dienstliche Angelegenheiten ging!« Ernst blickte sie ihn an. »Silvanus, die Vorkommnisse in Ephesos sind nicht spurlos an uns vorübergegangen. Schließlich ist es für uns alle von großer Bedeutung, dass die Ruhe wiederhergestellt wird, und Munatius ist für die Ordnung in dieser Provinz verantwortlich. Ich bitte dich also, ihn nach besten Kräften zu unterstützen, indem du diesen Fall aufklärst, je eher, desto besser, auch für dich. Übrigens äußert sich Munatius in letzter Zeit sehr lobend über dich.«

Silvanus errötete leicht. »Avidia Plautilla, ich kann dir versichern, ich werde alles tun, was in meiner Macht steht. Wir alle sind jetzt sehr angespannt und froh, wenn die Gefahr gebannt ist.«

Plautilla versuchte bei seinen Worten zuversichtlich auszusehen, allein, es wollte ihr nicht recht gelingen. Zum Abschied fand sie noch ein paar freundliche Worte und geleitete Silvanus hinaus. Im Hof wartete schon der junge Sklave mit der Stute, der er liebevoll mit seiner schmutzigen Hand die Nüstern streichelte. Silvanus schwang sich behäbig hinauf und winkte Plautilla noch einmal zu, bevor er hinter dem Hügel verschwand.

Kapitel 14

Tarsos

Es war die letzte Nacht. Morgen, oder besser heute, bei Anbruch des Tages würde Kleopatra die Segel setzen lassen und zurück nach Alexandria segeln, zurück in ihr Reich. Das Herz des Antonius wurde schwer bei diesem Gedanken, gern hätte er noch ein paar Tage mit ihr verbracht, obwohl genug zu tun war und in der kurzen Zeit, die Kleopatra hier bei ihm in Tarsos weilte, viel liegen geblieben war. Immerhin musste er sein Herrschaftsgebiet ordnen, ihm ergebene Vasallenkönige in den Grenzstaaten einsetzen, um für den Feldzug verlässliche Verbündete zu haben, die ihn nicht nur im Kampf unterstützten, sondern ihm auch den Rücken freihielten. Aber er hatte Verhandlungen mit Kleopatra geführt, wichtige Verhandlungen, Voraussetzung für die Durchführung seines Partherfeldzuges, und das Ergebnis war durchaus zufrieden stellend ausgefallen. Genau wie die Königin, die jetzt hier auf ihrem Prunkschiff in seinen Armen lag, an ihn geschmiegt wie eine Katze, die in Ägypten als heilig galt. In der Tat hatte diese Frau Ähnlichkeit mit einer Katze, ihre Bewegungen waren von einer unnachahmlichen Eleganz, ihre wohltönende Stimme konnte in einen dem Schnurren gleichenden Tonfall wechseln, wenn er sie dazu in Stimmung brachte, und in höchster Ekstase stieß sie kleine, spitze Schreie aus, auch diese denen einer Katze durchaus vergleichbar. Antonius hatte solches nie zuvor erlebt, und er hatte viel erlebt.

Zärtlich streichelte er ihre seidige Haut. Kleopatra, wohlig entspannt neben ihm liegend, schnurrte mit leiser Stimme:

»Wie gern würde ich noch bei dir bleiben, mein Marcus, mein Imperator. Nie habe ich einen Mann getroffen, der dir gleichkam, nie habe ich solche Gefühle erlebt.« Sacht strichen ihre vollen Lippen über seinen Hals. »Wenn nur nicht die Regierungsgeschäfte riefen. Aber ich werde sofort veranlassen, dass Schiffe gebaut werden, wie wir es vereinbart haben. Hast du hinsichtlich meiner Schwester schon gehandelt?«

»Nein, meine ptolemäische Pharaonin, noch nicht. Aber …«, beruhigte er sie, als sie abrupt von ihm abließ und sich aufrichtete, »ich werde, sobald du abgereist bist, selbst nach Ephesos fahren und die Sache dort regeln. Es wäre nicht klug, gerade jetzt einen solchen Befehl zu geben, ohne selbst zugegen zu sein. Die Stimmung ist nicht gut, es könnte zu Ausschreitungen kommen.«

Kleopatra saß jetzt mit verschränkten Beinen an seiner Seite. Die ägyptische Königin, mit achtundzwanzig Jahren im besten Alter und sich ihrer Reize durchaus bewusst, funkelte den römischen Feldherrn ärgerlich an, während sie durch einen Spalt des hauchdünnen Moskitonetzes nach einem Weinbecher griff. »So war das nicht vereinbart, Marcus Antonius. Du hattest zugesagt, sofort den Befehl nach Ephesos zu geben. Was ist, wenn sie erfährt, was wir vorhaben, und flieht? Dann musst du sehen, wie du ihrer wieder habhaft wirst, oder dir die Unterstützung für deinen Feldzug woanders suchen.«

Antonius betrachtete sie bewundernd. In ihrem Zorn war sie selbst nackt, wie sie war, wahrhaft königlich und noch begehrenswerter als zuvor. Eine Hand streckte er nach ihrer sich heftig hebenden und senkenden Brust aus, die andere nach dem Weinbecher. Kleopatra verweigerte ihm beides.

»Ich gebe zu, meine Königin, dass ich den Plan eigenmächtig geändert habe. Ich hätte es dir gleich sagen sollen. Allerdings ist meine Entscheidung erst gefallen, als ich die wöchentlichen Berichte durchging. Der von Munatius Plancus ist besorgniserregend. Sein Stellvertreter ist niedergeschlagen worden, von jugendlichen Banditen, die gegen uns Römer eingestellt sind. Und du weißt doch, dass die Epheser deiner Schwester wohlwollen, so wie sie auch dir damals Schutz boten, als du mit deinem Vater dort weiltest. Ich muss also Vorsicht walten lassen, das wirst du doch verstehen. Arsinoe wird nicht fliehen können, denn ich habe Anweisung gegeben, sie auf keinen Fall aus Ephesos ausreisen zu lassen. Und dass ich dir das nicht sogleich sagte, lag daran, dass du und dein Abschiedsfest meine Sinne zu sehr verwirrten, wie sollte ich da an Fragen der Politik denken!«

Jetzt reichte ihm Kleopatra einen Becher Wein, doch das gefährliche Funkeln in ihren Augen war noch nicht völlig erloschen. Sie beugte sich zu ihm, so dass ihr gelöstes langes Haar auf seine Schulter fiel. »Ich will dir verzeihen, mein Imperator, und mich an meinen Teil der Abmachungen halten, wenn du dich bereit erklärst, auch den Oberpriester hinrichten zu lassen.«

»Aber Kleopatra«, nun wurde Antonius unwillig, »das haben wir doch schon besprochen. Es geht wirklich nicht. Ich würde ganz Asia gegen mich aufbringen, das kann ich mir nicht leisten!«

»Nun denn, wenn du schon jetzt die Verträge nicht einhältst und mir diesen einen kleinen Wunsch nicht erfüllen willst, so trete ich hiermit von unserem Abkommen zurück«, entgegnete die Ägypterin kühl und schwang sich, stolz die Haare zurückwerfend, aus dem Bett.

Antonius runzelte ärgerlich die Stirn und nahm noch einen tiefen Schluck Wein. Er wusste nicht, was ihn mehr entrüstete, dass diese Frau sich ihm entzog, ihm, dem sonst alle zu Füßen lagen, oder dass sie ihm Bedingungen stellen wollte. Wie sollte er sich verhalten? Ihr befehlen, zurück in das luxuriöse Bett zu kommen? Er wusste, sie würde nicht gehorchen, sie würde noch erzürnter reagieren. Also musste er nachgeben, oder zumindest so tun, obwohl er es nicht schätzte, ihr gegenüber die üblichen politischen Spiele zu spielen. Es war ihm schon schwer genug gefallen, Dellius hinter ihrem Rücken loszuschicken, mit dem Auftrag, Arsinoe eine Chance zur Flucht zu eröffnen ... Aber zu diesem Zeitpunkt, so beruhigte er sich, hatten sie ihre Verhandlungen noch nicht abgeschlossen und besiegelt. Außerdem hatte er ohnehin nicht damit gerechnet, dass Arsinoe fliehen würde, so, wie er sie kannte. Und dass er selbst nach Ephesos fahren musste, um Ausschreitungen vorzubeugen, das war ihm erst klar geworden, nachdem er Kleopatra die Zusage bereits gegeben hatte.

Sollte er den Oberpriester wirklich preisgeben? Die Epheser würden ihm das nicht verzeihen, dessen war er sich gewiss. War es das wert? Schwer zu entscheiden, dachte er, immerhin ging es nicht nur um die Frau, die er begehrte, sondern auch um das Gelingen seines Feldzuges. War der von Erfolg gekrönt, stünde einem römischen Weltreich nach dem Vorbild des großen Alexander nichts mehr im Wege, er würde als der neue Alexander gefeiert, der die Völker zusammenführte. Welch herrlicher Gedanke, zuerst von Caesar gedacht und von ihm, Marcus Antonius, ausgeführt! Und nicht nur das: Sollte er den Feldzug aufschieben müssen, würden die Parther die Initiative ergreifen und die römischen Provinzen angreifen, Not und Tod über die Völker bringen, einschließlich der hier lebenden Römer. Das konnte er nicht zulassen. Musste also der Oberpriester sterben, um vielen anderen das Leben zu retten, oder gab es noch einen anderen Weg?

Kleopatra, jetzt mit einem hellroten Seidentuch über den Schultern, hatte nach einem Spiegel gegriffen und bürstete sich energisch das Haar. »Du schweigst?«, fragte sie, ihm den Rücken zuwendend. »Du willst also nicht nachgeben, mir diese kleine Gefälligkeit nicht erweisen? Nun denn, Marcus Antonius, so wird Ägypten dir weiterhin ein treuer und ergebener Freund und Bundesgenosse sein, aber leider sind die finanziellen Gegebenheiten in meinem Land wegen der gerade erst überstandenen Hungersnot so schlecht, dass ich keine Möglichkeit sehe, deine Wünsche zu erfüllen. Dennoch tut es mir nicht Leid, die weite Reise gemacht zu haben, hast du doch trotz allem mein Herz und meinen Körper mehr erfreut als je ein Mann vor dir. Lebe wohl, Imperator, und verlasse jetzt bitte mein Schiff, ich werde in Kürze aufbrechen!« In ihrer Stimme war nicht der Hauch eines Zitterns, nicht ein Anflug von Bedauern, sie war noch immer ganz die Königin, die Nachfahrin der großen Ptolemäer, stellte Antonius voller Bewunderung und Betrübnis fest. Er erhob sich von dem Lager, schlug das Moskitonetz zurück und stellte sich schweigend vor sie.

Kleopatra ließ die Hand, in der sie die Haarbürste hielt, sinken. Ihre klugen Augen sahen ihn an. »Warum gehst du nicht?«

»So werde ich nicht gehen, Kleopatra.« Er nahm ihr Bürste und Spiegel aus den Händen und das Tuch von den Schultern. Sacht zog er sie von dem Sessel hoch, auf den sie sich gesetzt hatte. Sie war viel kleiner als er, ihre Figur noch mädchenhaft anmutig, mit vollen Hüften und runden, festen Brüsten. Nackt standen sie voreinander, schweigend, einander mit den Augen messend. Dann hob Antonius sie auf und trug sie zurück auf das Bett. »Ich werde dir alles geben, was du verlangst«, murmelte er hingerissen. »Wie könnte ich dir etwas abschlagen, meine schöne Königin. Du bist die außergewöhnlichste und begehrenswerteste Frau, übertriffst jede erotische Phantasie, alles, was ich je gesehen, je erlebt habe.«

»Ja«, hauchte Kleopatra, »Ägypten und Rom sollten sich vereinigen, gemeinsam sind wir unschlagbar. Unsere Kinder sollen ein Weltreich regieren, wie es nie zuvor existiert hat.

Komm zu mir, mein Dionysos, vereinige dich mit mir, denn ich bin die Göttin Isis, und werde du selbst zum Gott.«

Tatsächlich fühlte sich Antonius danach fast wie ein Gott. Vielleicht hatten die Griechen Recht, vielleicht war er Dionysos, als den ihn die Menschen in ihren Städten empfangen hatten, wie in Ephesos, wo sie ihm dionysische Ehren entgegenbrachten. Und ging nicht die Legende, er stamme von Anton, einem Sohn des Herakles ab? War dieser nicht zu den Göttern erhoben worden? Er fühlte sich allmächtig, unbesiegbar, als würde ihm alles gelingen. Und war nicht auch Caesar vergöttlicht worden? Lag vielleicht hier in seinen Armen wirklich die Göttin Isis, wie sie selbst und ihr Volk glaubte? Die Römer mussten sich erst an solche Ideen gewöhnen, für Orientalen dagegen waren sie selbstverständlich.

Als hätte Kleopatra seine Gedanken gelesen, gurrte sie jetzt verschwörerisch in sein Ohr: »Isis kommt, um mit Dionysos Hochzeit zu feiern, das war es doch, was die Menschen riefen, als ich in Tarsos ankam. Wie Recht sie hatten. Du bist der Neos Dionysos*, ich weiß es. Oh Marcus, verbringe den Winter bei mir in Alexandria, das ist der beste Ort, um deinen Feldzug zu planen. Dieses Jahr kannst du ihn ohnehin nicht mehr beginnen, es ist schon zu spät. Und ich werde dir zeigen, was eine Göttin und ein Gott gemeinsam vollbringen können.«

Antonius zögerte nicht, zuzustimmen.

---

* neue Dionysos

Kapitel 15

Silvanus weckte ein lautes Plätschern, als Larix schwungvoll Wasser aus einem Krug in eine Schüssel goss. Blinzelnd reckte er sich. Bei Jupiter, da hatte er sich nach dem Ritt zurück von Plancus' Landhaus nur ein wenig Ruhe gönnen wollen – die alte Verletzung im Rücken hatte sich wieder schmerzhaft bemerkbar gemacht – und wieder einmal hatte ihn Morpheus zu tief in seine Arme geschlossen.

»Habe ich dich geweckt?«, fragte die Sklavin schuldbewusst, als sie seine Bewegung wahrnahm. Silvanus gab ein unverständliches Brummen von sich und wälzte sich aus dem Bett. Seine Beine und besonders der Rücken schmerzten stark, trotz der Ruhepause. »Danke, Larix. Es war gut, dass du mich geweckt hast, ich habe noch viel zu erledigen.« Ein Blick aus dem Fenster beruhigte ihn. Lange konnte er nicht geschlafen haben, es war gerade Mittag. Mit Mühe entledigte er sich seiner Tunika, warf sie achtlos auf den Boden, um dann an die Waschschüssel zu treten. Das kühle Wasser war eine Wohltat, und genüsslich rieb er seinen massigen Oberkörper mit dem Tuch ab, das Larix ihm bereitgelegt hatte.

Gewaschen und frisch eingekleidet fühlte sich Silvanus gleich viel wohler. ›Jetzt könnte ich kurz bei Laelia vorbeischauen‹, dachte er, und voller Vorfreude machte er sich auf zur Taverne.

Um diese Zeit waren die meisten Menschen zu Hause und ruhten während der Mittagshitze im kühlen Schatten ihrer Häuser. Nur wenige Händler hielten tapfer bei ihren Ständen aus, um auch nicht die kleinste Chance für ein günstiges Geschäft zu versäumen. Die Auslage eines Juweliers vermochte

Silvanus' Interesse zu wecken. Laelia würde sich sicher freuen, wenn er ihr etwas mitbrächte, viel zu selten dachte er daran. Die meisten Stücke waren zwar wunderschön, aber für seinen Geldbeutel bestimmt unerschwinglich, denn die Verpflichtungen seines Amtes verschlangen einen Großteil seines Einkommens. Und die zahlreichen Kulte, denen seine Frau anhing, verlangten nach Opfern, ebenfalls keine geringe Belastung für seinen Geldbeutel.

Beflissen näherte sich der Händler, wohl ein Syrer, mit zahlreichen Verbeugungen. »Gefallen dirr meine Stücke? Ganz ausgesuchte Qualität, alles aus Osten!«

Der schwere Akzent mit dem rollenden »R« bestätigte Silvanus' ersten Eindruck. »Du bist aus Syrien, nicht wahr?«, begann er unverfänglich das Gespräch.

Der Händler strahlte ihn an und zeigte munter sein schadhaftes Gebiss. »Oh, ja, Herrr. Aus Damaskus, Herrr, Juwel von Osten.« Sein geölter Bart zitterte vor Freude, einen willigen Kunden gefunden zu haben.

Dieser musste ihn enttäuschen. »Deine Schmuckstücke sind wirklich sehr schön, allerdings zu wertvoll.« Bedauernd zuckte Silvanus die Schultern und wollte sich schon abwenden, als er die hagere Hand des Händlers auf seinem Arm spürte. »So warrte, nicht so hastig, Frreund. Sage mirr, was du suchst, ich finde Passendes.« Mit geneigtem Kopf spähte der Mann zu Silvanus auf, der ihn fast um Haupteslänge überragte.

»Ich wollte eine Kleinigkeit für eine junge Dame.« Wieder ließ er seinen Blick über die Auslage wandern. Funkelnde Armreifen, schimmernde Perlenketten und in allen Farben leuchtende Steine mit kunstvoll geschmiedeten Fassungen, alles aus Gold und Silber und damit unbezahlbar. Silvanus schüttelte den Kopf. »Ich glaube kaum, dass da etwas für mich dabei ist.«

»Oh, nicht vorreilig, jungerr Mann. Was soll es sein? Kette

vielleicht? Hierr wunderrschönes Exemplar, Perrlen aus ferrnem Osten! Sieh nurr Farrbenspiel in Sonne! So etwas findest in ganz Ephesos du nicht mehrr!« Selbstgefällig ließ der Syrer die Kette von einer Hand in die andere gleiten, um Silvanus den sanften Schimmer der Perlen vorzuführen. »Nurr 5000 Sesterrzen, mein Frreund, weil du!«, raunte er Silvanus vertraulich zu.

Der hätte beinahe laut gelacht. 5000 Sesterzen, ein Gelegenheitskauf, fürwahr! Dafür könnte er zwei exquisite Sklaven kaufen!

Der Händler aber ließ sich nicht entmutigen. »Ich sehe schon, das ist nicht rrichtig für dich, du Mann bist von Geschmack! Sieh dies! Ist diese Arrmrreif nicht würrdig für Königin?«

Silvanus betrachtete die Goldschmiedearbeit, die der Händler ihm unter die Nase hielt, interessiert. Zweifellos, der Syrer hatte Recht. Allerdings wäre vermutlich auch nur eine Königin in der Lage, ihn zu bezahlen. Daher staunte er nicht schlecht, als er den Preis hörte: »1000 Sesterrzen, nurr 1000 Sesterrzen!« Obwohl nach Silvanus' Ansicht durchaus angemessen und im Vergleich zu den Perlen geradezu günstig, übertraf auch dieser Preis doch bei weitem das, was er zu zahlen bereit war. »Nein, nein, kommt nicht in Frage. Es ist sehr schön, zweifellos, aber nicht das Richtige. Ich suche nur eine Kleinigkeit, so etwas wirst du aber sicher nicht haben.«

Der Syrer zog seine dünnen Augenbrauen über der Nasenwurzel zusammen und dachte nach. Dann bückte er sich unter den Tisch, auf dem er seine Schmuckstücke auf bunten Tüchern drapiert hatte und kam mit einer Schachtel wieder zum Vorschein. »Wirr wollen sehen …«, murmelte er und schüttete den Inhalt auf den Tisch. »Hierr irrgendwo muss es sein, ich weiß genau. Exakt was du suchst, Moment, Moment …« Mit spitzen Fingern wühlte er in einem unentwirrbaren Knäuel verschiedener Pretiosen, bis er mit einem verzückten Lächeln das Gesuchte herausklaubte und es Silvanus auf einem scharlachroten Tuch präsentierte. Eine kleine Fibel in Form eines Vogels, kaum halb so lang wie ein Finger. Körper und Schwanz schienen aus einem rotbraunen Stein gearbeitet, das Ganze war in goldschimmernde Bronze gefasst. Ein sehr schönes Stück, was es wohl kostete? Silvanus hielt seine Begeisterung in Grenzen, der Händler sollte keinen leichten Sieg davontragen.

»Nun, ist dies nicht genau, was du suchst, Herrr?«, säuselte der Syrer und rieb sich die Hände in freudiger Erwartung eines erfolgreichen Geschäftes. »Dies ist Pfau, wie sicherr du erkennst, Weibchen natürrlich – das Rrichtige fürr schöne Frrau!« Verschmitzt sah er zu Silvanus auf.

»Nenne mir deinen Preis, Händler!«, forderte ihn Silvanus auf, fest damit rechnend, dass auch der unerreichbar für ihn war.

»Fürr dich, Frreund, da du Juwelen meine zu schätzen weißt, ganz besonderrerr Prreis, nun, ich denke, 100 Sesterrzen angemessen. Sieh nurr, wie schön Pfau gearrbeitet. Wie Stein Sonnenlicht einfängt!« Er ließ das Schmuckstück vorteilhaft in der Sonne aufblitzen.

Silvanus war äußerst angetan. Laelia würde die Fibel gefallen, das wusste er sofort, als er sie sah. Aber 100 Sesterzen? Immer noch ein hoher Preis.

»Ich sehe, du zögerrst. Nun, ich überlege, kann lassen dirr Fibel für 90 Sesterrzen. Hat in Schachtel ein wenig gelitten.« Silvanus wurde hellhörig und unterzog das Schmuckstück einer genauen Untersuchung. Hier und da ein paar Schrammen, kaum zu sehen zwar, aber immerhin. Und der Kopf schien auch ein wenig verbogen. Er hielt dem Händler die Fibel nah vor die Augen. »90 Sesterzen? Das ist nicht dein Ernst. Hier, sieh diese Kratzer und der Kopf! Nein, nein. 20 Sesterzen, mehr kann ich dir bei allem guten Willen nicht dafür geben.«

Der Syrer schlug mit rollenden Augen die Arme über dem Kopf zusammen. »20 Sesterrzen? Guterr Mann, willst du mich rruinierren?«, rief er verzweifelt. »80 muss haben, du siehst ein!«

»Nein, auf keinen Fall. 30 Sesterzen, mein letztes Wort.«

»60, Herrr, ich selbst gegeben, sonst Geschäft rruinierrt, Kinderr hungerrn, muss verkaufen in Sklaverrei.«

Silvanus blieb ungerührt. »Nun, dann wird es nichts, so kommen wir nicht ins Geschäft. 50, das ist aber das Äußerste.«

Der Syrer rang verzweifelt die Hände, hielt mit tränenden Augen das Schmuckstück noch einmal in die Sonne, presste es an sein Herz, dann aber reichte er es Silvanus. »Heerr nimm, im Name von Mithrras, derr Auge auf dich hat und mein Herrz stimmt milde. 55 Sesterrzen, mehr ich kann nicht nachlassen, obwohl viel Frreundschaft fühle.«

Silvanus zählte 14 Denare aus seinem Beutel und gab sie dem strahlenden Händler, der einer prall gefüllten Geldkassette das Wechselgeld entnahm. Freudig gab er Silvanus eine Sesterze zurück. »Es ist Frreude große, mit dirr machen Geschäfte. Beehrre mich bald wieder, Frreund.« Er verpackte das Schmuckstück in ein kleines Stoffsäckchen und überreichte es Silvanus unter zahlreichen Verbeugungen.

Er traf Laelia in ihrer Wohnung an, wo sie gerade den Text einer Schriftrolle übersetzte. Als sie ihn hereinkommen sah, leuchteten ihre Augen vor Freude und Erleichterung. »Silvanus! Du bist zurück? Wie schön, dass du kommst, ich hatte nicht mit dir gerechnet, so am hellen Tag!«

»Carissima, ich konnte es nicht erwarten, dich wiederzusehen. Mein erster Gedanke zog mich zu dir.« Das stimmte zwar nicht ganz, hatte er doch erst ein wenig geruht, Laelia aber freute sich sichtlich darüber. Sie drückte Silvanus auf einen Sessel, setzte sich auf die Lehne und schlang die Arme um ihn. Sollte sie ihm sofort von Mithriventes und dem versuchten Überfall berichten, überlegte sie, oder lieber noch etwas warten. Sie konnte ihm doch nicht gleich wieder mit Problemen kommen, so schwerwiegenden zudem. Allerdings, solange sie ihm nicht gesagt hatte, was sie zutiefst bewegte, konnte sie nicht unbefangen mit ihm zusammen sein, und Silvanus, das wusste sie, drängte es eher auf das Bett als auf den Sessel. Auf der anderen Seite, wenn sie ihm alles berichtete, würde sie ihren Eid brechen, sich und die anderen in äußerste Gefahr bringen. Auch waren Illicia und sie noch zu keiner Einigung gelangt, obwohl sie kaum über anderes gesprochen hatten. Um hier eine Entscheidung treffen zu können, bedurfte es einer unverfänglichen Umgebung, entschied sie. »Ich brauche ein wenig frische Luft und Bewegung. Hast du Lust?« Auffordernd küsste sie ihn auf die Wange und sprang auf.

Silvanus, der gerade unauffällig begonnen hatte, in seinem Beutel nach dem Schmuckstück zu suchen, wurde von Laelias Einwurf völlig überrascht. Er zog seine Hand unverrichteter Dinge wieder heraus. »Ach Laelia, weißt du – ich bin noch ein wenig müde von dem langen Ritt. Meine Beine und mein Rücken schmerzen. Ich weiß nicht, ob ein Spaziergang jetzt das Richtige für mich ist.« Bittend sah er sie an.

Laelia ließ sich in ihrem Drang nach frischer Luft nicht beirren. »Ach komm, Silvanus. Gerade dann solltest du dich bewegen. Das hält die Muskeln geschmeidig. Du wirst sehen, regelmäßige Bewegung ist gut für die Gesundheit.«

»Ja, regelmäßig, aber nicht unmäßig!«, nörgelte Silvanus, konnte sich aber Laelias Drängen nicht entziehen. Das

Schmuckstück, das er ihr eben noch so freudig überreichen wollte, war vergessen. »Also gut, wenn du unbedingt willst! Dann gehen wir eben ein Stück.« Schwerfällig erhob er sich wieder, gerade hatte er begonnen, sich ein wenig zu entspannen, schon hatte es damit ein Ende. Frauen konnten eine Last sein, dachte er verstimmt, aber manchmal auch eine Freude, das musste er zugeben. Vielleicht ließ sich Laelia anschließend noch zu mehr bewegen, diese Aussicht gab ihm ein wenig der verloren geglaubten Kraft zurück.

So eilte Laelia voraus, Silvanus folgte mürrisch, betont langsam. Vor der Tür wartete sie auf ihn, steuerte dann an seiner Seite zielstrebig an der Staatsagora vorbei, überquerte die mamorgepflasterte Hauptstraße und er bemerkte mit Sorge, dass sie in die steile Gasse auf der anderen Seite einbogen und den Hügel, der sich auf dieser Seite der Hauptstraße erhob, hinaufschritten, vorbei an den kleinen Häusern, die sich eng an den Hang schmiegten. Nach einer Weile konnte er nicht mehr Schritt halten, Laelia aber spazierte weiter munter voran. Endlich drehte sie sich auf halber Höhe zu ihm um und sah lächelnd zu, wie er mühsam hinter ihr herkeuchte. »Aber, Silvanus, was ist los? Du warst wohl schon lange nicht mehr im Gymnasion.«

Langsam wurde Silvanus ärgerlich. Nein, mehr noch, er wurde wütend. Als er sie eingeholt hatte, herrschte er sie ungehalten an: »Du weißt genau, warum ich nicht mehr in das Gymnasion gehen kann! Und glaubst du, mir hat der Ritt zu Munatius Plancus über die Felder Spaß gemacht? Meinst du, ich bin da zum Vergnügen hingeritten, weil ich das Landleben so liebe?«

Laelia hielt erschreckt inne und versuchte ein versöhnliches Lächeln, aber so leicht war seine Stimmung nicht aufzuhellen. Betroffen blickte sie zu Boden. Gerade hatte sie sich entschlossen, ihm alles anzuvertrauen, aber in dieser Stimmung konnte sie unmöglich mit ihm über die Parther sprechen. Dabei machte ihr der Entschluss, ihren Schwur zu brechen, nicht wenig zu schaffen, aber die Zeit drängte, die Sicherheit ihres Landes und dieser Stadt erforderte, dass sie Silvanus einweihte, daran führte kein Weg vorbei. Doch zuvor musste sie ihn versöhnen.

Mürrisch ging er weiter. Laelia schloss leichtfüßig zu ihm auf. »Aber, Silvanus, ärgere dich doch nicht gleich. Ich weiß doch, dass du nicht ohne Grund zu Plancus geritten bist. Entschuldige, wenn ich nicht bedacht habe, dass der Ritt dich angestrengt hat, es war unüberlegt von mir und tut mir Leid! Aber so erzähl doch, was hat Plancus gesagt? War er mit dir zufrieden? Komm, wir setzen uns an diesen Brunnen, hier können wir uns ausruhen und die Aussicht genießen, und du kannst mir von deiner Reise berichten. Außerdem habe auch ich dir etwas mitzuteilen«, unternahm sie einen zaghaften Versuch, ihn vorzubereiten, lenkte aber sogleich wieder ab, als sie seinen skeptischen Blick bemerkte: »Sieh doch einmal, welch einen herrlichen Blick man von hier oben hat.«

Die Aussicht war in der Tat bemerkenswert, das konnte auch Silvanus nicht leugnen. So gesehen hatte der Aufstieg die Mühe gelohnt. Das Auge schweifte ungehindert über die riesige Stadt, über die roten Ziegeldächer der Häuser hinweg, vorn lag die Agora, auf der die Menschen wie Ameisen geschäftig wimmelten, weiter rechts konnte man die Arkaden der Hafenstraße erahnen. Ganz hinten im Dunst des Meeres verschwammen die leuchtend bunten Segel der Schiffe, die im Hafen vor Anker lagen.

Eine Weile ließ Laelia ihren Freund den Ausblick genießen und schwieg, in der Hoffnung, er würde von sich aus das Gespräch wieder aufnehmen. Doch Silvanus saß stumm neben ihr und starrte erschöpft in die Ferne. Laelia unternahm einen Vorstoß. »Was hat Plancus dir gesagt? Gibt es Neuigkeiten? Nun rede doch schon.«

»Was soll es schon für Neuigkeiten geben? Ich habe über den Stand meiner Ermittlungen Bericht erstattet und ihn über die laufenden Staatsgeschäfte in Kenntnis gesetzt.« Er schwieg wieder. Die Erinnerung an seinen Auftrag, Arsinoe zur »Flucht« zu überreden, und die Erkenntnis, dass man ihn unter einem fadenscheinigen Vorwand ausgenutzt hatte, ließen seine Stimmung weiter sinken. Zudem schienen die Schmerzen in seinem Rücken schlimmer zu werden. Stöhnend reckte er sich und versuchte seine Muskeln zu lockern. Warum nur hatte er sich auf diesen dummen Spaziergang eingelassen? Als hätte er gestern und heute nicht genug Bewegung und frische Luft gehabt. Sie hätten so schön in Laelias Wohnung bleiben und sich auf angenehmere Art die wenige Zeit vertreiben können, die er erübrigen konnte, er hatte wahrlich genug zu tun. Zum ersten Mal, seit er hier war, sehnte er sich nach seiner Arbeitskline, nach den Akten, der Ruhe im Amt und sogar nach Bithynicus.

Laelia beobachtete ihn eine Weile und ergriff dann zartfühlend seine Hand. Dem Versuch, ihm in die Augen zu sehen, wich er aus. Sein Verhalten beunruhigte Laelia nicht wenig, ärgerte sie aber gleichzeitig. Nun, wenn er nicht reden wollte, dann würde sie ihm eben sagen, was sie mitzuteilen hatte, schlimmer konnte es ohnehin kaum mehr werden. »Die Schläger sind wieder da gewesen!«, warf sie ihm entgegen und wartete angespannt auf seine Reaktion.

Wie erwartet riss ihn diese Nachricht aus seinem Selbstmitleid. »Was?«, fuhr er sie an. »Das sagst du mir erst jetzt? Aber in der Taverne war doch alles in Ordnung! Ist Illicia unversehrt?«

Laelia klärte ihn über das Vorgefallene auf. Als sie Mithriventes' Namen erwähnte, runzelte Silvanus erwartungsgemäß die Stirn, sagte aber nichts. Er zwang sich ruhig zu bleiben, weiter zuzuhören, obwohl es ihn sehr danach verlangte, Laelia bei den Schultern zu packen und kräftig durchzuschütteln. Diese vermaledeite Bekanntschaft mit dem Parther; er hatte es ja gewusst. Sprachlos schüttelte er den Kopf. Er schwieg noch immer, nachdem sie geendet hatte und ihn mit angsterfüllten Augen ansah. Dann aber brach sich sein ganzer angehäufter Zorn Bahn. »Du hättest dich nie mit ihm einlassen sollen. Du hättest ihm aus dem Weg gehen sollen, als er hier wieder auftauchte!«

»Aber, Silvanus«, rechtfertigte sich Laelia, »was sollte ich denn tun? Wir können Mithriventes doch schlecht hinauswerfen. Und letztlich haben wir es ihm zu verdanken, dass die Taverne nicht ein zweites Mal zertrümmert wurde. Außerdem brauchst du nicht gleich so heftig zu werden. – Was sollen wir jetzt machen? Meinst du, er hat seine Drohung ernst gemeint?«

Schwerfällig nickte Silvanus. »Wir dürfen diesen geschwätzigen Parther nicht unterschätzen. Wenn er den Terror angestiftet hat, ist ihm alles zuzutrauen. Ich habe dir ja gleich gesagt, der Mann ist gefährlich! Du sagst, er ist jetzt in Didyma?«

Laelia nickte.

»Dann droht vielleicht keine unmittelbare Gefahr, wenngleich er seine Informanten haben dürfte. Wir müssen äußerst vorsichtig vorgehen. Vordringlich ist jetzt, die Schläger zu fassen. Sie scheinen ja noch hier in Ephesos zu sein, wenn wir Mithriventes' Rede richtig deuten. Diesmal habt ihr sie wirklich gesehen? Könnt ihr sie beschreiben?«

»Ja, ich denke schon. Zwei von ihnen waren recht groß für Parther. Einer der Kleineren hatte einen Kahlkopf und abstehende Ohren, das hat sich mir eingeprägt, als er sich vor Mithriventes zu Boden warf. Lass mich überlegen ...« Sie runzelte die Stirn und versuchte, sich die Situation wieder zu vergegenwärtigen. »Zumindest einer wird leicht zu erkennen sein, er hatte eine Narbe über der linken Wange. Ach ja, der mit der Glatze trug ein auffälliges Medaillon um den Hals, ich glaube, es war ein Mithras-Symbol. Ich könnte es dir aufzeichnen, wenn es dir hilft.« Sie zögerte einen Moment, es war ihr etwas eingefallen. »Musst du Illicia auch dazu befragen? Reicht es nicht, wenn ich sie dir beschreibe? Du kannst dir sicher denken, was sie an jenem Abend durchgemacht hat. Es ist keine gute Idee, sie wieder daran zu erinnern.«

Silvanus nickte zustimmend. Ihre Beobachtungen schienen ihm ausreichend, um die Täter zu identifizieren. Sein Hirn arbeitete jetzt schnell, die Schmerzen im Rücken waren vergessen. Er würde einen Bericht über die Machenschaften des Mithriventes anfertigen müssen, Marcus Antonius würde das sicher interessieren. Als Erstes jedoch musste er einige Männer mit der Täterbeschreibung losschicken. Wenn die Götter es gut mit ihm meinten, konnte der ganze Schrecken in wenigen Stunden zu Ende sein. Der Terror wäre gebannt, er könnte Plancus, der ihn so unter Druck setzte, die Mörder von Rutilius Rufus präsentieren, und sein eigenes Versprechen vor dem Volk hätte er innerhalb kürzester Zeit eingelöst. Denn dass die Schläger diese Tat unter der Folter gestehen würden, ob sie sie verübt hatten oder nicht, bezweifelte er keinen Moment. Jetzt hatte er es eilig, sich an die Arbeit zu begeben. Laelia solle in einer Stunde zu ihm in das Amt kommen – sie sollten nun nicht zusammen gesehen werden, um Aufsehen zu vermeiden – und ihre Aussage für den Bericht wiederholen sowie eine Zeichnung von dem Schmuckstück anfertigen, die könne er dann gleich seinen Männern mitgeben, teilte er ihr geschäftsmäßig mit. Dann aber unterbrach er sich. Seine Freundin saß zusammengesunken neben ihm, ihr angstvolles Gesicht machte es ihm leicht, ihre Gedanken zu lesen: Sie hatte ihren Eid gebrochen, Mithriventes würde sicher davon erfahren … Liebevoll legte er seinen Arm um ihre Schulter und redete beruhigend auf sie ein: »Es war richtig, dass du mir alles erzählt hast, Laelia. Mach dir keine Sorgen, ich werde weitere Legionäre zu eurem Schutz abstellen, Tag und Nacht werden sie euch bewachen.«

Er sah ihr an, dass sie das nicht beruhigte. »Wo waren denn die beiden, die gestern Abend vor der Taverne Posten beziehen sollten?«

Das war in der Tat eine schwere Pflichtverletzung, dachte Silvanus. »Ich werde sie zur Rede stellen und streng bestrafen«, versicherte er ihr. »So etwas wird nie wieder geschehen, nicht auszudenken, was alles hätte passieren können.« Angestrengt überlegte er, wie er ihre letzten Zweifel zerstreuen, die verbliebene Angst nehmen konnte. Marcus Antonius war auf dem Weg hierher, fiel ihm ein, davon hatte er Laelia noch nichts gesagt. Während er seine Kräfte für den Rückweg sammelte, erzählte er ihr, dass Antonius bald einträfe, dann brauchten sie und Illicia sich wirklich keine Sorgen mehr um ihre Sicherheit zu machen. Ob Illicia sich freuen würde, den Imperator wiederzusehen, fragte er in der Absicht, sie abzulenken, was ihm auch gelang.

»Ja, natürlich!«, war ihre erste Reaktion, dann jedoch dachte sie voller Sorge darüber nach, wie Illicia diese Botschaft tatsächlich aufnehmen würde.

Langsam machten sie sich wieder an den Abstieg, Silvanus angestrengt bemüht, seine Schmerzen zu unterdrücken.

Obwohl alles in ihm nach einer Sänfte verlangt hatte, bezwang er sein Verlangen nach Bequemlichkeit und machte sich zu Fuß zur Staatsagora auf. Es hätte einfach zu lange gedauert, nach einer zu schicken, unterdessen wäre er schon dreimal zum Amt und zurück gegangen. Doch bei jedem Schritt bedauerte er seine Entscheidung mehr. Laelia hatte gut reden. Er wusste selbst, dass er das Gymnasion regelmäßiger aufsuchen sollte, aber wann? Während Plancus auf dem Lande weilte und guter Dinge war, übertrug er ihm, Silvanus, fast alle Pflichten des Statthalters. Er stöhnte auf, teils wegen der drückenden Amtsgeschäfte, teils wegen des Schmerzes, der ihn plötzlich durchzuckte, als er einem Passanten auswich. Nicht unwesentlich trugen natürlich auch seine Frauen dazu bei, dass er kaum Muße hatte, seine knappe Freizeit zu genießen. Schon lange war er nicht mehr beim Würfeln gewesen. Was Arphocas wohl machte? Seit dem zufälligen Zusammentreffen auf der Agora, als er ihm von dem Mord an Facilis, ihrem Würfelwirt, erzählte, hatte er ihn nicht mehr gesehen. Silvanus nahm sich vor, Arphocas bei der nächsten Gelegenheit zu besuchen, auch auf die Gefahr hin, dass er wieder für die Getränke aufkommen musste. Aber sei's drum, er war sein Freund, und er spendierte ihm gern einen Becher Wein. Dann wanderten seine Gedanken – er konnte es nicht verhindern – doch wieder zu Laelia. Auf was dieses Mädchen sich nur einließ! Sie konnte die Gefahr nicht hoch genug werten, in die sie sich begab. Immerhin wurde ihr jetzt die Tragweite langsam bewusst, sie schien sehr besorgt. Zu Recht, bei allen Göttern! Wer wusste, wie schnell es Mithriventes zu Ohren kam, falls die Schläger gefasst würden. Und Laelia? Vielleicht war sie gar nicht so unschuldig an den Zukunftsplänen des Parthers. Vielleicht hatte sie ihm sogar Hoffnungen gemacht? Dabei hatte er, Silvanus, ihr eigentlich keinen Grund dazu gegeben, nun ja, kaum einen. Jede freie Minute verbrachte er mit ihr! Zum wiederholten Male fragte er sich, was in seiner Freundin vor sich ging, und wie immer schob er den Gedanken schnell beiseite. Ganz kurz überlegte er, ob er fähig wäre, sich jemals von Lucida zu trennen, Laelia zuliebe? Allein bei der Vorstellung lief ihm der Schweiß die Schläfen hinunter. Glücklicherweise hatte er inzwischen das Amtsgebäude erreicht und musste sich auf andere, wichtigere Dinge konzentrieren.

Hier war es angenehm kühl, und Silvanus atmete erleichtert auf, als er die Tür seines Zimmers hinter sich schloss. Ohne auf die Stapel auf seinem Tisch zu achten, legte er sich vorsichtig auf seine Kline und begann, nach und nach alle schmerzenden Stellen zu entspannen. Eine Weile lag er still da, mit geschlossenen Augen, und horchte in sich hinein, ob der Schmerz etwas nachließ. Als es erträglicher wurde, bemerkte er, dass sein Magen laut knurrte, es war Zeit, eine Kleinigkeit zu essen. So rief er laut nach Bithynicus, in der Hoffnung, er wäre als treuer Diener des Amtes in der Nähe. Aber wo sollte er schon sein, fragte er sich, nie hatte er bemerkt, dass der Sklave noch anderen Interessen außer seinen dienstlichen Pflichten nachgegangen wäre. Und richtig, er erschien sogleich, mit dem üblichen mürrischen Gesicht, als hätte ihn Silvanus aus einer staatstragenden Angelegenheit gerissen, um ihn mit einer Nichtigkeit aufzuhalten.

»Ah, Bithynicus, gut, dass du da bist«, ignorierte Silvanus die gewohnt schlechte Laune seines Untergebenen. »Wärst du so freundlich, mir etwas zu essen zu bringen und mich über die Geschehnisse des gestrigen Tages in Kenntnis zu setzen?«

»Möchtest du zuerst etwas zu essen oder den Bericht über die Aktenlage?«

»Zuerst das Essen«, entschied Silvanus. Bithynicus nickte missbilligend, als hätte er ohnehin nichts anderes erwartet. Wortlos verließ er den Raum. Silvanus genoss diesen letzten Moment der Ruhe, denn Bithynicus würde schnell wieder zurück sein, das wusste er aus Erfahrung. Er hatte keine Ahnung, wo der Sklave diese Mahlzeiten herbekam, die Quelle konnte jedoch nicht weit entfernt sein. Wie erwartet erschien Bithynicus, kurz nachdem Silvanus die Augen geschlossen hatte und im Begriff war einzunicken. Scheppernd das Tablett abstellend, drängte sich Bithynicus in sein Bewusstsein.

»Hrrrmh!«, räusperte sich Silvanus und öffnete mühsam

die Augen, nur um zu sehen, wie der Sklave mit einem grimmigen Kopfschütteln vorsichtig einige Schriftstücke beiseite schob.

»Soll ich berichten, nachdem du …?«, fragend sah Bithynicus ihn an, wandte sich aber schon halb zum Gehen, in der Gewissheit, wie Silvanus' Entscheidung ausfallen würde.

»Informiere mich, während ich esse«, befahl Silvanus und genoss Bithynicus' erstaunt hochgezogene Augenbrauen. Der Bericht des Sklaven war knapp und sachlich. Wie Silvanus gehofft hatte, war nichts Besonderes vorgefallen. Bithynicus schloss mit einem scharfen Blick auf die Schriftstücke, die sich vor Silvanus angehäuft hatten. Darauf ließ er nun seine gepflegte, blasse Hand ruhen. »Es sind Erlasse zu unterzeichnen, und die Klagen über Steuerpächter häufen sich erneut. Die meisten habe ich schon bearbeitet, einige sind jedoch von einflussreichen Persönlichkeiten, sie sind sehr ernst zu nehmen, besonders im Hinblick auf die angespannte Lage. Du findest sie dort!« Er deutete mit ausgestrecktem Zeigefinger auf einen beeindruckenden Turm von Wachstafeln und Dokumenten.

Silvanus ärgerte sich. Nach einem kurzen, lastenden Schweigen teilte er dem Sklaven kalt mit, er wisse selbst, wie es um die Stimmung in der Provinz bestellt sei. Er erwarte den Besuch von Laelia, und Bithynicus solle sie sofort zu ihm bringen, wenn sie eintreffe. Die erneut vorwurfsvoll hochgezogenen Brauen des Sklaven missachtend winkte er ihm, sich zu entfernen.

Silvanus schob das Tablett, so gut es ging, zur Seite und zog den großen Stapel zu sich heran. Eine Durchsicht der Dokumente zeigte ihm, dass Bithynicus wie immer hervorragende Arbeit geleistet hatte, das meiste hatte er unterschriftsreif ausgearbeitet. Dieser Sklave war wirklich unbezahlbar. Ärgerlich nur, dass er immer eine derart schlechte Laune hatte. Schnell setzte Silvanus seinen Namenszug unter die Dokumente und sah die übrigen Schriftstücke durch. Alles Klagen über Steuerpächter, die einer näheren Untersuchung bedurften, so dass Bithynicus es für nötig gehalten hatte, sie ihm vorzulegen. Die wirklich wichtigen Dinge, so bemerkte Silvanus missmutig, behielt sich noch immer Plancus vor, die Korrespondenz mit dem Senat in Rom und mit den umliegenden Völkern zum Beispiel. Stöhnend änderte er seine Haltung auf der Kline. Wo Laelia nur blieb? Ach, dieses Mädchen, jetzt musste er mehr denn je für ihre Sicherheit Sorge tragen, und was wäre, wenn ihm das nicht gelänge? Nein, was tat sie ihm nur an. Er war auch nur ein Mensch, ein ziemlich mitgenommener noch dazu. Wenn sie nur endlich eintreffen würde … Ihn verlangte danach, etwas für seine Gesundheit zu tun, sich nach Hause zu begeben, sich massieren zu lassen, ein Bad zu nehmen. Es nutzte schließlich niemandem, wenn er die nächsten Tage ausfiel, nur weil er sich übernommen hatte. Leidend schloss er die Augen und wartete ungeduldig.

Mit großer Erleichterung hörte er Schritte auf dem Gang, die sich näherten. Die Tür öffnete sich und herein trat ein Mann, der ihn schneidig grüßte, seine Faust auf die Brust schmetternd. Enttäuscht ließ Silvanus ihn näher treten und erkannte ihn als einen seiner Untergebenen, die Artocreatus nach Smyrna gefolgt waren. Der Lehrer sei zurück, berichtete der Mann, er habe auf seiner Reise nichts Auffälliges getan und weile derzeit in seinem Haus. Ein Kollege sei dort geblieben, um ihn im Auge zu behalten, und er wolle nun wissen, ob die Überwachung fortzusetzen sei. Silvanus dachte eine Weile nach, entschloss sich aber, diese Spur noch eine Weile zu verfolgen. Man konnte nie wissen. Der Mann nickte unmutig, offensichtlich wenig erfreut über die langweilige Aufgabe, und schickte sich gerade an, den Raum zu verlassen, als die Tür geöffnet wurde und Laelia eintrat. Neugierig musterte er das

Mädchen, Silvanus musste ihn nachdrücklich auffordern, endlich zu gehen.

Laelia hatte derweil in einem der Besuchersessel Platz genommen. Silvanus wies Bithynicus an, den Bericht aufzunehmen und reichte seiner Freundin ein Wachstäfelchen und einen Stylos. »Beginnen wir mit dem Schmuckstück. Versuche dich so genau wie möglich daran zu erinnern, es könnte wichtig sein.«

Konzentriert machte sich Laelia an ihr Werk und reichte Silvanus die Tafel, als die Zeichnung fertig war. »So sah es aus.«

Silvanus nickte anerkennend. Während er die Skizze studierte, die einen runden Anhänger mit Stierkopf in der Mitte darstellte, kreisförmig umrandet von zahllosen kleinen Punkten, durchzuckte ihn eine Erinnerung. Der Abdruck in Rufus' Handfläche! Er könnte durchaus von einem solchen Schmuckstück stammen! »Waren diese Punkte, die du hier gezeichnet hast, erhaben?« Er zeigte auf die Reihe.

»Ja, soweit ich mich erinnere. Auf jeden Fall waren sie nicht eingelegt, sie waren ebenfalls aus Bronze, wie das ganze Medaillon.«

»Sehr schön.« Silvanus würde diese Zeichnung später mit der von Hani Rami vergleichen. »Und jetzt berichte bitte Bithynicus über jenen Abend – in allen Einzelheiten.«

Der Sklave hatte auf einem Hocker neben Laelia Platz genommen und schrieb ihren stockend vorgetragenen Bericht eifrig mit. Je länger sie redete, desto ungläubiger wurde sein Gesicht, und als sie geendet hatte, blickte er voller Achtung auf sie.

»Hast du alles notiert, Bithynicus?«, fragte Silvanus. Dieser nickte.

»Dann übergib Abschriften der Täterbeschreibung und Kopien dieser Skizze zuverlässigen Männern. Sie sollen sofort ausschwärmen. Außerdem ordne zehn von ihnen ab, die die Bewachung von Laelia und Illicia übernehmen! Aber diejenigen, die gestern Abend zum Schutz der Taverne abkommandiert waren, schicke unverzüglich zu mir. Und versuche, jemanden im Gefolge des Mithriventes zu bestechen, damit wir über jeden seiner Schritte unterrichtet sind!«

Als Bithynicus hinausgeeilt war, um sich umgehend an seine Aufgaben zu machen, nicht ohne sich höflichst von Laelia verabschiedet zu haben, fühlte sich Silvanus besser. Sie würden diese Verbrecher endlich erwischen, ganz deutlich spürte er das. Und Laelia stand vor ihm und lächelte. Und wie sie lächelte! Ihr Anblick ließ ihn alle Schmerzen für einen Augenblick vergessen. Er musste sie einfach in die Arme schließen und fest an sich drücken. Und wenn sie jetzt? Hier? Lust hatte er schon, und Laelia, die seine verlangenden Küsse heißblütig erwiderte – er schätzte, sie würde nicht Nein sagen. Wenn nur dieser Sklave nicht jeden Moment hereinkommen könnte. Das wäre wahrlich das Letzte, fast schlimmer, als erwischte ihn seine Frau. So schob er Laelia sanft von sich. »Nicht hier«, flüsterte er ihr ins Ohr. »Ich will sehen, dass ich später noch bei dir vorbeischauen kann. Schließlich muss ich mich davon überzeugen, dass die Legionäre ihre Pflicht erfüllen.«

Bedauernd nickte Laelia, bevor sie ihn noch einmal küsste und sich verabschiedete.

Nachdenklich griff Silvanus nach der Zeichnung, um sie mit Hanis Skizze zu vergleichen. Wo hatte er die nur hingelegt? Nach einigem Suchen fand er sie zwischen den unerledigten Akten. Die Ähnlichkeit war nicht zu übersehen, wenn auch der Abdruck, der aus Rufus' Hand stammte, viel unschärfer und unvollständiger war. Endlich hatte er einen konkreten Hinweis. Er konnte nach Hause gehen, Bithynicus würde er eine Nachricht hinterlassen. Es war wahrlich alles getan, was zu tun war. Jetzt hieß es nur noch abzuwarten, bis die Legionäre ihren Auftrag erfolgreich beendet haben würden. Zufrieden legte er die Papiere beiseite, schob die Täfelchen zu einem ordentlichen Stapel zusammen und stellte befriedigt fest, dass die viele Arbeit, wenn man sie wohl organisierte, gar nicht so schlimm aussah. Es gab sogar noch eine freie Stelle, auf der Bithynicus neue Akten ablegen konnte.

Silvanus ließ sich, eine Hand im Kreuz, leise stöhnend auf die Polster der Sänfte nieder, die ihn nach Hause bringen sollte. Vielleicht sollte er später nach Hani Rami schicken, aber der würde ihm wohl nur sagen, er solle abnehmen – wie Lucida es immer tat. Er seufzte tief. Trotz der bequemen Kissen und obwohl die Träger mit geschmeidigen Bewegungen durch die Straßen und den Hang hinaufstrebten, spürte er jeden Schritt. Sollte er wirklich heute Abend noch zu Laelia gehen, würde er das schaffen? Aber das Mädchen hatte Angst, wenn sie es auch tapfer zu verbergen suchte. Und diese Angst war berechtigt, sie und Illicia schwebten in unmittelbarer Lebensgefahr. Bei Jupiter, wenn Laelia etwas zustieße, weil er sie nicht hatte schützen können, er würde seines Lebens nicht mehr froh. Dann konnte er sich in sein Schwert stürzen! War der Entschluss richtig gewesen, seine Männer auf die Schläger anzusetzen? Er hatte keinen Zweifel, dass er dieser Verbrecher binnen kurzer Zeit habhaft werden konnte. Aber Mithriventes würde es schnell erfahren, dessen war er sich sicher, diese Parther waren verschlagen. Und er traute Mithriventes durchaus zu, Verbindungen aufgebaut zu haben, von denen er nicht einmal etwas ahnte: außer den normalen Spionen vielleicht auch Beziehungen in die höchsten Kreise – für viel Geld war alles zu haben. Man brauchte doch nur an die Sache mit Caesar zu denken. Silvanus lief ein kalter Schauer über den schmerzenden Rücken.

›Am besten wäre es, Mithriventes würde etwas zustoßen, schade wäre es nicht um diesen parthischen Schakal. Und die Mädchen wären in Sicherheit.‹ Abermals seufzte Silvanus tief. Solche Gedanken waren ihm sonst fremd, hielt er doch viel auf die Gesetze und hatte derartige Methoden immer streng verurteilt. Dennoch schien es ihm im Moment die beste Lösung, anscheinend verlangte die Politik solche Konzessionen an die Moral. Gut, dass Marcus Antonius bald eintreffen würde, er musste wissen, wie mit solch brisanten Situationen umzugehen war. Silvanus wurde ein wenig ruhiger.

Die Träger ließen die Sänfte vor seiner Villa mit einem Ruck zu Boden. Mürrisch gab Silvanus ihnen ein paar Sesterzen und betrat sein Haus. »Larix«, rief er sofort laut nach der Sklavin, »richte mir ein heißes Bad und schicke den Jungen von nebenan nach einem Masseur, er soll sofort kommen! Und sende ihn dann zu Gabyonos, dem ehemaligen Sklaven von Rutilius Rufus, auch der soll kommen, aber das hat keine Eile.« Schwer ließ er sich in einen der Korbsessel im Atrium nieder.

Larix eilte mit einem Becher Wein herbei. »Ich werde dem Jungen sofort Bescheid sagen, Herr, allerdings besteht seine Herrin darauf, dass wir zukünftig für seine Dienste bezahlen. Vielleicht sollten wir darüber nachdenken, selbst einen zu kaufen, es ist ohnehin zu wenig Personal im Haus für deine Stellung. Andere Herren haben zwanzig Sklaven und mehr, Munatius Plancus hat über hundert, wie mir eine Freundin erzählte; man sieht mich schon ganz seltsam an!«

Silvanus war nicht in der Stimmung für Kritik. »Wir sollten darüber nachdenken, Larix? Ich glaube, die Herrin Lucida und ich lassen dir und Nasutus zu viel Freiraum, ihr habt zu wenig Aufgaben, scheint es, dass du dir solche Gedanken machen kannst. Außerdem weißt du doch, dass Lucida es ablehnt, so viele Sklaven im Hause zu haben, das lenkt sie von ihren

Andachten ab. Also geh und erledige, was ich dir aufgetragen habe, und gib dem Jungen zwei As, sei's drum.«

Als der Masseur eintraf, hatte Silvanus schon ein heißes Bad genommen. Viel Linderung hatte es ihm allerdings nicht gebracht und wegen der Schmerzen auch nicht die erhoffte Ruhe zum Nachdenken, die er beim Baden so schätzte.

Ächzend legte er sich auf die Liege, der Masseur begann seine Arbeit, und Silvanus gab sich ganz der entspannenden Wirkung seiner geübten Hände hin. An Hals und Schultern beginnend, sparte der Masseur zunächst das schmerzende Kreuz aus, so dass Silvanus' Gedanken nun doch wieder zu Laelias Bericht zurückwandern konnten. Neben die Angst um die Mädchen trat jetzt der Zorn auf die Parther! Er hätte es sich denken müssen, dass diese hinter den Überfällen steckten, die Taktik sah ihnen ähnlich. Und nachdem er die Sache mit Caesar erfahren hatte – diese verfluchten parthischen Hunde – hätte er sofort schalten müssen. Dann wäre dieser zweite Überfall auf die Taberna Tilia mit seinen fatalen Folgen vielleicht gar nicht passiert. Aber, so nahm er sich in Schutz, die vielen Zusatzaufgaben hatten ihn so sehr in Anspruch genommen, dass er nicht genug Zeit gehabt hatte, die notwendigen Schlüsse zu ziehen. Manchmal fragte er sich, ob Munatius Plancus ihm bewusst diese Menge an Aufgaben übertragen hatte, sein Verhalten ihm gegenüber hatte sich doch verdächtig schnell gewandelt. Wollte Plancus vielleicht Antonius zeigen, dass er, Silvanus, von dem Herrscher des Ostens protegiert, in allen Bereichen kümmerlich versagte, dass Antonius auf den falschen Mann gesetzt hatte?

Er zwang seine Gedanken zurück zu den Geschehnissen in der Taberna Tilia. Warum hatte Laelia ihn nicht sofort benachrichtigt? Dann hätte er Plancus schon mehr berichten können – das hätte sie doch wissen müssen! Am meisten allerdings ärgerte ihn, dass es nun Mithriventes gewesen war, der den Mädchen quasi das Leben gerettet hatte, derjenige, dem sie das alles verdankten, der Urheber der ganzen Geschichte! Welch eine Ironie des Schicksals.

Die großen Hände des Masseurs arbeiteten sich jetzt weiter nach unten. »Au«, rief Silvanus ärgerlich, als die schmerzende Stelle des Rückens erreicht war, »sei gefälligst vorsichtiger!«

»Du bist sehr verspannt, Herr«, erwiderte der Masseur ruhig, »und ich denke, dass an deiner Wirbelsäule ein Schaden ist, kann es aber wegen der Verspannung nicht richtig feststellen. Die Symptome allerdings weisen darauf hin. Du solltest dich schonen. Wenn es schmerzt, so ist das nicht meine Schuld, es sind deine Muskeln, die ich lockern muss.« Dennoch massierte er ein wenig weicher.

Silvanus sinnierte weiter. Wenn er denn aufgrund der Täterbeschreibung die vier Schläger festsetzen könnte, dann würde man sehen, ob sie auch Rutilius Rufus auf dem Gewissen hatten. Und wenn dem so wäre, könnte er Antonius gleich zwei aufgeklärte Verbrechen präsentieren. Dieser wäre sehr zufrieden mit ihm, und das würde auch die verpatzte Sache mit Arsinoe wieder ein wenig ausgleichen. Allein, so ganz passten die beiden Fälle nicht zusammen: die unterschiedliche Vorgehensweise – der oder die Täter waren ja in das Haus des Rutilius eingelassen worden – die Kopfverletzung des Lehrers, der Tod durch Erwürgen. Aber der Abdruck in der Hand! Hatte sich doch jemand der Schläger bedient, machte vielleicht sogar gemeinsame Sache mit den Parthern, intrigierte gegen die Römer und bekam von Mithriventes als Gegenleistung Hilfestellung durch seine Schläger?

Erneut ächzte Silvanus unter den kraftvollen Händen des Masseurs. Jetzt war es genug, das war ja nicht zum Aushalten, der Mann sollte ihm helfen und ihn nicht noch mehr quälen. Verärgert schickte Silvanus ihn weg. Gerade als er seine Tunika übergezogen hatte und sich bemühte, seine Sandalen anzulegen – das ging besser als erwartet, hatte der Mann vielleicht doch gute Arbeit geleistet? – meldete Larix, dass eine Botschaft von Lucida eingetroffen sei. Es gehe ihr gut, ihr Aufenthalt sei sehr lehrreich, und sie komme in drei Tagen zurück. Larix schien nicht sehr erfreut über diese Nachricht, und ihr Gesicht hellte sich erst auf, als sie hinzufügte, dass ein netter junger Mann namens Gabyonos ihn im Atrium erwarte. »Schicke ihn ins Triklinium, draußen ist es mir zu kalt. Ich komme gleich!«, befahl ihr Silvanus, zweifelnd, ob er sich über Lucidas Rückkehr freuen sollte oder nicht. So suchte er erst einmal gemächlich die Latrine auf, um seine Gedanken zu ordnen. Der ehemalige Sklave konnte ruhig warten.

Gabyonos hatte es sich auf einem der Sessel gemütlich gemacht und schlürfte genüsslich den Wein, den ihm Larix gebracht hatte, als Silvanus das Atrium betrat. Der gute Wein, empörte er sich, hatte dieser hergelaufene Strolch auch schon seiner Sklavin den Kopf verdreht? Dennoch näherte sich Silvanus ihm mit einem freundlichen Lächeln, wollte er ihn doch in Sicherheit wiegen.

Gabyonos erhob sich und grüßte ehrerbietig, doch nicht unterwürfig. ›Er hat seine neue Rolle schon gut gelernt‹, dachte Silvanus und fragte höflich, ob der Wein ihm munde, und was er ihm mitzuteilen habe.

»Vorzüglich, ganz vorzüglich, dein Wein«, schmeichelte Gabyonos. »Weißt du, Silvanus, mir ist da etwas aufgefallen, ich denke, das könnte dich interessieren. Doch zunächst möchte ich etwas anderes wissen. Kürzlich suchte ich dich im Magistratsgebäude, um mich zu erkundigen, wie weit meine Freilassungspapiere sind, aber du warst nicht da. Darf ich höflich fragen, wann sie fertig sein werden?«

Silvanus setzte sich so bequem wie möglich auf einen Sessel. »Sie werden bald vorliegen, Gabyonos, darauf kannst du dich verlassen. Was wirst du dann tun? Hast du schon konkrete Vorstellungen?«

Auch Gabyonos setzte sich wieder. Sein Blick wurde verhangen. »Ja, natürlich. Ich wollte Ulpia heiraten, sobald ihre Witwenzeit vorbei ist. Sie hat sich dafür eingesetzt, dass ich weiterhin die Bibliothek der Akademie führen kann, und ich glaube nicht, dass irgendjemand etwas dagegen einzuwenden hat. Immerhin habe ich das seit Jahren getan, und keiner kennt sich so gut mit den Schriftrollen aus wie ich. Ich war sehr froh über diese Entwicklung, lieben Ulpia und ich uns doch schon seit langem; und wenn auch unser Glück auf dem tragischen Schicksal von Rutilius Rufus gebaut sein sollte, so dachte ich doch, dass Ulpia mit mir sehr viel mehr Freude am Leben hat.«

Silvanus horchte auf. »Du wolltest Ulpia heiraten? Hat sich dein Entschluss geändert? Und glücklich siehst du auch nicht aus, Gabyonos. Was ist geschehen?«

»Nun«, der ehemalige Sklave wand sich, seine Augen traurig gesenkt, »ich habe da etwas entdeckt, etwas, das mich sehr nachdenklich macht. In Rufus' Arbeitszimmer steht eine kleine Artemisfigur, eine Nachbildung der Kultstatue im Artemision, eine sehr schöne Arbeit. Neulich ging ich in das Zimmer, um nach einer Schriftrolle zu suchen, und da stand Ulpia mit dieser Statue in der Hand und betrachtete sie versonnen. Das hätte mich nicht weiter gewundert, wie gesagt, es ist ein schönes Stück, nur als ich hineinkam, stellte Ulpia sie schnell – zu schnell – wieder an ihren Platz. Sie wirkte, als hätte ich sie bei etwas ertappt, als hätte sie ein schlechtes Gewissen. Sie murmelte, einer der Studenten hätte die Statue gefunden und gerade zurückgebracht. Sie sei ihr sehr teuer, denn sie hätte sie Rufus zur Hochzeit geschenkt. Doch jetzt sei sie sehr stark verschmutzt, Sabina werde sie reinigen müssen. Dann zog sie mich ohne ein weiteres Wort in ihr Schlafgemach. Sie ist eine schöne Frau, ich konnte ihr nicht widerstehen, und du weißt, ich verehre sie sehr, doch danach ging ich wieder ins Arbeitszimmer und sah mir die Statue an. In den Falten ihres Gewandes fand ich Spuren – von Blut.« Gabyonos machte eine effektvolle Pause, das Gesicht spiegelte pure Kümmernis. »Ich habe sie mitgebracht. Hier ist sie.«

Silvanus nahm die Statue entgegen, sie maß etwa eine Elle. Als er Rufus' Arbeitszimmer untersucht hatte, war sie nicht dort gewesen, da war er ganz sicher; ein so exquisites Stück wäre ihm aufgefallen. Niemand hatte ihm gegenüber erwähnt, dass diese Statue fehlte, eigenartig. Er untersuchte sie eingehend. In der Tat, außer einigen Schmutzflecken und Staub fand er in den feinen Falten des Gewandes eine bräunliche Substanz, auf den ersten Blick kaum zu erkennen. Er kratzte ein wenig davon ab und zerrieb es zwischen seinen Fingernägeln. Es schien wirklich Blut zu sein. Bewusst ließ er sich für diese kleine Untersuchung Zeit, denn die Gedanken rasten in seinem Kopf. Form und Größe der Statue passten zur Kopfverletzung des Toten. Gabyonos hatte anscheinend wirklich das Tatwerkzeug gefunden, mit dem Rufus niedergeschlagen worden war, und jetzt belastete er Ulpia. Oder wollte er den Verdacht von sich ablenken? Doch wie sollte er es getan haben, er hatte ein Alibi. Silvanus rief sich den traurigen Ausdruck auf Gabyonos' Gesicht in das Gedächtnis. Der war nicht echt gewesen, der Mann hatte ihm etwas vorgespielt. Plötzlich wusste er auch, warum: Ob Mörder oder nicht, Gabyonos hatte nicht vor, Ulpia, die wesentlich Ältere, zu heiraten, und suchte nun nach einer Möglichkeit, sie loszuwerden, ohne Haus und Arbeit zu verlieren.

Silvanus spürte den Blick des ehemaligen Sklaven auf sich gerichtet. Er musste etwas sagen. »Nun, Gabyonos, es sieht wirklich so aus, als sei dies die Tatwaffe. Ich danke dir sehr. Dir ist doch klar, dass du damit deine zukünftige Ehefrau sehr belastest?«

»Ja, das ist mir klar. Aber ich kann doch mein Leben nicht auf einem Verbrechen aufbauen. Oh, meine Ulpia, sie hat es bestimmt nur aus Liebe zu mir getan, sie sah keinen anderen Weg, aber einen Mord kann ich ihr nicht verzeihen. Ach, meine schöne Ulpia.« Gabyonos bekam tatsächlich feuchte Augen.

Er trug zu dick auf. Angewidert hob Silvanus seinen Becher an den Mund, um seine Gemütsregung zu verdecken, und fragte noch, welcher der Studenten die Statue gefunden hätte. Doch darauf wusste Gabyonos keine Antwort. So verabschiedete Silvanus seinen Besucher, er musste nachdenken. Und die Freilassungsformalitäten dieses Mannes würde er ganz sicher in die Länge ziehen.

Kapitel 16

Silvanus war an diesem Morgen kaum aus seinem Bett gekommen, so sehr schmerzte sein Rücken. Kein Auge hatte er zugetan – so schien es ihm zumindest – aber die Zeit genutzt und diverse Entschlüsse gefasst. Zum Beispiel, nicht tatenlos eine so schöne Frau wie Arsinoe einfach ihrem Schicksal zu überlassen. Er wollte sie also noch einmal aufsuchen und ihr die ganze Tragweite ihrer Entscheidung vor Augen halten. Noch war Zeit, wenig zwar, da Antonius jeden Moment eintreffen konnte, aber solange er noch nicht hier war und Plancus auf dem Lande weilte, ließe sich eine Flucht arrangieren.

Auch im Mordfall Rutilius Rufus war er um einiges weitergekommen – das von Laelia beschriebene Schmuckstück und der Fund der kleinen Statue eröffneten ihm ganz neue Perspektiven. Er war sich ziemlich sicher, dass der Akademieleiter damit niedergeschlagen worden war, denn seine Kopfverletzung – Silvanus hatte sie sich nochmals vor sein inneres Auge gerufen – stimmten mit der Basis der Artemisstatuette überein, der Täter – oder die Täterin – hatte sie am Körper gefasst, so dass der Sockel den Kopf des Opfers traf. Das allerdings deutete eher auf eine Handlung im Affekt hin, ein häuslicher Streit vielleicht, denn ein kaltblütiger, vorausplanender Mörder würde wohl nicht nach dem ersten besten Gegenstand greifen, sondern die Tatwaffe sorgfältig auswählen. Und Ulpia – wenn sie denn beteiligt war – hätte die wertvolle Statue bestimmt nicht vorsätzlich benutzt. Auch der andere Aspekt, das Schmuckstück, war von entscheidender Bedeutung. Vielleicht standen Niederschlagen und Erwürgen des Opfers gar nicht in Zusammenhang. Hatte Silvanus bisher manchmal gedacht, man wolle den Schlägern den Mord nur in die Schuhe schieben, da diese ja praktischerweise gerade ihr Unwesen trieben, so meinte er jetzt beinahe Gewissheit zu haben, dass sie doch für den eigentlichen Mord verantwortlich waren. Nur, waren sie an jenem Abend zufällig des Wegs gekommen, auf das verlassene Gelände der Akademie? War Rutilius Rufus ihnen vor die Füße getaumelt? Hatten sie ihn aus reiner Mordlust erwürgt? Unwahrscheinlich! Dann schon eher ein bestellter Totschläger, der Rufus auf seinem Weg zum Fest abfangen und umbringen sollte, immerhin war da ja auch noch die verhüllte Gestalt, von der Artocreatus berichtet hatte, die außer ihm allerdings niemand gesehen hatte. Aber wer hätte den bestellt? Ulpia? Gabyonos? Beide zusammen? Oder doch Artocreatus? Vielleicht sogar jemand, den er bisher noch nicht in Betracht gezogen hatte, einer der Studenten, ein Einwohner der Stadt, ein alter Feind ... Silvanus seufzte. Hoffentlich würde er diese parthischen Barbaren erwischen, von ihnen erhoffte er sich die Lösung des Falles, und er hätte allemal einen Schuldigen vorzuweisen.

Unter Schmerzen, aber mit sich zufrieden, schleppte sich Silvanus ins Bad, dann zum Frühstück. Larix sah ihn besorgt an. »Soll ich diesen ägyptischen Arzt holen?«, fragte sie vorsichtig. Silvanus überlegte kurz. Er mochte Hani Rami, und er vertraute ihm in medizinischen Fragen, doch Lucida konnte ihn nicht ausstehen. Schon als die Jugendlichen Silvanus so übel verletzt hatten, war sie nur widerwillig bereit gewesen, den Ägypter ins Haus zu lassen. Für sie kam jede Krankheit aus der Seele, und diese galt es zu kurieren, was nur mit Hilfe der Götter und ihrer Mysterien möglich war. Der medizinischen Wissenschaft misstraute sie ungemein, besonders der ägyptischen, und allein wenn der Name Hani Rami fiel, musste sich Silvanus einen Sermon über den falschen und blasphemischen Ansatz von Ärzten anhören. Sollte sie erfahren – und das war nicht unwahrscheinlich – dass Hani Rami hier gewesen war, konnte sich Silvanus auf einen handfesten Ehestreit gefasst machen. Seine Schmerzen jedoch und der Gedanke an die viele Arbeit ließen ihn das Risiko eingehen. »Ja, Larix, hole Hani Rami, du findest ihn bei Kufi, einem befreundeten Arzt. Aber versprich mir, es der Herrin gegenüber nicht zu erwähnen. Und wenn du unterwegs bist, kannst du gleich bei dem Sklavenmarkt vorbeigehen, der heute stattfindet, und einen Jungen für uns kaufen. Ich vertraue ganz auf dein Geschick bei der Auswahl.« Wenn er Lucida schon erzürnte, sagte sich Silvanus, dann konnte er sich auch gleich zwei Vorwürfen aussetzen, und Larix hatte durchaus Recht, was die Anschaffung eines weiteren Sklaven betraf.

Larix versprach strahlend, zu schweigen wie ein Grab und den besten Sklavenjungen zu kaufen, den der Markt zu bieten hatte. Silvanus war allein. Missmutig lag er auf seiner Kline und knabberte an einen Stück Brot. Großen Hunger hatte er nicht. Es war schwer, die rechte Position zu finden, um einigermaßen schmerzfrei essen zu können; auf der Seite zu liegen, den Kopf auf einen Arm gestützt, war mehr als unbequem. So drehte er sich auf den Rücken und ließ seine Gedanken zu Laelia schweifen. Er stellte sich vor, wie sie, jetzt am frühen Morgen, noch in ihrem Bett lag, den Körper teilweise verhüllt von den Laken, und wie er sie wecken würde, sie niederhaltend, in die Laken gedrückt. Wie sie die Augen öffnen würde, halb erstaunt, halb erfreut, und ihn empfangen … »Oooh, au«, stöhnte Silvanus, zog seine Hand zurück und legte sie an seinen schmerzenden Rücken. Jetzt musste er seine Tunika wechseln, bevor Hani Rami kam, also schleppte er sich zurück in sein Schlafgemach, kramte in seiner Truhe und fand einen frischen Chiton. Nun, dieses griechische Kleidungsstück würde auch seine Dienste erfüllen.

Nach einer Weile erschien Hani Rami. »Sei gegrüßt, Silvanus Rhodius, mein Freund. Deine Sklavin berichtete mir, du bedürftest meiner Hilfe?«

Silvanus war hocherfreut, ihn zu sehen. Allein der Anblick des hageren Mannes verhieß Besserung. So reichte er ihm einen Becher Wein und schilderte seine Beschwerden.

»Das klingt nicht gut, mein Freund.« Der Ägypter zog sorgenvoll die Augenbrauen zusammen und bat ihn, sich hinzulegen. Während der sorgfältigen Untersuchung berichtete Silvanus ihm von dem Schmuckstück, das Laelia bei einem der Schläger gesehen hatte, und vom Auftauchen der kleinen Statue.

»Ich werde sie mir nachher einmal ansehen«, sagte Hani Rami ruhig, während er eine brennende Salbe auf Silvanus' Rücken auftrug. »Dies ist ein Extrakt aus Bienengift«, erklärte er, denn Silvanus stöhnte leise, »es wird zur Entspannung der Muskeln beitragen. Leider aber ist das nicht der Hauptgrund für deine Beschwerden. Ein gallertartiges Zwischenstück der Wirbel ist – wahrscheinlich durch das Reiten – hervorgetreten. Dadurch reiben die Wirbel aneinander, was deine Schmerzen verursacht. Natürlich verspannen sich damit auch die Muskeln. Ich muss dich einer speziellen Behandlung unterziehen, um dieses Zwischenstück wieder an seinen ursprünglichen Platz zurückzuschieben, dazu muss ich dich in einer besonderen Vorrichtung aufhängen. Danach wäre eine Kur angeraten. Auf jeden Fall wirst du mindestens eine Woche lang ruhig liegen müssen, damit es nicht sofort wieder herausspringt.«

»Eine Woche!« Silvanus wollte es nicht glauben. »Das geht auf gar keinen Fall. Ich bin Stellvertreter von Munatius Plancus und muss diese Fälle aufklären, zudem wird Marcus Antonius jeden Tag erwartet. Ich kann nicht eine Woche lang ausfallen. Gibt es keinen anderen Weg?«

»Dies ist der beste Weg, um dich langfristig von deinen Beschwerden zu heilen, glaube mir. Ich kann dir zwar auch einen schmerzlindernden Trank geben, dich bandagieren, um dem Rücken Stabilität zu geben, aber es wäre möglich, dass du dann den Rest deines Lebens mit dieser Sache zu tun hast. Nun – es ist deine Entscheidung. Auf jeden Fall musst du abnehmen, dein Rücken trägt zu viel Gewicht, das ist nicht gut.« Hani zog den Chiton wieder über Silvanus' Rücken.

»Ich weiß, ich weiß«, brummte der Römer, »ich werde mich bemühen. Aber ich bitte dich, Hani, mach mich so weit schmerzfrei, dass ich meine Aufgaben erfüllen kann, es wird ja nicht mehr lange dauern, und dann werde ich mich deiner Behandlung unterziehen.«

»Bedenke aber«, erwiderte Hani Rami, »dass ich nicht vorhabe, noch lange in Ephesos zu bleiben, eigentlich wollte ich schon fort sein. Es zieht mich wieder nach Didyma zurück, zu meinem Garten und meinen Kräutern. Ich blieb nur, weil Kufi mit mir kommen wird, und der noch einige Dinge zu regeln hat. Also ist auch eine Behandlung bei ihm nicht möglich und einen anderen Kollegen kann ich dir hier in Ephesos leider nicht empfehlen. So wirst du wohl den beschwerlichen Weg nach Didyma auf dich nehmen müssen.«

»Hm«, murmelte Silvanus. »Ich werde sehen.« Auf der einen Seite erschien ihm ein Aufenthalt in Didyma durchaus reizvoll, hatte er doch angenehme Erinnerungen an den Ort, und er würde gern mit Laelia für eine Woche in der Taverne ihres Vaters bleiben und sich dort ausruhen. Auf der anderen Seite lag ihm Lucida schon lange in den Ohren, mit ihr dorthin zu reisen. Sie wollte unbedingt das Orakel fragen, ob ihnen noch Kinder vergönnt wären, und bis jetzt hatte sich Silvanus immer herausreden können. Auf keinen Fall mochte er mit seiner Frau in dem kleinen Ort erscheinen, wo ihn jeder kannte, und alle wussten, dass er ein Verhältnis mit der Tochter des angesehenen Tavernenbesitzers Bibulus hatte. Das ging wirklich nicht. »Ich werde sehen«, wiederholte er nachdenklich und lenkte das Thema dann auf die Statue. Hani Ramm besah sie sich genau, prüfte wie Silvanus am Tage zuvor ein wenig von den rötlich braunen Anhaftungen und kam zu dem gleichen Ergebnis. »Unzweifelhaft Blut.« Dann ergriff er eine große Wachstafel, drückte die Basis der Statue von allen Seiten hinein und reichte sie Silvanus zurück. »Auch ich bin der Meinung, hier das Tatwerkzeug in der Hand zu haben. Um ganz sicherzugehen, werde ich jedoch diese Abdrücke mit der Skizze, die ich von den Kopfverletzungen des Toten gemacht habe, vergleichen. Und dies«, er deutete auf die Kopie der von Laelia angefertigten Zeichnung des Schmuckstückes, »scheint mir dem Abdruck in Rufus' Hand recht ähnlich. Gern würde ich beide einmal nebeneinander sehen. Wenn du erlaubst, möchte ich es mitnehmen.« Auf Silvanus' Nicken rollte er den Papyrus sorgfältig zusammen und steckte ihn in seinen Beutel. Dann kramte er daraus ein Säckchen hervor, gefüllt mit zerriebenen Kräutern, erklärte Silvanus, wie daraus ein schmerzstillender Trank zuzubereiten war, und schlang dem Römer eine Leinenbinde um die Hüfte. Zuletzt reichte er ihm eine kleine Glasphiole. »Dies ist ein sehr starkes Schmerzmittel. Da ich weiß, dass du heute noch einiges vorhast – wundere dich nicht, ich sehe es an deinen Augen und deiner Unruhe – gebe ich es dir. Aber ich muss dich warnen: Es berauscht, sei also vorsichtig. Und da die Wirkung hervorragend und das trunkene Gefühl gut ist, kann es sein, dass dich nach mehr verlangt, darum nimm es nur im äußersten Notfall. Ein kleiner Schluck genügt. Und überschätze dich nicht, wenn die Schmerzen nicht mehr zu spüren sind, nimm dich in Acht mit dem, was du tust, sonst verschlimmerst du die Beschwerden.« Freundlich und mit echter Sorge sah er ihm in die Augen. »Pass auf dich auf, mein Freund!«

Dankbar nahm Silvanus die Phiole entgegen und erhob sich

mühsam, um Hani Rami zu verabschieden. Bei Jupiter, dieser Mann, der ihm schon so oft geholfen hatte, war ein Geschenk des Himmels.

Schon nach kurzer Zeit begann der Trank des Ägypters zu wirken, die Schmerzen verschwanden, und Silvanus' Stimmung hob sich merklich. Gerade wollte er das Haus verlassen, voller Zuversicht und Tatendrang, als ihm einer seiner Männer entgegenkam. Es sei wichtig, flüsterte der, zog Silvanus zurück ins Haus und erstattete Meldung. Strahlend klopfte ihm Silvanus auf die Schulter. »Gut gemacht, Mann!«

Versehen mit einem neuen Befehl und um einige Sesterzen reicher verließ der Mann das Haus.

Laelia saß auf der Staatsagora bei einem Becher verdünntem Wein und versuchte in dem parthischen Epos, dem Sermon von der Seele, zu lesen. Sie hatte gedacht, die Sonne, die Menschen und das Buch würden sie ablenken von ihren trüben Gedanken, doch hatte sich diese Hoffnung nicht erfüllt. Das Epos erinnerte sie zu sehr an Mithriventes, der nun zum Glück in Didyma war, und an die parthischen Schläger. So beobachtete sie das Treiben auf der Agora, doch das machte ihr mehr Angst, als dass es sie beruhigte. Die Stimmung war noch immer geladen, man merkte es deutlich. Die Blicke der Menschen verfinsterten sich, wenn sie am Magistratsgebäude vorbeischritten, und das sonst so fröhliche Stimmengewirr klang heute bedrohlich. Voller Bangen dachte Laelia an die Geschichten, die sie über das Gemetzel an den römischen Bürgern vor siebenunddreißig Jahren gehört hatte, ein fürchterliches Blutbad, das hier in Ephesos und in anderen Städten stattgefunden hatte. Damals hatte der pontische König dieses tausendfache Morden angeordnet. Könnte das Gleiche nun wieder passieren, diesmal auf Geheiß der Parther? Laelia überlief ein Schauer. »Oh Apollon«, dachte sie inbrünstig, »bitte verhindere das!« Der Gedanke an den Gott, neben dessen Tempel sie aufgewachsen war, beruhigte sie ein wenig, und sie beschloss, dem hiesigen Tempel des Apollon einen Besuch abzustatten, um ein Opfer darzubringen. Dennoch fühlte sie sich unwohl. Warum nur war sie ganz allein auf die Agora gegangen? Wenn nun Mithriventes schon wusste, dass sie ihren Eid gebrochen und alles ausgeplaudert hatte? Sie brauchte jetzt Gesellschaft, vielleicht hatte ja Illicia Lust, zum Tempel des Apollon mitzukommen, denn ihr würde es wahrscheinlich auch nicht besser gehen. Also legte sie zwei As auf den Tisch, stand auf und machte sich auf den Weg zurück zur Taberna Tilia.

Unter den Säulengängen traf sie auf Arkadia mit ihrem Sklaven Scopus. Auch das noch, stöhnte sie innerlich, als sie das unwillige Gesicht von Illicias Tante sah.

»Laelia«, begann dann auch sogleich die erwartete Kritik, »was muss ich sehen! Du ganz allein ohne Sklaven in einer Taverne sitzend! Hast du denn gar keinen Anstand? Was sollen die Leute denken? Du bist ja Freiwild für alles mögliche Gesindel! Wo ist denn dein blinder Germane? Ist der zu gar nichts nutze?« Tadelnd musterte Arkadia die Freundin ihrer Nichte. »Und dieser Aufzug! Dass die jungen Mädchen heute ihre Arme und Knöchel nicht mehr bedecken können. Nein, wo sind wir nur hingekommen!«

Betroffen sah Laelia an sich hinab. Sie trug eine die Arme freilassende, knapp über das Knie reichende Tunika, eine Mode, die schon seit einigen Jahren nicht mehr als anstößig galt. Für Laelia war das Kleidungsstück eigentlich selbstverständlich, doch Arkadia hatte sie in einer Stimmung erwischt, in der Kritik nicht einfach so an ihr abperlte. »Entschuldige,

Arkadia, ich werde mich gleich umziehen, ich wollte ohnehin gerade nach Hause, es ist ein wenig frisch.« Hastig wandte sie sich ab und eilte davon, hörte noch Arkadias abfälliges Schnalzen der Zunge und überlegte mit einem Anflug von Sarkasmus, dass deren Bemerkung über das Freiwild genau das war, was sie selbst vorher gedacht hatte, nur in einem anderen Zusammenhang.

In der Küche der Taverne fand sie Illicia, die an Arkadias Stelle die Einkaufsliste für den morgigen Tag vorbereitete. Auch ihre Freundin schien nicht bester Laune zu sein, fuhr sie doch soeben Gallia an: »Wenn es keine Trüffel gibt, so holst du eben andere Pilze, bei Apollon, wie lange bist du schon in diesem Geschäft?« Gallia schwieg verstört.

»Salve, Illicia«, begrüßte Laelia die Freundin und versuchte, die Stimmung ein wenig aufzuheitern, »was willst du denn mit Trüffeln? Sollen sie bei Mazdates oder bei Marcus Antonius den Trieb anregen?«

»Lass die dummen Witze, Laelia. Geh lieber und suche Flusia, sie soll helfen, das Gemüse vorzubereiten. Sie hat sich wieder irgendwo versteckt, nur weil Monoculos es wagte, sein blindes Auge auf sie zu richten. Ach, es ist ein Kreuz mit dieser Sklavin.«

Laelia suchte und fand Flusia, gab Illicias Anweisungen weiter, die die Nubierin mit eingezogenen Schultern entgegennahm, sich scheu, doch nicht ängstlich umblickend, ob nicht Monoculos in der Nähe war. Manchmal war es Laelia, als trieben die beiden ein Spiel miteinander, das auch Flusia nicht so missfiel, wie sie vorgab.

Illicia wandte sich ihrer zurückkehrenden Freundin zu. »Was gibt es? Du bist doch bestimmt nicht gekommen, um in der Küche zu helfen?«

»Nein, ganz gewiss nicht«, lachte Laelia und fragte Illicia, ob sie Lust habe, mit ihr zum Apollontempel zu gehen. Wie erwartet willigte diese sofort ein. »Auch ich habe schon gedacht, dass wir ein Opfer im Tempel darbringen sollten. Lass uns gehen.«

So machten sie sich auf den Weg, unauffällig folgten ihnen zwei Männer, Silvanus' Legionäre, die, anscheinend in ein ernsthaftes Gespräch vertieft, doch die Hand immer am Gürtel hatten, wo unter dem Mantel das Schwert hing. Der Tempel des Apollon lag auf dem Weg zum Artemision. Beide Heiligtümer befanden sich außerhalb der Stadtmauer, und als die Mädchen durch das Tor schritten, hörten sie schon bald das Geschrei der Opfertiere, die in der Nähe des Tempels zum Verkauf angeboten wurden. Mit wenigen Worten kamen sie überein, dass in ihrem Fall mindestens ein prächtiger Hammel angebracht war. So wählten sie ein besonders stattliches Tier aus einer kleinen Herde, die sich in einer Umfriedung ängstlich zusammendrückte. Der freundliche Händler bot ihnen an, den Hammel für sie zum Tempel zu bringen, was sie erleichtert annahmen.

Dort übergaben sie das Tier einem Diener, der damit sogleich zum Opferplatz eilte. Als das schrille, schmerzerfüllte Blöken des Hammels endlich verstummt war, verharrten sie noch eine Weile schweigend im Tempel, jede in die Zwiesprache mit dem Gott vertieft. Danach fühlten sie sich besser und setzten sich noch eine Weile an den Brunnen neben dem Heiligtum. »Ich glaube, Apollon hat uns verstanden«, brach Laelia das Schweigen.

»Ich hoffe, du hast Recht«, erwiderte Illicia nur.

Viel besucht war dieser Platz nicht, in Ephesos nahm Artemis die erste Stelle unter den Göttern ein, und so konnten sie ungestört den Blick über das Meer genießen. In nicht allzu ferner Zukunft würde am Horizont die Triere des Antonius erscheinen, schnell, groß, herrschaftlich, ganz dem Manne angemessen, der sie befehligte.

»Was wirst du tun, wenn Antonius wieder hier ist?«, fragte Laelia unvermittelt.

»Ich weiß es nicht. Aber vielleicht will er mich gar nicht sehen, nachdem er Kleopatra getroffen hat. Das wäre wahrscheinlich das Einfachste.« Illicia sprach erstaunlich ruhig.

»Er hat mit Kleopatra politische Verhandlungen geführt, wer weiß, ob der Rest nicht einfach Gerüchte sind.«

Illicia lachte bitter. »Ich kenne Antonius gut genug. Das sind keine Gerüchte. Und du hast doch gehört, was Quintus Dellius erzählt hat. Wo ist der überhaupt, ist er wieder abgereist?«

»Ich glaube nicht. Soviel ich weiß, wohnt er noch im Hause von Munatius Plancus, genießt das Leben hier und verhandelt mit den örtlichen Würdenträgern.« Laelia machte eine kurze Pause, bevor sie fortfuhr: »Aber was ist denn jetzt mit Mazdates, bist du dir da klarer geworden?«

»Ach Mazdates. Ja, ich mag ihn sehr, aber die Sache mit den parthischen Schlägern hat doch ihre Wunden hinterlassen. Nicht, dass ich denke, er hätte etwas damit zu tun. Aber er ist Parther, und die planen eine Invasion, und wer weiß, wie er sich verhält, wenn unsere Völker im Krieg liegen. Und nach Parthien würde ich nie gehen, dazu ist mir das Land dann doch zu fremd. Vielleicht wenn er hier bliebe ... Aber ich weiß nicht, was ich mit diesen beiden Männern machen soll. Laelia, den einen könnte ich wahrscheinlich haben, wenn ich wollte, bin mir aber unsicher, und den anderen kann ich nie haben, bin aber sicher, dass ich ihn will.« Sehnsuchtsvoll blickte sie über das Meer.

Laelia überlegte eine Weile. Was sollte sie der Freundin raten? Sie wusste, dass Illicia dem parthischen Wagenlenker nicht abgeneigt war, und normalerweise hätte sie gesagt: »Warte einfach ab.« Aber Mazdates würde sich nicht ewig gedulden, das wussten beide. Und Marcus Antonius? Nun, dieser

Mann war von ganz anderer Art, mit seinem unwiderstehlichem Charme, seiner Natürlichkeit trotz seiner Stellung als Triumvir, gepaart mit gutem Aussehen. Dass Illicia ihn nicht einfach vergessen würde, das war ihr mehr als klar. »Warum nimmst du nicht einfach beide?«, schlug Laelia pragmatisch vor. »Die Parther haben sowieso mehr als eine Frau, und Marcus Antonius nimmt es mit der ehelichen Treue ja auch nicht so genau, warum sollte für dich nicht das Gleiche gelten? In Rom ist das auch für Frauen nichts Unnormales, und sieh dir Silvanus an, der tut es doch auch.«

Illicia sah sie nachdenklich an. »Vielleicht läuft es darauf hinaus. Ich glaube ohnehin nicht, dass ich einen von beiden einfach so aufgeben kann, außerdem wird Marcus auch diesmal nicht lange bleiben und dann auf unbestimmte Zeit verschwinden. Aber Mazdates möchte ich nicht verletzten – Parther sollen sehr eifersüchtig sein – und du weißt ja selbst, wie es ist, wenn es noch jemanden im Leben des anderen gibt. Überhaupt scheinst du mir auch nicht sehr glücklich zu sein. Ist es wegen Silvanus?«

Laelia nickte, die Lippen zusammengepresst. »Ja, du hast Recht. Ich bin im Moment mit der ganzen Geschichte nicht zufrieden. Obwohl Lucida nicht da ist, sehe ich ihn doch seltener. Gut, er sagt, das käme daher, weil er so viel zu tun hat, aber er ist auch anders geworden, so – unaufmerksam. Gestern zum Beispiel, da war er richtig ärgerlich, weil ich ihn über die Sache mit den Parthern nicht sofort informiert habe. Von seiner Seite aus verständlich, aber er verschwendet nicht einen Gedanken darauf, wie es mir geht, dass ich euch in Gefahr gebracht habe, dass es mir nicht leicht gefallen ist, einen Eid zu brechen. Über seinen ganzen Problemen und Aufgaben bedenkt er nicht, dass auch ich Gefühle habe, nicht nur er. Auf der einen Seite finde ich es ganz angenehm, viel Freiheit zu haben, nicht gebunden zu sein, das weißt du ja, aber auf der anderen Seite ärgere ich mich maßlos über seinen Hochmut, einfach davon auszugehen, es wäre für mich in Ordnung so. Verstehst du das?« Laelias Augen blitzten jetzt vor Zorn. »Vielleicht sollte ich das Ganze beenden.«

Illicia blickte ihre Freundin überrascht an. Dass sie nicht zufrieden war, war ihr klar gewesen, dass aber die Dinge so schlecht standen, erschreckte sie doch. Es täte ihr Leid, würde Laelia diesen Römer aufgeben, Illicia wusste, wie sehr sie ihn mochte. Und auch sie selbst schätzte ihn. »Übereile nichts, warte lieber noch ein wenig«, riet sie der Freundin und merkte, dass sie sich damit selbst einen Rat gegeben hatte. Ein leichtes Lächeln umspielte ihre Lippen. Doch schnell wurde sie wieder ernst. »Hat Silvanus gesagt, was er für unsere Sicherheit unternehmen will, außer dieser Schutzwache?« Sie nickte zu den Legionären hin, die sich in einiger Entfernung auf den Stufen des Tempels niedergelassen hatten und die Umgebung scharf beobachteten.

Laelia schüttelte den Kopf. »Nichts Konkretes. Er hat nur gesagt, er würde sich dafür verbürgen, dass uns nichts passiert. Es bleibt uns nichts anderes übrig, als ihm zu vertrauen. Ihm und Marcus Antonius.«

»Nun, wahrscheinlich hast du Recht.« Illicia stand auf. »Nur nachts, da habe ich Angst.«

»Ich auch«, sagte Laelia. Schweigend machten sie sich auf den Heimweg.

Als Silvanus auf der Staatsagora aus seiner Sänfte stieg, hörte er seinen Namen rufen. Sich umblickend gewahrte er Quintus Dellius, der mit Lingus unter den Arkaden vor einer Taverne saß, beide die Beine von sich gestreckt und mit einem Krug Wein vor sich. »Salve, Silvanus Rhodius«, rief Dellius noch einmal, »setze dich doch auf einen Becher Wein zu uns, ich habe eine Nachricht für dich!«

»Einen schönen Chiton trägst du da«, begrüßte ihn nun auch Lingus, selbst in eine kostbare safrangelbe Tunika gehüllt, »nimmst du nun die Sitten der Griechen an, wie Antonius, der es ja liebt, sich griechisch zu kleiden? Oder willst du dich unauffällig bewegen? Daran tust du gut, es brodelt in der Stadt. Die antirömische Stimmung wird immer schlimmer, nicht wahr, Quintus?«

Dellius nickte ernst. »Ja, es stimmt leider. Auf Schritt und Tritt erntet man bedrohliche Blicke. Silvanus, nimm einen guten Rat von mir an. Als Freund. Schaffe Ordnung in dieser Stadt. Gib dem Pöbel einen Schuldigen für die Verbrechen, egal, ob er es war oder nicht. Sie werden dich lieben dafür. Und bedenke, Marcus Antonius ist nicht mehr fern, und wenn er auch ein gutherziger und großzügiger Mensch ist, so ist er doch Politiker. Er braucht Ruhe in den Provinzen, damit er seinen Feldzug gegen die Parther durchführen kann. Dafür, um Ruhe zu halten, seid ihr hier, Munatius Plancus und du. Plancus hat dir diese schwierige Aufgabe nicht ohne Grund überlassen, nehme ich an. Du weißt, was das für dich bedeutet … Ich kenne Antonius gut, und ich weiß, wie er denkt. Wenn du den richtigen Täter nicht finden kannst, suche dir einen anderen. Lieber einen Unschuldigen hinrichten, als tausende von Opfern einer Revolte beklagen zu müssen. Das ist Politik, Silvanus, und die hat nicht immer mit Gerechtigkeit zu tun, leider. Erinnere dich an die Proskriptionen in Rom, als Antonius, Lepidus und Octavian ihr Triumvirat bildeten. Denkst du, Antonius hat gern zugestimmt, so vielen Menschen das Leben zu nehmen – außer bei Cicero vielleicht, denn der hatte es durchaus verdient – nein, er tat es nur, weil er den Rücken frei haben musste, keine Feinde im eigenen Land, um den Feldzug gegen Brutus und Cassius führen zu können.

Und weil dafür Geld benötigt wurde, viel Geld. Auch jetzt braucht er Geld, und nur ruhige Provinzen zahlen ohne zu murren ihren Tribut, und gerade jetzt braucht er einen freien Rücken.«

Silvanus hatte sich gesetzt, einen Becher Wein genommen, den der eilfertiger Wirt sofort herbeigebracht hatte, und Dellius mit ruhigem und ein wenig überheblichem Lächeln zugehört. Er fühlte sich hervorragend. Seine Schmerzen waren durch Hani Ramis Trank wie weggeblasen, seine Stimmung bestens, er fühlte sich leicht und beschwingt, bereit, alle Provinzen der Welt zu verwalten. So hob er jetzt seinen Becher und prostete Dellius und Lingus zu. »Hab Dank für deinen Rat, Freund Dellius, aber ich benötige ihn nicht mehr. Der Fall oder besser die Fälle stehen kurz vor der Aufklärung. Ich werde sowohl Antonius als auch dem Pöbel die Verbrecher präsentieren können und zwar die wirklich Schuldigen. Und die Lösung des Falles wird Antonius gefallen.« Stolz lehnte er sich zurück.

Dellius zog skeptisch die Augenbrauen zusammen. »Warum bist du dir so sicher, obwohl du sie noch nicht hast?«

Silvanus machte eine kurze Kopfbewegung zu Lingus hin. Der verstand. »Oh, wenn die hohen Herren Politiker nicht vor einem einfachen Studenten reden mögen, nun denn, ich weiche.« Mit verletztem Gesichtsausdruck erhob er sich.

Dellius ergriff seine Hand. »Komm heute Abend zu mir, Lingus, und ich werde deinen Missmut wegblasen.« Lächelnd jetzt nickte Lingus, verabschiedete sich und schritt mit wiegenden Hüften die Kuretenstraße hinauf. Dellius wandte sich wieder Silvanus zu. »Jetzt berichte!«

Silvanus informierte ihn mit leiser Stimme über das, was geschehen war, und über seine Theorie bezüglich des Mordes, bat Dellius aber wegen der Sicherheit seiner Informanten, keinem außer Antonius etwas über den Fortgang der Ermittlungen zu berichten. »Und dass diese parthischen Hunde noch hier sind, weiß ich, weil ich selbstverständlich Spione in den Verbrecherkreisen habe. Man brachte mir heute Morgen die Nachricht, dass vier Personen, auf die die Beschreibung zutrifft, gesehen wurden, und ich weiß, wo sie abgestiegen sind. Ich habe sofort meine Männer dorthin geschickt.«

»Das ist gut«, Dellius rieb sich erfreut die Hände. »Damit werden wir den Intrigen der Parther ein Ende setzen. Kein Bürger Kleinasiens wird auch nur einen Funken Sympathie für diese Barbaren mehr haben. Bist du dir sicher, was den Tod des Akademieleiters angeht?«

»Nun, nicht vollkommen, aber es scheint im Moment das Zutreffendste zu sein. Und selbst wenn nicht, wie du ja selbst sagtest, Dellius, das Volk will einen Schuldigen, und dass diese parthischen Schläger die Tavernen überfallen haben, das ist gewiss. Somit trifft es nicht die Falschen.« Silvanus sonnte sich in den anerkennenden Blicken seines Gegenübers. Hier saß er nun, er, Silvanus Rhodius, aus verarmter Familie stammend, und redete mit Quintus Dellius, einem angesehenen Feldherrn und Historiker. Und er, Silvanus Rhodius, verrichtete die Arbeit des Munatius Plancus, des Prokonsuls, und das tat er gut. Oh, es war ein schönes Gefühl, zu den Mächtigen des Reiches zu gehören und Politik zu machen, große Politik!

In dieser Hochstimmung erzählte Silvanus, dass er, bevor er hierher kam, eigenmächtig noch einmal zu Arsinoe gegangen war, um sie davon zu überzeugen, Ephesos zu verlassen.

Dellius zog die Augenbrauen hoch. »Und?«

»Sie hat mich nicht einmal vorgelassen. Ein Tempeleunuch richtete mir aus, sie wolle nicht mehr darüber reden, ihr Entschluss sei getroffen, sie wolle nur noch mit Antonius selbst verhandeln. Nun, ich habe mein Bestes versucht, wenn sie denn in ihr Unglück laufen will, so soll es nicht meine Schuld sein. Wahrscheinlich hofft sie, Antonius mit ihren Reizen umstimmen zu können, und ich denke, sie könnte Erfolg haben.

Glücklicher Mann, dieser Antonius, ich würde mich von einer solchen Frau auch gern überzeugen lassen.« Silvanus lachte übermütig.

Dellius lachte nicht. »Du hast ohne Anweisung gehandelt, Silvanus. Ich an deiner Stelle würde das nicht noch einmal tun. Antonius hat Arsinoe eine Chance gegeben, das reicht. Jetzt liegt ihm nicht mehr daran, dass sie entkommt. Im Gegenteil, man hätte sie nicht mehr weggelassen, er hat Befehl gegeben, sie unauffällig zu bewachen. Das ist die Nachricht, die ich dir geben wollte. Ihr Schicksal ist besiegelt. Du hast Glück gehabt, dass sie nicht einwilligte, du wärest sonst in Schwierigkeiten geraten. Antonius muss diese Frau opfern, will er seine Ziele erreichen. Sie wird ihn mit all ihren Reizen nicht umstimmen können, ihre Schwester ist mächtiger. Also mische dich nicht mehr ein, ohne eindeutige Befehle erhalten zu haben!«

Silvanus schwieg beleidigt. Was maßte sich der andere an, ihn so zurechtzuweisen! Mit finsterer Miene trank er einen Schluck Wein.

Dellius sah ihn belustigt an. »Komm, Silvanus, du bist noch unerfahren in diesen Angelegenheiten. Ich verstehe ja deine Motive, aber nimm meinen Rat an, es wird dir nicht schaden.« Freundschaftlich legte er ihm eine Hand auf die Schulter.

Silvanus aber war noch nicht versöhnt. »Lasst ihr Arsinoe hinrichten, wird das dem Volk überhaupt nicht gefallen. Es ist sehr stolz darauf, der ägyptischen Prinzessin Asyl zu gewähren. Und die Verletzung des Asylrechts, das Antonius selbst ja gerade vor wenigen Monaten erweitert hat, wird auch nicht dazu beitragen, die Bevölkerung auf unsere Seite zu ziehen. Habt ihr das bedacht?«

»Natürlich.« Dellius rieb sorgenvoll sein glatt rasiertes Kinn. »Eben darum muss vorher Ruhe herrschen, der Pöbel seine Schuldigen haben.«

Beide, in Gedanken versunken, leerten ihre Becher. Dann

verabschiedete sich Quintus Dellius, und Silvanus setzte seinen Weg fort zum Magistratsgebäude, das sein eigentliches Ziel gewesen war.

Im Vorraum seines Arbeitszimmers erwartete ihn eine neue Überraschung. Da saß eine Gestalt, ganz in einen Mantel gehüllt, den hängenden Kopf von einer Kapuze bedeckt.

Bithynicus sah von einer Schriftrolle auf, als Silvanus den Raum betrat, musterte vorwurfsvoll den Chiton und bemerkte: »Da bist du ja endlich, Herr. Diese Dame sitzt hier nun schon seit einer Stunde und weigert sich zu gehen. Sie müsse unbedingt mit dir sprechen, so sagt sie. Ich habe schon bei dir zu Hause angefragt, aber dort warst du nicht.«

»Gemach, gemach.« Heute prallte jeder Vorwurf an Silvanus ab. »Ich war in wichtigen Dingen unterwegs. Hast du der Dame keinen Wein gebracht?«

»Sie wollte keinen«, verteidigte sich Bithynicus beleidigt – dachte dieser Römer am Ende, er wisse nicht, was sich gehört?

»Dann bringe jetzt welchen – und Wasser!« Silvanus hielt die Tür zu seinem Amtszimmer auf, die Frau erhob sich und betrat, den Blick am Boden, den Raum. Erst dort nahm sie die Kapuze vom Kopf. Es war Ulpia, wie Silvanus schon vermutet hatte. Höflich hieß er sie, Platz zu nehmen, und schenkte ihr fürsorglich einen Becher Wein ein, er selbst nahm nur Wasser.

»Du kannst dir denken, warum ich hier bin?« Erst jetzt sah sie ihn an, mit verweinten und rot geränderten Augen.

Silvanus nickte.

»Du denkst sicherlich falsch. Ich bin nicht hier, um den Mord an meinem Mann zu gestehen, im Gegenteil!« Ihre Stimme zitterte. »Ich war es nicht, Silvanus, du musst mir glauben! Ich weiß, dass alles gegen mich spricht, aber ich habe ihn nicht getötet, hätte ich es auch manchmal gewollt. Lass mich erklären!«

Silvanus nickte erneut, er sagte kein Wort.

Ulpia schluckte, hatte sich aber wieder gefangen. »Gestern Abend hatte ich Streit mit Gabyonos. Er war betrunken. Es begann alles mit einer Kleinigkeit wegen Sabina, er ist nicht sehr zuvorkommend ihr gegenüber. Als ich ihm das vorhielt, fuhr er mich an, ich hätte ihm keine Anweisungen mehr zu geben. Ich war erbost und so gab ein Wort das andere. Da brachte ich die Sprache auf unsere gemeinsame Zukunft, auf die Hochzeit, die nach der Trauerzeit stattfinden sollte. Er lachte nur und sagte, das wäre unmöglich. Und dann erzählte er mir, dass er bei dir gewesen sei wegen der kleinen Artemis-Statue. Ich konnte es nicht glauben!« Verstört rang sie ihre Hände. »Ja, Silvanus, ich habe diese Statue betrachtet, als er in den Raum kam. Ich fühlte mich ertappt, weil ich an die erste Zeit mit Rutilius dachte, damals, als ich ihm die Statue schenkte. Ich fürchtete, Gabyonos würde eifersüchtig werden, und stellte sie schnell zurück. Aber dass Blut an der Statue war, habe ich nicht gesehen! Ich nahm an, sie sei schmutzig. Du glaubst mir doch, Silvanus, nicht wahr?«

Silvanus sah sie schweigend an, voller Ernst, bis sie ihren Blick abwandte. Dann erst richtete er das Wort an sie. »Nun, Ulpia, ich weiß nicht so recht, was ich glauben soll. Woher kommt diese Statue auf einmal? Als ich in Rufus' Arbeitszimmer war, habe ich sie beide Male nicht gesehen.«

Ulpia nickte müde. »Das kannst du auch nicht. Sie war nicht da. Zunächst hat sie niemand vermisst, und auch mir ist es nicht aufgefallen, ich habe den Raum gemieden. Doch kurz bevor mich Gabyonos mit der Statue ertappte, hatte sie einer der Studenten gebracht. Er erzählte, sie unter einem Busch in der Nähe der Akademie gefunden zu haben. Zunächst war ich nur erschüttert, erst später fragte ich mich, wie sie da hingelangt war, ob das etwas mit Rutilius' Tod zu tun hatte. Doch ich traute mich nicht, zu dir zu kommen, ich dachte …« Sie brach ab.

»Wie heißt der Student, ich werde mit ihm sprechen müssen.«

»Himanes, glaube ich.«

Silvanus nickte, er würde ihn fragen. Erneut fasste er Ulpia ernst ins Auge. »Ich brauche mehr Informationen, die ganze Wahrheit. Du sagtest, du hättest Rufus manchmal töten mögen, warum?«

Ulpia schlug verzweifelt die Hände vor ihr Gesicht. »Du glaubst immer noch, dass ich es war!« Und dann erzählte sie, wie Rutilius Rufus, der angesehene Leiter der Akademie, sie gedemütigt hatte, all die Jahre. Am Anfang, so sagte sie, habe er sich wenigstens noch ab und zu für sie interessiert, doch bald wurden seine Annäherungen immer seltener. Wenn sie vorsichtig das Thema Kinder anschnitt, sagte er nur, er wolle keine, und schon gar nicht mit ihr. Dann begann er, Affären zu haben, mit jüngeren Frauen, Sklavinnen – sie, Ulpia, rührte er nicht mehr an. Nur zum Schein hielt er ihre Ehe noch aufrecht, nur bei offiziellen Anlässen behandelte er sie wie seine Ehefrau. Sonst …

»Warum hast du dich nicht längst scheiden lassen?«, fragte Silvanus.

»Ach, ich wollte es ja, schon vor Jahren, aber er willigte nicht ein. Er lachte nur höhnisch, sagte, ich könne es ja versuchen, aber er würde dafür sorgen, dass ich meines Lebens nicht mehr froh werde. Er brauchte mich noch, musst du wissen, ich stamme aus einer angesehenen Familie, und damals war sein Ruf nicht so gefestigt. Vor kurzem aber, nur wenige Tage vor seinem Tod, willigte er doch in die Scheidung ein, ich sagte es dir ja schon. Er wollte fort aus Ephesos, nach Milet, die dortige Akademie hätte ihm die Leitung angetragen. Ich war so froh, ich dachte, endlich könnte ich ein neues Leben beginnen. Mit Gabyonos. Der schien mich wirklich zu lieben. Und jetzt, gestern ...« Ulpia begann zu weinen.

Mitfühlend reichte ihr Silvanus ein Tuch, ihre Verstörung war echt, dessen war er sicher. »Hattet ihr Streit, als du vom Fest zurückkehrtest?«, fragte er behutsam. »Hat Rufus dich vielleicht angegriffen, und du hast die Statue genommen und ihn niedergeschlagen? Du kannst es mir ruhig sagen, Ulpia, es würde dir nichts passieren, das wäre Notwehr.«

»Nein«, schluchzte Ulpia, »nein, wir haben nicht gestritten an dem Abend. Warum auch? Es war ja alles klar, die Scheidung nur noch eine Frage der Zeit, und so musste ja nicht einmal mehr der Schein gewahrt werden.«

Silvanus wusste intuitiv, dass sie nicht log. Er hatte ihr einen Weg gezeigt, den sie hätte nehmen können, und auch genommen hätte, wäre der Schlag wirklich von ihrer Hand geführt worden, das wusste er aus Erfahrung. Nein, diese Frau hatte mit der Sache nichts zu tun. Aber wenn es nicht Ulpia war, wer dann? Tatsächlich die Schläger oder doch Artocreatus, der mit ihm Streit hatte? Oder der ehemalige Sklave?

»Eine letzte Frage noch, Ulpia, dann kannst du gehen. Hast du jemals beobachtet, dass Gabyonos Kontakt zu irgendwelchen Fremden hatte?«

»Nein, ich habe nichts bemerkt. Meinst du etwa, dass er ...? Oh nein, Silvanus, das würde er nicht tun, nicht Gabyonos.«

Sie liebte ihn noch immer, stellte Silvanus mitleidig fest. »Ulpia, ich danke dir, dass du gekommen bist«, schloss er und geleitete sie mit beruhigenden Worten zur Tür.

Er hatte keine Zeit, über das Gespräch nachzudenken, denn Bithynicus eilte ihm entgegen. »Herr, es ist wichtig! Die Legionäre haben vier Parther festgenommen, auf die die Beschreibung passt. Sie sind sich ziemlich sicher, dass es die

Schläger sind. Man hat sie in den Kerker geworfen. Du solltest sofort hingehen und sie verhören!«

Das war in der Tat eine wichtige Nachricht. Silvanus sprang von seiner Kline, ein wenig zu heftig, denn sofort spürte er seinen Rücken. Die Wirkung des Trankes ließ nach. Kurz überlegte er, ob er noch einen Schluck nehmen solle, nahm aber davon Abstand, Hanis Mahnung bedenkend. Die Hand auf dem schmerzenden Kreuz, gab er Bithynicus knappe Anweisungen: »Hilf mir, eine Toga anzulegen, dort in der Truhe sind frische! Dann bestelle mir eine Sänfte! Schicke einen Boten zur Taberna Tilia und lasse die beiden Mädchen holen, Laelia und Illicia, sie müssen die Täter identifizieren! Und besorge mir einen parthischen Dolmetscher und einen Sklaven, der Protokoll führen soll!«

Bithynicus eilte hinaus, nachdem er mit geübten Griffen die Toga um Silvanus' Leib geschlungen hatte. Der zupfte noch einmal hier und da an dem unhandlichen Kleidungsstück, atmete tief durch und versuchte so, seiner Aufregung Herr zu werden. Wenn die Festgenommenen wirklich die Schläger waren, dann stand er kurz vor der Aufklärung des Falles, kurz vor der Wiederherstellung der öffentlichen Ruhe, gerade zu dem Zeitpunkt, da Antonius erwartet wurde. Welch glückliche Fügung der Götter! Im Geiste sah er sich schon bei der Hinrichtung der Verbrecher das Wort an die Zuschauer richten. ›Habe ich es euch nicht versprochen, die Übeltäter festzunehmen und zu verurteilen? Kein Mensch darf es ungestraft wagen, in einer von Rom geschützten Stadt Bürger zu terrorisieren und zu morden. Seht her, ihr Bürger von Ephesos, ich habe mein Versprechen gehalten, Rom hält immer seine Versprechen, hier sind die gemeinen Verbrecher!‹ Oder so ähnlich. Und was hatte Dellius ihm gesagt? Wenn er sich bewährte, wäre dieser Posten hier erst der Anfang seiner politischen Karriere. Ah, vielleicht würde er doch noch Senator!

Seinen Erfolg auskostend, schritt er zur bronzenen Eingangstür des Magistratsgebäudes. Dort, vor den Säulen, wartete die Sänfte, das Paradestück des Statthalters, prachtvoll verziert, mit schweren purpurnen Vorhängen, vorgesehen für repräsentative Anlässe. Vier glänzend schwarze Nubier, nur bekleidet mit roten Lendenschurzen, standen an den Stangen. Nie zuvor hatte er diese Sänfte benutzen dürfen, sie war für Munatius Plancus und hohe Staatsgäste reserviert, doch im Moment war er der erste Mann der Provinz und unterwegs, um die öffentliche Ruhe wiederherzustellen. Das rechtfertigte schon den Einsatz, fand Silvanus, und war Bithynicus herzlich dankbar.

Es war plötzlich frisch geworden, ein böiger Wind war aufgekommen. Silvanus zog fröstelnd seine Toga enger um sich und wünschte, er hätte an einen Mantel gedacht. Nun, es war Herbst, wahrscheinlich gab es ein Gewitter. Tatsächlich vernahm er ein fernes Grollen und sah, dass sich die ersten schwarzen Wolken über den Bergen zusammenballten.

Schwer ließ er sich auf die Kissen der Sänfte sinken. Sein Rücken schmerzte stärker, aber noch war es erträglich. Mit einem letzten Blick auf die schnell heranziehenden Wolken schloss er die Vorhänge und gab den Befehl, sich in Bewegung zu setzen.

Die Träger waren durchtrainiert und schnell. Nach einer Viertelstunde hielten sie vor dem großen Gebäude, dessen dunkle Kammern bei Bedarf als Kerker dienten; ursprünglich ein Speicherhaus, lag es auf einer schwer zugänglichen Landzunge auf der anderen Seite des Hafens. Römische Beamte hatten Teile umbauen lassen, nach dem Vorbild des marmertinischen Kerkers in Rom, und nutzten es für besonders gefährliche Gefangene. Ein perfekter Ort für solch einen Zweck, die Klippen zum Wasser fast unüberwindlich, der Zugang zum Land gut bewacht. So konnte kein Eingekerkerter aus diesem rechteckigen, fensterlosen Klotz entfliehen, dessen düsteres Gemäuer schon von außen Furcht einflößte.

Der tiefdunkle Himmel ließ die Szene noch unheimlicher erscheinen. Eine Sturmböe fegte jetzt über das Wasser und hätte den Trägern beinahe die Sänfte aus den Händen gerissen. Fast gleichzeitig begann es zu regnen, ein paar dicke Tropfen zuerst, doch innerhalb von Sekunden entleerten die Wolken ihre Last in einem wahren Sturzbach. Silvanus lief, so schnell er mit geraffter Toga konnte, die wenigen Schritte bis zum Eingang des Gebäudes, trotzdem war er augenblicklich bis auf die Haut durchnässt. Heftig trommelte er an die schwere hölzerne Eingangstür, doch schien sein Klopfen und Rufen in den Donnerschlägen unterzugehen, die nun fast ununterbrochen dröhnten. Blitz um Blitz zuckte vom Himmel herab; Silvanus schlug fluchend mit beiden Fäusten gegen die Tür – endlich wurde ihm geöffnet, zuerst die Klappe, und als er dem Janitor seinen Namen und Rang entgegenbrüllte, auch die Tür. Vor Nässe triefend stürzte er hinein, winkte den Trägern zu, es ihm gleichzutun, doch die sahen ihn nicht, sie kämpften noch immer mit der teuren Sänfte, um sie nicht dem Sturm preiszugeben. Allein, es war umsonst, der heftige Wind riss sie ihnen aus den Händen und schleuderte sie gegen die steinerne Wand des Gebäudes. Das Bersten des Holzes ging in ohrenbetäubenden Donnerschlägen unter. So überließen die vier Nubier das kostbare Stück den tobenden Elementen und rannten gleichfalls hinter die schützenden Mauern. Die Tür schloss sich hinter ihnen, Sturm und Donner drangen nur noch gedämpft durch die dicken Mauern.

›Bei Jupiter, welch ein Unwetter, hoffentlich konnten Laelia und Illicia rechtzeitig Schutz finden‹, dachte Silvanus voll schlechten Gewissens, während er das Tuch entgegennahm, das ein hilfreicher Sklave ihm reichte. Gleichzeitig erschien Decimus Fronto, der Zenturio, den er schon am Fundort von

Rufus' Leiche kennen gelernt hatte. Zackig schlug Fronto zum Gruße die Faust auf seinen Brustpanzer. »Ave, Silvanus Rhodius. Ich freue mich, dir melden zu können, dass wir diese Verbrecher erwischt haben. Wir haben uns keine freie Minute gegönnt seit deinem Befehl, bis wir sie hatten.« Stolz hatte der Zenturio diese Worte vorgetragen, konnte allerdings nur schwer ein Lächeln verhehlen, als er den triefenden Vertreter des Statthalters begrüßte, dem die Toga am Leibe klebte. Und Silvanus konnte es ihm nicht verdenken, denn der würdevolle Auftritt, den er sich vorgestellt hatte, war nun wahrlich gründlich verdorben. So fragte er den Zenturio, der ihn derweil in das Wachzimmer geführt hatte, ob er vielleicht eine trockene Tunika für ihn habe, und dieser schickte sogleich einen Sklaven, eine zu besorgen, sowie die Toga, aus der sich Silvanus inzwischen herausgeschält hatte, zu trocknen. Auch heißen Wein ließ er bringen.

Gestärkt und getrocknet konnte sich Silvanus der Meldung des Zenturios widmen. »Wir haben sie in der dunklen Spelunke erwischt, in die du uns geschickt hast«, erzählte dieser. »Weißt du, ich habe es mir gleich gedacht, dass sie dort sind, solche Banditen zieht es immer zu ihresgleichen. Hättest du mir eher den Auftrag gegeben, ich hätte sie dir schon nach den ersten Überfällen geliefert.«

Silvanus blickte ihn missbilligend an. »Sicherlich! Du hättest mir hundert gebracht, die dort untergekommen sind, und wir hätten alle hundert gefoltert und hundert Täter gehabt. Bei allen Göttern, man muss doch erst wissen, nach wem man sucht! Geht man einfach so hin, sind die Richtigen gewarnt und tauchen unter. Du musst noch viel lernen, Zenturio.«

Fronto schwieg gekränkt. Erst nachdem Silvanus ihn nachdrücklich aufgefordert hatte, setzte er seinen Bericht fort. Die vier Schläger, so brummte er verstimmt, hätten sich bei ihrer Ergreifung heftig gewehrt und zwei Legionären schwere

Verletzungen beigebracht. Daraufhin musste man den einen Verbrecher leider mit dem Schwert züchtigen, woran er verstarb. Das täte ihm Leid, da der Befehl ja lautete, sie bei lebendigem Leibe zu ergreifen, es sei aber anders nicht möglich gewesen. Die anderen drei ließen sich daraufhin festnehmen. Sie seien leicht lädiert, aber sonst wohlauf. Auf Fragen hätten sie bis jetzt nicht geantwortet, entweder verstünden sie kein Griechisch, Lateinisch schon gar nicht, oder sie wollten nichts sagen. Untereinander redeten sie in einem unverständlichem Kauderwelsch, Parthisch wohl, oder einer der vielen dort beheimateten Dialekte.

Silvanus runzelte unwillig die Stirn. »Ihr habt sie nicht getrennt? Da können sie doch untereinander absprechen, was sie zu sagen haben.«

»Ach, solch ein Aufwand ist doch gar nicht nötig«, winkte Decimus Fronto lässig ab. »Es ist vollkommen egal, ob sie sich abgesprochen haben oder nicht, glaube mir, Silvanus Rhodius, unter der Folter sagen sie alles.«

Silvanus schluckte. Er hatte gehofft, er könnte die Parther zum Reden bringen, ohne die Folter anwenden zu müssen, allein die Androhung reichte häufig schon. Er hasste Folterungen, beim Anblick des Blutes, den Schmerzensschreien und dem Gestank nach verbranntem Fleisch wurde ihm übel. In früheren Fällen hatte er diese Methode meist umgehen können, durch geschicktes Fragen, durch sorgfältiges Recherchieren, durch schlagkräftige Beweise. Römische Bürger durften ohnehin nicht gefoltert werden, und die Ausländer und Sklaven, die er überführt hatte, waren gewöhnlich vorher geständig. Nur einmal musste er einer Folterung beiwohnen, das war schlimm genug gewesen, und er gäbe vieles darum, es nicht noch einmal zu erleben. Hoffentlich waren die Schläger klug genug, vorher alles zuzugeben.

»Ist der Dolmetscher schon eingetroffen?«, fragte er.

»Nein, außer dir ist noch niemand da. Man sagte mir, du erwartest auch zwei Zeuginnen. Soll ich eine Suchmannschaft nach ihnen und dem Dolmetscher losschicken, wenn das Unwetter sich gelegt hat?«

Dankbar nahm Silvanus das Angebot an. Dann ließ er sich von Fronto und einem Legionär zu der Kammer der Häftlinge bringen, durch endlos lange, düstere Gänge, nur erleuchtet von ein paar Fackeln, in deren Schein kleine Schatten über den Boden huschten. ›Ratten‹, dachte Silvanus angewidert. Von dem Unwetter war nichts mehr zu hören, entweder war es weitergezogen oder die dicken Mauern hielten jeden Laut fern. Dafür wurde die Luft bei jedem Schritt schlechter. Es roch muffig, nach Schimmel und Exkrementen. Zudem machte sich sein Rücken jetzt wieder bemerkbar, und kurz entschlossen zog Silvanus das Fläschchen mit Hani Ramis Schmerzmittel hervor, hob es an die Lippen und nahm einen Zug.

Der voranschreitende Legionär blieb vor der letzten Tür des Ganges stehen. »Hier ist es, Herr. Hast du eine Waffe?« Verwundert schüttelte Silvanus den Kopf. »Nein, nur mein Messer. Warum, sie sind doch angekettet!«

»Oh, man kann nie wissen. Manchmal kommen sie los, es gibt welche, die sind wahre Entfesselungskünstler. Oder sie reißen sich die Hände ab, auch das hatten wir schon. Es ist zwar selten, aber es kommt vor, in meinen zwanzig Dienstjahren immerhin zweimal. Hier, nimm mein Schwert.«

Silvanus nahm die Waffe mit einem leichten Frösteln. Der Mann will sich nur wichtig tun, beruhigte er sich, konnte aber sein Unbehagen nicht vollständig unterdrücken. Als der Legionär den schweren Riegel vor der Tür wegschob, umklammerte Silvanus das Schwert mit beiden Händen. Auch der Zenturio hatte sein Schwert gezückt, stand aber locker und entspannt.

Die drei Gestalten in dem dunklen, kahlen Raum rührten

sich nicht. Der Soldat trat mit einer Fackel an den Ersten heran und gab ihm einen Fußtritt. Ein lautes Stöhnen antwortete ihm. Jetzt konnte Silvanus auch wahrnehmen, wie übel die drei zugerichtet waren. Mit Händen und Füßen an die Wand gekettet, saßen oder besser hingen sie auf dem Lehmboden, alle waren mit Blut verschmiert, einer hatte eine klaffende Wunde über der Schläfe, ein anderer einen tiefen Schnitt im Oberschenkel, dem Dritten fehlten drei Finger der rechten Hand. Alle wiesen Spuren von schweren Schlägen auf. Was hatte der Zenturio gesagt, leicht lädiert? Diese drei waren ziemlich schwer verletzt, schienen viel Blut verloren zu haben, einer schien dem Tode näher als dem Leben. Und keiner trug ein Schmuckstück um den Hals. Wütend drehte Silvanus sich um und fuhr den verdutzten Decimus Fronto an: »Ich brauche sie lebend, habe ich gesagt. Die sind ja fast tot. Lass sofort Wein bringen – und einen Sklaven holen, der ihre Wunden versorgt! Schlimm genug, dass ihr den vierten erschlagen habt, diese drei zumindest müssen überleben! Übrigens, ihr habt nicht zufällig den bronzenen Anhänger bei ihnen gefunden?«

»Den Anhänger? Nein, den hatte keiner. Wir ergriffen sie aufgrund der Personenbeschreibung.« Der Zenturio gab dem Legionär einen kurzen Befehl, bevor er sich weiterhin rechtfertigte: »Und ich habe dir doch gesagt, sie wehrten sich heftig. Wir waren froh, dass wir sie überhaupt überwältigen konnten.«

»Das heißt nicht, dass ihr sie hier krepieren lassen sollt. Die sind ja kaum fähig zu reden, und ob sie die Folter überstehen, scheint mir fraglich. Das nächste Mal zügelt euch gefälligst und gehorcht den Befehlen!« Wütend nahm sich Silvanus eine Fackel und trat näher an die Gefangenen heran. Ja, sie schienen die Richtigen zu sein, sie entsprachen der Beschreibung, die Laelia gegeben hatte. Einer hatte eine Glatze, dazu auffallend abstehende Ohren, und über die Wange eines anderen zog sich eine tiefe, rote Narbe. Dieser, nicht so schwer verletzt wie die beiden anderen, funkelte ihn mit großen schwarzen Augen böse an.

Silvanus trat einen Schritt zurück. »Eure Namen!«, richtete er das Wort an die Gefangenen, bekam aber nur von dem mit der Narbe eine verächtliche Antwort, die er nicht verstand. Die beiden anderen schwiegen apathisch. Man musste auf den Dolmetscher warten.

Schritte hallten im Flur. Erwartungsvoll versuchte Silvanus, das flackernde Licht der Fackeln mit seinen Augen zu durchdringen, und war ungeheuer erleichtert, als er Laelia und Illicia, begleitet von zwei Sklaven, erkannte. Voller Freude ging er ihnen entgegen und ergriff Laelias Hände, während die Sklaven in der Kammer verschwanden, um sich der Gefangenen anzunehmen. Schmerzvolles Stöhnen drang aus dem kleinen Raum.

»Carissima«, flüsterte Silvanus in Laelias Ohr, noch immer ihre Hände haltend, »wie froh bin ich, euch wohlbehalten hier zu sehen.« Dann ließ er sie los. »Das Unwetter hat euch nichts anhaben können?«

Laelia hätte sich in diesem düsteren Gemäuer mehr Zuwendung von ihm gewünscht. Doch mit einem Blick auf Fronto straffte sie sich. »Nein, Silvanus, wir konnten rechtzeitig in einem Tempel Schutz finden. Das Gewitter ging bald vorüber, und die Sänftenträger sind dann umso schneller gelaufen.«

Silvanus wandte sich jetzt Illicia zu, die bleich und still daneben gestanden hatte. »Ihr braucht sie nur einmal anzusehen, dann ist es vorbei. Ich bin mir ziemlich sicher, dass sie es sind, die wir gesucht haben. Sie werden euch nichts mehr tun, sie sind schon so gut wie verurteilt.«

Decimus Fronto, der die Szene mit Interesse verfolgt hatte, mischte sich ein: »Noch nicht ganz, Silvanus Rhodius, der

Sklave berichtete soeben, dass der Dolmetscher bei dem Unwetter einen Unfall erlitten hat. Er wurde von einem Baum getroffen.«

»Oh«, murmelte Silvanus betroffen und folgte den beiden jungen Frauen, die tapfer die Kammer betreten hatten. Sie wollten es hinter sich bringen. Obwohl ein Blick genügt hätte, betrachteten sie die drei angeketteten Männer eingehend, um ganz sicher zu sein, keinen falschen an das Kreuz zu bringen. »Ja«, flüsterte Illicia, »das sind sie, ganz sicher. Diese Augen, nie werde ich diese Augen vergessen, als er mich niederschlug.« Sie zeigte auf den Parther mit der Narbe. Auch Laelia nickte. »Ja, es gibt keinen Zweifel. Aber es sind nur drei, wo ist der Vierte?« Gemeinsam verließen sie den kalten Raum.

»Tot«, sagte Silvanus trocken.

»Tot«, wiederholte Illicia nicht ohne Erleichterung. Gern nahm sie den Becher Wein, den ein Sklave ihr anbot, und gewann allmählich wieder an Farbe. »Hast du sie schon verhört?«

»Wie denn, wo sie anscheinend kein Wort Griechisch oder Latein sprechen können oder wollen und der Dolmetscher im Unwetter verunglückt ist.« Silvanus zuckte resigniert die Schultern. Wo sollte er so schnell einen neuen Übersetzer herbekommen? Seines Wissens gab es nicht allzu viele in der Stadt, die diese Sprache beherrschten. Und konnte er die drei Übeltäter ohne Verhör verurteilen? Nun, er hatte die Macht dazu, und die Aussage der beiden jungen Frauen ließ keine Zweifel offen, jedenfalls was die Überfälle betraf, aber was war mit dem Mord an Rutilius Rufus? Er hatte dafür keinerlei Beweise, er brauchte ein Geständnis.

Silvanus bemerkte, dass die Mädchen einen Blick wechselten. »Nein«, sagte er. »Das kommt nicht in Frage. Ihr werdet in eure Sänfte steigen und euch nach Hause tragen lassen.«

»Doch«, widersprach Laelia fest. »Ich werde übersetzen. Das Ganze ist zu wichtig. Marcus Antonius kann jeden Augenblick eintreffen. Du musst ihm Ergebnisse vorlegen, Silvanus, du kannst nicht warten, bis ein neuer Dolmetscher gefunden ist. Lass uns beginnen, dann haben wir es hinter uns.«

»Laelia, wir werden sie vielleicht foltern müssen.« Silvanus versuchte es noch einmal. »Das ist kein schöner Anblick. Es ist für mich schon schwierig, dabei zu sein, wie soll es dir dann erst gehen? Bitte, Laelia!«

»Ich werde es tun, ich werde schon nicht daran sterben. Außerdem haben sie meine Freundin brutal niedergeschlagen, ein wenig Vergeltung geschieht ihnen ganz recht.«

»Das ist es ja gerade, du bist befangen. Man könnte dir vorwerfen, du hättest in eigenem Interesse falsch übersetzt, aus Rache sozusagen.«

Laelia schwieg einen Augenblick. Da hatte er Recht, diesen Aspekt hatte sie vollkommen übersehen. Und es stimmte auch, sie hatte großes Interesse daran, dass die ganze Sache einen Abschluss nahm. Je eher diese Verbrecher tot waren, desto weniger Gefahr bestand, dass sie einen Sklaven bestachen oder gar Mithriventes benachrichtigen ließen, und er auf diese Weise von ihrer Beteiligung an der Ergreifung erfuhr. Der konnte noch glauben, dass Silvanus allein die Täter erwischt hatte, sie traute sich zu, ihn im Zweifelsfall davon zu überzeugen – wenn er ihr die Gelegenheit böte. Auch ihr war zwar nicht wohl bei dem Gedanken an eine Folterung, dennoch, es musste sein, jetzt und hier, damit sie und Illicia mit dem Überfall abschließen konnten und die Ermittlungen zu dem Mord an Rutilius Rufus endlich zu einem Ende kamen.

»Was willst du tun, Silvanus? Dir einen Parther suchen, der vielleicht für diese Menschen falsch dolmetscht? Bei mir kannst du dich wenigstens darauf verlassen, dass es stimmt, was ich sage. Und ich glaube nicht, dass jemand nachfragen wird, wer übersetzt hat, auf keinen Fall Marcus Antonius oder Munatius Plancus. Und wer sonst ist von Belang?«

Silvanus gab nach. Es blieb ihm wirklich nichts anderes übrig. So befahl er Decimus Fronto, den Folterknecht kommen zu lassen, und gemeinsam betraten sie wieder den kleinen, düsteren Raum. Die drei Parther schienen durch den Wein gestärkt, alle sahen ihnen mit hasserfüllten Augen entgegen. Fronto hielt eine Schreibtafel in der Hand, als Silvanus Laelia bat, die ersten Fragen zu stellen. Namen und Herkunft. Alle drei Parther schwiegen störrisch. Silvanus fragte, ob sie zugäben, die Überfälle auf die Tavernen verübt zu haben. Schweigen, einer spuckte verächtlich auf den Lehmboden. Ob sie Rutilius Rufus getötet hätten? Einige gutturale Laute kamen aus der Kehle des Glatzköpfigen. »Verpiss dich!«, übersetzte Laelia. Ob ihnen bewusst sei, dass sie aufgrund von Zeugenaussagen so gut wie verurteilt wären, das Kreuz ihnen sicher sei, es sich bei diesem Verhör nur noch um eine Formalie handele und dass man sie der Folter übergeben werde, wenn sie nicht redeten? Höhnisches Gelächter war die Antwort. »Nun gut«, meinte Silvanus und winkte den Folterer herein, der mit seinem Gehilfen vor der Tür gewartet hatte. Das Gelächter erstarb, als die Parther die mit Knoten versehene Peitsche sahen, das Kohlebecken, in welchem die Brenneisen erhitzt wurden, die Zangen und Speere. Der Folterknecht, ein grober, dicker Mann mit schadhaftem Gebiss, reihte seine Utensilien sorgfältig vor ihren Augen auf, ein breites Grinsen auf dem Gesicht, als er einige Instrumente fast zärtlich streichelte und mit den Augen die Gefangenen maß, als wolle er abschätzen, wo seine Werkzeuge am meisten Schmerzen bereiten.

Silvanus, Laelia und Illicia waren bleich geworden, alle nahmen noch einen Schluck Wein, den der Sklave ihnen reichte, unverdünnt.

»Ihr werdet schön singen, ihr parthischen Vögelchen«,

grollte Fronto, »zwei meiner besten Männer habt ihr schwer verletzt. Dies ist eure letzte Chance, redet endlich!« Er drückte einem der Parther die Spitze seines Schwertes an die Kehle, ein unterdrückter Schreckenslaut war die Antwort, sonst nichts. Silvanus verbot ihm ärgerlich diese Spielchen, er sei Legionär, sogar Zenturio, und wenn er so weitermache, die längste Zeit Zenturio gewesen. Noch einmal fragte er die Gefangenen, ob sie antworten wollten, und als sie verstockt schwiegen, hieß er den Folterknecht, seine Arbeit aufzunehmen.

Er bekam alle Informationen, die er brauchte. Illicia war sofort ins Freie geflohen und hatte sich wegen des beißenden Gestankes verbrannten Fleisches erbrochen, Laelia lehnte mit geschlossenen Augen und gesenktem Kopf an der kalten Mauer des Gewölbes und ließ den Tränen freien Lauf, Silvanus war speiübel. Schweigend verließen die beiden das Gewölbe, traten nach draußen und atmeten dankbar die frische, kühle Luft. Das Unwetter hatte sich verzogen, die Sonne schien und die Erde dampfte von der aufsteigenden Feuchtigkeit. Illicia gesellte sich wieder zu ihnen, gemeinsam stiegen sie in die bereitstehende Sänfte. Bevor Silvanus die Vorhänge schloss, befahl er den Trägern, ihn zum Amtsgebäude zu bringen. Auf Laelias fragenden Blick antwortete er mit rauer Stimme, er müsse das Protokoll der Vernehmung hinterlegen, für morgen den Prozess anberaumen und die Vorbereitungen für die Hinrichtung in Auftrag geben. Übermorgen würden die Parther gekreuzigt werden.

In der Taverne herrschte Leere, es war noch früh. Laelia und Illicia saßen schweigend beisammen, das Erlebnis im Kerker, nur wenige Stunden zuvor, war nicht so leicht zu vergessen.

»So habe ich mir das nie vorgestellt«, flüsterte Illicia, noch ganz in der Erinnerung gefangen. Laelia nickte nur und starrte weiter auf den Becher, den sie krampfhaft umfasst hielt.

»Sie waren ganz schön übel zugerichtet.«

»Tun sie dir etwa Leid? Nach allem, was sie verbrochen haben?« Endlich blickte Laelia von ihrem Becher auf.

Illicia hob abwehrend die Hände. »Nein, natürlich nicht! Wenn jemand diese Strafe verdient hat, dann sie.«

Ein tiefer Seufzer von Laelia war die Antwort, sie spürte den gleichen Widerspruch. Auf der einen Seite wünschte sie nichts sehnlicher, als dass die Verbrecher ihre gerechte Strafe erhielten, auf der anderen Seite war es ein schreckliches Erlebnis gewesen. Der Kerker, die schwer verwundeten Männer, noch immer von einem Rest Stolz und Widerstandsgeist erfüllt – bis sie gefoltert wurden. Und der eigentliche Übeltäter, Mithriventes, der dies alles angestiftet hatte, konnte sich in Didyma froh und munter frei bewegen. Wenn er noch immer dort war ... »Denke nicht zu viel darüber nach. Es sind üble Gestalten, übermorgen werden sie an das Kreuz genagelt, und dann hat alles ein Ende«, machte sie ihnen beiden Mut.

»Hm«, brummte Illicia. Gern würde sie erfahren, was in dem Verlies weiter passiert war, die schrecklichen Erlebnisse ihrer Freundin teilen, dabei spielte eine gewisse Portion Neugier eine nicht unbedeutende Rolle. »Willst du mir nicht erzählen, was sie gesagt haben? Für dich muss es doch noch viel schlimmer gewesen sein. Ich hatte ein schlechtes Gewissen, dich da allein zurückzulassen, aber ich konnte es nicht länger ertragen.«

Laelia nahm einen tiefen Schluck von dem guten Falerner, den sie sich zur Stärkung gönnten. »Mach dir keine Gedanken, ich habe es ja selbst gewollt.« Es fiel ihr nicht leicht, über das Geschehene zu sprechen, und mit einem weiteren tiefen Schluck versuchte sie, den Kloß in der Kehle hinunterzuspülen.

»Haben sie den Mord an Rutilius Rufus zugegeben?«, fragte Illicia zögernd.

Laelia nickte mit gesenktem Kopf.

Mitfühlend legte Illicia den Arm um die Schulter ihrer Freundin. »Es war entsetzlich, nicht wahr?«

Tränen stiegen Laelia in die Augen, aber sie begann zu reden. »Ach Illicia, du kannst dir nicht vorstellen, wie das war! Nicht im Traum könntest du dir so etwas Grauenhaftes ausmalen. Jeder hätte den Mord gestanden, sogar du oder ich. Jeder!«

»Bei Apollon, was musst du mitgemacht haben!« Illicia überlief ein Schauer. »Und Silvanus? Glaubt er, was sie unter der Folter sagten?«

»Silvanus ist froh, den Fall auf diese Art zu einem Abschluss gebracht zu haben. Er kann Marcus Antonius die Aufrührer vorweisen und hat gleichzeitig die Mörder von Rutilius Rufus. Auch ist er inzwischen ziemlich sicher, dass sie ihn letztendlich getötet haben, dass Rufus aber vorher von einer anderen Person niedergeschlagen wurde.« Kurz berichtete Laelia von dem Abdruck in der Hand des toten Lehrers, der trotz des verschwundenen Anhängers auf die Parther hindeutete und den er ihnen bis dahin verschwiegen hatte, und von Silvanus' Theorie einer Affekthandlung, die er ihr nach dem Verhör anvertraut hatte, um sie zu beruhigen. »Und«, so setzte sie hinzu, »das fällt mir erst jetzt auf, die Parther haben auf die Frage, wer sie mit dem Mord beauftragte, zunächst geschwiegen und erst auf weiteres Nachfragen zugegeben, dass es Mithriventes gewesen sei. Das war seltsam, denn sie haben bei den Überfällen, bei denen ja auch ein Mensch starb, sofort Mithriventes als Anstifter genannt, warum nur dieses Zögern?«

Illicia lauschte eine Weile nachdenklich den Geräuschen vor der Tür, wo die Nachbarin ein paar Jungen beschimpfte, die sie beim Kehren der Straße belästigten. Dann setzte sie das Gespräch fort. »Ist Silvanus dieses Zögern auch aufgefallen? Wird er weiterermitteln?«

Laelia zuckte die Achseln. »Ich weiß es nicht, er hat nicht darüber gesprochen, er war ja auch recht angegriffen. Er redete den ganzen Weg von der Kammer bis nach draußen ununterbrochen – es ist schon interessant, wie unterschiedlich die Menschen mit solchen Situationen umgehen. Ich konnte kein Wort sagen. Jedenfalls schien er sehr erleichtert darüber, dass sich eine solch passende Lösung ergeben hat. Offiziell hat er jetzt natürlich keine Veranlassung mehr, nach dem Anstifter zu suchen, das würde die Verurteilung der Schläger in Frage stellen. Wenn es denn einen Anstifter gab, vielleicht kamen sie ja wirklich nur zufällig des Wegs. Aber ich kann nicht glauben, dass Silvanus die Sache so einfach auf sich beruhen lässt. Wäre dem so, hätte ich mich bitter in ihm getäuscht. Allerdings ist es jetzt ungleich schwieriger für ihn, weitere Nachforschungen anzustellen.«

Illicia gab ihr Recht. »Hat Silvanus denn noch etwas gesagt? Er hatte doch einige Verdächtige, was ist mit denen? Ulpia zum Beispiel, verdächtigt er sie noch immer?«

»Ich glaube nicht. Soweit ich weiß, hat Gabyonos sie zwar angeschwärzt, aber Ulpia konnte Silvanus wohl davon überzeugen, dass sie mit der Ermordung nichts zu tun hatte.«

Illicia seufzte erleichtert auf. »Apollon sei Dank, sie ist also sicher. Was ist mit Gabyonos?«

»Der hat ein Alibi, aber so ganz überzeugt ist Silvanus dennoch nicht von seiner Unschuld. Wegen der Freilassung.«

»Und Sabina, Ulpias Sklavin?«

Zweifelnd runzelte Laelia die Stirn. »Die hat Silvanus nicht erwähnt. Aber ich kann mir nicht vorstellen, dass sie etwas damit zu tun hat. Du kennst sie doch auch. Und selbst wenn sie ihrem Herrn die Statue über den Schädel geschlagen hat, daran ist er ja nicht gestorben. Glaubst du, sie hat die Schläger angeheuert?« Laelia schüttelte den Kopf.

»Dann lass uns weiter überlegen. Wer könnte noch in Frage kommen? Gnaeus Lutatius Artocreatus.« Illicia rief nach Gallia, ihnen einen weiteren Krug Wein zu bringen, ihn aber mit reichlich Wasser zu verdünnen.

Laelia drehte nachdenklich ihren leeren Becher in den Händen. »Gnaeus war auch Silvanus von Anfang an verdächtig und ist es noch immer. Und findest du nicht, dass sich Pykideme seit einiger Zeit merkwürdig verhält?«

»Ja, man sieht sie kaum noch und wenn, dann ist sie stiller als sonst. Das ist schon auffällig!«

»Wenn sie nicht hierher kommt, vielleicht sollten wir ihr einmal einen Besuch abstatten, was meinst du?«

»Ich glaube zwar nicht, dass Silvanus davon begeistert wäre, wenn wir uns in diese Sache einmischen, aber die Idee gefällt mir.«

Gallia brachte den gewünschten Wein, machte aber keinerlei Anstalten, in die Küche zurückzukehren. Aufmunternd sah Illicia sie an. »Was ist, Gallia?«

Die Sklavin begann zögernd zu sprechen. »Ich habe zufällig gehört, worüber ihr euch unterhalten habt. Ich habe wirklich nicht gelauscht«, beeilte sie sich hinzuzufügen.

»Und? Ist dir dazu etwas eingefallen?«

Gallia nickte. »Sabina hat bestimmt nichts damit zu tun. Aber als ich sie neulich in den Thermen getroffen habe, hat sie sich lang und breit über Gabyonos beschwert. Seit Rutilius Rufus tot ist, ist er noch unausstehlicher als früher. Zu Rufus' Lebzeiten war er wenigstens die meiste Zeit in der Bibliothek, jetzt lungert er ständig zu Hause herum und schikaniert sie. Sie sagte noch, das einzig Menschliche an ihm war, dass er die Mädchen, die Rutilius unterrichtete, immer abholte und wieder nach Hause begleitete, und sie konnte oft beobachten, wie fürsorglich er dann zu den Kleinen war. Der Unterricht muss sehr streng gewesen sein, denn oft haben sie geweint, das hat sie selbst gesehen. Und Gabyonos tröstete sie dann, das fand sie sehr erstaunlich, war das doch sonst nicht seine Art.«

Die Mädchen hatten sich während Gallias Rede vielsagend angesehen. Illicia dankte ihr und schickte sie wieder zurück an ihre Arbeit. »War er also noch immer am Werk, dieser Schuft!«, murmelte sie, kaum dass Gallia in der Küche verschwunden war. Laelia nickte schweigend.

»Vielleicht sollten wir Silvanus doch endlich sagen, dass Rutilius Rufus nicht der edle Charakter war, als der er erschien.« Ihre Hand zitterte vor Erregung, als sie ihren Becher zum Munde führte. »Ich hätte nicht gedacht, dass er so unauffällig weitermachen könnte. Meinst du …«

Ihre Überlegungen wurden unterbrochen, als verfrühte Gäste geräuschvoll die Tür aufstießen. Erstaunt blickten die Mädchen auf und erkannten sofort, um wen es sich handelte. Mit einem strahlenden Lächeln auf den Lippen durchquerte Marcus Antonius die Taverne, zog Illicia hoch und umarmte sie stürmisch. »Meine Illicia!« Seine volltönende Stimme erfüllte mühelos die ganze Taverne. Ihm folgten Silvanus und Quintus Dellius, der sich zufrieden auf eine Bank sinken ließ und lautstark nach Wein rief: »Den Besten, den dieses Haus zu bieten hat! Wir haben zu feiern!«

Obwohl die Ankunft des Imperators jederzeit zu erwarten gewesen war, hatten die beiden jungen Frauen nicht damit gerechnet, ihn so schnell zu sehen. Verlegen strich sich Illicia eine Haarsträhne hinter das Ohr, die sich bei der unverhofften Umarmung aus ihrer Spange gelöst hatte. »Marcus, was tust du hier?«, murmelte sie unbeholfen.

Antonius überging ihre Unsicherheit souverän. »Feiern natürlich, Carissima! Unser Silvanus hat wieder einmal hervorragende Arbeit geleistet, und wo gibt es einen besseren Platz, um auf diesen Erfolg einen guten Becher Wein zu leeren?« Schwungvoll warf er seinen Purpurumhang hinter sich und nahm auf der Bank Platz, Illicia neben sich ziehend. »Ich bin froh, dass ich es rechtzeitig geschafft habe, hier zu sein. Die Winde standen günstig, das ist ein gutes Omen. Mit der Hinrichtung dieser Parther werden wir ein Zeichen setzen, das keiner so schnell vergessen wird. Und mein lieber Silvanus hier«, mit großer Geste legte er ihm seinen Arm um die Schultern, »kann diesen Erfolg allein für sich in Anspruch nehmen. Wieder einmal hat er bewiesen, dass er der richtige Mann ist, derartige Dinge diskret und zuverlässig zu erledigen.« Anerkennend ließ er seinen Blick auf seinem Untergebenen ruhen. Nur Laelia bemerkte, dass diesem dabei nicht so ganz wohl war. Sie hatte sich nicht getäuscht, Silvanus war tatsächlich mit dem Erreichten nicht so zufrieden, wie Antonius' Begeisterung glauben machte.

Gallia näherte sich schüchtern mit dem Wein und drei weiteren Bechern. »Komm, meine Schöne, ziere dich nicht!«, rief der Imperator leutselig, legte ihr einen Arm um die Hüften und nahm ihr den Krug aus den Händen, um selbst die Becher zu füllen. »So lasst uns nun auf Silvanus trinken, dem eine vielversprechende Karriere bevorsteht!«

Nun doch über das Lob strahlend, nahm auch Silvanus einen tiefen Schluck Wein.

Dellius wischte sich mit der Hand über den Mund, stellte seinen Becher ab und lenkte das Gespräch auf praktische Dinge. »Du solltest ein großes Ereignis aus der Kreuzigung machen, Marcus, das Volk liebt solche Darbietungen, und du und Plancus könnt es wieder ganz auf eure Seite ziehen.«

»Gute Idee«, brummte Antonius. »Wo ist Plancus überhaupt?«

»Auf dem Weg hierher, er war auf seinem Landgut.« Silvanus war ein wenig verärgert. Er hatte einen Boten zu Plancus geschickt, der ihm die Ankunft von Marcus Antonius melden und auch die Ergebnisse des Verhörs vortragen sollte. Dass Plancus sofort aufgebrochen war, daran zweifelte er keinen Moment. Sicher käme er jetzt, um sich unverdiente Lorbeeren abzuholen. Kurz überlegte er, ob er eine Bemerkung über Plancus' lange Abwesenheit von den Staatsgeschäften fallen lassen sollte, unterließ es dann aber.

Antonius wandte sich wieder an Illicia. »Mein Herz, sieh, was ich dir aus Tarsos mitgebracht habe!« Er nickte Dellius zu, der aus einem großen Lederbeutel, den er unter dem Tisch abgestellt hatte, einen in ein leinenes Tuch gewickelten länglichen Gegenstand herausholte. Illicia ahnte, was das Päckchen enthielt, und ihre Augen begannen zu leuchten.

»Willst du nicht nachsehen, was es ist?«, fragte Antonius ungeduldig und begann selbst die Verschnürung zu lösen. »Ich war mir sicher, dass ich dir damit eine größere Freude mache als mit dem kostbarsten Schmuckstück, das ich in ganz Griechenland auftreiben könnte.« Strahlend legte er ihr eine Schriftrolle in die Hand.

Illicia sah auf den ersten Blick, dass sie sehr alt sein musste. »Aber, Antonius, das ist doch viel zu kostbar! Das kann ich nicht annehmen!« Ihre Augen straften ihre Worte Lügen, und schon entrollte sie den Papyrus.

»Ich glaube, es wird dir gefallen. Es ist eine griechische Übersetzung von einem Original aus dem fernen Asien. Die Erlebnisse eines Richters, der sich daran ergötzte, Verbrechen aufzuklären. Ich war mir sicher, dass es genau das Richtige für dich ist!«, entgegnete er mit einem verschmitzten Lächeln.

In der Tat. Voller Freude umarmte Illicia den Imperator, der die Gelegenheit ergriff und ihren Lippen einen langen Kuss entlockte.

Gerade in diesem Moment betrat ein weiterer Gast die Taverne: Mazdates. Sein Blick schweifte suchend über die mittlerweile zahllosen Gäste, auf der Suche nach Illicia. Er erstarrte, als er sie in den Armen eines Mannes liegen sah, der sie augenscheinlich gut kannte, eines hochrangigen Römers zudem, wie der neben ihm liegende purpurne Umhang deutlich zeigte. Und Illicia ließ es geschehen, ja, schien es zu genießen, dass er sie leidenschaftlich küsste! Von den übrigen Gästen neugierig gemustert, stand Mazdates wie versteinert in dem schmalen Gang zwischen zwei Tischen und konnte seinen Blick nicht abwenden. Laelia sah ihn dort und sprang alarmiert auf, um das Schlimmste zu verhindern. Eilig drängte sie sich zwischen den Gästen hindurch, fasste ihn am Arm und zog ihn in eine entfernte Ecke. »Es ist nicht so, wie du glaubst, Mazdates!«, versuchte sie ihn zu beruhigen.

»Ach nein? Wie dann ist das, was meine Augen da gesehen haben?« In der Aufregung ging ihm das Griechische nicht so flüssig von den Lippen wie sonst.

»Du kennst den Mann, es ist Marcus Antonius.«

Mazdates atmete schwer. »Also doch! Das hätte ich nicht von ihr gedacht! Ich brauche mir demnach keine Hoffnungen zu machen. Ich habe geglaubt, dass …« Sein Gesicht verzerrte sich vor Zorn, die Hände ballten sich zu Fäusten. Wild schlug er mit der Rechten auf den Tisch.

Laelia versuchte verzweifelt, ihn zu beruhigen. »Mazdates, mäßige dich. Ich weiß, wie viel du Illicia bedeutest. Aber sie kann doch Antonius nicht einfach wegschicken, das musst du verstehen.«

»Dann werde ich hinübergehen und sie aus den Fängen dieses Mannes befreien!« Entschlossen drehte sich Mazdates um, bereit, sich auf Antonius zu stürzen.

Mit Mühe nur konnte Laelia ihn zurückhalten. »Bist du verrückt geworden, Mazdates? Wenn du ihn angreifst, werden sofort sämtliche Legionäre in Ephesos hinter dir her sein, und du wirst mit den parthischen Verbrechern zusammen gekreuzigt, wenn dich nicht vorher hundert Schwerter durchbohrt haben. Illicia wäre verzweifelt, wenn sie wüsste, was du vorhast. Du musst dich beherrschen! Antonius wird bald wieder abreisen, reiß dich so lange zusammen.«

Finster ließ sich Mazdates auf eine Bank fallen. Illicia hatte inzwischen seine Anwesenheit bemerkt und sah unglücklich zu ihnen hinüber, ratlos, was sie tun sollte, während Laelia weiter verzweifelt auf den Wagenlenker einredete. Es war nicht leicht, ihn endgültig von seinem Vorhaben, Antonius zu verprügeln, abzubringen. Mazdates saß sprungbereit auf der äußersten Kante der Bank, parthische Schimpfwörter vor sich hin murmelnd und jederzeit bereit, sich auf den Rivalen zu stürzen, wenn sich ein weiterer Anlass bot. Allerdings bemühte sich Illicia nun, einen deutlichen Abstand zwischen sich und Antonius zu bringen, denn es war nicht schwer, Mazdates' Absicht zu erahnen.

Laelia erkannte, dass sie den beiden eine Gelegenheit für ein kurzes Gespräch verschaffen musste, möglichst ohne dass Antonius davon etwas bemerkte. Mazdates solle sich in den Hof begeben, raunte sie ihm ins Ohr, sie würde Illicia so schnell wie möglich zu ihm hinausschicken. Dort könnten sie sich aussprechen. Mit verschlossenem Gesicht nickte der Parther.

So kehrte Laelia an den Tisch ihrer Freundin zurück und setzte sich neben sie. Als sich eine günstige Gelegenheit bot – Silvanus berichtete von der gefährlichen Stimmung beim Wagenrennen – raunte sie ihr zu, dass Mazdates sie draußen erwarte und sie dringend mit ihm reden müsse, um ein Unglück zu verhüten. Der Parther sei zutiefst verletzt, und wenn sie nicht wolle, dass er Marcus Antonius hier vor allen Leuten erschlage, solle sie sofort zu ihm gehen. Illicia nickte gequält. Unter dem Vorwand, die Latrine aufzusuchen, drückte sie sich an Antonius' breiter Schulter vorbei und verschwand in den Hof.

Kaum konnte sich Laelia auf das angeregte Gespräch konzentrieren, so sehr sorgte sie sich, was dort draußen vor sich ging. Mittlerweile hatten die drei Römer das Thema gewechselt, und eine Bemerkung erregte Laelias Aufmerksamkeit. Es ging um Arsinoe.

»Ja, es ist schade um die schöne Prinzessin«, sagte Antonius gerade mit gesenkter Stimme. »Aber dies ist nicht der Ort, darüber zu sprechen. Das Volk wird früh genug davon erfahren, wenn es so weit ist. Dann werden wir etwas zu seiner Beruhigung parat haben müssen, das wird nicht leicht.«

»Es wäre zu schön, wenn es sich einrichten ließe, dass Octavian dabei seine Finger im Spiel hätte ...«, raunte Dellius Antonius zu und erntete lautes Gelächter.

»Mein Lieber, du weißt, was ich von ihm halte, aber man kann ihm wirklich nicht für alles die Verantwortung geben!« Das Gespräch nahm nun eine humorvolle Wende, als Antonius anhob, von der Schlacht bei Philippi zu berichten und von der Rolle, die Octavian dabei gespielt hatte. »Zumeist lag er in seinem Zelt, mit quälenden Schmerzen, so ließ er im Lager verbreiten. Er hat es am Magen ... Seine Liebe gehört nicht dem Kampf auf dem Schlachtfeld, seine Vorzüge liegen auf anderen Gebieten.« Anzüglich lächelnd nahm Antonius einen tiefen Schluck Wein. »Aber wer weiß, wozu es gut war. So konnte er sich nicht in meine Pläne einmischen, und das gereichte uns durchaus zum Vorteil!« Befriedigt lehnte er sich zurück und bemerkte, dass Illicia noch immer nicht zurück war. »Wo bleibt mein Augenstern?«, fragte er in die Runde.

Geistesgegenwärtig kam Laelia noch einmal auf Octavian zu sprechen. »Es heißt, er baut auf skrupellose Art seine Macht in Rom aus, das könnte dir gefährlich werden.«

Antonius schnaubte ärgerlich. »Nun, das stimmt, skrupellos ist er schon immer gewesen, solange ich ihn kenne. Aber er ist Triumvir wie ich, und sein Zuständigkeitsbereich ist Italien, da kann er tun, was er will, ich mische mich da nicht ein. Auch hat er genug Schwierigkeiten mit der Ansiedlung der Veteranen, ich bin gespannt, wie er damit fertig wird. Aber gefährlich? Octavian mag als Politiker seine Qualitäten haben, gebt ihm jedoch ein paar Legionen und schickt ihn an die Grenze – egal an welche – und er würde sein Können als Langstreckenläufer unter Beweis stellen!« Er lachte dröhnend, Silvanus und Dellius stimmten ein.

Während der allgemeinen Erheiterung war Illicia zurückgekommen. Aus den Augenwinkeln beobachtete Laelia, wie Mazdates eilig der Tür zustrebte und die Taverne ohne einen weiteren Blick in ihre Richtung verließ. Illicia nickte ihr beruhigend zu. »Es ist alles in Ordnung. Glaube ich«, flüsterte sie.

Wider Erwarten amüsierten sie sich im weiteren Verlauf des Abends prächtig. Marcus Antonius war in Hochform und ließ seinen Charme bereitwillig spielen. Er war ein großartiger Gesellschafter, der es mühelos verstand, seine Zuhörer zu fesseln. Allmählich leerte sich die Taverne, und als die Freunde unter sich waren, verriegelte Monoculos pflichtbewusst die Tür. »Soll ich noch Wein bringen?«, fragte er. Antonius hob abwehrend die Hand. »Genug für heute, Monoculos.« Mit festem Griff umspannte er Illicias Hand, stand auf und zog sie mit sich. »Du wirst mir doch einen Schlafplatz nicht verweigern, Liebste?« Er drückte sie fest an seine breite Brust, schloss seine Arme um sie, so dass sie statt einer Antwort nur mit dem Kopf schütteln konnte. »Verzeih mein Ungestüm, aber ich kann es kaum erwarten, mit dir allein zu sein«, flüsterte er an ihrem Hals.

Quintus Dellius bat Monoculos diskret, ihn hinauszulassen, und Silvanus war erfreut, dass ihm noch eine Nacht mit Laelia und einer guten Ausrede vergönnt war.

Antonius bettete Illicia fürsorglich auf ihr Lager, kaum dass er die Tür in ihrem Schlafgemach geschlossen hatte. »Meine Liebste, du warst so schweigsam, bedrückt dich etwas? Was es auch sei, ich werde dich auf andere Gedanken bringen!« Behende löste er die Fibel auf ihrer Schulter und schlug ihr Gewand zur Seite, so dass sie nackt vor ihm lag. Seine Lippen fuhren zärtlich über ihre Haut, hinunter zu ihren Brüsten. Illicias Finger gruben sich in seine dunklen Haare, streichelten die weiche Haut seines Nackens. Plötzlich richtete Antonius sich auf und sah sie an. »Was ist denn, carissima mea? Du bist nicht bei der Sache, das spüre ich. Vermag ich dich nicht mehr zu fesseln? Ist es jemandem gelungen, tiefer in dein Herz zu dringen als ich?« Enttäuschung schwang in seiner Stimme.

»Nein, Marcus, so ist es nicht.« Das Letzte wäre, mit ihm über Mazdates zu sprechen. Aber dies war nicht das Einzige, das ihr unentwegt durch den Kopf ging.

»Was ist es dann? Es bedrückt dich doch etwas! Du weißt doch, dass du mir alles sagen kannst. Ist es wegen Kleopatra?«, fragte er geradeheraus, Illicias Trübsal damit in Verbindung bringend.

Illicia schüttelte heftig den Kopf. »Nein. Natürlich lastet es auf mir, wie sollte es nicht, aber darum geht es nicht. Es ist etwas anderes. Erinnerst du dich noch, was ich dir einmal erzählte, als wir im Frühjahr die Nacht in Priene verbrachten?«

Antonius wusste sofort, wovon sie sprach. »Bekümmert dich das noch immer? Es ist doch wirklich lange her, du solltest es vergessen! Ich dachte, ich hätte dazu ein wenig beigetragen«, versuchte er, die gedrückte Stimmung aufzulockern.

Illicia lohnte sein Bemühen mit einem kärglichen Lächeln. »Nein, so meine ich es nicht. Höre doch, Marcus, dieser Hauslehrer, den wir damals hatten, der, der, nun ... der mir zu nahe getreten ist ...« Aufmerksam hörte Antonius jetzt zu, während er liebevoll ihr Haar streichelte. »Ja? Was ist mit dem?

Bist du ihm wieder begegnet, diesem Schwein?« Antonius' Gesicht zeigte deutlich, was er mit ihm zu tun gedachte, sollte er ihm in die Hände fallen.

Illicia schüttelte den Kopf. »Nein, nicht direkt.«

»Nun, was dann?«

»Er ist tot.«

»Na, dann ist doch alles in bester Ordnung!« Beruhigt nahm er seine Liebkosungen wieder auf und ließ seine Hände über ihren Körper wandern.

»Du verstehst nicht, was ich dir sagen will!« Verzweifelt schob Illicia seine Hände weg und richtete sich auf. »Es war Rutilius Rufus! Er war damals unser Hauslehrer. Natürlich hatte er zu jener Zeit noch nicht die Leitung der Akademie in Ephesos, das kam erst später. Dass er hier war, erfuhren wir erst vor ein paar Monaten. Ich habe geglaubt, seine Position mache es ihm unmöglich, in seinem Tun fortzufahren. Bis wir jetzt herausgefunden haben, dass er selbst hier nicht davor zurückschreckte, sich an junge Mädchen heranzumachen. Ich mache mir Vorwürfe, dass ich nichts gesagt habe, aber es ist unendlich schwer, darüber zu sprechen. Bei Artemis, die armen Mädchen. Und ich habe wirklich nicht geglaubt, dass er das über so viele Jahre hindurch unbemerkt würde fortsetzen können. Ich hätte es wissen müssen!«

»Aber das ist doch nichts Neues, auf der ganzen Welt geschieht so etwas. Dennoch kann ich verstehen, dass es dich bedrückt«, murmelte Antonius verständnisvoll.

»Ja«, flüsterte Illicia, »darum denke ich – und Laelia auch – dass jemand die Schläger, wenn sie überhaupt mit der Sache zu tun haben, beauftragt haben muss, und das war sicher nicht Mithriventes. Rutilius Rufus muss viele Feinde gehabt haben. Eigentlich sind wir froh darüber, dass er tot ist.«

»Weiß Silvanus davon?«

»Genaues weiß er nicht, aber wir glauben, dass auch er ahnt, dass nicht Mithriventes der Urheber ist. Ob er die ganze Sache aber mit den Mädchen in Verbindung bringt, bezweifle ich.«

Antonius hatte sich aufgesetzt und Illicias Kopf an seine Brust gebettet. »Verstehe ich dich richtig, mein Augenstern, du bedauerst gar nicht so sehr, dass der wahre Mörder noch frei herumläuft, und dieser Gedanke quält dich?«

Niedergeschlagen nickte Illicia. »Ich weiß, es klingt eigenartig, aber genau so ist es. Schließlich ist es nur ein Verdacht. Aber was ist, wenn die Schläger gar nichts mit der Sache zu tun haben, der Täter ein anderer war, und er wirklich gefährlich ist? Silvanus sind ja jetzt ohnehin die Hände gebunden, wo doch die Parther auch wegen des Mordes gekreuzigt werden sollen. Wenn er weitere Untersuchungen anstellte, spräche sich das doch sofort herum, und die Menschen würden wieder unruhig. Und Mithriventes könnte das erneut ausnutzen, Mithriventes, vor dem wir uns im Übrigen sehr fürchten. Silvanus hat dir erzählt …?«

»Hab keine Angst wegen dieses Mannes, meine Liebste, er wird es nicht wagen, euch etwas anzutun, dafür werde ich sorgen. Und was die andere Sache angeht, nun, da wird sich ein Weg finden, den wahrhaft Schuldigen zu ermitteln und ihn – oder sie – zu bestrafen oder auch nicht.«

Illicia glaubte ihm gern. Sie fühlte sich immens erleichtert und gab sich nun willig den wirklich wichtigen Dingen des Lebens hin.

Gegen Morgen erwachte sie aus leichtem Schlaf, neben sich spürte sie den warmen, kraftvollen Körper des Imperators. Leise setzte sie sich auf und betrachtete den Mann an ihrer Seite. Seine breite Brust, von einem Vlies dunkler Haare bedeckt, hob und senkte sich unter gleichmäßigen Atemzügen. Sein Gesicht war friedlich, ein sanftes Lächeln entspannte seine Züge. Jetzt öffnete er halb seine Augen, sein Arm tastete nach ihr und zog sie, trotz seiner Schläfrigkeit, mit erstaunlicher Kraft zu sich herunter. Sie spürte seinen Atem, den leichten Duft des Weines und fragte sich, warum sie diesem Mann, diesem Weiberhelden und Trunkenbold, einfach nicht widerstehen konnte.

Kapitel 17

Es war so weit. Der Tag der Hinrichtung war gekommen, der Tag, an dem der römische Magistrat seine Vormachtstellung, seine Schutzfunktion für die Provinz Asia sichtbar wiederherstellen wollte.

Seit sich herumgesprochen hatte, dass die Schläger und Mörder gefasst waren, war die Stimmung in Ephesos merklich besser geworden. Als dann noch bekannt wurde, dass der allseits geliebte und verehrte Marcus Antonius eingetroffen war und angeordnet hatte, die Hinrichtung mit einem Fest zu verbinden, verschwand das bedrohliche Gefühl, jeden Moment könnten Aufstände ausbrechen, vollkommen. Im Gegenteil, das Volk, das jetzt die Straßen säumte, als der Zug mit den Gefangenen zum Hinrichtungsplatz aufbrach, jubelte den Römern freudig zu.

Zu Recht, fanden Laelia und Illicia, die zusammen mit ihren Freunden am Stadion warteten, denn in der Tat boten die römischen Magistrate einen imposanten Anblick.

Gemessenen Schrittes nahten die Liktoren des Marcus Antonius, ihre Fasces stolz vor sich hertragend. Ihnen folgte Antonius; zusammen mit Dellius stand er auf einem goldbeschlagenen Streitwagen, gezogen von vier herrlichen Schimmeln mit goldenem Geschirr. Antonius sah äußerst beeindruckend aus in seiner weißen Prunkuniform mit goldenen Schnallen, die den purpurroten Feldherrenmantel hielten, den Helm mit dem wippendem Federbusch auf dem Kopf. Würdevoll, aber keineswegs herablassend grüßte er in die Menge, die begeistert seinen Namen rief. Quintus Dellius neben ihm machte einen fast ebenso guten Eindruck, nicht ganz so prachtvoll gekleidet, aber doch im prächtigen Ornat des Legaten. Er warf Geldstücke in die Menge, was den Jubel noch erheblich verstärkte.

Dahinter folgten Silvanus und Munatius Plancus, beide in schneeweißer Toga – die von Plancus natürlich mit Purpurstreifen besetzt – auf einem silbernen Streitwagen. Vor diesen hatte man vier prachtvolle Rappen gespannt, die nervös tänzelten, so dass der Wagenlenker seine Mühe hatte, die Tiere zu bändigen und das langsame Tempo zu halten.

Silvanus, der einen kräftigen Schluck von Hanis Trank genommen hatte, durchflutete ein nie erlebtes Hochgefühl, als er jetzt vereinzelt auch seinen Namen neben dem des Antonius heraushörte. Und immer öfter ertönte der Ruf: »Vivat Silvanus!« Stolz und glücklich hob er seine Rechte und winkte den Menschen zu, die wussten, wem sie die Aufklärung der Verbrechen und damit das Fest zu verdanken hatten. ›So muss man sich bei einem Triumphzug fühlen‹, dachte er, und zum ersten Mal in seinem Leben spürte er ein leichtes Bedauern, nie eine militärische Karriere angestrebt zu haben. Allein dieses Gefühl, das ihn jetzt durchströmte, schien ihm alles Blutvergießen im Kampf, alle Unannehmlichkeiten des Lagerlebens wert zu sein.

Der bis dahin leicht verhangene Himmel riss auf, und die Sonne glänzte hervor. Ihre Strahlen trafen die goldenen Reliefs auf Antonius' Brustpanzer, und es schien, als erglühe der ganze Mann in göttlichem Licht. Ein lautes, ehrfürchtiges Raunen ging durch die Menge, und andere Rufe wurden laut. »Heil dir, Dionysos! Willkommen in Ephesos, Dionysos!«, tönte es von allen Seiten. Und als auch noch ein Falke aufstieg und über Antonius kreiste, war die Menge kaum mehr zu halten. Die Legionäre, die den Zug abschirmten, mussten ihre Schwerter ziehen, um die Menschen davon abzuhalten, den göttlichen Imperator zu berühren, ihn von seinem Wagen zu ziehen.

Antonius, vollkommen beherrscht, lächelte freundlich, beruhigte das Volk mit Worten des Dankes und befahl Dellius leise, weitere Münzen zu werfen, um die Menge abzulenken. Es funktionierte perfekt.

Munatius Plancus, dessen Namen keiner gerufen hatte, wandte sich missvergnügt an Silvanus. »Eine großartige Inszenierung, findest du nicht auch? Fast ein bisschen übertrieben, aber es wirkt. Daran können wir uns beide ein Beispiel nehmen.«

Silvanus zog erstaunt die Augenbrauen hoch. »Inszenierung? Wie meinst du das?«

»Bist du wirklich so unbedarft, Silvanus?« Plancus lachte bitter. »Das Wetter kann er natürlich nicht beeinflussen, unser göttlicher Imperator, aber der Falke ist dressiert. Besser noch nimmt man Adler, aber die sind schwerer zu bekommen, und ich denke, in der Kürze der Zeit hat Antonius keinen auftreiben können, aber hier tut es ein Falke ja auch, wie man sieht.«

»Oh!« Das hatte Silvanus nicht gewusst. Obwohl er den Göttern skeptischer gegenüberstand als andere Menschen, glaubte er doch immerhin – wie alle Römer – an Omen. Dass die Auspizien, eingeholt vor wichtigen politischen Entscheidungen, manchmal nach Bedarf ausgelegt wurden, das hatte er sich vorstellen können, aber Omen? Noch immer winkend dachte er darüber nach, dass er wirklich noch viel zu lernen hatte, wollte er weiter auf der politischen Leiter aufsteigen.

Der Zug schritt voran. Hinter dem Wagen von Silvanus und Plancus folgten inmitten einer Zenturie von Legionären die drei Gefangenen, die Hände und Füße an Pfähle gekettet, hoch auf einem Transportwagen, damit jeder sie sehen konnte. Man hatte sie nach der Folter so gut es ging hergerichtet und ihnen zweifellos schmerzstillende Mittel verabreicht, denn sie hingen mit apathisch glänzenden Augen und ohne einen Laut von sich zu geben in den schweren Ketten. Die Menge tobte, als sie ihrer ansichtig wurde, wüste Beschimpfungen wurden laut, und man versuchte, die Verbrecher zu bespucken und mit allerlei fauligem Unrat zu bewerfen. Die begleitenden Legionäre mussten ihre Schilde schützend über sich heben, um nicht von den Wurfgeschossen getroffen zu werden.

Nun folgte eine große Anzahl wohlgestalteter Männer und Frauen, die zum Klang von Zimbeln und Flöten Gesänge zu Ehren des Marcus Antonius anstimmten, Loblieder auf Dionysos und Schmähverse auf die Parther. Die Menge stimmte lautstark mit ein, denn die Texte waren einfach und die Weisen wohl bekannt.

Dahinter reihten sich die Zuschauer ein, viele die Häupter mit Weinlaub bekränzt. Laelia und Illicia waren unter den Ersten, beide mit strahlenden Gesichtern, noch überwältigt von dem Eindruck ihrer so gefeierten Geliebten, begleitet von ihren Freunden und umgeben von Legionären in unauffälligen Tuniken, die die Aufgabe hatten, sie vor parthischen Attentätern zu schützen.

So bewegte sich der Zug auf sein Ziel zu, den Hügel über dem Stadion. Auch hier warteten schon tausende von Menschen, wahrlich, die ganze Stadt schien der Hinrichtung beiwohnen zu wollen. Tosender Jubel empfing die Machthaber. Als Antonius von seinem Wagen stieg und auf ein eigens errichtetes Podest sprang, voller Elan und mit wehendem Mantel, hallten die umliegenden Berge von dem Geschrei der Menge wider. Antonius hob eine Hand, sofort wurde es still.

»Bürger von Ephesos! Ich danke euch für diesen Empfang, beweist er mir doch, dass eure Herzen mir so zugetan sind wie das meine euch und eurer Stadt. Ihr wisst, dass ich immer gern hier weile, und ich bedauere es sehr, nicht mehr Zeit unter euch verbringen zu können. Doch ihr wisst zweifelsohne auch, dass meine zwangsläufige Abwesenheit darin begründet ist, euch und diese Provinz, die mir die liebste ist, vor Gefahren von außen zu schützen. Und ihr seht, wie nötig dieser Schutz ist, denn hier stehen drei üble Verbrecher, geschickt, euch zu schaden und euer Vertrauen in mich zu erschüttern. Es ist ihnen nicht gelungen! Selbst in meiner Abwesenheit hält Rom seine schützende Hand über euch, denn die Männer, die ich dazu bestimmte, haben ihre Aufgabe mehr als gut gemacht. Munatius Plancus und vor allem Silvanus Rhodius gebührt dieser Ruhm! Darum werde ich jetzt dieses Podest freigeben für den, dessen Arbeit diesen Tag ermöglicht hat. So rufe ich denn Silvanus Rhodius, auf dass er das Fest eröffne!«

Tosender Beifall brauste auf, tausende von Stimmen schrien: »Vivat Marcus Antonius, vivat Dionysos!« Und als Silvanus, etwas mühevoller als zuvor Antonius, das Podest erklomm, mischten sich diese Rufe mit anderen: »Vivat Silvanus Rhodius!«

Antonius legte freundschaftlich den Arm um Silvanus, beglückwünschte ihn zu seinem Erfolg und sprang leichtfüßig vom hölzernen Podium. Silvanus schwitzte vor Stolz und Aufregung, hatte er doch nicht damit gerechnet, hier reden zu dürfen. Bis zu diesem Zeitpunkt hatte er noch geglaubt, Munatius Plancus, als Statthalter dieser Provinz, würde allen Ruhm für sich beanspruchen und eine stolze Rede halten, daher hatte er sich nichts zurechtgelegt. ›Nun denn, ich mache es kurz‹, dachte er, hob würdevoll die Hand und fühlte ein ungeahntes Gefühl der Macht, als die Menge verstummte. »Epheser, Freunde!«, begann er mit klopfendem Herzen und bemerkte mit einem Blick in die ihm zugewandten Gesichter, dass er den richtigen Ton getroffen hatte.

»Auch ich will nicht viele Worte verlieren, wartet ihr doch alle darauf, diese parthischen Verbrecher ihrer gerechten Strafe zu überantworten. Nur das lasst mich sagen: Ich versprach euch bei den Rennen, die öffentliche Ordnung wiederherzustellen, die Morde an unseren Bürgern aufzuklären und zu rächen. Ich versprach es euch als Vertreter Roms und als Beauftragter des Triumvirn Antonius und des Statthalters. Ich habe mein Versprechen gehalten, Rom hält seine Versprechen immer!

So will ich nun den Befehl geben, diese Mörder ans Kreuz zu schlagen. Doch zuvor noch ein Wort: Unser glorreicher Imperator hat für euch alle zur Feier dieses Tages Fleisch und Wein gestiftet – lasst es euch schmecken!«

Er gab das Zeichen für die Legionäre. Diese zerrten die drei Gefangenen vom Wagen und schleiften sie zu den Kreuzen, während das Beifallsgeschrei und die Hochrufe kein Ende zu nehmen schienen. Zufrieden mit sich kletterte Silvanus von dem Podest und gesellte sich zu Antonius, Dellius und Plancus, die vor dem für sie aufgebauten Zelt schon dem Wein zusprachen. Antonius schlug ihm kräftig auf die Schulter und reichte ihm einen Becher. »Ich bin sehr zufrieden mit dir, Silvanus. Du bist nicht nur ein guter Ermittler, du hast auch das Zeug zu einem Staatsmann. Deine Rede war hervorragend, sehr treffend und der Stimmung angemessen. Auch deine Informationen, die du mir hast zukommen lassen, sind äußerst wertvoll. Wo sind denn unsere beiden Spioninnen, die du so geschickt eingesetzt hast, um die Parther zu überführen? Nach einer so gelungenen Vorstellung gelüstet es mich nach etwas Weiblichkeit.«

Silvanus, stolz ob des Lobes, zuckte die Schultern. »Vorhin noch habe ich sie gesehen, aber jetzt …« Suchend sah er sich um. Menschen strömten zu den Ständen mit Fleisch und Wein, fröhlich plaudernd, um sich dann einen guten Platz zu sichern, von wo aus sie die Errichtung der Kreuze beobachten konnten, doch Laelia und Illicia waren nirgendwo zu entdecken.

Antonius beauftragte zwei Sklaven mit der Suche nach den Mädchen und wandte sich dann Munatius Plancus zu, der mit einem verbitterten Zug um den Mund neben Dellius stand. »Ein nettes Volk, diese Epheser, nicht wahr, Munatius, mein Freund? So leicht zu begeistern und umzustimmen.« Er zog den Prokonsul beiseite. »Es ist alles ganz einfach. Ein bisschen Großzügigkeit, ein bisschen Machtdemonstration, Brot und Spiele eben, wie auch in Rom. Nur dass in Rom die Massen kritischer sind, hier hat man leichteres Spiel. Aber du hättest es nicht so weit kommen lassen dürfen, mein Munatius, schon bei den ersten Anzeichen von Unzufriedenheit im Volke muss man handeln. Und wenn, wie hier bei den Überfällen, die lokalen Behörden zuständig sind, dann erklärt man es eben zur Staatssache. Gründe gibt es immer und Geld, die hiesigen Magistraten zu beruhigen, hast du genug. Also sei nicht beleidigt, dass heute nicht dir die Ehrungen gelten, du hättest das alles wissen können und sollen.«

»Ich habe diverse Spiele und Rennen ausgerichtet, was sonst hätte ich tun können?«, erwiderte Plancus verärgert. »Und ein solch großer Etat wie dir steht mir nun wirklich nicht zur Verfügung.«

Jetzt wurde Antonius doch zornig. »Ich habe dir die Verwaltung dieser Provinz überlassen, weil ich dich als Staatsmann schätze und dir als Freund vertraue. Du hättest in dieser Situation besser reagieren können, das weißt du, also versuche nicht, dich zu rechtfertigen. Hätte dir nicht Silvanus Rhodius als erfahrener Ermittler zur Seite gestanden, hätte es anders ausgehen können. Du hast ihm ja sogar die Eröffnung der Rennen übertragen, ja, dich in dieser gefährlichen Lage auf dein Landgut begeben und ihm die Arbeit überlassen. Also, Munatius, was soll ich davon halten? Aber Silvanus hat die Arbeit gut gemacht, ihm gebührt der Ruhm des heutigen Tages, missgönne ihm das nicht!«

»Ich hatte Gründe, mich auf mein Landgut zurückzuziehen«, murmelte Plancus verstimmt.

Antonius legte ihm gutmütig eine Hand auf die Schulter. »Komm, Freund Munatius, ich kenne dich und weiß, was ich an dir habe. Du wirst gute Gründe gehabt haben, dessen bin ich mir sicher. Aber dies musste gesagt werden, und damit ist der Vorfall vergessen, es ist ja gut ausgegangen, und ich bin sicher, es wird nicht wieder vorkommen. Du genießt nach wie vor mein Vertrauen! Lass uns trinken, auf die Freundschaft!« Antonius hob seinen Becher und prostete Munatius Plancus versöhnlich zu. Ein zögerndes Lächeln erhellte dessen Gesicht, als auch er den Becher hob. »Auf die Freundschaft!«

Silvanus hatte den Wortwechsel trotz der Entfernung mitangehört. Wieder einmal konnte er nicht umhin, Marcus Antonius aufrichtig zu bewundern. Mit welcher Leichtigkeit er Kritik anbrachte und gleichzeitig in der Lage war, sich seiner Mitarbeiter zu versichern. Diese Fähigkeit wünschte Silvanus sich auch, wusste aber, dass er dies nie erreichen würde. Er selbst war viel zu emotional, zu gefangen in seinen Gefühlen, er hätte in einer solchen Situation Plancus seines Amtes enthoben und erst später bemerkt, welch großen Fehler er damit begangen haben könnte – zu spät vielleicht, wenn Plancus sich in Rom in den Dienst Octavians gestellt hätte. Ganz plötzlich wurde ihm bewusst, wie wenig er Munatius Plancus mochte, wie wenig er ihm traute. Nie zuvor war dieses Gefühl so stark gewesen. Dellius, der neben ihm stand, sprach ihn lachend an. »Dein Gesicht ist ein offenes Buch, Silvanus. Ich gebe dir Recht, Marcus Antonius ist bewundernswert, Munatius Plancus nicht unbedingt vertrauenswürdig. Er ist ein schwacher Charakter. Aber einen Mangel hat auch Antonius, er ist zu arglos, er hat nicht genug Gespür für die inneren Befindlichkeiten der Menschen, kurz – er ist kein Menschenkenner. Das jedoch trägt noch zu seiner Beliebtheit bei, er glaubt an das Gute in ihnen, und das merken sie. Ich hoffe nur, es wird ihm nicht eines Tages zum Verhängnis …«

Mittlerweile hatte man die drei Kreuze mit den Parthern aufgerichtet. Die Menge, mit Wein, Brot und Fleisch gut versorgt, begann erneut zu johlen und zu gröhlen: »Barbarische Hunde, das passiert, wenn man griechische Bürger ermordet!« – »Mit den Römern legt man sich nicht an, erzählt das euren parthischen Freunden im Hades, hahaha!«, hörte man von allen Seiten. »Fünf Denare auf den Mittleren, der hält am längsten durch«, schrie eine Frauenstimme, und ein sonorer Bass antwortete: »Ich halte dagegen, der mit der Narbe wird der Letzte sein, der zugrunde geht!« Bald hatten fast alle Wetten abgeschlossen und begrüßten jedes Zucken, jedes Zeichen von Muskelermattung, jedes Stöhnen mit Jubel oder Schmähgeschrei, je nachdem, wem ihr Einsatz galt. Zwischen den Zuschauern zeigten Gaukler akrobatische Kunststückchen oder kleine Zaubertricks und hofften auf ein paar Geldstücke. Die Stimmung war hervorragend.

Inzwischen war auch einer der Sklaven mit Illicia und Laelia zurückgekehrt. Antonius zog Illicia an seine Seite und flüsterte ihr etwas zu, Illicia lächelte zu ihm hoch und beide verschwanden im Zelt.

Laelia, deren Freunde im Menschengewühl verschwunden waren, hatte sich voller Unbehagen zu Silvanus, Dellius, Munatius Plancus und Avidia Plautilla gesellt. Silvanus stellte sie vor und beeilte sich hinzuzufügen, dass Laelia und ihre Freundin nicht unerheblichen Anteil an der Aufklärung der Verbrechen gehabt hatten. Dellius begrüßte sie freundlich, Plancus interessiert und Avidia Plautilla mit geringschätzigen Blicken. »So, du hast also geholfen? Nun, besten Dank dafür, Griechin. Übrigens, Silvanus, du erfolgreicher Staatsmann, ist deine Gattin gar nicht anwesend, um deinen großen Erfolg mit dir zu feiern?«

Silvanus errötete. »Nun, Avidia, ich, äh, ich erwarte sie jeden Augenblick zurück, sie ist noch in Pergamon, wie du weißt.«

»So, so«, erwiderte Avidia Plautilla und blickte kalt von Silvanus zu Laelia. »Deine Freundin geht wohl gerade dem Imperator zur Hand, nicht wahr? Und unser Silvanus will es seinem großen Förderer natürlich gleichtun. Wo sind wir Römer nur hingekommen, armes Rom, arme Lucida, arme Fulvia! Was soll nur aus unseren Kindern werden, bei einem derartigen Verfall der Sitten!«

»Aber, Avidia«, begann Plancus, auch Dellius hatte zum Sprechen angehoben, doch Laelia kam ihnen zuvor. Kalt wandte sie sich an die Römerin: »Ich bin sehr erfreut, dich kennen zu lernen, Avidia Plautilla, habe ich doch schon viel von dir gehört. Es ist immer wieder interessant festzustellen, über welch überwältigende Höflichkeit so hochgeborene und wohlverheiratete Römerinnen verfügen. Ein gutes Beispiel für eure Kinder, besonders für deine Tochter Natilla, die, wie ich hörte, von demselben Hauslehrer unterrichtet wurde wie meine Freundin und ich. Im Übrigen, dies nur am Rande, bin ich römische Bürgerin wie du. Und in der Tat, Avidia Plautilla, ich denke, Marcus Antonius kann so manchem als Vorbild dienen. Salve, die Herren, die Dame!« Hocherhobenen Hauptes schritt sie davon.

Silvanus erster Impuls war, Laelia zu folgen, doch er hielt mitten in der Bewegung inne. Plautilla, die von Laelias Worten ernsthaft betroffen schien, war immerhin mit Lucida bekannt, sie würde es ihr bestimmt erzählen. Die ganze Situation war ohnedies schon mehr als peinlich. Hatte Plancus seiner Frau erzählt, dass er eine Freundin hatte? Wahrscheinlich, nach den Äußerungen, die diese von sich gegeben hatte. Nicht auszudenken, was das alles nach sich ziehen konnte! Er musste unbedingt verhindern, dass sich Lucida und Plautilla trafen. Aber wie? Und er musste viel vorsichtiger sein in der nächsten Zeit. Oh, und das alles an diesem Tag, der so schön begonnen hatte, sein Tag, der größte seines Lebens. Frauen konnten doch alles zerstören. Auf jeden Fall musste er sich beeilen, Plautilla eine Erklärung zu liefern, eine, die auch vor Lucida standhielt. So begann er, ein wenig wirr und schuldbewusst, zu erzählen, Antonius und er hätten die Mädchen in Didyma kennen gelernt, im Frühjahr, und Laelia sei ihm wegen ihrer Parthischkenntnisse eine wertvolle Hilfe. Plautilla, die sich schnell wieder in der Gewalt hatte, hörte mit süffisantem Lächeln zu und nickte wissend, als Antonius und Illicia nun aus dem Zelt traten.

Illicia, der die merkwürdige Stimmung in der kleinen Gruppe sofort auffiel, sah sich suchend nach ihrer Freundin um, Silvanus fing ihren Blick auf und deutete mit dem Kopf zur Seite. Illicia verstand. Kurz darauf verabschiedete sie sich von dem Triumvirn und machte sich besorgt auf die Suche nach Laelia.

Antonius gesellte sich zu den anderen. Zur allgemeinen Erleichterung erklärte er, dass man nun genug den Feierlichkeiten beigewohnt habe, er bitte seine Freunde zu einer Unterredung über das weitere Vorgehen in Sachen Arsinoe. Erleichtert stimmten die Männer zu, man verabredete sich für eine Stunde später im Magistratsgebäude.

So verließen sie unter dem Jubel der Massen das Hinrichtungsgelände. Keiner außer der Leibwache des Antonius folgte ihnen, denn bei den parthischen Gekreuzigten ließen jetzt anscheinend die betäubenden Mittel nach, und sie begannen zu fluchen und vor Schmerzen zu brüllen. Das war die Phase, die das Volk am meisten liebte, die Wetten wurden weiter ausgedehnt, der Wein floss in Strömen, die Hohnrufe auf die Parther wurden unflätiger. Noch als sie den Hügel hinabfuhren, hörten sie den Lärm, und sich umblickend, sahen sie die drei Kreuze mit den sich windenden Gestalten in den Himmel ragen.

Vor der Sitzung eilte Silvanus kurz nach Hause. Von Lucida war noch nichts zu sehen, zum Glück, doch das Haus war schon für ihre Rückkehr hergerichtet. Larix hatte alles geputzt und geschmückt und die Gelegenheit dazu genutzt, den neuen Sklavenjungen in seine Aufgaben einzuweisen. Ein hübsches Bürschchen, fand Silvanus, mit seinem dunklen Haarschopf, und er schien kräftig und nicht dumm zu sein. Er ließ sich von ihm aus der Toga helfen, entledigte sich der verschwitzten Tunika, machte sich frisch und legte eine neue an. Das nahm wegen der Unerfahrenheit des Jungen einige Zeit in Anspruch, aber er begriff schnell.

Vorsichtshalber nippte Silvanus noch an Hani Ramis Trank und ließ sich sodann zum Magistratsgebäude tragen. Durch die trüben Gedanken über Lucida, Avidia Plautilla und Laelia drang allmählich wieder der Stolz über seinen Erfolg. Er war zu einer Beratung der führenden Männer des Imperiums geladen, verdiente Feldherren, erfahrene Politiker. Und er, Silvanus Rhodius, gehörte dazu. Man wollte seine Meinung hören. Was kümmerten ihn diese Frauengeschichten, er war jetzt ein mächtiger Mann, der über das Geschick der Provinz, nein, des ganzen Herrschaftsbereiches, mitentschied. Hoch aufgerichtet entstieg er der Sänfte und betrat würdevoll das Amtsgebäude.

Die Sitzung dauerte länger als erwartet. Es ging um die Frage, ob Arsinoe in aller Stille vom Leben zum Tode gebracht werden solle, vielleicht mit Gift, so dass das Volk an einen natürlichen Tod glauben konnte, oder ob man sie als Staatsfeindin öffentlich hinrichten solle. Und wie konnte man sich des Oberpriesters entledigen, eine noch schwierigere Aufgabe, da er ein ehrenwerter Bürger der Stadt war und bei den Ephesern äußerst beliebt? Ihm Verfehlungen nachzusagen war schwierig, er führte einen untadeligen Lebenswandel.

Antonius vertrat die Ansicht, man könne dem Volk nichts

vormachen, ein Giftmord würde über kurz oder lang ans Tageslicht kommen, und beide zusammen einen Unfall erleiden zu lassen wäre zu viel des Zufalls. Das Ansehen der Römer könnte hierbei schweren Schaden nehmen. Plancus hielt dagegen, die Epheser würden niemals zulassen, Arsinoe und den Priester hinrichten zu lassen, zu stolz seien sie auf das Asylrecht des Tempels, das doch er, Antonius, vor kurzem noch erweitert hatte. Dem stimmte Dellius zu und schlug vor, nach einer heimlichen Hinrichtung der ägyptischen Göttin Isis einen Tempel zu spenden, um dem Bedauern der Römer an dem tragischen Unglück der im Asyl befindlichen Prinzessin Ausdruck zu verleihen. Dieser letzte Teil des Vorschlags fand Antonius' Gefallen, das würde auch Kleopatra sehr erfreuen und sie damit noch mehr für seine Sache einnehmen. Dennoch konnte er sich nicht mit dem Gedanken eines heimlichen Todes anfreunden. Man wüsste nicht, ob Kleopatra das Geheimnis bewahrte, und Nachrichten aus Alexandria verbreiteten sich schnell. Nein, er würde sich dem Volkszorn stellen und ihn besänftigen, das schien ihm besser, als Gerüchte über die Hinterhältigkeit der Römer aufkommen zu lassen. Nach den Vorfällen der letzten Zeit konnten sie sich so etwas nicht leisten. »Arsinoe hätte die Gelegenheit zur Flucht nutzen sollen, das hätte uns viele Schwierigkeiten erspart! Aber sie ist zu stolz, und sie will uns, mich, in ebendiese vertrackte Situation bringen. Bei allen Göttern, was für eine Frau. Es ist schade um sie, aber es muss sein.«

Silvanus hatte dem Für und Wider schweigend zugehört und wog die Argumente gegeneinander ab. Dann mischte er sich in die Diskussion, ein wenig nervös, und stimmte Antonius zu: Die gerade wieder beruhigte Stimmung dürfe man nicht aufs Spiel setzen, zumal die Parther sich eine solche Gelegenheit wohl nicht entgehen ließen, wieder mit geschickten Intrigen einzugreifen. »Vielleicht solltest du, Antonius, um deine

Entscheidung für eine öffentliche Hinrichtung abzusichern, das Orakel in Didyma befragen? Die Orakelsprüche sind ja bekanntlich vielseitig zu deuten und das hier ansässige Volk wird niemals wagen, den Spruch des Apollon anzuzweifeln.«

Antonius, Plancus und Dellius sahen den angespannt auf seiner Kline liegenden Silvanus verblüfft an. Keiner sagte etwas. Silvanus wischte sich verstohlen einige Schweißperlen von seiner hohen Stirn. Was dachten sie? Würde er des Gremiums verwiesen, weil er gewagt hatte vorzuschlagen, das heilige Orakel des Apollon zu missbrauchen? Hatte er sich zu weit vorgewagt, war das das Ende seiner gerade beginnenden Karriere? Ach, warum hatte er seinen Mund nicht halten können, jetzt war wohl alles vorbei. Schon fühlte er wieder den Schmerz im Rücken, die Wirkung von Hanis Trank begann nachzulassen.

Munatius Plancus sprach als Erster. »Ich halte den Vorschlag unseres jungen Kollegen für gar nicht schlecht.«

Silvanus wunderte sich. Ausgerechnet Plancus sollte ihm zustimmen? Verfolgte der damit vielleicht die Absicht, ihn bloßzustellen, folgte noch ein: ›Aber ich denke, dass …?‹ Doch Plancus sagte nichts weiter.

Dann nickte auch Dellius. »Das ist gut, Silvanus, das ist sehr gut!«

Gespannt blickte Silvanus nun in das Gesicht von Marcus Antonius, dem man ansah, wie die Gedanken hinter seiner Stirn Gestalt annahmen. Endlich überzog ein Strahlen seine Züge. »Das ist nicht nur gut, das ist brillant, Silvanus. Hervorragend! Nur – wir werden nicht das Orakel in Didyma befragen, sondern das in Klaros. Das ist zwar nicht so groß und bedeutend wie Didyma, aber näher an Ephesos und damit den Geschicken der Stadt schon rein regional enger verbunden. Zudem genießt es ein hohes Ansehen hier, und, was das Wichtigste ist, der Oberpriester dort, Vigolos, schuldet mir noch einen Gefallen. Genial, einfach genial, diese Lösung. Ich werde gleich veranlassen, dass noch heute ein Gesandter nach Klaros reist und das Orakel einholt. Dellius, würdest du diese Aufgabe übernehmen?«

Dellius nickte zustimmend.

»Gut. So werde ich für morgen eine Sitzung mit den örtlichen Magistraten einberufen, bis dahin musst du mit dem Orakelspruch zurück sein.« Damit war die Besprechung beendet, Antonius bedankte sich bei seinen Beratern und entließ sie, behielt aber Dellius zurück, um ihn in die Einzelheiten einzuweisen.

Munatius Plancus und Silvanus machten sich auf den Weg nach draußen. »Ich muss mich bei dir entschuldigen für das ungebührliche Benehmen meiner Gattin, Silvanus. Ich weiß nicht, was in sie gefahren ist, sie ist sonst die Höflichkeit in Person, aber sie hält viel auf die alten Sitten, du weißt schon, eheliche Treue und so weiter. Sag das bitte auch dem Mädchen, Laelia. Und, noch eines, wir sind wirklich froh, dass dieser Fall abgeschlossen ist, und ich danke dir, wie auch deiner Freundin, für die gute Arbeit. Salve, Silvanus.« Damit verabschiedete er sich, um sich zu seinen Wohnräumen zu begeben.

Silvanus, erstaunt und erfreut über die lobenden Worte, hielt unter den Säulen des Vorplatzes inne. Eigentlich müsste er Laelia davon erzählen, sich bei ihr entschuldigen, die ganze Situation war ja doch recht unangenehm für sie gewesen. Ob sie wohl schon zu Hause war? Er beschloss, einfach nachzusehen, es war ja nicht weit bis zur Taverne. So wandelte er gemächlich durch die menschenleeren Straßen hinauf zur Taberna Tilia. Doch je näher er kam, desto zögernder wurden seine Schritte. Laelia würde bestimmt sehr ärgerlich sein. Sollte er diesen so erfolgreichen Tag durch eine Auseinandersetzung mit einer beleidigten Frau verderben? Aber sie hatte ihm ja wirklich sehr geholfen, ohne sie wäre er heute nicht so ausgezeichnet worden. Er würde sich entschuldigen und den Streit beilegen, es war ihm immer gelungen, wieso also nicht dieses Mal? Bei dem Gedanken an eine leidenschaftliche Versöhnung beschleunigten sich seine Schritte, dennoch betrat er die Taverne mit gemischten Gefühlen.

Sie war vollkommen leer. Auf sein Rufen erschien Monoculos, offensichtlich gerade dem Bad entstiegen, denn nur ein um die Lenden gewickeltes Handtuch bedeckte seinen drahtigen Körper. »Ave, Herr. Du hier? Ich wähnte dich auf dem Hinrichtungsplatz. Aber dort wähnte ich auch die Herrin Laelia, und die ist schon seit geraumer Zeit zurück. Sie ist oben. Jedoch«, er blinzelte verschwörerisch mit seinem Auge in Silvanus' Richtung, »ich muss dich warnen, sie ist in keiner guter Stimmung. Sie sagte, sie wolle nicht gestört werden, und selbst die Herrin Illicia ist nicht lange bei ihr geblieben. Soll ich euch trotzdem etwas Wein nach oben bringen?«

Silvanus überlegte kurz, ob er nicht doch besser zu einem anderen Zeitpunkt zurückkehren sollte, entschied sich aber, da er nun einmal hier war, die Sache durchzustehen. »Ja bitte, Monoculos, etwas Wein wäre schön. Aber ziehe dir etwas über, du könntest sie auf dumme Gedanken bringen und mich mit deinem makellosen Körper eifersüchtig machen«, unternahm er einen matten Versuch, zu scherzen.

Monoculos errötete erfreut. »Oh, ich glaube nicht, dass ich mit deiner Größe und Kraft konkurrieren kann, Herr, allein der Klang deiner Schritte zeugt davon.« Schnell lief er in die hinteren Räume.

Silvanus stieg die Treppe zu Laelias Gemächern empor. Leise klopfte er an die Tür, vorsichtig trat er ein. Laelia saß wieder einmal in einem der Sessel am Fenster und blickte gedankenverloren in die Ferne. Sie wandte sich nicht um.

»Lumen meum«, begann Silvanus unsicher, während er zu ihr ging und sie von hinten umarmte, »Carissima, ich bin gekommen, mich zu entschuldigen. Es tut mir Leid, was vorhin geschehen ist, auch Plancus lässt dir das ausrichten. Aber Avidia Plautilla ist mit Lucida befreundet, und so konnte ich nicht tun, was ich gern getan hätte, nämlich mit dir zusammen diesen Tag zu feiern, oder, nachdem dich Plautilla so geschmäht hatte, dir zu folgen.« Er versuchte, ihr einen Kuss in den Nacken zu geben, doch Laelia zuckte unwillig zurück. »Du hättest etwas sagen, mir mit Worten zur Seite stehen können, ohne dich dabei bloßzustellen.« Ihre Stimme war noch immer belegt, wie Silvanus mit sinkendem Mut feststellte, und, er musste es zugeben, sie hatte allen Grund dazu. Dennoch versuchte er, sich zu verteidigen, auch vor sich selbst. »Aber du weißt doch, Laelia, wie schwierig die Situation ist, in meiner Stellung. Wenn Lucida etwas zu Ohren kommt ... Ich bemühe mich nach Kräften, dich zufrieden zu stellen, dich so oft wie möglich zu sehen.«

Es klopfte zaghaft an die Tür. Monoculos, züchtig mit einer Tunika bekleidet, brachte den Wein. Schnell stellte er das Tablett auf den Tisch und eilte wieder hinaus, die gespannte Stimmung zwischen seiner Herrin und ihrem Freund war ihm nicht geheuer.

Silvanus füllte zwei Becher mit dem guten Falerner. »Jetzt, nachdem dieser Fall abgeschlossen ist«, fuhr er fort, während er Laelia einen Becher reichte, »werde ich mehr Ruhe haben und Zeit, auch für dich. Und dann, ich verspreche es dir, werde ich daran arbeiten, dass wir beide einmal ein paar Tage wegfahren können, nach Side vielleicht, was hältst du davon?« Zwar hatte er keine Ahnung, wie er das machen sollte, aber es würde Laelia trösten, hoffte er.

Weit gefehlt. Laelia war diesmal tief getroffen, nicht so leicht zu versöhnen wie sonst. »Du hast mir schon ganz andere Dinge versprochen. Du wolltest Lucida verlassen, ich solle dir nur ein wenig Zeit geben und so weiter und so weiter. Wie soll ich dir noch glauben? Meinst du, ich werde mich immer damit begnügen, die Zweite in deinem Leben zu sein? Oh nein, Silvanus, ich werde …«

»Aber das stimmt ja gar nicht, Laelia«, unterbrach Silvanus sie, bevor sie den Satz zu Ende sprechen konnte. »Du bist das Wichtigste in meinem Leben. Aber zehn Jahre sind eine lange Zeit, die kann man nicht einfach so abschütteln. Ich kann sie nicht von heute auf morgen verlassen, genauso wenig wie ich dich verlassen könnte. So bin ich nicht. Andere Männer verschenken ihre Herzen leichtfertig an jede neue Frau und vergessen die bisherige, findest du das besser? Was würdest du sagen, wenn jetzt eine andere daherkäme und ich dich ihretwegen verließe? Oh nein, das könnte ich nicht, viel zu sehr liebe ich dich! Und mir ist das alles genauso schrecklich wie dir, schließlich habe ich immer zwei Menschen gegenüber ein schlechtes Gewissen. Nie zuvor habe ich so etwas gemacht, und ich versichere dir, nie wieder werde ich es tun. Kannst du dir vorstellen, welche Gedanken mir durch den Kopf gehen, wenn ich des Nachts auf meinem Lager liege und nicht schlafen kann? Oh, ich glaube nicht, dass du dir den Zwiespalt vorstellen kannst, die Vorwürfe, die ich mir mache, weil ich euch beiden Leid zufüge. Denke nicht, dass es für mich so leicht ist.«

Er hatte den richtigen Ton getroffen. Laelia drehte sich um und sah den gequälten Ausdruck in seinen Zügen, und sie merkte, wie ihr eigener Ärger verflog. Erschöpft schlang sie ihre Arme um seinen Hals, lehnte ihren Kopf an seine breite Brust und murmelte: »Ach Silvanus, wie soll das nur weitergehen mit uns? Was sollen wir nur machen?«

»Ich weiß es nicht, meine Liebste, ich weiß es nicht!« Silvanus vergrub seine Lippen in ihrem Haar. Eine Weile saßen sie so, schwiegen und spürten nur die Anwesenheit des anderen, bis Silvanus sie sanft auf ihre Kline trug.

Die Versöhnung gelang vollkommen. Laelia lag zufrieden,

doch noch immer ein wenig melancholisch in seinen Armen und murmelte: »Es wäre wunderschön, würden wir zusammen nach Side fahren. Nur ein paar Tage. Ach Silvanus, wann meinst du, könntest du das einrichten?«

»Nun«, brummte Silvanus, »wenn Antonius wieder abgereist ist, hätte Plancus gegen ein paar Tage Urlaub bestimmt nichts einzuwenden. Die Ermittlungen sind abgeschlossen, wenn ich auch diesbezüglich ein seltsames Gefühl habe. Aber: Vorbei ist vorbei, die Verbrecher sind gekreuzigt, und ehrlich gesagt habe ich auch keine Lust mehr, jetzt wieder von vorn zu beginnen. Alle sind zufrieden, was soll man da von neuem Staub aufwirbeln. Auch der Bevölkerung könnte man das nicht glaubhaft machen.«

Laelia richtete sich auf. »Du glaubst also auch nicht, dass die Schläger den Befehl, Rufus zu töten, von Mithriventes bekommen haben? Illicia und ich haben gerade gestern darüber gesprochen, wir meinen, das Ganze könnte einen anderen Hintergrund haben. Hast du mal daran gedacht, dass ...?«

»Ach, cara mea, ihr und eure Theorien. Ich möchte sie gar nicht mehr hören, denn wäre etwas daran, müsste ich nur wieder ermitteln. Und das geht nicht. Wenn ihr etwas wusstet, warum habt ihr es nicht vorher gesagt?« Silvanus hatte eine angenehme Müdigkeit überfallen, kaum konnte er die Augen aufhalten, nur noch mechanisch kamen die Antworten über seine Lippen. Laelia jedoch war hellwach. »Wir dachten ja auch, es sei Ulpia gewesen, weil Rufus ein solcher Unmensch war. Die Mädchen, die immer zu ihm kamen ... Wir wollten Ulpia nicht belasten, denn wenn sie ihn umgebracht hätte, wäre es eine gute Tat gewesen. Weißt du, Silvanus, Rufus hat, als wir seine Schülerinnen waren ...« Ihre Stimme war leiser geworden und erst jetzt bemerkte sie die regelmäßigen Atemzüge, das leichte Schnauben, das Silvanus von sich gab. Er war eingeschlafen.

Kapitel 18

Die Schmerzen waren fast noch stärker als zuvor. Ziemlich spät war er in Laelias Bett aufgewacht und hatte sich eilends auf den Weg nach Hause gemacht, in der Hoffnung, hier noch ein paar Stunden zu schlafen. Doch im eigenen Bett hatte er sich nur unruhig hin und her gewälzt. Das Gesicht schmerzhaft verzerrt, versuchte er jetzt, sich aufzurichten. Mit einer Hand stützte er sich ab, mit der anderen stopfte er sich ein Kissen unter seinen Rücken. Fast schwanden ihm die Sinne von den bohrenden Stichen, die sein Kreuz marterten. Einen Moment lang hielt er den Atem an, bis die Stiche einem dumpfen Bohren wichen. Seine letzte Kraft sammelnd, um einen kraftvollen Klang seiner Stimme bemüht, rief er nach Larix. Was er herausbrachte, erschreckte ihn selbst, so kläglich hörte es sich an.

Nichts rührte sich, keine Hilfe kam, kein mitleidiges Ohr, um sein Leid zu klagen. Noch einmal, die Stirn von Schweiß bedeckt, rief er, diesmal lauter, und endlich näherten sich Schritte. Besorgt eilte Larix herbei und beugte sich über ihn. »Herr, was ist mit dir? Was kann ich tun?«

Silvanus, noch immer um Haltung bemüht, wies in Richtung der kleinen Glasphiole, die er gestern Abend auf seiner Truhe abgestellt hatte. »Gib mir davon, schnell.«

Larix setzte ihm das Fläschchen an die Lippen, damit er trinken konnte. Gern hätte er Hani Ramis Warnung in den Wind geschlagen und einen kräftigen Zug getan, allein das Gefäß war fast leer, und er spürte nur ein paar Tropfen auf der Zunge. Hoffentlich war es genug, um zu der Besprechung mit den Stadtoberen zu gehen, dachte Silvanus, Marcus Antonius sollte schließlich nicht bemerken, in welch angegriffenem Gesundheitszustand er sich befand, ausgerechnet jetzt, wo er so hoch in der Gunst des Triumvirn stand. Silvanus stöhnte, teils wegen der Schmerzen, teils wegen des Gedankens, dass er sich nichts anmerken lassen durfte. Vielleicht auch, weil er wusste, dass es bei dem bevorstehenden Gespräch um die Hinrichtung der ptolemäischen Prinzessin und der damit verbundenen Konsequenzen gehen würde. Und ausgerechnet sein Vorschlag, wie diese stolze Frau beseitigt werden könnte, war angenommen worden, und dieser Vorschlag sollte heute mit den örtlichen Magistraten diskutiert werden. Silvanus seufzte tief und horchte in sich hinein, ob die wenigen Tropfen des Trankes ausreichten, um eine Wirkung zu entfalten. Er spürte, wie sein Körper allmählich von einer angenehmen Taubheit erfüllt wurde, und wagte es, vorsichtig seine Beine auf den Boden zu setzen. Dann erst bemerkte er, dass Larix noch immer an der Tür stand und ihn mit sorgenvollen Blicken bedachte. »Du kannst jetzt gehen, Larix. Ich danke dir. Und schicke den Jungen zu Hani Rami, der soll ihm noch eine Phiole von dem Trank geben! Hoffentlich ist er nicht schon abgereist.«

»Soll ich nicht auch eine Nachricht an die Herrin schicken? Damit sie sich beeilt?«

»Bei Jupiter, nur das nicht!«, entfuhr es Silvanus.

Larix stand unbeeindruckt in der Tür und beobachtete seinen Versuch, die Schlafstatt zu verlassen. »Du solltest besser liegen bleiben!«, warnte sie ihn nachdrücklich.

»Hast du nicht gehört, was ich gesagt habe? Du kannst gehen!« Silvanus legte alle Autorität, derer er fähig war, in seine Stimme, offensichtlich war es nicht allzu viel, denn Larix rührte sich nicht. »Soll ich dir nicht wenigstens etwas von den Kräutern bereiten, die Hani Rami hier gelassen hat?«, beharrte sie.

»Bei Äskulap, meinetwegen«, brummte Silvanus, froh, sie damit loszuwerden.

»Dann richte ich dir unten das Frühstück. Ich habe den Jungen angewiesen, die Thermen zu heizen, das wird dir sicher gut tun.« Mit diesen Worten schloss sie endlich die Tür hinter sich, während Silvanus überlegte, wie er Lucida die Anschaffung des kleinen Sklaven erklären könnte. Sie würde deswegen bestimmt außer sich sein bei ihrer Rückkehr. Sie hasste es, wenn er solche Entscheidungen allein traf, vor allem, wenn sie mit größeren Geldausgaben verbunden waren. Überhaupt hatte Larix ihm noch gar nicht gesagt, wie viel der Junge gekostet hatte, und das restliche Geld hatte er auch noch nicht gesehen. Ächzend schleppte er sich ins Bad.

Im warmen Wasser entspannten sich seine Muskeln auf das Angenehmste. Zu den Annehmlichkeiten seines Heimes gehörte der Luxus dieser kleinen Therme, die er allerdings nur selten nutzte. Er bevorzugte die öffentlichen Badehäuser, denn sie waren immer ein Quell wichtiger Informationen, und auf dem Laufenden zu sein über das, was die Volksseele bewegte, war äußerst wichtig. Im Moment genoss er es aber, allein im warmen Wasser zu liegen und seinen Gedanken nachzuhängen. Doch ein Blick auf die Wasseruhr überzeugte ihn davon, dass es Zeit war, sich an sein Frühstück zu begeben, damit er rechtzeitig im Odeion eintraf, wo Marcus Antonius die Besprechung anberaumt hatte.

Kaum hatte er das Becken verlassen, als der schmächtige Junge auch schon auf ihn zueilte und ihn in warme Tücher hüllte. Silvanus musterte ihn freundlich, während er vergeblich versuchte, sich an seinen Namen zu erinnern. »Wie heißt du noch mal, Kleiner?«

Die Antwort bestand aus einem vielsilbigen Gemurmel, von dem Silvanus nur das »ses« am Ende verstand. »Woher kommst du?«

»Hispania«, hauchte der Kleine mit gesenkten Augen.

Nun, Silvanus wollte nicht länger seine Zeit damit vertun, den Sklavenjungen zu befragen. Auf jeden Fall machte er einen ordentlichen Eindruck, und, obwohl sehr schmal, schien er doch kräftig zu sein. Immerhin hatte er allein die Thermen angeheizt, wofür Natusus sich oft zu schwach fühlte.

Im Triklinium goss Larix eine dunkelgrüne Flüssigkeit in seinen Becher, als er sich auf der Kline ausstreckte. Das wohlbekannte Hochgefühl hatte sich allmählich eingestellt, und Silvanus freute sich auf das frische Brot, das Larix ihm in appetitlichen Stücken vorsetzte. Hungrig widmete er sich den heute aufgetischten vielen kleinen Köstlichkeiten – war das ein Zeichen ihres schlechten Gewissens? Hatte sie mehr für den Jungen ausgegeben, als vorgesehen war? Wie dem auch gewesen sein mochte, seiner momentanen Stimmung tat das keinen Abbruch, und so fragte er nicht nach. Er war sich sicher, dass Lucida das für ihn erledigen würde, wäre sie erst zurück. Er seufzte und setzte den Becher an die Lippen, den Larix vor ihm hingestellt hatte, das Gebräu schmeckte nicht einmal schlecht.

Als er im Odeion eintraf, wartete man nur noch auf Marcus Antonius. Munatius Plancus, ganz der römische Aristokrat in seiner tadellos sitzenden Toga, winkte Silvanus kurz zu, ohne sein Gespräch mit Sophronios, dem Ratsältesten der Stadt, zu unterbrechen – ein eindrucksvoller Charakterkopf, dessen scharf geschnittene Gesichtszüge einen eindrucksvollen Kontrast zu seinem wallenden weißen Haar boten. Auf der untersten Sitzreihe erspähte Silvanus Quintus Dellius, in das Studium einer Schriftrolle vertieft. Würdevoll, seine Toga ließ nichts anderes zu, schritt Silvanus die Stufen hinunter und gesellte sich zu ihm. »Ave, Dellius!«

Der Angesprochene blickte auf. »Ave, Silvanus, ich nehme an, du hattest eine erquickliche Nacht?« Mit einem anzüglichen Grinsen vertiefte er sich wieder in seine Unterlagen.

Silvanus ging auf die Anspielung nicht ein. »Meinst du, Antonius wird den Magistrat überzeugen, dass Arsinoe hingerichtet werden muss?«, fragte er ihn beiläufig und musterte die Herren, die auf den Sitzreihen des Versammlungshauses Platz genommen hatten oder in Grüppchen beisammenstanden.

»Oh ja«, antwortete Dellius abwesend, ohne sein Studium zu unterbrechen und ohne eine Erklärung, weshalb er sich dessen so sicher war. Aber Silvanus bot sich keine Gelegenheit zu weiteren Fragen, denn soeben betrat Antonius das Odeion, das, kaum hatte er die Tür durchschritten, vollständig von seiner Anwesenheit erfüllt zu sein schien. Den Purpurmantel lässig an seiner Schulter befestigt, betrat er die Szene wie der Hauptdarsteller eines Dramas. Respektvoll, aber seine ganze Macht zur Schau tragend, begrüßte er zunächst den Ratsältesten, legte dann freundschaftlich einen Arm um Munatius Plancus, und, nachdem er einige Worte mit ihm gewechselt hatte, schritt leichtfüßig zu Silvanus und Dellius hinüber, um auch diese zu begrüßen. ›Frisch und ausgeruht wie immer‹, dachte Silvanus. Er konnte sich vorstellen, dass die Nacht für Antonius kurz gewesen sein musste, hatte er doch noch Illicia besucht. Nichts davon merkte man ihm an, Antonius versprühte einen Tatendrang, als hätte er gerade einen mehrwöchigen Aufenthalt in Baiae* hinter sich.

»Salve, Silvanus. Und du Dellius, mein Guter, schon wieder mit Staatsgeschäften befasst? Oder überarbeitest du gerade den ersten Teil meiner Lebensgeschichte?« Lachend schlug er

* Ort in Süditalien, in dem Römer gern ihre Freizeit verbrachten

Quintus Dellius auf die Schulter. Dann wurde er ernst. »Wir sind jedoch nicht hier, um zu scherzen, sondern um ein ernstes Thema zu erörtern.« Er richtete seine Worte nun an die Umstehenden. »Ich möchte euch bitten, Platz zu nehmen, dann werde ich auf die Angelegenheit, um die es heute geht, zu sprechen kommen.« Vor den Sitzreihen auf und ab schreitend, wartete er, bis sich alle zu ihren Plätzen begeben hatten. Dann hob er die Hand. Das Gemurmel verstummte. »Ich begrüße euch, ehrwürdige Herren von Ephesos!«, begann er mit lauter Stimme. »Ich bat euch hierher, um einen schwerwiegenden Entschluss zu fassen, den ich gemeinsam mit euch erörtern möchte. Euch ist bekannt, dass dies nicht erforderlich wäre. Als Triumvir und Herrscher über dieses Land könnte ich einfach den Befehl erteilen, und es würde geschehen, was immer ich für richtig hielte. Allein, dies werde ich nicht tun, denn ich weiß, von welcher Tragweite diese Angelegenheit für euch ist und welch große Bedeutung der öffentlichen Meinung hierbei zukommt.«

Einer der würdigen Alten hob seinen Arm und sprang trotz seines hohen Alters behende von seinem Platz auf. »Du willst Arsinoe, nicht wahr, Antonius?«, rief er in den Saal. »Das kannst du nicht verlangen, sie genießt Asyl und du weißt, wie groß ihr Ansehen in der Bevölkerung ist.«

»Ganz recht!« Antonius nickte ernst. »Da es sich bereits herumgesprochen hat, warum wir uns hier versammelt haben, werde ich gleich zum Kern der Sache kommen. Ich möchte euch erklären, warum der Tod der Prinzessin leider unabdingbar ist!«

Er sah das Entsetzen seiner Zuhörer und legte tiefe Traurigkeit in seine Stimme. »Ja, meine Freunde, so Leid es mir tut, aber es ist der Wille der Götter, dass Arsinoe stirbt, als Opfer für die Sicherheit des Landes, als Iphigenie der Provinz Asia!«

Drohendes Gemurmel erfüllte die Halle. Silvanus trommelte nervös mit den Fingern auf seinen Schenkel. Würde Antonius wirklich die Zustimmung dieser Männer erwirken? Oder käme Arsinoe vielleicht doch mit dem Leben davon? Antonius aber ließ keinen Zweifel erkennen. Einen Moment lang ließ er das Gesagte wirken, dann hob er erneut die Arme. »Ja! Um zu einem Entschluss zu gelangen, habe ich das Orakel in Klaros befragt. Wie ihr wisst, ist das dortige Apollon-Orakel eines der bedeutendsten der östlichen Welt, und mir ist bekannt, dass der Apollon von Klaros den Ephesern besonders nahe steht. So bat ich dort um Rat für diese schwierige Entscheidung. Und seid gewiss, ihr Magistrate von Ephesos, ich zögerte lange, überlegte hin und her, erweiterte doch ich selbst vor nicht langer Zeit das Asyl der Ägypterin. Aber der Ratschluss des Gottes nahm mir die Entscheidung ab.« Er blickte in die Runde. Offene Ablehnung sprach aus den Gesichtern der hohen Herren. Sophronius, der Älteste, sprang auf und rief erregt: »Du hast sie verkauft, an Kleopatra, mach uns doch nichts vor, Antonius!«

Der lächelte gequält. »Wenn es so einfach gewesen wäre! Doch da ihr so gut informiert seid, ist euch wohl auch bekannt, dass die Gefahr eines bevorstehenden Einfalls der Parther immer näher rückt. Habt ihr deren Greueltaten schon vergessen? Denkt an den ermordeten Leiter eurer hoch angesehenen Akademie, an die Überfälle auf eure Tavernen! All dies geschah mit dem Ziel, unsere und eure Herrschaft zu unterwandern! Wollt ihr die Protektion Roms, das euch eure Posten garantiert, gegen die Willkür der parthischen Könige eintauschen?« Er machte eine effektvolle Pause. Die Würdenträger schwiegen betroffen.

»Um euch vor ebendiesem Schicksal zu bewahren, muss ich den Parthern zuvorkommen. Ihr wisst, ich bereite einen Feldzug gegen sie vor. Das braucht Zeit, Legionen, Getreide und Geld. Vor allem Geld! Habt ihr genug, um meine Legionen zu unterstützen? Nein! Habt ihr mich doch überredet, den Tribut herabzusetzen, damit dieses Land weiter blühen und gedeihen kann. Aber Ägypten hat es – Geld und Getreide! Allerdings irrt ihr euch, wenn ihr glaubt, ich hätte leichtfertig das Leben Arsinoes dagegen eingetauscht. Oh, ich gebe zu, Kleopatra wollte sie haben. Doch auch die Alternative eines Kredites konnte ich mit ihr aushandeln, mit entsprechenden Zinsen natürlich, den ich aus den Tributen der Provinzen zurückzahlen müsste. Könnte ich euch diese schwere Last aufbürden? Lange rang ich mit mir, was zu tun sei. Ihr werdet einsehen, dass es in einer solchen Situation des Rates der Götter bedurfte, und niemand wird mich tadeln, dass ich mich an den allwissenden Apollon gewandt habe. Und so lautet der unendlich weise Ratschluss des Gottes, ich will ihn euch nicht vorenthalten.« Antonius zückte einen Papyrus, entrollte ihn und begann zu lesen: »›Die Perle des Südens muss zu Staub zermalmt werden, wie die Fassung, die sie umspannt. Im Winde Kleinasiens soll zerstreut werden der Staub, auf dass er den Boden dünge und fruchtbar mache. Schwerter werden darauf gedeihen, und ein mächtiger Schild wird im Westen emporwachsen: Im Schatten dieses Schildes wird sich erheben ein Haus für die Göttin und Schutz spenden denen, die ihn verdienen.‹ So lautet der Spruch des Apollon. Unterzeichnet von Vigolos, dem Oberpriester von Klaros. Seht selbst!« Er warf die Rolle einem der Magistraten zu.

Selten hatte man einen so eindeutigen Spruch des Orakels vernommen, dachte Silvanus. Verdächtig eindeutig. Würden die Vertreter von Ephesos darauf eingehen? Er warf einen gespannten Blick in die Runde.

Wieder hob der Älteste eine Hand und meldete sich zu Wort. »Was erwartest du von uns, Antonius?«

»Eure Antwort, wie das Orakel zu deuten ist, Sophronios.«

Der lachte bitter auf. »Das hast du geschickt eingefädelt,

Antonius. Du weißt ganz genau, dass das Apollon-Orakel beim Volk mehr Kraft hat als jedes Gesetz.«

»Wenn du es sagst, Sophronios! Wer bin ich, dies zu bezweifeln? Was glaubst du, verlangt das Orakel von uns?«

Sophronios zögerte. Ein anderer fuhr dazwischen. »Es ist doch ganz eindeutig, Antonius. Willst du uns provozieren? Was sollen wir denn noch dagegen einwenden, wo es sich doch um den Ratschluss des Gottes handelt, dass Arsinoe sterben muss.«

Antonius nickte betrübt. »Ja. Und wie ich es verstehe, nicht nur Arsinoe, auch der oberste Priester, der ihr Schutz gewährt hat.«

Das war zu viel. Unverhohlene Feindschaft schlug ihm entgegen. Die würdigen Herren begannen laut zu zetern, zu diskutieren, nein, sie würden keinen von beiden preisgeben.

Antonius gab vor, einzulenken. »Nun gut, wenn ihr die Anweisung Apollons nicht befolgen wollt, so will ich mich nicht entgegenstellen. Noch können wir auch den Kredit wählen. Seid ihr in der Lage, auf zehn Jahre den vierfachen Tribut zu zahlen? Andernfalls kann ich für eure Sicherheit nicht garantieren. Ihr habt viel zu verlieren, ihr setzt eure Heimat aufs Spiel, eure Familien, eure Kinder und Enkel. Aber ist dies euer Wille, so möge er geschehen.«

Silvanus verfolgte gebannt, ob es dem Triumvirn gelingen würde, mit dieser Taktik zum Ziel zu gelangen. Sie schien ihm ein wenig gewagt, und von einem Kredit war nie zuvor die Rede gewesen. Aber Antonius kannte die Mentalität dieser Menschen gut; die Erhöhung des Tributs wurde von allen Vertretern der Stadt rundweg abgelehnt, und die Angst vor einer Partherherrschaft überwog schließlich alle Bedenken. Nach zähem Verhandeln einigte man sich, Arsinoe zu töten, allerdings unter der Bedingung, den Artemis-Priester zu verschonen. Die Hinrichtung Arsinoes dagegen würde so schnell wie möglich vorgenommen werden, Antonius hielt nichts davon, die Angelegenheit lange hinauszuschieben, das würde dem Volk nur unnötig Zeit geben, aufzubegehren. Als Entschädigung gelobte er, wie es das Orakel gebot, zu Ehren der Isis einen Tempel zu errichten und dadurch um die Gnade der ägyptischen Götter zu bitten. Dies stieß auf allgemeine Zustimmung.

Marcus Antonius versprach, am nächsten Tag zu den Bürgern von Ephesos zu reden, um sie davon zu überzeugen, dass die Hinrichtung nur zu ihrem eigenen Wohle vorgenommen werde, so sehr er dies bedauere. Die Stadtoberen sicherten ihm dafür Unterstützung zu, wollten aber im Falle eines Aufstandes mit der Sache nichts zu tun haben. »Wenn es Aufruhr gibt, ist das allein deine Angelegenheit, Marcus Antonius«, machte Sophronios ihm ihren Standpunkt unmissverständlich klar. Dann verließen sie schweigend das Gebäude.

Antonius gesellte sich zu seinen Freunden. »Das wäre geschafft, nun müssen wir nur noch den morgigen Tag überstehen.« Auf seinem Gesicht zeigte sich keine Freude über den errungenen Erfolg.

Arsinoes Hinrichtung war für den Vormittag festgesetzt worden.

Als sich der geschlossene Wagen mit der Prinzessin der Richtstatt näherte, konnte die Eskorte dem Gefährt kaum einen Weg zwischen dem aufgebrachten Volk bahnen, denn die Neuigkeit hatte sich in Windeseile herumgesprochen.

Marcus Antonius und seine Begleiter, darunter Munatius Plancus, Quintus Dellius und Silvanus, erwarteten die Verurteilte bereits an dem vorgesehenen Richtplatz vor den Stadtmauern. Silvanus stellte verwundert fest, dass der amtierende

Statthalter Frau und Tochter mitgebracht hatte, begleitet von zwei schwarzen Sklavenjungen, die ihnen mit Sonnenschirmen Schatten spendeten. Ob dies wohl das richtige Spektakel für eine Frau und ein Kind war, deren Gesundheit überdies zu wünschen übrig ließ? Doch der Prokonsul würde wissen, was er tat, und den Frauen waren derartige Ereignisse wahrscheinlich geläufig. In Rom, wo blutige Gladiatorenwettkämpfe immer besonders viel Beifall fanden, gehörten sie zur Tagesordnung, auch bei den sonst so zart besaiteten Damen der hohen Gesellschaft – gerade bei diesen, erinnerte er sich.

Man merkte, dass es eine hohe Persönlichkeit war, deren Tod bevorstand. Dafür war die Stelle gut gewählt, die Bergkulisse, die im Licht der Vormittagssonne den Platz umschloss, bot ein eindrucksvolles Panorama. Man spürte förmlich, dass es von hier kein Entrinnen gab.

Immer mehr Schaulustige drängten sich um die Absperrung, in deren Mitte, auf einem niedrigen Podest, die Hinrichtung vollzogen werden würde. Arsinoe sollte geköpft werden. Der Mann, der diese Tat vollbringen sollte, stand bereit, in einen schwarzen Wollmantel gehüllt, darunter verborgen hielt er das Beil.

Je näher der Wagen der Hinrichtungsstätte kam, desto aufgebrachter wurden die Menschen, desto wüster die Schimpfwörter, mit denen sie die ihn begleitenden Soldaten bedachten. Silvanus erinnerte sich an die Stimmung im Stadion und hoffte, Antonius' Rede würde den nötigen Eindruck machen. Dieser, im Kreise der Epheser Magistraten, schien die Ruhe selbst zu sein, während die Würdenträger der Stadt einander immer wieder besorgte Blicke zuwarfen.

Silvanus hoffte inständig, dass Laelia und Illicia sich fern halten würden. Gestern Nacht noch hatte er sie wegen der nicht auszuschließenden Unruhen eindringlich darum gebeten, doch hatten sie ihm nur ausweichende Antworten gegeben. Suchend ließ er seinen Blick über die Menge schweifen, sah aber nur Gnaeus Lutatius Artocreatus, Pykideme am Arm, in einem Pulk junger Leute stehen, unter denen Silvanus einige der Studenten erkannte, die gelegentlich in die Taberna Tilia kamen. Artocreatus blickte stolz auf seine Schüler, und Silvanus dachte beklommen daran, dass er ihn noch einmal hatte befragen wollen, bevor die Parther festgenommen worden waren. Stand dort ein kaltblütiger Mörder, dessen Tat jetzt ungesühnt blieb, weil er, Silvanus, dem Drängen seiner Vorgesetzten nach einem Schuldigen nachgegeben hatte? Sollte er vielleicht doch noch einmal mit ihm sprechen, ihm klar machen, dass sein Verdacht gegen ihn keineswegs ausgeräumt war, und er ihn weiter im Auge behalten würde? Doch jäh wurde Silvanus aus seinen Gedanken gerissen, denn der Wagen mit Arsinoe kam neben dem hölzernen Aufbau zum Stehen. Dies war der Moment, auf den Antonius gewartet hatte. Hoheitsvoll bestieg er das Podest, erhob die Arme und bat um Ruhe. Seine Stimme, gewohnt zu tausenden von Soldaten zu sprechen, schallte in dem Talkessel gewaltig über die Köpfe hinweg, und der Tonfall, den er wählte, tat ein Übriges, um die Menge tatsächlich zum Verstummen zu bringen. Mit wohlgesetzten Worten sprach er zum Volk. Der Tenor seiner Rede war ähnlich der vom Vortag, allein für die Epheser ließ er die ganze Gewalt der östlichen Rhetorik spielen, seine Ausbildung in Athen kam ihm hierbei zugute. Es dauerte nicht lange, und er hatte die Menge ganz in seinen Bann geschlagen. Als er auf die Parther zu sprechen kam, deren Herrschaftsgebahren er in den dunkelsten Farben schilderte, die Umsicht und Hilfsbereitschaft der ägyptischen Königin dagegen lobte und bemerkte, dass auch sie, zusammen mit ihrem Vater, schon in Ephesos wohlwollend aufgenommen worden war, wurden die Ersten schwankend in ihrer Meinung. Viele unter den Anwesenden erinnerten sich noch gut daran, lag der Aufenthalt auch schon einige Jahre zurück.

Als er dann zum Höhepunkt seiner Rede kam, nämlich dass er nach guter kleinasiatischer Tradition den Rat des Apollon gesucht hatte, konnten auch die Skeptischsten nichts mehr einwenden. Einhellig wurde seine Ankündigung begrüßt, er werde der Göttin Isis einen Tempel stiften, der direkt auf der Staatsagora gebaut werden sollte. Er sei bekannt dafür, dass er die Götter ehre, und werde damit zeigen, dass er den Spruch des Orakels auch in diesem Detail erfüllen wolle. Als er dem Volk anheim stellte, bei dem Oberpriester des Artemis-Tempels Gnade walten zu lassen, biete der Orakelspruch hier doch genug Spielraum zur Interpretation, waren die Bürger überwältigt und von der Rechtschaffenheit und Milde des Imperators vollständig überzeugt. Er fügte noch hinzu, man wolle Arsinoe ihrer Stellung gemäß im vollen Ornat hinrichten lassen, schien dies doch dem Orakelspruch gerecht zu werden. Dann trat er zur Seite und befahl, die Ägypterin heraufzubringen, damit der Wille der Götter vollzogen werde. Der Wagenschlag öffnete sich, und Arsinoe stieg heraus. Ein Raunen ging durch die Menge, als die Prinzessin mit stolz erhobenem Haupt den kurzen Weg zu der Hinrichtungsstätte schritt. Wie angekündigt trug sie die Krone von Unter- und Oberägypten, und ihr tiefblaues, mit Goldfäden durchwirktes Gewand war durchaus einer ägyptischen Königin würdig, die sie für kurze Zeit gewesen war. Sie gab sich majestätisch, um zu demonstrieren, welches Unrecht ihr geschah, um deutlich zu machen, sie sei die eigentliche Pharaonin.

›Wahrhaftig eine Königin, bis in den Tod‹, dachte Silvanus, und tiefe Traurigkeit erfüllte ihn. Entschlossen, ihr Ende nicht mitanzusehen, wandte er sich ab. Angewidert betrachtete er, wie das Volk, von Legionären auf Abstand gehalten, begierig zum Podest hinaufstarrte, um keinen Augenblick des Geschehens zu versäumen. Sein Blick verweilte bei Munatius Plancus, der nun zwischen seiner Frau und Tochter stand, tadellos gewandet wie immer, ganz der römische Magistrat. An seiner Schulter funkelte zur Feier des Tages ein ausgefallenes Schmuckstück, eine runde Gewandfibel, die Silvanus nur einmal an ihm gesehen hatte, bei den Feierlichkeiten zum Stiftungstag des Hestia-Tempels, als Plancus seine Rede hielt. Irgendetwas irritierte Silvanus daran, nur vermochte er nicht zu sagen, was es war. Nachdenklich starrte er zu Plancus hinüber. Dieser hatte seiner Tochter Natilla liebevoll einen Arm um die Schultern gelegt und ihr Gesicht an seiner Brust geborgen, um ihr den grässlichen Anblick zu ersparen. Warum nur hatte er sie mitgebracht? Hatte er es als seine Pflicht betrachtet, mit der ganzen Familie zu erscheinen? Gerade beugte er sich zu ihr hinab, um etwas in ihr Ohr zu raunen. ›Ganz der fürsorgliche pater familiae*‹, dachte Silvanus. Diskret wollte er sich gerade anderen Schaulustigen widmen, als ein Gefühl ihn hieß, innezuhalten. Sein Verstand arbeitete fieberhaft. Der Fall Rutilius Rufus trat ihm wieder vor Augen, und langsam setzten sich die Einzelheiten zu einem Bild zusammen. Als Antonius ihm gestern Abend kurz erzählte, was er von Illicia über Rufus erfahren hatte, da war er zwar empört gewesen, hatte dem Ganzen aber keine große Bedeutung beigemessen. Schließlich war es allgemein bekannt, dass Hauslehrer dazu neigten, zärtliche Gefühle für ihre Schützlinge zu entwickeln. Das war in Rom so, in Griechenland erst recht und hier gewiss nicht anders. Aber auch Natilla war Rufus' Schülerin gewesen, und sie hatte sich merkwürdig verändert nach seinem Tod. Alles erschien plötzlich in einem anderen Licht. Und jetzt stand hier vor ihm das leuchtende Beispiel eines treu sorgenden Vaters, der zudem eine seltene Gewandfibel an der Toga trug. Er wusste jetzt, woran ihn diese erinnerte, was diesen ganzen Gedanken-

---

* Familienoberhaupt

gang ausgelöst hatte. Der Abdruck in der Hand des toten Rufus! Er durchforschte sein Gedächtnis. Munatius Plancus war an jenem Abend zu Hause gewesen, um dann mit einer Sänfte zum Hestia-Tempel gebracht zu werden. Hätte er die Möglichkeit gehabt, vorher bei der Akademie vorbeizugehen? Um Rutilius Rufus zu ermorden, weil der seine Tochter missbrauchte? Hatte Munatius Plancus ihn darum mit den zahllosen Aufgaben betraut, um ihn vom tatsächlichen Hergang abzulenken? Er wagte kaum, weiterzudenken, doch seine Gedanken überschlugen sich jetzt. Darum war Plancus so sehr daran gelegen gewesen, diese Schläger auch des Mordes an Rutilius Rufus zu bezichtigen, natürlich, um von sich abzulenken! War das vorstellbar? Von Anfang an hatte Plancus ihn in diese Richtung gedrängt, und er hatte sich drängen lassen. Ja, alles passte zusammen. Und er hätte es früher wissen können, durchfuhr es ihn siedend heiß. Die Andeutungen Laelias und Illicias über ihren ehemaligen Lehrer ... Er hatte sie nicht ernst genommen, in eine völlig falsche Richtung gedacht und ermittelt. Bei allen Göttern, wie dumm war er gewesen! Aber, wie sollte er auch wissen, was in Mädchen und Frauen vor sich ging? Er hatte keine Kinder, und wenn die Frauen ihm nicht sagten, was sie dachten, wie sollte er sie dann verstehen?

Die ganze Zeit hatte Silvanus seine Augen nicht von Plancus abwenden können, bis ihm bewusst wurde, dass dieser seinen Blick gespürt hatte und ihn seinerseits nachdenklich ansah. Jetzt musste er handeln. So ging er zu Plancus und seiner Familie hinüber, verwickelte sie in ein belangloses Gespräch über die Rede von Marcus Antonius und betrachtete unauffällig die Fibel. Ja, sie passte, nach der Skizze zu urteilen sogar besser als das parthische Schmuckstück, das er nie gefunden hatte. Nur war es hier kein Mithras-, sondern ein Jupiterbildnis, umgeben von einem Kranz aus funkelnden Rubinen.

Die Hinrichtung war vorüber. Arsinoes lebloser Körper wurde in ein Leinentuch gewickelt, und Legionäre trugen die sterblichen Überreste der ägyptischen Prinzessin fort. Antonius bedeckte sein Haupt mit der Toga, seine Begleiter taten es ihm gleich, ein Zeichen ihrer Trauer über diesen unabänderlichen Schicksalsschluss. Arsinoe würde ein angemessenes Begräbnis bekommen, hatte Antonius versprochen, auf der Staatsagora würde ein Monument errichtet werden, zur Erinnerung an diese Tragödie.

In seinem Amtszimmer schritt Silvanus unruhig auf und ab. Zweifel quälten ihn. Sollte er Munatius Plancus mit seinem Verdacht konfrontieren? Immerhin war der sein Vorgesetzter. Und was hatte er schon gegen ihn in der Hand? Das Schmuckstück? Der Abdruck in der Hand des toten Rufus war ja gerade gegen die Schläger verwendet worden. Nein, er hatte nichts, keine Beweise, nur das Gefühl, dass er auf der richtigen Spur war. Und jetzt, wo die drei Parther auch als Mörder des Lehrers gekreuzigt worden waren, würde er sich lächerlich machen, wenn er weitere Nachforschungen anstellte. Sollte er mit Antonius darüber sprechen? Was könnte dieser tun? Er selbst hatte Plancus als Statthalter eingesetzt, es würde auf ihn zurückfallen, wenn die wahren Umstände der Tat an die Öffentlichkeit gelangten.

Bithynicus schaute herein, sah ihn gedankenversunken aus dem Fenster starren, holte Atem, um etwas zu sagen, schüttelte dann aber den Kopf und schloss die Tür leise hinter sich. So hatte er Silvanus noch nie erlebt, noch nicht einmal nach einem Becher Wein hatte er gerufen. Der Sklave fühlte sich seltsam irritiert.

Silvanus jedoch hatte der kurze Besuch seines Untergebenen auf eine Idee gebracht. Larix lag ihm doch immer in den Ohren, wie viele Diener Plancus habe, wie gut dort die Arbeit eingeteilt sei. Dies wusste sie von ihrer Freundin, einer Sklavin des Plancus. Vielleicht sollte er Larix schicken, bei dieser Erkundigungen einzuholen, ganz nebenbei natürlich. Das wäre unverfänglich. Würde sie nichts erfahren, wollte er die ganze Sache ein für alle Mal ruhen lassen, sollte sich aber sein Verdacht erhärten, musste Antonius davon erfahren, beschloss Silvanus. Dieser würde entscheiden, was weiter zu tun war.

Zu Hause wurde er von der Anwesenheit seiner Frau überrascht. »Lucida! Du bist schon da? Warum hast du keine Nachricht geschickt, ich hätte …«

Lucida hatte es sich in einem der Sessel im Atrium gemütlich gemacht und betrachtete mit gerunzelter Stirn eine Wachstafel.

»Silvanus!« Der Tadel in ihrer Stimme war nicht zu überhören.

»Meine Liebe, wie schön ist es, dich wieder hier zu haben. Wie war deine Reise?«

Lucida ließ sich nicht ablenken, obwohl sie sonst immer klagte, dass er an ihren Unternehmungen keinerlei Interesse zeigte. »Silvanus, was soll das bedeuten?« Ihre Stimme hatte an Schärfe gewonnen, und unnachsichtig pochte ihr Zeigefinger auf die Wachstafel.

»Was meinst du?«, spielte Silvanus den Ahnungslosen. »Freust du dich nicht, mich wiederzusehen?«

Lucidas Augen wurden noch eine Spur heller, ihre Stimme schriller. »Erst möchte ich eine Erklärung, wie es hierzu gekommen ist.«

»Wozu?« Natürlich war ihm klar, dass es sich nur um den Erwerb des Sklaven handeln konnte. Und so war es auch. Ein längerer Sermon ergoss sich über ihn, er kannte das, und es würde noch eine Weile dauern, bis er zu Wort kam. Endlich gelang es ihm. »Meine Liebe, du musst das verstehen!«

Lucidas Verständnis war sehr begrenzt, das sah er ihr an.

»Wie konntest du mich auch so lange allein lassen, nur mit einer Sklavin! Wer sollte die Thermen heizen? Wer das Holz holen? Wer die schweren Einkaufskörbe tragen? Larix sah sich dazu außerstande. Und mir hat mein Rücken wieder zu schaffen gemacht.« Demonstrativ rieb er sein Kreuz.

Doch Lucida ignorierte seinen Einwurf. Unheilvoll sog sie die Luft mit einem leisen Pfeifen ein. »Silvanus, du weißt, dass derartige Anschaffungen nicht ohne meine Zustimmung erfolgen sollen!«

»Er war doch nicht so teuer! Es ist wirklich ein prächtiger Kerl, hast du ihn dir überhaupt schon angesehen? Ich dachte, es sei eine schöne Überraschung für dich, wenn du zurück bist.«

»Eine schöne Überraschung, allerdings!«, zischte sie. »Zweihundert Sesterzen für einen Sklavenjungen! Silvanus, bist du von allen guten Göttern verlassen? Dafür bekommen wir fast einen Gladiator.«

Das nicht gerade, dachte Silvanus, war aber selbst erschrocken, als er den Preis hörte. Was hatte sich Larix nur dabei gedacht, so viel Geld für einen Jungen zu verschwenden.

»Ich vermute, du hast Larix das Geld in die Hand gedrückt und sie allein losgeschickt, ohne irgendwelche Anweisungen?«

»Schließlich muss sie mit ihm zurechtkommen. Und wie du siehst, ist sie ehrlich, wenn sie die Ausgaben so getreu verzeichnet hat. Schließlich hätte sie auch sonst etwas für das Geld kaufen können.«

»Ganz recht, das hätte sie! Woher weißt du, dass sie es nicht getan hat? Wer glaubt schon, dass ein Sklavenjunge so viel Geld kostet? Das kann doch selbst meinem großen Helden, der sich bei der Aufklärung so vieler Verbrechen hervorgetan hat, nicht entgangen sein?«

Damit hatte sie Silvanus tief getroffen. »Wenn du es so sehen willst! Vielleicht solltest du mit Larix sprechen, höre dir doch erst einmal an, was sie für eine Begründung hat, bevor du dich so aufregst!«

»So weit kommt es noch, dass ich mit einer Sklavin über unsere Geldangelegenheiten diskutiere!«, schrie Lucida erbost. »Wozu habe ich dich geheiratet, wenn du noch nicht einmal imstande bist, auf solche Dinge ein wachsames Auge zu halten. Für alles interessierst du dich, nur für deine eigenen Angelegenheiten nicht!«

Jetzt reichte es ihm. »Was fällt dir eigentlich ein?«, brüllte er zurück. »Du gehst deinen Vergnügungen nach, lässt mich hier wochenlang allein, um irgendeinem Kult zu frönen, und wenn du endlich zurück bist, fällt dir nichts Besseres ein, als dich über zweihundert Sesterzen aufzuregen!«

»So, habe ich dich allein zurückgelassen, mein treuer Silvanus?«, brachte sie mit gepresster, unheilvoll gesenkter Stimme hervor.

Ihn überlief ein Frösteln. Sie wusste es!

»Ich dachte, ich hätte dich in der wachsamen Obhut einer ergebenen Sklavin gelassen, ich dachte allerdings nicht, dass du meine Abwesenheit nutzt, um mein Geld sinnlos zu verschwenden.«

Silvanus' Erleichterung kannte keine Grenzen, daher lenkte er unvermutet ein, auch wenn es sich keineswegs nur um Lucidas Geld handelte, aber was sollten solche Kleinigkeiten. »Du hast Recht, Lucida, es war unüberlegt von mir, kannst du mir noch einmal verzeihen?«

Lucidas Brauen hoben und senkten sich blitzartig, aber ihre Augen blickten nicht mehr ganz so kalt. Sie war es gewohnt, bei häuslichen Zwistigkeiten die Oberhand zu behalten. »Nun gut, es ist einmal geschehen. Wenn der Sklave nichts taugt, verkaufen wir ihn eben wieder.«

Silvanus trat an ihre Seite, ergriff zur Versöhnung ihre Hand und küsste sie. »Carissima Lucida, ich bin überglücklich, dass du wieder da bist. Gerade jetzt!« Sie sah ihn verblüfft an, waren doch solche Zärtlichkeiten bei ihnen nicht alltäglich. »Wieso gerade jetzt? Was ist denn so Besonderes?«

Silvanus verlieh seinen Augen einen außergewöhnlichen Glanz. »Du weißt es vielleicht nicht, da du ja erst zurückgekommen bist, aber Marcus Antonius ist hier.«

»Natürlich habe ich davon gehört!«, entgegnete Lucida pikiert.

»Dann hast du vielleicht auch gehört, dass in den letzten Tagen einige Angelegenheiten zur allseitigen Befriedigung zu Ende geführt wurden«, umschrieb Silvanus bescheiden seinen eigenen Anteil.

»Nun, ich weiß wohl, dass diese Schläger endlich gefasst und ihrer gerechten Strafe zugeführt wurden.«

»Ja, genau! Und aus diesem Anlass wird Marcus Antonius morgen Abend ein Gastmahl geben, zu dem wir eingeladen sind.« Wie erwartet, versöhnte diese Aussicht seine Frau. Sie schüttelte seine Hand ab, hauchte zu Silvanus' Überraschung einen zarten Kuss auf seine Wange und enteilte, um zu prüfen, ob ihre Gewänder noch dem Anlass angemessen sein würden. Es solle ihm nicht einfallen, sie zu stören, rief sie ihm schon im Gehen zu, sie müsse gleich noch ihre Andacht an Demeter abhalten, und dazu brauche sie absolute Ruhe.

Silvanus war das nur recht. Erleichtert atmete er auf, als er ihre Tür zuschlagen hörte, horchte noch kurz und eilte dann in die Küche, wo er Larix vermutete. Er hatte sich nicht geirrt, sie stand neben dem Spülstein, einen schmutzigen Topf in der Hand. Rasch wischte sie sich eine Träne von der Wange, als er eintrat. »Herr, ich weiß, dass der Junge teuer war, aber …«

»Schon gut, schon gut!«, unterbrach Silvanus sie mit einem strengen Blick. »Ich will noch einmal darüber hinwegsehen, auch, dass du gelauscht hast. Wo sind Nasutus und der Junge?«

»Holz holen, für die Thermen«, erwiderte Larix kleinlaut. »Aber ich …«

»Genug! Ich habe einen Auftrag für dich, der sowohl dringend als auch geheim ist. Wenn du auch nur ein Wort an irgendjemanden ausplauderst, auch hier im Hause, hat das süße Leben ein Ende. Hast du mich verstanden?«

Larix nickte beflissen.

»Gut. Ich will, dass du umgehend zu deiner Freundin bei Munatius Plancus gehst und sie fragst, wie man am besten Blut aus einem Kleidungsstück entfernt. Erzähle ihr, ich hätte mich geschnitten, meine beste Tunika sei mit großen Blutflecken verdorben, und du solltest sie reinigen. Frage sie, ob sie oder einer der anderen so etwas in letzter Zeit gesehen hat. Wenn ja, versuche herauszubekommen, wann genau das war, und was sie dann mit dem Kleidungsstück gemacht haben. Klar?«

Larix nickte erneut, ernsthaft und konzentriert. »Ja, Herr, du kannst dich auf mich verlassen.« Schnell war sie aus der Küche, holte ihren Umhang und verließ das Haus.

Sorgenvoll ging Silvanus in den Keller, um sich einen Krug Wein zu holen. Im Atrium setzte er sich in den Sessel, fühlte auf dem Kissen noch die Wärme seiner Frau und fragte sich beunruhigt, ob sein Plan aufgehen würde. Am Gewand des Täters musste sich eigentlich Blut befunden haben. Man hatte kein solches Kleidungsstück in der Nähe des Tatortes gefunden, also konnte es durchaus sein, dass Plancus, wenn er es denn wirklich getan hatte, mit dem blutigen Gewand nach Hause gekommen war. Irgendwo musste es schließlich geblieben sein. Und wenn auch noch der Zeitpunkt passte, dann musste er Antonius einweihen.

Von oben hörte er Lucida monotone Gesänge rezitieren. Das lenkte seine Gedanken in eine völlig andere Richtung, er fragte sich, ob das Gastmahl wohl gut gehen würde. Warum hatte seine Frau auch ausgerechnet jetzt zurückkommen müssen, wo Marcus Antonius selbstverständlich auch Laelia und Illicia eingeladen hatte. Der morgige Abend versprach in vielerlei Hinsicht anstrengend zu werden.

Illicia und Laelia saßen bei einem Becher Wein in der Taberna Tilia. Natürlich hatten sie der Hinrichtung Arsinoes beigewohnt, beide hatte die Neugier getrieben, diese ägyptische Prinzessin zu sehen, von der sie so viel gehört hatten. »Sie hat ihr Schicksal in Würde hingenommen, das muss man ihr lassen«, sagte Illicia anerkennend, und Laelia nickte zustimmend: »Ja, und wie Antonius die Menge beeinflussen kann, ist schon phänomenal. Schade, dass er so bald wieder abreisen wird, man fühlt sich doch um vieles sicherer, wenn man ihn in der Nähe weiß. Ob Mithriventes wohl schon aus Didyma zurück ist?«

»Der muss bestimmt mit dem Orakelspruch so bald wie möglich zurück nach Parthien«, tröstete Illicia ihre Freundin. Keine von beiden sprach aus, was sie belastete, dass nämlich Silvanus' Legionäre sie nicht auf ewig bewachen könnten.

Sie schwiegen eine Zeit lang. Die Taverne war erfüllt von den Geräuschen täglicher Arbeit, Monoculos räumte neue Weinamphoren an ihren Platz, aus der Küche klang Geklapper von Geschirr, oben sang Gallia beim Saubermachen ein fremdartiges Lied. Es hatte etwas Tröstendes.

»Ach, wir sollten uns lieber auf Antonius' Gastmahl morgen freuen, so etwas wird uns sicherlich nicht wieder geboten, er ist ja bekannt für seine Feste.«

»Ja, und danach verschwindet er.« Illicias Stimmung war

gedrückt, wieder herrschte Schweigen. Gerade wollte Laelia den Vorschlag machen, doch zur Ablenkung einen Spaziergang zu unternehmen, als Mazdates zur Tür hereinkam. Es war etwas geschehen, das sahen sie ihm an.

»Illicia, wie gut, dass ich dich hier finde. Ich muss mit dir sprechen!« Mazdates stand, nervös seine Hände knetend, vor ihr. Als er sah, dass sie zögerte, wiederholte er drängend: »Ich muss mit dir sprechen, allein, lass uns hinausgehen.«

Illicia erhob sich mit einem unguten Gefühl. »Nun, wenn es so wichtig ist. Am besten gehen wir zu den Gärten oberhalb des Stadions, dort ist es ruhig.« Sie folgte ihm zur Tür.

Laelia sah ihnen sorgenvoll nach. Warum war dieser parthische Wagenlenker nur so aufgeregt? Und warum hatte Illicia so nachdrücklich ihr Ziel genannt? Sollte sie ihnen ein paar der Legionäre hinterherschicken? Doch nach kurzem Überlegen nahm sie Abstand davon, Illicia könnte es wieder als Spitzelei auffassen, denken, dass sie Mazdates noch immer nicht traute, nein, das war es nicht wert. Aber was bewegte ihn wohl so?

Auch Illicia sollte es nicht so schnell erfahren. Den ganzen Weg den Hügel hinauf, den Blick auf den Boden geheftet, schwieg Mazdates. Auf ihre Fragen schüttelte er nur stumm den Kopf, blickte sie leidend an und ging weiter. Als sie oben angekommen waren, hatte sie genug. »Nun sag endlich, was los ist, Mazdates!«

Er hatte sie nicht angefasst, nicht einmal ihre Hand berührt, und doch stieg dumpfe Angst in ihr auf. Voller Panik sah sie sich um. Es war keine gute Idee gewesen, ausgerechnet hierher zu kommen. Kein Mensch war zu sehen, sie waren vollkommen allein, und die Sonne begann bereits im Westen zu versinken. Bald wäre es dunkel.

Mazdates zog sie jetzt neben sich auf eine Bank. Mit einem

seltsamen Ausdruck sah er sie an. »Mithriventes ist zurück. Er hat mich vorhin zu sich gerufen.«

»Oh«, war alles, was Illicia herausbrachte.

»Ich muss zurück nach Parthien, schon morgen, sie brauchen Wagenlenker für das Heer!«

Eine Welle der Erleichterung erfüllte Illicia. Dann erst kam die Erkenntnis. »Du musst zurück? Und was wird aus uns, aus dir und mir?«

Mit hängendem Kopf saß er da. »Das ist es ja gerade, was mich bewegt. Du hast mir erklärt, warum du Marcus Antonius gegenüber freundlich sein musst, wegen der Informationen, die du ihm für Mithriventes entlocken sollst. Ich habe dir geglaubt, wenn mir auch manchmal Zweifel kamen. Ich dachte ja, ich würde dich mit der Zeit ganz für mich gewinnen, doch die habe ich jetzt nicht mehr. Darum sage mir, Illicia, liebst du mich, liebst du mich so grenzenlos, wie ich dich liebe?« Flehend sah er ihr in die Augen.

Illicias Herz schlug schnell. Was sollte sie sagen, wusste sie doch selbst nicht, wie ihre Gefühle zu deuten waren. Sie versuchte, Zeit zu gewinnen. »Ja, Mazdates, also, ich glaube …«

Er ließ sie nicht ausreden. Von ihrer Antwort nur das »ja« vernehmend, riss er sie in seine Arme, bedeckte ihr Gesicht, ihren Hals, ihren Ausschnitt mit Küssen. »Dann kommst du mit mir nach Parthien, du kannst in unserem Tross mitreisen, immer bei mir sein. Oh, Illicia«, murmelte er hingerissen. Seine Hände glitten in ihren Ausschnitt, zerrissen dabei den feinen Stoff ihres Chitons, umfassten ihre Brüste. Drängend beugte er sich über sie.

»Mazdates, was tust du?! Ich …« Ihre Stimme klang schrill. Mit beiden Händen versuchte sie, ihn abzuwehren. Doch der Parther ergriff sie mit großer Kraft, presste sie mit seinem Körper auf die Bank, verschloss ihren Mund mit einem sengenden Kuss. Mit einer Hand hielt er sie fest an sich gedrückt, mit der anderen schob er ihr Gewand hoch, immer wieder suchte sein Mund den ihren. Illicia versuchte verzweifelt, sich aus seiner Umklammerung zu befreien, biss ihn in die Lippe, trommelte mit der freien Hand auf seinen Rücken, doch kurz nur hielt er inne. »Komm, du liebst mich, du hast es gesagt, jetzt bist du mein!« Seine Stimme war nur ein heiseres Flüstern an ihrem Ohr.

Illicia traf ihn mitten auf die Nase. Fast augenblicklich spürte sie, wie er nachgab, er riss beide Hände vor das Gesicht. »Was tust du? Du liebst mich doch, du hast es gesagt!« Er atmete schwer. Dann blickte er sie an, ernüchtert. »Entschuldige Liebste, ich weiß nicht, was über mich gekommen ist. Bei Sin, es tut mir Leid! Schau mich nicht so an! Es ist deine Schönheit, dein Liebreiz, meine Träume, die mich begleiten, seit ich dich kenne. Illicia bitte, du wirst mir doch verzeihen? Du kommst doch mit mir, nicht wahr? Illicia …!«

Doch sie war aufgesprungen, hielt ihr Gewand mit beiden Händen vor der Brust fest und rannte davon, ohne ihn eines Blickes zu würdigen. Hinter sich hörte sie ihn rufen: »Illicia, verzeih mir, ich mache alles gut. Ich komme wieder. Ich …«

Sie lief, so schnell sie konnte.

Kapitel 19

Der Festsaal des Magistratsgebäudes strahlte in frischem Glanz. Üppige Girlanden, aus grünem Laub geflochten, schmückten die Wände, an langen Ketten hingen Leuchter von der Decke, deren sanftes Licht den Saal verzauberte. Überall standen große Vasen mit süß duftenden Blumen, farblich auf die Wanddekorationen abgestimmt. Der Saal war von eindrucksvoller Größe, sein Fußboden mit rot und weiß gefärbtem Holzmehl in zierlichen Mustern bestreut. Eine unüberschaubare Anzahl von Sklaven hetzte heraus und herein, füllte die Tische vor den Klinen mit Früchten, silbernen Krügen und Bechern, rückte hier noch einen Tisch zurecht und legte dort weitere Sandalen für die Gäste bereit. Niemandem sollte es an etwas mangeln.

Mittelpunkt des Raumes bildeten einige besonders prunkvolle Klinen. Hier würde Marcus Antonius liegen, und hier war auch der Platz von Silvanus, an der Seite des Imperators. Mit Genugtuung stellte Silvanus dies fest, als er eintraf, denn schließlich wurde dieses Gastmahl auch ihm zu Ehren gegeben.

Er war der erste Gast. Lucida war noch nicht fertig gewesen und wollte mit einer Sänfte nachkommen, ihn selbst aber hatte es nicht mehr zu Hause gehalten. Seine Rückenschmerzen hatten Dank Hani Ramis Heilkünsten deutlich nachgelassen, so dass er in der Lage gewesen war, heute einige entscheidende Dinge zu regeln. Nur eine Sorge lag ihm noch auf der Seele: In der Aufregung des Tages hatte er wahrhaftig vergessen, Laelia eine Nachricht zu schicken. Und nach Hause zurückgekehrt, war es auch nicht möglich gewesen, Lucida hatte ihn keinen

Moment aus den Augen gelassen. Doch er war deutlich vor der Zeit mit dem Ankleiden fertig gewesen, so dass er sich entschloss, vorzugehen und zu sehen, ob Bithynicus alles zur allgemeinen Zufriedenheit erledigt hatte, so redete er sich gegenüber Lucida heraus. In Wahrheit hoffte er noch kurz in der Taverne vorbeigehen und mit Laelia reden zu können. Leider hatte er weder sie noch Illicia dort angetroffen. Wo die Mädchen waren, konnte ihm auch Monoculos nicht sagen. Eigenartig. Jetzt war nur noch zu hoffen, dass sie vor Lucida einträfen, und er sie beiseite nehmen konnte, um das Schlimmste zu verhüten. Dieses Gastmahl behagte ihm nicht, und Laelia war nicht der einzige Grund dafür. Sein Gespräch mit Marcus Antonius heute Mittag war sehr ernst gewesen. Er hatte dem Triumvirn berichtet, was Larix gestern von ihrer Freundin, Plancus' redseliger Sklavin, erfahren hatte, dass nämlich in der Tat die Herrschaft nach dem Fest zu Ehren der Hestia den Befehl gegeben hatte, zwei blutbeschmierte Kleidungsstücke zu verbrennen, das des Herrn und das der Herrin, beim Opfer wäre das Blut mehr als gewöhnlich gespritzt. Schade wäre es um die guten Gewänder gewesen, hatte die Sklavin noch gesagt, zumal das ihrer Herrin kaum beschmutzt gewesen sei. Und natürlich wüsste sie, wie man das Blut hätte herauswaschen können, doch ihre Herrschaft hätte auf der Verbrennung bestanden.

Plancus hatte die Sklavin angelogen. Schließlich war Silvanus selbst bei der Opferzeremonie dabei gewesen und konnte sich noch gut daran erinnern. Das Blut war keineswegs gespritzt, sondern wie gewöhnlich in die Schale geronnen. Außerdem hatte Hani Rami zuvor noch bestätigt, dass Plancus' Gewandfibel – Silvanus hatte sie ihm genau beschrieben – durchaus für den Abdruck in Rufus' Hand in Frage kam. Für Silvanus waren das die Indizien, die er benötigte. Alles passte genau zusammen, der Zeitablauf, das Motiv, das Verhalten der beteiligten Personen, ja, sogar der Schatten, den Gnaeus Lutatius Artocreatus gesehen hatte, es war wie ein perfektes Mosaik. Nur wie das Blut auf Avidia Plautillas Gewand gekommen war, blieb unerklärlich. Vielleicht hatte sie ihren Mann nach der Tat, die ihn erheblich belasten musste, umarmt. Aber das war nicht wichtig.

Marcus Antonius dagegen war nicht überzeugt gewesen. Der Beweis fehlte, das Ganze könnte auch eine Verkettung unglücklicher Umstände sein, hatte er dagegengehalten, und selbst wenn es sich so abgespielt hätte, was wollte Silvanus noch erreichen? Der Fall war abgeschlossen, das Volk hatte seine Schuldigen, man könne Plancus also nicht mehr zur Rechenschaft ziehen, außerdem wäre sein Verhalten doch durchaus verständlich, immer vorausgesetzt, Silvanus hätte Recht.

Der jedoch hatte sich nicht von seiner Überzeugung abbringen lassen. Es ziemte sich nicht für einen römischen Staatsmann, andere für seine eigene unrechte Tat büßen zu lassen, fast wären ja Ulpia oder Gnaeus Lutatius Artocreatus dafür verantwortlich gemacht worden. Es war nur Glück, dass die Schläger gerade zur Stelle gewesen waren. Hätte Plancus seine Tat zugegeben, jeder hätte ihn verstanden, aber die von ihm gezeigte Vorgehensweise war nicht korrekt. Wenn das an den Tag käme, wäre es für das römische Ansehen mehr als schädlich.

Antonius hatte seinen Ausführungen aufmerksam zugehört, ihm letztendlich zugestimmt und zu Silvanus' großer Erleichterung die weiteren Schritte sich selbst vorbehalten. Er würde Munatius Plancus mit den Anschuldigungen konfrontieren. Man müsse sehen, was der Statthalter vorzubringen habe. Er, Marcus Antonius, wolle dann die Entscheidung fällen, was mit ihm – sollte sich alles bewahrheiten – geschehen werde.

Seitdem hatte Silvanus keinen von beiden gesehen, noch

war ihm etwas über den Verlauf dieses Gesprächs zu Ohren gekommen. Heute Abend würde Munatius Plancus als Statthalter natürlich anwesend sein müssen. Silvanus war sehr unwohl bei dem Gedanken.

Rastlos wanderte er im Saal herum, prüfte, ob Klinen in ausreichender Zahl vorhanden und die Tische in angenehmer Nähe standen. Er trat einen Schritt zurück, um festzustellen, ob eine Vase korrekt in der Mitte zwischen zwei Kandelabern stand – und stieß mit einem der Sklaven zusammen, dessen voll beladenes Tablett lärmend zu Boden fiel. Der Sklave schrie erschrocken auf, während ein Wasserkrug seinen Inhalt großzügig auf den Boden ergoss. Der Mann stammelte zahlreiche Entschuldigungen, sammelte das Geschirr wieder auf und rannte davon. »Esel«, knurrte Silvanus, sich selbst keiner Schuld bewusst.

Als die ersten Gäste eintrafen, postierte sich Silvanus unauffällig in der Nähe des Eingangs, um die Ankommenden im Auge zu haben. Soeben setzte Sophronios, der Ratsälteste, seinen Fuß über die Schwelle. Silvanus hatte im Auftrag von Munatius Plancus öfter mit ihm zu tun gehabt. Auch wenn es sich dabei nur um geringfügige Verwaltungsangelegenheiten gehandelt hatte, schätzte er Sophronios als einen aufrechten und zuverlässigen Mann, der kein Blatt vor den Mund nahm und die Interessen der Bürger seiner Stadt leidenschaftlich vertrat.

Er schritt dem alten Epheser entgegen. »Ave, Sophronios!« Und sich mit einer galanten Verbeugung an dessen außerordentlich hübsche und junge Begleiterin wendend, fuhr er fort: »Das ist sicher deine Gattin Cressa, wir hatten leider noch nicht das Vergnügen!« Diese hakte sich kichernd bei Sophronios unter, der, zu Silvanus' Erstaunen, errötete. »Cressa fühlte sich unpässlich, daher habe ich mir erlaubt, Egeria mitzubringen, die Nichte meiner Frau. Sie lebt zurzeit in unserem Hause und ist ihr eine große Stütze.«

Silvanus konnte sich vorstellen, dass sie nicht nur seiner Frau eine Stütze war, nickte ihr interessiert zu und fing einen feurigen Blick unter tiefschwarzen, langen Wimpern auf. Um Sophronios nicht unnötig durch übermäßiges Interesse an seiner Begleiterin zu verärgern, wechselte er ein paar freundliche, aber belanglose Worte mit ihm und schlenderte wieder zurück zu seinem Beobachtungsposten. Die Zeit schritt fort, aber weder Laelia noch Lucida waren unter den Gästen, die jetzt in Scharen hereinströmten. Vielleicht wusste Laelia ja bereits, dass auch seine Gattin kommen würde, und hatte es sich anders überlegt, frohlockte er gerade, als zwei junge Frauen eintraten. Waren das tatsächlich Laelia und Illicia? Fast hätte er sie nicht erkannt. Schön sahen sie aus, zum Verzweifeln schön, vor allem Laelia. Ihr Gewand bedeckte züchtig die anmutige Gestalt, dennoch ließ sich erahnen, welch sonnige Hügel sich darunter verbargen. Sie mussten beim Haarkünstler gewesen sein, denn beide hatten sich die langen Haare kunstvoll nach traditioneller Art frisieren lassen und mit duftig zarten Schleiern sittsam bedeckt. Er hielt nicht länger an sich und eilte auf sie zu.

»Silvanus!«, rief Laelia erfreut aus, als er unvermittelt vor ihr stand.

»Meine teure Perle des Ostens«, hauchte er in ihr Ohr, als er sich niederbeugte, um ihr einen Kuss auf die Wange zu geben. Laelia zuckte unmerklich zusammen, erinnerte das, was er da sagte, doch sehr an die Wortwahl von Mithriventes.

»Ich muss dich einen Augenblick sprechen, entschuldigst du uns, Illicia? Du siehst übrigens einfach bezaubernd aus, Antonius wird begeistert sein!«

Illicia nickte und sah den beiden verdrossen nach. Sie hasste derartige Anlässe. Für ihren Geschmack waren hier viel zu viele Menschen. Zu gern wäre sie zu Hause geblieben, doch Antonius und natürlich Laelia hatten darauf bestanden, dass sie mitkam. Unlustig betrachtete sie eine Zeit lang die Wandmalereien. Künstlerisch vollendet stellten sie die Alexanderschlacht dar, doch zeigten sich hier und da schon kleinere Fehlstellen in Farbe und Putz. Dieses Gebäude bedurfte dringend der Renovierung. Man hörte, dass der Umbau seit geraumer Zeit auf der Liste der römischen Magistraten stand, nur das nötige Geld fehlte noch. Ein Bronzekandelaber altgriechischer Arbeit, dem der Zahn der Zeit nichts hatte anhaben können, erregte dann ihre Bewunderung. Lange hing ihr Blick an dem prächtigen Stück. »Das ist wahre Kunst!«, murmelte sie leise bewundernd vor sich hin.

Unbemerkt hatte sich Laelia wieder bei ihr eingefunden, das Gesicht hochrot. Illicia sah sofort, dass etwas nicht in Ordnung war. »Bei Apollon, was ist los? Wo ist Silvanus? Was wollte er?«

»Ach, nichts Besonderes, nur ...«, mit der Spitze ihrer Sandale strich Laelia über die farbigen Holzspäne am Boden, »nur dass Lucida wieder zurück ist und natürlich noch kommen wird.«

»Ach nein! Und das konnte er dir nicht vorher sagen?«

»Augenscheinlich nicht«, stieß Laelia erbost hervor.

Illicia drückte verständnisvoll ihren Arm, froh, dass niemand in unmittelbarer Nähe war und sie ungestört reden konnten. »Was ist denn passiert? Habt ihr euch so heftig gestritten?«

»Am liebsten würde ich sofort wieder verschwinden, wenn ihm das nicht auch noch aus der Klemme helfen würde.«

»Hat er dich etwa gebeten, zu gehen?«

»Nein, das nicht. Er hat mich gebeten, dass ich mich zurückhalte, dass ich so tue, als ob ich deinetwegen von Antonius eingeladen sei und ihn, Silvanus, nicht näher kennen würde. Dieser Schuft!« Laelia war so erregt, dass ihre Hand zitterte, als sie den von ihrem Haar herabgleitenden Schleier zurechtrückte.

»Es sollte keine Überraschung für dich sein, Laelia. Du hast immer gewusst, dass eine solche Situation einmal eintreten würde. Aber es ist etwas anderes, wenn es tatsächlich so weit ist, das kann ich mir gut vorstellen. Geht es mir mit Marcus Antonius doch ähnlich. Gräme dich nicht, wir werden auch so einen schönen Abend haben. Es sind genug Menschen hier, wir werden Silvanus sicher nicht häufig sehen.«

»Das kommt noch dazu. Wir liegen ihm – und ihr – genau gegenüber!«, stieß Laelia entrüstet hervor. »Als hätte er dagegen nicht etwas unternehmen können. Es ist, als wolle er mich absichtlich ärgern.«

Illicia schüttelte den Kopf. »Nein Laelia, das würde Silvanus nicht tun. Wahrscheinlich hat Marcus darauf bestanden.«

»Das glaube ich nicht«, sagte Laelia entschieden. »Er hat sich wohl einfach nicht getraut, mit ihm darüber zu sprechen. Du weißt doch, wie er ist, er geht in dieser Beziehung jedem Konflikt aus dem Weg.«

Dem konnte Illicia nichts entgegenhalten. Beklommen musterte sie die Gäste, einige hatten es sich bereits auf ihren Klinen bequem gemacht, andere wandelten von einer Gruppe zur nächsten, um Freunde zu begrüßen und ein paar Worte auszutauschen. Von Zeit zu Zeit erschallte verhaltenes Gelächter.

»Sieh mal, da drüben ist Pykideme, und Artocreatus ist sicher auch nicht weit! Ich wusste gar nicht, dass sie auch kommen würden, Pykideme hat nichts davon gesagt. Lass uns zu ihnen hinübergehen.« Illicia legte einen Arm um die Schulter ihrer Freundin und zog sie mit sich.

Pykideme freute sich sichtlich, die beiden zu sehen. Während sie sich noch begrüßten, näherte sich Artocreatus, einen Krug und zwei Becher in den Händen. »Salve, ihr beiden! Fein herausgeputzt habt ihr euch! Auf Pykideme habe ich auch zwei geschlagene Stunden warten müssen, bis sie fertig war!« Er erntete einen strafenden Blick von seiner Frau.

Artocreatus zwinkerte Pykideme fröhlich zu. »Es hat sich ja immerhin gelohnt. – Sieh hier, Carissima, ich habe uns einen ganz besonderen Wein besorgt, nicht den, den die Sklaven hier herumtragen. Lasst euch Trinkgefäße bringen, dann wollen wir gemeinsam davon kosten. Moment!«, brachte er einen kleinen Thraker zum Stehen, der ein Tablett vorbeitrug, und nahm zwei weitere Becher herunter. Er füllte sie bis an den Rand und nahm einen kleinen Schluck. »Nicht schlecht, mit unserem armenischen Rotwein ist er allerdings nicht zu vergleichen!«

Pydikeme schob sich näher an Laelia heran. »Wo ist denn Silvanus? Ist er auch da?«

Sie bekam nur ein schmales »Hm« zu hören. Illicia schien es geraten, das Thema zu wechseln. »War deine Reise nach Smyrna erfolgreich, Artocreatus? Gibt es wieder einen Akademieleiter?«

»Oh ja, sie war sehr erfolgreich. Ich habe einen Rhetoriker gewinnen können, der gerade als Gast dort weilt, daher kann er erst in zwei Monaten hierher kommen. So lange werde ich, das habe ich dem Magistrat versprochen, die Leitung stellvertretend übernehmen.«

Am anderen Ende des Saales wurde eine Flügeltür aufgestoßen und herein schritten der Gastgeber Marcus Antonius, sein bekannt gewinnendes Lächeln auf dem Gesicht, an seiner Seite Munatius Plancus und Quintus Dellius.

»Sieh mal, wer auch da ist«, flüsterte Laelia entgeistert. Hinter den Römern folgten ein prächtig gekleideter Mithriventes, dessen geölter Bart im Licht der vielen Kerzen und Fackeln glänzte. Doch ein Fremder neben ihm fesselte sofort die Aufmerksamkeit aller. Auch dieser schien ein Parther zu sein, und obgleich sein Gewand nicht so prahlerisch war wie das seines Begleiters, zeugte es doch von exquisiter Qualität. Aber nicht die Kleidung war das Bemerkenswerteste an diesem

Mann, sondern sein Gesicht. Eine glatte Stirn, offene braune Augen, die Nase, vielleicht ein wenig zu groß, das dunkle lockige Haar, das fast bis auf die Schultern herunterrieselte. Aber das alles verblasste vor seinem Lächeln, welches das ganze Gesicht überstahlte und jeden, der ihn sah, sofort für ihn einnahm. Und trotz dieser Offenheit strahlte der Mann etwas Majestätisches aus. Ein Raunen ging durch die versammelte Gesellschaft, die Damen steckten die Köpfe zusammen und flüsterten aufgeregt.

»Wer mag dieser außerordentlich gut aussehende Herr sein?«, fragte auch Pykideme und sah auf Laelia und Illicia, die nur stumm die Achseln zuckten, dann suchte sie erwartungsvoll den Blick ihres Mannes, in der Hoffnung, er könne diese Wissenslücke füllen. Doch Artocreatus wusste ebenfalls keine Antwort. »Wir werden es sicher gleich erfahren«, entgegnete er ruhig, seine Aufmerksamkeit wieder dem Wein zuwendend.

Die Ehrengäste wurden von Sklaven zu ihren Klinen geleitet, während Antonius immer wieder stehen blieb, um jemanden zu begrüßen. Dann schien ihm der rechte Zeitpunkt gekommen, das Gastmahl offiziell zu eröffnen. Er versammelte Dellius, Plancus und Silvanus um sich und hob schwungvoll die Arme.

»Seid gegrüßt, liebe Freunde, die ihr meiner Einladung gefolgt seid, um heute Abend mit uns zu feiern! Denn zu feiern gibt es vielerlei Anlass: Der Terror ist besiegt, die Täter bestraft, Ruhe und Frieden herrschen wieder in Ephesos. Dank der Umsicht von Lucius Munatius Plancus, den ich hier als Statthalter eingesetzt habe, und nicht zuletzt dank des persönlichen Einsatzes von Silvanus Rhodius konnten die Verbrecher gefasst werden. Diese beiden vor allem möchte ich heute Abend mit dem Gastmahl ehren. Des weiteren freue ich mich, edle Gäste zu begrüßen«, er wies auf Mithriventes und den Fremden. »Ihr wisst, wie mir der Frieden in diesem Lande am Herzen liegt! Daher werde ich, um die Eintracht zu wahren und Missverständnisse zu klären, Verhandlungen mit dem parthischen Königshaus führen. Dessen Vertreter darf ich heute zu unseren Gästen zählen.« Er legte freundschaftlich einen Arm um den gut aussehenden Mann. »Pacoros, Sohn des Königs der Könige Orodes, sowie seinem Verwandten Mithriventes«, er wies auf denselben, der großspurig in die Runde winkte, »möchte ich heute Abend die kleinasiatische und römische Gastfreundschaft auf das Vortrefflichste erweisen. Denn was vermögen politische Verhandlungen, und verlaufen sie noch so günstig, gegen das gesellige Beisammensein bei gutem Wein und schönen Frauen«, fröhlich blinzelte er Illicia zu. Auch Mithriventes, dessen Blick gelangweilt über die Menge schweifte, hatte nun Laelia erspäht, und seine Augen begannen zu leuchten, freudig zunächst, dann verhaltener, so jedenfalls erschien es Laelia, deren Körper eine Welle der Angst durchflutete.

»Ich möchte euch nicht mit langen Reden langweilen, seid ihr doch gekommen, um zu essen und unterhalten zu werden. Und nicht zu vergessen, der Wein, den ich aus allen Teilen des Reiches habe kommen lassen, soll reichlich fließen. Darum lasst mich ein Opfer zu Ehren des Dionysos bringen.« Ein Sklave reichte Antonius eine Schale. »Diese Gabe, oh Dionysos, sei dir geweiht!« Er hob die Schale, goss ein wenig Wein auf den Boden und stellte sie auf den dafür vorgesehenen Altar. Eine weitere Schale wurde ihm gereicht. »Auch wollen wir Artemis ehren, die Schutzgöttin der Stadt Ephesos, auf dass sie der Stadt den Frieden bewahre!«

Beifälliges Gemurmel wurde laut, hatte man doch nicht vergessen, dass das durch die Göttin geschützte Asylrecht empfindlich verletzt worden war.

»Doch nun genug der Förmlichkeiten!«, rief Antonius heiter, einen Becher erhebend. »Lasst uns mit dem Gastmahl beginnen!« Er klatschte in die Hände, die Kitharaspieler nahmen ihre Instrumente zur Hand und unter zarten Klängen trugen Sklaven schwer beladene silberne Tabletts herein.

Laelia und Illicia begaben sich zu ihren Plätzen, ganz in der Nähe der Kline, auf der Silvanus und Lucida es sich bequem gemacht hatten. Schräg gegenüber lagen Marcus Antonius und Quintus Dellius, daneben die beiden Parther – Mithriventes stets darauf bedacht, Laelia im Auge zu behalten. Diese versuchte, seine Blicke zu ignorieren, und beobachtete ihrerseits, wie Silvanus angeregt mit Lucida plauderte und ihr fürsorglich einen Becher reichte.

Munatius Plancus begleitete Avidia Plautilla zu ihrer Kline. Sein Gesicht war verschlossen, das seiner Gemahlin ebenso, doch warf sie einen vernichtenden Blick auf Silvanus, der froh war, sich seiner unaufhörlich redenden Frau zuwenden zu können.

Der Duft gebratenen Wildschweins erfüllte den Raum, als vier Sklaven eine riesige Platte auf dem Tisch absetzten. Ein fünfter schwang ein langes Messer und begann, das Schwein kunstvoll zu zerlegen. Schon nach kurzer Zeit kam im Bauch des Wildschweins ein kleines Zicklein zum Vorschein, dieses wiederum war mit Hühnern gefüllt. Zum Fleisch wurden Datteln und eingelegte Oliven, seltene Pilze und Aprikosen gereicht. Noch waren die silbernen Teller nicht geleert, als weitere Platten aufgetragen wurden. Alle speisten mit großem Appetit, bis auf wenige Ausnahmen: Plancus und seine Gattin rührten die Köstlichkeiten kaum an, Laelia stocherte unlustig in den erlesenen Speisen herum, und auch Silvanus, sonst keineswegs ein Kostverächter, konnte die gebotenen kulinarischen Genüsse nicht recht würdigen. Unruhig bewegte er sich auf seiner Liege, keine Position schien ihm angenehm, auch machte sich jetzt sein Rücken wieder mit einem deutlichen Ziehen bemerkbar. Was für eine Schande, seufzte er innerlich, hier wurde ein königliches Gastmahl auch ihm zu Ehren gegeben, seine Fähigkeiten und Erfolge wurden endlich gewürdigt, und er konnte es nicht genießen. Plancus, den er als Schuldigen am Tod von Rutilius Rufus entlarvt zu haben glaubte, lag in unmittelbarer Nähe, sein Vorgesetzter, den anzuklagen keine Lappalie war. Und wenn er sich nun wieder getäuscht hatte? Silvanus wusste nicht, wie er ihm gegenübertreten sollte, Lucius Munatius Plancus, einem der einflussreichsten Männer Roms, der ihn bis jetzt kaum eines Blickes gewürdigt hatte. Sorgenvoll blickte er zu ihm hinüber, bemerkte, dass Avidia Plautilla ihn hasserfüllt anstarrte, senkte beschämt seine Augen, um sie gleich darauf auf Laelia ruhen zu lassen. Laelia, die trotz seiner Mitteilung, auch Lucida sei anwesend, nicht gegangen war. Hätte sie ihm nicht diesen kleinen Gefallen erweisen können? Schließlich war dies sein Fest und nicht das ihre. Ach, bei allen Göttern, er hatte es nicht leicht.

Der Strom der Speisen versiegte allmählich, Schüsseln mit lauwarmem Wasser wurden herumgereicht, um die Hände zu benetzen.

Ein heftiger Trommelwirbel ließ die Gäste zusammenfahren, als sich auch schon die schweren Flügeltüren öffneten und mindestens zwanzig baumlange Männer mit wehenden rotblonden Haaren hereinstürmten. Ihnen auf dem Fuße folgten ebenso lange, ebenso blonde, in zottige Felle gehüllte Gestalten, die ihre Trommeln heftig schlugen und sich im Halbkreis aufstellten. Gleichzeitig nun wirbelten alle zwanzig im Rhythmus der Trommelschläge ihre Füße herum, so dass den Gästen allein vom Zuschauen schwindelig wurde, die Körper jedoch hielten sie seltsam steif, die Arme angelegt. Bald war die Festgesellschaft von dem Rhythmus gefangen, und unter Beifallsrufen klatschten die Ersten den Takt mit. Trommeln, Klatschen und das rhythmische Stampfen der Tänzer, deren Stiefelabsätze mit Eisen beschlagen waren, ließen den Saal erbeben, die

Gäste angenehm erschauern. Dann änderte sich der Rhythmus, und einförmige Trommelschläge erhielten Unterstützung durch den hellen Klang von Flöten. Zu der kunstvollen Melodie sprangen plötzlich in kurze Fellröckchen gekleidete Tänzerinnen herein – es schien fast, als schwebten sie – und stellten sich mit unbewegten, ernsten Gesichtern in einer Reihe vor den blonden Hünen auf. Völlig im Gleichtakt bewegten sich Tänzer und Tänzerinnen nun aufeinander zu, wieder auseinander, bildeten verwirrende Kombinationen, um sich dann wieder in zwei ordentlichen Reihen gegenüberzustehen. Gespannt folgten die Zuschauer jeder Bewegung, versuchten die komplizierten Schrittfolgen zu erkennen, die dort in atemberaubender Geschwindigkeit vorgeführt wurden. Noch nie hatte man in Ephesos dergleichen gesehen.

Die keltische Gruppe stürmte hinaus, wie sie hereingekommen war und überließ Gauklern das Feld. Der Saal beruhigte sich wieder und allerseits erhob man die Becher.

»Oh du mein knisterndes Feuer in der Kühle der Wüstennacht, welches Labsal für meine Augen«, raunte es plötzlich hinter Laelia. Unbemerkt hatte sich Mithriventes genähert, sein steifer Bart stach ihr in die Schulter. Ihr Herz stockte einen Moment vor Entsetzen, aber sie beherrschte sich so weit, um ihm ruhig zu antworten. »Mithriventes, welche Überraschung, dich hier zu sehen! Ich vermutete dich noch in Didyma.« Sie rang sich ein Lächeln ab.

»Ich hatte gehofft, dich früher zu treffen, mein Kleinod, sind doch einige Umstände eingetreten, die ich gern mit dir besprochen hätte, doch leider, leider«, er legte den Kopf zur Seite und sah sie mit seinen schwarz umrandeten Augen scharf an, »leider traf ich dich in deinem Hause nicht an.«

Laelia erbleichte bei seinen Worten und war froh, dass sie heute nicht mit dem Wangenrot gespart hatte, so dass Mithriventes ihr Schreck verborgen blieb. Fieberhaft arbeitete es in ihrem Kopf. Hier würde ihnen nichts passieren, das war sicher, aber danach? Denn dass sie und Illicia zu diesem Gastmahl eingeladen waren, musste für ihn so aussehen, als hätten sie den entscheidenden Hinweis auf die Schläger gegeben und würden so für ihre Mitarbeit belohnt. Bei Apollon, ihr letztes Stündchen hatte bald geschlagen, ihres, Illicias und auch Monoculos', und das alles nur, weil sie sich in die Politik hatte einmischen wollen – oh, hätte sie doch nur auf Silvanus gehört! Dass der noch immer mit seiner Frau auf der Kline lag, erschien ihr jetzt als göttliche Fügung, denn sonst hätte sie dort gelegen, vor den Augen von Mithriventes, die sie noch immer durchdringend anblickten. Sie musste etwas sagen. »Oh, auch ich habe ungeduldig auf deine Rückkehr gewartet. Sind doch schreckliche Dinge passiert, wovon man dir wohl berichtet hat. Aber, Mithriventes, mein parthischer Panther«, sie senkte ihre Stimme zu einem kaum vernehmbaren Flüstern, »hier ist nicht der rechte Ort, um darüber zu sprechen.« Vielsagend nickte sie leicht in Antonius' Richtung. »Ich hoffe, wir sehen uns bald an einem ruhigen Platz, wo wir uns ohne lästige Lauscher austauschen können.«

Mithriventes nahm ihre Hand und drückte einen leichten Kuss darauf, während seine Augen mit unnachsichtiger Schärfe auf ihr ruhten. »Mein Herz brennt vor Verlangen, zu hören, was du mir zu sagen hast, du quellender Born in der Wüste.«

»Mithriventes, erlauchter Verwandter, du versäumtest zu erzählen, welch bezaubernde Bekanntschaft du machtest, während du hier weiltest!« Leise hatte sich Pacoros zu ihnen gesellt und schenkte Laelia ein atemberaubendes Lächeln, von Mithriventes' Unmut gänzlich unbeeindruckt. Notgedrungen musste dieser sich dazu herablassen, die beiden miteinander bekannt zu machen. »Dies ist Pacoros, der Sohn des Königs der Könige, meines erhabenen Verwandten Orodes, Prinz und

Nachfolger des göttlichen Herrschers über Parthien, dem unbesiegbaren Löwen des Ostens, Sieger in unzähligen Schlachten und Herr über …« Pacoros brachte ihn mit einer knappen Handbewegung zum Verstummen. »Genug, sag mir nun, wer dieses Juwel ist, mit dem du dich so traulich unterhältst, und welche Bande euch verknüpfen.«

»Oh, erlauchter Prinz, diese Blüte im trockenen Beete Kleinasiens fand ich im Frühjahr, als ich in Didyma das Orakel befragte. Dort …«

Pacoros waren die weitschweifigen Erklärungen seines Verwandten wohl bekannt und offensichtlich lästig, denn er richtete jetzt selbst das Wort an Laelia. »Sage mir deinen Namen, schöne Jungfrau.«

Laelia, einerseits erleichtert, dem Gespräch mit Mithriventes entronnen zu sein, andererseits skeptisch, ob diesem Prinz die Vorgänge mit den Schlägern und ihre Rolle bei der Aufdeckung bekannt waren, antwortete vorsichtig: »Laelia Bibula aus Didyma, Prinz.«

Pacoros fand keine Zeit für eine Antwort, denn nun kam Marcus Antonius auf die kleine Gruppe zu, die Nöte Laelias und Illicias wohl erkennend. »Ah, ich sehe, ihr säumt nicht, meine hohen Gäste, sofort die Bekanntschaft mit den beiden schönsten Frauen zu schließen, die mein Imperium zu bieten hat! Ihr seid mir zuvorgekommen, soeben wollte ich sie euch vorstellen, habe ich sie doch zum größten Teil euretwegen eingeladen, denn Laelia wird die Übersetzung unserer Korrespondenz übernehmen. Sie spricht perfekt Parthisch, wie ihr sicher schon festgestellt habt, und Illicia wird die Kopien für das Staatsarchiv hier und in Rom anfertigen. Mein Gefolgsmann Silvanus empfahl sie mir, er kennt sie von früher, und beide genießen mein Vertrauen. Wann hat man schon so schöne Mitarbeiterinnen, so kluge noch dazu?« Zärtlich legte er seine Rechte auf Illicias Wange. »Du wirst morgen die Protokolle der heutigen Verhandlungen kopieren müssen.« Damit wandte er sich anderen Gästen zu.

Illicia konnte nicht anders, als Antonius bewundern. Bei Apollon, Mithriventes konnte jetzt annehmen, es sei ihnen gelungen, als parthische Spioninnen in die höchsten römischen Kreise einzudringen. Der schien es tatsächlich so verstanden zu haben, denn seine Augen leuchteten erfreut auf. Mit einer knappen Verbeugung wandte er sich an Pacoros: »Erlauchter Prinz, erlaube mir, diesen strahlenden Edelstein einen Augenblick allein sprechen zu dürfen, ich werde sie dir umgehend zurückbringen.«

Pacoros nickte und wandte sich Illicia zu. Mithriventes zog Laelia zur Seite, beugte sich nah an ihr Ohr und flüsterte erregt. »Oh du mein funkelnder Stern am nächtlichen Himmel, Zweifel zernagten mein Herz, ich gestehe es, verzeih mir, doch jetzt fliegt es höher als je zuvor. Welch wertvolle Informationen wirst du uns geben können! Fast schon bereue ich, diesen Wagenlenker nach Ktesiphon zurückbeordert zu haben, scheint er doch auch das Herz deiner Freundin ganz für die parthische Sache erwärmt zu haben. Zwar berichtete er mir von ihrer Verbindung mit Antonius, was ihn bekümmerte und mich mit nicht geringem Misstrauen erfüllte, doch erst jetzt ist der Grund klar, den Illicia nur andeutete. So berichte mir, mein schimmernder Smaragd, wie habt ihr es geschafft, euch so in das Vertrauen der Römer zu schleichen, und auch«, seine Züge verhärteten sich, »wie es den Römern gelang, meine Männer zu ergreifen!«

Laelia schluckte, brachte es jedoch fertig, ihm stolz in die Augen zu sehen. »Genau das war es, was ich dir zu erzählen wünschte. Du weißt, Mithriventes, schon in Didyma hast du mich dazu angehalten, Kontakt zu den Römern zu knüpfen, besonders zu diesem Silvanus, der damals in meines Vaters Taverne wohnte. Hier nun traf ich ihn wieder. Er besucht manchmal die Taberna Tilia, und ich erinnerte mich deiner Worte von damals: ›Sei freundlich zu ihm, versuche etwas zu erfahren.‹ Als dann Antonius eintraf und zusammen mit Silvanus auf einen Trunk in die Taverne kam, fand er Gefallen an Illicia. Aufgrund unserer Bekanntschaft empfahl uns Silvanus dem Antonius, und als in einem Unwetter der offizielle parthische Übersetzer schwer verunglückte, erinnerte man sich an mich. So erlangte ich Zugang zu Antonius.« Sie merkte, dass er ihr glaubte, und so fiel es ihr nicht schwer, ihm auch den zweiten Teil seiner Frage zu beantworten. »Wie uns Antonius erzählte, hatte er, nachdem er auf Illicia aufmerksam geworden war, wegen der drohenden Gefahr Legionäre abgestellt, die die Taverne bewachten. Sie lungerten in Zivil draußen herum. Als deine Männer nun an jenem Abend die Taverne verließen, folgten sie ihnen, sahen, wohin sie gingen, und erstatteten Bericht. So wurden sie ergriffen. – Mein Sklave hat nichts mit der Sache zu tun, Mithriventes, wenn du das mit deinen Zweifeln meintest, ich habe auch ihn schwören lassen, nichts zu sagen, und du weißt, dass Germanen eine noch größere Furcht vor der Vergeltung ihrer Götter haben als andere Menschen. Lieber würde er sterben, als einen Schwur zu brechen.«

»Nun, nur kurz währten meine Zweifel, sei versichert«, brummte Mithriventes. Er drückte sich noch näher an sie heran. »Doch bevor ich dich zurückbringe zum Prinzen, der übrigens nichts von meiner Vorgehensweise weiß – er ist ein hoffnungsloser Idealist, wie soll das nur werden, wenn er einmal König der Könige sein sollte – lass dich warnen, mein Edelstein: Du bist mein, also halte zu mir. Du musst höflich zu ihm sein aufgrund seiner Stellung, aber sein Interesse an dir scheint mir ein wenig zu groß. Doch ich vertraue dir, und lass dich erinnern, der Tag ist nicht mehr fern, an dem ich dich hole und zu meiner Hauptfrau mache.«

Laelia hob an zu protestieren, hielt sich aber doch zurück. Der Moment schien ihr nicht der richtige, hatte sie doch gerade erst sein Vertrauen zurückgewonnen. Sie würde es ihm später sagen. So ließ sie sich bereitwillig zu Pacoros zurückgeleiten, der noch immer mit Illicia plauderte. Erfreut blickte er auf, als die beiden nahten, entschuldigte sich galant bei Illicia und richtete das Wort an Mithriventes: »Edelster Verwandter, du wirst nichts dagegen haben, wenn ich mit dieser Schönen den Becher teile.« Mithriventes blieb nichts anderes übrig, als sich zurückzuziehen und seine Eroberung dem Prinzen zu überlassen.

Da Dellius inzwischen Anschluss bei einem hell gelockten jungen Mann gefunden hatte und mit ihm anregende Gedanken austauschte, zog Antonius Illicia auf seine Kline. So war die Liege der Mädchen frei und höflich fragte Pacoros, ob sie sich dort niederlegen wollten, was Laelia gern bejahte. Ihre Knie zitterten, die gerade überstandene Gefahr machte sich bemerkbar. Zudem war dieser Mann wirklich äußerst attraktiv, und Silvanus lag noch immer auf seiner Kline nicht weit von ihr entfernt. Daher war es ihr nur zu recht, den zukünftigen Herrscher des Partherreiches neben sich zu haben, der ihr zuvorkommend einen Teller mit Pflaumen reichte. Es dauerte nicht lange und sie waren in ein angeregtes Gespräch vertieft.

Das entging auch Silvanus nicht. Seine Laune verschlechterte sich zunehmend. Unwillig rückte er ein wenig von seiner Frau ab und füllte sich einen Becher nach dem anderen. Lucida, ihm nachrückend, belästigte ihn mit Fragen über Laelia, doch Silvanus beließ es bei vagen, einsilbigen Erklärungen, bis sie ihn über Laelias Verhältnis zu dem Prinzen auszufragen begann. »Bei Jupiter, woher soll ich das wissen?«, entgegnete er barsch. Beleidigt schweigend starrte Lucida immer wieder zu Laelia hinüber, die enger als notwendig mit dem jungen Mann beisammenlag. »Einfach unanständig, so ein Verhalten!«, entfuhr es ihr lauter als beabsichtigt. Silvanus errötete peinlich berührt ob dieser unbedachten Äußerung seiner Frau. Marcus Antonius, der ihren Ausruf gehört hatte, konnte die Brisanz der Situation durchaus einschätzen und wechselte geschickt das Thema. »Einen großartigen Gatten hast du, meine Teure«, rief er zu Lucida hinüber. »Er wird es noch weit bringen.«

Lucida nickte stolz. »Ich bin mir dessen bewusst, Marcus Antonius, darum bin ich auch nach Ephesos gekommen, um ihm hier in der Fremde zur Seite zu stehen.« Sie sah ihren Mann an, als schätze sie den Wert eines goldenen Halsbandes. »Ich werde mich zukünftig nur noch ihm widmen, auch wenn ich gern nach Magarsos gereist wäre, da die dortige Kybele-Statue äußerst wundertätig sein soll.«

Silvanus war bei diesen Worten merklich zusammengezuckt. Seine rechte Hand krampfte sich um seinen Becher, dessen Inhalt er hastig hinunterstürzte.

Antonius, ein amüsiertes Lächeln auf den Lippen, beugte sich zu Illicia hinunter. »Da scheint Ärger im Anzug zu sein, was meinst du? Kann ich dabei etwas tun?«

Illicia überlegte einen Moment, schüttelte dann aber den Kopf. »Wir sollten uns da heraushalten«, flüsterte sie zurück, »damit muss Silvanus allein fertig werden. Er hat es sich selbst zuzuschreiben.«

Schwankend näherte sich nun Munatius Plancus, auf den Arm seiner Frau gestützt. Gleich nach dem Mahl hatte er sich zu Sophronios und seiner Begleiterin gesellt und mit ihnen eifrig dem Wein zugesprochen. Er wirkte entspannter als zu Anfang, und schwer ließ er sich neben Silvanus auf die Kline fallen. Avidia Plautilla verwickelte derweil Lucida in ein Gespräch und zog sie mit sich zu einem Kreis edler Frauen. Hilfesuchend sah ihr Silvanus hinterher. Noch nicht einmal Laelia wollte seine Notlage bemerken, ganz im Gegenteil, sie ließ sich ganz von diesem Pacoros einnehmen. ›Ich werde noch einmal mit ihr reden. Ich werde mich von Lucida trennen, ganz bestimmt, noch heute Abend‹, schoss es ihm unvermittelt durch den Kopf. ›Dann werde ich Laelia sagen, wie sehr ich sie liebe, und sie heiraten.‹

Plancus unterbrach seine Gedanken. »Silvanus, mein Guter, da hast du im Verborgenen wahrlich Großartiges geleistet. Ich habe dich unterschätzt«, sagte er mit schwerer Zunge und ließ sich einen Becher von einem Sklaven füllen.

Silvanus mimte den Unwissenden. »Im Verborgenen? Ich verstehe nicht ...«

Plancus Stimme wurde trotz der schwammigen Aussprache ernst. »Du weißt genau, wovon ich spreche, Silvanus.« Er legte einen Arm auf seine Schulter und zog ihn so nahe an sich heran, dass Silvanus den Geruch seines Körpers wahrnahm. Ihm wurde noch unbehaglicher. Im Saal schien es plötzlich unerträglich heiß zu sein, er wischte sich mit einem Zipfel seiner Toga die Stirn.

»Ist dir warm?«, fragte Plancus. »Trink einen Schluck, der Wein ist gut!« Fürsorglich füllte er einen Becher. »Hier! Auf deinen großen Erfolg.«

Gehorsam nippte Silvanus an dem Wein.

»Marcus Antonius hat große Pläne mit dir, weißt du das?«, lallte Plancus unverdrossen in sein Ohr, ohne den Griff zu lockern. »Pläne?«, antwortete Silvanus zerstreut, sah er doch, dass Pacoros seinen Kopf auf Laelias Schulter bettete, so als gedächte er länger dort zu verweilen. Und zu allem Überfluss schien es Laelia zu gefallen.

»Du wolltest mich doch loswerden, mein teurer Freund!« Mit einem Male schien Plancus nüchtern, seine Stimme leise und hasserfüllt.

Silvanus wehrte ab. »Aber Munatius Plancus, ich habe nur meine Pflicht erfüllt, wie mir befohlen wurde.«

»Ich werde Antonius nach Ägypten begleiten, um dann

nach Rom weiterzureisen«, teilte ihm Plancus unvermittelt mit und lockerte seinen Griff an Silvanus' Schulter.

Dieser versuchte sich zu entspannen und seine Rückenmuskulatur zu lockern. Das dumpfe Pochen wurde wieder stärker, während sein vom Wein bereits benebeltes Gehirn die eben erhaltene Information zu verarbeiten versuchte. »Nach Rom?«

»Ja, meine Statthalterschaft ist vorläufig zu Ende. Wir kehren in die Zivilisation zurück, sozusagen. Gratuliere, Silvanus, das hast du geschafft.« Er atmete schwer. »Aber wenn du geglaubt hast, meine Nachfolge anzutreten, dann hast du dich getäuscht!«

»Ich hatte nie vor, dein Nachfolger zu werden!«, protestierte Silvanus matt.

Plancus winkte ab. »Ach, mach mir doch nichts vor. Seit du hier bist, strebst du danach. Denkst du, das sei mir entgangen? Du hast doch nur nach einer Gelegenheit gesucht, die ich dir ja nun verschafft habe.« Er lachte bitter. »Ausgerechnet einer Tat, die dazu diente, die Ehre meiner Tochter zu rächen, verdanke ich meinen Abschied. Bist du so darauf gekommen? Weil auch deine Laelia Schülerin von Rufus war? Antonius hat mir alles erzählt. Nun hat es also meine Tochter getroffen, meine Natilla ...«

Also hatte er sich nicht geirrt, frohlockte Silvanus innerlich. Doch eines wollte er noch wissen: War es eine geplante Tat oder war sie, wie er vermutete, im Affekt geschehen? Trotz der Unbill des Abends, trotz des vielen Weines stellte er seine Frage: »Wie ist es geschehen, Munatius Plancus?«

Der sah ihn mit rot geränderten Augen abschätzig an. »Nun, ich habe es schon Antonius berichtet, der wird es dir ohnehin erzählen, dein großer Gönner, ha! Immer hast du hinter meinem Rücken agiert, hattest nicht den Mut, mich direkt zu konfrontieren. Wärest du zu mir gekommen, dann hätten wir reden können. Aber du musstest ja ... Ach, was soll's. Ich sage dir, wie es war, Silvanus. Ich kam nach Hause an jenem Abend und fand meine Familie in Tränen aufgelöst vor. Natilla – bei Jupiter, sie ist gerade erst zwölf, noch nicht einmal mannbar – hatte Avidia endlich alles erzählt. Rufus hatte sie schon eine ganze Zeit missbraucht, und du weißt ja, wie sie sind, diese Kinder, sie schämen sich, etwas zu sagen, werden eingeschüchtert. Avidia …« Er unterbrach sich, ließ seinen Becher erneut füllen und leerte ihn in einem Zug, bevor er fortfuhr. »Ich schäumte vor Wut, als ich es erfuhr. Sofort machte ich mich auf den Weg, um diesen Schänder zur Rede zu stellen. Doch als ich es tat, lachte er nur und sagte: ›Was hast du, sie wollte es doch!‹ Da nahm ich eine Statue, die dort stand, und schlug zu. Er ging zu Boden. Ich wollte ihn nicht töten, er lebte noch, als ich hinausging. Verzweifelt über das Schicksal meiner Tochter setzte ich mich auf die Stufen zur Akademie, überlegte, was ich machen könnte, als er auf mich zugetaumelt kam, blutend. Er griff mich an, röchelte, das sei das Ende meiner Karriere! Allen wollte er erzählen, dass er Natilla besessen hatte. Meine Tochter! Er! Wäre dies an die Öffentlichkeit gekommen, ihr Leben wäre auf immer ruiniert gewesen. Sie sollte einen guten Freund der Familie heiraten, alles war schon in die Wege geleitet. Ich war außer mir vor Wut! Wir rangen miteinander. Er hatte keine Chance, ließ aber nicht von mir ab, schimpfte und fluchte und plötzlich lagen meine Hände an seinen Hals und drückten zu, bis er sich nicht mehr rührte. Als ich wieder zur Besinnung kam, war er tot. So, nun weißt du, wie es war, Silvanus, bist du jetzt zufrieden?«

Silvanus schwieg. Es war schon eigenartig, wie das Schicksal so spielte. Damals, als der Lustsklave für des Statthalters Vergnügen mit dem Leben hatte zahlen müssen, war dies Plancus nur ein Schulterzucken wert gewesen. Bei seiner Tochter jedoch …

Die Musik war allmählich lauter geworden, Sänger traten

auf, leicht bekleidete Tänzerinnen schwangen ihre Hüften und ließen ihre Schleier flattern, die mehr zeigten als verhüllten. Plancus, der noch immer dem Wein zusprach, war davon sichtlich angetan. Er schien erleichtert, stimmte in das Lied mit ein, sein Oberkörper zuckte im Rhythmus der Trommeln.

Antonius hatte von seinem Platz aus die Szene verfolgt. Nun hob er seinen silbernen Becher. »Es freut mich, dich so ausgelassen zu sehen, Munatius Plancus, sicher beflügelt dich der Gedanke, bald wieder in der Heimat zu sein!« Plancus schickte zur Antwort eine leichte Verbeugung hinüber. Auf einen Wink des Imperators tänzelten die Mädchen heran und ließen ihre eindrucksvollen Oberweiten vor den Augen des Statthalters schwingen. Eine nahm ihn bei der Hand und zog ihn mit sich, der sich freudig unter die Tänzerinnen mischte. Eine andere forderte Silvanus auf, mitzukommen, doch der winkte ab; er war froh, Plancus los zu sein. Erleichtert sog er die Luft ein, doch stockte ihm der Atem, als ihm gegenüber Pacoros Laelias Hand an seine Lippen hob.

Silvanus kamen Zweifel. Dieses Mädchen, das sich da so willkürlich in die Arme eines völlig Fremden warf, hatte er gerade noch heiraten wollen? Der Entschluss schien ihm ein wenig unüberlegt zu sein. Wie viel sicherer und geordneter erging es ihm doch mit Lucida. Nun ja, sie hatte ihre Schwächen, aber wer hatte die nicht? Er sah, dass seine Frau noch immer mit den edlen Damen zusammenstand, Avidia Plautilla versuchte krampfhaft, das Verhalten ihres Mannes zu ignorieren, aber wie er Lucida kannte, würde sie nicht zögern, sie darauf aufmerksam zu machen. Jetzt schoben die Tänzerinnen Plancus auch noch zur Tür hinaus. Silvanus konnte sich vorstellen, dass die Orgie für ihn jetzt erst so richtig begann.

Voller Entsetzen bemerkte er, dass sich Illicia aus Antonius' Umarmung befreit haben musste, denn sie hatte sich zu den Damen gesellt. Richtig, Antonius war von einigen Magistratsbeamten in Beschlag genommen, so dass sie es für besser gehalten hatte, sich zurückzuziehen. Aber dass sie ausgerechnet zu seiner Frau gehen musste! Hatte Laelia ihr nichts gesagt? Nun, das war typisch für die beiden, seine Wünsche zu ignorieren. Immer mussten sie ihren eigenen Kopf durchsetzen. Er überlegte, ob er hinübergehen sollte, aber seine Beine versagten ihm den Dienst, der Wein musste doch stärker gewesen sein, als er dachte. Jetzt kam auch noch Pykideme dazu, das konnte nur Ärger bedeuten. Lucida konnte sie nicht leiden, das wusste er. Er beschloss, sich nicht einzumischen, und wechselte stöhnend seine Lage, um sich den Becher wieder füllen zu lassen.

Alsbald war Pykideme mit Lucida in ein Streitgespräch vertieft. Deren schrille Stimme wurde immer lauter, ihre Entgegnungen immer unsachlicher, Pykideme jedoch ließ sich nicht aus der Ruhe bringen. Schon hatten sich die anderen Damen unter missbilligenden Blicken zurückgezogen, von Lucida unbemerkt.

Fortwährend fragte sich Illicia, was Silvanus mit dieser Frau verband. Sie konnte sich nicht vorstellen, dass so etwas wie Nähe bei ihr zu finden war, da war selbst ihr Verhältnis mit Antonius persönlicher. Sogar sehr viel persönlicher, trotz seiner Aussichtslosigkeit. Vielleicht gerade deshalb. Mazdates fiel ihr ein, und traurig lächelte sie bei diesem Gedanken. Ihre Gefühle für ihn waren anders als für Antonius, doch nicht weniger stark, daran hatte auch die heftige Abschiedsszene nichts geändert. Vielleicht, weil die Schwierigkeiten ebenso groß waren. Er war weit weg, hatte zwar versprochen, wiederzukommen, aber wann? Eine Verbindung mit einem Parther schien zwar zurzeit nicht angebracht zu sein, aber wer wusste, was die Verhandlungen erbrachten? Vielleicht war noch eine friedliche Übereinkunft möglich, und Pacoros machte nicht den

Eindruck eines Kriegstreibers. Aphrodite allein mochte wissen, wie das alles enden würde. Laelia jedenfalls schien sich getröstet zu haben, überzeugte sie sich. Seit geraumer Zeit schon saß sie mit dem Prinzen vertraut zusammen, und es sah nicht so aus, als würden sie sich nur über parthische Dichtkunst unterhalten.

Ein Gong störte sie in ihrer Betrachtung. Aller Augen wandten sich den Bronzetüren zu, die von zwei schwarzen Sklaven mit großem Ernst geöffnet wurden. Auf allen vieren schwankte etwas Blaues herein, um das die gleichen Mädchen herumtänzelten, die eben die männlichen Gäste mit ihren akrobatischen Verrenkungen so beeindruckt hatten. Es war ein Mann, ein nackter Mann, den ganzen Körper bemalt mit blauer Farbe, ein Schilfkranz zierte das Haupt, ein blauweißer Fischschwanz das Hinterteil. Lachend umwarb ihn ein Mädchen, benetzte seinen Körper aus einem silbernen Becher mit Wassertropfen. Der Mime durchfurchte mit schleppenden Schritten imaginäre Wogen, bis das Mädchen leichtfüßig auf seinen Rücken sprang und ihm spielerisch die Fersen in die Seiten stieß. So angespornt galoppierte er taumelnd in die Mitte des Saales.

»Bei Apollon, das ist Munatius Plancus«, entfuhr es Illicia. Die Umstehenden wussten nicht recht, was von der Darbietung zu halten war. Einige lachten erheitert und begannen, Plancus anzufeuern, andere sahen verschämt zur Seite. Avidia Plautilla verließ hocherhobenen Hauptes, das Gesicht wie versteinert, den Saal.

»Sieh einmal an, unser sittsamer Statthalter mimt den Flussgott Glaukos!«, raunte jemand Illicia ins Ohr. Laelia hatte sich von ihrem Verehrer losgerissen und stand nun neben ihr. Ihre Mundwinkel zuckten, während sie den wachsenden Tumult betrachtete. »Der Mann hat eine außergewöhnliche Art, Feste zu feiern.«

»In der Tat«, murmelte Illicia, noch immer fasziniert die Szene betrachtend. »Aber hast du Avidia Plautilla gesehen, wie sie hinausgegangen ist?«

»Ja, sie kann einem Leid tun. Es wird sich schnell herumsprechen, mit welcher Darbietung ihr Mann die Gesellschaft bereichert hat.« Sie lachte leise. »Aber vermutlich wird sich morgen niemand mehr daran erinnern, sieh dir doch die Menschen an, von denen ist keiner mehr nüchtern. Außerdem ist er nicht der Einzige, sieh doch nur!« Tatsächlich, während Munatius Plancus unverdrossen eine Runde nach der anderen drehte, angespornt von den immer lauter werdenden Rufen der trunkenen Gäste, hatten ihm einige wohl seinen Erfolg geneidet, die Kleider von sich geworfen und die anderen Tänzerinnen aufgefordert, auch sie als Reittiere zu besteigen.

Illicia und Laelia zogen sich auf ihre Kline zurück. Marcus Antonius hatte seinen Platz verlassen und stand unter denen, die die berittenen Pärchen mit Klatschen und Fußstampfen anfeuerten. Nur Silvanus saß verlassen da und starrte in den Weinbecher.

»Willst du nicht doch noch einmal mit ihm reden, Laelia?«

»Wozu?«, erhielt sie knapp zur Antwort.

»Du kannst ihn doch nicht einfach so dasitzen lassen«, bemühte sich Illicia nach besten Kräften, eine Versöhnung zu fördern.

»Er hat doch seine Frau dabei, soll die sich doch um ihn kümmern.«

»Ich glaube, die ist vorhin hinter Avidia Plautilla hergegangen, wahrscheinlich um ihr Trost zu spenden.«

»Das ändert nichts.«

»Aber, Laelia, das ist doch gar nicht deine Art. Gib ihm wenigstens eine Chance! Immerhin hast du dich die ganze Zeit prächtig mit Pacoros unterhalten, was Silvanus nicht entgangen ist.«

»Sollte es auch nicht.« Doch Laelia war keineswegs so hart, wie sie vorgab. Silvanus' Gemütsverfassung war ihr nicht verborgen geblieben, und wäre sie ihrem Herzen gefolgt, so läge sie bereits neben ihm. Aber ihr Stolz war verletzt, und das war keine Kleinigkeit, auch Pacoros' Schmeicheleien konnten daran nichts ändern. So angenehm es war, seiner Stimme zu lauschen, so recht war sie nicht bei der Sache gewesen. Die ganze Zeit war sie sich Silvanus' Anwesenheit bewusst gewesen, krampfhaft bemüht, nicht zu oft zu ihm hinüberzublicken. Doch jetzt, wo sie ihn so verlassen und traurig daliegen sah, überkam sie eine Welle von Zärtlichkeit. Zögernd erhob sie sich. »Ich kann es ja einmal versuchen. Du passt auf, ob Lucida hereinkommt, es muss ja nicht ausgerechnet hier zum Skandal kommen.«

Illicia nickte beruhigend.

Um Abstand besorgt setzte sich Laelia auf die Kante von Silvanus' Kline. Der sah sie mit schweren Lidern an, und ein freudiges Lächeln zeigte sich auf seinem Gesicht. »Laelia!« Dann fiel ihm ein, was er zuvor gesehen hatte, und sein Lächeln verschwand. Finster hob er seinen Becher und befahl einem Sklaven, ihn zu füllen.

»Silvanus, hast du nicht schon genug getrunken?« Laelia legte besorgt eine Hand auf seinen Arm.

Silvanus schüttelte sie ab und grunzte.

»Meinst du nicht, wir sollten noch einmal miteinander reden? Aber vielleicht ist jetzt nicht der richtige Zeitpunkt. Doch für dieses Gespräch gibt es wahrscheinlich niemals den richtigen Zeitpunkt, scheint mir.«

Trotz der Traurigkeit in Laelias Stimme, die Silvanus sehr wohl bemerkte, war er entschlossen, nicht nachzugeben. Einmal wollte auch er die Oberhand behalten. »So ist es!«, antwortete er barscher als beabsichtigt. Erneut war sein Becher leer und musste gefüllt werden. »Was willst du noch? Du bist doch nur belei … beleidigt wegen Lucida«, brachte er unter Schwierigkeiten heraus.

»Ja und? Habe ich nicht allen Grund dazu?«

»Nein, hast du nicht! Schließlich weißt du Bescheid, Lucida nicht. Und wenn es nach mir geht, soll das auch so bleiben.« Aus ihm unerklärlichen Gründen war der Becher schon wieder leer. »Schließlich hast du ja die erste beste Möglichkeit ergriffen und dir einen neuen Verehrer zugelegt. Konntest es ja gar nicht abwarten, dich ihm an den Hals zu werfen. Sieht ja auch gut aus, dein Prinz, und zu bieten hat er dir sicher auch mehr als ich. Na ja, dass du nur eine unter vielen in seinem Harem sein wirst, wird davon mehr als wettgemacht, will ich meinen.« Silvanus hatte diese Rede bemerkenswert flüssig herausgebracht.

»So ist das also, der Herr ist eifersüchtig! Meinst du, ich soll gelassen dabei zusehen, wie du mit deiner Frau herumturtelst, meinst du, das macht mir nichts aus?«

»Ach lass das doch, Laelia«, erwiderte Silvanus verärgert. »Ich habe auch so genug am Hals, es fehlte mir gerade noch, dass du mir das Leben noch zusätzlich schwer machst.«

»Tatsächlich, ich vergaß! Der geniale Ermittler und sein großartiger Erfolg!«, zischte sie. »Drei Parther an das Kreuz gebracht, und der Fall ist gelöst! Du weißt doch selbst, dass sie es wahrscheinlich nicht getan haben, der richtige Mörder noch frei herumläuft. Sauber ermittelt, Silvanus Rhodius!«

Ärgerlich richtete sich Silvanus auf und sah sie mit blutunterlaufenden Augen streng an. »Du, gerade du musst mir das vorwerfen. Wenn ihr, Illicia und du, mir von Anfang an reinen Wein eingeschenkt hättet, wäre ich sofort auf den richtigen Gedanken gekommen. So hat es ein wenig gedauert.« Er riss sich zusammen und sprach jetzt mit leiser Stimme. »Munatius

Plancus ist es gewesen, im Affekt, aus Wut. Wegen Natilla. Der Lehrer hatte was mit ihr, wie damals mit Illicia, sie hat er doch auch missbraucht, nicht wahr? Und versuch nicht, mir auszuweichzen.«

Laelia nickte betroffen.

»Warum habt ihr mir das nicht gesagt? Beinahe hätte ich mich zum Narren gemacht! Hätte dieser Parther nicht seine Schläger geschickt, wäre es aus mit meiner Karriere. Dann hättest du mich auf irgendeinem niederen Provinzialposten suchen können, oder bei den Legionen, im Kampf gegen deine geliebten Parther! Bei Jupiter, Mars und Venus, Laelia, deinetwegen bin ich hier nach Ephesos gekommen, habe Antonius ziehen lassen und jetzt machst du mir auch noch Vorwürfe. Und als ich deine Hilfe brauchte, hast du mich im Stich gelassen!« Der Wein aus diesem Krug war nicht so gut wie der aus dem letzten, stellte Silvanus fest, was seinen Ärger noch vermehrte.

Laelia schüttelte ungläubig den Kopf. »Munatius Plancus, das hätte ich nicht gedacht.« Dann sah sie Silvanus lange an. »Ja«, sagte sie schließlich, »du hast Recht, wir hätten es dir sagen sollen. Aber anfangs dachten wir, Ulpia sei es gewesen, eben wegen Rufus' Geschichten mit seinen Schülerinnen, und wir wollten sie nicht noch verdächtiger erscheinen lassen. Als du sie als Täterin ausgeschlossen hattest, habe ich versucht, es dir zu erzählen, doch du, du bist eingeschlafen. Es ist nicht einfach, über so etwas zu reden, und dann schläft der, dem man es berichtet, dem man vertraut, einfach ein! Du machst dir keinerlei Gedanken darüber, was Illicia damals erlitten hat! Und ich auch, aber dir ist es ja ohnehin egal, wie und warum es passiert ist. Deine Karriere ist dir doch am wichtigsten! – Und deine Frau!« Sie sprang auf und stellte sich vor ihn. »Darum werde ich dich auch nicht länger behelligen. Nie mehr.«

Sie drehte sich um und eilte davon, damit Silvanus die Tränen in ihren Augen nicht bemerkte.

Dieser sah ihr verwirrt hinterher. ›Was soll das jetzt?‹, dachte er. ›Was meint sie?‹

Kapitel 20

Irgendetwas war an der Tür. Sie stand auf und lauschte. Angst erfüllte sie, ihr Herz schlug bis zum Hals. Doch dann vernahm sie ein leises Rufen: »Ist jemand da?«

Illicia atmete auf. Bei Apollon, wie schreckhaft sie noch immer war. Würde sie diese Angst jemals loswerden? Erleichtert legte sie die Transkription beiseite, an der sie gerade arbeitete, strich sich durch das Haar und erhob sich. Erneut pochte es zögerlich, wieder ertönte die zarte Stimme: »Hallo, ist jemand da?«

Wo trieben sich nur die Sklaven herum, warum öffnete denn niemand? Nichts tat sich, so ging Illicia selbst zur Tür.

Davor stand ein Mädchen, ungefähr zwölf, schätzte Illicia, gut gekleidet, offenbar aus vornehmen Hause. Verwundert sah sie die Kleine an. »Ja bitte?«

»Mein Name ist Natilla, ich möchte mit Illicia und Laelia sprechen, bist du eine von ihnen?«

Illicia nickte erstaunt. Natilla, was mochte das Mädchen wollen? Freundlich bat sie sie herein und führte sie nach oben in ihre Wohnung. Dort klatschte sie in die Hände und noch einmal, bis endlich Monoculos erschien, sich müde das Gesicht reibend. »Bringe Gebäck und Wasser und sage Laelia, dass wir Besuch haben, Natilla ist da.«

Das Mädchen hatte sich gesetzt und rieb sich nervös die Hände. »Du wunderst dich sicher, dass ich gekommen bin. Mein Vater erzählte, dass auch ihr Rutilius Rufus … kanntet. Heute Morgen, als er erklärte, warum wir plötzlich hier weggehen, hat er mir das gesagt. Nur um sich zu rechtfertigen, weil er ihn umgebracht hat, erzählte er furchtbare Dinge über ihn.« Sie stockte, die braunen Augen mit den langen Wimpern schwammen in Tränen.

›Welch ein schönes Kind‹, dachte Illicia, ›kein Wunder, dass Rufus sich an ihr vergriffen hat. Doch scheint sie tatsächlich um ihren Lehrer zu trauern. Seltsam.‹

Die Tür öffnete sich, Monoculos brachte Speisen und Getränke, hinter ihm erschien Laelia. Sie wechselte einen Blick mit ihrer Freundin, begrüßte Natilla freundlich und setzte sich dazu. Die Kleine rang um Fassung. »Stimmt es, dass auch ihr bei ihm Unterricht hattet, dass er auch mit euch …?«

Wieder wechselten Illicia und Laelia einen Blick, dann nickte Illicia.

»So ist es also wahr.« Natilla wischte sich die Tränen von den Wangen, bevor sie fortfuhr. »Dann müsst ihr doch wissen, welch ein wunderbarer Mann er war! Ich habe so viel bei ihm gelernt, nicht nur Philosophie, auch über das Leben, über die Liebe – er hat mich zur Frau gemacht. Er wollte mich heiraten! Das hat er euch nicht versprochen, nicht wahr?«

Stumm vor Verblüffung schüttelten beide den Kopf. »Er wollte dich heiraten?«, fragte Illicia schließlich ungläubig. »Du hast dich doch sicher gewehrt, nicht wahr? Bestimmt hat er es dir deswegen gesagt.«

»Nein, er liebte mich und ich ihn, wozu mich da wehren? Ich bin ja kein Kind mehr, und in Rom werden die Mädchen ihren zukünftigen Ehemännern auch schon mit zwölf gegeben. Nächstes Jahr wollten sie mich in das Haus des Quintus Metellus geben.« Sie schluchzte auf. »Mit diesem fetten Greis haben sie mich verlobt, weil er aus guter Familie ist und vor seinem Tod noch einen Sohn zeugen will. – Aber ich will ihn nicht! Rutilius wollte ich heiraten.« Ihr zarter Körper wurde von einem Weinkrampf geschüttelt.

Illicia legte ihr fürsorglich einen Arm um die Schultern und tupfte ihr die Tränen mit einem Tuch ab. »Du hast Rufus geglaubt?« Sie konnte ihren Widerwillen gegen diesen Mann kaum verbergen.

Heftig schüttelte das Mädchen ihre Hand ab. »Ach, ihr steht auch auf der Seite meiner Eltern. Warum bin ich überhaupt gekommen? Ich dachte, ihr würdet mich verstehen, ihr würdet mir helfen! Mein Vater hat meine Zukunft zerstört, er hat Rutilius getötet, und keiner zieht ihn zur Rechenschaft. Er wird nur versetzt. Erst gehen wir nach Ägypten, dann nach Rom. Ich will aber nicht nach Rom, ich will nicht zu Metellus!« Verzweifelt schlug sie die Hände vor das Gesicht.

Laelia streichelte ihr mitleidig über das lange, braune Haar. »Natürlich werden wir dir helfen, wenn wir können, Natilla. Doch erzähle der Reihe nach. Hast du deinen Eltern gesagt, dass Rufus dich heiraten wollte?«

»Ja«, schniefte Natilla und blickte sie hoffnungsvoll an, »an jenem Abend, als Vater ihn umbrachte. Ich kam nach Hause und erzählte meiner Mutter, dass ich mit Rutilius weggehen würde. Wir wollten nach Milet, am folgenden Tag. Er hatte alles vorbereitet, er musste es nur noch seiner Frau sagen – die hat ihn sowieso nie verstanden – und ich meinen Eltern. Lange habe ich überlegt, ob ich es ihnen überhaupt mitteilen sollte, jetzt weiß ich, dass ich besser geschwiegen hätte. Wir hätten einfach abreisen sollen. Aber ich wollte nicht, dass Mutter sich sorgt. Ich dachte auch, sie wenigstens würde mich verstehen. Also nutzte ich die Gelegenheit, dass mein Vater nicht da war, um es ihr zu erzählen.« Sie schluchzte erneut. »Aber ich fand kein Verständnis bei ihr. Im Gegenteil, sie schrie mich an, schlug mich und sperrte mich ein, dann ging sie weg. Ich saß da und weinte, dann hörte ich, nach endlos langer Zeit, wie sie und Vater sich unterhielten. Ich rannte zur Tür und lauschte, Mutters Stimme wurde immer lauter. Sie sei bei Rutilius gewesen, habe ihn zur Rede gestellt, der hätte nur gelacht und gesagt, ja, es sei wahr, er würde mich holen und mit mir nach

Milet gehen. Da hätte sie ihm mit einer Statue über den Kopf geschlagen, und er sei umgefallen. Sie hätte gedacht, er sei tot, aber dann habe er gestöhnt. – Ich konnte es nicht fassen, als ich es hörte, nie hätte ich geglaubt, dass meine Mutter …« Sie verbarg ihr Gesicht in den Händen.

»Bei Apollon, armes Mädchen«, sagte Illicia mitleidig, streichelte über ihr seidiges Haar und reichte ihr einen Becher Wasser.

»Aber das war noch nicht das Schlimmste.« Plötzlich war Natillas Stimme voller Hass. »Mein Vater holte mich heraus, tobte und schrie, ein dahergelaufener Freigelassener hätte sich an mir vergriffen, mein Leben ruiniert, meine Zukunft zerstört; meine Mutter fuhr er an, sie hätte ruhig härter zuschlagen sollen. Als er sah, dass ich weinte, brüllte er, ich hätte ihm früher etwas sagen sollen. Ich antwortete ihm, dass ich Rutilius liebe und ihn heiraten wolle und nicht den Alten aus Rom. Da schlug mich mein Vater ins Gesicht, Mutter schrie und drängte ihn, etwas zu unternehmen, immerhin habe sie den Akademieleiter niedergeschlagen. So rannte er davon und brüllte: ›Das wird er mir büßen!‹ Ich wollte ihn noch festhalten und rannte hinter ihm her, doch schloss er die Tür hinter sich ab. Als er endlich zurückkam, beachtete er mich gar nicht. So stand ich dabei, als er meiner Mutter versicherte, alles sei wieder gut. Er habe Rutilius auf dem Akademiehof getroffen, nachdem er ihn im Haus nicht gefunden habe – wohl aber die Statue, die habe er weggeworfen – und dann hätte er ihm den Garaus gemacht! Ja, so sagte er, den Garaus gemacht, und: ›Dieser miese kleine Freigelassene wird meine Tochter nicht mehr behelligen.‹ – Das haben mir meine eigenen Eltern angetan! Dann musste ich mit aufs Land. Es war die schlimmste Zeit meines Lebens.« Atemlos hielt sie inne, blickte von einer zur anderen. »Ihr habt ihn doch auch geliebt, nicht wahr? Er war doch auch euer Lehrer!«

Laelia und Illicia nickten langsam. Sie brachten es nicht über das Herz, dem Mädchen ihre wahren Gefühle zu sagen.

»Seht ihr, ich wusste es. Darum bin ich hier. Ihr kennt doch Marcus Antonius und Silvanus Rhodius, wie mein Vater erzählte. Ihr müsst Antonius sagen, wie es wirklich war. Der muss meine Eltern bestrafen oder wenigstens wegschicken, weit weg. Ich kann doch hier bleiben, jedenfalls will ich nicht nach Rom, ich will nicht diesen Alten heiraten, niemanden will ich mehr heiraten, ihr seid doch auch nicht verheiratet! Werdet ihr mit Antonius sprechen? Aber die Zeit drängt, schon morgen brechen wir auf nach Ägypten.«

Ratlos sahen die beiden jungen Frauen sich an. Dann erwiderte Illicia: »Ja, das werden wir, Natilla. Allerdings, ob es etwas ändern wird? Du weißt doch, wie die Sitten sind, dagegen anzugehen ist schwierig. Und überleg doch mal, seit Jahrhunderten werden Mädchen deines Standes mit Männern verheiratet, die sie nicht unbedingt lieben, und häufig sind daraus gute Ehen geworden. Vielleicht ist Metellus gar nicht so schlimm, wie du denkst, bestimmt ist er ein fürsorglicher Ehemann. In ein paar Jahren wirst du vielleicht froh sein, dass deine Eltern diese Entscheidung für dich getroffen haben. Was uns betrifft, da ist es etwas anderes, wir kommen aus kleinen Verhältnissen, das hat seine Vor- und Nachteile. Trotzdem werden wir mit Antonius reden.«

Die Züge des Mädchen hatten sich verhärtet, sie weinte nicht mehr, aber auch keine andere Regung zeichnete sich auf ihren Gesicht ab. Ohne ein Wort stand sie auf, ging zur Tür hinaus, die Treppe hinunter, ohne abzuwarten, ob sie jemand hinausgeleitet.

»Ich glaube, ich habe nicht die richtigen Worte gefunden«, murmelte Illicia.

»Was hättest du sagen sollen? Man kann ihr doch keine

falschen Hoffnungen machen, dann ist die Enttäuschung nur umso größer. Mach dir keine Vorwürfe, sie wird über die ganze Sache hinwegkommen.« Laelia versuchte, überzeugend zu klingen.

»Ja, hoffentlich.« Abrupt wechselte Illicia das Thema. »Meinst du, er wollte sie wirklich heiraten?«

»Wer weiß, es hörte sich so an. Vielleicht hätte ihn diese Ehe von weiteren Übergriffen abgehalten und wäre somit das Beste gewesen. Er hätte gehabt, was er wollte.«

»Du glaubst an lautere Absichten bei Rutilius Rufus? Ich bin mir sicher, er hätte sich nicht geändert!«

Nachdenklich schwieg Laelia.

Am Abend erschien Antonius in der Taverne, Silvanus, der ihn begleitete, trat zerknirscht auf Laelia zu. »Carissima, es tut mir so Leid. Lass uns reden.« Er zog sie zu einem Tisch in der hinteren Ecke der Taverne.

Illicia blieb mit Antonius zurück. »Morgen wirst du aufbrechen?«

»Ja, leider. Komm, mein Augenstern, lass uns nach oben gehen, es ist unser letzter Abend.« Traurigkeit schwang in seiner Stimme.

Gemeinsam stiegen sie die Treppe zu Illicias Gemächern empor.

Noch einmal wiederholte Silvanus kleinlaut: »Laelia, es tut mir Leid.« Angestrengt versuchte er, eine Regung in Laelias ausdrucksloser Miene wahrzunehmen, auf diese jedoch schien seine Entschuldigung keinen Eindruck zu machen. Erneut setzte er an. »Versuche mich doch auch einmal zu verstehen. Es war eine harte Zeit. Diese Überfälle, der Mord, diese

Schmerzen seit dem Überfall ...« Irrte er sich oder zeigte sich bei ihr endlich eine Spur von Mitgefühl? »Jetzt, wo auch der Mord an Rutilius Rufus endgültig aufgeklärt ist, wird alles anders. Das verspreche ich dir!«

Laelia, die verzweifelt um Fassung rang und ihm die ganze Zeit stumm zugehört hatte, konnte nicht länger schweigen: »So, du meinst also, du hättest den Mord aufgeklärt. Du wüsstest, wie es sich zugetragen hat?«

Silvanus winkte müde ab. »Natürlich, ich habe dir doch schon gesagt, dass es Plancus war. Er wollte die verlorene Ehre seiner Tochter retten.«

»So, meinst du? Die Geschichte, die uns Natilla heute erzählt hat, klang allerdings ein wenig anders.« Und Laelia schilderte ihm, was das Mädchen ihnen über den Hergang des Mordes anvertraut hatte.

Doch machte ihr Bericht keinen großen Eindruck auf Silvanus. »Was macht das schon, der Fall ist abgeschlossen, Plancus wird versetzt«, antwortete er achselzuckend. Dass Avidia Plautilla den Lehrer niedergeschlagen hatte, war für ihn vollkommen unerheblich, erklärte nur deren seltsames Gebaren. Und ob Natilla Rufus heiraten wollte oder nicht, das spielte seiner Meinung nach keine Rolle. Sie sollte einen römischen Aristokraten heiraten, und der würde, wenn er von der Affäre erführe, wohl von seinem Eheversprechen zurücktreten. Alles, was Munatius Plancus wollte, wäre doch gewesen, die Verfehlung seiner Tochter geheim zu halten. Er könne das schon verstehen. Einzig, dass Plancus in Kauf nahm, Unschuldige für seine Tat büßen zu lassen, werfe er ihm vor.

»Du nimmst ihn auch noch in Schutz?«, begehrte Laelia auf.

»Ach Carissima, lass uns nicht länger darüber streiten. Ich habe nicht die Macht, jetzt noch etwas zu ändern. Antonius wird einen Weg finden, Illicia wird schon dafür sorgen.«

Voller Enttäuschung sah Laelia ihn an, sie hatte mehr von ihm erwartet.

Silvanus war zu sehr mit seinen eigenen Gedanken beschäftigt, um dies zu bemerken, deshalb fuhr er fort: »Laelia, ich bin nicht gekommen, um mit dir über den Mord zu sprechen. – Ich habe nachgedacht, über uns, über gestern Abend. Du hast das doch nicht ernst gemeint? Das glaube ich dir nicht! Das kannst du nicht. Ich brauche dich, ich liebe dich. Ich wollte ja … Aber als ich dich in den Armen dieses parthischen Prinzen sah …« Ein vorwurfsvoller Blick traf sie.

»Und was ist mit Lucida?«

»Ich werde sie verlassen.«

»Das glaube ich dir nicht mehr.«

Silvanus hatte keine Gelegenheit, sie vom Gegenteil zu überzeugen, denn Antonius und Illicia traten an den Tisch. Besorgt registrierten sie die gespannte Atmosphäre. »Wir stören euch nur ungern«, Antonius nahm auf der Bank Platz und zog Illicia neben sich, »doch müssen wir uns jetzt verabschieden. Silvanus, ich habe noch einiges mit dir zu besprechen, bevor ich abreise. Aber bevor wir gehen, möchte ich auch dir, Laelia, meine Pläne bezüglich Munatius Plancus mitteilen. Illicia hat mir soeben über euer Gespräch mit Natilla berichtet. Nun, ich habe bereits gestern beschlossen, dass Plancus mich zunächst nach Ägypten begleitet. Wie übrigens auch die parthischen Abgesandten, Pacoros und Mithriventes, die noch ein Stück mitfahren werden, damit wir die Verhandlungen fortführen können. Was Plancus' Frau betrifft, so werde ich sie zurück nach Rom schicken. Das scheint mir noch immer das Beste zu sein. Und ihre Tochter …«

Er unterbrach sich, denn ein Sklave kam eilig auf ihn zu. »Imperator!«, rief er aufgeregt, »Munatius Plancus, mein Herr, schickt mich zu dir. Diese Botschaft lässt er dir überbringen.« Antonius nahm die Wachstafel entgegen, löste das

Siegel des Statthalters und überflog sie. Mit gerunzelter Stirn stellte er den aufgeregten Mann zur Rede. »Was soll das heißen, Plancus wird morgen nicht abreisen können?«

Der Sklave schüttelte aufgeregt den Kopf. »Ja, habt ihr es denn noch nicht gehört? Natilla, die Tochter meines Herrn ...«, er verstummte bedrückt.

Ungeduldig stand Antonius auf und packte den Sklaven an der Schulter. »Was ist passiert, dass Plancus es wagt, sich meinen Befehlen zu widersetzen? So sprich endlich!«

»Sie ist vorhin gefunden worden. Man hat gleich einen Arzt geholt, doch der hat nicht viel Hoffnung. Sie hat sich die Adern geöffnet ...«

Entsetzt sahen sich Laelia und Illicia an. Auch Antonius war sichtlich bestürzt. »Bei Jupiter, das ist allerdings ein schrecklicher Grund. Richte deinem Herrn aus, ich selbst werde gleich zu ihm kommen.« Der Sklave eilte hinaus.

Monocolos brachte unaufgefordert einen Krug des besten Weines, unverdünnt, schenkte ihnen ein und zog sich stumm zurück. Betroffen hoben sie die Becher und tranken.

Agora	zumeist rechteckiger, von Wandelhallen (Stoas) umgebener öffentlicher Versammlungs- und Marktplatz
Apollon	Gott der Weissagung, der Heilkunst, des Lichtes, der Wissenschaft und Künste im griechischen und römischen Mythos; Sohn des Zeus und der Leto, Zwillingsbruder der Artemis
Artemis	Göttin im griechischen Mythos, Herrin der Jagd, der Tiere und der freien Natur, auch Geburtsgöttin und Beschützerin von Jugend und Jungfräulichkeit, Schwester Apollons
As	kleinste römische Münze
Asklepios	Gott der Heilkunst
Atrium	mit einer rechteckigen Öffnung im Dach versehener Repräsentations- und Empfangsraum des römischen Hausherrn
Auspicien	Erkundung des göttlichen Willens v. a. durch Beobachtung des Vogelflugs
Caldarium	Warmwasserbad in den Thermen
Ceres	altitalische Göttin des Wachstums und der Ackerfrüchte, später gleichgesetzt mit der griechischen Göttin Demeter
Chiton	hemdartiges, kleinasiatischen Vorbildern nachempfundenes Kleidungsstück im antiken Griechenland in kurzer oder langer Form, wurde gegürtet getragen, ungegürtet nur von Priestern oder bei Kulthandlungen
Demeter	griechische Göttin der Fruchtbarkeit und des Wachstums, besonders des Ackerbaus und Getreides

Denar	römische Münze, entsprach 4 Sesterzen bzw. 16 As
Dionysos	Gott der Vegetation, des Weines, der Ekstase und der Fruchtbarkeit im griechischen Mythos
Equites	römischer Ritterstand, nach den Senatoren der zweite Stand im Römischen Reich
Glaukos	ein Fischer, der sich nach dem Genuss eines Krautes in einen Gott, halb Fisch, halb Mensch, verwandelt. Er verliebt sich in die Nymphe Scylla, die von Kirke, selbst in Glaukos verliebt, aus Eifersucht in ein Ungeheuer verwandelt wird (nach Ovid)
Herme	ursprünglich steinerne, vierkantige Darstellungsform des Gottes Hermes (griech. Gott der Wege, Hirten und Herden, Götterbote, bei den Römern gleichgesetzt mit Merkur – Gott der Kaufleute) mit Armstümpfen, Phallus und bärtigem Kopf; die Römer ersetzten den Kopf teilweise durch Porträts
Horus	ägyptischer Welt- und Lichtgott, von den Griechen Apollon gleichgesetzt
Impluvium	Wasserbecken unter der Dachöffnung des Atriums zum Auffangen des Regenwassers
Insula	für mehrere Wohnparteien eingerichtetes mehrstöckiges Mietshaus, es konnte ein ganzes Straßengeviert einnehmen
Ionier	vom Peloponnes und aus Attika stammende Griechen, die im 11. und 10. Jh. v Chr. die Kykladen und die Mitte der Westküste Kleinasiens mit den Inseln Samos und Chios besiedelten
Iphigenie	Tochter des Agamemnon; zur Versöhnung der Artemis, die aus Zorn gegen Agamemnon die

	Abfahrt der griechischen Flotte nach Troja verhinderte, sollte Iphigenie geopfert werden, wurde aber von der Göttin gerettet
Isis	ägyptische Göttin der Magie, Herrscherin der Unterwelt und Verkörperung der weiblichen Fruchtbarkeit; ihr Einflussgebiet breitete sich im 2. Jh. v. Chr. im Römischen Reich aus; sie stand an vielen Orten im Mittelpunkt von Mysterienkulten; Isis ist die Mutter des Horus; das häufig dargestellte Motiv der Isis mit dem Horusknaben ist das Vorbild der Darstellung Marias mit dem Kinde
Jupiter	der an der Spitze der römischen Götterwelt stehende Gott; entspricht dem griechischen Zeus
Kandelaber	Halter für Kerzen, Lampen oder Räucherschalen
Kapitell	oberster, plastisch ausladender Teil einer Säule, eines Pfeilers oder Pilasters (Halbpfeilers)
Kithara	ein der Leier verwandtes Saiteninstrument
Kline	Liegemöbel, je nach Funktion wurden Schlaf-, Ess-, und Arbeitsklinen unterschieden
Kybele	aus Kleinasien stammende Mutter- und Vegetationsgöttin
Laconicum	Schwitzbad in den Thermen
Lectus	Bett
Legion	größter Truppenverband des römischen Heeres, bestehend aus 4000–6000 Fußsoldaten, 300 Reitern und Tross, führten einen Adler in ihrem Feldzeichen
Legionär	römischer Soldat, Mitglied einer Legion
Mithras-Kult	Mysterien-Kult, ausgehend vom indoiranischen Gott Mithras; im Römischen Reich ein

	mit der Sonne in Verbindung stehender Erlösergott, vor allem von Legionären verehrt
Mysterien	Kulte, die eine Unterweisung erforderten
Nubier	Volksstamm im früheren Nubien, südlich von Ägypten, heutiger Sudan
Odeion	griechisches Konzert- und Vortragsgebäude mit theaterförmig angeordneten Sitzreihen, wurde auch für Ratsversammlungen genutzt
Orchestra	die zwischen Bühnenhaus und der Zuschauertribüne befindliche Spielfläche im Theater
Parther	iranisches Volk, das auf der Höhe seiner Macht das Gebiet vom Euphrat bis zum Indus beherrschte
Peristyl	ein mindestens auf drei Seiten von Säulen umgebener Innenhof des griechischen Wohnhauses
Priapos	kleinasiatischer Fruchtbarkeitsgott, dessen Symbol der Phallus war
Prokonsul	Provinzstatthalter nach seinem Amtsjahr als Konsul
Sesterze	römische Münze, entsprach vier As
Thelephos	Sohn des Herakles und der Auge
Thermen	Badeanlagen
Thyrsosstab	in einen Pinienzapfen auslaufender, mit Efeu und Weinlaub umwundener Stab des Dionysos und seines Gefolges
Tresviri Capitales	da es in der römischen Republik keine »Polizei« gab, waren Tresviri Capitales sowie Ädilen jeweils mit Teilbereichen der öffentlichen Ordnung beauftragt; belegt sind für die Tresviri Capitales Zuständigkeiten in den Bereichen des nächtlichen Brandschutzes, der Aufsicht über Gefängnisse und Exekutionen sowie

	der Bestrafung von flüchtigen Sklaven, weiter reichende Aufgaben können angenommen werden
Triklinium	repräsentatives Speisezimmer im römischen Wohnhaus, zum Atrium hin offen, ursprünglich standen im Triklinium drei Klinen
Triere	Dreiruderer, Kriegsschiffstyp des Altertums
Tunika	römisches Unter- und Obergewand von Männern und Frauen, im Normalfall gegürtet getragen und bis knapp unterhalb der Knie reichend
Zeus	der an der Spitze der griechischen Götterwelt stehende Gott; entspricht dem römischen Jupiter

Nachwort

Wie dem aufmerksamen Leser nicht entgangen sein wird, bilden historische Ereignisse und Persönlichkeiten den Rahmen für dieses Buch. So ist Marcus Antonius, die geschichtliche Leitfigur unserer Romane, und seine Beziehung zu Kleopatra sicherlich vielen bekannt, wenn auch in der von Octavian/Augustus propagandistisch verbreiteten Form. Doch war Antonius keineswegs der von Liebe verblendete abtrünnige Römer, als der er in die Geschichte einging, sondern ein hervorragender Politiker und Feldherr. Diese Meinung hat sich in der modernen Forschung inzwischen weitgehend durchgesetzt, gemeinsam mit der Erkenntnis, dass Antonius' Beziehung zu Kleopatra seiner Politik durchaus dienlich war: In der Tat brauchte der Römer den ägyptischen Reichtum für seine Pläne, vor allem den Feldzug gegen die Parther. Dass die Königin ihn auch als Frau interessierte, verwundert nicht, wird sie doch von Plutarch als zwar nicht unbedingt schön, so doch als ungemein intelligent und anziehend beschrieben. Und Antonius versagte sich die Freuden der Liebe nicht (wie übrigens kaum einer seiner Zeitgenossen). So ist auch die kurze Affäre mit Glaphyra überliefert, wenngleich auch darüber gestritten wird, wann genau sie anzusetzen ist.

Gleiches gilt für den Zeitpunkt der Statthalterschaft des Munatius Plancus in der Provinz Asia. Wir entschieden uns, Cassius Dio zu folgen, da es gut in unsere Geschichte passte (die meisten modernen Gelehrten setzen Plancus' Amtszeit allerdings erst später an).

Da von der Familie und dem persönlichen Schicksal des Munatius Plancus in Ephesos wenig bekannt ist, nahmen wir uns die Freiheit, ihm und den Seinen das geschilderte Los zuzuschreiben. Nicht erfunden ist allerdings die Anekdote, die ihn bemalt und auf allen vieren beim Gastmahl zeigt – nur steht diese wiederum in einem anderen zeitlichen und örtlichen Zusammenhang.

Munatius Plancus galt übrigens in der Antike als »Wendehals«, genau wie Quintus Dellius. Immer der erfolgreicheren Seite ihre Dienste anbietend, liefen beide letztendlich zu Octavian über.

Auch Kleopatras Schwester Arsinoe zählt zu den historisch verbürgten Persönlichkeiten, ihr Aufenthalt im Artemision und ihr Tod sind überliefert. Man glaubte sogar, ihr Grabmal in Ephesos gefunden zu haben, zu beweisen ist das jedoch nicht. Auf jeden Fall lohnt ein Besuch in Ephesos, wenn auch viele der heute zu bewundernden Sehenswürdigkeiten erst nach der Zeit des Antonius entstanden sind. Im Angesicht dieser Bauwerke erscheinen die Menschen der Antike vor unserem inneren Auge, und ihre Gefühle, Freuden und Sorgen, die sie von uns heutigen Menschen kaum unterscheiden, werden greifbar. Diese Bilder und Gedanken flossen in unser Buch mit ein.

Die handelnden Personen rund um Antonius sind frei erfunden, ebenso die Verbrechen, wenngleich derlei Vorkommnisse damals an der Tagesordnung waren und ihre Aufklärung in aller Interesse lag. Auch die Verhaltens- und Denkweisen unserer Hauptfiguren, ihre Kleidung und ihr Tagesablauf sind nicht nur unserer Phantasie entsprungen. Beispielsweise finden sich Schilderungen gebildeter und eigenständiger Frauen häufig in der alten Literatur, wie auch Unzähliges über den Alltag mit all seinen kleinen und großen Geschehnissen.

Näheres über die historischen Hintergründe und die von uns benutzte Literatur finden Sie auf unserer Website www.malachyhyde.de.

Unser Dank gilt allen, die uns mit Rat und Tat zur Seite standen, besonders Thomas Rochell für seine wertvollen Hinweise zu kriminalistischen Fragen.

Karola Hagemann
Ilka Stitz

Marcus Didius Falco
der erste Detektiv der Weltgeschichte!

Lindsey Davis bei Knaur:

Die Gnadenfrist

Drei Hände im Brunnen

Eisenhand

Eine Jungfrau zuviel

Letzter Akt in Palmyra

Zwielicht in Cordoba

Den Löwen zum Fraß

»Ganz unprätentiös ist hier gute Literatur entstanden, deren Gestalten nicht mit der Lösung von Rätseln oder Fällen wieder verschwinden, sondern zu jeder Zeit abrufbar bleiben, weil wir sie in uns und um uns wiedererkennen.«
Frankfurter Allgemeine Zeitung

»Eine Art Humphrey Bogart in Toga.«
Cosmopolitan